A DESCOBERTA DAS BRUXAS

Deborah Harkness

A Descoberta das Bruxas

Tradução de
MÁRCIA FRAZÃO

Rocco

Título original
A DISCOVERY OF WITCHES

Copyright © Deborah Harkness, 2011

Todos os direitos reservados, incluindo
o de reprodução no todo ou
em parte sob qualquer forma.

Edição brasileira publicada
mediante acordo com Viking,
um selo da Penguin Group (USA) Inc.

Direitos para a língua portuguesa reservados
com exclusividade para o Brasil à
EDITORA ROCCO LTDA.
Rua Evaristo da Veiga, 65 – 11º andar
Passeio Corporate – Torre 1
20031-040 – Rio de Janeiro – RJ
Tel.: (21) 3525-2000 – Fax: (21) 3525-2001
rocco@rocco.com.br | www.rocco.com.br

Printed in Brazil/Impresso no Brasil

PREPARAÇÃO DE ORIGINAIS – Maira Parula
EDITORAÇÃO – Fatima Agra

CIP-Brasil. Catalogação na fonte.
Sindicato Nacional dos Editores de Livros, RJ.

H245d
    Harkness, Deborah E., 1965-
    A descoberta das bruxas/Deborah Harkness;
tradução de Márcia Frazão.
    – Rio de Janeiro: Rocco, 2011.

    Tradução de: A discovery of witches
    ISBN 978-85-325-2648-9

    1. Ficção norte-americana.
I. Frazão, Márcia, 1951-. II. Título.

11-1215   CDD – 813
                        CDU – 821.111(73)-3

Para Lexie e Jake,
e ao futuro brilhante que terão.

Começa com ausência e desejo.
Começa com sangue e medo.
Começa com uma descoberta das bruxas.

1

O volume com capa de couro não possuía nada de extraordinário. Aos olhos de qualquer historiador não seria diferente das centenas de outros manuscritos da Biblioteca Bodleiana, de Oxford: antigo e usado. Mas o peguei e logo pressenti que havia alguma coisa diferente nele.

A sala de leitura Duke Humfrey estava vazia naquela tarde de fim de setembro, pois já tinha terminado a invasão de estudiosos que a visitavam no verão e ainda não começara a loucura do início das aulas, de modo que as solicitações de material da biblioteca eram rapidamente atendidas. Mesmo assim, me surpreendi quando Sean me parou no balcão de solicitações.

– Dra. Bishop, os seus manuscritos já estão disponíveis – ele sussurrou, com um tom ligeiramente malicioso, ao mesmo tempo em que sacudia a parte da frente de um suéter cor de argila que estava salpicado de pó dos velhos barbantes de couro. Enquanto sacudia o pó, uma das mechas do seu cabelo castanho-alourado pendeu em sua testa.

— Obrigada — disse-lhe, com um sorriso agradecido. O meu desrespeito às regras que limitavam a quota diária de livros a serem solicitados era flagrante. Sean, companheiro de copo em *pubs* do tempo de estudante, satisfazia os meus pedidos por mais de uma semana com o maior descaramento. — E pare de me chamar de dra. Bishop. É como se você estivesse falando com outra pessoa.

Ele riu e deslizou os manuscritos — todos com belas amostras de ilustrações alquímicas das coleções da biblioteca sobre o tampo desgastado de uma escrivaninha de carvalho e devidamente protegidos por uma grossa pasta de papel-cartão.

— Oh, ainda falta um.

Ele se ausentou do balcão por alguns instantes e retornou com um grosso manuscrito *in-quarto* envolto em um pedaço de couro de bezerro. Colocou o manuscrito no topo da pilha e se deteve para inspecioná-lo. A armação de ouro dos óculos de Sean reluzia sob a luz difusa de um velho abajur de bronze acoplado a uma estante.

— Faz algum tempo que ninguém solicita este. Farei uma nota dizendo que ele precisa de uma pasta depois que o devolver.

— Quer que o lembre disso?

— Não. A nota já está escrita aqui. — Ele apontou para a própria testa.

— Sua cabeça deve ser bem mais organizada que a minha. — Abri um sorriso largo.

Enquanto ele procurava o meu cartão da biblioteca, ele me olhava com timidez, mas depois se lembrou que o colocara entre a capa e as primeiras páginas.

— Parece que este não quer sair — comentou.

Algumas vozes abafadas tagarelaram no meu ouvido, quebrando o silêncio habitual do lugar.

— Ouviu isso? — Olhei em volta, intrigada com aquele estranho rumor.

— O quê? — ele disse, tirando os olhos do manuscrito.

Meus olhos foram atraídos pelo brilho dourado que contornou o manuscrito. Um brilho que não passava de uma pálida cintilação se comparado com o brilho iridescente que saía das páginas. Pisquei os olhos, surpreendida.

— Nada.

Um ímpeto me fez puxar o manuscrito e minha pele se arrepiou quando entrou em contato com o couro. Sean ainda estava com o cartão na mão, que acabou se soltando rapidamente. Empilhei os volumes nos braços, apoiando-os com o queixo, e fui invadida por um cheiro estranho que se sobrepôs ao odor de lápis apontado e de cera de assoalho da biblioteca.

— Você está bem, Diana? — perguntou Sean, preocupado.

– Claro que sim. Só estou um pouco cansada – retruquei, afastando os livros do meu nariz.

Saí apressada por aquela insólita biblioteca quinhentista, passando por fileiras de escrivaninhas elisabetanas de três prateleiras e com tampos rabiscados. Janelas góticas ladeavam as fileiras, desviando a atenção dos leitores para o teto, onde os detalhes do timbre da universidade se realçavam com tinta dourada brilhante: três coroas e um livro aberto com a frase "Deus é a minha iluminação".

Naquela noite de sexta-feira, minha única companhia na biblioteca era Gillian Chamberlain, uma outra acadêmica americana. Gillian, uma classicista que lecionava na Bryn Mawr, passava o tempo se debruçando em tiras de papiro protegidas por placas de vidro. Passei às pressas por ela, evitando olhá-la, mas o rangido do assoalho velho me denunciou.

Minha pele se arrepiou, como sempre se arrepiava quando uma outra bruxa me olhava.

– Diana – ela me chamou em meio à penumbra.

Suspirei, e parei.

– Oi, Gillian. – Mantive-me afastada o máximo possível da outra bruxa, com um forte sentimento possessivo pela minha pilha de manuscritos, posicionando meu corpo de modo que os manuscritos ficassem fora do campo de visão dela.

– Como está se preparando para o Mabon?

Gillian vivia me cercando, dizendo que eu devia me juntar às outras irmãs enquanto estivesse na cidade. Faltavam poucos dias para as celebrações wiccanianas do equinócio de outono, e ela redobrava os esforços a fim de me atrair para o conciliábulo de Oxford.

– Trabalhando – respondi prontamente.

– Você sabe que as bruxas daqui são realmente muito boas – ela falou com um tom de reprovação. – Você devia se juntar a nós na segunda-feira.

– Obrigada pelo convite. Vou pensar a respeito – eu disse, já me dirigindo para o Selden End, um arejado anexo do século XVII perpendicular ao eixo principal da Duke Humfrey. – Estou pesquisando alguns documentos para uma conferência, portanto não alimente expectativas. – Tia Sarah sempre me alertou que era impossível mentir para outra bruxa, mas isso nunca me impedia de tentar.

Gillian emitiu um ruído simpático, mas ela me seguiu com os olhos.

De volta a meu lugar habitual em frente às janelas em arco com caixilhos de chumbo, resisti à tentação de largar os manuscritos de qualquer jeito na mesa para limpar as mãos. Mas eles eram muito antigos e seria melhor colocá-los na mesa com cuidado.

No topo da pilha, estava o manuscrito que quase engolira meu cartão. Em sua lombada, gravado em dourado, o brasão que pertencia a Elias Ashmole, colecionador e alquimista do século XVII, cujos livros e documentos foram transferidos para a Biblioteca Bodleiana no século XIX por intermédio do Museu Ashmoleano, com a gravação do número 782. Eu me estiquei e toquei no couro marrom.

Um suave choque me fez afastar os dedos rapidamente, mas não rápido o bastante. Uma comichão subiu pelos braços, arrepiando os poros da pele, e depois se espalhou pelos ombros, retesando os músculos das costas e do pescoço. Sensações que logo se dissiparam, mas me deixaram com um sentimento estranho de insatisfação. Abalada com isso, me afastei da escrivaninha.

Mesmo a uma distância segura, aquele manuscrito era um desafio – ameaçava as paredes que eu erguera para separar minha carreira acadêmica da minha posição de última representante da linhagem de bruxas Bishop. Em Oxford, com um doutorado suado e títulos e promoções a caminho, e com uma carreira começando a florescer, eu renunciava à herança familiar, baseando a minha vida na razão e na capacidade acadêmica e não em premonições e feitiços inexplicáveis. Eu estava em Oxford para completar um projeto de pesquisa. Depois de concluí-lo, minhas descobertas seriam publicadas e avalizadas por extensivas análises e notas de rodapé, e apresentadas a meus colegas humanos, sem qualquer espaço para mistérios e sem qualquer brecha para que o sexto sentido de alguma bruxa acabasse captando alguma coisa no meu trabalho.

Contudo, eu tinha solicitado um manuscrito alquímico, sem outra intenção senão a de me servir de ajuda na pesquisa, e aparentemente ele também possuía um poder sobrenatural impossível de ser ignorado. Minhas mãos coçavam pela ansiedade de abrir o manuscrito e saber mais. Mas eu refreava o impulso: minha curiosidade era intelectual, só tinha a ver com minha posição acadêmica? Ou era fruto da ligação da minha família com a feitiçaria?

Enchi os pulmões com o ar familiar daquela biblioteca e fechei os olhos, na esperança de clarear a mente. Para mim, a Bodleiana era até então um santuário, um lugar desvinculado das Bishop. Com as mãos trêmulas debaixo dos braços, encarei o manuscrito Ashmole 782 em meio a um crescente crepúsculo e me perguntei sobre o que fazer.

No meu lugar, mamãe saberia instintivamente o que fazer. As bruxas da família Bishop eram em sua maioria talentosas, mas Rebecca, minha mãe, era especial. Todos diziam isso. Seus dons sobrenaturais se manifestaram muito cedo, ela ainda estava na escola primária e já dominava a magia com maestria superior à das bruxas mais experientes do conciliábulo local, com uma compreensão intuitiva dos feitiços, uma extraordinária percepção e uma surpreendente capacidade de enxergar o que estava por trás das pessoas e dos fatos. Tia Sarah, irmã caçula de mamãe, também era uma bruxa habilidosa, se bem que com talentos mais comuns: mãos hábeis para poções e um perfeito domínio da herança de feitiços e encantamentos da feitiçaria tradicional.

Claro que meus colegas historiadores desconheciam a história de minha família, mas em Madison, uma cidade distante do interior de Nova York onde passei a viver com tia Sarah desde meus sete anos, a família Bishop era conhecida por todos. Após a guerra revolucionária, meus ancestrais se mudaram de Massachusetts. Na ocasião, já tinha se passado mais de um século desde a execução de Bridget Bishop, em Salem. Nem por isso os falatórios e as fofocas deixaram de seguir a família até a nova terra. Depois de se mudarem e se estabelecerem em Madison, as Bishop tiveram que se esforçar muito para mostrar o quão útil podia ser a presença de bruxas na vizinhança, curando os doentes e prevendo as condições climáticas. Com o tempo, a família criou raízes na comunidade, raízes que de tão profundas resistiam às inevitáveis crises da superstição e do medo humano.

Mas mamãe era curiosa em relação ao mundo, e isso acabou por levá-la para além da segurança de Madison. Primeiro, ela foi para Harvard, onde conheceu um jovem feiticeiro chamado Stephen Proctor. Ele também tinha uma longa linhagem mágica e queria uma experiência de vida longe da história e da influência de sua família da Nova Inglaterra. Rebecca Bishop e Stephen Proctor formavam um casal encantador, com a franqueza tipicamente americana de mamãe fazendo um contraponto para o jeito mais formal e antiquado de papai. Eles se tornaram antropólogos e mergulharam em culturas e crenças estrangeiras, compartilhando ao mesmo tempo as paixões intelectuais e a devoção que nutriam um pelo outro. Depois que asseguraram uma posição acadêmica para lecionar – mamãe, na universidade onde estudara, e papai, na Wellesley College –, os dois saíram em viagem de pesquisas e acabaram formando uma nova família em Cambridge.

Guardo poucas lembranças de minha infância, mas sempre vívidas e surpreendentemente claras. Lembranças que representam meus pais: a sensação do veludo cotelê nos cotovelos de papai, o aroma de lírio-do-vale do perfume de mamãe, o tilintar das taças de vinho nas noites de sexta-feira depois que me colocavam para dormir e jantavam à luz de velas. Mamãe contava histórias para me fazer dormir, e a pasta de couro marrom de papai fazia barulho quando ele a jogava na porta de entrada. Lembranças que talvez sejam familiares para a maioria das pessoas.

Outras lembranças dos meus pais não são tão familiares assim. Parece que mamãe nunca lavava roupas, mas as minhas estavam sempre limpas e bem-passadas. Os bilhetes de permissão para passear no zoológico que eu esquecia em casa sempre apareciam na minha carteira justamente na hora em que a professora chegava para pegá-los. E mesmo quando o gabinete de papai estava muito bagunçado (geralmente era como se tivesse sido bombardeado) quando eu entrava lá para um beijo de boa-noite, na manhã seguinte tudo aparecia impecavelmente arrumado. No jardim de infância, perguntei à mãe da minha amiga Amanda por que se preocupava tanto em lavar a louça com água e sabão, se bastava colocar tudo dentro da pia, estalar os dedos e sussurrar umas poucas palavras. A sra. Schmidt riu da minha estranha ideia sobre os trabalhos domésticos, mas com os olhos já nublados pela confusão.

Naquela noite, meus pais me aconselharam a tomar cuidado com o que falasse de magia e com quem falava. Mamãe explicou que os humanos eram muito mais numerosos e se sentiam ameaçados com nosso poder, temendo que isso fosse a maior força terrena. Na ocasião, não tive coragem de confessar que a magia – especialmente a da minha mãe – também me apavorava.

Durante o dia, mamãe se parecia com qualquer outra mãe de Cambridge: um pouco despenteada e desorganizada, e perpetuamente esgotada pelas pressões da casa e do trabalho. Cabelo louro no corte da moda, embora com roupas que tinham parado em 1977 – longas saias rodadas, calças e camisetas largas, blazer e roupas masculinas iguais às de Annie Hall, tudo adquirido nos muitos brechós de Boston. Nela não havia nada que nos fizesse olhar duas vezes para ela na rua ou no supermercado.

Na privacidade da nossa casa, com as cortinas cerradas e a porta trancada, mamãe se transformava em outra pessoa. Seus movimentos eram seguros e confiantes, tranquilos e equilibrados. Às vezes, ela parecia mesmo flutuar. Quando andava pela casa, cantando e recolhendo livros e bichinhos de pelúcia, pouco a pouco a face de mamãe se transfigurava em algo sobrenatural e lindo. Quando a magia a iluminava, era impossível deixar de olhá-la.

– Mamãe tem fogos de artifício dentro dela.

Era assim que papai explicava o fenômeno, com um sorriso largo e indulgente. Mas aprendi que os tais fogos não eram apenas brilhantes e vibrantes. Eram fogos imprevisíveis e também podiam assustar e amedrontar.

Uma noite papai estava fora para uma palestra e mamãe resolveu polir a prataria, e acabou hipnotizada por uma tigela de água que estava em cima da mesa de jantar. À medida que ela mirava, a superfície vítrea se cobria de uma névoa que começou a rodopiar até engendrar pequeninas formas fantasmagóricas. Engoli em seco, admirada, quando as formas se agigantaram e encheram a sala de seres fantásticos. Logo depois, elas estavam rastejando pelas cortinas e subindo até o teto. Gritei e pedi socorro à mamãe, mas ela continuou olhando fixamente a água. Uma concentração que se manteve até que algo meio humano e meio animal se aproximou de mim e beliscou meu braço. Isso a fez sair do transe, e ela explodiu em meio a um jato irado de luz vermelha que afugentou os espectros, deixando um odor de penas queimadas na casa. Logo que entrou em casa, papai sentiu um cheiro estranho e se preocupou. Ele nos encontrou encolhidas na cama. Ao vê-lo, mamãe irrompeu num pranto exaltado. Nunca mais me senti segura na sala de jantar.

Nos meus sete anos o resto de sensação de segurança que eu ainda podia ter se evaporou quando meus pais foram para a África e não voltaram vivos.

Repeli esses pensamentos e me concentrei novamente no dilema que me encarava. O manuscrito na mesa da biblioteca sob a luz do abajur. De sua magia, emanava alguma coisa sombria que me dava um nó por dentro. Encostei os dedos naquele couro macio. Dessa vez, a sensação de arrepio se tornou familiar. Lembrei vagamente de uma experiência parecida que tive um dia ao folhear alguns documentos no gabinete de meu pai.

Eu me afastei resolutamente daquele volume envolto em couro e me voltei para algo mais racional: procurar uma lista de textos alquímicos que tinha feito antes de deixar New Haven. Encontrei em cima da minha mesa, junto a documentos soltos, cartões, recibos, lápis, canetas e mapas da biblioteca, organizada com primor pela coleção e pela numeração que um funcionário deu aos textos à medida que entravam na Biblioteca Bodleiana. Eu vinha trabalhando metodicamente nessa lista desde a minha chegada algumas semanas antes. A descrição do manuscrito Ashmole 782, copiada do catálogo, dizia o seguinte: *"Antropologia, ou um tratado com uma breve descrição do homem em duas partes: uma, anatômica; outra, psicológica."* Como a maioria das obras estudadas por mim, não havia nada no título que realmente indicasse o conteúdo.

Meus dedos poderiam me revelar o que havia dentro do livro, sem mesmo abri-lo. Tia Sarah sempre usava os dedos para ver o que havia dentro de um envelope de correspondência antes de abri-lo, para ver se era alguma conta que não queria pagar. Dessa forma, poderia alegar desconhecimento na chegada de uma segunda via e quando ela já tivesse dinheiro para pagar a conta de luz, por exemplo.

Os números dourados da lombada piscavam.

Sentei-me para ponderar sobre as opções.

Ignoro a magia, abro o manuscrito e o leio, como qualquer acadêmica humana? Ponho o volume enfeitiçado de lado e dou no pé?

Sarah daria um risinho se soubesse do meu embaraço. Ela sempre frisou que meus esforços para manter a magia a distância eram inúteis. Mas é o que venho fazendo desde o funeral dos meus pais. Lembro que entre os convidados algumas bruxas me observavam dos pés à cabeça enquanto me davam tapinhas de estímulo, atrás de sinais que indicassem que o sangue dos Bishop e dos Proctor corria nas minhas veias, prevendo que algum tempo depois eu assumiria o lugar da mamãe no conciliábulo local. Algumas cochichavam suas dúvidas quanto à sensatez dos meus pais por terem se casado.

– Poder demais – elas diziam em voz baixa, sem saber que eu ouvia. – Eles se limitavam a chamar a atenção... nem sequer observaram o cerimonial da antiga religião.

Isso foi o bastante para que eu atribuísse a morte dos meus pais ao poder sobrenatural que possuíam, e para que buscasse uma forma diferente de vida. Comecei a dar as costas a tudo que tivesse a ver com magia e a me jogar de cabeça nas coisas da adolescência humana – cavalos, rapazes e romances melosos – na tentativa de desaparecer entre os habitantes comuns da cidade. Tive alguns problemas na puberdade, com depressão e ansiedade. Tudo isso era bem normal, garantiu o médico humano para minha tia.

Sarah não disse nada ao médico sobre as vozes nem sobre minha mania de pressentir a chamada do telefone alguns segundos antes, e ela também não disse que, durante a lua cheia, era obrigada a encantar portas e janelas para que eu não saísse caminhando como sonâmbula pela mata. Ela também não disse que, quando eu me zangava, as cadeiras da casa se moviam para formar uma precária pirâmide que despencava no chão depois que eu me acalmava.

Quando fiz treze anos, titia decidiu que já era hora de canalizar meu poder para o aprendizado dos fundamentos da feitiçaria. Acender velas com a recitação de algumas palavras ou encobrir as espinhas do rosto com uma poção tradicional eram os primeiros passos de uma bruxa adolescente. Mas me mostrei incapaz de dominar os mais simples feitiços. Além de queimar todas as poções que aprendia com minha tia, eu teimava em não me submeter aos testes que ela aplicava a fim de ver se eu herdara a poderosa segunda visão da minha mãe.

Tanto as vozes como os pequenos incêndios e outras erupções imprevisíveis diminuíram à medida que meus hormônios se equilibraram, mas a resistência para aprender o ofício da família permaneceu. Tia Sarah ficava nervosa com a presença de uma bruxa indisciplinada dentro de casa, e foi com alívio que me mandou para uma faculdade no Maine. Com exceção da magia, era uma típica história de crescimento.

O que me fez sair de Madison foi meu intelecto. A precocidade intelectual me levou a falar e aprender a ler mais cedo do que as crianças de minha idade. Com uma prodigiosa memória fotográfica que me fazia lembrar das páginas dos livros com muita facilidade e responder as questões das provas com toda segurança, meu desempenho escolar atingiu uma dimensão onde o legado mágico da família era irrelevante. Pulei os últimos anos do secundário e entrei na faculdade aos dezesseis anos.

Na faculdade, tratei de encontrar um lugar no departamento de teatro, minha imaginação era atraída pelo espetáculo e as fantasias – e minha mente se fascinava pelo modo como o texto teatral evocava outros lugares e outras épocas. Segundo os professores, minhas primeiras representações eram exemplos extraordinários de como uma boa atuação podia transformar alunos comuns em outras pessoas. A primeira indicação de que tais metamorfoses talvez não se originassem de um talento dramático propriamente dito surgiu quando fiz o papel de Ofélia, em *Hamlet*. Tão logo me escalaram para o papel, o meu cabelo começou a crescer com uma rapidez assustadora, descendo dos ombros até a cintura. Eu ficava sentada à beira do lago da faculdade por horas a fio, irresistivelmente atraída pelo brilho da superfície, com meus cabelos esvoaçando ao redor. O rapaz que fazia o papel de Hamlet foi pego pela ilusão e tivemos um caso apaixonado, se bem que perigosamente volátil. Entrei lentamente na loucura de Ofélia e arrastei comigo o resto do elenco.

O resultado pode ter sido uma encenação eletrizante, mas cada novo personagem trazia novos desafios. No meu segundo ano da faculdade a situação tornou-se insuportável, quando me escalaram para representar a Anabella da peça *Pena que ela seja uma prostituta*, de John Ford. Tal como a personagem, eu atraía um séquito de admiradores devotados – nem todos humanos – que me seguiam pelo campus. Quando eles se recusaram a me deixar em paz depois que fechou a cortina, ficou claro que não seria possível controlar o que era liberado. Eu não sabia ao certo se a magia interferia mesmo na minha atuação, e não tinha a menor vontade de saber. Então, cortei o cabelo, bem curto. E deixei de usar saias esvoaçantes e blusinhas decotadas, substituindo-as pelas blusas pretas de gola rolê, as calças cáqui e os mocassins que as sisudas e ambiciosas estudantes de direito calçavam. Um excesso de energia me levou ao atletismo.

Depois de deixar o departamento de teatro, tentei diversas cadeiras em busca de um campo de estudo cuja racionalidade não deixasse o menor espaço para a magia. Faltavam-me precisão e paciência para a matemática, e foram desastrosos meus esforços no campo da biologia, tanto nas provas escritas como na prática de laboratório.

No final do segundo ano, a burocracia da faculdade me intimou a optar por uma cadeira, ou pensar na possibilidade de enfrentar cinco anos de estudo sem cadeira definida. Um programa de estudos durante as férias na Inglaterra me ofereceu uma oportunidade de ficar o mais longe possível dos assuntos dos Bishop. Eu me apaixonei por Oxford, pelo suave brilho de suas ruas pela manhã. Os cursos de história incluíam façanhas de reis e rainhas, e as únicas vozes na minha cabeça eram as dos livros escritos nos séculos XVI e XVII. Tudo isso inteiramente atribuído à boa literatura. E o melhor é que ninguém me conhecia na universidade e, se naquela cidade havia bruxas, naquele verão elas estavam bem longe de lá. Retornei a meu país, declarei à burocracia da faculdade que queria estudar história, frequentei todos os cursos requeridos em tempo recorde e me graduei com louvor antes de completar vinte anos.

Depois, resolvi fazer um doutorado, e minha primeira opção no leque de programas possíveis foi Oxford. Eu me especializei em história da ciência, concentrando as pesquisas no período em que a ciência suplantou a magia – quando a astrologia e a caça às bruxas deram lugar a Newton e às leis universais. A busca por uma ordem racional – sem o sobrenatural – na natureza refletia meus próprios esforços para me manter afastada do que estava oculto em mim. Os limites entre o que se passava na minha mente e o que corria no meu sangue se tornaram ainda mais distintos.

Tia Sarah riu sem parar quando soube que eu tinha decidido me especializar em química do século XVII. Seu cabelo ruivo brilhante era como um cartaz luminoso de um temperamento agitado e uma língua afiada. Ela era uma bruxa de fala franca e equilibrada que envolvia a todos. Pilar da comunidade de Madison, Sarah era frequentemente solicitada para cuidar das coisas durante as pequenas e grandes crises da cidade. Na ocasião, mantínhamos um ótimo relacionamento, já que eu não precisava me sujeitar às doses diárias de observações mordazes que ela fazia sobre a fragilidade e a inconsistência dos humanos.

Embora estivéssemos separadas por quilômetros de distância, Sarah via as minhas últimas tentativas de me esquivar da magia como risíveis – e ela fez questão de deixar isso bem claro:

– A alquimia não é estranha para nós – disse. – Há muita magia nela.

– Não há, não – protestei, com veemência. O principal objetivo do meu trabalho era o de demonstrar que essa atividade era de fato científica. – A alquimia demonstra o crescimento da experimentação, não é uma busca por um elixir mágico que leva ao ouro e imortaliza as pessoas.

– Se você acha... – disse Sarah, em tom de dúvida. – Mas é um tema muito estranho para ser escolhido por alguém que procura agir como um humano.

Depois de minha graduação, trabalhei muito para conseguir um cargo em Yale, o único lugar que era mais inglês do que a Inglaterra. Fui avisada pelos colegas de que teria poucas chances de conseguir uma colocação. Escrevi dois livros, conquistei vários prêmios e garanti algumas pesquisas. Por fim, obtive uma nomeação, provando que todos estavam errados.

O mais importante é que passei a ficar por minha conta. No meu departamento, ninguém ligava meu sobrenome ao da primeira mulher executada por bruxaria em 1692 em Salem, nem mesmo os historiadores dos primórdios da América. Para preservar minha tão suada autonomia, continuei a manter qualquer vestígio de magia e feitiçaria longe de mim. É claro que com algumas exceções como, por exemplo, quando fiz um dos feitiços de tia Sarah para deter a máquina de lavar roupa que estava entupida de água, ameaçando inundar meu pequeno apartamento em Wooster Square. Ninguém é perfeito.

Agora, com esse ato falho habitual em mente, respirei fundo, apertei o manuscrito com ambas as mãos e o coloquei no apoiador de livros que a biblioteca deixava à disposição para proteger as obras raras. Eu tomara uma decisão: agir como uma acadêmica séria e tratar o Ashmole 782 como um manuscrito comum. Ignorei a queimação na ponta de meus dedos e o cheiro esquisito que saía do livro, limitando-me a examinar o índice. Depois, com um distanciamento profissional, tive que decidir se era promissor o bastante para uma leitura mais demorada. Meus dedos tremeram quando abri o pequeno fecho de bronze que o prendia.

O manuscrito soltou um leve suspiro.

Olhei rapidamente ao redor para me assegurar de que a sala estava vazia. O único ruído que se ouvia era o do relógio da sala.

Lembrando-me de não registrar que "o livro suspirou", voltei-me para o laptop e abri um novo arquivo. Uma tarefa costumeira que eu repetia milhares de vezes e que me reconfortava tanto quanto a minha impecável lista de apontamentos. Digitei o nome e o número do manuscrito e copiei o título da descrição do catálogo. Descrevi detalhadamente o tamanho e a encadernação.

Só faltava abrir o manuscrito.

Mesmo com o fecho aberto, tive dificuldade de virar a capa, era como se estivesse colada às páginas. Resmunguei baixinho e deixei a mão sobre o couro por um momento, porque o Ashmole 782 só precisava de uma chance para me conhecer. Deixar a mão em cima de um livro não era um ato mágico. A palma da minha mão formigou bem mais do que a minha pele formigava quando alguma bruxa olhava para mim, e a tensão do manuscrito se dissipou. Depois disso, foi fácil virar a capa.

A primeira página era de papel grosso. A segunda, era realmente um pergaminho e nela se lia *"Antropologia, ou um tratado com uma breve descrição do homem"*, na caligrafia de Ashmole. As letras caprichadas e redondas me eram familiares, quase como meu próprio roteiro. A continuação do título – *"em duas partes: uma, anatômica, outra, psicológica"* – tinha sido escrita a lápis por outra mão. Isso também me era familiar, mas não atinei de onde. Um toque na escrita poderia me dar uma pista, mas isso contrariava as regras da biblioteca e me impossibilitaria documentar a informação colhida pelos meus dedos. Então, fiz algumas notas no arquivo do computador a respeito do uso da tinta e do lápis, e da diferença de caligrafias, e das possíveis datas das inscrições.

Quando virei a primeira folha, o pergaminho mostrou-se extraordinariamente pesado e emanou um cheiro esquisito. Não era simplesmente um cheiro de coisa velha. Era algo mais – uma mistura de mofo e almíscar, difícil de nomear. Percebi imediatamente que três folhas tinham sido engenhosamente tiradas do manuscrito.

Pelo menos ali estava algo fácil de descrever. Digitei: *"No mínimo três folhas removidas por meio de régua ou tesoura."* Inspecionei a lombada do manuscrito, mas não consegui saber se faltavam outras páginas. Quanto mais perto o pergaminho ficava do meu nariz, mais o manuscrito me distraía com seu poder e cheiro estranhos.

Eu me voltei para a ilustração na página anterior às que faltavam. Na imagem, uma criancinha flutuava dentro de um jarro de vidro claro. Ela segurava uma rosa de prata com uma das mãos e uma rosa de ouro com a outra. Nos seus pés havia pequenas asas, e dos seus longos e negros cabelos escorria um líquido vermelho. Embaixo, uma legenda em tinta preta esclarecia que a ilustração representava a criança filosofal – uma representação alegórica de um passo crucial na criação da pedra filosofal, substância química com promessa de saúde, riqueza e sabedoria para quem a possuísse.

As cores eram luminosas e o trabalho, incrivelmente bem preservado. No passado, alguns artistas misturavam pó de pedras preciosas às tintas para obter cores de maior intensidade. A ilustração tinha sido feita por um verdadeiro artista. Coloquei as mãos debaixo das coxas a fim de não tocar na ilustração e adquirir mais informações.

Acontece que o artista se equivocara nos detalhes, mesmo com um talento evidente. O jarro de vidro teria que estar voltado para cima e não para baixo. A criancinha teria que ser metade branca e metade negra para evidenciar sua condição de hermafrodita. Ela deveria ter genitália masculina e seios femininos – ou então duas cabeças.

A imagética alquímica se caracteriza por ser alegórica, sem ser de todo ardilosa. Eu então a tinha escolhido como tema de estudo na esperança de encontrar padrões que deixassem transparecer uma abordagem lógica e sistemática da transformação química no período que antecedeu a tábua periódica dos elementos. As imagens da lua, por exemplo, quase sempre representavam a prata enquanto as imagens do sol representavam o ouro. Quando os dois se combinavam quimicamente, o processo era representado pela imagem de um casamento. Com o tempo, as ilustrações foram substituídas pelas palavras. Palavras que por sua vez tornaram-se uma gramática da química.

Contudo, o manuscrito à minha frente desafiava meu conhecimento da lógica dos alquimistas. Cada ilustração apresentava no mínimo um erro fundamental, e não havia um texto anexo para facilitar a compreensão.

Eu procurava por alguma coisa – qualquer coisa – que avalizasse meu conhecimento da alquimia. Na luz difusa, uma caligrafia quase apagada surgiu em uma das páginas. Aproximei o abajur da escrivaninha para enxergar melhor.

Não havia nada ali.

Lentamente, virei a página como se ela fosse uma delicada folha.

Os caracteres – centenas de palavras – brilharam e se movimentaram pela superfície da página, ilegíveis até que o ângulo da luz e a perspectiva do observador estivessem alinhados.

Reprimi um grito de surpresa.

O manuscrito Ashmole 782 era um palimpsesto – um manuscrito dentro de um manuscrito. Quando um pergaminho se tornava rarefeito, os escribas faziam uma lavagem cuidadosa da tinta dos livros velhos e depois redigiam um novo texto nas páginas em branco. Com o passar do tempo, a escrita original geralmente reaparecia por baixo como um texto fantasma, discernível por meio da luz ultravioleta que trazia de volta o texto apagado sob as manchas de tinta.

Só que nenhuma luz ultravioleta seria forte o bastante para trazer de volta aqueles traços. Aquele manuscrito não era um palimpsesto comum. A escrita não tinha sido apagada, e sim ocultada por algum feitiço. Mas por que alguém se daria ao trabalho de enfeitiçar um livro alquímico? Até os especialistas tinham dificuldade em decifrar a linguagem obscura e a imagética fantástica desses autores.

Desviei a atenção das letras esmaecidas que se movimentavam rápido demais para que fossem lidas, e me concentrei em escrever uma sinopse do conteúdo do manuscrito. *"Intrigante"*, eu digitei. *"Epígrafes textuais dos séculos XV a XVII, imagens principais do século XV. Origem das imagens possivelmente mais remotas? Mistura de papel e pergaminho. Tintas coloridas e pretas, as coloridas de alta e incomum qualidade. Ilustrações excelentes, mas com detalhes incorretos e ausentes. Retratam a criação da pedra filosofal: nascimento/criação, morte, ressurreição, transformação alquímicos. Uma cópia confusa de um manuscrito mais antigo? Um livro estranho e repleto de anomalias."*

Meus dedos hesitaram sobre o teclado.

Quando uma informação não se encaixa com o já sabido, os acadêmicos optam por uma entre duas alternativas. Ou deixam a informação que não esclarece as teorias em questão de lado, ou se concentram intensa e minuciosamente a fim de se aprofundar no mistério. Se o livro não estivesse enfeitiçado, eu poderia optar pela segunda alternativa. Mas já que estava enfeitiçado, tendi a optar pela primeira alternativa.

Em caso de dúvida, geralmente os acadêmicos adiam a decisão.

Digitei uma frase final ambivalente: *"Precisa de mais tempo? Talvez de uma consulta mais tarde?"*

Prendi o fôlego e fechei a capa, com muito cuidado. As correntes mágicas ainda franjavam o manuscrito, particularmente vigorosas em volta do fecho.

Aliviada por ter fechado o Ashmole 782, ainda o observei por alguns segundos. Meus dedos estavam ansiosos para tocar novamente naquele couro marrom. Mas dessa vez me contive, da mesma forma que tinha me contido para não tocar nas inscrições e nas ilustrações, de modo a obter mais do que qualquer historiador humano poderia obter com legitimidade.

Tia Sarah sempre dizia que a magia é um dom. Neste caso, eu era ligada por laços mágicos às bruxas Bishop que me antecederam. Bruxas que pagaram um preço pela prática dos poderes mágicos que herdaram e pelos seus feitiços e encantamentos, um preço que as fez guardar a arte com muito zelo. Ao abrir o Ashmole 782, eu também abri uma fenda no muro que separava a magia do meu mundo acadêmico. Mas de volta ao lado certo, me senti ainda mais determinada a continuar nesse lado.

Guardei o computador e as notas e coloquei o Ashmole 782 no fundo da pilha de manuscritos com muito cuidado. Providencialmente, Gillian não estava na sua escrivaninha, se bem que seus papéis ainda estavam espalhados por lá. Talvez ela planejasse trabalhar até tarde e tivesse saído para tomar uma xícara de café.

— Acabou? — perguntou Sean, quando cheguei à mesa dele.

— Ainda não. Eu quero reservar os três de cima para segunda-feira.

— E o quarto?

— Já terminei com ele — respondi abruptamente, entregando-lhe os manuscritos. — Pode mandá-lo de volta às prateleiras.

Sean dispôs o material em cima de uma pilha de devoluções que já estava organizada. E me acompanhou até a escada, onde se despediu e desapareceu atrás da porta de vaivém. A esteira que levaria o Ashmole 782 de volta às entranhas da biblioteca tiniu.

Eu quase me virei para detê-la, mas deixei para lá.

Já estava com a mão pronta para abrir a porta de entrada no térreo quando o ar ao redor começou a pesar como se a biblioteca estivesse me espremendo. O ambiente brilhou por uma fração de segundo, tal como as páginas do manuscrito haviam brilhado na mesa de Sean, causando-me um tremor involuntário e arrepiando os pelos dos meus braços.

Alguma coisa acabara de acontecer. Alguma coisa mágica.

Meu rosto se voltou de novo para a sala Duke Humfrey e meus pés ameaçaram seguir para lá.

Não é nada, pensei enquanto saía resolutamente da biblioteca.

Você tem certeza?, sussurrou uma voz ignorada por muito tempo.

2

Os sinos de Oxford badalaram sete vezes. A escuridão da noite não chegaria com a mesma lentidão de alguns meses antes, mas de qualquer forma ainda seria lenta. Os funcionários da biblioteca tinham acendido as lâmpadas trinta minutos antes, e pequeninos lagos de ouro se imiscuíam na luz acinzentada.

Era o vigésimo primeiro dia de setembro. No mundo inteiro, as bruxas se reuniam na véspera do equinócio de outono, compartilhando alimentos para celebrar o Mabon e saudar a iminente escuridão do inverno. Mas as bruxas de Oxford teriam que se conformar com minha ausência. Eu tinha que preparar uma conferência importante para o mês seguinte. Minhas ideias ainda não estavam claras, e isso me deixava muito ansiosa.

Meu estômago roncou quando pensei no que minhas colegas bruxas estariam comendo em algum lugar de Oxford. Eu tinha estado na biblioteca desde nove e meia da manhã, parando apenas para um rápido lanche.

Sean estava de folga nesse dia, e outra pessoa atendia no balcão de solicitações. Eu já tinha me aborrecido porque requisitara um item avariado e ela tentou me convencer a utilizar um microfilme. O sr. Johnson, supervisor da sala de leitura, ouviu a discussão e saiu do escritório para intervir.

– Minhas desculpas, dra. Bishop – disse afogueado, enquanto ajeitava os óculos de armação escura e pesada no nariz. – Se a senhora precisa consultar esse manuscrito para sua pesquisa, ficaremos honrados em colocá-lo a sua disposição. – Ele se retirou para apanhar o item negado e voltou algum tempo depois para entregá-lo, pedindo desculpas pelo incidente com a nova funcionária. Agradecida pelas regalias que minhas credenciais acadêmicas me ofereciam, passei a tarde absorvida em agradável leitura.

Retirei os dois pesos de papel que prendiam as extremidades superiores do manuscrito e o fechei com cuidado, satisfeita com a quantidade de trabalho realizado. Para restaurar a normalidade depois do meu encontro com o manuscrito enfeitiçado na sexta-feira, acabei me envolvendo mais com as tarefas rotineiras de fim de semana e menos com a alquimia. Preenchi formulários de reembolso financeiro, paguei contas, escrevi cartas de recomendação e ainda terminei a revisão de um livro. Atividades intercaladas por um sem-número de rituais domésticos como lavar roupa, ingerir xícaras e mais xícaras de chá e experimentar as receitas dos programas culinários da BBC.

Depois de ter começado cedo naquela manhã, passei o dia me concentrando no trabalho do momento, sem lidar com as lembranças das estranhas ilustrações do Ashmole 782 e seu misterioso palimpsesto. Examinei as anotações de uma pequena lista de tarefas para o resto do dia. Quatro questões dessa lista teriam que ser necessariamente resolvidas, e a terceira era a mais fácil. A resposta se encontrava no *Notes and Queries*, um antigo periódico que estava em uma das prateleiras das estantes que se estendiam até o teto. Empurrei a cadeira para trás, determinada a só sair da biblioteca depois que tivesse resolvido a tal questão da minha lista.

O acesso às estantes superiores do setor da Duke Humfrey, conhecido como Selden End, era feito por meio de uma escada velha que terminava numa galeria alta por cima das mesas de leitura. Escalei os degraus bambos em direção aos velhos livros encapados em couro de antílope, dispostos em ordem cronológica nas fileiras de estantes de madeira. Aparentemente, somente eu e um velho professor de literatura da Magdalen College os utilizávamos. Localizei o volume, resmungando entre dentes. Encontrava-se no alto da estante, fora de alcance.

Um risinho chamou a minha atenção. Virei a cabeça para ver quem estava sentado na escrivaninha no extremo da galeria e não vi ninguém. Eu estava ouvindo coisas novamente. Àquela hora, Oxford estava totalmente deserta e a maior parte do pessoal da universidade saíra uma hora mais cedo para um copo gratuito de xerez no salão comum dos acadêmicos, antes de seguir para o jantar. A festividade wiccaniana também tinha obrigado Gillian a sair mais cedo, não sem antes me fazer um último convite enquanto ela esquadrinhava minha pilha de material de leitura com os olhos.

Procurei por um tamborete na galeria, mas não o encontrei. A Bodleiana era notoriamente carente de tais objetos, e eu perderia uns quinze minutos até que localizasse algum no interior da biblioteca e subisse na escada e alcançasse o livro. Hesitei. Mesmo depois de ter segurado um livro enfeitiçado naquela sexta-feira, reprimi a intensa tentação de me valer da magia. Por outro lado, ninguém veria nada.

Mesmo com todas essas racionalizações, minha pele formigava de ansiedade. Eu raramente quebrava minhas próprias regras, e eram poucas as situações que me impeliam a recorrer à magia. Aquela seria então a quinta vez naquele ano, contando com o meu feitiço na máquina de lavar defeituosa e meu toque no Ashmole 782. Nada mal, levando em conta que era fim de setembro, mas para mim não era a melhor marca.

Respirei fundo, estiquei o braço e visualizei o livro na minha mão.

O volume 19 do *Notes and Queries* se moveu na estante, fazendo um ângulo como se apanhado por mão invisível, e pousou suavemente na palma aberta de minha mão. Abriu-se em seguida na página de que eu precisava.

Tudo isso durou uns três segundos. Respirei fundo novamente para que minha culpa fluísse um pouco. De repente, dois rasgões gelados irromperam entre meus ombros.

Eu tinha sido vista, não por um simples observador humano.

Quando duas bruxas se entreolham, o toque de um olho no outro faz formigar. Mas as bruxas não são as únicas criaturas que compartilham o mundo com os humanos. Também há os demônios – criaturas criativas e artísticas que transitam entre a loucura e a genialidade. "Astros do rock e assassinos seriais." Era assim que minha tia descrevia esses estranhos e surpreendentes seres. E ainda há os antigos e belos vampiros que se alimentam de sangue e o deixam enfeitiçado quando não querem matá-lo na mesma hora.

Quando um demônio me olha, sinto a pressão leve e irritante de um beijo.

Já o olhar de um vampiro é frio, focado e perigoso.

Sondei mentalmente os frequentadores da Duke Humfrey. Ocorreu-me um vampiro, um monge querubínico que se debruçava como um amante sobre missais e livros de oração medievais. Mas raramente se encontravam vampiros em salas de livros raros. Vez por outra um deles sucumbia à fútil e nostálgica busca de reminiscências, mas isso não era comum.

Bruxos e demônios frequentavam bibliotecas com mais assiduidade. Gillian Chamberlain e seus óculos maravilhosos tinham estado ali naquele dia para estudar um papiro. E obviamente dois demônios estavam na sala de leitura musical. Eles me olharam com desvario quando passei a caminho de Blackwell para um chá. Um deles até me pediu para trazer um café com leite, indício de que estava mesmo imerso em algum tipo de loucura.

Claro, eu estava sendo observada por um vampiro.

Até porque já tinha esbarrado com alguns vampiros, pois a minha área de trabalho me colocava em contato com cientistas e muitos vampiros povoam os laboratórios do mundo inteiro. A ciência requer muito estudo e paciência. E graças a seus solitários hábitos de trabalho, os cientistas só são reconhecidos pelos colaboradores mais próximos. Isso se enquadra com mais facilidade no tipo de vida dos vampiros que se estende por séculos e não por décadas.

Em nossos dias, os vampiros gravitam em torno dos aceleradores de partículas, dos projetos de decodificação do genoma e da biologia molecular. No passado, eles se voltavam para alquimia, anatomia e eletricidade. Se uma pesquisa envolvia sangue ou promessa do desvendamento de segredos do universo, um vampiro sempre estava por perto.

Agarrei o volume avariado do *Notes and Queries* e me virei para flagrar meu observador. Ele estava na penumbra, no lado oposto da sala, na frente do setor de paleontologia, encostado em uma das belas pilastras de madeira que sustentavam a galeria. Um volume aberto do *Guide to Scripts Used in English Handwriting Up to 1500,* de Janet Roberts, balançava em suas mãos.

Eu nunca tinha visto aquele vampiro, mas tinha certeza de que ele não precisava de ajuda para decifrar caligrafias antigas.

Quem já leu obras célebres ou viu filmes de vampiros sabe que eles são surpreendentes, mas no fundo ninguém está preparado para vê-los. Eles têm uma estrutura óssea tão bem moldada que se assemelham às obras de excelentes escultores. E quando se movem ou dizem alguma coisa, você não consegue absorver o que está se passando. Os gestos são graciosos e as palavras soam como música. Eles têm olhos hipnóticos e é justamente com esses olhos que capturam a presa. Um olhar, algumas poucas palavras e um toque, e a vítima se torna indefesa nas garras do vampiro.

Olhei para o vampiro e, infelizmente, me dei conta de que todo meu conhecimento sobre o tema era teórico demais. Um conhecimento que me pareceu inútil tão logo o vi na Biblioteca Bodleiana.

O único vampiro com quem eu mantive uma relação mais duradoura trabalhava na Suíça, no acelerador de partículas nucleares. Jeremy, magro e bonito, com cabelos louros luminosos, olhos azuis e um sorriso contagiante. Ele já tinha deitado com quase todas as mulheres do cantão de Genebra, e na ocasião atuava na cidade de Lausanne. Nunca me interessei em saber o que Jeremy fazia com elas depois de seduzi-las e me recusava a aceitar seus persistentes convites para um passeio e um drinque. Aos meus olhos ele era a representação perfeita da espécie. Mas comparado com o vampiro que estava à minha frente, ele parecia magrelo, palerma e jovem demais.

O vampiro que eu tinha à frente era alto – bem, descontando as distorções de perspectiva associadas ao fato de que o olhava do alto da galeria, ele tinha quase dois metros de altura. E sem dúvida alguma não era magrelo. Ombros largos, torso modelado e pernas musculosas. Mãos incrivelmente longas e ágeis, um traço de delicadeza fisiológica que atraiu meus olhos enquanto me perguntava se aquelas mãos podiam ser de um homem tão corpulento.

Eu o observava e ao mesmo tempo ele me olhava fixamente. De onde eu estava, os olhos daquele vampiro eram negros como a noite, abrigados debaixo de sobrancelhas igualmente negras, uma delas se erguia em curva insinuando indagação. Ele tinha um rosto realmente incrível, os planos e as superfícies eram bem delineados e os ossos faciais eram angulosos e se juntavam às sobrancelhas que escudavam e sombreavam os olhos. Acima do queixo, uma outra parte com vestígios de suavidade – uma boca tão longa quanto as mãos parecia não fazer sentido.

Mas a perfeição física não era o que mais desconcertava. A selvagem combinação de força, agilidade, inteligência aguçada era tão intensa que se tornava palpável. Vestindo uma calça preta e um suéter cinza, com os cabelos negros descaindo displicentemente até a nuca, ele parecia uma pantera que poderia atacar a qualquer momento, mas sem nenhuma pressa para isso.

Ele sorriu. Apenas o esboço de um sorriso tímido, sem mostrar os dentes. Por via das dúvidas, levei em conta que atrás daqueles lábios pálidos havia dentes afiados.

A simples alusão aos *dentes* descarregou uma corrente instintiva de adrenalina que percorreu meu corpo todo, deixando um formigamento nos meus dedos. De repente, um único pensamento me passou pela cabeça: *saia daqui, AGORA*.

A escada pareceu mais longa que os quatro passos necessários para descê-la. Eu desci apressada e tropecei no último degrau, caindo direto nos braços do vampiro.

É claro que o tropeção tinha a ver com aquela criatura.

Ele tinha mãos frias e braços que pareciam feitos de aço e não de carne e osso. Um aroma de cravo e canela e de alguma outra coisa que me lembrou incenso encheu o ar. Ele me endireitou, pegou o exemplar do *Notes and Queries* que tinha caído no chão e me entregou com uma reverência.

– Dra. Bishop, eu presumo.

Assenti com a cabeça, tremendo da cabeça aos pés.

Com os dedos longos e pálidos da mão direita, ele tirou um cartão de apresentação azul e branco do bolso.

– Matthew Clairmont.

Peguei o cartão pela pontinha, cuidando de não tocar naqueles dedos. O conhecido logotipo da Universidade de Oxford com três coroas e um livro aberto ladeava o sobrenome Clairmont, seguido por uma fileira de iniciais que o credenciava como membro da Royal Society.

Nada mau para quem aparentava uns trinta e poucos anos, se bem que achei que a idade verdadeira dele era no mínimo dez vezes mais.

Não fiquei surpresa quando soube que aquele vampiro era professor de bioquímica e integrava o departamento de neurociência de Oxford, no Hospital John Radcliffe. Sangue e anatomia – dois ingredientes preferidos dos vampiros. O cartão apresentava os números telefônicos de três diferentes laboratórios, o número da sala e o endereço eletrônico dele. Embora não o tivesse visto antes, ele não era nem um pouco difícil de ser encontrado.

– Professor Clairmont. – Minha voz soou débil antes que as palavras sumissem da minha boca e eu não conseguisse mais controlar a vontade de sair correndo aos gritos daquele lugar.

– Ainda não fomos apresentados – ele disse, com um sotaque estranho. Um sotaque predominantemente de Oxford, mas com um toque de suavidade indistinguível aos meus ouvidos. Só então notei que os olhos que se fixavam no meu rosto não eram totalmente negros, mas dominados por pupilas dilatadas e margeadas por uma íris cinza esverdeada. Ele tinha um olhar penetrante, e eu não conseguia desviar meus olhos.

A boca do vampiro se mexeu novamente.

– Sou um grande admirador do seu trabalho.

Arregalei os olhos. Mesmo não sendo impossível que um professor de bioquímica se interessasse pela alquimia do século XVII, isso era improvável demais. Esquadrinhei a sala, com as mãos na gola da minha blusa branca. Éramos os únicos naquele lugar. Não vi ninguém no velho arquivo de carvalho nem próximo ao setor dos computadores. E quem estivesse na recepção estaria muito distante para vir em meu socorro.

– Achei fascinante seu artigo sobre o simbolismo cromático da transformação alquímica, e foi muito persuasivo seu trabalho sobre a abordagem de Robert Boyle aos problemas de expansão e contração – continuou Clairmont, com fala mansa, como se acostumado a ser o único participante ativo nas conversas. – Ainda não terminei de ler seu último livro sobre educação e aprendizado alquímicos, mas estou adorando.

— Muito obrigada — sussurrei.

Ele desviou os olhos dos meus e olhou minha garganta.

Parei de dedilhar os botões de minha gola.

Ele voltou a cravar um olhar incomum nos meus olhos.

— Você tem uma maneira maravilhosa de resgatar o passado para os leitores.

Considerei isso um elogio, já que os erros não passariam despercebidos aos olhos de um vampiro.

Ele fez uma pausa de alguns segundos e acrescentou:

— Aceitaria jantar comigo?

Fiquei boquiaberta. Jantar? Talvez nem conseguisse escapar de Clairmont na biblioteca, mas não fazia sentido aceitar o convite, ainda mais para uma refeição que ele não poderia compartilhar devido às preferências alimentares que tinha.

— Já tenho outros compromissos — respondi abruptamente, impotente para encontrar uma desculpa convincente.

Matthew Clairmont devia saber que eu era uma bruxa e que não estava celebrando o Mabon.

— Que pena — ele murmurou, com uma linha de sorriso nos lábios. — Fica para outra vez. Vai ficar aqui em Oxford o ano todo?

Um vampiro por perto era sempre irritante, e o aroma de cravo-da-índia que exalava dele evocava o cheiro estranho do Ashmole 782. Impossibilitada de pensar direito, só me restou assentir com a cabeça. Era mais seguro.

— Já presumia — ele disse. — Estou certo de que nossos caminhos se cruzarão outra vez. Oxford é uma província.

— Uma minúscula província — eu concordei, desejando estar em Londres e não ali.

— Até qualquer dia, então. Foi um prazer conhecê-la, dra. Bishop. — Clairmont estendeu a mão. Afora a breve mirada na minha gola, ele não desviou os olhos nem um só instante dos meus. Acho que nem piscou. Eu me enchi de coragem para não desviar os olhos.

Estendi a mão e relutei por um segundo antes de apertar a sua. Ele deu um passo para trás, sorriu e logo desapareceu na escuridão da parte mais velha da biblioteca.

Fiquei parada, esperando que minhas mãos geladas voltassem a se mover, e depois retornei à mesa e desliguei o computador. Enquanto guardava meus papéis, o volume do *Notes and Queries* me encarava de um modo inquisitorial, como se me acusando por ter me dado ao trabalho de pegá-lo para nada. A lista de tarefas também se excedia em reprovação. Arranquei a lista do caderno, amarrotei-a e joguei-a no cesto de lixo debaixo da mesa.

— *Basta o seu mal a cada dia* — murmurei o provérbio entre dentes.

O supervisor da sala do turno da noite olhou para o relógio quando devolvi os manuscritos.

– Saindo cedo, dra. Bishop?

Balancei a cabeça de boca fechada, contendo-me para não perguntar se ele sabia de um vampiro que estava no setor de referências paleográficas.

Ele pegou a pilha de pastas cinzentas que continham os manuscritos.

– A senhora vai precisar deles amanhã?

– Sim – sussurrei. – Amanhã.

Enfim livre depois de cumpridas as últimas obrigações burocráticas exigidas aos acadêmicos. Com meus sapatos batendo contra o chão de linóleo e ecoando pelas paredes de pedra, ultrapassei o portal de treliças da sala de leitura, passei pelos livros resguardados das mãos dos curiosos por cordas de veludo, desci os degraus gastos da escada de madeira e entrei no pátio do primeiro andar. Respirei ar frio e me encostei à grade de ferro que cercava a estátua de bronze de William Herbert, lutando para tirar o resto de odor de cravo e canela das minhas narinas.

As noites de Oxford são sempre chocantes, disse com firmeza para mim mesma. Então... mais um vampiro na cidade.

O trajeto para casa foi mais rápido que de costume, apesar do que tinha dito a mim mesma no pátio. A escuridão na New College Lane era, na melhor das hipóteses, fantasmagórica. Enfiei o cartão magnético na leitora ótica do portão dos fundos da New College e boa parte da tensão no meu corpo se dissipou quando o portão se fechou às minhas costas, como se cada porta e cada parede que eu tinha erguido entre mim e a biblioteca me mantivessem de alguma forma a salvo. Margeei a parede da capela de janelas altas até a passagem estreita que dava no pátio, cuja vista era o único jardim sobrevivente e ainda inteiro de Oxford, com um monte tradicional que no passado oferecia uma paisagem verde para que os alunos contemplassem os mistérios de Deus e da natureza. Nessa noite, as torres e os arcos da faculdade se mostravam especialmente góticos, e eu estava ansiosa para entrar no prédio.

Respirei aliviada quando fechei a porta do meu apartamento. Situado no último andar do complexo, era um alojamento reservado para antigos membros visitantes. Os cômodos do apartamento incluíam um quarto de dormir, uma sala com mesa de jantar redonda e uma cozinha pequena, porém decente, todos decorados com gravuras antigas e lambris aconchegantes. O mobiliário parecia ter sido recolhido de diversas encarnações anteriores da sala dos tutores e alunos e da casa dos mestres, muito usada e com predominância do estilo do século XIX.

Fui à cozinha, coloquei duas fatias de pão na torradeira e tomei um copo d'água gelada. Enquanto bebia, abri a janela para deixar o ar fresco entrar na casa.

Levei as torradas até a sala, tirei os sapatos e liguei o pequeno aparelho de som. Os acordes de Mozart se dispersaram por todos os lados. Estiquei-me no sofá para descansar por alguns instantes antes de tomar um banho e me debruçar nas anotações do dia.

Passava das três horas da madrugada quando acordei com o coração sobressaltado, o pescoço rijo e um forte gosto de cravo-da-índia na boca.

Peguei um copo d'água e fechei a janela da cozinha. Estava frio e tremi com a umidade do ar.

Olhei de relance para o relógio, fiz alguns cálculos e resolvi telefonar para casa. Lá em casa o relógio estaria marcando 22:30 mas Sarah e Em eram notívagas como morcegos. Apaguei todas as luzes do apartamento, menos as do quarto, e peguei o celular. Eu me despi rapidamente das minhas roupas encardidas, me censurando por ter ido assim à biblioteca, e depois vesti uma calça velha e larga de ioga e um suéter preto. Roupas bem mais confortáveis que qualquer pijama.

Reconfortada pela maciez e firmeza da cama, quase me convenci a não telefonar para casa. Mas a água não tinha tirado os vestígios do cravo-da-índia de minha língua, e eu então teclei o número.

– Já estávamos esperando seu telefonema – soaram as primeiras palavras.

Bruxas.

– Sarah, eu estou bem – suspirei.

– Todos os sinais dizem o contrário. – A irmã mais nova de mamãe fez questão de não fazer rodeios, como sempre. – Tabitha está agitada desde o começo da tarde, Em teve uma visão muito clara de você perdida num bosque à noite, e eu não consigo comer nada desde o café da manhã.

O verdadeiro problema era a danada da gata. Tabitha era a queridinha de Sarah e captava os problemas da família com surpreendente precisão.

– Está tudo *bem*. Só tive um encontro inesperado na biblioteca esta noite, e nada mais.

Um clique denunciou a presença de Em na extensão.

– Por que você não está celebrando o Mabon? – ela perguntou.

Até onde minha memória alcançava, Emily Mather me acompanhava como um verdadeiro apêndice. Ela e Rebecca Bishop se conheceram na escola secundária, durante um trabalho de férias em Plimoth Plantation, onde cavavam buracos e empurravam um carrinho de mão para os arqueólogos. Logo se tornaram as melhores amigas e passaram a se corresponder com devoção quando Emily foi para Vassar e minha mãe, para Harvard. Mais tarde, elas se reencontraram em Cambridge, quando Em se tornou bibliotecária infantil. Depois os meus pais morreram e os longos finais de semana de Emily em Madison a levaram a um novo emprego na escola local de ensino fundamental. Ela e Sarah tornaram-se companheiras inseparáveis, embora Em tivesse seu próprio apartamento na cidade porque havia um acordo entre ambas de que nunca dividiriam a mesma cama na minha presença enquanto eu fosse criança. O relacionamento delas não incomodava nem a mim nem aos vizinhos nem a qualquer outro da cidade. Eram tratadas por todos como um verdadeiro casal, a despeito de onde dormiam. Depois que saí de casa, Em mudou-se para lá e lá permanece até hoje. Tal como mamãe e titia, Em descendia de uma linhagem de bruxas.

– Fui convidada a participar de um *coven*, mas tive que trabalhar.
– A bruxa da Bryn Mawr a convidou?

Emily tinha uma queda por Gillian, a classicista, sobretudo porque um dia saíra com a mãe de Gillian (deixou escapar isso numa noite de verão, depois de alguns copos de vinho). "Coisa dos anos 1960", era como se justificava.

– Sim. – Minha voz soou aborrecida. Ela e Sarah tinham metido na cabeça que agora eu tinha um emprego seguro e estava a caminho de ver a luz, e começaria a levar a sério meu dom mágico. Nada abalava este prognóstico esperançoso, e as duas sempre se alvoroçavam quando eu entrava em contato com uma bruxa.
– Mas passei a tarde inteira com Elias Ashmole.

– Quem é ele? – perguntou Em para Sarah.

– Você sabe, é aquele defunto que colecionava livros de alquimia – respondeu Sarah, com uma voz abafada.

– Então vocês duas estão aí – eu disse.

– E quem lhe aborreceu? – perguntou Sarah.

Já que as duas eram bruxas, não fazia sentido tentar esconder alguma coisa.

– Conheci um vampiro na biblioteca. Nunca o tinha visto antes, se chama Matthew Clairmont.

Em fez silêncio enquanto checava seu arquivo mental de criaturas notáveis. Sarah também silenciou por alguns segundos, hesitando se explodia ou não.

– Espero que seja mais fácil se livrar dele do que dos demônios que você costuma atrair – disse, de modo afiado.

– Os demônios deixaram de me aborrecer depois que larguei o teatro.

– Ainda teve aquele demônio que a seguiu até a Biblioteca Beinecke quando você começou a trabalhar em Yale – Em me corrigiu. – Ele só estava vagando pela rua e procurando por você.

– Era um tipo mentalmente desequilibrado – protestei. O fato de ter atraído casualmente um único demônio curioso não podia ir contra mim, e fazer feitiçaria na máquina de lavar também não.

— Você atrai essas criaturas como as flores atraem as abelhas, Diana. Mas os demônios não são tão perigosos quanto os vampiros. Fique longe dele – disse Sarah, com firmeza.

— Não tenho motivos para procurá-lo. – Acariciei meu pescoço. – Nós não temos nada em comum.

— A questão não é essa – disse Sarah, elevando o tom da voz. – Bruxos, vampiros e demônios não devem se misturar. Você sabe disso. Quando fazemos isso nos tornamos mais visíveis para os humanos. Nenhum demônio, nenhum vampiro valem esse risco.

As únicas criaturas do mundo que Sarah respeitava eram os bruxos. Para ela, os humanos não passavam de pobres infelizes, cegos para o mundo ao redor. Os demônios eram eternos adolescentes indignos de confiança. E de acordo com a hierarquia das criaturas estabelecida por ela, os vampiros encontravam-se bem abaixo dos gatos e talvez até um degrau abaixo dos vira-latas.

— Você já me ensinou essas regras, Sarah.

— Nem todos obedecem às regras, querida – observou Em. – O que ele queria?

— Ele disse que se interessava pelo meu trabalho. Mas como ele é um cientista, fica difícil acreditar nisso. – Meus dedos deslizaram pelo edredom da cama. – Ele me convidou para jantar.

— Para *jantar*? – Sarah pareceu incrédula.

Em se limitou a rir.

— Não há muita coisa no menu dos restaurantes que agrade aos vampiros.

— Estou certa de que não o verei de novo. Pelo que está no cartão de apresentação, ele trabalha em três laboratórios e ocupa dois cargos na faculdade.

— Típico – sussurrou Sarah. – É isso que acontece quando se tem muito tempo disponível. E pare de cutucar essa colcha porque vai acabar abrindo um buraco nela. – Minha tia estava com o radar de bruxa ativado, e agora me *via* da mesma forma que me ouvia.

— Ele não rouba o dinheiro de velhas senhoras nem torra a fortuna de incautos na bolsa de valores – argumentei. Os vampiros eram conhecidos por serem fabulosamente ricos, e isso era um ponto nevrálgico para Sarah. – Ele é bioquímico e uma espécie de médico interessado no cérebro.

— Com toda certeza, esse tipo é muito fascinante, Diana, mas o que ele *queria*? – Sarah contrapôs sua impaciência à minha irritação, um contragolpe muito bem executado por todas as mulheres da família Bishop.

— Jantar está fora de cogitação – afirmou Em, categórica.

Sarah bufou.

– Ele queria alguma coisa. Vampiros e bruxas não saem por aí em encontros românticos. A menos que estivesse planejando *jantar* você, é claro. Não há nada que eles adorem mais do que o sabor do sangue de uma bruxa.

– Talvez só estivesse curioso. Ou talvez aprecie mesmo seu trabalho – disse Em, com tanta dúvida que acabou rindo.

– Não teríamos esse tipo de conversa se você tivesse tomado as precauções básicas – disse Sarah, em tom azedo. – Um feitiço de proteção, um pouco do seu dom premonitório e...

– Não vejo necessidade de recorrer à magia e à feitiçaria para saber por que um vampiro me convidou para jantar – retruquei, com firmeza. – Sem chance, Sarah.

– Então não nos telefone à procura de respostas que não deseja ouvir – disse Sarah, visivelmente irritada. Colocou o telefone no gancho antes de ouvir a minha resposta.

– Você sabe que Sarah só está preocupada com você – disse Em, em tom conciliador. – E ela não entende por que você não se vale de seus dons nem mesmo para se proteger.

– Porque, como já expliquei antes, meus dons estão ligados a amarras. Tentei explicar novamente.

– Isso é um poço sem fundo, Em. Hoje me protejo de um vampiro na biblioteca e amanhã me protegerei de uma pergunta difícil na palestra. E algum tempo depois estarei escolhendo temas de pesquisas já sabendo que serão bem-sucedidos, e tendo a garantia de vitória. Para mim é muito importante vencer por conta própria. Se eu recorrer à magia, nada mais será verdadeiramente meu. Eu não quero ser a próxima bruxa Bishop. – Já ia abrir a boca para falar do Ashmole 782 para Em, mas alguma coisa me fez fechá-la.

– Eu sei, eu sei, querida. – A voz de Em soou com suavidade. – Eu entendo. Mas Sarah não consegue deixar de se preocupar com sua segurança. Você é tudo que restou da família dela.

Alisei o cabelo e deixei a mão na testa. Esse tipo de conversa sempre me fazia lembrar dos meus pais. Hesitei em mencionar minha grande preocupação.

– O que é? – perguntou Em, captando meu desconforto com o sexto sentido.

– Ele sabia meu nome. Nunca o tinha visto antes, mas ele me reconheceu.

Em considerou as possibilidades.

– Sua foto não está na orelha do seu último livro?

Meu fôlego que estava preso, sem que eu tivesse reparado, se soltou aliviado.

– Claro. Isso explica. Eu devia ter pensado nisso em vez de ser tão tola. Dá um beijo na Sarah por mim?

– Dou, sim. E se cuide, Diana. Os vampiros ingleses não se comportam tão bem com as bruxas como os vampiros americanos.

Sorri, lembrando da reverência formal de Matthew Clairmont.

– Pode deixar. Mas não se preocupe. É bem provável que não o veja de novo.

Ela ficou em silêncio.

– Em? – chamei-a.

– O tempo dirá.

Em não era tão boa em ver o futuro como minha mãe tinha sido um dia, mas dava para sentir que alguma coisa a preocupava. Convencer uma bruxa a compartilhar uma vaga premonição é algo quase impossível. Ela não me diria o que a preocupava em relação a Matthew Clairmont. Ainda não.

3

Em meio às sombras, na ponte arqueada que se estendia sobre a New College Lane e interligava dois módulos da Hertford College, o vampiro se pôs de costas na pedra desgastada de um dos prédios mais novos da faculdade e apoiou os pés na amurada da ponte.

A bruxa irrompeu com um passo surpreendentemente seguro pela calçada de pedras em frente a Bodleiana. Ela passou apressada por baixo do lugar em que ele estava. O nervosismo a deixava bem mais jovem do que ela realmente era e acentuava-lhe a vulnerabilidade.

Então, essa é a formidável historiadora, pensou o vampiro com malícia, analisando a silhueta da bruxa. Mesmo depois de ter observado uma foto de Bishop, Matthew achou que seria mais velha pelo seu extenso currículo profissional.

Apesar da grande e aparente agitação, Diana caminhava de coluna ereta e com os ombros retos. Talvez não fosse tão fácil intimidá-la como ele esperava. O comportamento dela na biblioteca demonstrara isso. Ela o encarara sem nenhum vestígio do medo que ele estava habituado a ver naqueles que não eram vampiros – e em muitos vampiros também.

Quando Bishop dobrou a esquina, Matthew esgueirou-se ao longo dos telhados até alcançar o muro da New College. O vampiro deslizou silenciosamente até a beira do telhado. Ele conhecia a planta da faculdade e localizara o apartamento da jovem. Quando ela começou a subir a escada, ele já estava no outro lado do apartamento.

Diana percorreu o apartamento, acendendo as luzes dos cômodos, enquanto os olhos de Matthew a seguiam. Ela abriu a janela da cozinha, deixando-a entreaberta, e sumiu de vista.

Isso me poupará de quebrar uma janela trancada, pensou o vampiro.

Matthew se projetou no espaço aberto e começou a escalar a parede até o apartamento, agarrado a um velho cano de cobre e aos galhos resistentes da videira enquanto tateava com as mãos e os pés em busca de brechas seguras na velha parede de tijolos. Já no seu novo posto de observação, o vampiro inalou o perfume da bruxa e ouviu um farfalhar de páginas folheadas. Ele esticou o pescoço para espiar pela janela.

Bishop estava lendo, a serenidade no rosto a fazia parecer diferente. Era como se a pele se encaixasse perfeitamente nos ossos. Ela inclinou levemente a cabeça e se recostou nas almofadas com um tênue suspiro de exaustão. Logo a regularidade da respiração deixou entrever que ela estava dormindo.

O vampiro escalou mais um pouco a parede e entrou pela janela da cozinha da bruxa. Fazia tempo que não entrava pela janela de uma mulher. Ocasiões assim eram raras, e geralmente associadas a momentos em que ele estava apaixonado. Mas dessa vez era por um motivo diferente. Mesmo assim, se fosse flagrado ali, ele teria que encontrar uma boa desculpa.

Matthew tinha que saber se o Ashmole 782 ainda estava com Bishop. Ele se viu impedido de procurar na escrivaninha dela na biblioteca, mas uma rápida olhadela o fez perceber que o manuscrito não estava entre os outros que ela consultara naquele dia. No entanto, uma bruxa – ainda mais uma Bishop – nunca deixaria o livro escapulir de suas mãos. Ele então percorreu, pé ante pé, os cômodos do pequeno apartamento, sem fazer barulho. O manuscrito não estava no banheiro nem no quarto da bruxa. Ele se esgueirou silenciosamente pelo sofá onde ela dormia.

As pálpebras da bruxa se moviam como se vendo um filme que só ela via, uma das mãos estava fechada e as pernas se mexiam uma vez ou outra. No entanto, indiferente ao que o resto do corpo podia expressar, o rosto estava impassível, sereno.

Alguma coisa estava errada. Matthew sentira isso tão logo a viu pela primeira vez na biblioteca. Ele cruzou os braços e começou a estudá-la, mas não conseguiu saber o que era. Aquela mulher não exalava os odores habituais de uma bruxa – meimendro negro, enxofre e sálvia. *Ela está escondendo alguma coisa*, pensou o vampiro, *alguma coisa além de um manuscrito perdido.*

Matthew se virou, procurando pela escrivaninha dela. Localizou-a, abarrotada de livros e papéis. Era bem provável que ela tivesse guardado o volume surrupiado ali. Ele deu um passo em direção à escrivaninha e paralisou quando sentiu um cheiro de eletricidade.

O corpo de Diana Bishop vertia uma luz – saía pelas extremidades e pelos poros. Era uma luz de um azul tão claro que beirava o branco, e primeiro formou um véu que a cobriu por alguns segundos. Ela brilhou por um momento. Matthew balançou a cabeça, sem acreditar no que via. Aquilo era impossível. Fazia séculos que ele não testemunhava aquele tipo de luminosidade emanando de uma bruxa.

Mas outros assuntos mais urgentes estavam em jogo, e Matthew retomou a busca ao manuscrito, revistando apressadamente os objetos que se encontravam na mesa. Frustrado, ele passou a mão no cabelo. O perfume da bruxa impregnava o ar, distraindo-lhe a atenção. Ele voltou os olhos para o sofá. Ela se remexeu novamente e se encolheu até ficar com os joelhos quase colados ao peito. E mais uma vez a luminosidade pulsou na superfície de seu corpo, brilhando por um instante e depois se recolhendo.

Matthew franziu a testa, intrigado, pela discrepância entre o que ouvira na noite anterior e o que testemunhava com os próprios olhos. Duas bruxas tinham fofocado sobre o Ashmole 782 e sobre uma outra bruxa que estava com o manuscrito. Uma delas insinuara que a historiadora americana negligenciava o poder mágico que possuía. Ele tinha visto esse poder em ação na Bodleiana e agora via o mesmo poder fluindo pelo corpo dela com grande intensidade. Suspeitava então que ela recorria à magia no trabalho intelectual. Ela escrevera sobre alguns homens que tinham sido amigos dele – Cornelius Drebbel, Andreas Libavius, Isaac Newton. E capturara as peculiaridades e obsessões desses homens com perfeição. Como uma mulher moderna poderia entender aqueles homens que tinham vivido no passado distante sem o auxílio da magia? Matthew se perguntou por um momento se Bishop seria capaz de entendê-lo com a mesma acuidade.

Os relógios badalaram três horas, deixando-o assustado, com a garganta seca. Ele se deu conta de que tinha ficado em pé e imóvel naquele lugar por horas a fio enquanto a bruxa sonhava e vertia seu poder em ondas. Por uma fração de segundo, ele cogitou em matar a fome com o sangue dela. O sabor do sangue o faria localizar o volume perdido e revelaria os segredos guardados pela bruxa.

Mas o vampiro se conteve. O desejo de encontrar o Ashmole 782 é que o tinha feito perder tempo com a enigmática Diana Bishop.

Se o manuscrito não estava no apartamento da bruxa, talvez ainda estivesse na biblioteca.

Matthew foi até a cozinha, saiu pela janela e desapareceu na noite.

4

Acordei quatro horas mais tarde, sem ter desfeito a cama para dormir e com o fone na mão. Enquanto dormia, o chinelo deve ter escapulido e meu pé direito ficou oscilando para fora da cama. Olhei para o relógio e resmunguei. Não me sobrava tempo para a caminhada habitual até o rio, nem para uma corrida.

Com meu ritual matinal minguado, tomei um banho e depois tomei uma xícara de chá bem quente enquanto secava o cabelo. Eu escovava meu cabelo com regularidade, e mesmo assim era rebelde e parecia uma palha. Como o cabelo de muitas outras bruxas, os fios longos do meu nunca estavam bem penteados e não se mantinham à altura dos ombros. Sarah dizia que isso se devia à magia enclausurada e garantia que o uso constante do meu poder dissiparia a eletricidade estática e tornaria meu cabelo mais obediente.

Depois de escovar os dentes, vesti uma calça jeans, uma blusa branca e uma jaqueta preta. Era a rotina de sempre e o traje habitual, mas nesse dia nada parecia confortável. Parecia que eu estava espremida nas roupas, e isso me incomodava. Ajeitei a jaqueta para melhorar o caimento, mas não se podia esperar muito de um corte inferior.

Olhei para o espelho, e lá estava o rosto da minha mãe, me olhando. Não sei quando comecei a me parecer tanto com ela. Será que foi durante a faculdade? Lembro que só repararam nisso em meu primeiro ano de faculdade, quando fui passar o feriado de Ação de Graças em casa. Era a primeira vez que ouvia isso das pessoas que tinham conhecido Rebecca Bishop.

A olhadela no espelho também me fez notar que as poucas horas de sono tinham deixado minha pele esmaecida. Isso realçava as sardas herdadas do meu pai, um realce alarmante que as olheiras em torno de meus olhos tornavam ainda mais visível. O cansaço também evidenciava o tamanho do meu nariz, deixando meu queixo mais pronunciado. Lembrei do imaculado professor Clairmont, me perguntando que aparência *ele* tinha quando acordava de manhã. Talvez a mesma aparência prístina que apresentara na noite anterior, concluí – uma besta. Ri da minha reflexão.

Fiz o trajeto até a porta do apartamento, parando aqui e ali, verificando todos os aposentos. Algo me preocupava – sei lá, um apontamento esquecido, um prazo de entrega. A sensação era de que eu tinha esquecido alguma coisa muito importante. O desconforto fez meu estômago revirar e comprimir, e depois passou. Chequei a agenda e a pilha de correspondência em cima da mesa, depois saí apressada e desci até o térreo. As prestativas funcionárias da cozinha me ofereceram uma torrada quando me viram passar correndo. Elas teimavam em ainda me ver como uma aluna da graduação e sempre tentavam me alimentar com mingau e torta de maçã quando eu parecia estressada.

Mastigar a torrada enquanto escorregava pelo calçamento de pedras da New College Lane foi o bastante para me convencer de que a noite anterior não tinha passado de um sonho. Meus cabelos balançavam no meu pescoço e minha expiração se misturava ao ar gelado. De manhã, Oxford era a quintessência da normalidade, com os furgões de entregas que se dirigiam às cozinhas da faculdade, o aroma de café recém-passado, a umidade da calçada e os raios de sol que se infiltravam pela neblina. Claro que não era um lugar apropriado para vampiros.

O atendente da Bodleiana, no seu costumeiro terno azul, executou a rotina de examinar meu cartão da biblioteca como se nunca me tivesse visto, como se eu fosse chefe de uma quadrilha de ladrões de livros. Por fim, acenou, permitindo minha entrada. Coloquei a bolsa no guarda-volumes próximo à porta depois de ter apanhado a carteira, o computador e as notas, e me dirigi à escada de madeira em espiral rumo ao terceiro andar.

O cheiro de biblioteca sempre me deixava revigorada – um misto de pedras envelhecidas, umidade, carcoma e papel corretamente feito de fibras de algodão. O sol entrava pelas janelas de cada piso da escada, iluminando as partículas de poeira no ar e projetando barras luminosas nas velhas paredes. Nelas, a luz do sol salientava os anúncios da última série de palestras agora enrolados. Ainda seriam afixados novos cartazes, mas logo, logo os portões se abririam e chegaria uma onda de alunos para quebrar a tranquilidade da cidade.

Cantarolando baixinho, cumprimentei com um aceno de cabeça os bustos de Thomas Bodley e do rei Carlos I que ladeavam a entrada arqueada da Duke Humfrey e empurrei a porta de vaivém próxima ao balcão de solicitações.

– Hoje teremos que instalá-lo na Selden End – soou a voz do supervisor, com um tom exasperado.

A biblioteca acabara de abrir, mas o sr. Johnson e sua equipe já estavam agitados. Eu já presenciara essa mesma agitação, mas só quando acadêmicos importantes eram aguardados.

– Ele já fez os pedidos e está esperando. – A atendente desconhecida do dia anterior me olhou com uma cara carrancuda e pegou uma pilha de livros. – Esses aqui também. Ele pediu que os levasse da nova sala de leitura da biblioteca.

Lá ficavam os livros da Ásia oriental. Não era meu campo de estudo e logo perdi o interesse pela agitação.

– Leve-os para ele agora mesmo e avise que entregaremos os manuscritos daqui a uma hora. – O supervisor parecia aborrecido quando retornou a seu escritório.

Sean fez uma cara de enfado quando me aproximei do balcão.

– Oi, Diana. Você quer os manuscritos que reservou?

– Muito obrigada – sussurrei, visualizando minha apetitosa lista. – Hoje o dia está agitado, não é?

– Aparentemente – ele disse de modo seco antes de sumir na cabine onde os manuscritos eram trancados durante a noite. Em seguida, voltou com uma valiosa pilha. – Aqui estão. Qual é mesmo o número de sua mesa?

– A4. – Era o número da mesa que eu sempre escolhia, no fundo do canto sudeste do Selden End, onde a luz natural era melhor.

O sr. Johnson veio correndo em minha direção.

– Dra. Bishop, nós colocamos o professor Clairmont na A3. Talvez a senhora prefira se sentar na A1 ou na A6. – Ele se equilibrava nervosamente ora sobre o pé esquerdo ora sobre o direito, ajeitando os óculos no topo do nariz e piscando para mim atrás de grossas lentes.

Eu o encarei.

– O professor *Clairmont*?

– Sim. Ele está trabalhando em alguns documentos de Needham e precisa de uma boa luz para isso.

– Joseph Needham, o historiador de ciência chinesa? – O sangue começou a ferver em torno do meu plexo solar.

– Sim, o próprio. Ele também era bioquímico, é claro... daí o interesse do professor Clairmont – explicou o sr. Johnson, nesse momento ainda mais atrapalhado. – A senhora se sentaria na A1?

– Ficarei com a A6.

A ideia de me sentar ao lado de um vampiro, mesmo com um assento vazio entre nós dois, me soou profundamente desagradável. Mas para mim era impossível cogitar um lugar do outro lado da A4. Como poderia me concentrar imaginando o que aqueles olhos estranhos estariam olhando? Se as mesas da ala medieval fossem mais confortáveis, eu teria me instalado debaixo de uma das gárgulas que guardavam as estreitas janelas, mesmo enfrentando a desaprovação da empertigada Gillian Chamberlain.

– Oh, isso é ótimo. Muito obrigado pela compreensão. – O sr. Johnson suspirou aliviado.

Meus olhos se apertaram assim que cheguei ao iluminado Selden End. Clairmont parecia imaculado e descansado, sua pele pálida contrastava com seus cabelos negros. Dessa vez, ele estava com um suéter cinza salpicado de pontos verdes, com a gola ligeiramente erguida à nuca. Uma espiada para debaixo da mesa mostrou que ele vestia uma calça cinza quase da cor do carvão, meias combinando e sapatos pretos que seguramente eram mais caros que o guarda-roupa inteiro dos acadêmicos.

A sensação de desconforto retornou. O que Clairmont estava fazendo na biblioteca? Por que não estava no laboratório?

Não fiz o menor esforço para abafar o barulho dos meus passos enquanto andava na direção do vampiro. Sentado na extremidade das fileiras de mesas, em linha diagonal ao meu lugar, e aparentando não se dar conta de minha presença, Clairmont manteve-se impassível na leitura. Coloquei a sacola de plástico e os manuscritos no espaço marcado como A5, delimitando os limites extremos do meu território.

Ele ergueu os olhos e arqueou as sobrancelhas, em aparente surpresa.

– Dra. Bishop. Bom-dia.

– Professor Clairmont. – Eu presumi que ele tinha escutado tudo o que se disse a respeito dele na entrada da sala com uma audição de morcego. Sem encará-lo, comecei a tirar meus equipamentos de dentro de uma sacola para erguer uma pequena fortificação entre mim e o vampiro. Ele me observou fazendo isso até o fim, e depois abaixou as sobrancelhas em sinal de concentração e retomou a leitura.

Peguei o fio do computador e me enfiei debaixo da mesa para ligá-lo na tomada. Quando me recompus, ele ainda estava lendo, mas se reprimindo para não rir.

– Você estaria bem mais confortável na extremidade norte – eu disse entre dentes, voltando-me para minha lista de manuscritos.

Clairmont ergueu os olhos, repentinamente escurecidos pelas pupilas dilatadas.

– Eu a estou incomodando, dra. Bishop?

– É claro que não – respondi abruptamente, com a garganta repentinamente impregnada pelo forte aroma de cravo-da-índia que acompanhou as palavras dele. – Mas me surpreende vê-lo confortavelmente sentado de frente para o lado sul.

– Você acredita em tudo que lê? – Ele ergueu uma das sobrancelhas grossas e negras, com um ar de interrogação.

– Se quer saber se acho que você arderá em chamas sob a luz do sol, a resposta é não. – Os vampiros não se incendeiam em contato com a luz do sol e não possuem presas muito acentuadas. São lendas criadas pelos humanos. – Mas nunca conheci... *alguém como você* que gostasse de se expor ao sol.

O corpo de Clairmont continuou imóvel, mas notei que ele se reprimiu para não rir.

– Dra. Bishop, quantas experiências diretas você teve com *alguém como eu*?

Como ele sabia que minhas experiências com vampiros não eram muitas? Mesmo com alguns sentidos e habilidades sobrenaturais, isso não capacita os vampiros a ler mentes e ter premonições. São sentidos inerentes a bruxas e, raras vezes, a certos demônios. Essa era a ordem natural, ou pelo menos a que minha tia me passou quando eu era criança e que atrapalhava meu sono, temendo que algum vampiro roubasse meus pensamentos e fugisse pela janela com eles.

Eu o analisei bem de perto.

– De qualquer forma, não acho que sejam necessários anos de experiência para que me diga o que quero saber agora, professor Clairmont.

– Se eu puder, ficarei feliz em responder sua pergunta – ele disse, fechando o livro e o deixando na mesa. Aguardou com a mesma paciência de um professor que ouve um aluno beligerante e não muito brilhante.

– O que *você* quer?

Clairmont se recostou na cadeira de braços cruzados.

– Eu quero investigar os documentos de Needham e estudar a evolução de suas ideias em morfogênese.

– Morfogênese?

– As mudanças nas células embrionárias que resultam na diferenciação...

– Eu sei o que é morfogênese, professor Clairmont. Isso não me interessa agora.

Ele engoliu em seco. E eu cruzei os braços.

– Entendo. – Ele esticou seus dedos longos, descansando os cotovelos nos braços da cadeira. – Na noite passada, vim aqui na Biblioteca Bodley para requisitar alguns manuscritos. Entrei e resolvi dar uma olhada por aí... você entende, gosto de dar uma olhada no que me cerca e geralmente isso não leva muito tempo. E lá estava você, na galeria. Claro que aquilo que vi depois foi completamente inusitado. – Ele engoliu em seco outra vez.

Repassei na cabeça a cena em que eu pegava o livro. Procurei não me desarmar por ele ter sido antiquado ao dizer "Biblioteca Bodley", mas não tive muito êxito.

Cuidado, Diana, eu disse para mim mesma. *Ele está querendo encantá-la.*

– Então, a sua versão é de que tudo não passou de um conjunto de estranhas coincidências que fizeram um vampiro e uma bruxa se sentarem próximos um do outro para investigar manuscritos como dois leitores comuns.

– Não acho que alguém que perdesse tempo para me analisar chegaria à conclusão de que sou comum, não concorda? – A serenidade na voz de Clairmont assumiu um tom zombeteiro, e ele se inclinou para a frente da cadeira. A luz incidiu na palidez de sua pele e o fez brilhar. – Mas por outro lado, é isso mesmo. Tudo não passa de uma série de coincidências facilmente explicáveis.

– Suponho que os cientistas não acreditam em coincidências.

Ele riu, suavemente.

– Alguns precisam acreditar.

Clairmont continuou com os olhos cravados em mim, e isso me deixou extremamente irritada. A atendente chegou com caixas de manuscritos que trazia com um carrinho de madeira para a sala de leitura e colocou-as nos braços do vampiro.

Ele tirou os olhos de mim.

– Muito obrigado, Valerie. Agradeço pela ajuda.

– Não há de quê, professor Clairmont – disse Valerie, ruborizada, olhando-o em êxtase. O vampiro a encantara com nada mais que um simples agradecimento. Bufei. – Não deixe de nos avisar quando precisar de alguma coisa – ela acrescentou enquanto voltava para seu posto próximo à entrada.

Clairmont desamarrou o barbante da primeira caixa com seus longos dedos e deu uma olhadela em mim.

– Não quero atrapalhar seu trabalho.

Matthew Clairmont assumira o controle. Eu já tinha lidado o bastante com colegas academicamente superiores a mim para reconhecer os sinais e saber que qualquer resposta só pioraria a situação. Abri o computador e o pus para funcionar com um toque mais pesado que o necessário, e peguei meu primeiro manuscrito. Depois o desamarrei e o coloquei no cavalete à frente.

Passada uma hora e meia, eu tinha lido as primeiras páginas pelo menos umas trinta vezes. Comecei pela leitura dos conhecidos versos atribuídos a George Ripley, os quais prometiam revelar os segredos da pedra filosofal. Em face das surpresas da manhã, o poema que descreve como fazer o Leão Verde, criar o Dragão Negro e preparar o sangue místico a partir de ingredientes químicos pareceu mais opaco que de costume.

Por outro lado, o desempenho de Clairmont era surpreendente, preenchendo páginas de papel com uma elegante caneta Montblanc Meisterstück. Ele virava as páginas sem se deter, e o farfalhar me deixava boquiaberta.

Vez por outra o sr. Johnson passava pela sala para verificar se as obras estavam sendo bem cuidadas. O vampiro não interrompia suas anotações. Eu espiava.

Às 10:45 Gillian Chamberlain entrou no Selden End, fazendo-me sentir um formigamento familiar. Ela caminhou na minha direção – sem dúvida para me dizer que se divertira muito no jantar de Mabon. Então, avistou o vampiro e uma sacola plástica com lápis e papéis caiu de suas mãos. Ele a encarou e assim ficou até que ela retornou apressada para a sala medieval.

Às 11:30 senti a pressão insidiosa de um beijo na minha nuca. Era o demônio confuso e viciado em cafeína da sala de referências musicais. Ele girava repetidamente um par de fones de ouvido brancos de plástico entre os dedos e depois os girava no ar. Avistou-me, acenou com a cabeça para Matthew e sentou-se na frente de um computador no centro da sala. Um aviso estava colado à tela: COM DEFEITO. À ESPERA DO TÉCNICO. O demônio permaneceu ali durante algumas horas, às vezes olhando para trás e para o teto, como se tentando se situar e descobrir como tinha parado naquele lugar.

Desviei a atenção para George Ripley, sentindo os olhos frios de Clairmont no alto da minha cabeça.

Às 11:40 tive a sensação de um rasgão gelado entre meus ombros.

Foi a última gota. Sarah sempre dizia que entre dez seres um é sempre uma criatura, mas naquela manhã as criaturas superavam os humanos na sala Duke Humfrey, numa média de cinco para um. De onde tinham surgido todas aquelas criaturas?

Levantei abruptamente e olhei ao redor, assustando um querubínico vampiro tosquiado que tinha uma pilha de missais medievais na mão e tentava se sentar numa minúscula cadeira. Ele deixou escapar um grunhido perante a súbita e indesejada atenção. Ao avistar Clairmont, empalideceu de um modo que eu não achava possível nem mesmo para um vampiro. Inclinou-se com reverência e saiu às pressas em direção aos recessos sombrios da biblioteca.

Ao longo da tarde, uns poucos humanos e mais três criaturas entraram no Selden End.

Duas vampiras desconhecidas, talvez irmãs, passaram deslizando por Clairmont e chegaram às estantes de história local debaixo da janela, onde pegaram obras sobre a colonização de Bedfordshire e Dorset e fizeram anotações em um único bloco. Uma delas cochichou alguma coisa e a cabeça de Clairmont girou com tanta rapidez que se fosse o pescoço de um ser inferior teria estalado. Ele pediu silêncio com um suave sopro sibilante que eriçou os pelos da minha nuca. As duas se entreolharam e se retiraram da mesma maneira furtiva de quando apareceram.

A terceira criatura era um homem mais velho que se colocou diretamente exposto à luz do sol, olhou embevecido pelas janelas e depois se voltou para mim. Ele vestia o traje acadêmico habitual – paletó de *tweed* com remendo nos cotovelos, calça de veludo cotelê ligeiramente esverdeada e camisa de algodão abotoada até a gola com um bolso manchado de tinta – e eu já estava achando que era mais um acadêmico de Oxford quando minha pele formigou, sinalizando que era um bruxo. Mesmo assim, era um estranho para mim e tratei de me concentrar no meu manuscrito.

Contudo, uma suave sensação de pressão na minha nuca tornou impossível a concentração na leitura. A pressão se deslocou para os olhos, intensificando-se à medida que se dispersava pela testa, e fez meu estômago se apertar de pânico. Aquilo não era uma saudação silenciosa e sim uma ameaça. Mas por que outro bruxo estaria me ameaçando?

Ele caminhou na minha direção, com aparente displicência. Já próximo de mim, uma voz sussurrou dentro de minha cabeça, a essa altura estalando de dor. Eu me senti muito debilitada para distinguir as palavras. Eu estava certa de que vinham do bruxo, mas quem era ele afinal?

Eu já estava sem fôlego. *Saia da minha cabeça*, eu pensei, agora irritada e tocando na minha testa.

Clairmont moveu-se com tanta rapidez que não o vi rodear as mesas. Uma fração infinitesimal de tempo depois, ele já estava de pé, apoiado com uma das mãos nas costas da minha cadeira e com a outra no tampo da minha mesa. Seus ombros largos curvavam-se em volta de mim como as asas de um falcão protegendo a presa.

– Você está bem? – ele perguntou.

— Estou ótima — respondi com uma voz trêmula, sem entender por que um vampiro precisava me proteger de um bruxo.

Na galeria acima de nós, uma leitora esticou a cabeça para espionar o ocorrido. Ela aparentava preocupação. Uma bruxa, um bruxo e um vampiro jamais seriam ignorados por um humano.

— Me deixe sozinha. Os humanos já nos perceberam — falei entre dentes.

Clairmont empertigou-se, como um anjo vingador, de costas para o bruxo e com o corpo angulado entre mim e o bruxo.

— Ah, desculpem-me — murmurou o bruxo por trás de Clairmont. — Achei que o lugar estava vago. Peço desculpas.

À medida que o bruxo se retirava com passos macios, a pressão na minha cabeça desvanecia.

Uma leve brisa soprou em mim quando o vampiro tentou tocar no meu ombro com sua mão gelada e a desviou para o encosto de minha cadeira. Depois, se inclinou.

— Você está muito pálida — disse suave e baixinho. — Posso acompanhá-la até sua casa?

— Não. — Balancei a cabeça, torcendo para que ele se sentasse e eu pudesse me recompor. Lá na galeria, a humana continuava a nos observar.

— Dra. Bishop, talvez seja melhor me deixar acompanhá-la até sua casa.

— Não! — Minha voz soou mais alta que o pretendido. Abaixei o tom até torná-la um sussurro. — Ninguém vai me tirar desta biblioteca... nem você nem qualquer outro.

O rosto de Clairmont estava desconcertantemente próximo de mim. Ele respirou fundo e foi soltando o ar aos poucos, e o poderoso aroma de cravo e canela se fez presente outra vez. O meu olhar o fez se convencer da minha resolução e ele se afastou. Com os lábios fechados em uma linha de severidade, retomou o assento.

Passamos o resto da tarde em negociação diplomática. Eu tentava ultrapassar a segunda folha do primeiro manuscrito enquanto ele folheava alguns fragmentos e as notas já escritas, com a atenção de um juiz decidindo um caso capital.

Ali pelas três horas da tarde, meus nervos já estavam em frangalhos, e eu não conseguia mais me concentrar. Um dia perdido.

Recolhi minhas coisas espalhadas pela mesa e coloquei o manuscrito de volta à caixa.

Clairmont olhou para mim.

— Já vai embora, dra. Bishop? — disse com uma voz meiga, mas com os olhos faiscando.

– Sim – respondi, apressadamente.

Aos poucos, a cara do vampiro se tornou inexpressiva.

As criaturas presentes na biblioteca observaram minha saída – o bruxo ameaçador, Gillian, o monge vampiro e também o demônio. O atendente da tarde na mesa de devolução me era estranho porque eu nunca saía da biblioteca naquele horário. O senhor Johnson se remexeu na cadeira e, surpreso por me ver, olhou para o relógio.

Atravessei a porta de vidro da biblioteca e respirei o ar fresco do pátio. Mas naquele dia seria preciso muito mais que ar fresco.

Quinze minutos depois, eu estava de bermuda larga, camiseta velha da New College Boat Club e suéter de moletom. Amarrei os cadarços do tênis e saí para uma corrida até o rio.

Quando cheguei ao rio, uma boa parte da minha tensão se dissipara.

– Envenenamento de adrenalina – era o diagnóstico de um médico para os surtos de ansiedade que me atormentavam desde a infância. O que os médicos explicavam é que meu corpo parecia se sentir em constante perigo por razões desconhecidas. Um dos especialistas consultados pela minha tia afirmou com veemência que meu sintoma era um resquício bioquímico do período em que o homem se dedicava à caça e à agricultura. Segundo ele, eu poderia melhorar se corresse para liberar a carga de adrenalina da minha corrente sanguínea, tal como acontece com um cabrito montês que foge em disparada de um leão.

Infelizmente, o doutor sequer imaginava que quando pequena eu tinha ido até Serengeti com meus pais, onde presenciei esse tipo de perseguição. O cabrito montês perdeu. Isso me impressionou muito.

Desde então, tomei um medicamento atrás do outro, mas nada funcionava tão bem para dispersar o pânico quanto uma atividade física. Em Oxford, se faziam exercícios de remo antes das aulas, e uma horda de estudantes tornava o estreito rio em via pública. Mas as aulas da universidade ainda não tinham começado, e o rio estava praticamente desimpedido naquela tarde.

Saí pisando nos cascalhos do caminho que levava às casas de barcos. Acenei para Pete, um barqueiro que vasculhava a região com uma chave inglesa e tubos de graxa para consertar os danos eventuais que os estudantes faziam durante o treinamento. Parei na sétima casa de barcos e, antes de pegar a chave em cima da lâmpada no lado de fora, fiz um alongamento para aliviar uma pontada na lateral do meu corpo.

Lá dentro, acomodados em cavaletes, barcos em branco e amarelo me saudaram. Alguns com oito assentos e mais o assento do timoneiro, outros ligeiramente menores para mulheres, e também alguns botes de qualidade e tamanho inferiores. Um cartaz dependurado no arco de um reluzente barco que ainda não estava pronto instruía os visitantes com as seguintes palavras: NINGUÉM PODE LEVAR A MULHER DO TENENTE FRANCÊS PARA FORA DESTA CASA SEM A PERMISSÃO DO PRESIDENTE DA NCBC. O nome do barco tinha sido pintado recentemente na lateral com letras em estilo vitoriano, em homenagem ao criador do personagem que estudara na New College.

No fundo da casa de barcos soava o ruído de um barco de uns 8 metros de comprimento por uns 30 centímetros de largura assentado em um conjunto de eslingas posicionadas à altura da cintura. *Deus abençoe Pete,* pensei. Ele tinha deixado o barco no chão da casa de barcos. Sobre o assento, um bilhete: *Treinamento para os alunos da faculdade, na próxima segunda-feira. O barco estará de volta aos cavaletes.*

Depois de tirar os tênis, peguei dois remos curvos que estavam ao lado da porta e os levei para a doca. Em seguida, voltei para pegar o barco.

Coloquei suavemente o barco na água e apoiei um pé no assento para que não se movesse enquanto eu encaixava os remos. Com os dois remos em uma das mãos como se fossem dois palitinhos, entrei no barco com cuidado e depois o impulsionei empurrando a doca com a mão esquerda. O barco saiu flutuando pelo rio.

Para mim, o remo era uma religião composta de um conjunto de ritos e movimentos repetidos que se transformavam em meditação. Os ritos começavam no momento em que eu tocava no equipamento, mas a verdadeira magia era a combinação de precisão, ritmo e força que o remo requer. Desde meu tempo de estudante, o remo sempre me trouxe uma serenidade ímpar.

Meus remos mergulhavam e deslizavam na superfície da água. Para entrar no ritmo, eu reforçava a sequência das vogas com as pernas, sentindo a água quando o remo era impelido para trás e deslizava sob as ondas. O vento estava frio e cortante e entrava pela minha roupa a cada voga.

À medida que os meus movimentos fluíam em perfeita cadência, eu me sentia como se estivesse voando. Um êxtase que me deixava suspensa no tempo e no espaço e que fazia de mim um corpo sem peso sobre um rio em movimento. Meu pequeno barco se projetava ao longo do rio enquanto eu cadenciava em uníssono perfeito com o barco e os remos. A certa altura, fechei os olhos e sorri, e os acontecimentos do dia desvaneceram na insignificância.

O céu escureceu por trás das minhas pálpebras fechadas, e o rumor do tráfego por cima da minha cabeça indicou que eu estava passando debaixo da ponte de Donnington. De volta à luz do outro lado da ponte, abri os olhos... e senti o toque gelado do olhar de um vampiro no osso dianteiro do meu peito.

Avistei uma silhueta de pé na ponte, com um casaco longo esvoaçando ao redor dos joelhos. Mesmo sem poder enxergar claramente o rosto, com aquela altura e aquele corpanzil, só podia ser um vampiro, Matthew Clairmont. Mais uma vez.

Soltei um palavrão e quase larguei um dos remos. A doca da City of Oxford ficava nas cercanias. Fui tentada a fazer uma manobra ilegal para cruzar o rio e poder acertar a maravilhosa cabeça do vampiro com alguma peça do equipamento do barco. Enquanto arquitetava o plano, avistei uma mulher esguia de pé na doca, com uma roupa toda manchada de tinta. Fumava um cigarro e falava num celular.

Não era uma visão típica para a casa de barcos da City of Oxford. Ela se voltou para mim, e seus olhos cutucaram minha pele. Um demônio. Os lábios da mulher traçaram um sorriso de foca e falaram alguma coisa no celular.

Aquilo tudo estava muito esquisito. Primeiro Clairmont, e depois uma horda de criaturas que irrompiam de todos os lados onde ele estava? Eu deixei o plano de lado e transferi o desconforto para o remo.

A princípio, meu plano era descer o rio, mas a serenidade do passeio se evaporara. Quando virei o barco na frente da taverna Isis, Clairmont estava empertigado ao lado de uma das mesas. Ele tinha percorrido a pé o percurso da ponte de Donnington até aquele lugar em menos tempo que meu barco de regata.

Remei vigorosamente, com os remos atingindo uns 70 centímetros acima da água, como asas de um grande pássaro que deslizava rumo à oscilante doca de madeira da taverna. Eu mal tinha saído do barco, e Clairmont já tinha atravessado uns sete metros de gramado que nos separava. O peso dele afundou ligeiramente a plataforma flutuante na água e fez o barco balançar e depois se acomodar.

– O que está fazendo aqui? – perguntei, descartando o remo e caminhando nas tábuas duras da plataforma em direção ao vampiro. Eu estava quase sem fôlego pelo esforço e com o rosto afogueado. – Você e seus amigos estão me *seguindo*?

Clairmont franziu a testa.

– Não são meus amigos, dra. Bishop.

– Não? Pois não vejo tantos vampiros, tantas bruxas e bruxos e tantos demônios juntos no mesmo lugar desde o dia em que minhas tias me arrastaram para um festival pagão de verão quando eu tinha treze anos de idade. Se não são seus amigos, por que estão sempre no seu caminho? – Passei a mão na minha testa suada e afastei uma mecha de cabelo também suada da minha face.

– Meu Deus – murmurou o vampiro, surpreso. – Os rumores são verdadeiros.

– Que rumores? – perguntei, com impaciência.

– Você acha que essas... *coisas* perderiam o tempo delas comigo? – A voz de Clairmont soou divertida, e com uma ponta de surpresa. – Inacreditável.

Tirei o suéter de moletom. Os olhos de Clairmont se voltaram para minha clavícula e desceram pelos meus braços desnudos até atingir a ponta dos meus dedos. Mesmo enfiada no meu traje habitual de remo, me senti estranhamente nua.

– Acho, sim – retruquei. – Já morei em Oxford. Volto aqui anualmente. E neste ano *você* é a única coisa diferente aqui. Depois que você chegou à noite passada, perdi o meu assento na biblioteca, me deparei com estranhos vampiros e demônios e fui ameaçada por bruxos esquisitos.

Clairmont abriu os braços, como se fosse me pegar pelos ombros e me sacudir. Embora eu não seja baixa, ele era tão alto que me obrigava a esticar o pescoço para olhar nos olhos dele. Consciente do tamanho e da força que ele tinha, dei um passo atrás e encarnei minha *persona* profissional para me robustecer emocionalmente.

– Eles não estão interessados em mim, dra. Bishop. Eles estão interessados em *você*.

– Por quê? O que poderiam querer de mim?

– Você não sabe mesmo por que todos os demônios e bruxas e bruxos e vampiros da cidade estão atrás de você? – A voz do vampiro soou com um tom de descrença e parecia que ele estava me vendo pela primeira vez.

– Não sei, não – respondi, de olho em dois homens que tomavam cerveja em uma mesa por perto. Felizmente, eles estavam absorvidos na própria conversa. – Não tenho feito nada aqui em Oxford além de ler antigos manuscritos, remar no rio, preparar uma conferência e ficar na minha. É tudo o tenho feito aqui. Não vejo motivo algum para que essas criaturas prestem atenção em mim.

– Diana, pense. – A voz de Clairmont se mostrou intensa. Um arrepio que não era de medo percorreu minha pele tão logo ele disse meu primeiro nome. – O que você tem lido?

As pálpebras fecharam os olhos misteriosos de Clairmont, mas isso não me impediu de entrever um olhar de avidez.

Minhas tias tinham me alertado que Matthew Clairmont queria alguma coisa. E com muita razão.

Ele me olhou com olhos cinzentos e raiados.

– Eles estão no seu encalço porque acreditam que você encontrou algo que está perdido há muito tempo – disse, resolutamente. – E querem isso de volta, e acham que você pode conseguir para eles.

Repassei mentalmente os manuscritos consultados por mim nos últimos dias. Meu coração gelou. Somente um manuscrito se prestaria a tanta atenção.

– Se eles não são seus amigos, como você sabe que querem algo?

– Eu ouço coisas, dra. Bishop. Eu tenho uma ótima audição – ele disse com paciência, retomando uma postura formal. – E também sou um excelente observador. No concerto da noite de domingo, duas bruxas estavam conversando sobre uma colega bruxa americana que tinha encontrado um livro dado como perdido na biblioteca Bodley. A partir daí, muitas caras novas apareceram em Oxford, e isso tem me importunado.

— É *Mabon*. Por isso tantas bruxas e bruxos vieram para cá. — Tentei encontrar um tom que se adequasse ao tom paciente dele, embora ele não tivesse respondido a minha última pergunta.

Clairmont balançou a cabeça, com um sorriso sarcástico.

— Não, não é o equinócio. É o manuscrito.

— O que você sabe sobre o Ashmole 782? — perguntei baixinho.

— Menos que você — ele disse, apertando os olhos. Isso o fez se parecer ainda mais com uma fera, grande e letal. — Eu nunca o vi. É você que o tem nas mãos. Onde ele está agora, dra. Bishop? Você não seria tola de deixá-lo no seu apartamento, não é mesmo?

Fiquei pasmada.

— Você acha que o *roubei*? Da biblioteca? Como ousa insinuar esse tipo de coisa?

— O manuscrito não estava com você segunda-feira à noite — ele continuou. — E hoje também não estava na sua mesa.

— Você *é* um bom observador — comentei, com um tom cortante —, caso tenha visto tudo isso de onde estava sentado. E para sua informação, saiba que devolvi o manuscrito na sexta-feira. — Me ocorreu que ele podia ter vasculhado as coisas que estavam à minha mesa. — O que há de tão especial nesse manuscrito que o faz bisbilhotar o trabalho de uma colega?

Ele estremeceu levemente, mas meu triunfo pelo flagrante de uma ação inapropriada foi neutralizado por uma pontada de medo, aquele vampiro talvez estivesse me seguindo mais de perto do que eu imaginava.

— Simples curiosidade — ele disse com os dentes à mostra. Sarah não tinha me enganado... vampiros não possuem presas.

— Espero que você não espere que eu acredite nisso.

— Pouco importa se você acredita ou não, dra. Bishop. Mas é melhor ficar atenta. Essas criaturas não estão brincando. E quando descobrirem que você é um tipo incomum de bruxa? — Ele balançou a cabeça.

— O que quer dizer? — O sangue parou de circular na minha cabeça, e fiquei zonza.

— Hoje em dia não é muito comum encontrar bruxas com tanto... potencial. — A voz de Clairmont ronronou com vibração no fundo da garganta. — Nem todos conseguem vê-lo... ainda... mas eu consigo. Você irradia isso quando está concentrada. E também quando está zangada. Claro que os demônios da biblioteca logo irão perceber, se é que já não perceberam.

– Agradeço pelo conselho. Mas não preciso de sua ajuda. – Me preparei para sair, mas ele me segurou pelo braço.

– Não tenha tanta certeza disso. Cuide-se. Por favor. – Ele hesitou e as linhas perfeitas do seu rosto desapareceram como se ele tivesse lutando sabe-se lá com o quê. – Sobretudo se encontrar outra vez aquele bruxo.

Olhei fixamente para a mão que me pegava pelo braço. Clairmont me soltou. Fechou os olhos.

Remei de volta à casa de barcos com remadas lentas e estáveis, mas nem os movimentos repetitivos foram capazes de dissipar a confusão e o desconforto que me assolavam. De vez em quando, eu avistava um borrão no caminho de sirga, mas nada mais me chamou a atenção, a não ser os humanos que pedalavam em bicicletas de volta para casa após o trabalho e uma humana que passeava com o cachorro, todos autenticamente comuns.

Depois de guardar o equipamento e trancar a casa de barcos, tomei o caminho de sirga para uma corrida leve.

Matthew Clairmont encontrava-se do outro lado do rio, defronte à casa de barcos da universidade.

Comecei a correr e, quando olhei para trás, ele tinha sumido.

5

Depois do jantar, sentei no sofá da sala ao lado da lareira e liguei o laptop. Por que um cientista do calibre de Clairmont se interessaria tanto por um manuscrito alquímico – mesmo enfeitiçado – a ponto de fazê-lo passar o dia inteiro lendo antigas notas sobre morfogênese ao lado de uma bruxa na Bodleiana? Tirei o cartão dele de dentro da minha pasta e o coloquei ao lado da tela do computador.

Na internet, links para um assassinato misterioso e para as inevitáveis notícias de sites de relacionamento, uma longa listagem biográfica parecia promissora: a página da faculdade de Clairmont, um artigo na Wikipedia e links para sites dos membros atuais da Royal Society.

Cliquei no link para o site da faculdade e bufei. Matthew Clairmont era um dos membros que não postavam informações na rede, nem mesmo referências acadêmicas. Na página da Yale, os visitantes podiam obter informações de contato e o currículo completo de quase todos os membros da faculdade. Obviamente, Oxford mantinha uma política diferente em relação à privacidade. Não era de estranhar que um vampiro ensinasse lá.

Não havia sinal de Clairmont no hospital, embora o cartão o indicasse como associado. Digitei "John Radcliffe Neurociences" na caixa de busca e obtive uma listagem de serviços do departamento. Mas sem qualquer referência aos médicos, apenas uma extensa lista de links para pesquisas. Fui clicando automaticamente nos termos e encontrei uma página dedicada ao "lóbulo frontal", mas sem informações adicionais.

O artigo na Wikipedia não ajudou muito, e o site da Royal Society não se mostrou melhor. O que se afigurava como pista útil nos principais sites era protegido por senhas. Não tive sorte nas tentativas com os nomes e as senhas, e me foi negado o acesso por mais de sessenta vezes.

Frustrada, digitei o nome do vampiro no site de busca, ligando-o aos jornais científicos.

– Hurra! – gritei de entusiasmo.

Se Matthew Clairmont não tinha muita presença na internet, era ativo na literatura acadêmica. Depois de clicar numa caixa que organizava os resultados por data, obtive um relatório instantâneo da história intelectual de Clairmont.

Minha sensação de vitória se desvaneceu. Ele não tinha uma história intelectual. Ele tinha quatro.

A primeira iniciava com o cérebro. Grande parte do tema ultrapassava o meu conhecimento, mas pelo que parecia Clairmont tinha feito uma reputação simultânea como cientista e médico por meio de pesquisas do lóbulo frontal do cérebro como processador de ímpetos e desejos. Ele tinha feito grandes avanços associados ao papel desempenhado pelos mecanismos neurais nas respostas de gratificação lenta envolvidas com o córtex pré-frontal. Abri uma nova janela do navegador para ver um diagrama anatômico e localizar a parte do cérebro em questão.

Alguns argumentavam que a erudição não deixa de ser uma forma velada de autobiografia. Meu coração acelerou. Considerando que Clairmont era um vampiro, achei sinceramente que a gratificação lenta era um assunto que ele dominaria bem.

Surpreendentemente, as clicadas seguintes mostraram que o trabalho de Clairmont deixou de lado o cérebro para se voltar para os lobos – lobos noruegueses, para ser exata. Durante a pesquisa ele devia ter despendido uma fatia considerável de tempo nas noites da Escandinávia – o que não seria um problema para qualquer vampiro, tanto pela temperatura corporal como pela capacidade de enxergar no escuro que eles têm. Eu o imaginei em meio à neve, todo encapotado e com um bloco de notas à mão – e enfraquecido.

Depois disso é que surgiram as primeiras referências ao sangue.

A estadia do vampiro na Noruega em meio aos lobos era para analisar o sangue dos animais e assim determinar os grupos familiares e os padrões herdados. Clairmont isolara quatro clãs entre os lobos noruegueses, três dos quais eram nativos. Ele atribuía a origem do quarto clã a um lobo que chegara à Noruega vindo da Suécia ou da Finlândia. E concluía que uma surpreendente quantidade de acasalamentos levara a uma troca de material genético que acabou por influenciar a evolução da espécie.

Na ocasião, ele estava rastreando os traços herdados entre outras espécies animais e também entre os humanos. Grande parte de suas publicações recentes era técnica – métodos para coloração de amostras de tecidos e processos para manipulação do DNA, particularmente antigo e frágil.

Apertei com força uma das mechas do meu cabelo, na esperança de incrementar a circulação do sangue com a pressão, reacendendo assim minhas sinapses fatigadas. Aquilo não fazia sentido. Nenhum cientista produziria tanto em tantas disciplinas diferentes. O domínio de uma única disciplina exigiria mais do que uma vida inteira – *quer dizer, uma vida humana.*

Um vampiro poderia muito bem dar conta disso se trabalhasse durante décadas com o tema. Que idade se ocultava atrás daquele rosto de trinta e poucos anos de Clairmont?

Levantei e preparei uma xícara de chá. Com a caneca fumegante em uma das mãos, peguei o celular com a outra dentro da bolsa e digitei um número.

Uma das melhores coisas em relação aos cientistas é que eles sempre têm à mão um telefone. E eles sempre respondem às chamadas no segundo toque.

– Christopher Roberts.

– Chris, sou eu, Diana Bishop.

– Diana. – A voz de Chris soou acolhedora, e uma música tocava ao fundo. – Eu soube que o seu livro conquistou outro prêmio. Parabéns!

– Muito obrigada. – Me remexi na cadeira. – Foi completamente inesperado.

– Não para mim. É uma obra incrível. Por falar nisso, o que você está pesquisando agora? Já terminou o seu discurso?

– Ainda não – eu disse. Era o que eu devia estar fazendo, e não rastreando vampiros na internet. – Antes de tudo, mil desculpas por incomodá-lo no laboratório. Você tem um minuto para mim?

– Claro – gritou para alguém abaixar o volume do som, mas o volume continuou o mesmo. – Espere um pouco. – Alguns ruídos abafados e em seguida, silêncio. – Assim está melhor – ele disse encabulado. – No início do semestre os meninos ainda estão cheios de energia.

– Os estudantes da graduação sempre estão cheios de energia, Chris – me veio uma ponta de saudade da balbúrdia nas salas de aula entupidas de estudantes.

– Você sabe. Mas como vai você? O que deseja?

Eu e Chris tínhamos conseguido nossos postos em Yale no mesmo ano, e a efetivação dele também não era esperada. Ele estava um ano à minha frente porque ganhara o prêmio Fellowship, da Fundação MacArthur, pelo seu brilhante trabalho como biólogo molecular.

Ele não se comportou como um gênio pedante quando lhe telefonei para perguntar por que um alquimista descreveria duas substâncias aquecidas em um alambique como galhos que brotavam de uma árvore. No departamento de química, ninguém mais se mostrara interessado em me ajudar, mas Chris pediu a dois alunos Ph.D. que recolhessem o material necessário e recriassem o experimento, e depois insistiu que eu fosse ao laboratório. Lá, assistimos a uma fumaça cinzenta evoluindo gloriosamente dentro de um béquer de vidro até formar uma árvore vermelha com centenas de galhos. Desde então nos tornamos amigos.

Respirei fundo.

– Conheci alguém outro dia.

Chris se empolgou. Ele sempre me apresentava uns caras da academia onde se exercitava.

– Não se trata de romance – fui logo dizendo. – É um cientista.

– É exatamente do que você precisa, de um cientista charmoso. Você precisa de um desafio... e de uma vida.

– Olhe só quem está falando. A que horas você saiu ontem do laboratório? Além do mais, já tenho um cientista charmoso na minha vida – brinquei.

– Não mude de assunto.

– Oxford é uma cidade tão pequena que acabei esbarrando com ele. E parece que ele é importante por aqui, não é inteiramente verdadeiro, pensei, mas está bem perto de ser. – Eu dei uma olhada no trabalho dele e entendi muitas coisas, mas não estou conseguindo entender o trabalho por inteiro. Alguma coisa não se encaixa.

– Não me diga que ele é um astrofísico – disse Chris. – Você sabe que sou fraco em física.

– Muita gente o considera um gênio.

– E sou mesmo – ele rebateu, prontamente. – Mas minha genialidade não alcança os jogos de cartas e a física. O nome dele, por favor. – Chris tentava ser paciente, mas nenhum cérebro era rápido o bastante para ele.

– Matthew Clairmont. – O nome ficou preso no fundo da minha garganta, como o aroma de cravo-da-índia na noite anterior.

Chris soltou um assovio.

– O elusivo, o recluso professor Clairmont. – Os pelos dos meus braços eriçaram. – Você o enfeitiçou com esses seus olhos?

Chris não sabia que eu era bruxa e o uso do verbo "enfeitiçar" foi meramente acidental.

– Ele gostou do meu trabalho sobre Boyle.

– Ah, sim – disse Chris, com um tom de galhofa. – Você lançou esses estonteantes e arrebatadores olhos azuis e dourados que mais parecem estrelas em cima do cara e ele ficou pensando na lei de Boyle? Ele é um cientista, Diana, não é um monge. E é realmente um cara importante.

– Verdade? – perguntei, com uma voz débil.

– Verdade. Ele, como você, foi um fenômeno que começou a publicar desde a época em que ainda era um estudante da graduação. E coisa boa, sem nenhum garrancho... um trabalho que dignificaria nossa carreira se um de nós o tivesse assinado.

Procurei minhas notas num bloco amarelo.

– Você está se referindo ao estudo sobre os mecanismos neurais e o córtex pré-frontal?

– Você fez o dever de casa direito – ele disse, em tom de aprovação. – Não sei muito sobre os primeiros trabalhos de Clairmont, o que me interessa é a química dele, mas as publicações sobre os lobos causaram um grande rebuliço.

– Como assim?

– Ele teve uma sacada incrível... Ele sacou por que os lobos preferem certos lugares para viver, como se agrupam socialmente e como se acasalam. Foi como se ele também fosse um lobo.

– Talvez seja – tentei me manter o mais neutra possível, mas um toque de amargura e ressentimento se apossou da minha voz.

Matthew Clairmont não tivera o menor pudor em se valer de suas habilidades sobrenaturais e sua sede de sangue em favor de sua carreira. Se fosse o vampiro que tivesse que tomar uma decisão sobre o Ashmole 782 na noite da sexta-feira anterior, com toda certeza ele teria tocado nas ilustrações do manuscrito. Eu estava convicta disso.

– Seria muito mais fácil explicar a qualidade do trabalho que ele fez se ele próprio *fosse* um lobo – disse Chris, pacientemente, ignorando o tom da minha voz. – Mas como esse cara não é um lobo, você tem que admitir que ele é brilhante. Foi eleito para a Royal Society justamente por conta disso, depois é que publicaram as descobertas dele. Passaram a vê-lo como o novo Attenborough. Depois disso, ele saiu de circulação por um tempo.

Eu posso apostar que ele fez isso.

– Então, ele apareceu de novo, interessado em evolucionismo e química?

– Sim, mas o interesse dele pela evolução foi uma progressão natural do trabalho sobre os lobos.

– Então, é por isso que a química dele lhe interessa?

A voz de Chris assumiu um tom confidencial.

– Bem, ele está agindo como todo cientista age quando faz uma grande descoberta.

– Não estou entendendo – eu disse.

– Nós ficamos nervosos e esquisitos. E nos escondemos nos laboratórios e não comparecemos às conferências com medo de que alguma coisa escape e ajude um outro cientista a fazer uma grande descoberta.

– Vocês agem como lobos. – Agora eu sabia algo importante sobre os lobos. O comportamento possessivo e prudente descrito por Chris se adequava perfeitamente a um lobo norueguês.

– Exatamente – disse Chris, sorrindo. – Ele mordeu alguém ou foi pego uivando para a lua?

– Até onde sei, não – murmurei. – Clairmont sempre foi tão recluso?

– Não sou a pessoa indicada para lhe responder isso – ele admitiu. – Ele tem um diploma de médico e deve ter alguns pacientes, se bem que não é famoso como médico. E os lobos gostavam dele. Mas ele não tem feito conferências nos últimos três anos. – Deu uma pausa. – Espere um pouco, preciso pensar, se não me engano houve alguma coisa alguns anos atrás.

– O quê?

– Ele deu uma prova... não lembro dos detalhes... e uma mulher lhe fez uma pergunta. Uma pergunta inteligente, mas ele não deu bola. A mulher insistiu. Ele se irritou e quase enlouqueceu. Um amigo meu que assistiu à cena disse que nunca tinha visto alguém pular com tanta rapidez da cortesia para a fúria.

Eu já estava digitando, tentando encontrar alguma informação na net sobre a controvérsia.

– O Médico e o Monstro, hein? Não há nada na internet sobre a confusão.

– Isso não me surpreende. Os químicos não lavam roupa suja em público. Isso nos prejudica quando saímos em busca de fundos. Não queremos que os burocratas nos vejam como megalomaníacos alucinados. Deixamos isso para os físicos.

– Clairmont tem algum patrocínio?

– Tem, sim. Ele recebe fundos até o fundo dos olhos. Não se preocupe com a carreira do professor Clairmont. Ele pode ter uma reputação de insolente com as mulheres, mas não lhe falta dinheiro. Graças ao excelente trabalho que realiza.

– Você já foi apresentado a ele? – perguntei, esperando obter um julgamento da personalidade de Clairmont.

– Não. Talvez você não encontre mais de uma dúzia de pessoas que tenham sido. Ele não leciona. Mas correm muitas histórias a respeito dele... não gosta de mulheres, é um intelectual esnobe, não responde à correspondência, não aceita alunos nas pesquisas.

– Parece que você acha tudo isso sem sentido.

– Não sem sentido – disse Chris, rapidamente. – Só acho que isso não importa, sobretudo porque talvez ele acabe desvendando os segredos da evolução ou a cura da doença de Parkinson.

– Você o faz parecer um cruzamento de Salk e Darwin.

– Na verdade, não é uma analogia ruim.

– Ele é tão bom assim? – Lembrei da intensa concentração de Clairmont ao estudar os documentos Needham, e da minha suspeita de que ele era melhor do que bom.

– Sim. – Chris abaixou a voz. – Se eu fosse apostar em alguém, apostaria cem dólares que ele ganhará o Nobel antes de morrer.

Chris era um gênio, mas não sabia que Matthew Clairmont era um vampiro. Não haveria prêmio Nobel nenhum – o vampiro cuidaria disso para preservar o anonimato. Quem ganha o Nobel é sempre fotografado.

– Então, está apostado – falei, rindo.

– Se eu fosse você, Diana, começaria a economizar porque você vai perder essa aposta. – Ele soltou um risinho de satisfação.

Ele tinha perdido a nossa última aposta. Eu havia apostado cinquenta dólares que ele seria efetivado antes de mim. Enfiei o dinheiro dentro de uma moldura de uma foto dele, tirada na manhã em que a Fundação MacArthur o convocou. Na foto, Chris passa as mãos pelo seu cabelo negro, com um sorriso encabulado em seu rosto escuro. Ele foi efetivado nove meses depois.

– Obrigada, Chris. Sua ajuda foi valiosa – eu disse, com sinceridade. – Talvez seja melhor voltar para os seus alunos. A essa altura já devem ter explodido alguma coisa.

– Pois é, tenho que dar uma checada. Os alarmes de incêndio não soaram e isso é um bom sinal. – Ele hesitou. – Diana, não enrola. Você está pouco ligando se vai ou não dizer alguma bobagem quando encontrar Matthew Clairmont em algum coquetel. Você está agindo como sempre age quando tenta resolver um problema de pesquisa. O que há nele que fisgou a sua imaginação?

Às vezes, Chris parecia suspeitar de que eu era diferente. Mas eu não podia contar a verdade.

– Eu tenho uma queda por homens inteligentes.

Ele suspirou.

– Tudo bem, não responda. Além do mais, você é uma péssima mentirosa. Tome cuidado. Se ele a deixar de coração partido, terei que ir até aí para dar uns sopapos nesse cara e este meu semestre está um caos.

– Matthew Clairmont não vai me deixar de coração partido. Ele é apenas um colega – insisti –, um colega interessadíssimo em leituras, só isso.

– Para quem é tão inteligente, você realmente está sem nenhuma pista. Aposto dez dólares que ele vai procurá-la antes que esta semana termine.

Eu ri.

– Você ainda não aprendeu? Dez dólares, então... ou o equivalente na moeda inglesa... depois que eu ganhar.

Desligamos. E eu continuava sem saber muita coisa a respeito de Matthew Clairmont – mas já tinha uma noção melhor das questões que restavam, e a mais importante era saber o que teria feito alguém que promovera uma revolução no evolucionismo se interessar pela alquimia do século XVII.

Naveguei pela internet até que os meus olhos não aguentaram mais. Quando o relógio marcou meia-noite, eu estava cercada de anotações sobre lobos e genética, mas bem longe de desvendar o misterioso interesse de Matthew Clairmont pelo Ashmole 782.

6

O dia seguinte amanheceu nublado, bem mais típico de um início de outono. Meu único desejo era me deixar bem quentinha no casulo de lã e permanecer no meu apartamento.

Olhei para o tempo fechado, me convencendo a não retornar ao rio. Em vez disso, saí para uma corrida, acenando para o porteiro noturno que me olhou surpreendido da sua guarita, fazendo um sinal positivo com o polegar erguido.

A cada passada na calçada, a minha tensão se dissipava. Ofegante, atingi o caminho de cascalhos do parque da universidade já me sentindo relaxada e pronta para uma longa jornada na biblioteca, fossem quais fossem as criaturas que aparecessem por lá.

Quando voltei, o porteiro me chamou:
– Dra. Bishop?
– Sim?

– Me desculpe por ter impedido a entrada da sua visita ontem à noite, mas é a política da faculdade. Da próxima vez que a senhora tiver convidados, avise para que eu os deixe entrar, está bem?

A sensação de leveza trazida pelo exercício desvaneceu.

– Era homem ou mulher? – perguntei na mesma hora.

– Mulher.

Meus ombros despencaram.

– Parecia uma ótima pessoa, e gosto muito dos australianos. Eles são simpáticos, mas não são... a senhora sabe. – Ele não terminou a frase, mas o significado era óbvio. Os australianos são como os americanos, mas não são tão exibidos. – Nós telefonamos para o seu apartamento.

Franzi a testa. Eu tinha tirado o som do telefone porque Sarah sempre se atrapalhava com a diferença de fuso horário entre Madison e Oxford, e acabava me telefonando no meio da noite. Isso explicava por que eu não tinha ouvido o telefone tocar.

– Muito obrigada por me avisar. Da próxima vez, avisarei que terei visitas – prometi.

De volta ao apartamento, entrei no banheiro, acendi a luz do espelho e vi as marcas deixadas pelos últimos dois dias. As olheiras do dia anterior já estavam parecendo uma contusão. Achei que haveria marcas no meu braço, mas para minha surpresa não havia nada. O apertão do vampiro tinha sido tão forte que eu estava certa de que teria arrebentado alguns vasos de sangue debaixo da pele.

Depois do banho, vesti uma calça larga e um pulôver de gola rolê. Roupas pretas acentuavam a minha altura e atenuavam a minha constituição atlética, mas por outro lado me faziam parecer um cadáver e por isso joguei um suéter de pervinca sobre os ombros. O suéter azulou ainda mais as olheiras, mas pelo menos eu já não parecia um cadáver. O cabelo insistia em sua habitual rebeldia, eriçando a cada movimento do meu corpo. A única solução foi prendê-lo com um coque desengonçado à altura da nuca.

O carrinho de Clairmont estava abastecido de manuscritos e me resignei com a ideia de topar com ele na sala de leitura Duke Humfrey. Fui até a mesa de solicitações de peito erguido.

O supervisor e os atendentes zanzavam novamente como aves nervosas de um lado para o outro. Dessa vez a atividade concentrava-se no triângulo entre a mesa de solicitações, os catálogos de manuscritos e a sala do supervisor. Eles carregavam pilhas de caixas e empurravam carrinhos entupidos de manuscritos para dentro das três primeiras ogivas de mesas antigas sob os olhos atentos das gárgulas.

– Obrigado, Sean. – A voz gutural e cortês de Clairmont ecoou do fundo das mesas.

A boa nova é que eu não teria que dividir a mesma mesa com o vampiro.

A má notícia é que eu não poderia entrar ou sair da biblioteca, ou solicitar livros e manuscritos, sem que Clairmont seguisse cada gesto meu. E ele estava munido de uma retaguarda.

Uma garota baixinha examinava documentos e listagens de arquivos no segundo nicho. Fiquei surpresa quando ela se virou e me dei conta de que era uma mulher adulta. Seus olhos negros em tom cor de âmbar eram frios como uma gangrena.

Mesmo a distância, a pele luminosa incrivelmente branca e os cabelos negros e sedosos me diziam que se tratava de uma vampira. Ondas de cabelo serpenteavam em volta do rosto, espalhando-se pelos ombros da mulher. Ela deu um passo em minha direção, sem a menor preocupação em disfarçar seus movimentos rápidos e seguros, e me olhou de maneira intimidadora. Era óbvio que não queria estar naquele lugar, e me culpava por isso.

— Miriam. — A voz de Clairmont soou com gentileza enquanto ele caminhava até o centro da passagem. Ele deu uma pequena parada, e seus lábios desenharam um sorriso polido.

— Bom-dia, dra. Bishop. — Passou os dedos pelo cabelo e isso o fez parecer ainda mais despenteado.

Eu alisei meu cabelo e ajeitei uma mecha solta por trás da orelha.

— Bom-dia, professor Clairmont. Estou vendo que voltou.

— Voltei, sim. Mas hoje não me juntarei a você na Selden End. Eles nos acomodaram aqui, onde não perturbaremos ninguém.

A vampira jogou a pilha de documentos na mesa.

Clairmont sorriu.

— Se me permite, apresento-lhe Miriam Shephard, minha colega de pesquisa. Miriam, esta é a dra. Diana Bishop.

— Muito prazer, dra. Bishop — disse Miriam com frieza, estendendo a mão para mim. Cumprimentei-a e tive um choque quando aquela mão pequena e gelada contrastou com minha mão maior e quente. Puxei a mão, mas ela não soltou, apertando-a até os ossos. Até que ela soltou minha mão e me contive para não sacudi-la.

— Muito prazer, dra. Shephard. — Nós três continuamos no mesmo lugar, de pé e constrangidos. O que se pode conversar com uma vampira nas primeiras horas da manhã? Recorri à banalidade humana. — Eu realmente preciso trabalhar.

— Tenha um dia produtivo — disse Clairmont, balançando a cabeça com a mesma frieza do cumprimento de Miriam.

O sr. Johnson surgiu do meu lado com uma pilha de caixas cinzentas nos braços.

– Hoje a colocamos na A4, dra. Bishop – ele disse, bufando de satisfação. – Esses aqui, eu estou levando de volta para o senhor. – Os ombros de Clairmont eram tão largos que não me deixaram ver se havia manuscritos na mesa dele. Afastei a curiosidade e segui o supervisor da sala de leitura até o meu assento habitual na Selden End.

Mesmo sem Clairmont sentado perto de mim, eu o tinha na cabeça quando peguei os meus lápis e liguei o computador. De costas voltadas para a sala vazia, tirei de dentro da primeira caixa um manuscrito com capa de couro.

Fiquei absorvida na rotineira tarefa de ler e anotar, e terminei a leitura do primeiro manuscrito em menos de uma hora. Olhei o relógio e ainda não eram 11 horas. Ainda sobrava tempo para um outro manuscrito antes do almoço.

O manuscrito da outra caixa era menor, mas continha esboços interessantes de aparatos alquímicos e fragmentos de procedimentos químicos que mais pareciam uma combinação profana de um livro de receitas culinárias e um bloco de anotações de um envenenador. *"Pegue o seu pote de mercúrio e deixe-o sobre a flama por três horas"*, começava um conjunto de instruções, *"e quando ele tiver se juntado à Criança Filosofal, pegue-o e deixe-o putrefazer até que o Corvo Negro o carregue para os seus mortos."* Meus dedos deslizavam freneticamente pelo teclado à medida que o tempo passava.

Eu estava preparada para dar de cara com qualquer tipo de criatura. Mas o relógio marcou uma hora da tarde e eu ainda estava potencialmente sozinha na Selden End. O único outro leitor presente na sala era um aluno da graduação, com o cachecol de listras vermelhas, brancas e azuis da Keble College. Ele olhava com desânimo para uma pilha de livros raros sem folheá-los e vez por outra roía as unhas, fazendo um barulhinho.

Depois de preencher dois novos formulários de requisição e empacotar os manuscritos, saí para almoçar, satisfeita com os resultados da manhã. Na saída, cruzei com Gillian Chamberlain, que me lançou um olhar malévolo de um desconfortável assento, com as duas vampiras do dia anterior, que estavam perto de um relógio antigo e que lançaram sinceros na minha pele, e com o demônio da sala de referências musicais, junto a dois outros demônios. Os três desmontavam um leitor de microfilmes, as peças estavam espalhadas ao redor, e um rolo de filme desenrolado no chão.

Clairmont estava parado ao lado da mesa de solicitações da sala de leitura, junto a sua assistente vampira. Ele tinha dito que as criaturas estavam atrás de mim e não dele. Mas hoje o comportamento delas sugere outra coisa, pensei triunfante.

Enquanto eu devolvia os manuscritos, Matthew Clairmont me observava com frieza. Fiz muita força para fingir que não notava.

– Já acabou com esses? – perguntou Sean.

– Sim. Ficaram alguns na minha mesa. Seria ótimo se eu também pudesse ficar com aqueles – deixei escapar a dica. – Quer almoçar comigo?

– Valerie acabou de sair. Acho que ficarei preso aqui por um bom tempo – ele disse, lamentando.

– Fica para outra vez. – Agarrei a bolsa e me virei para sair.

Clairmont atrasou os meus passos com uma voz baixinha.

– Miriam, está na hora do almoço.

– Não estou com fome – ela disse, com um tom claro e melódico de soprano e uma ponta de raiva.

– O ar fresco é bom para a concentração. – O comando na voz de Clairmont era indiscutível. Miriam suspirou profundamente, largou o lápis na mesa e emergiu das sombras para me seguir.

Minha rotina para a refeição era uma pausa de vinte minutos no café do segundo piso de uma livraria nos arredores. Sorri ao imaginar Miriam se ocupando durante aquele período, presa na armadilha da Blackwell, onde os turistas se apinhavam para olhar os cartões-postais e trocar beijos entre os guias impressos de Oxford e a seção de livros baseados em crimes reais.

Eu pedi um sanduíche e um chá e me espremi no canto mais distante de um recinto entupido de gente, entre um membro vagamente familiar da Faculdade de História que lia um jornal e um estudante que dividia a atenção entre um aparelho MP3, um celular e um computador.

Depois de terminar o sanduíche, peguei a xícara de chá e fui dar uma olhada pelo vidro da vitrine. Fiquei preocupada. Um dos demônios desconhecidos da Duke Humfrey estava encostado no portão da biblioteca e observava a vitrine da Blackwell.

Senti duas cutucadas doces e fugazes como um beijo nas maçãs do meu rosto. Olhei no rosto de um outro demônio. Era uma mulher linda de traços sedutores e contraditórios – uma boca larga que destoava com a face delicada, olhos castanhos quase cor de chocolate muito juntos e grandes e um cabelo muito claro para uma pele cor de mel.

– Dra. Bishop. – Um sotaque australiano feminino projetou dedos gelados que se moveram na base da minha coluna.

– Sim – sussurrei, olhando para a escada. A cabeça negra de Miriam não estava lá embaixo. – Eu mesma, Diana Bishop.

Ela sorriu.

– Eu sou Agatha Wilson. E sua amiga lá embaixo não sabe que estou aqui.

Era um nome antiquado e incongruente para alguém mais ou menos dez anos mais velha que eu, e estava longe de voltar à moda. Mas aquele nome me era familiar e eu tinha uma vaga lembrança de o ter visto numa revista de moda.

— Posso me sentar? — ela perguntou, apontando o lugar vago pela saída do historiador.

— Claro — murmurei.

Na segunda, conheci um vampiro. Na terça, um bruxo tentou dominar a minha mente. E a quarta era certamente o dia dos demônios.

Embora eles sempre me seguissem na época da faculdade, eu os conhecia bem menos que os vampiros. Muito pouca gente parecia entender essas criaturas, e Sarah nunca conseguira responder minhas perguntas sobre elas. De acordo com os relatos da minha tia, os demônios constituíam uma subclasse criminosa. Um excesso de criatividade e inteligência os fazia mentir, roubar, trapacear e até matar, simplesmente porque se sentiam impunes a tudo. Mas o que mais preocupava Sarah eram as condições de nascimento dos demônios. Não havia como prever onde ou quando um deles surgiria, já que eram nascidos de pais humanos. Sarah achava que só isso bastava para estabelecer a posição marginal desse tipo de criaturas na hierarquia dos seres. Ela valorizava a linhagem sanguínea e as tradições familiares das bruxas e desaprovava a imprevisibilidade dos demônios.

A princípio, Agatha Wilson se mostrou feliz por poder se sentar tranquilamente ao meu lado, e se limitou a observar enquanto eu tomava o meu chá. Depois ela desferiu um jorro alucinante de palavras. Sarah sempre dizia que conversar com um demônio era simplesmente impossível porque eles sempre começam pelo meio.

— Energia demais, é uma fronteira que nos atrai — disse Agatha de um modo prosaico, como se eu lhe tivesse feito uma pergunta. — As bruxas estavam em Oxford para o *Mabon*, e tagarelavam como se o mundo não estivesse cheio de vampiros. Que *tudo* podem ouvir. — Ela fez uma pausa. — Não sabemos se o veremos novamente.

— Veremos o quê? — perguntei, com brandura.

— O livro — ela cochichou, em tom confidencial.

— O livro — eu repeti mecanicamente.

— Sim. Talvez nunca mais o vejamos depois do que as bruxas fizeram.

Os olhos da demônia focaram-se no centro do recinto.

— É claro, você também é uma bruxa. Talvez não seja certo conversar com você. Eu achava que as bruxas seriam capazes de vislumbrar tudo o que eles fazem. E aí aparece isso. — Ela pegou um jornal e estendeu para mim.

Uma manchete sensacionalista chamou imediatamente a minha atenção: VAMPIRO SOLTO EM LONDRES. Eu me apressei em ler a matéria.

A polícia metropolitana não tem pistas para os intrigantes assassinatos de dois homens em Westminster. Os corpos de Daniel Bennett, 22, e Jason

Enright, 26, foram encontrados na manhã de domingo no beco atrás do *pub* White Hart, na rua St. Alban, pelo seu proprietário Reg Scott. Os dois homens apresentavam ferimentos graves na carótida e múltiplos dilaceramentos no pescoço, nos braços e no torso.

Análises forenses revelaram que a perda massiva de sangue foi a *causa mortis*, embora não houvesse indícios de sangue no local.

As autoridades que investigam os "vampiros assassinos", como são chamados pelos moradores da região, pediram ajuda a Peter Knox. Autor de livros famosos sobre o moderno ocultismo, como *Assuntos sombrios: o Diabo nos tempos modernos* e *O despertar da magia: a necessidade do mistério na idade da ciência*, Knox faz consultoria para autoridades do mundo inteiro em casos de suspeita de satanismo e de assassinatos em série.

"Os indícios não apontam para assassinatos ritualísticos", disse Knox para os repórteres na coletiva de imprensa. "E também não parece obra de um assassino serial", concluiu, apesar dos assassinatos similares de Christiana Nilsson, em Copenhague, no último verão, e de Sergei Morozov, em São Petersburgo, no outono de 2007. Quando pressionado, Knox admitiu que o caso de Londres talvez envolva um ou mais assassinos plagiadores.

Preocupados, os moradores estabeleceram uma vigília pública, e a polícia local criou um programa pessoal de segurança para responder as perguntas e oferecer ajuda e orientação. Os policiais pedem aos habitantes de Londres que dupliquem as precauções para resguardar a segurança, especialmente à noite.

— Isto é apenas o trabalho de um editor de jornal à procura de uma história — comentei, devolvendo o jornal ao demônio mulher. — A imprensa se alimenta do medo humano.

— Será que são eles? — disse Agatha Wilson, olhando ao redor. — Sei lá. Eu acho que é mais que isso. Nunca se sabe quando se trata de vampiros. Eles só estão a um passo dos animais. — Ela crispou os lábios, em expressão azeda. — E você acha que *nós* é que somos os instáveis. Mas o fato é que nenhum de nós pode correr o risco de chamar a atenção dos humanos.

Aquilo era conversa demais sobre bruxas e vampiros para ser travada num lugar público. Contudo, o estudante ainda mantinha os fones nos ouvidos, e as outras pessoas ou se entregavam aos próprios pensamentos ou conversavam com os companheiros de refeição.

— Não sei de nada sobre o manuscrito ou sobre o que as bruxas possam ter feito, srta. Wilson. Além disso, não estou com ele — eu disse de pronto, caso ela também pensasse que eu o tinha surrupiado.

– Pode me chamar de Agatha. – Ela fixou o olhar no tapete. – Então a biblioteca já o tem em mãos. Eles é que pediram para que o devolvesse?

Ela se referia às bruxas? Aos vampiros? À biblioteca? Eu tentei identificar os possíveis réus.

– As bruxas? – perguntei, com um sussurro.

Agatha assentiu com a cabeça enquanto esquadrinhava os arredores com os olhos.

– Não. Simplesmente o devolvi às prateleiras depois que terminei o trabalho.

– Ah, prateleiras – repetiu Agatha, compenetrada. – Todo mundo acha que uma biblioteca é apenas um prédio, mas não é.

Lembrei do apertão estranho que senti depois que Sean colocou o manuscrito na esteira.

– As bruxas acham que o lugar desse livro é na biblioteca – ela continuou. – Mas ele não pertence a vocês. Não são as bruxas que decidem onde esse manuscrito deve ser mantido e quem pode lê-lo.

– O que há de tão especial nesse manuscrito?

– O bastante para que a gente esteja conversando aqui – disse Agatha, com uma ponta de desespero na voz. – Esse livro conta a nossa história... início, meio e fim. Nós, os demônios, precisamos entender o nosso lugar no mundo. Precisamos bem mais que as bruxas e os vampiros. – Ela já não deixava transparecer o menor traço de confusão. Era como uma câmera com lentes ajustadas depois de um tempo fora de foco.

– Você sabe qual é o seu lugar no mundo – eu disse. – Existem quatro espécies de criaturas: humanos, demônios, vampiros e bruxas.

– E de onde vieram os demônios? Como foram gerados? Por que estamos aqui? – Ela fechou os olhos. – Você sabe de onde vêm os seus poderes? Hein, sabe?

– Não – sussurrei, balançando a cabeça.

– Ninguém sabe – ela acrescentou pensativa. – Todo dia nos perguntamos isso. Primeiro os humanos acreditaram que os demônios eram anjos guardiães. Depois acreditaram que éramos deuses decaídos na Terra, vítimas de nossas próprias paixões. Os humanos nos odiavam porque éramos diferentes, e abandonavam os filhos que se transformavam em demônios. Fomos acusados de nos apossar das almas humanas, de torná-las insanas. Os demônios são brilhantes, e não somos viciosos... não como os vampiros. – A voz dela soou claramente zangada, se bem que não passou de um murmúrio. – Nunca enlouquecemos ninguém. Nós somos vítimas do medo e da inveja humanas, muito mais que as bruxas.

– As bruxas também podem afirmar isso porque também tiveram o seu quinhão de episódios de horror – eu disse isso com a caça às bruxas e as execuções que se seguiram em mente.

— As bruxas já nascem bruxas. Os vampiros fazem outros vampiros. Vocês têm uma história familiar e lembranças para reconfortá-los quando estão sozinhos e confusos. Nós não temos nada além das histórias contadas pelos humanos. A única esperança que temos é a de encontrar um outro demônio e nos identificarmos com ele. Meu filho teve essa sorte. Nathaniel tem um demônio como mãe, alguém que vê os sinais e o ajuda a compreendê-los. — Ela desviou o olhar por um segundo, para se recompor. E voltou os olhos novamente para mim, agora refletindo tristeza. — Talvez os humanos estejam certos. Talvez sejamos possuídos. Eu vejo coisas, Diana. Coisas que eu não devia ver.

Os demônios podem ser visionários. E ninguém sabe ao certo se essas visões são confiáveis, como as visões que as bruxas têm.

— Eu vejo sangue e medo. Eu vejo você — ela disse, desviando os olhos outra vez. — Às vezes eu vejo o vampiro. Ele procurou esse livro por tanto tempo e, em vez de encontrá-lo, encontrou você. Curioso.

— Por que Matthew Clairmont quer o livro?

Agatha deu de ombros.

— Vampiros e bruxas não partilham seus pensamentos conosco. Embora o seu vampiro tenha mais apreço pelos demônios que a maioria dos outros vampiros, ele também não nos diz o que sabe. São tantos segredos, e hoje em dia há tantos humanos inteligentes... Eles vão acabar descobrindo tudo, se não tomarmos cuidado. Os humanos adoram o poder... e os segredos também.

— Ele não é o *meu* vampiro — retruquei de chofre.

— Tem certeza disso? — ela disse, fixando os olhos na superfície cromada da máquina de café expresso, como se olhando para um espelho mágico.

— Tenho, sim — respondi com convicção.

— Um livrinho que pode conter um grande segredo... um segredo capaz de mudar o mundo. Você é uma bruxa. Você sabe que as palavras têm poder. E o seu vampiro não precisaria de você se conhecesse esse segredo. — Os olhos castanhos de Agatha agora estavam comovidos e acolhedores.

— Se Matthew Clairmont quer tanto esse livro, ele próprio pode requisitá-lo à biblioteca. — De repente a ideia de que ele poderia fazer isso se tornou assustadora.

— Se esse livro voltar para suas mãos — ela disse com aflição, agarrando o meu braço —, me promete que se lembrará que vocês não são os únicos que precisam conhecer os segredos que ele guarda. Os demônios também fazem parte da história. Promete.

O toque me fez entrar em pânico, e de repente me senti agoniada com o calor e a aglomeração de pessoas lá dentro. Olhei em volta por instinto, à procura da saída mais próxima, ao mesmo tempo em que prestava atenção na minha respiração para controlar o ímpeto de sair correndo dali.

– Prometo – murmurei hesitante, sem saber ao certo o que prometia.

– Ótimo – disse Agatha com displicência, soltando o meu braço. Ela desviou os olhos. – Foi muito bom conversar com você. – Fixou os olhos no tapete mais uma vez. – Nos veremos de novo. Não se esqueça: algumas promessas são mais importantes que as outras.

Coloquei o bule e a xícara de chá na bandeja cinza de plástico sobre a lata de lixo e joguei a embalagem do sanduíche lá dentro. Olhei para trás e Agatha estava lendo a seção de esportes do jornal que o historiador deixou no café.

Não vi Miriam quando saí da Blackweel, mas senti os seus olhos gelados cravados em mim.

Enquanto eu estava fora a Selden End se enchera de humanos, todos ocupados em seus afazeres e completamente alheios à convenção de criaturas ao redor. Invejando esse alheamento, resolvi me concentrar num manuscrito, mas em vez disso comecei a rever a minha conversa na Blackwell e os acontecimentos dos últimos dias. A princípio, as ilustrações do Ashmole 782 não pareciam ter relação com o que Agatha Wilson lhe atribuíra. E se Matthew e a demônia estavam tão interessados no manuscrito, por que não o requisitavam?

Fechei os olhos e relembrei os detalhes do meu encontro com o manuscrito a fim de estabelecer padrões para os acontecimentos dos últimos dias, esvaziando a mente e imaginando o problema como se fossem peças de um quebra-cabeça sobre uma mesa branca e encaixando as formas coloridas. Mas por mais que eu arrumasse as peças, elas não se encaixavam e não surgia quadro algum. Frustrada, levantei e tratei de sair.

– Alguma requisição? – perguntou Sean enquanto retirava a pilha de manuscritos dos meus braços. Estendi uma nova lista de pedidos. Ele olhou sorrindo para uma prateleira cheia, sem dizer uma única palavra.

Eu precisava fazer duas coisas antes de sair. A primeira era uma questão de cortesia. Eu não sabia ao certo como os vampiros tinham me mantido à distância de um sem-número de criaturas presentes na Selden End, mas eles tinham feito isso. Geralmente bruxas e vampiros não se agradecem uns aos outros, mas Clairmont me protegera duas vezes em dois dias. Eu não queria ser ingrata ou intolerante como Sarah e suas amigas do *coven* de Madison.

– Professor Clairmont?

O vampiro olhou para mim.

– Muito obrigada – eu disse, olhando-o até que ele desviou os olhos.

– De nada – ele murmurou, surpreendido.

A segunda coisa era mais calculada. Se Matthew Clairmont precisava de mim, eu também precisava dele. Eu queria que ele me dissesse por que o Ashmole 782 estava causando tanta balbúrdia.

– Talvez seja melhor me chamar de Diana – falei rapidamente, antes que me sentisse nervosa.

Matthew Clairmont sorriu.

Meu coração parou de bater por um segundo. Aquele sorriso não era o sorriso pálido com o qual eu estava me habituando. Foi um sorriso que iluminou o rosto inteiro. Ai, meu Deus, como ele é bonito, pensei, atordoada.

– Tudo bem – ele disse, suavemente. – E você pode me chamar de Matthew.

Balancei a cabeça, com o coração desgovernado. O meu corpo foi irrigado por alguma coisa que desmanchou os resíduos de ansiedade deixados pelo encontro com Agatha Wilson.

O nariz de Matthew brilhou, e o seu sorriso se abriu um pouco mais. Ele estava farejando o que acontecia no meu corpo. E mais, parecia ter identificado o que era.

Ruborizei.

– Bom final de tarde... Diana. – Ele custou para dizer o meu nome, com um tom exótico e estranho.

– Boa-noite, Matthew. – Fui saindo o mais depressa possível.

Naquela tarde, remando na serenidade do rio à medida que escurecia o pôr do sol, de vez em quando eu avistava uma silhueta esfumaçada no caminho de sirga um pouco mais à frente de mim, como uma estrela sombria a me guiar para casa.

7

Acordei às 2:15 da madrugada com uma terrível sensação de afogamento. No sonho, eu tentava me desvencilhar das cobertas transformadas em algas marinhas para chegar à superfície clara da água. Já estava quase conseguindo quando alguma coisa me agarrou pelos tornozelos e me puxou para o fundo.

Como sempre acontecia nos pesadelos, acordei abruptamente antes de descobrir o que tinha me agarrado. Fiquei desorientada por alguns minutos, com o corpo molhado de suor e o coração palpitando em ritmo *staccato* e reverberando na caixa torácica. Com muita cautela, me sentei na cama.

Alguém me olhava da janela, com olhos negros encovados.

Só depois me dei conta de que era o meu próprio reflexo no vidro da janela. Notei isso quando fui para o banheiro pouco antes de passar mal. Passei os trinta minutos seguintes me contorcendo no chão frio, e culpando Matthew Clairmont e as outras criaturas pelo mal-estar. Por fim, me arrastei de volta para a cama e dormi por algumas horas. Quando amanheceu, vesti o traje de remadora.

Ao passar pela portaria, o porteiro me olhou com um ar de espanto.

– A senhora vai sair a essa hora com toda essa neblina, doutora Bishop? Se me permite dizer, a senhora está parecendo uma vela queimada pelos dois lados. Não seria uma boa ideia continuar na cama? O rio não vai sair do lugar. Ele vai estar lá amanhã.

Considerei o conselho de Fred e balancei a cabeça em negativa.

– Eu estou me sentindo bem. – Ele me olhou, em dúvida. – Além do mais, os estudantes voltam nesse fim de semana.

A pavimentação úmida e escorregadia pelo tempo ruim e o meu cansaço me fizeram correr mais devagar. Minha rota habitual me fazia passar pela Oriel College até os portões de ferro altos e negros entre Merton e Corpus Christi. Os portões ficavam trancados do anoitecer ao amanhecer para manter os curiosos longe da campina que margeava o rio, mas a primeira coisa que se aprendia ao remar em Oxford era escalá-los. E os escalei com facilidade.

O rotineiro ritual de colocar o barco na água surtiu o efeito esperado. Quando o barco se afastou da doca e penetrou na neblina, eu já me sentia quase normal.

Remar em meio à neblina é quase como voar. O ar abafa o rumor dos pássaros e dos automóveis e amplifica a batida suave dos remos na água e o chiado do assento do barco. Sem a visão das margens do rio e dos pontos familiares, não há nada em que se guiar senão nos próprios instintos.

Logo entrei no ritmo do barco, com olhos e ouvidos sintonizados nas eventuais variações no som das remadas, pois os remos poderiam mostrar uma aproximação maior das margens ou de alguma sombra indicando a presença de um outro barco. A densidade da neblina me fez pensar em voltar, mas a perspectiva de um longo passeio pelo rio foi mais tentadora.

Ao me aproximar da taverna, tive que manobrar o barco com destreza. Dois remadores desciam pela corrente em calorosa discussão sobre as estratégias de competição para vencer o idiossincrático estilo oxfordiano de corrida conhecido como "*bumps*".

– Vocês podem sair da minha frente? – gritei.

– Claro! – eles responderam prontamente, e passaram sem interromper a discussão.

Quando deixei de ouvir as remadas dos dois remadores, resolvi remar de volta à casa de barcos e dar o passeio por encerrado. Um passeio curto, mas que amenizou a tensão provocada pela terceira noite consecutiva de pouco sono.

Já com o equipamento guardado, tranquei a casa de barcos e caminhei lentamente de volta para casa. Naquela manhã enevoada, o trajeto estava tão tranquilo que o tempo e o espaço desapareceram. Fechei os olhos e imaginei que estava em lugar nenhum – nem em Oxford nem em qualquer outro lugar conhecido.

Quando abri os olhos, uma sombra surgiu à frente. Engoli em seco. A sombra vinha em minha direção e as minhas mãos se prepararam instintivamente para repelir o perigo.

– Diana, desculpe. Achei que você tinha me visto. – Era Matthew Clairmont, visivelmente constrangido.

– Eu estava andando de olhos fechados. – Ajeitei o capuz do moletom que tinha escorregado um pouco. E fiquei encostada numa árvore para diminuir o ritmo da respiração.

– Você pode me dizer uma coisa? – perguntou Clairmont tão logo me recuperei do susto.

– Não, se você quer saber por que fui ao rio com essa neblina toda, quando estou sendo seguida por vampiros, demônios e bruxas. – Eu não estava com a menor paciência para sermões... não naquela manhã.

– Não é isso – a voz dele assumiu um tom ácido –, embora a pergunta venha a calhar. – O que eu quero saber é por que você caminha de olhos fechados.

Soltei uma risada.

– O quê... você não consegue?

Matthew balançou a cabeça.

– Os vampiros só têm cinco sentidos. Para nós são mais que suficientes – disse de maneira sarcástica.

– Não há nada de mágico nisso, Matthew. Faço essa brincadeira desde criança. Minha tia ficava louca com isso. Eu sempre voltava para casa com os joelhos ralados e toda arranhada pelas quedas nos espinheiros e os esbarrões nas árvores.

O vampiro pareceu pensativo. Enfiou as mãos nos bolsos da calça cinza e olhou para a neblina. Ele estava com um suéter verde azulado que lhe escurecia os olhos, e dessa vez não vestia um sobretudo. A ausência de um sobretudo era um detalhe gritante pelas condições do tempo. De repente, me senti desarrumada, e torci para que não tivesse feito um buraco no lado esquerdo atrás da minha calça com os movimentos das remadas.

– Como foi a sessão de remo esta manhã? – ele disse por fim, como se realmente não soubesse. Já que não tinha saído para o seu passeio matinal.

– Boa – respondi laconicamente.

– Não há muita gente aqui esta manhã.

— É mesmo, mas prefiro assim, com pouca gente no rio.

— E não é arriscado remar com esse tempo e com tão poucos barcos no rio? — ele disse em tom suave, e se não fosse um vampiro de olho em cada movimento meu, eu teria considerado a pergunta como uma tentativa desajeitada de entabular uma conversa.

— Por que seria arriscado?

— Se acontecesse alguma coisa, não haveria ninguém por perto.

Eu nunca tinha cogitado isso, mas ele tinha razão. De todo modo, deixei para lá.

— Os estudantes estarão de volta na segunda-feira. Estou aproveitando a calmaria enquanto posso.

— As aulas vão começar realmente na próxima semana? — Clairmont pareceu sinceramente surpreso.

— Você *está* ou não está na faculdade? — Sorri.

— Tecnicamente, sim, mas sem fazer contato com os alunos. Eu estou aqui para pesquisa. — Os lábios dele se apertaram. Ele não achou graça.

— Deve ser ótimo — eu disse, pensando na minha palestra introdutória para trezentos alunos e muitos calouros agitados.

— É tranquilo. O equipamento do laboratório não faz perguntas. Mas a dra. Shephard e o dr. Whitmore são meus assistentes, de modo que não fico completamente sozinho.

O tempo estava úmido e frio. Além disso, não me parecia natural conversar com um vampiro em plena neblina.

— Eu tenho que ir pra casa.

— Quer uma carona?

Quatro dias antes eu não aceitaria a carona de um vampiro de jeito nenhum, mas naquela manhã o convite me pareceu uma excelente ideia. Sem falar que eu teria uma oportunidade de saber o que levava um bioquímico a se interessar tanto por um manuscrito alquímico do século XVII.

— Ótimo.

A expressão tímida de Clairmont se desarmou de cima abaixo.

— Meu carro está estacionado aqui perto — disse, apontando na direção da Christ Church College.

Caminhamos em silêncio por alguns minutos em meio à névoa acinzentada, pela estranheza de uma bruxa e um vampiro a sós. Ele reduziu o passo para se manter ao meu lado e, ali na rua, pareceu mais relaxado que na biblioteca.

— Sua faculdade é essa?

— Não, nunca fui membro daqui.

Ele respondeu de um jeito que me fez imaginar as faculdades em que *teria sido* membro. E em seguida imaginei quantos anos ele teria vivido. Às vezes, ele parecia tão velho quanto a própria Oxford.

– Diana? – Clairmont se deteve.

– Humm? – Me posicionei na direção do estacionamento da faculdade.

– É para lá – ele disse, apontando para a direção oposta.

Fomos até uma pequena vaga. Um Jaguar baixo e preto estava estacionado debaixo de uma placa amarela brilhante com os dizeres: PROIBIDO ESTACIONAR. O carro tinha um cartão de permissão do John Radcliffe Hospital pendurado no espelho retrovisor.

– Já vi tudo – falei de mãos à cintura. – Você estaciona onde bem entende.

– Costumo ser um bom cidadão quando se trata de estacionamentos, mas o clima desta manhã justificou a exceção. – Matthew se pôs na defensiva enquanto esticava o braço à minha volta para abrir a porta do carro. Era um modelo antigo de Jaguar, sem as últimas tecnologias de abertura automática de portas e de sistemas de navegação, mas parecia recém-saído da loja. Ele abriu a porta e me afundei confortavelmente no banco estofado de couro caramelo.

Eu nunca tinha entrado num carro tão luxuoso. As piores suspeitas de Sarah a respeito dos vampiros se confirmariam se ela soubesse que ele dirigia um Jaguar enquanto ela dirigia um Honda Civic roxo que de tão enferrujado desbotara para uma cor de berinjela podre.

Clairmont tomou a direção dos portões da Christ Church e lá esperou por uma brecha no tráfego matinal dominado por caminhões de entregas, ônibus e bicicletas.

– Que tal um café da manhã antes de ir para casa? – ele perguntou casualmente, com a mão no volante polido. – Você deve estar com fome depois de tanto exercício.

Era o segundo convite para (não) fazer uma refeição que ele me propunha. Será que isso era coisa de vampiro? Será que eles gostam de assistir enquanto os outros comem?

A mistura de vampiros e alimento me fez pensar na dieta habitual dos vampiros. Todo mundo sabe que eles se alimentam de sangue humano. Mas será que só se alimentam disso? Não mais tão segura de que tinha sido uma boa ideia sair de carro com um vampiro, fechei o moletom até o alto do pescoço e me coloquei o mais perto possível da porta.

– Diana? – Ele queria uma resposta.

– Eu adoraria – admiti hesitante – e daria tudo por uma xícara de chá.

Clairmont balançou a cabeça, com os olhos fixos no tráfego.

– Conheço um bom lugar para isso.

Ele tomou o rumo da High Street. Passamos pela estátua da esposa de George II situada sob uma cúpula da Queen College e seguimos na direção dos jardins de Oxford. O carro percorrendo sem nenhum ruído pelas ruas fazia Oxford parecer mais sobrenatural que nunca, com suas torres e obeliscos que irrompiam repentinamente da quietude e da neblina.

Nós estávamos em silêncio e de repente a quietude dele me fez perceber que eu me mexia e piscava seguidamente, respirando fundo e me arrumando no banco. E Matthew Clairmont, não. Ele não piscava e só uma vez ou outra respirava fundo, e seu jeito de girar o volante e controlar os pedais era de tal modo comedido e eficiente que dava a impressão de que a conservação da energia era uma extensão direta da sua própria vida. E novamente comecei a imaginar quantos anos ele teria.

O vampiro entrou por uma rua lateral e estacionou o carro na frente de um pequeno café apinhado de fregueses locais. Alguns liam jornais enquanto outros se alimentavam e outros conversavam com os vizinhos de mesas adjuntas. Reparei com prazer que todos sorviam grandes canecas de chá.

– Eu não conhecia este lugar – comentei.

– É um segredo bem guardado – rebateu com um olhar maroto. – A turma daqui não quer que o pessoal da universidade arruíne a atmosfera.

Eu me virei automaticamente para abrir a porta, mas ele já estava lá para abri-la antes que eu pudesse tocar a maçaneta.

– Como é que você chegou com tanta rapidez? – resmunguei.

– Mágica – retrucou Clairmont, de lábios semicerrados. Pelo que parecia ele não gostava de mulheres que abriam a porta do carro e também não gostava de mulheres que o contestavam.

– Sou perfeitamente capaz de abrir a minha porta – eu disse ao sair do carro.

– Por que as mulheres de hoje acham tão importante abrir a porta? – ele rebateu, com um ar cortante. – Acham que isso é uma prova do poder físico de vocês?

– Não, mas é um sinal de nossa independência.

Eu o encarei de braços cruzados, como se o desafiando a me contradizer e lembrando da mulher que o interpelara seguidamente numa conferência como disse Chris.

Sem dizer uma só palavra, ele fechou a porta do carro e abriu a porta do café. Permaneci resoluta no mesmo lugar para que ele entrasse primeiro. Uma lufada de ar aconchegante e úmido trouxe um cheiro de bacon frito e pão torrado. Fiquei com água na boca.

– Você é incorrigivelmente antiquado – suspirei, decidida a não brigar com ele. Não teria a menor importância se ele abrisse todas as portas para mim naquele dia, desde que me pagasse um café da manhã quentinho.

– Primeiro você – ele murmurou.

Lá dentro, abrimos caminho em meio a mesas lotadas. A pele de Clairmont que parecia quase normal sob a neblina estava visivelmente pálida sob as lâmpadas do café. Alguns olhares se voltaram para nós enquanto passávamos. O vampiro não se abalou.

Não foi uma boa ideia, pensei com certo desconforto à medida que mais olhos humanos se voltavam em nossa direção.

– Olá, Matthew – soou uma calorosa voz feminina por trás do balcão. – Café da manhã para dois?

O rosto dele iluminou.

– Isso mesmo, Mary. Como vai o Dan?

– Tão bem que já está reclamando que precisa sair da cama para comer. Isso quer dizer que já está praticamente recuperado.

– Que notícia boa – disse Clairmont. – Você pode servir um chá para esta moça assim que tiver um tempinho? Ela disse que seria capaz de matar por uma xícara de chá.

– Querida, não será necessário – disse Mary, com um sorriso. – Nós servimos chá sem matanças. – Ela moveu um corpo volumoso para sair de detrás do balcão de fórmica e nos levou até a mesa no canto extremo do café, ao lado da porta da cozinha. Colocou dois cardápios envoltos em plástico sobre a mesa. – Aqui vocês ficarão fora do caminho, Matthew. Steph servirá o chá. Podem ficar o tempo que quiserem.

Clairmont me ajudou a sentar na cadeira que ficava contra a parede. Sentou-se no lado oposto, entre mim e o resto do salão, enrolou o cardápio até transformá-lo em tubo e o desenrolou visivelmente irritado. Na presença dos outros, o vampiro deixava transparecer o nervosismo e a inquietude que mostrara na biblioteca. Ele se sentia bem mais confortável quando estávamos a sós.

Graças ao meu recente conhecimento dos lobos noruegueses pude entender o comportamento dele. Ele estava me protegendo.

– Quem é que você acha que representa uma ameaça para mim, Matthew? Já lhe disse que posso cuidar de mim mesma. – Minha voz soou mais mordaz do que eu pretendia.

– Claro, tenho certeza de que é capaz disso. – Ele deixou escapar um tom de dúvida.

– Olhe – continuei, tentando manter a voz equilibrada –, você os manteve... longe de mim para que eu pudesse trabalhar. – As mesas eram muito próximas para que eu entrasse em mais detalhes. – E sou muito grata por isso. Mas este café está entupido de humanos. Agora, o único perigo é você chamar a atenção dessa gente. Você está oficialmente disponível.

Clairmont esticou a cabeça em direção à caixa registradora.

– Aquele homem lá disse para o amigo que você é gostosa.

Ele aparentou despreocupação, mas exibia uma expressão tensa. Sufoquei uma risada.

– Não acho que ele queira me morder – falei.

A pele do vampiro se acinzentou.

– Pelo que sei da moderna gíria britânica, "gostosa" é um elogio e não uma ameaça.

Ele continuou com um olhar carrancudo.

– Se você não gosta do que está ouvindo, pare de ouvir a conversa dos outros – sugeri, irritada com a postura machista dele.

– É mais fácil dizer do que fazer isso – ele balbuciou, pegando um pote de molho Marmite.

Uma versão ligeiramente mais esbelta de Mary chegou com um enorme bule de porcelana marrom e duas canecas.

– O leite e o açúcar estão à mesa, Matthew – ela disse, olhando-me com curiosidade.

Ele fez as devidas apresentações.

– Steph, esta é Diana, ela é americana.

– Verdade? Você mora na Califórnia? Eu daria minha vida para conhecer a Califórnia.

– Não, moro em Connecticut – eu disse, desculpando-me.

– É um dos menores estados, não é? – Steph mostrou-se claramente desapontada.

– É sim, e lá neva.

– Adoro palmeiras e muito sol. – Ela perdeu todo o interesse por mim depois que mencionei a neve. – O que você vai querer?

– Estou realmente faminta – eu disse em minha defesa, pedindo dois ovos mexidos, quatro torradas e uma porção farta de bacon frito.

Steph, que já devia ter ouvido pedidos piores, anotou o meu pedido sem comentários e recolheu os cardápios.

– Para você, só chá, Matthew?

Ele assentiu com a cabeça.

Quando vi que ela não podia mais nos ouvir, me estiquei sobre a mesa.

– Eles sabem alguma coisa a seu respeito?

Clairmont se debruçou sobre a mesa, deixando o rosto a uma pequena distância do meu. Ele estava com um cheiro mais doce naquela manhã, como um cravo recém-colhido. Inalei o perfume profundamente.

– Eles sabem que sou um pouco diferente. Talvez a Mary suspeite que sou mais que um pouco diferente, mas está convencida de que salvei a vida de Dan e só isso importa para ela.

– Como salvou a vida do marido dela? – O que se presume é que os vampiros tirem a vida dos humanos e não que os salvem.

– Eu o vi durante um plantão no Radcliffe, numa ocasião em que o hospital estava com poucos profissionais. Mary tinha assistido a um programa que descrevia os sintomas de um derrame e os reconheceu quando o marido começou a passar mal. Ele estaria morto ou seriamente incapacitado se ela não o tivesse ajudado.

– Mas ela acha que você salvou o Dan? – O vampiro estava enrolando e me deixando tonta. Ergui a tampa do bule e o aroma de cravos foi substituído pelo aroma de chá preto.

– Mary o salvou na primeira vez, mas ele ficou internado no hospital e teve uma terrível reação aos medicamentos. Já lhe disse que ela é observadora... Pois é, ela falou de suas preocupações para um dos médicos, e ele as descartou... eu escutei... e interferi.

– Você costuma atender aos pacientes?

Servi nossas canecas com um chá tão forte que daria para apoiar uma colher sobre ele. Minhas mãos tremeram levemente quando imaginei um vampiro cuidando de doentes e feridos no John Radcliffe.

– Não – ele respondeu, brincando com o açucareiro –, só quando há alguma emergência no hospital.

Estendi uma caneca de chá pare ele e cravei os olhos no açucareiro. Ele o estendeu para mim. Adicionei meia colher de chá de açúcar e meia xícara de leite no meu chá. Exatamente como eu gostava – preto como alcatrão, uma pitada de açúcar para cortar o amargor e leite suficiente para torná-lo mais leve. Depois de cumpridas todas as etapas, mexi o chá no sentido horário. Depois que a mistura estava pronta para ser bebida sem queimar minha língua, sorvi um gole. Perfeito.

O vampiro sorria.

– O que foi? – perguntei.

– Nunca vi ninguém preparar um chá com tanta atenção nos detalhes.

– Você não deve passar muito tempo com verdadeiros amantes de chá. Tudo isso implica ser capaz de medir a força do chá antes de lhe adicionar o açúcar e o leite. – A caneca dele continuava fumegante e intocada à frente dele. – Vejo que você gosta do seu bem preto.

– Na verdade o chá não é a minha bebida preferida – ele disse, com um tom um tanto displicente.

– E qual *é* sua bebida preferida? – Quase engoli a pergunta tão logo saiu da minha boca. O humor dele passou rapidamente do contentamento para uma severa irritação.

– Que pergunta é essa? – disse, em tom crítico. – Qualquer humano pode responder essa pergunta.

– Me desculpe. Não devia ter perguntado. – Segurei a caneca com força, buscando equilíbrio.

– Não devia mesmo.

Tomei meu chá em silêncio. Nós dois nos viramos para olhar quando Steph se aproximou com uma cestinha cheia de torradas, um prato com ovos mexidos e fatias de bacon.

– Mamãe disse que você está precisando de verduras e legumes – explicou Steph quando arregalei os olhos ao ver a porção de cogumelos fritos e tomates que acompanhavam o café da manhã. – Ela disse que você está parecendo um cadáver.

– Muito obrigada! – eu disse. A crítica de Mary à minha aparência não diminuiu em nada o meu apreço pela porção extra de alimento.

Steph riu e Clairmont esboçou um sorriso quando peguei o garfo e comecei a comer.

Era uma iguaria quente e cheirosa, com uma proporção perfeita entre o exterior crocante e o interior macio. Com a fome parcialmente saciada, comecei um metódico ataque ao cesto de torradas, pegando uma torrada fria em forma de triângulo e passando manteiga. O vampiro assistia a minha refeição com a mesma atenção de quando me viu preparando o chá.

– Então, por que ciência? – arrisquei, enfiando a torrada na boca antes que ele respondesse.

– E por que história? – A voz dele soou como se quisesse fugir da questão, mas ele não me descartaria tão facilmente.

– Você primeiro.

– Talvez porque precisasse de uma razão para estar aqui – ele respondeu, com os olhos fixos na mesa. Começou a rodear o açucareiro com um anel de pacotinhos azuis de adoçante, como se o açucareiro fosse um castelo cercado por um fosso.

Gelei ao observar uma semelhança entre a explicação dada por ele e a que Agatha me dera no dia anterior ao comentar o Ashmole 782.

– Essa é uma questão reservada aos filósofos, não aos cientistas. – Lambi o meu dedo sujo de manteiga para dissimular minha confusão.

Os olhos de Clairmont faiscaram com uma nova onda de súbita ira.

– Não me diga que você realmente pensa que os cientistas não se importam com os porquês.

– Foi-se o tempo em que eles se interessavam pelos porquês – argumentei, atenta a ele. Suas mudanças súbitas de humor eram assustadoras. – Hoje em dia, parece que estão mais interessados em questões relacionadas com o como... como o corpo funciona, como o planeta se move...

Clairmont bufou.

– Não os bons cientistas. – Os ocupantes da mesa ao lado se levantaram para sair e ele se retesou pronto para reagir se decidissem investir contra a nossa mesa.

– E você é um bom cientista.

Ele ignorou essa afirmação.

– Qualquer dia você terá que me explicar que relação há entre a neurociência, a pesquisa do DNA, o comportamento animal e a evolução. Para mim parece que não se encaixam. – Dei uma outra mordida na torrada.

Ele ergueu a sobrancelha esquerda.

– Estou vendo que você andou lendo jornais científicos – disse com um tom cortante.

Dei de ombros.

– Você tinha uma vantagem injusta. Conhecia tudo sobre o meu trabalho. Só procurei equilibrar o jogo.

Ele resmungou alguma coisa entre dentes, talvez em francês.

– Tive muito tempo para refletir – disse com um inglês insípido enquanto alargava o fosso ao redor do castelo com um outro anel de pacotinhos azuis de adoçante. – Não há conexão entre essas atividades.

– Mentiroso – retruquei, suavemente.

A fúria de Clairmont diante de minha acusação não me surpreendeu, mas a velocidade de sua transformação me fez retroceder. Era um lembrete de que eu estava tomando um café da manhã com uma criatura que podia ser letal.

– Diga você então que conexão há entre elas – ele disse entre dentes.

– Não tenho certeza – admiti, com sinceridade. – Mas alguma coisa as encaixa, alguma coisa que conecta e dá sentido às suas pesquisas. A única explicação é que você é um intelectual que gosta de ciscar em diferentes áreas, o que é ridículo pelo respeito que a sua obra tem, ou então você é daquele tipo que se entedia com muita facilidade. E não me parece que você é um intelectual entediado. Acho até que é o oposto disso.

Clairmont me observou atentamente até o silêncio se tornar insuportável. Meu estômago começou a reclamar da quantidade de comida que eu tinha ingerido, achando-me capaz de absorvê-la. Eu me servi de um pouco mais de chá e o bebi enquanto esperava pela réplica dele.

– Para uma bruxa, até que você é uma boa observadora. – Os olhos do vampiro refletiram admiração.

– Matthew, os vampiros não são os únicos que caçam.

– Claro. Nós todos caçamos alguma coisa, não é mesmo, Diana? – ele disse o meu nome lentamente. – Agora é minha vez. Por que história?

– Você ainda não respondeu tudo que perguntei – e eu ainda nem tinha feito a pergunta mais importante.

Ele balançou firmemente a cabeça em negativa e redirecionei minha energia, desviando-a da minha sede de informação para a tarefa de me proteger contra as tentativas dele de extrair informações de mim.

– Acho que a princípio me senti atraída pela ordem que há na história. – Minha voz soou surpreendentemente experimental. – O passado parecia tão previsível, como se nada que tivesse acontecido antes pudesse surpreender.

– Quando a história é contada por quem não esteve presente – disse o vampiro, secamente.

Soltei um risinho.

– Acabei descobrindo isso. Mas no começo era assim que me parecia. Os professores de Oxford transformavam o passado em história bem-acabada, com início, meio e fim. Tudo parecia lógico, inevitável. As histórias que eles narravam me fisgaram e pronto. Nenhuma outra disciplina me interessava. Eu me tornei historiadora e nunca me arrependi.

– Mesmo tendo descoberto que tanto os seres humanos do passado como os do presente não são lógicos?

– A história só se torna um desafio quando se faz menos ordenada. Toda vez que pego um livro ou um documento do passado, eu me confronto com personagens que viveram centenas de anos atrás. Pessoas com segredos e obsessões, com coisas que não querem ou não podem revelar. Meu trabalho consiste em descobrir essas coisas.

– E quando você não pode? E quando elas não querem explicação?

– Isso nunca ocorreu – eu disse depois de refletir sobre a pergunta. – Pelo menos é o que acho. Tudo o que se tem que fazer é ser um bom ouvinte. Na verdade ninguém gosta de guardar segredos, nem os mortos. As pessoas deixam pistas por todos os lados e, se você presta atenção, consegue juntá-las.

– Então para você o historiador é um detetive – ele observou.

– Sim. Mas com menos riscos. – Eu me recostei na cadeira, achando que as perguntas já tinham terminado.

– E por que história da ciência? – ele prosseguiu.

– Talvez pelo desafio de me deparar com mentes brilhantes! – tentei não soar como uma falastrona nem deixar que a voz se elevasse no final da frase, e falhei.

Clairmont abaixou a cabeça e começou a desmontar lentamente o castelo cercado pelo fosso de adoçantes.

O bom-senso me aconselhou a permanecer calada, mas os nós dos fios dos meus próprios segredos começaram a se desfazer.

– Eu queria descobrir como os humanos aderiram a uma visão de mundo sem magia – acrescentei abruptamente. – Eu precisava entender como eles se convenceram de que a magia não era importante.

Os olhos frios e cinzentos do vampiro se voltaram para mim.

– E você descobriu?

– Sim e não – hesitei. – Observei a lógica utilizada por eles, e o fim de um sem-número de feridas à medida que as experiências científicas se descartavam aos poucos da crença de que o mundo era um lugar inexplicavelmente poderoso e mágico. Mas infelizmente eles falharam. Na realidade a magia nunca foi deixada totalmente de lado. A magia ficou esperando até que o mundo se desencantasse com a ciência e retornasse para ela.

– Daí, a alquimia – ele disse.

– Não – protestei. – A alquimia é uma das primeiras formas de ciência experimental.

– Talvez. Mas você não acha que a alquimia está isenta de magia. – A voz de Matthew soou resoluta. – Li a sua obra. Nem mesmo você conseguiu descartar a magia de cabo a rabo.

– Então alquimia é ciência com magia. Ou, se preferir, magia com ciência.

– E qual você prefere?

– Não estou certa – respondi, na defensiva.

– Muito obrigado.

O olhar de Clairmont mostrou que ele percebia que para mim era difícil falar do assunto.

– Não há de quê. Acho. – Afastei uma mecha de cabelo dos olhos, me sentindo um pouco abalada. – Posso perguntar outra coisa? – Ele me olhou desconfiado, mas fez que sim com a cabeça. – Por que você está interessado no meu trabalho... na alquimia?

Clairmont cogitou por um segundo não responder, mas voltou atrás. Afinal, eu acabara de revelar um segredo meu. Agora era a vez dele.

– Os alquimistas também queriam descobrir a razão de estarmos aqui. – Ele estava sendo sincero, isso era visível para mim, mas não esclarecia o interesse dele pelo Ashmole 782. Ele consultou o relógio rapidamente. – Se já terminou, é hora de levá-la para casa. É melhor se agasalhar antes de ir para a biblioteca.

– Eu preciso mesmo é de um bom banho. – Me levantei e me alonguei, movimentando o pescoço para aliviar a tensão concentrada naquele ponto. – E *preciso* fazer ioga esta noite. Eu tenho ficado sentada por muito tempo, debruçada na escrivaninha.

Os olhos do vampiro cintilaram.

– Você pratica ioga?

– Não poderia viver sem ela – respondi. – Adoro os movimentos e a meditação.

– Não me surpreende – ele disse. – É dessa forma que você rema... misturando movimento e meditação.

Ruborizei. Clairmont me observava no rio com a mesma atenção que me dava na biblioteca.

Ele deixou uma nota de vinte libras na mesa e acenou para Mary. Ela retribuiu o aceno e ele tocou levemente no meu cotovelo, guiando-me por entre as mesas e os poucos frequentadores que restavam.

– Com quem você tem aula? – ele perguntou depois que abriu a porta do carro para mim.

– Frequento aquele estúdio na High Street. Ainda não achei um professor que me agrade, mas qualquer dia ele aparece porque o estúdio não seleciona qualquer pessoa. – Em New Haven, havia diversos estúdios de ioga, mas eram raros em Oxford.

O vampiro se ajeitou no banco do carro, girou a chave de ignição e se deteve antes de tomar o caminho de volta para a cidade.

– Aqui você não encontrará o tipo de aula que deseja – ele disse, em tom de confidência.

– Você também pratica ioga? – Fiquei fascinada só de imaginar aquele corpanzil fazendo exercícios com movimentos harmoniosos.

– Um pouco – ele disse. – Se você quiser praticar ioga comigo amanhã, posso pegá-la às seis, fora de Hertford. Esta noite terá que se virar no seu estúdio na cidade, mas amanhã terá uma boa aula.

– Onde fica seu estúdio? Posso telefonar para ver se eles têm aulas noturnas.

Clairmont balançou a cabeça.

– Eles não abrem à noite, só nas tardes de segunda, quarta, sexta e domingo.

– Oh – eu disse, desapontada. – Como são as aulas?

– Você verá. É difícil descrever. – Ele esboçou um sorriso.

Para minha surpresa, num piscar de olhos estávamos frente à guarita do meu prédio. Fred esticou o pescoço para ver quem passava pelo portão e o adesivo do hospital Radcliffe o fez sair para ver o que estava acontecendo.

Clairmont me ajudou a sair do carro. Saí, acenei para Fred e estendi a mão para Clairmont.

– Adorei o café da manhã. Obrigada pelo chá e pela companhia.

– Disponha de mim na hora que quiser – ele disse. – Vejo-a na biblioteca.

Fred soltou um assovio quando Clairmont se afastou.

– Que carrão, dra. Bishop. É seu amigo?

O trabalho do porteiro era tomar o máximo de conhecimento possível de tudo que ocorria no prédio, tanto para garantir a segurança dos moradores como para satisfazer a curiosidade da sua função de porteiro.

– Acho que sim – respondi pensativa.

No meu apartamento, peguei a carteira do passaporte e tirei dez dólares de dentro. Levei alguns minutos para encontrar um envelope. Enfiei a nota lá dentro, sem nenhum bilhete, e o enderecei para Chris, com "VIA AÉREA" em letras maiúsculas e os dados postais no canto superior do envelope.

Chris nunca me perdoaria se não o deixasse saber que ele ganhara a aposta. Nunca.

8

—**H**onestamente, este carro é muito clichê. – Meus cabelos bateram no meu rosto e tentei afastá-los.

Clairmont estava encostado na lateral do Jaguar com sua elegância habitual. Até as roupas de ioga característicamente em cinza e preto pareciam recém-saídas da loja, embora inferiores às que ele vestia na biblioteca.

Eu me senti incomensuravelmente destoante diante do negror lustroso do carro e da elegância do vampiro. O dia não tinha sido bom. Com a esteira da biblioteca enguiçada, os manuscritos demoraram a chegar às minhas mãos. As anotações continuaram evasivas e eu já começava a olhar para o calendário em pânico, imaginando um salão cheio de colegas a me bombardear com perguntas difíceis. Já era outubro e a conferência estava marcada para novembro.

— Você acha que um carro menor disfarçaria melhor? – ele perguntou, estendendo a mão para pegar minha esteira de ioga.

– Na verdade, não.

Em pé, na penumbra outonal, ele era a própria imagem de um vampiro, se bem que os alunos e professores que passavam por perto não lhe davam uma segunda olhadela. Se eles não conseguiam perceber quem era Clairmont – de *ver* quem ele era ali ao ar livre –, o carro era irrelevante. Fez-se uma irritação sob a minha pele.

– Fiz alguma coisa errada? – Ele arregalou dois olhos cinza-esverdeados e atônitos. Abriu a porta do carro e respirou fundo enquanto eu entrava.

Minha irritação aumentou.

– Você está me cheirando?

Eu suspeitava que desde o dia anterior o meu corpo estava fornecendo informações que ele não podia obter.

– Não me tente – ele murmurou, fechando a porta do carro.

Os pelos da minha nuca se arrepiaram quando pensei no que ele acabara de dizer. Ele abriu o bagageiro e colocou a minha esteira lá dentro.

O ar do anoitecer se espraiou em volta quando o vampiro entrou no carro sem esforço visível e sem gestos desengonçados. Seu rosto mostrava uma linha simpática de preocupação.

– O dia foi ruim?

Olhei para ele com um olhar fulminante. Clairmont sabia perfeitamente como tinha sido o meu dia. Ele e Miriam tinham aparecido na Duke Humfrey outra vez, mantendo as outras criaturas a distância. E depois saímos para fazer ioga enquanto Miriam continuava lá para impedir que fôssemos seguidos por uma fileira de demônios – ou coisa pior.

Clairmont ligou o carro e seguiu pela Woodstock Road, sem nenhuma tentativa de puxar conversa. Na rua, nada além de casas.

– Para onde estamos indo? – perguntei desconfiada.

– Para o estúdio de ioga – ele disse serenamente. – Pelo seu humor, devo dizer que você está precisando dela.

– E onde fica esse estúdio de ioga? – perguntei. Estávamos nos dirigindo para o campo, rumo a Blenheim.

– Já mudou de ideia? – A voz dele transpareceu uma ligeira irritação. – Não será melhor levá-la de volta ao estúdio da High Street?

A lembrança da aula insatisfatória do dia anterior me fez encolher.

– Não.

– Então relaxe. Não vou sequestrá-la. Às vezes, é legal deixar outro assumir as rédeas. Além do mais, é uma surpresa.

– Hmph – eu balbuciei.

Ele ligou o som do carro e a música clássica ecoou dos alto-falantes.

– Pare de pensar e escute – ele ordenou. – É impossível continuar tenso ao som de Mozart.

Admiti para mim mesma que ele estava certo e me acomodei no banco com um suspiro e fechei os olhos. Com o movimento sutil do Jaguar e com os ruídos externos abafados, era como se eu estivesse suspensa no ar, amparada por mãos invisíveis e musicais.

O carro reduziu a marcha e parou na frente de um portão duplo de ferro tão alto que eu nunca o escalaria, mesmo com toda a minha experiência. O portão era artisticamente trabalhado, com muros laterais de tijolinhos vermelhos. Eu me espichei um pouco no banco.

– Esquece, não é possível ver nada daqui – disse Clairmont, rindo. Ele abaixou o vidro da janela e digitou uma série de números em um painel polido. Fez-se um ruído e o portão se abriu.

O chão de cascalho rangeu sob os pneus do carro e depois atravessamos outro portão ainda mais antigo que o primeiro. Um portão sem nenhum ornamento, a não ser um arco que terminava em outro muro de tijolinhos bem mais baixo que o primeiro e que dava para a Woodstock Road. No topo do arco, dependurava-se uma espécie de lanterna envidraçada. À esquerda do portão, uma linda casinha com chaminés retorcidas e vitrais. Uma pequena placa de bronze desgastada nas pontas anunciava: A VELHA CABANA.

– Lindo – murmurei.

– Eu sabia que você ia gostar. – O vampiro pareceu recompensado.

Cruzamos um parque em meio à penumbra do anoitecer. O barulho do Jaguar dispersou um pequeno bando de cervos que se abrigaram nas sombras. Subimos uma ladeira em suave declive e fizemos uma curva. O carro reduziu a marcha quando chegamos ao topo da ladeira, e os faróis iluminaram a escuridão.

– Ali – disse Clairmont, apontando com a mão esquerda.

A casa principal de dois andares em estilo Tudor situava-se no centro do terreno. Os tijolos cintilavam sob a luz de poderosos holofotes presos em galhos de pés de carvalho, iluminando a fachada da casa.

Fiquei tão deslumbrada que deixei escapar um palavrão. Clairmont olhou para mim chocado e depois riu.

Ele manobrou o carro até um estacionamento circular na frente da casa e parou atrás de um Audi esporte do ano. Já havia cerca de uma dezena de carros estacionados e a luz dos faróis iluminou outros carros subindo a colina.

– Será que vou me sair bem?

Eu já praticava ioga por mais de uma década, mas isso não significava que era uma praticante exímia. Nem me passara pela cabeça perguntar se naquele tipo de aula as pessoas tinham que se apoiar nos cotovelos de pernas para o ar.

– É uma classe mista – assegurou-me Clairmont.

– Está bem.

Apesar da resposta tranquilizadora, minha ansiedade não diminuiu muito.

Ele tirou as esteiras do porta-malas. Saiu andando devagar enquanto os recém-chegados se apressavam na direção de uma entrada larga, e por fim chegou à minha porta e estendeu a mão para mim. *Isto é novo*, pensei comigo antes de lhe dar a mão. Eu ainda não estava me sentindo muito confortável quando os nossos corpos se tocaram. Ele era incrivelmente gelado e o contraste entre as temperaturas dos nossos corpos me deixou atordoada.

O vampiro me pegou pela mão com suavidade e me ajudou a sair do carro com toda gentileza. Antes de soltar minha mão, apertou-a com delicadeza. Surpreendida, olhei para ele e nossos olhos se encontraram. Confusos, desviamos o olhar.

Atravessamos outro portão arqueado e um pátio central e depois entramos na casa principal, uma construção em surpreendente estado de conservação. A simetria das janelas georgianas continuava intacta, e nenhum arquiteto moderno anexara estufas vitorianas exageradas. Era como se tivéssemos voltado no tempo.

– Inacreditável – murmurei.

Clairmont abriu um largo sorriso, conduzindo-me por uma porta de madeira escorada por um peso de ferro que a mantinha aberta.

Engoli em seco. Se o exterior da construção já era admirável, o interior era de tirar o fôlego. Lambris de madeira polidos e brilhantes se estendiam em todas as direções. A enorme lareira já estava acesa. Havia uma grande mesa rodeada de bancos que pareciam tão antigos quanto a casa, e a única evidência de que estávamos no século XXI era a luz elétrica.

Sapatos se enfileiravam aos pés dos bancos de carvalho, em cujos tampos escuros se amontoavam suéteres e casacos. Matthew deixou as chaves na mesa e tirou os sapatos. Eu também tirei os meus e o segui.

– Não falei que era uma turma mista? – disse o vampiro quando chegamos a uma porta. Olhei para ele, balançando a cabeça. – Pois é, mas só há um jeito de entrar nesta sala... você tem que ser um de nós.

Ele abriu a porta. Inúmeros olhos curiosos, perfurantes, arrepiantes e petrificantes se voltaram para mim. A sala estava entupida de demônios, bruxos e vampiros. Estavam sentados em esteiras coloridas – uns de pernas cruzadas, outros de joelhos – esperando o início da aula. Alguns demônios tinham fones nos ouvidos. Os bruxos cochichavam, com um zumbido contínuo. Os vampiros se mantinham em silêncio, com semblantes praticamente sem emoção.

Fiquei boquiaberta.

– Desculpe – disse Clairmont. – Achei que você não viria se lhe dissesse... mas este é o melhor estúdio de ioga em Oxford.

Uma bruxa alta de cabelos curtos e pretos com pele cor de café com leite caminhou em nossa direção enquanto o resto da sala se entregava a uma silenciosa meditação. Clairmont, que até então estava um pouco tenso, relaxou a olhos vistos quando a bruxa se aproximou de nós.

– Matthew – soou uma voz rouca com um leve sotaque indiano. – Bem-vindo.

– Amira. – Ele balançou a cabeça, cumprimentando-a. – Esta é Diana Bishop, já lhe falei sobre ela.

A bruxa me olhou atentamente, esquadrinhando cada detalhe do meu rosto. E sorriu.

– Muito prazer em conhecê-la, Diana. Você é novata em ioga?

– Não. – Meu coração bateu ansiosamente. – Mas é a primeira vez que venho aqui.

Ela abriu um largo sorriso.

– Bem-vinda à Velha Cabana.

De repente me perguntei se havia alguém ali que sabia do Ashmole 782, mas não vi um único rosto familiar e a atmosfera da sala era francamente serena, sem a tensão habitual que existe entre as criaturas.

A mão aconchegante e firme de Amira me pegou pelo punho e o meu coração sossegou no mesmo instante. Olhei-a com admiração. Como ela podia ter feito isso?

Amira soltou o meu punho, deixando a minha pulsação estável.

– Acho que você e Diana ficarão mais confortáveis aqui – disse para Clairmont. – Começaremos quando estiverem bem instalados.

Estendemos as esteiras ao lado de uma porta no fundo da sala. Não tinha ninguém perto de mim, mas um pouco mais à frente dois demônios estavam sentados na posição de lótus com os olhos fechados. Eu senti uma comichão nos ombros. E me perguntei quem estaria me olhando. A sensação não durou muito.

Desculpa, ecoou uma voz culpada dentro da minha cabeça.

Era uma voz que vinha da direção dos zumbidos do outro lado da sala. Amira franziu ligeiramente o cenho para alguém que estava sentado na primeira fila e só depois iniciou a aula.

De volta ao prumo, meu corpo se colocou obedientemente na posição de lótus quando ela começou a falar, e alguns segundos depois Clairmont também estava na mesma posição.

– Agora fechem os olhos.

Amira apertou um pequeno controle remoto, e os acordes de um canto meditativo ecoaram das paredes e do teto. Era como um canto medieval, um dos vampiros suspirou de felicidade.

Meus olhos vagaram distraídos pela argamassa ricamente ornamentada daquilo que um dia devia ter sido o grande salão da casa.

– Fechem os olhos – repetiu Amira suavemente. – Não é fácil deixar de lado as preocupações, os temores e o ego. Por isso estamos aqui esta noite.

Essas mesmas palavras das quais eu tinha ouvido variações em outras aulas de ioga assumiram um novo significado naquela noite.

– Estamos aqui esta noite para aprender a lidar com a nossa energia. Na maior parte do tempo travamos embates sem fim para sermos o que não somos. Deixem que esses desejos se dissipem. Honrem quem vocês realmente são.

Fizemos alguns alongamentos e depois Amira pediu para que nos colocássemos de joelhos e aquecêssemos a coluna antes de nos inclinarmos até o chão como um cão se alongando. Ficamos nessa posição por algum tempo e em seguida esticamos os braços até os pés e assim ficamos, e depois nos colocamos de pé.

– Mantenham os pés enraizados na terra e se ponham na posição da montanha – ela instruiu.

Eu me concentrei nos pés, e um inesperado solavanco emergiu do solo. Arregalei os olhos.

Seguimos Amira quando ela iniciou as *vinyasas*. Erguemos os braços em direção ao teto e os abaixamos para aproximar as mãos dos pés. Levantamos ligeiramente o corpo, com a coluna paralela ao solo, e depois nos dobramos e jogamos as pernas para trás em posição de flexão. Uma multidão de demônios, vampiros e bruxas deslocaram os corpos em graciosas curvas. Continuamos as flexões e depois erguemos os braços mais uma vez, e encostamos levemente uma palma da mão na outra. Depois Amira nos liberou para fazer os movimentos que quiséssemos. Ela apertou o botão do controle remoto de um aparelho de som e se espraiou ao redor um lento e melódico *cover* de "Rocket Man", de Elton John.

Sintonizada com aquela música de súbito estranhamente apropriada, repeti movimentos que já conhecia, alongando os músculos retesados para que o fluxo do exercício tirasse todos os pensamentos da minha cabeça. Depois repetimos uma série de movimentos três vezes, e a energia ambiente se transformou.

Três bruxos flutuaram a quase meio metro acima do piso de madeira.

– Fiquem no chão – disse Amira em tom neutro.

Dois deles voltaram sem dificuldade para o chão. O terceiro mergulhou como um cisne, e mesmo assim as mãos tocaram o chão antes dos pés.

Tanto os demônios como os vampiros mostravam alguma dificuldade com o ritmo. Alguns demônios se moviam com tanta lentidão que pareciam imóveis. Já os vampiros enfrentavam um problema oposto, seus vigorosos músculos se enrolavam e desenrolavam com repentina intensidade.

– Suavemente – murmurou Amira. – Sem forçar, sem reter.

A energia ambiente se recompôs aos poucos. Amira nos orientou a fazer uma série de posições em pé. Nessas posições, os vampiros eram visivelmente imbatíveis, eles as sustentavam sem o menor esforço por vários minutos. Passado algum tempo, eu já não estava mais preocupada com quem estava lá ou se eu estava à altura da turma. Só havia movimento e movimento.

Voltamos ao chão e fizemos flexões de costas e inversões, todos suaram – menos os vampiros que não vertiam uma só gota de suor do corpo. Alguns alunos se apoiaram em um único braço para fazer as flexões, mas eu não era um deles. Clairmont, sim. Em dado momento, era como se ele tivesse ligado ao solo por nada mais que uma orelha, o corpo alinhava-se perfeitamente suspenso no alto.

Para mim a parte mais difícil da ioga era sempre a posição final, a *savasana*, na qual você se posiciona como um cadáver. Para mim, era quase impossível me manter deitada de barriga para cima e inteiramente imóvel. E como os outros achavam que essa posição era relaxante, isso aumentou ainda mais a minha ansiedade. Eu então tratei de me aquietar e de permanecer deitada o máximo possível, evitando qualquer contração. Um ruído de passos se interpôs entre mim e o vampiro.

– Diana – sussurrou Amira –, essa posição não é para você. Deite de lado.

Abri os olhos, espantada. Olhei nos grandes olhos negros da bruxa, envergonhada por ter sido flagrada no meu segredo.

– Dobre-se como uma bola.

Aturdida, fiz o que ela disse. Meu corpo relaxou de imediato.

– Mantenha os olhos abertos também. – Ela deu uma leve palmada no meu ombro.

Eu estava virada para o lado de Clairmont. Amira diminuiu a luminosidade da sala, mas o brilho da pele do vampiro ressaltava-lhe os traços.

De perfil, ele parecia um cavaleiro medieval deitado no tampo de uma tumba da Abadia de Westminster: pernas longas, torso esguio, braços compridos e um rosto incrivelmente forte. Havia algo de antigo na aparência dele, se bem que ele aparentava ser ligeiramente mais velho que eu. Com um dedo imaginário, tracei mentalmente a linha da testa que se expandia até a linha irregular dos cabelos, um pouco acima do proeminente osso da testa e das sobrancelhas espessas e negras de Clairmont. O dedo imaginário desceu até a ponta do nariz e tocou nos lábios dele.

Contei a respiração do vampiro. O peito se erguia imperceptivelmente a cada cem movimentos respiratórios. Ele não expirava por muito tempo.

Por fim, Amira comunicou a todos que já era hora de nos juntarmos ao mundo lá fora. Matthew se virou para mim e abriu os olhos. Seu rosto estava mais suave e o meu também. De repente, fez-se uma grande animação ao redor, mas o socialmente correto não me abalou. Continuei no mesmo lugar, com os olhos cravados nos olhos do vampiro. Ele também me olhava, imóvel, sem mexer um único músculo. Quando me levantei, a circulação repentina de sangue pelo meu corpo fez a sala rodopiar.

Logo a sala parou de girar. Amira fechou os exercícios com um canto, acompanhado pela sonoridade de sininhos atados em seus dedos. Fim de aula.

A sala se encheu de murmúrios polidos enquanto vampiros cumprimentavam vampiros e bruxos cumprimentavam bruxos. Os demônios eram os mais agitados, combinando encontros nos bares dos arredores de Oxford e perguntando onde se tocava o melhor jazz. Sorri quando lembrei de Agatha descrevendo o que impulsionava os demônios, e me dei conta de que eles apenas seguiam a energia. Dois banqueiros de investimentos londrinos, ambos vampiros, conversavam sobre os assassinatos em Londres ainda sem solução. Eu senti uma pontada de desconforto só de pensar em Westminster. Matthew franziu o cenho e os dois mudaram de assunto, marcando um almoço para o dia seguinte.

Cruzamos com todos na saída. Bruxas e bruxos nos cumprimentaram com curiosidade ao mesmo tempo em que sacudiam a cabeça. E até os demônios fizeram contato visual, rindo e trocando olhares significativos entre si. Os vampiros simplesmente me evitaram, mas todos cumprimentaram Clairmont.

Finalmente, na sala restaram apenas Amira, ele e eu. Ela recolheu a esteira e veio em nossa direção.

– Você se exercitou muito bem, Diana – disse.

– Muito obrigada, Amira. Nunca esquecerei dessa aula.

– Você será sempre bem-vinda. Com ou sem o Matthew – ela acrescentou, dando um toquinho no ombro dele. – Você devia ter dito para ela.

– Achei que ela não viria se soubesse. E também pensei que ela adoraria se tivesse uma chance. – Ele me olhou, um tanto envergonhado.

– Apaguem as luzes quando saírem – disse Amira, virando-se para trás já a meio caminho do salão.

Meus olhos esquadrinharam a suntuosidade do vestíbulo.

– Foi realmente uma surpresa – disse secamente, ainda não disposta a deixá-lo se safar.

Ele se aproximou de mim pelas costas, sem nenhum ruído e sem nenhum movimento brusco.

– Uma surpresa agradável, eu espero. Gostou da aula?

Assenti lentamente com a cabeça enquanto me virava para responder. Ele estava desconcertantemente próximo, e a diferença de nossas estaturas me fez erguer os olhos até o alto para não ficar de cara com um tórax.

– Gostei.

O rosto de Matthew se iluminou com um sorriso de tirar o fôlego.

– Que bom.

Foi difícil me desvencilhar daqueles olhos. Para quebrar esse feitiço, me abaixei e comecei a enrolar a esteira. Ele apagou as luzes e pegou as roupas. Calçamos os sapatos na galeria, onde o fogo da lareira já se extinguira.

Ele pegou as chaves.

– Gostaria de um chá antes de voltarmos para Oxford?

– Onde?

– Na casa do portão – ele disse de um modo prosaico.

– Lá tem uma cafeteria?

– Não, mas tem uma cozinha. E também um lugar para sentar-se. Eu posso fazer o chá – brincou.

– Matthew, essa casa é sua? – perguntei, chocada.

Já estávamos andando no lado de fora da casa em direção ao pátio quando avistei uma placa no topo do portão que indicava uma data: 1536.

– Fui eu que a construí – ele disse, olhando-me com atenção.

Matthew Clairmont tinha no mínimo uns quinhentos anos de idade.

– Espólio da Reforma – ele continuou. – Henrique me deu a terra com a condição de que eu demolisse a abadia que havia aqui e construísse outra coisa. Salvei o que pude, mas foi penoso descartar o restante. O humor do rei estava péssimo naquele ano. Eu me recusei a destruir alguns anjos e algumas obras feitas de pedra. Afora isso, tudo mais pertence à nova construção.

– Nunca ouvi ninguém se referir a uma casa construída no século XVI como *nova construção*.

Observei a casa não só pelos olhos de Matthew, mas também como uma parte dele. Era a casa que ele tinha escolhido para viver cerca de quinhentos anos antes. Observando-a, pude conhecê-lo melhor. Era tranquila e silenciosa como ele. Sem falar que era sólida e verdadeira. Nada ali era desnecessário – nenhuma ornamentação a mais, nada que chamasse demasiada atenção.

– Ela é maravilhosa. – Não consegui dizer mais nada.

– Mas agora é grande demais para morar – ele retrucou –, além de também ser muito frágil. Mesmo com minuciosa manutenção, toda vez que abro uma janela parece que alguma coisa vai despencar. Deixei Amira ocupar alguns cômodos, e ela abre a casa para os alunos algumas vezes por semana.

– Você vive na casa do portão? – perguntei enquanto atravessávamos um amplo caminho de pedras arredondadas em direção ao carro.

– Parte do tempo. Moro em Oxford durante a semana, mas passo os finais de semana aqui. É mais tranquilo.

Devia ser mesmo torturante para um vampiro viver cercado de estudantes ruidosos e forçado a ouvir a tagarelice deles.

Entramos no carro e percorremos a curta distância até a casa do portão. Como um cartão de visitas da casa principal, a casa do portão tinha mais ornamentos externos. Observei atentamente as chaminés retorcidas e os elaborados padrões dos tijolos.

Matthew resmungou.

– Eu sei. As chaminés estão erradas. O pedreiro estava louco para pôr mãos à obra. O primo dele trabalhava para Wolsey, em Hampton Court, e o homem simplesmente não aceitava uma negativa como resposta.

Ele ligou um interruptor próximo da porta e um brilho dourado banhou o aposento principal da casa. O chão era de lajotas e a enorme lareira de pedra poderia assar um boi inteiro.

– Está sentindo frio? – ele perguntou enquanto se dirigia a uma parte do aposento transformada em cozinha moderna. Uma cozinha onde uma grande geladeira predominava mais que o fogão. Repeli o pensamento do que poderia estar guardado dentro daquela geladeira.

– Um pouco – respondi encolhida no meu suéter. Estava relativamente quente em Oxford, mas meu suor seco tornava o ar da noite gelado.

– Então acenda a lareira – ele sugeriu.

A lareira já estava preparada e pude acendê-la com um fósforo comprido tirado de um velho caneco de peltre.

Enquanto Matthew ligava a chaleira elétrica, eu passeava pela sala, analisando os elementos de um gosto que se estendia da dureza do couro marrom à suavidade dos móveis de madeira polida magnificamente dispostos sobre um piso de lajotas. Um tapete antigo em vibrantes tons de vermelho, azul e ocre irradiava jatos coloridos. No consolo da lareira, despontava um retrato enorme de uma linda mulher de cabelos negros, do início do século XVII, que trajava um roupão amarelo. Era sem dúvida um retrato pintado por *sir* Peter Lely.

Matthew percebeu meu interesse.

– Minha irmã Luiza – disse enquanto saía de detrás do balcão com uma bandeja de chá. Olhou para a tela com um rosto triste. – *Dieu*, como era bela...

– O que houve com ela?

– Foi para Barbados com a intenção de se tornar rainha das Índias ocidentais. Nós a alertamos de que seu gosto por rapazinhos não passaria despercebido, mas ela não nos deu ouvidos. Luiza adorava a vida de uma grande fazenda. Investiu em açúcar... e escravos. – Uma sombra enevoou-lhe o rosto. – Durante uma das rebeliões na ilha, os outros fazendeiros que já não a viam com bons olhos decidiram se livrar dela. Eles a decapitaram e esquartejaram o corpo. Depois a queimaram e colocaram a culpa nos escravos.

— Lamento – eu disse, sabendo que as palavras são sempre inadequadas para perdas assim.

Ele esboçou um sorriso.

— Foi uma morte tão terrível como a mulher que se foi. Eu adorava a minha irmã, mas ela não era fácil. Entregou-se a todos os vícios das épocas pelas quais passou. Se havia um excesso a ser experimentado, Luiza era a primeira a encontrá-lo. – Desviou os olhos do rosto lindo e frio da irmã com dificuldade. – Você prefere se servir? – perguntou, colocando a bandeja na mesa baixa de carvalho, impecavelmente polida, que estava entre duas poltronas de couro na frente da lareira.

Assenti satisfeita pelo rumo mais leve da conversa, embora com perguntas que ultrapassariam uma única conversa ao anoitecer. Os grandes olhos negros de Luiza me observavam e tratei de não derrubar nem uma só gota de chá na reluzente superfície de madeira da mesa que um dia podia ter pertencido a ela. Matthew trouxe uma jarra de leite e um açucareiro e comecei a preparar meu chá até que obtivesse uma coloração exata, e depois recostei confortavelmente na maciez da poltrona com um suspiro.

Ele esperava educadamente com a xícara na mão, sem levá-la aos lábios.

— Você sabe que não precisa fazer isso só para me agradar – eu disse, olhando para a xícara.

— Eu sei. – Ele se encolheu. – É um hábito, conveniente para fingir.

— Quando você começou a praticar ioga? – Mudei de assunto.

— Na mesma época em que Luiza foi para Barbados. Fui para as outras Índias, as Índias orientais, e me vi sozinho em Goa durante a época da monção. Não havia nada a fazer além de beber muito e aprender sobre a Índia. Naquele tempo, os iogues eram diferentes desses iogues de hoje, muito mais espiritualizados que os professores atuais. Conheci Amira há poucos anos, quando eu dava uma conferência em Mumbai. Logo que a vi ministrando uma aula, ficou claro que ela possuía os dons dos antigos iogues, e não tinha o menor problema em se relacionar com vampiros, ao contrário de algumas bruxas. – A voz dele soou com um tom de amargura.

— Você a convidou para vir à Inglaterra?

— Expliquei que aqui haveria mais chances, e ela concordou em tentar. Isso já faz dez anos e a cada semana a turma aumenta. É claro que ela também dá aulas particulares, principalmente para humanos.

— Não estou acostumada a ver bruxas, vampiros e demônios partilhando alguma coisa... ainda mais uma aula de ioga – confidenciei. Os tabus quanto a se misturar com outras criaturas eram fortes. – Eu nunca acreditaria se você tivesse dito que era possível.

– Amira é uma otimista e adora um desafio. No início, não foi fácil. Nos primeiros dias os vampiros se recusavam a ocupar o mesmo espaço com os demônios, e é claro que todos ficaram de queixo caído quando as bruxas começaram a aparecer. – A voz dele revelou os próprios preconceitos arraigados por muito tempo. – A maioria da turma já assumiu que possui mais semelhanças que diferenças, e todos se tratam com cortesia.

– Mesmo que a gente tenha semelhanças – retruquei, sorvendo um gole de chá e dobrando os joelhos até a altura do peito –, obviamente não sentimos da mesma maneira.

– O que você quer dizer? – ele perguntou, olhando-me atentamente.

– Como reconhecemos que um outro é um de nós... uma criatura – respondi confusa. – Você sabe, os cutucões, os arrepios, o gelo.

Matthew balançou a cabeça.

– Não sei, não. Não sou um bruxo.

– Não sente nada disso quando olho para você? – perguntei.

– Não. Você sente? – Ele mostrou sinceridade nos olhos, provocando uma reação familiar na minha pele.

Assenti com a cabeça.

– O que sente quando é olhada por um vampiro? – Ele inclinou-se para a frente. Tudo parecia extraordinariamente comum, mas pressenti que se armava uma armadilha.

– É uma sensação... de frio – falei paulatinamente, sem saber o que podia divulgar –, como se brotasse gelo da minha pele.

– Parece desagradável. – Ele enrugou a testa.

– Não é não – continuei de modo sincero. – Só é um pouco estranho. Com os demônios é pior... quando eles me olham, é como se eu fosse beijada. – Fiz uma careta.

Matthew sorriu e colocou a xícara de chá sobre a mesa. Apoiou os cotovelos nos joelhos e angulou o corpo na minha direção.

– Então, você se vale um pouco do seu poder de bruxa.

Soou o desarme da armadilha.

Furiosa, olhei para o chão com o rosto em brasa.

– Eu nunca deveria ter aberto o Ashmole 782, nem tirado aquele maldito livro da prateleira! Foi a quinta vez que fiz magia este ano, e a máquina de lavar não conta porque a água teria inundado o apartamento debaixo do meu se eu não tivesse lançado um feitiço.

Ele fez um gesto de rendição com as mãos.

– Não me importo se você usa ou não a magia, Diana. Mas estou surpreso com a quantidade de vezes que fez isso.

– Não uso magia nem poder nem feitiçaria ou o nome que se dê. Isso não tem nada a ver com quem eu sou. – Meu rosto estava em brasa.

– Claro que a magia tem a ver com você. Está no seu sangue. Está nos seus ossos. Você nasceu de uma bruxa, da mesma forma que nasceu loura e de olhos azuis.

Eu nunca tinha conseguido explicar para ninguém os motivos que me faziam evitar a magia. Sarah e Em não entenderiam, e Matthew muito menos. O chá esfriou e fiquei com o corpo cada vez mais tenso à medida que tentava me esquivar daquele exame minucioso.

– Eu não quero isso – disse entre os dentes. – Não escolhi isso.

– O que há de errado com a magia? Esta noite você pareceu feliz com o poder de empatia de Amira. Um poder que deriva em grande parte da magia. O talento de uma bruxa não é nem melhor nem pior que o talento de um compositor ou de um poeta... é apenas diferente.

– Eu não quero ser diferente – retruquei com veemência. – Eu quero uma vida simples e comum... a vida que os humanos desfrutam. – *Uma vida que não envolva morte, perigo e medo de ser descoberta*, pensei, fechando a boca para não deixar o pensamento escapar. – Que mal há em querer ser normal?

– Diana, como cientista eu devo lhe dizer que não existe essa tal *normalidade*. – O tom da voz dele já não tinha a mesma doçura. – *Normal* é uma história da carochinha, uma fábula que os humanos contam para si mesmos quando confrontados com a evidência avassaladora de que quase tudo que acontece em volta não é tão "normal" assim.

Nada do que ele dissesse abalaria minha convicção de que era perigoso ser uma criatura neste mundo dominado por humanos.

– Diana, olhe para mim.

Olhei contra a minha vontade.

– Você está tentando colocar a magia de lado, tal como seus cientistas fizeram séculos atrás, como você supõe que tenha sido. O problema é que isso não funcionou – ele continuou falando com tranquilidade. – Nem mesmo os cientistas humanos que havia entre os outros cientistas conseguiram expurgar a magia do mundo. Você mesma disse isso. No fim, a magia sempre retorna.

– Mas isso é diferente – sussurrei. – É a minha vida. Eu posso controlar a minha vida.

– Não há diferença. – A voz dele estava calma e segura. – Mesmo que tente se manter distante da magia, isso não vai funcionar mais do que funcionou com Robert Hooke ou Isaac Newton. Os dois sabiam que essa coisa chamada mundo não existe sem magia. Hooke era brilhante quando pensava os problemas científicos em três dimensões e quando inventava instrumentos e experimentos. Mas ele jamais atingiu a plenitude de suas potencialidades porque tinha medo dos mistérios da natureza. Newton? Esse teve o intelecto mais destemido que já conheci. Newton não tinha medo das coisas que não podiam ser vistas ou facilmente explicáveis... ele simplesmente encarava. Como historiadora, você sabe muito bem que isso era alquimia e que foi justamente a crença no invisível, nas poderosas forças do crescimento e da mudança, que o conduziu até a teoria da gravidade.

– Sendo assim, nessa história prefiro ser Robert Hooke – argumentei. Não preciso ser famosa como Newton. – *Como a minha mãe.*

– O medo de Hooke fez dele um homem amargo e invejoso – disse Matthew. – Ele passou a vida inteira observando e desenvolvendo os experimentos de outras pessoas. Isso não é um bom modo de se viver.

– Não quero envolver o meu trabalho com a magia – eu insisti com teimosia.

– Você não é o Hooke, Diana – disse Matthew em tom duro. – Ele não passou de um humano que arruinou a própria vida tentando resistir ao fascínio da magia. Você é uma bruxa. Se fizer o mesmo, será destruída pela magia.

O medo começou a povoar os meus pensamentos, afastando-me de Matthew Clairmont. Ele parecia querer me convencer com seu fascínio de que qualquer criatura poderia deixar de lado preocupações e repercussões e apenas viver. Mas tratava-se de um vampiro e os vampiros não são confiáveis. E ele estava errado a respeito da magia. Ele tinha que estar errado, caso contrário eu teria lutado com um inimigo imaginário a minha vida inteira.

Contudo, a responsável pelo medo que eu sentia era eu mesma. Já que atraíra a magia para mim – contra minhas próprias regras – e com isso acabara arrastando um vampiro. E a ele se seguiram dezenas de outras criaturas. Lembrei de como a magia levara os meus pais a se perderem, e o pânico me fez sentir falta de ar e arrepios.

– Matthew, viver sem magia é a única maneira de sobreviver que conheço.

Comecei a respirar pausadamente para impedir que as sensações se solidificassem, mas foi difícil fazer isso com os fantasmas da minha mãe e do meu pai na sala.

– Você está vivendo uma mentira... e uma mentira que não convence ninguém. Você acha que se passa por uma simples humana – ele disse em tom prosaico, quase clínico. – Você não engana ninguém a não ser a si mesma. Eu tenho observado como eles olham para você. Eles sabem que você é diferente.

– Isso não faz sentido.

– O Sean fica praticamente sem fala cada vez que você olha para ele.

– Ele tem uma queda por mim desde o meu tempo de estudante – falei displicentemente.

– E continua tendo uma queda por você... mas esse não é o problema. O sr. Johnson também é um dos seus admiradores? Ele sempre fica tão mal quanto o Sean e treme a qualquer mudança do seu humor e se preocupa quando você se senta em outro lugar. E isso não acontece apenas com os humanos. Você quase matou dom Berno de susto quando se virou para encará-lo.

– O monge da biblioteca? – Meu tom foi de espanto. – Você é que o assustou e não *eu*!

– Eu conheço dom Berno desde 1718 – disse Matthew secamente. – Ele me conhece o bastante para não me temer. Nós nos conhecemos numa festa na casa do duque de Chandos, onde ele estava cantando *Acis e Galatea*, de Handel, no papel de Damon. Asseguro-lhe que foi o seu poder e não o meu que o apavorou.

– Este é um mundo humano, Matthew, e não um conto de fadas. Os humanos nos superam em número, e nos temem. E não há nada mais poderoso do que o medo humano... nem a magia nem a força de um vampiro. Nada.

– Diana, o que os humanos fazem de melhor é temer e negar, mas esse é um caminho que também está aberto para as bruxas.

– Eu não tenho medo.

– Tem, sim – ele disse suavemente, levantando-se. – E acho que já é hora de levá-la para casa.

– Veja bem – me concentrei no meu desejo de informações sobre o manuscrito, repelindo todos os outros pensamentos –, nós dois estamos interessados no Ashmole 782. E se um vampiro e uma bruxa não podem ser amigos, isso não impede que trabalhem em parceria.

– Eu não estou tão certo disso – ele disse impassível.

O retorno a Oxford foi silencioso. Ponderei com meus pensamentos que os humanos se equivocavam a respeito dos vampiros. Se os humanos se aterrorizavam com os vampiros por imaginá-los sedentos de sangue, o alheamento de Matthew contraposto aos seus rompantes de raiva e suas mudanças súbitas de humor é que me apavoravam.

Quando chegamos ao meu prédio em New College, Matthew se apressou em retirar a minha esteira do porta-malas.

– Tenha um bom final de semana – ele disse sem nenhuma emoção.

– Boa-noite, Matthew. Muito obrigada pela ioga. – Minha voz soou tão fria quanto a dele e me recusei deliberadamente a olhar para trás, mesmo sentindo que ele me seguia com olhos frios enquanto me afastava.

9

O carro de Matthew cruzou a ponte elevada e arqueada do rio Avon. Ele então avistou a paisagem familiar de Lanarkshire, com morros íngremes, céu nublado e contrastes perfeitos de quietude. Nessa região da Escócia, quase nada era suave e convidativo, e a beleza amedrontadora do lugar combinava com o que ele estava sentindo. O carro percorreu uma viela escorregadia que no passado levava a um palácio e agora levava a lugar nenhum, a insólitas ruínas de uma vida grandiosa que ninguém mais queria viver. Estacionou em uma área que um dia tinha sido uma entrada de fundos de um velho alojamento de caça, onde a rudeza de pedras marrons contrastava com a pintura cor de creme da fachada, e depois desceu do Jaguar e tirou a bagagem do porta-malas.

A porta branca da casa se abriu.

– Você está um lixo.

Um demônio magro de cabelos negros, olhos castanhos cintilantes e nariz aquilino apoiou a mão na maçaneta enquanto inspecionava o amigo dos pés à cabeça.

Fazia vinte anos que Hamish Osborne conhecera Matthew Clairmont em Oxford. Como a maioria das criaturas, eles tinham aprendido que deviam se manter a distância e não sabiam como agir um com o outro. Acabaram se tornando inseparáveis quando perceberam que tinham o mesmo senso de humor e a mesma paixão pelas ideias.

O semblante de Matthew oscilou entre a raiva e a resignação.

— É bom te ver também — disse rispidamente, abaixando as malas na soleira da porta. Inalou o odor frio e límpido da casa, com toques de argamassa velha e madeira velha, e o singular aroma de lavanda e hortelã que exalava de Hamish. O vampiro não via a hora de tirar o perfume da bruxa do seu nariz.

Jordan, o mordomo humano de Hamish, surgiu silenciosamente com um lustra-móveis de essência de limão. Um cheiro que não tirou de suas narinas o aroma de madressilva e marroio branco de Diana, mas ajudou.

— Que bom vê-lo, *sir* — disse Jordan antes de chegar à porta para pegar as malas de Matthew. Ele era um mordomo da velha-guarda. Não era pago para guardar os segredos do patrão, mas nunca dizia a ninguém que Osborne era um demônio que de vez em quando recebia um vampiro. Isso era tão impensável quanto deixar escapar que às vezes ele servia sanduíches de banana e manteiga de amendoim no café da manhã.

— Muito obrigado, Jordan. — Matthew se pôs a examinar o vestíbulo do primeiro andar, evitando que seus olhos se encontrassem com os olhos de Hamish. — Estou vendo que você conseguiu um novo Hamilton. — Olhou embevecido para uma tela, uma paisagem pendurada na parede.

— Você não costuma prestar atenção nas minhas novas aquisições. — O sotaque de Hamish, como o de Matthew, era predominantemente de Oxford, com um toque de algum outro lugar. Um toque que vinha das ruas barulhentas de Glasgow.

— Por falar em novas aquisições, como vai o William, a sua cravina? — William era o novo amante de Hamish, tão adorável e sereno que Matthew o apelidara com um nome de flor. O apelido pegou. Hamish passou a usá-lo de forma carinhosa e William, por sua vez, a comprar vasos e vasos de cravina dos floristas da cidade para presentear os amigos.

— Rabugento — disse Hamish com um risinho. — Eu tinha prometido a ele um fim de semana tranquilo aqui em casa.

— Você sabe que não precisa ir comigo se não quiser. Eu posso ir sozinho. — Matthew também se mostrou rabugento.

– Sei disso. Mas já faz tempo que a gente não se vê, e Cadzow fica linda nesta época do ano.

Matthew lançou um olhar carrancudo para Hamish, com uma sombra de descrença na face.

– Meu Deus, você não precisa caçar? – Hamish não teve outra coisa a dizer.

– Desesperadamente – disse o vampiro com uma voz entrecortada.

– Podemos tomar um drinque ou você precisa sair logo?

– Acho que dá para tomar um drinque – disse Matthew com um tom de voz desbotado.

– Ótimo! Reservei uma garrafa de vinho para você e uísque para mim. – Hamish pedira a Jordan para tirar um bom vinho da adega depois que recebeu o telefonema de Matthew. Ele detestava beber sozinho, e Matthew não gostava de uísque. – Assim teremos tempo para você explicar por que essa necessidade urgente de caçar neste estupendo fim de semana de setembro.

Hamish e Matthew saíram andando por entre cômodos impecavelmente encerados até a biblioteca no andar de cima. Os aconchegantes lambris amarronzados tinham sido acrescentados no século XIX, arruinando a intenção do arquiteto do século XVIII de prover um lugar arejado e espaçoso para as damas aguardarem os maridos que se dedicavam ao esporte da caça. O teto original permaneceu em branco e ornado de anjos e guirlandas de gesso, um vitupério incessante à modernidade.

Os dois homens se acomodaram nas poltronas de couro que flanqueavam a lareira, onde um fogo caloroso abrandava o frio de outono. Hamish estendeu a garrafa de vinho e Matthew o avaliou.

– Parece ser ótimo.

– Deve ser. Os cavalheiros da Berry Brothers e Rudd me asseguraram que é excelente.

Hamish tirou a rolha da garrafa e serviu o vinho. Com os copos na mão, os dois se mantiveram sentados em um silêncio amistoso.

– Sinto muito por tê-lo envolvido nisso tudo – Matthew começou a falar. – É que a minha situação é difícil. É... complicada.

Hamish soltou um risinho.

– Com você tudo é sempre complicado.

Matthew se aproximara de Hamish Osborne pela objetividade que via nele e também porque, ao contrário da maioria dos demônios, ele era sensato e equilibrado.

No transcorrer dos anos o vampiro tivera amigos demônios igualmente talentosos e execráveis. Hamish era de longe o mais agradável para se ter por perto. Com Hamish não havia discussões encarniçadas, nem rompantes ensandecidos nem perigosas depressões. Com Hamish o tempo fluía em longos momentos de silêncio, seguidos por diálogos aguçados e coloridos pelo sereno modo de ver a vida do demônio.

Os diferentes aspectos da personalidade de Hamish se estendiam ao trabalho, já que ele não se enquadrava na busca demoníaca pela arte e a música. Pelo contrário, inclinava-se para as finanças – fazer dinheiro e identificar vulnerabilidades fatais no mercado financeiro. Ele canalizava a característica criatividade dos demônios, aplicando-a em ações, não em sonatas, e a precisão das análises do intrincado mercado financeiro fez dele consultor de presidentes, monarcas e primeiros-ministros.

Matthew se fascinava com a inusitada preferência de Hamish pela economia e sua capacidade de circular entre os humanos. O demônio se aprazia com a presença humana e achava que os erros humanos eram estimulantes e não exacerbantes. Era um legado de infância, deixado pelo pai corretor de seguros e a mãe dona de casa. Matthew conhecera os inabaláveis Osborne e podia entender a inclinação de Hamish.

O crepitar do fogo e o suave odor do uísque se dispersaram e começaram a fazer efeito, deixando o vampiro relaxado. Matthew curvou-se para a frente, com o copo de vinho na mão cintilando os reflexos do fogo.

– Não sei por onde começar – disse, perturbado.

– Pelo final, é claro. O que o fez pegar o telefone e me telefonar?

– Eu precisava me afastar de uma bruxa.

Hamish observou o amigo em visível agitação por um segundo. E se deu conta de que a razão disso era mesmo uma bruxa.

– O que essa bruxa tem de tão especial? – perguntou serenamente.

Matthew olhou por debaixo das sobrancelhas grossas.

– Tudo.

– Oh. Você está mesmo encrencado, não é? – Hamish oscilou entre a simpatia e a alegria.

Matthew sorriu sem graça.

– Pode-se dizer que sim.

– E essa bruxa tem nome?

– Diana. É historiadora. E americana.

– A deusa da caça – disse Hamish, bem devagar. – Fora o nome antigo, ela é uma bruxa comum?

– Não – disse Matthew abruptamente. – Está longe de ser comum.

– Ah. As complicações. – Hamish examinou o rosto do amigo para ver se encontrava algum sinal de tranquilidade e notou que Matthew estava a ponto de explodir.

– Ela é uma Bishop – disse Matthew, dando uma pausa. Os anos de amizade com Hamish o tinham ensinado a nunca antecipar o significado de uma referência, por mais obscura que fosse, antes que o próprio demônio o encontrasse.

Hamish se concentrou e extraiu da mente o que procurava.

– Como as de Salem, em Massachusetts?

Matthew assentiu com a cabeça.

– É a última das bruxas Bishop. O pai dela é um Proctor.

O demônio soltou um suave assovio.

– Duas vezes bruxa, de uma famosa linhagem mágica. Você nunca faz as coisas pela metade, não é mesmo? Ela deve ser poderosa.

– A mãe dela, sim. Não sei muita coisa a respeito do pai. Rebecca Bishop, por outro lado... é uma outra história. Aos treze anos fazia feitiços que a maioria das bruxas só faz depois de uma longa vida de estudo e experiência. E desde a infância mostrava habilidades surpreendentes de vidência.

– Você a conhece, Matt? – perguntou Hamish, já que lhe era difícil se manter informado de tudo porque o amigo tinha vivido muitas vidas e cruzado caminhos com muita gente.

Matthew balançou a cabeça.

– Não. Mas há muito falatório em torno dela... e também muita inveja. Você sabe como são os bruxos. – O tom de sua voz se mostrou um tanto ofensivo, como sempre fazia quando se referia às espécies.

Hamish ignorou o juízo de Matthew sobre os bruxos e o olhou por cima da armação dos óculos.

– E Diana?

– Ela se orgulha de não fazer uso da magia.

Dois fios dessa curta frase precisavam ser puxados. Hamish puxou primeiro o mais fácil.

– Ela não faz para nada? Nem para encontrar um brinco? Nem para pintar o cabelo? – Hamish pareceu duvidar.

– Ela não usa brincos nem é do tipo que tinge o cabelo. É do tipo que corre cinco quilômetros e depois rema dentro de um frágil e perigoso barco durante uma hora e meia.

– Com o cenário familiar que ela herdou, é difícil acreditar que não lance mão do seu poder. – Além de sonhador, Hamish era pragmático. Por isso era tão competente com o dinheiro de outras pessoas. – E você não acredita nisso, ou prefere não insinuar que ela está mentindo. – Este era o segundo fio a ser puxado.

– Ela diz que faz magia uma vez ou outra... em coisas insignificantes. – Matthew enfiou os dedos nos cabelos hesitando e tomou um gole de vinho. – Eu a tenho observado e sei que ela se vale da magia. Posso sentir o cheiro disso.

– O tom de sua voz se mostrou francamente aberto, o que não tinha acontecido até então. – É como o cheiro de uma tempestade elétrica a ponto de desabar, ou de raios de tempestades de verão. Já cheguei a ver a magia de Diana. Ela brilha quando está zangada ou quando está entretida no trabalho. – *E quando ela dorme*, pensou, franzindo a testa. – Deus, às vezes acho que posso até sentir o gosto dessa magia.

– Ela brilha?

– Não é nada que se possa ver, mas de um jeito ou de outro é uma energia que pode ser sentida. Seu *chatoiement*, seu brilho de bruxa, é muito sutil. Quando eu era um jovem vampiro somente as bruxas mais poderosas emitiam pequenas pulsações de luz. Hoje em dia isso é muito raro. Ela não sabe que faz isso, nem sabe o que isso significa. – Matthew estremeceu, fechando o punho.

O demônio deu uma olhadela rápida no relógio. Faltava muito para o fim do dia, mas ele já sabia por que o amigo estava na Escócia.

Matthew estava apaixonado.

Jordan entrou providencialmente no momento certo.

– O rapaz já entregou o jipe, *sir*. Falei que hoje o senhor não precisaria dos serviços dele. – O mordomo sabia que a presença de um vampiro na casa dispensava um guia para traçar as pistas de um cervo.

– Excelente. – Hamish se levantou da poltrona e esvaziou o copo. O que ele queria era uma outra dose de uísque, mas tinha que se manter sobre as duas pernas.

Matthew olhou para o amigo.

– Irei sozinho, Hamish. Acho melhor caçar sozinho.

O vampiro não gostava de caçar ao lado de um sangue-quente, uma categoria que incluía humanos, demônios e bruxos. De quando em quando, ele abria uma exceção para Hamish, mas naquele dia queria ficar sozinho para tentar controlar o desejo por Diana Bishop.

– Ora, não vamos caçar juntos – disse Hamish com um brilho malicioso nos olhos. – Só vamos cercar a presa. – O demônio tinha um plano. Ocupar a mente do amigo para tirá-lo da defensiva e fazê-lo compartilhar os acontecimentos de Oxford sem tirá-lo do caminho. – Vamos lá, o dia está lindo. Você vai se divertir.

Eles saíram da casa e Matthew entrou de mau humor no jipe de Hamish. Era o veículo preferido de ambos, tanto para passear pelos arredores como para ir a Cadzow, embora o Land Rover fosse o veículo mais popular entre os caçadores da Escócia. Matthew não se importava com o frio que fazia no jipe e Hamish achava que era um veículo supermasculino.

Hamish acelerou o jipe na subida de um monte – o vampiro se encolhia a cada acelerada – em direção à pastagem dos cervos. Matthew avistou um par de cervos em um penhasco e pediu para o amigo parar o jipe. Saiu sem fazer barulho e, já hipnotizado, agachou-se ao lado de um pneu dianteiro.

Hamish sorriu e juntou-se a ele.

O demônio já tinha espreitado muitos cervos na companhia do vampiro e conhecia as necessidades do amigo. Matthew não era de se alimentar muito, mas naquele dia Hamish sabia que se o deixasse por sua própria conta, Matthew voltaria para casa tarde da noite já saciado – e faltariam dois cervos na propriedade. Matthew era mais predador que carnívoro. A caça é o que definia a identidade dos vampiros, e não como se alimentavam. Às vezes, Matthew ficava muito inquieto e saía apenas para espreitar a presa, sem precisar matá-la.

Enquanto o vampiro observava os cervos o demônio observava o vampiro. Havia algum problema em Oxford. Ele podia sentir isso.

Matthew espreitou pacientemente durante algumas horas, sem saber ao certo se a perseguição aos dois cervos valeria a pena. Com seus extraordinários sentidos de olfato, visão e audição, ele rastreou os movimentos dos animais, analisando os hábitos e as reações que tinham a cada estalo de um galho e a cada voo de um pássaro. Embora avidamente atento, o vampiro nunca se mostrava impaciente. Para ele, o momento crucial era quando a presa se dava conta de que seria abatida.

Já estava escurecendo quando finalmente Matthew se levantou e fez um sinal para Hamish. Era o bastante para o primeiro dia e Hamish precisava de luz para descer a montanha, se bem que não precisava disso para enxergar os cervos.

Já estava completamente escuro quando eles chegaram à casa, e Jordan já tinha acendido todas as luzes, o que ressaltava ainda mais o ridículo de uma casa plantada no meio do nada.

– Esta casa nunca fez nenhum sentido – disse Matthew em tom casual. – Robert Adam estava louco quando assumiu a empreitada.

– Matthew, você já comentou milhares vezes essa minha pequena extravagância – disse Hamish, com serenidade –, e não estou nem aí se você entende mais de arquitetura do que eu ou se acha que Adam estava desvairado quando construiu essa "loucura inconcebível" no meio do mato de Lanarkshire, não é assim que você fala da casa? Eu adoro esta casa e nada do que você diga me fará mudar de opinião.

Eles sempre tinham a mesma discussão desde que Hamish anunciou que tinha comprado a casa – com mobílias e um criado, além de Jordan – de um aristocrata que não a usava e não tinha dinheiro para reformá-la. Matthew ficou horrorizado. Mas, para Hamish, a casa de Cadzow era um testemunho de que ele havia superado as raízes de Glasgow a ponto de poder gastar dinheiro em algo inútil, mas que ele amava.

— Humm — resmungou Matthew.

Hamish achava que esses resmungos eram bem melhor que a agitação. Ele então se concentrou no próximo passo do plano.

— O jantar será servido às oito na sala de jantar — ele disse.

Matthew detestava aquele salão de jantar com um teto alto demais e arejado demais. Sem falar que o aborrecia porque era espalhafatoso e feminino. Era o cômodo da casa preferido de Hamish.

O vampiro resmungou.

— Não estou com fome.

— Você está desnutrido — disse Hamish prontamente, observando a cor e a textura da pele de Matthew. — Quando foi que fez uma refeição de verdade?

— Há semanas. — Matthew deu de ombros, com o descaso habitual pela passagem do tempo. — Não lembro com exatidão.

— Hoje você terá sopa e vinho. Amanhã... a escolha do prato ficará por sua conta. Prefere ficar sozinho antes do jantar ou quer se arriscar a uma partida de bilhar comigo?

Hamish era exímio no bilhar e mais ainda na sinuca. Jogo que aprendera na adolescência. Depois ele passou a ganhar dinheiro nos salões de Glasgow e podia vencer qualquer um. Matthew se recusava a jogar sinuca com o amigo porque não via a menor graça em perder todas as partidas. Matthew tentou ensinar o jogo de carambola para Hamish, um antigo jogo francês com bolas e tacos, mas neste jogo quem sempre vencia era o vampiro. O bilhar era algo mais sensível.

Incapaz de resistir a qualquer desafio, Matthew concordou.

— Vou trocar de roupa e logo me junto a você.

A mesa de bilhar de Hamish ficava na sala oposta à biblioteca. Ele vestia calça e suéter, e Matthew chegou de jeans e camiseta branca. O vampiro não gostava de usar roupas brancas porque o deixavam fantasmagórico, mas era a única camiseta apresentável que tinha levado. Afinal, ele tinha feito as malas para uma caçada e não para um jantar.

Ele pegou o taco e posicionou-se na extremidade da mesa.

— Pronto?

Hamish balançou a cabeça.

— Uma partida de uma hora? Depois descemos para um drinque.

Eles se curvaram sobre os tacos.

— Pegue leve comigo, Matthew — murmurou Hamish antes que as bolas fossem espalhadas com uma tacada. O vampiro bufou quando as bolas bateram nas extremidades da mesa e ricochetearam.

— A branca é minha — disse Matthew quando elas pararam de rolar; a bola branca estava mais próxima. Ele empalmou outra bola e deslizou-a para

Hamish. O demônio colocou a bola vermelha na posição certa e deu um passo atrás.

Matthew não se mostrava afoito para marcar pontos, como nas caçadas. Ele marcou quinze pontos, encaçapando a bola vermelha nas quinze vezes.

– Fique à vontade – disse com uma voz arrastada, apontando para a mesa. O demônio colocou sua bola amarela na mesa sem nenhum comentário.

Matthew combinou algumas tacadas simples que encaçaparam a bola vermelha com tacadas mais traiçoeiras conhecidas como carambolas. Nas carambolas, as bolas de Hamish, a vermelha e a amarela, eram acertadas com uma única tacada que requeria tanto força como habilidade.

– Onde você conheceu a bruxa? – perguntou Hamish casualmente depois que Matthew acertou as bolas vermelha e amarela.

Matthew recuperou a bola branca e preparou-se para a próxima tacada.

– Na Bodleiana.

As sobrancelhas do demônio se ergueram com uma expressão de surpresa.

– Na Bodleiana? E desde quando você é frequentador assíduo de bibliotecas?

Matthew errou a tacada, a bola saltou e caiu fora da mesa.

– Desde que ouvi duas bruxas conversando durante um concerto sobre outra bruxa que estava com um manuscrito perdido já fazia tempo – disse. – Não consegui entender por que as bruxas estavam tão interessadas naquilo. – Afastou-se da mesa, irritado com o próprio erro.

Hamish matou rapidamente suas quinze bolas. Matthew pôs sua bola na mesa e pegou o giz para marcar os pontos de Hamish.

– E aí você foi à biblioteca para conversar com ela e ver se descobria alguma coisa? – O demônio encaçapou três bolas de uma só vez com uma única tacada.

– Fui procurá-la, sim. – Matthew notou que Hamish rodeava a mesa. – Eu estava curioso.

– E ela ficou feliz quando o viu? – perguntou Hamish brandamente enquanto dava uma outra tacada traiçoeira. Ele sabia que vampiros, bruxos e demônios raramente se misturavam. Essas criaturas preferiam passar o tempo em círculos fechados de criaturas iguais. Sua amizade com Matthew era incomum, e para seus amigos demônios era uma loucura deixar um vampiro se aproximar tanto. Ele então pensou com seus botões que em noites como aquela talvez os amigos tivessem razão.

– Não exatamente. A princípio, Diana se assustou, se bem que me enfrentou. Ela tem olhos extraordinários... mescla de azul, dourado, verde e cinza – disse Matthew, pensativo. – E depois quis me bater. O cheiro dela era de muita raiva.

Hamish conteve uma risada.

– Parece uma reação normal de alguém que é surpreendido por um vampiro dentro da Bodleiana. – Resolveu ser gentil para impedir uma réplica de Matthew. O demônio deu uma tacada na bola amarela, por cima da vermelha, impulsionando o taco de tal maneira que fez a bola vermelha se mover para a frente e colidir com a amarela. – Droga – resmungou.

Matthew voltou à mesa, acertou algumas bolas e tentou algumas carambolas.

– Vocês se encontraram fora da biblioteca? – perguntou Hamish quando o vampiro se recompôs.

– Na verdade não tenho muito contato com ela, nem mesmo na biblioteca. Eu me sento em um dos cantos e ela se senta em outro. Mas convidei-a para um café da manhã e levei-a até a Velha Cabana para conhecer a Amira.

Hamish se reprimiu para não ficar de queixo caído. Durante anos e anos, Matthew nunca tinha levado uma mulher para a Velha Cabana. E que negócio era aquele de sentar-se no extremo oposto da biblioteca?

– Não seria mais fácil sentar-se ao lado dela na biblioteca, já que está tão interessado nela?

– Eu não estou interessado *nela*! – O taco de Matthew bateu com muita força na bola branca. – Eu quero o manuscrito. Há séculos que tento pôr as mãos nele. E ela simplesmente o colocou na esteira para que fosse levado para as prateleiras. – O tom soou com inveja.

– Que manuscrito, Matt?

Hamish se esforçava ao máximo para manter a paciência, mas a troca entre eles já se tornava insuportável. Matthew estava passando as informações com a mesma avareza de quem dispõe de míseros centavos. Para os demônios de mente sagaz, era muito desagradável lidar com criaturas que negligenciavam qualquer divisão de tempo inferior a uma década.

– Um livro de alquimia que pertenceu a Elias Ashmole. Diana Bishop é uma brilhante e conceituada historiadora da alquimia.

Matthew errou novamente, dando uma tacada muito forte. Hamish analisou a disposição das bolas e continuou marcando pontos enquanto o amigo fervia de ódio. Por fim, Jordan chegou para avisar que os drinques já estavam à disposição no andar de baixo.

– Qual é o placar? – Hamish se voltou para as marcas de giz. Ele sabia que tinha ganhado, mas o cavalheirismo o obrigava a perguntar... pelo menos assim Matthew ensinara.

– Você ganhou, é claro.

Matthew saiu da sala e desceu a escada com uma velocidade bem maior que a dos humanos. Jordan olhou para o piso encerado com preocupação.

– O professor Clairmont não está nos seus melhores dias, Jordan.

– Estou vendo – murmurou o mordomo.

– É melhor trazer mais uma garrafa de vinho tinto. Parece que a noite será longa.

Eles tomariam os drinques na sala que no passado era a área de recepção da casa. As janelas davam para um jardim em estilo clássico ainda bem conservado e grande demais para uma casa de caça. Um jardim realmente muito grande – tudo apropriado para um palácio, não para um insensato.

À frente da lareira, com a bebida na mão, Hamish pressionou o amigo um pouco mais na tentativa de atingir o cerne do mistério.

– Fale-me desse manuscrito da Diana, Matt. Contém exatamente o quê? A receita da pedra filosofal que faz tudo virar ouro? – A voz de Hamish transpareceu um leve tom zombeteiro. – Instruções para preparar o elixir da vida e obter a imortalidade?

O demônio deixou a brincadeira de lado tão logo os olhos de Matthew o fulminaram.

– Não acredito que esteja levando isso a sério – sussurrou Hamish com um tremor na voz. A pedra filosofal era apenas uma lenda, tal como o Santo Graal e a Atlântida. Não podia ser real. Mas ele logo se deu conta de que vampiros, demônios e bruxos também não eram tidos como reais.

– Eu estou com cara de quem está brincando? – disse Matthew.

– Não. – O demônio encolheu-se. Fazia tempo que Matthew tentava descobrir o que tornava os vampiros resistentes à morte e ao envelhecimento por vias científicas. A pedra filosofal se encaixava perfeitamente nos planos do amigo.

– É o livro perdido – disse Matthew com um ar sério. – Eu tenho certeza.

Hamish, como a maioria das criaturas, já tinha ouvido as histórias. Uma das versões dizia que as bruxas tinham roubado um valioso livro dos vampiros, um livro que guardava o segredo da imortalidade. Outra versão dizia que os vampiros tinham se apropriado de um livro de feitiços das bruxas e que depois o tinham perdido. Alguns argumentavam que não se tratava de um livro de feitiços, e sim de um manual que apresentava os traços básicos das quatro espécies humanoides da Terra.

Matthew tinha sua própria teoria a respeito do conteúdo do livro. Uma explicação dos motivos pelos quais os vampiros eram difíceis de serem mortos, e relatos da história do primeiro humano e da primeira criatura.

– Acha mesmo que esse manuscrito alquímico é o livro que você tanto procura? – perguntou Hamish. Matthew balançou a cabeça e o demônio suspirou. – Não por acaso as bruxas fofocavam. Como souberam que Diana o tinha encontrado?

Matthew virou-se, visivelmente zangado.

– Que importância isso tem? O problema começou quando elas não conseguiram se manter de boca fechada.

Hamish se lembrou mais uma vez que definitivamente Matthew e seus familiares não gostavam de bruxos.

– Não fui o único que as ouvi naquele domingo. Outros vampiros também ouviram. E logo os demônios perceberam que alguma coisa interessante estava acontecendo, e...

– Agora Oxford está apinhada de criaturas – o demônio concluiu a frase. – Que confusão. O ano letivo não está para começar? Os humanos serão os próximos. Eles retornarão em bandos.

– E ainda há o pior. – Matthew amarrou a cara. – O manuscrito não estava simplesmente perdido. Estava sob um feitiço e Diana o quebrou. Depois ela o mandou de volta às prateleiras, e aparentemente não está interessada em requisitá-lo de novo. E não sou o único que está na expectativa de que ela possa pegá-lo outra vez.

– Matthew – disse Hamish com uma voz tensa –, você a está protegendo das outras bruxas?

– Ela parece não reconhecer o poder que tem. Isso a coloca em risco. Não posso permitir que seja pega pelas outras bruxas. – Matthew se mostrou subitamente vulnerável.

– Oh, Matt. – Hamish balançou a cabeça. – Você não devia se meter entre Diana e o povo dela. Isso só causaria mais problemas. Além do quê – acrescentou –, nenhuma bruxa se colocaria abertamente contra uma Bishop. A família de Diana é muito antiga e ilustre.

Nos dias que corriam as criaturas já não matavam umas às outras, a não ser em legítima defesa. A agressão era desaprovada no mundo delas. Uma vez Matthew disse para Hamish que as rixas familiares e as vinganças acabaram chamando a atenção dos humanos no passado.

– Os demônios são desorganizados e os vampiros não ousam cruzar meu caminho. Mas não se pode confiar nas bruxas. – Matthew levantou-se e aproximou-se da lareira com o vinho na mão.

– Deixe que Diana cuide disso – aconselhou Hamish. – Mesmo porque, se esse manuscrito está enfeitiçado, você não poderá examiná-lo.

– Poderei, se ela me ajudar – disse Matthew com um tom levemente matreiro enquanto olhava para o fogo.

– Matthew – insistiu o demônio com o mesmo tom que usava para alertar os sócios ainda inexperientes que estavam em situação difícil e delicada –, deixe que a bruxa cuide sozinha desse manuscrito.

O vampiro colocou o copo de vinho no consolo da lareira com muita atenção, virou-se e afastou-se de lá.

– Acho que não farei isso, Hamish. Eu... eu estou vidrado nela. – Só de mencionar isso, ele ficava com fome. E quando essa fome se concentrava, crescia assustadoramente e não aceitava outro sangue. O corpo dele clamava por algo mais específico. Se ao menos ele pudesse saborear Diana, se saciaria e o desejo se aquietaria.

Hamish observou com preocupação os ombros tensos do amigo. Ele não se espantou com o fato de que Matthew estivesse vidrado em Diana Bishop. O desejo dos vampiros por outra criatura como parceira era bem maior que o das outras criaturas, e a ânsia se enraizava no desejo. Hamish já suspeitava de que Matthew queria uma parceira, apesar das fervorosas declarações anteriores do amigo de que ninguém partilharia esse tipo de sentimento com ele.

– Então nem Diana nem as bruxas são o verdadeiro problema que você enfrenta agora. E nem mesmo esse antigo manuscrito que pode ou não conter respostas para as suas indagações – o demônio deixou escapar antes de continuar. – Você já se deu conta de que está caçando essa mulher?

O vampiro suspirou aliviado quando ouviu essas palavras.

– Claro. Já entrei pela janela dela enquanto ela dormia. E a tenho seguido quando sai para correr. Ela resiste às minhas tentativas para ajudá-la e, quanto mais resiste, mais faminto eu fico.

Ele parecia tão perplexo que Hamish teve que se conter para não rir. Geralmente as mulheres não resistiam a Matthew. Seduzidas pela beleza e o encanto do vampiro, faziam tudo o que ele queria. Não era de espantar que ele estivesse fascinado.

– Mas eu não preciso do sangue de Diana... não fisicamente. Não quero me render a esse desejo. Ficar perto dela não seria necessariamente um problema. – Matthew crispou o rosto. – O que estou dizendo? Não poderíamos ficar perto um do outro. Nós chamaríamos muita atenção.

– Não necessariamente. Faz um bom tempo que *nós estamos* juntos e ninguém deu bola para isso – frisou Hamish.

Nos primeiros anos de amizade, os dois haviam lutado para escamotear as diferenças e mantê-las a salvo de olhos curiosos. Separados, cada qual era brilhante o bastante para atrair o interesse humano. Juntos, trocando gracejos à mesa de jantar ou sentados no pátio ao amanhecer com garrafas vazias de champanhe aos pés, era impossível ignorá-los.

– Você sabe muito bem que isso não é a mesma coisa – retrucou Matthew com impaciência.

— Oh, sim, esqueci. — Hamish se irritou. — Ninguém se importa com o que os demônios possam fazer. Mas um vampiro e uma bruxa? Isso, sim, é importante. *Vocês são* as criaturas que realmente importam neste mundo.

— Hamish! Você sabe que não penso assim – protestou Matthew.

— Matthew, você tem o mesmo desrespeito pelos demônios que os outros vampiros têm. E que os bruxos também têm, devo acrescentar. Antes de levar essa bruxa para a cama, reflita profundamente sobre o que sente pelas outras criaturas.

— Eu não pretendo levar Diana para a cama – disse Matthew, em tom ácido.

— O jantar está servido, *sir*. — Eles não tinham reparado que Jordan já estava à soleira da porta durante algum tempo.

— Graças a Deus! – exclamou Hamish aliviado, enquanto se levantava da poltrona. Era mais fácil lidar com o vampiro quando ele dividia a atenção entre a conversa e alguma outra coisa, alguma coisa a mais.

Hamish sentou-se em uma das extremidades da grande mesa projetada para receber inúmeros convidados e começou a ingerir o primeiro dos diversos pratos enquanto Matthew brincava com a colher de sopa esperando que a refeição esfriasse. O vampiro então se curvou sobre o prato e o cheirou.

— Cogumelos e xerez? – perguntou.

— Sim. Jordan quis fazer uma receita nova e, como não tinha nada que lhe desagradasse, deixei que fizesse.

Normalmente Matthew não era de demandar alimentação suplementar quando se hospedava na casa, mas Jordan era um mago das sopas e Hamish não gostava de comer sozinho, da mesma forma que não gostava de beber sozinho.

— Desculpe-me, Hamish – disse Matthew, observando o amigo que se alimentava.

— Aceito as desculpas, Matt – disse Hamish com a colher de sopa próxima da boca. — Mas você não faz ideia de como é difícil ser um demônio ou um bruxo. Com os vampiros o fato é definitivo, incontroverso. Uma hora você não é vampiro e de repente já é vampiro. Não há questionamento nem espaço para dúvidas. Já o resto de nós tem que esperar, observar e se questionar. Isso torna a superioridade vampiresca difícil de aguentar.

Matthew girava o cabo da colher entre os dedos como se fosse um bastão.

— As bruxas sabem que são bruxas. E elas também não gostam de demônios – disse com a testa franzida.

Hamish abaixou bruscamente a colher e esvaziou o copo de vinho.

— Você sabe muito bem que ter pai ou mãe bruxos não garante nada. Você pode ser perfeitamente comum. Ou incendiar o próprio berço. Não há garantia de quando ou como os poderes se manifestarão.

Ao contrário de Matthew, Hamish tinha uma amiga bruxa. Janine cuidava do cabelo dele, um cabelo que nunca esteve tão bem, e fazia uma loção de pele para si mesma que era milagrosa. Ele suspeitava de que a feitiçaria estivesse envolvida nessas atividades.

– Mas não deixa de ser surpreendente – insistiu Matthew enquanto retirava um tiquinho de sopa do prato e balançava levemente para esfriá-la. – Diana tem um lastro de séculos de história familiar. Nada parecido com o que você viveu na sua puberdade.

– Eu só tive uma brisa de tempo – disse Hamish, lembrando-se de algumas histórias da maturidade demoníaca que vivera secretamente no transcorrer dos anos.

Aos doze anos de idade, certa tarde Hamish teve a vida virada de pernas para o ar. Ele notara ao longo do outono escocês que era bem mais inteligente do que os seus professores. Muitas crianças suspeitam da mesma coisa nos seus doze anos, mas Hamish tinha certeza e a certeza não era nada agradável. Ele então se fingiu de doente para não ir às aulas e, quando o fingimento deixou de funcionar, passou a fazer os deveres na sala de aula o mais rápido possível, e assim jogou a pretensa normalidade para o alto. Despeitado, o professor solicitou ao departamento de matemática da universidade uma avaliação para a assustadora capacidade de Hamish de resolver em minutos problemas que os professores levavam uma semana ou mais para resolver.

Jack Watson, um jovem demônio de cabelos ruivos com olhos brilhantes e azuis da Universidade de Glasgow observou o diabrete Hamish Osborne e desconfiou de que o outro garoto era um demônio. Depois que Hamish passou por uma avaliação formal que produziu provas documentais de que ele era um prodígio matemático, cuja mente não se enquadrava em parâmetros normais, Watson o convidou para frequentar as aulas na universidade. Ele também explicou para o diretor que se o garoto fosse colocado numa sala de aula normal correria o risco de se tornar um piromaníaco ou algo igualmente destrutivo.

Depois disso, Watson visitou o modesto lar dos Osborne e mostrou para uma família assombrada como o mundo funcionava e que tipos de criaturas viviam nele. Percy Osborne tinha uma formação presbiteriana e resistiu à ideia de criaturas sobrenaturais, mas a mulher o fez lembrar de que se ele tinha sido educado de maneira a acreditar em bruxas... por que não acreditar em demônios e vampiros? Hamish chorou de alívio porque já não se sentia irremediavelmente sozinho. A mãe lhe deu um forte abraço e revelou que sempre o tinha achado especial.

Quando Watson sentou-se à frente da lareira para um chá com Hamish e o pai, Jessica Osborne aproveitou a ocasião para revelar outros aspectos da vida do filho que também o tornavam diferente. Entre goles de chá e biscoitos de chocolate ela disse que sabia que o filho dificilmente se casaria com a garota vizinha que se apaixonara por ele. E também disse que sabia que Hamish tinha uma atração pelo irmão mais velho da garota, um rapazinho de quinze anos que jogava futebol e cujo chute era mais potente que de qualquer outro na vizinhança. Nem Percy nem Jack pareceram se abalar com a revelação.

– E tem mais – disse Matthew depois de engolir uma colherada de sopa –, desconfio de que o desejo de toda a família de Diana é que ela fosse uma bruxa... o que ela é, fazendo ou não fazendo magia.

– Acho que isso seria tão ruim como viver no meio de humanos insossos. Você pode imaginar a pressão? Sem falar na terrível sensação de que você não é dono da sua vida. – Hamish deu de ombros. – Eu preferiria a ignorância cega.

– Como foi... – Matthew pareceu hesitante – o primeiro dia em que você acordou sabendo que era um demônio? – Normalmente o vampiro evitava fazer perguntas pessoais.

– Foi como renascer – respondeu Hamish. – Foi tão poderoso e desconcertante como deve ter sido para você quando acordou ávido por sangue e ouvindo o ruído da grama a crescer, lâmina por lâmina. Tudo parecia diferente. Tudo era sentido de um jeito diferente. Na maior parte do tempo, eu ria como um louco que tinha ganhado na loteria, e no resto do tempo chorava dentro do meu quarto. Mas acho que só passei a acreditar... sabe, acreditar *de verdade*... quando você me introduziu no hospital às escondidas.

O primeiro presente de aniversário que Matthew deu para Hamish depois que se tornaram amigos foi uma garrafa de champanhe Krug e uma ida ao John Radcliffe. Lá, Matthew o submeteu a uma ressonância magnética e lhe fez uma série de perguntas. Depois, eles compararam os resultados com os do mais brilhante cirurgião da equipe, tudo isso regado ao champanhe e com Hamish ainda vestindo uma bata hospitalar. Hamish fez Matthew repetir os resultados da ressonância na tela porque ficou fascinado pela forma com que o cérebro se iluminava como uma máquina de fliperama, mesmo quando respondia a perguntas elementares. Foi o melhor presente de aniversário que ele recebeu.

– Pelo que você me contou, Diana está no mesmo ponto em que eu estava antes daquela ressonância magnética – disse Hamish. – Ela sabe que é uma bruxa. Mas ainda se sente como se estivesse vivendo uma mentira.

– Ela *está* vivendo uma mentira – retrucou Matthew irritado, enquanto tomava outra colherada de sopa. – Ela finge que é humana.

– Não seria interessante saber o porquê disso? E o mais importante, você consegue ficar ao lado de alguém assim? Você odeia mentiras.

Matthew ficou pensativo, mas não respondeu.

– Existe alguma coisa por trás disso – continuou Hamish. – Para alguém que odeia tanto mentiras, você deve ter muitos segredos guardados. Se você deseja essa bruxa, sei lá por que razão, você terá que conquistar a confiança dela. E a única forma de fazer isso é contando coisas que você não gostaria que ela soubesse. Ela despertou o seu instinto protetor, e você terá que lutar contra isso.

Enquanto Matthew ponderava a respeito, Hamish desviou a conversa para as últimas catástrofes da cidade e o governo. Já tranquilo, o vampiro ouviu o amigo discorrer sobre mercado financeiro e política.

– Presumo que já esteja sabendo dos assassinatos em Westminster – disse Hamish ao notar que Matthew estava completamente relaxado.

– Sim. Alguém tem que deter isso.

– Você? – perguntou Hamish.

– Não é o meu trabalho... ainda.

Hamish conhecia a teoria de Matthew sobre os assassinatos, a qual se ligava à pesquisa científica.

– Ainda acha que os assassinatos indicam que os vampiros estão em extinção?

– Acho – respondeu Matthew.

Ele estava convencido de que esse tipo de criaturas encontrava-se em lento processo de extinção. A princípio, Hamish descartou a hipótese, mas já estava começando a admitir que talvez o amigo estivesse certo.

A conversa se voltou para temas mais leves, e depois do jantar eles se retiraram para o andar de cima. O demônio dividira um dos redundantes aposentos da casa em sala de estar e quarto de dormir. Na sala de estar, se sobressaía um grande tabuleiro de xadrez, com peças entalhadas em ébano e marfim que ficaria melhor em algum museu e não naquela ridícula casa de caça. O tabuleiro, tal como a ressonância magnética, tinha sido um presente de Matthew.

A amizade entre os dois se aprofundara em noites assim, jogando xadrez enquanto trocavam assuntos profissionais. A essa altura, já não havia muita coisa a respeito de Matthew Clairmont que Hamish não soubesse, e o vampiro era a única criatura que não se assustava com o poderoso intelecto do demônio.

Como era de praxe, Hamish escolheu as peças negras.

– Chegamos a terminar o nosso último jogo? – perguntou Matthew, fingindo surpresa ao ver o tabuleiro regiamente arrumado.

– Sim. Você venceu – respondeu Hamish laconicamente, ganhando em troca um dos raros sorrisos abertos do amigo.

Eles começaram a mover as peças, Matthew refletia demoradamente a cada lance e na sua vez de jogar Hamish mexia as peças com rapidez e determinação. O silêncio só era rompido com o crepitar do fogo e o tique-taque do relógio.

Passada uma hora de jogo, Hamish tratou de executar a parte final do seu plano.

– Eu preciso fazer uma pergunta – disse com cautela enquanto esperava o parceiro mover a peça. – O que você quer é a bruxa... ou o poder que ela exerce sobre o tal manuscrito?

– Não quero nada com o poder dela! – explodiu Matthew, movendo equivocadamente a torre logo capturada por Hamish. O vampiro apoiou a cabeça entre as mãos e nunca se pareceu tanto com um anjo renascentista concentrado nos mistérios celestiais. – Cristo, eu não sei o que eu quero.

Hamish tentou manter a calma o máximo possível.

– Matt, eu acho que você sabe.

Matthew movimentou um peão e calou-se.

– As outras criaturas em Oxford logo saberão – continuou Hamish –, se é que já não sabem que o seu interesse vai além desse antigo manuscrito. O que você quer, afinal?

– Não sei – sussurrou o vampiro.

– Amor? Mordê-la? Fazê-la igual a você?

Matthew se atrapalhou.

– Impressionante – disse Hamish em tom de enfado.

– Hamish, há muita coisa nessa história que não entendo, mas entendo três coisas – disse Matthew enfaticamente enquanto pegava a taça de vinho no chão. – Não cederei ao desejo de beber o sangue dela. Eu não quero controlar o poder dela. E seguramente não desejo transformá-la em vampiro. – Ele estremeceu só de pensar nisso.

– Sendo assim, sobra o amor. Então você já tem a resposta. Você *sabe* o que quer.

Matthew sorveu um gole de vinho.

– Eu quero o que não devia querer e estou louco por alguém que nunca terei para mim.

– Não estaria com medo de feri-la? – disse Hamish amavelmente. – Você já se relacionou com outras mulheres de sangue-quente e nunca feriu uma só delas.

A pesada taça de cristal caiu e espatifou-se no chão, espalhando vinho pelo tapete. Hamish viu o brilho de um caco de vidro enterrado entre o dedo indicador e o polegar do vampiro.

– Ora, Matt. Por que não me contou antes?

Matthew olhou fixamente para as próprias mãos e começou a tirar os cacos de vidro que cintilavam entre os dedos em cor negra avermelhada pela mistura de vidro e sangue.

– Você sempre confiou demais em mim, não é?

– Quem era ela?

– Ela se chamava Eleanor. – Matthew gaguejou ao dizer o nome. Passou as costas da mão pelos olhos na tentativa de apagar a imagem do rosto da mulher em sua mente. – Eu e meu irmão estávamos brigando. Nem lembro mais do motivo da briga. Só lembro que na ocasião pensei em destruí-lo com minhas próprias mãos. Eleanor tentou me trazer à razão. E se interpôs entre nós e... – A voz do vampiro embargou. Ele apoiou a cabeça entre as mãos sem se importar em limpar os resíduos de sangue dos dedos. – Eu a amava tanto e a matei.

– Quando isso aconteceu?

Matthew abaixou as mãos e virou-as para examinar seus dedos compridos e fortes.

– Séculos. Ontem. Que importância isso tem? – disse com a peculiar indiferença vampiresca pelo tempo.

– Importa muito se você cometeu esse deslize quando era um vampiro imaturo, sem controle de seus instintos e de sua fome.

– Ah. Então também importa o fato de que matei outra mulher, Cecilia Martin, apenas um século atrás. Eu já estava longe de ser um vampiro *imaturo*. – Matthew se levantou da poltrona e se dirigiu à janela. Ele queria sair correndo pela escuridão da noite e desaparecer para fugir do horror estampado nos olhos de Hamish.

– E há mais? – perguntou Hamish com um tom cortante.

Matthew balançou a cabeça.

– Já bastam duas. Não haverá uma terceira. Jamais.

– Fale-me de Cecilia – disse Hamish, inclinando o corpo para a frente da poltrona.

– Era esposa de um banqueiro – disse Matthew com relutância. – Eu a vi na ópera e me apaixonei. Na Paris daquele tempo, todo mundo se apaixonava pela esposa de alguém. – Traçou com o dedo o contorno de um rosto de mulher na vidraça. – Foi um desafio para mim. Eu só queria sentir o sabor dela quando entrei na casa naquela noite. Mas não consegui parar depois que comecei. E também não consegui deixar que ela morresse... ela seria minha e eu não desistiria dela. Foi difícil parar de me alimentar em tempo. *Dieu*, ela se odiou como vampira. Ela entrou numa casa em chamas antes que eu pudesse impedi-la.

Hamish franziu a testa.

– Então você não a matou, Matt. Ela se matou.

– Eu me alimentei dela até deixá-la à beira da morte, e a obriguei a beber o meu sangue e a tornei uma criatura sem o consentimento dela porque eu não passava de um egoísta apavorado – disse Matthew, furioso. – Como não a matei?

Roubei a vida daquela mulher, a identidade dela, a vitalidade dela... isso é morte, Hamish.

– Por que escondeu de mim? – Hamish tentava a todo custo não se importar com aquilo que o seu melhor amigo tinha feito, mas sem êxito.

– Os vampiros também se envergonham – disse Matthew, tenso. – Eu me odiei... e era preciso... pelo que fiz com aquelas mulheres.

– Por isso mesmo você tem que parar de guardar segredos, Matt. Isso pode destruí-lo por dentro. – Hamish mediu as palavras antes de continuar. – Você não planejou matar Eleanor e Cecilia. Você não é um assassino.

Matthew apoiou as mãos na moldura branca da janela, com a testa comprimida no vidro gelado. Depois falou com um profundo amargor.

– Não, eu sou um monstro. Eleanor me perdoou. Cecilia, nunca.

– Você não é um monstro – disse Hamish, tentando levantar o ânimo do amigo.

– Talvez não seja, mas sou perigoso. – Matthew se virou para Hamish. – Especialmente para Diana. Nem Eleanor me fez sentir o que estou sentindo agora. – A ânsia voltou só de pensar em Diana, e uma opressão se espalhou do coração ao abdômen. Ele amarrou a cara pelo esforço que fez para se controlar.

– Vamos terminar a partida – disse Hamish, de modo rude.

– Eu posso ir embora, Hamish – disse Matthew, inseguro. – Você não precisa dividir o seu teto comigo.

– Deixe de ser idiota – retrucou Hamish rapidamente. – Você não vai a lugar algum.

Matthew sentou-se à frente do tabuleiro.

– Não consigo entender que não esteja me odiando depois de ter sabido de Eleanor e Cecilia – ele comentou alguns instantes depois.

– Matt, nada que você fizesse me faria odiá-lo. Amo você como um irmão, e continuarei amando você até o meu último suspiro.

– Muito obrigado – disse o vampiro com um ar melancólico. – Tentarei não decepcioná-lo.

– Não tente, faça – disse o demônio com rispidez. – De qualquer forma, você está prestes a perder o seu bispo.

As duas criaturas retomaram a partida com dificuldade, e ao amanhecer ainda estavam jogando quando Jordan entrou com café para Hamish e uma garrafa de vinho do Porto para Matthew. O mordomo recolheu os cacos de vidro sem fazer qualquer comentário, e Hamish o mandou ir dormir.

Depois que Jordan saiu, Hamish analisou o tabuleiro e moveu uma última peça.

– Xeque-mate.

Matthew soltou um suspiro e se recostou na poltrona, com os olhos fixos no tabuleiro. Sua rainha estava cercada por suas próprias peças – peões, um cavaleiro e uma torre. No outro lado do tabuleiro, o rei estava escaqueado por um peão preto. A partida terminara, e ele perdera.

– O jogo não se limita apenas a proteger a rainha – disse Hamish. – Por que é tão difícil se lembrar que o rei não pode ser sacrificado?

– O rei só fica ali, se movendo em um único escaque a cada vez. A rainha se move com tanta liberdade... acho melhor perder o jogo que privá-la de sua liberdade.

Hamish se perguntou se o amigo falava de xadrez ou de Diana.

– E ela vale o preço, Matthew? – disse suavemente.

– Vale – respondeu Matthew sem hesitar nem por um segundo, retirando a rainha branca do tabuleiro e mantendo-a na mão.

– Eu sei – disse Hamish. – Talvez você não concorde agora, mas você teve sorte por encontrá-la.

Os olhos do vampiro cintilaram e a boca esboçou um sorriso torto.

– Mas será que ela também teve sorte? É sorte ter uma criatura como eu atrás dela?

– Isso só depende de você. E lembre-se: nada de segredos. Não se você a ama.

Matthew olhou o rosto sereno da rainha e, de um modo protetor, fechou os dedos em torno da pequena figura esculpida.

Quando o sol nasceu, Hamish já estava dormindo, e Matthew ainda mantinha a peça na mão.

10

Ainda retirando o gelo deixado pelo olhar de Matthew no meu ombro, abri a porta do meu apartamento. Lá dentro a secretária eletrônica me recebeu com o número "13" piscando em vermelho. Havia mais nove mensagens de voz no meu celular. Todas eram de Sarah e refletiam uma preocupação crescente com alguma coisa que o sexto sentido dela captava em Oxford.

Sem ânimo para encarar as minhas tias videntes, abaixei o volume da secretária eletrônica, desliguei o som dos dois telefones e deitei na cama, exausta.

Na manhã seguinte, passei pela portaria para fazer a minha corrida e Fred acenou para mim com uma pilha de recados na mão.

– Eu pego depois – gritei e ele ergueu o dedo polegar em sinal de entendido.

O percurso a pé pelos caminhos de terra conhecidos que conduziam aos campos e aos limites da parte norte da cidade me ajudou a repelir tanto a culpa de não ter telefonado para as minhas tias como o rosto frio de Matthew cravado na minha nuca.

De volta ao prédio, peguei os recados e joguei tudo no lixo. Depois, protelei o inevitável telefonema para casa, ocupando-me com o ritual de fim de semana: cozinhar um ovo, preparar o chá, lavar a roupa, arrumar a papelada espalhada pela casa. Depois de ter passado a maior parte da manhã ocupada, não restava mais nada senão telefonar para Nova York. Lá ainda era cedo, mas ninguém devia estar dormindo.

– O que está acontecendo, Diana? – perguntou Sarah, sem dizer alô.

– Bom-dia, Sarah. – Eu me afundei na poltrona ao lado de uma lareira inativa e cruzei os pés sobre uma pequena estante à frente. O telefonema levaria algum tempo.

– Não é um bom dia – disse Sarah em tom azedo. – Já estamos quase loucas de tanta preocupação. O que está acontecendo?

Em pegou a extensão.

– Oi, Em – eu disse, recruzando as pernas. O telefonema levaria um *longo* tempo.

– Aquele vampiro está te incomodando? – perguntou Em ansiosa.

– Não exatamente.

– Nós sabemos que você tem passado o seu tempo com vampiros e demônios. – Minha tia explodiu de impaciência. – Você perdeu o juízo ou é alguma outra coisa muito errada?

– Eu não perdi o juízo, e não há nada de errado. – Esta última afirmação era uma mentira, cruzei os dedos e torci pelo melhor.

– Você acha mesmo que pode nos fazer de bobas? Não se pode mentir para uma bruxa! – exclamou Sarah.

– Desembucha, Diana.

O plano rolou pelo ralo.

– Deixe-a falar, Sarah – disse Em. – Já se esqueceu que concordamos que Diana é capaz de tomar decisões certas?

O silêncio que se seguiu me fez pensar que isso tinha sido o tema de alguma controvérsia.

Sarah recuperou o fôlego, mas Em se adiantou:

– Onde você esteve na noite passada?

– Na ioga. – Não havia como me esquivar do interrogatório, mas nada me impedia de ser lacônica.

– Na ioga? – repetiu Sarah, incrédula. – Por que foi fazer ioga com essas criaturas? Você sabe que é perigoso se juntar a vampiros e demônios.

– A aula foi conduzida por uma bruxa! – Fiquei indignada ao lembrar do rosto afável e sereno de Amira.

– Essa aula de ioga foi ideia dele? – perguntou Em.

– Foi. E foi na casa de Clairmont.

Sarah emitiu um murmúrio de repulsa.

– Eu lhe disse que era ele – cochichou Em para minha tia, dirigindo-se em seguida para mim. – Eu vejo um vampiro entre você... e alguma coisa. Não sei exatamente o quê.

– E eu insisto em lhe dizer, Emily Mather, que isso é um absurdo. Vampiros não protegem bruxas. – A voz de Sarah soou crispada de certeza.

– Pois esse protege – afirmei.

– O quê? – perguntou Em enquanto Sarah soltava um grito.

– Às vezes, ele faz isso. – Mordi o lábio, sem saber como contar a história, mas depois contei. – Aconteceu uma coisa na biblioteca. Eu requisitei um manuscrito que estava enfeitiçado.

Fez-se silêncio.

– Um livro enfeitiçado. – A voz de Sarah soou empolgada e interessada. – Um grimório? – Ela era especializada em grimórios, e o seu bem mais valioso era um antigo livro de feitiços que pertencera ao longo do tempo à família Bishop.

– Acho que não – respondi. – Só as ilustrações estavam visíveis.

– E o que mais? – Minha tia sabia que, quando se trata de livros enfeitiçados, a parte visível é só o começo.

– Alguém lançou um feitiço no texto do manuscrito. O texto estava com algumas linhas esmaecidas... uma sucessão de linhas... elas se moviam sob a superfície das páginas.

A caneca de café de Sarah fez um estrondo lá em Nova York.

– Isso foi antes ou depois de Matthew Clairmont aparecer?

– Antes – sussurrei.

– E você achou que esse detalhe não tinha importância quando nos contou que tinha conhecido um vampiro? – Sarah não se deu ao trabalho de disfarçar a raiva. – Pelo amor da Deusa, Diana, como pôde ser tão imprudente? Como era esse livro enfeitiçado? E não venha me dizer que você não sabe.

– Ele tinha um cheiro estranho. Parecia... errado. A princípio não consegui virar a capa. Então coloquei a palma da mão em cima. – Levei a mão ao peito, tentando recordar a sensação de reconhecimento que se deu entre mim e o manuscrito, no fundo esperando ver o brilho que Matthew tinha mencionado.

– E? – perguntou Sarah.

– O livro provocou um formigamento na minha mão, depois suspirou... e relaxou. Pude sentir isso atravessando o couro e as tábuas de madeira da mesa.

— E como se desembaraçou desse feitiço? Disse algumas palavras? No que estava pensando? — A curiosidade de Sarah estava a todo vapor.

— Sarah, não envolvi a feitiçaria nisso. Eu tinha que dar uma olhada no manuscrito para minha pesquisa e só coloquei a palma da mão em cima dele. — Respirei fundo. — Depois abri, fiz algumas anotações, fechei e o devolvi.

— Você o *devolveu*? — O telefone de Sarah bateu no chão com um estrondo. Estremeci e afastei o fone do ouvido, com o linguajar colorido de sua voz ainda audível.

— Diana? — disse Em, com uma voz desbotada. — Você ainda está aí?

— Estou sim — respondi de pronto.

— Diana Bishop é bem-informada. — A voz de Sarah soou com reprovação. — Como pôde devolver um objeto mágico sem conhecê-lo de cabo a rabo?

Eu tinha aprendido com minha tia a reconhecer objetos encantados e enfeitiçados... e o que fazer com eles. Não se deve tocá-los ou movê-los até que se conheça como funciona a magia. Alguns feitiços são delicados e muitos têm mecanismos de proteção embutidos.

— E o que eu podia fazer, Sarah? — A autodefesa ecoou no meu próprio ouvido. — Recusar-me a sair da biblioteca até que você o examinasse? Era uma noite de sexta-feira. Eu queria voltar para casa.

— E o que aconteceu quando devolveu o manuscrito? — disse Sarah, em tom firme.

— A atmosfera ficou um pouco esquisita — admiti. — E por um momento a biblioteca pareceu encolher.

— Você devolveu o manuscrito e o feitiço foi reativado — vociferou Sarah novamente. — Poucas bruxas são peritas o bastante para lançar um feitiço que se reative automaticamente quando quebrado. Você não está lidando com uma amadora.

— Foi essa energia que atraiu as criaturas para Oxford — eu disse, entendendo tudo de repente. — Não foi porque abri o manuscrito. Foi porque reativei o feitiço. Sarah, essas criaturas não apareceram apenas na ioga. Lá na Bodleiana, estou sempre cercada de vampiros e demônios. Clairmont apareceu na biblioteca segunda-feira à noite para espiar o manuscrito depois que ouviu duas bruxas conversando sobre ele. Na terça-feira, a biblioteca já estava entupida de criaturas.

— E lá vamos nós outra vez — disse Sarah, com um suspiro. — Não dou um mês para que os demônios apareçam em Madison à sua procura.

— Aí deve ter bruxas em quem você possa confiar e pedir ajuda. — Em esforçou-se ao máximo para manter a voz equilibrada, mas não me passou despercebido que estava preocupada.

– As bruxas daqui... – eu hesitei – não são confiáveis. Um bruxo que vestia um sobretudo de *tweed* marrom tentou invadir a minha mente para me intimidar. E conseguiria se não fosse o Matthew.

– O vampiro se interpôs entre você e outro bruxo? – Em ficou pasma. – Isso não se faz. Não se deve interferir em assuntos de bruxos quando não se é um de nós.

– Vocês deviam agradecer! – Mesmo que eu não quisesse a orientação de Clairmont e não tivéssemos outro café da manhã, ele merecia algum crédito. – Eu não sei o que teria acontecido se o vampiro não estivesse lá. Nunca um bruxo foi tão... invasivo comigo.

– Talvez seja melhor você se afastar de Oxford por um tempo – sugeriu Em.

– Não vou sair daqui só porque há um bruxo mal-educado na cidade.

Sarah e Em cochicharam entre si, tapando o fone.

– Não estou gostando nada disso – disse minha tia por fim, com uma voz que sugeria que o mundo estava desabando. – Livros enfeitiçados? Demônios seguindo você? Vampiros levando você para fazer ioga? Bruxos ameaçando uma Bishop? Os bruxos devem passar despercebidos. Daqui a pouco os humanos estarão desconfiados, achando que está acontecendo alguma coisa.

– Você terá que ser o mais discreta possível se ficar em Oxford – afirmou Em. – E se por acaso isso se tornar inviável, não será nada demais se passar um tempo aqui até a situação esfriar. O manuscrito não está mais com você. Talvez eles percam o interesse.

Nenhuma de nós acreditou que isso fosse possível.

– Eu não vou fugir.

– Você não estaria fugindo – protestou Em.

– Estaria sim. – Eu não demonstraria um pingo sequer de covardia enquanto Matthew Clairmont estivesse por perto.

– Ele não poderá estar ao seu lado a cada minuto do dia, minha querida – disse Em desanimada, ouvindo meus pensamentos.

– Espero que não possa mesmo – disse Sarah, sombria.

– Não preciso da ajuda de Clairmont. Posso cuidar de mim sozinha – repliquei.

– Diana, esse vampiro não está protegendo você porque é bonzinho – disse Em. – Você representa algo que ele quer. E você tem que descobrir o que é.

– Talvez ele *esteja* interessado em alquimia. Talvez só esteja entediado.

– Vampiros não se entediam – rebateu Sarah prontamente –, e menos ainda com o sangue de uma bruxa à mão.

Não havia nada a fazer quanto aos preconceitos da minha tia. Pensei em falar que naquela aula de ioga me senti gloriosamente livre do medo de outras criaturas por mais de uma hora. Mas seria como falar com paredes.

– Basta. – Mostrei firmeza. – Matthew Clairmont não se aproximará tanto assim de mim, e vocês não precisam se preocupar comigo porque não tocarei mais em manuscritos enfeitiçados. E não sairei de Oxford, ponto final.

– Tudo bem – disse Sarah. – Mas não poderemos fazer muita coisa daqui se a situação piorar.

– Sei disso, Sarah.

– E na próxima vez que pegar algum objeto mágico... por acaso ou não... comporte-se como a bruxa que você é, não como uma humana estúpida. Não ignore o fato, nem tente se convencer de que tudo não passa de imaginação. – Ignorância obstinada e rejeição ao sobrenatural estavam no topo da lista de Sarah sobre os deslizes humanos. – Trate o objeto com respeito e, se não souber o que fazer, peça ajuda.

– Prometo que farei tudo isso – eu disse rapidamente, ansiosa para desligar o telefone.

Mas Sarah ainda não estava satisfeita.

– Nunca pensei que um dia veria uma Bishop aceitar a proteção de um vampiro em vez de confiar no seu próprio poder – ela continuou. – Mamãe deve ter se virado no túmulo. Isso é o que acontece quando não se assume o que se é de verdade, Diana. Você se meteu em uma baita confusão, e isso porque teima em ignorar a sua herança. A coisa não funciona assim.

A indignação de Sarah azedou a atmosfera tão logo coloquei o telefone no gancho.

Na manhã seguinte, fiz alongamentos com exercícios de ioga por uma hora e meia, e depois preparei um bule de chá. O cheiro de baunilha e flores me reconfortou, e a dose certa de cafeína no chá me manteria desperta durante o dia sem me tirar o sono à noite. Depois da infusão das folhas, envolvi o bule de porcelana branca com uma toalha para mantê-lo aquecido e o levei até a poltrona próxima da lareira reservada para momentos de profunda reflexão.

Apaziguada pelo aroma familiar do chá, dobrei os joelhos à altura do queixo para rever a semana que terminara. Fosse qual fosse o ponto de onde começava, eu sempre retornava à última conversa com Matthew Clairmont. Meus esforços para me manter o mais afastada possível da magia não tinham realmente significado nada?

Toda vez que eu empacava nas minhas pesquisas, eu visualizava uma mesa de tampo branco vazio e brilhante e imaginava as evidências como peças de um quebra-cabeça a serem encaixadas. Isso aliviava a pressão e me dava a impressão de que era um jogo.

Agora, instalada na minha poltrona de reflexão, espalhei nessa mesa imaginária todas as peças da semana anterior – o Ashmole 782, Matthew Clairmont, a carente Agatha Wilson, o bruxo com um sobretudo de *tweed*, as minhas caminhadas de olhos fechados, as criaturas na Bodleiana, a forma com que retirei o *Notes and Queries* da estante e a turma de ioga de Amira. Identifiquei as peças brilhantes, girei-as sobre a mesa e tentei encaixá-las para formar um quadro, mas os muitos espaços vazios me impediram de ter uma imagem clara.

Nesse jogo imaginário, eu costumava retirar uma peça ao acaso e isso me ajudava a identificar o que era mais importante. Então, coloquei os dedos imaginários em cima da mesa e retirei uma peça na esperança de me deparar com o Ashmole 782.

Os olhos escuros de Matthew Clairmont me olharam de volta.

Por que aquele vampiro era tão importante?

As peças do meu quebra-cabeça começaram a se movimentar por conta própria e surgiram retalhos de imagens tão velozes que era impossível segui-las. Bati minhas mãos imaginárias na mesa e as peças interromperam a dança. Minhas mãos reais formigaram em reconhecimento.

Aquilo não era mais um simples jogo. Era como magia. E se era magia, isso queria dizer que eu fazia magia desde os meus primeiros trabalhos na escola, e depois na faculdade e depois no doutorado. Mas na minha vida não havia espaço para a magia, e me fechei resolutamente para a possibilidade de que violava as minhas próprias regras sem me dar conta disso.

No dia seguinte, cheguei ao vestíbulo da biblioteca na hora de sempre, subi as escadas e me dirigi ao canto próximo da mesa de devolução, certa de que o veria.

Clairmont não estava lá.

– Está precisando de alguma coisa? – perguntou Miriam irritada, fazendo a cadeira tombar quando se levantou.

– Onde está o professor Clairmont?

– Ele está caçando na Escócia – ela disse de má vontade.

Caçando. Engoli em seco.

– Ah. E quando volta?

– Sinceramente, não sei dra. Bishop. – Ela cruzou os braços, batendo o pé de leve.

– Achei que essa noite ele me levaria à aula de ioga na Velha Cabana – eu disse quase sem voz, tentando dar uma desculpa razoável por ter parado ali.

Miriam se virou e pegou uma bolota negra e fofa. Jogou a bolota na minha direção. Agarrei-a perto do meu quadril.

– Você deixou isso no carro na sexta-feira.

– Muito obrigada. – Meu suéter exalou um perfume de cravo e canela.

– Devia ser mais cuidadosa com suas coisas – resmungou Miriam. – Você é uma bruxa, dra. Bishop. Cuide de *si mesma* e pare de colocar Matthew em situações impossíveis.

Saí dali sem fazer um só comentário e fui pegar os manuscritos com Sean.

– Está tudo bem? – ele perguntou, com olhos carrancudos na direção de Miriam.

– Tudo na mais perfeita ordem.

Entreguei o número habitual do meu assento para ele e, notando que ainda estava preocupado, sorri calorosamente.

Quem essa Miriam pensa que é para falar comigo desse jeito? Eu estava quase fumegando quando me sentei para trabalhar.

Meus dedos coçavam como se centenas de insetos se arrastassem debaixo da minha pele. Minúsculas centelhas azuis e verdes luziam por entre os dedos, deixando traços de energia à medida que irrompiam das extremidades do meu corpo. Fechei o punho e sentei apressada em cima das mãos.

Isso *não* era nada bom. Eu e todos os membros da universidade tínhamos o compromisso de não acender fogo algum no interior da Biblioteca Bodleiana. Eu tinha treze anos na última vez que os meus dedos se comportaram dessa maneira, e os bombeiros foram chamados para apagar um incêndio na cozinha da minha casa.

Quando a sensação de queimação diminuiu, olhei em volta desconfiada e suspirei de alívio. Eu estava sozinha no Selden End. Sem plateia para a minha exibição pirotécnica. Tirei as mãos de debaixo das coxas para ver se nelas havia algum sinal de atividade sobrenatural. O azul se converteu em cinza prateado à medida que o poder se esvaiu pela ponta dos meus dedos.

Fingindo que tudo estava bem, abri a primeira caixa para verificar se não estava chamuscada. Mas hesitei em tocar no computador, temendo que os dedos derretessem o teclado de plástico.

Não me espantei com a dificuldade que tive para me concentrar, e fiquei com o mesmo manuscrito à minha frente até a hora do almoço. Talvez um chá acalmasse o meu ânimo.

No início do ano letivo era de se esperar que o setor medieval da Duke Humfrey estivesse apinhado de leitores humanos. Mas naquele dia somente uma senhora humana examinava um manuscrito iluminado com seus óculos maravilhosos. Ela estava espremida entre um demônio desconhecido e uma das vampiras da semana anterior. Gillian Chamberlain também estava lá e me olhava feio junto a quatro bruxas, como se eu fosse desapontar toda a nossa espécie.

Passei apressada e dei uma parada na mesa de Miriam.

– Suponho que foi instruída a me seguir na hora do almoço. Você não vem?

Ela pôs o lápis na mesa, com um cuidado exagerado.

– Em seguida.

Quando alcancei a escada, ela já estava na minha frente. Apontou para uma outra saída da escada.

– É melhor descer por ali.

– Por quê? Que diferença faz?

– Faça como quiser então. – Ela deu de ombros.

Um lance abaixo, eu olhei de relance pela janelinha de vidro que dava para a sala superior de leitura, e engoli em seco.

O lugar estava abarrotado de criaturas. Elas próprias tinham se segregado. Os demônios estavam todos reunidos em volta de uma longa mesa com livros – abertos e fechados – à frente. Os vampiros estavam em outra mesa, quietos, imóveis, sem dar uma só piscadela. As bruxas pareciam estar estudando, de testas franzidas pareciam mais irritadas que concentradas, isso porque os demônios e os vampiros ocupavam as mesas mais próximas da escada.

– Não é de admirar que a gente não possa se misturar. Nenhum humano deixaria de perceber isso – observou Miriam.

– E o que faço agora? – perguntei com um suspiro.

– Nada. Matthew não está aqui – ela respondeu decidida.

– Por que eles têm tanto medo de Matthew?

– Pergunte a ele. Vampiros não contam histórias. Mas não se preocupe – ela exibiu seus dentes afiados e brancos –, isto aqui funciona perfeitamente, portanto você não tem nada a temer.

Eu desci correndo pela escada com as mãos enfiadas nos bolsos e depois me juntei aos turistas no pátio. Engoli um sanduíche e uma garrafa de água na Blackwell. Miriam cravou os olhos em mim quando me viu sair. Deixou um livro de suspense de lado e saiu atrás de mim.

– Diana – ela disse bem baixinho quando atravessamos o portal da biblioteca –, o que você vai fazer lá em cima?

– Não é da sua conta – rebati.

Ela suspirou.

De volta à Duke Humfrey, localizei o bruxo do sobretudo de *tweed* marrom. Miriam me observava do centro da nave lateral, imóvel como uma estátua.

– O senhor está no comando?

O bruxo me cumprimentou, inclinando a cabeça.

– Sou Diana Bishop. – Estendi a mão para ele.

– Peter Knox. E sei muito bem quem você é. Filha de Rebecca e Stephen. – Ele apertou levemente a minha mão. À frente dele, havia um grimório do século XIX e, ao lado, uma pilha de livros.

O nome dele me era familiar, se bem que não me lembrei de onde, e foi perturbador ouvir os nomes dos meus pais saindo da boca de um bruxo. Engoli em seco.

— Por favor, leve os seus amigos para fora da biblioteca. Os novos alunos chegam hoje e não queremos assustá-los.

— Dra. Bishop, se eu pudesse ter uma conversa reservada com você, estou certo de que chegaríamos a um acordo. — Knox ajeitou os óculos no nariz, e quanto mais perto ficava de mim, mais medo eu sentia dele. A pele dos meus dedos começou a formigar de um modo assustador.

— Não precisa ter medo de mim — ele disse, desculpando-se. — Por outro lado, daquele vampiro...

— O senhor sabe que encontrei algo que pertence às bruxas — eu o interrompi. — Mas já não está comigo. Se o senhor quer o Ashmole 782, é só ir à mesa de pedidos lá na frente.

— Você não compreende a complexidade da situação.

— Não, e *não quero* compreender. Por favor, me deixe em paz.

— Fisicamente, você é muito parecida com sua mãe. — Os olhos de Knox esquadrinharam o meu rosto. — Mas vejo que também tem muito da teimosia de Stephen.

Fui tomada pela sensação habitual de inveja e irritação de quando os bruxos se referiam aos meus pais ou à história da família — como se tivessem o mesmo direito que eu tinha.

— Posso tentar — ele continuou —, mas não controlo aqueles animais. — Ele apontou na direção da nave lateral, onde uma das irmãs vampiras olhava para nós dois com interesse.

Hesitei, mas logo caminhei na direção dela.

— Tenho certeza de que você ouviu a nossa conversa e já deve saber que estou sendo supervisionada bem de perto por dois vampiros — eu disse. — Pode ficar aqui se não dá crédito a Matthew e Miriam. Mas trate de tirar os outros da sala de leitura.

— Normalmente, as bruxas não valem um só minuto do tempo de um vampiro, mas hoje você está cheia de surpresas, Diana Bishop. Eu vou contar para a minha irmã Clarissa o que ela perdeu. — As palavras da vampira ecoaram lentas e exuberantes, indicando uma criação impecável e uma educação também impecável. Ela sorriu e seus dentes cintilaram na penumbra do setor medieval. — Comandando o Knox... uma criança como você? Que história terei para contar!

Desviei os olhos daquela impecável figura e saí em busca de algum rosto demoníaco familiar.

O demônio que gostava de café com leite zanzava na área dos computadores com fones nos ouvidos, cantarolando baixinho o som que devia estar ouvindo e com a extremidade do fio de um dos computadores oscilando em suas coxas. Esperei que ele tirasse os fones dos ouvidos e tentei convencê-lo da seriedade da situação.

– Não vejo o menor problema em você ficar navegando aqui na internet. Acontece que estamos com um problema lá embaixo. Não preciso que um bando de demônios fique de olho em mim.

O demônio fez um muxoxo indulgente.

– Logo você saberá.

– Será que eles não podem me observar de longe? Lá do teatro Sheldonian? Do pub White Horse? – Eu tentei facilitar as coisas. – Senão os leitores humanos logo estarão fazendo perguntas.

– Nós não gostamos de você – ele disse com um ar vago.

– Isso significa que você não pode ajudar ou não quer ajudar? – Procurei não demonstrar impaciência.

– Dá tudo na mesma. Nós também queremos saber.

A situação estava insuportável.

– O que puder fazer para esvaziar aqueles lugares será muito apreciado por mim.

Miriam ainda me observava. Ignorando-a, voltei para minha mesa.

No final de um dia totalmente improdutivo, passei a mão pela testa, resmunguei algumas imprecações e guardei as minhas coisas.

N a manhã seguinte, a Bodleiana continuava apinhada como antes. Miriam escrevia com tanto furor quando passei que nem me viu. Não havia sinal de Clairmont. Mas todos seguiam as regras claramente estabelecidas por ele, e se mantinham em silêncio fora do Selden End. Gillian estava debruçada sobre um papiro no setor medieval, onde também se encontravam as irmãs vampiras e alguns demônios. Afora Gillian, que realmente estava estudando, o resto se movimentava em perfeita respeitabilidade. E quando espiei pela porta da sala superior de leitura e também quando voltei de uma saída para o chá quente do meio da manhã, quase ninguém se voltou para me olhar. O demônio musical que gostava de café com leite foi um dos que me olharam. Acenou e piscou para mim.

Eu já tinha feito uma quantidade razoável de trabalho, mas não o bastante para compensar o dia anterior. Primeiro fiz a leitura de poemas alquímicos – os mais traiçoeiros dos textos – atribuídos a Maria, irmã de Moisés. *"Três coisas se três horas você dispensar"*, lia-se em uma parte do poema, *"estão unidas ao terminar."* O significado dos versos permanecia um mistério, mas o mais provável é que indicasse uma combinação alquímica de prata, ouro e mercúrio. Será que

Chris faria uma experiência a partir desse poema? Anotei os possíveis processos químicos envolvidos enquanto me perguntava.

Depois me concentrei em outro poema anônimo intitulado "Verso sobre o triplo fogo sófico", e as similaridades da sua imagética com a iluminura de uma montanha alquímica que eu tinha investigado no dia anterior, onde uns mineiros cavavam o solo em busca de metais preciosos, me pareceram inequívocas.

> *Nesta mina foram encontradas duas pedras do passado,*
> *Por isso os antigos a chamaram de Solo Sagrado;*
> *Já que conheciam seu valor, seu poder e sua extensão,*
> *E como a natureza faz a fermentação.*
> *Pois se com ouro ou prata você o fermentar*
> *Tesouros escondidos há de encontrar.*

Emiti um grunhido. A pesquisa se tornaria exponencialmente mais complicada se tivesse que ligá-la não apenas à arte e à ciência, mas também à arte e à poesia.

– Deve ser difícil se concentrar na pesquisa com tantos vampiros de olho em você.

Gillian Chamberlain estava em pé, ao meu lado, e seus olhos cor de avelã cintilavam uma malevolência abafada.

– O que você quer, Gillian?

– Só estou sendo amigável, Diana. Já se esqueceu de que somos irmãs? – Os cabelos negros e brilhantes de Gillian balançaram na altura do pescoço, e a maciez que mostraram sugeria que não eram atingidos por ondas de eletricidade estática. Sem dúvida o poder dela era sempre liberado. Eu estremeci.

– Não tenho irmãs, Gillian. Sou filha única.

– Isso é ótimo. Sua família já causou problemas demais. Veja o que aconteceu em Salem. Foi tudo culpa de Bridget Bishop. – O tom de Gillian não podia ser mais maldoso.

E lá vamos nós de novo, pensei, fechando o livro à frente. Como sempre, a família Bishop era um excelente tópico de conversas.

– O que está dizendo, Gillian? – eu disse com uma voz cortante. – Bridget Bishop foi considerada culpada e executada pela prática de bruxaria. Não foi ela que instigou a caça às bruxas... ela foi uma vítima dessa perseguição como muitas outras. Tanto você como as outras bruxas que estão aqui na biblioteca sabem disso.

– Bridget Bishop chamou a atenção dos humanos, primeiro com aqueles bonecos e depois com roupas provocantes e imoralidade. Se não fosse por ela, a histeria humana se dispersaria.

– Ela acabou sendo inocentada da prática de bruxaria – retruquei irritada.

– Em 1680... mas ninguém acreditou nisso. Não depois que encontraram bonecos espetados por alfinetes e com cabeças cortadas na adega de Bridget. Sem falar que ela não fez nada para desviar as suspeitas de suas companheiras bruxas. Ela era independente demais – disse Gillian com uma voz embargada. – Foi isso que também acabou com sua mãe.

– Pare com isso, Gillian.

O ar em volta pareceu estranhamente frio e claro.

– Sua mãe e seu pai eram arredios, assim como você, e depois que se casaram acharam que não precisavam mais do apoio do conciliábulo de Cambridge. E não tiveram uma lição?

Fechei os olhos, mas não consegui apagar a imagem que tentei apagar durante a vida inteira: mamãe e papai mortos no meio de um círculo de giz em algum lugar da Nigéria, com os corpos quebrados e ensanguentados. Na época, a minha tia achou melhor não me contar os detalhes da morte, de modo que me informei na biblioteca pública. Foi lá que vi a foto e a manchete sensacionalista pela primeira vez. Depois disso, muitos anos de pesadelos.

– Não havia nada que o *coven* de Cambridge pudesse fazer para impedir o assassinato dos meus pais. Eles foram assassinados por humanos aterrorizados em outro continente. – Agarrei os braços da minha cadeira com força, esperando que ela não olhasse para os nós dos meus dedos totalmente brancos.

Gillian soltou uma risada desagradável.

– Os humanos não fizeram nada, Diana. Se o fizessem os assassinos teriam sido presos e responsabilizados pelo crime. – Ela se abaixou e quase colou o rosto no meu rosto. – Rebecca Bishop e Stephen Proctor estavam ocultando alguns segredos das bruxas. Nós tínhamos que descobrir. A morte deles foi uma infelicidade, mas necessária. Seu pai tinha mais poderes do que imaginávamos.

– Pare de falar da *minha* família e dos *meus* pais como se lhe pertencessem – alertei-a. – Eles foram assassinados por humanos. – Ecoou um rugido nos meus ouvidos e o frio em volta se intensificou.

– Tem certeza disso? – sussurrou Gillian, despejando uma onda de frio que gelou os meus ossos. – Como bruxa você sabe perfeitamente se estou mentindo ou não.

Controlei as linhas do meu rosto para não demonstrar o meu aturdimento. O que ela acabava de dizer sobre os meus pais não podia ser verdade, mesmo assim não soou dentro de mim nenhum dos alarmes típicos e sutis que soavam quando as bruxas mentiam entre si – fagulha de raiva, sensação avassaladora de desrespeito.

– Da próxima vez que virar as costas quando for convidada para um *coven*, pense no que aconteceu com Bridget e com seus pais – murmurou com os lábios tão próximos da minha orelha que a minha pele podia sentir o hálito dela. – Nenhuma bruxa deve esconder segredos de outra bruxa. Acontecem coisas ruins quando se faz isso.

Gillian se empertigou e me olhou fixamente por alguns instantes, e a comichão no meu corpo aumentou à medida que ela me olhava. Fixei os olhos no manuscrito, recusando-me a encará-la.

Depois ela saiu e a temperatura ambiente voltou ao normal. Quando as batidas do meu coração e os rugidos nos meus ouvidos se aquietaram, guardei as minhas coisas com as mãos trêmulas, querendo voltar imediatamente para o meu apartamento.

Tratei de sair da biblioteca sem nenhum incidente, evitando o olhar cortante de Miriam. Se Gillian estava certa, era a inveja das bruxas que eu devia temer e não o medo dos humanos. E a simples menção aos poderes ocultos do meu pai trouxe alguma coisa à minha mente que me escapava quando eu tentava fixá-la para poder enxergar com mais clareza.

Cheguei na New College e Fred acenou da portaria com a correspondência. Um envelope cor de creme volumoso e elegante estava em cima de uma pilha.

Era um recado do diretor da faculdade, convidando-me para um drinque antes do jantar.

Já no meu apartamento, pensei em telefonar e dizer para a secretária dele que estava doente para escapar do convite. Eu estava com a cabeça rodopiando e não poderia beber um único gole de xerez.

No entanto, a faculdade tinha sido muito gentil comigo quando lhe requisitei um lugar para ficar. O mínimo que eu poderia fazer era expressar pessoalmente a minha gratidão. Com o senso de obrigação profissional suplantando a ansiedade trazida por Gillian, me agarrei na identidade intelectual como um náufrago se agarra em uma corda e resolvi aceitar e agradecer pessoalmente.

Troquei de roupa, saí em direção à residência do diretor e lá toquei a campainha. Um funcionário da faculdade abriu a porta e me fez entrar, conduzindo-me à sala de visita.

– Olá, dra. Bishop. – Os olhos azuis e enrugados nos cantos de Nicholas Marsh, e seus cabelos brancos como a neve e suas bochechas redondas e rosadas o faziam parecer um Papai Noel.

Sorri reconfortada pela acolhida e escudada pelo dever profissional.

– Professor Marsh. – Apertei a mão que ele estendeu. – Muito obrigada pelo convite.

– Temo que o convite tenha atrasado. Eu estava na Itália, você deve saber.

— Sim, o tesoureiro me disse.

— Então ele já me desculpou por tê-la negligenciado por tanto tempo — ele disse. — Espero compensar isso apresentando um velho amigo meu que ficará alguns dias aqui em Oxford. É um autor renomado que escreve sobre assuntos que podem lhe interessar.

Marsh se colocou de lado e entrevi uma espessa cabeleira castanha e levemente grisalha e a manga de um sobretudo de *tweed*. Paralisei confusa.

— Quero que conheça Peter Knox — disse o diretor, pegando-me delicadamente pelo braço. — Ele conhece o seu trabalho.

Lá estava o bruxo. Finalmente me dei conta de onde o conhecia. Knox era citado na matéria do jornal sobre os vampiros assassinos. Ele era o especialista requisitado pela polícia para analisar as estranhas características dos assassinatos. Meus dedos começaram a coçar.

— Dra. Bishop — disse Knox, estendendo a mão. — Eu a tenho visto na Bodleiana.

— Sim, acredito que sim. — Estendi a mão e me senti aliviada quando vi que ela não soltava faíscas. Apertamos as mãos o mais rapidamente possível.

A mão direita de Knox estremeceu ligeiramente, os ossos e a pele se contraíram e descontraíram de maneira imperceptível para os humanos. Isso me fez lembrar da minha infância, quando as mãos de mamãe se moviam do mesmo jeito para fazer panquecas e lavar roupa. Fechei os olhos e me preparei para uma efusão de magia.

O telefone tocou.

— Infelizmente, terei que atender — Marsh se desculpou. — Sentem-se, por favor.

Sentei o mais longe possível de Knox, numa cadeira de madeira geralmente reservada aos membros menos importantes da faculdade.

Permanecemos em silêncio enquanto Marsh murmurava ao telefone, visivelmente aborrecido. Ele apertou um botão no consolo e depois se aproximou de mim com um copo de xerez na mão.

— É o vice-reitor. Dois calouros sumiram — disse com o jargão universitário para designar novos alunos. — Fiquem conversando aqui enquanto cuido desse assunto no meu gabinete. Por favor, desculpem-me, preciso me retirar.

Portas se abriram e se fecharam ao longe enquanto vozes abafadas discutiam no saguão, e depois se fez silêncio.

— Alunos desaparecidos? — eu disse suavemente. Talvez Knox tivesse engendrado o incidente e o telefonema para que Marsh se retirasse.

— É incompreensível, dra. Bishop — murmurou Knox. — Parece que a universidade não foi feliz ao colocar dois jovens em lugares errados. Mas isso nos dá uma chance para conversarmos a sós.

— E sobre o que conversaremos? — Inalei o xerez, rezando pela volta do diretor.

— Sobre coisas importantes.

Olhei na direção da porta.

— Nicholas estará bem ocupado até terminarmos nossa conversa.

— Então vamos logo ao que interessa antes que o diretor volte para o drinque.

— Como quiser — disse Knox. — Dra. Bishop, o que a trouxe a Oxford?

— Alquimia. — Se a única forma de trazer Marsh de volta para a sala era respondendo às perguntas daquele homem, eu responderia, porém não mais que o necessário.

— Você deve estar ciente de que o Ashmole 782 estava enfeitiçado. Você não deixaria de perceber isso, mesmo que só tivesse uma gota de sangue Bishop nas veias. Por que o devolveu? — Ele me olhou com olhos castanhos e cortantes. Ele queria o manuscrito tanto quanto Matthew... se é que não o queria ainda mais.

— Fiz o meu trabalho e o entreguei. — Foi difícil sustentar a minha voz.

— E nada chamou sua atenção no manuscrito?

— Nada.

A boca de Knox fez um traço disforme. Ele sabia que eu estava mentindo.

— Compartilhou suas observações com o vampiro?

— Suponho que o senhor esteja se referindo ao professor Clairmont.

Quando alguma criatura se recusava a citar o nome de outra, isso era uma forma de demonstrar repulsa por outra espécie.

As mãos de Knox se agitaram outra vez. Achei que seriam apontadas para mim, mas ele as deixou nos braços da poltrona.

— Todos nós respeitamos a sua família e tudo pelo que você passou. Apesar disso, surgiram muitos comentários sobre o relacionamento inortodoxo que você tem com essa criatura. Você está traindo os seus ancestrais com esse tipo de atitude. E precisa parar com isso.

— O professor Clairmont é um colega acadêmico — desviei a conversa de minha família — e não sei nada sobre o manuscrito. Ficou muito pouco tempo em minhas mãos. Claro que reparei que estava enfeitiçado. Mas não me importei com isso porque o havia requisitado para estudar o conteúdo.

— Faz mais de um século que esse vampiro está atrás desse livro — disse Knox, com uma voz malévola. — Ele não pode pegar esse livro.

— Por quê? — Tentei dissimular a raiva. — Por que o livro pertence aos bruxos? Vampiros e demônios não são capazes de encantar um objeto? Uma bruxa enfeitiçou esse livro e agora ele está guardado e ainda enfeitiçado. O que o preocupa?

— O que me preocupa é algo que ultrapassa a sua compreensão, dra. Bishop.

— Eu tenho certeza de que posso aguentar, *sr*. Knox.

Knox apertou os lábios com desprazer quando enfatizei sua condição de não acadêmico. Cada vez que se referia ao meu título acadêmico, ele o fazia com formalidade zombeteira, como se estivesse mostrando que o especialista era ele, não eu. Embora eu não fizesse uso do meu poder e não conjurasse a minha essência perdida, deixar que aquele bruxo me esnobasse seria demais da conta.

— A minha preocupação é que você, uma Bishop, esteja se associando a um vampiro. — Ele ergueu a mão quando tentei esboçar um protesto. — Vamos evitar insultos com inverdades. Em vez de você sentir um asco natural por aquele animal, o que você sente é gratidão.

Continuei em silêncio, fervendo por dentro.

— E minha preocupação é que estamos perigosamente próximos de chamar a atenção dos humanos — ele acrescentou.

— Eu tentei afastar as criaturas lá da biblioteca.

— Ah, sim, mas o problema não é apenas a biblioteca, não é mesmo? Um vampiro tem deixado cadáveres com o sangue drenado em Westminster. E com isso os demônios estão mais agitados do que nunca, vulneráveis à própria loucura e aos fluxos da energia humana como nunca estiveram. E nenhum de nós pode ser notado.

— O senhor mesmo disse aos repórteres que não havia nada de sobrenatural nessas mortes.

Knox me olhou com incredulidade.

— Você acha que eu poderia dizer tudo para os *humanos*?

— Na verdade, acho, já que estão lhe pagando pelo trabalho.

— Além de descuidada, você é tola. Isso me surpreende, dra. Bishop. Seu pai era conhecido pelo bom-senso que tinha.

— Olhe, eu tive um dia cansativo. Isso é tudo? — Levantei abruptamente e me encaminhei para a porta. Estava sendo difícil ouvir alguém que não fosse Sarah e Em falando dos meus pais, mesmo em circunstâncias normais. Àquela altura, depois de ter ouvido as revelações de Gillian, o assunto era quase obsceno.

— Não, não é tudo — disse Knox mal-humorado. — O que mais me intriga agora é saber como uma bruxa ignorante e despreparada conseguiu quebrar um feitiço que tem desafiado os esforços de adeptos muito mais experientes do que você jamais será.

— Então é por isso que o senhor tem me espionado. — Sentei novamente, batendo de costas nas ripas do encosto da cadeira.

— Não se vanglorie, mocinha — ele disse de modo rude. — Talvez o seu sucesso tenha sido por acaso... uma reação típica de aniversário, relacionada com a data em que o feitiço foi lançado. Às vezes, a passagem do tempo interfere na feitiçaria, e os aniversários são momentos particularmente voláteis. Se você ainda não tentou evocá-lo outra vez, garanto que se tentar não será tão fácil quanto na primeira vez.

– E a celebração seria de qual aniversário?

– O sesquicentenário.

Fiquei me perguntando sobre o que tinha levado uma bruxa a enfeitiçar um manuscrito. Claro que alguém estaria por trás dele durante aqueles anos todos. Empalideci.

Tudo nos levava de volta a Matthew Clairmont e seu interesse pelo Ashmole 782.

– Você *está* pretendendo continuar, não está? Então, da próxima vez que estiver com o seu vampiro, pergunte o que ele estava fazendo no outono de 1859. Duvido que ele diga a verdade, mas talvez deixe escapar o bastante para você tirar suas próprias conclusões.

– Estou cansada. Por que o senhor não me diz, de bruxo para bruxa, qual é o *seu* interesse no Ashmole 782?

Eu já sabia qual era o interesse dos demônios pelo manuscrito. E até Matthew tinha se explicado de alguma forma. A fascinação de Knox pelo livro era então a peça do quebra-cabeça que estava faltando.

– Esse manuscrito nos pertence – ele disse com veemência. – Somos as únicas criaturas que podem compreendê-lo e guardar os segredos nele contidos.

– *O que há nesse manuscrito?* – perguntei já perdendo a paciência.

– Feitiços jamais imaginados. Encantamentos que podem trazer a união ao mundo. – O rosto de Knox se fez sonhador. – O segredo da imortalidade. Como as bruxas fizeram o primeiro demônio. Como os vampiros podem ser destruídos de uma vez por todas. – Ele cravou os olhos nos meus olhos. – Esse manuscrito é a fonte de todo o nosso poder, passado e presente. E não pode cair nas mãos nem dos demônios nem dos vampiros... e nem dos humanos.

Sobrecarregada pelos acontecimentos do final da tarde, tive que juntar os joelhos para que não tremessem.

– Ninguém colocaria tantas informações em um único livro.

– A primeira bruxa colocou – retrucou Knox. – E no decorrer do tempo, os filhos e as filhas dela também. Diana, esse manuscrito é a nossa história. Claro que você quer protegê-lo de olhos curiosos.

Marsh entrou na sala com ar de quem tinha estado escutando atrás da porta. A tensão sufocava, mas ele não pareceu se dar conta disso.

– Tanto palavrório para nada. – O diretor balançou a sua cabeça branca. – Os calouros se apossaram ilegalmente de um barco. Já foram localizados, bêbados debaixo de uma ponte e muito felizes com a situação. Um bom tema para um romance.

– Que bom – murmurei. Os relógios marcavam quarenta e cinco minutos a mais do planejado e me levantei. – Já é tão tarde assim? Eu tenho um compromisso para um jantar.

– Não vai jantar conosco? – perguntou o diretor, de testa franzida. – Peter estava querendo tanto conversar com você sobre alquimia.

– Nossos caminhos se cruzarão novamente. Logo, logo – disse Knox amavelmente. – Minha visita foi de surpresa, e é claro que a dra. Bishop tem coisa melhor a fazer do que jantar com dois velhos.

Cuidado com Matthew Clairmont. A voz de Knox ecoou dentro da minha cabeça. *Ele é um assassino.*

Marsh sorriu.

– Sim, é claro. Espero vê-la de novo... depois que os calouros estiverem bem instalados.

Pergunte o que ele sabe de 1859. Veja se ele divide os segredos dele com uma bruxa.

Se o senhor sabe, já não é mais um segredo. Knox se mostrou surpreso quando respondi da mesma forma o aviso que ele acabara de me dar mentalmente. Era a sexta vez que me valia da magia naquele ano, e seguramente dessa vez sob circunstâncias extenuantes.

– Será um prazer, diretor. E agradeço outra vez pela hospedagem que me deu na faculdade este ano. – Cumprimentei o bruxo com uma reverência. – Muito prazer, sr. Knox.

Saí apressada da residência oficial do diretor rumo à clausura do meu velho refúgio e passei por entre as colunas para estabilizar a pulsação do meu coração. Minha cabeça se ocupava com uma única pergunta: o que fazer depois de ter sofrido ameaças de uma bruxa e um bruxo – meu próprio povo – em uma única tarde. Um súbito lampejo me trouxe a resposta.

Já no apartamento, revirei a bolsa até encontrar o cartão de Clairmont e disquei o primeiro número.

Ele não atendeu.

Depois que uma voz robótica assinalou que estava pronta para a mensagem, eu disse:

– Matthew, sou eu, Diana. Desculpe-me por incomodá-lo fora da cidade. – Respirei fundo, tentando dispersar a culpa pela decisão de não falar de Gillian e dos meus pais para Clairmont, mas apenas de Knox. – Nós precisamos conversar. Aconteceu uma coisa. É aquele bruxo da biblioteca. O nome dele é Peter Knox. Se ouvir esta mensagem, por favor, me telefone.

Eu tinha assegurado a Sarah e Em que nenhum vampiro se meteria na minha vida. Mas Gillian Chamberlain e Peter Knox acabaram me fazendo mudar de ideia. Fechei as cortinas e tranquei a porta com as mãos trêmulas, lamentando por ter sabido do Ashmole 782.

11

Foi impossível dormir naquela noite. Fiquei no sofá e depois na cama, e sempre com o telefone ao lado. Nem o bule cheio de chá nem a pilha de e-mails tiraram os acontecimentos do dia de minha cabeça. A hipótese de que teriam sido os bruxos que assassinaram os meus pais estava além do meu entendimento. Deixei de lado esses pensamentos e me voltei para o intrigante feitiço do Ashmole 782 e o interesse que Knox demonstrava pelo manuscrito.

Depois que amanheceu, sem que eu tivesse conseguido dormir, tomei um banho e me vesti. O hábito de tomar o café da manhã nunca me pareceu tão insosso. Em vez de comer, fiquei plantada perto da minha porta, esperando a biblioteca abrir. Depois percorri a curta distância até lá e sentei no meu lugar habitual. O celular estava no meu bolso, preparado para vibrar a qualquer chamada, se bem que eu odiava quando os celulares dos outros vibravam e os faziam cochichar em meio ao silêncio.

Lá pelas dez e meia, Peter Knox entrou e sentou-se na extremidade oposta da sala. Dando a entender que devolveria um manuscrito, saí em direção ao balcão para ver se Miriam estava na biblioteca. Ela estava – e muito zangada.

– Não me diga que aquele bruxo se sentou ali.

– Sentou, sim. E fica de olhos grudados em mim enquanto estou trabalhando.

– Eu gostaria de ser grandalhona – disse Miriam, franzindo o cenho.

– De um jeito ou de outro, acho que será necessário muito mais que tamanho para deter aquela criatura. – Dei um sorriso torto.

Matthew entrou no Selden End sem nenhum ruído de aviso, sem nenhum retalho de gelo anunciando a sua chegada. Em vez disso, flocos de neve desceram pelos meus cabelos até os ombros e as costas, como se ele estivesse verificando rapidamente para ver se eu estava inteira.

Eu me agarrei na mesa à minha frente. Por um momento não pensei em me virar, achando que fosse Miriam. E quando me virei e me deparei com Matthew, meu coração deu um salto.

Mas o vampiro não estava olhando para mim. Ele estava encarando Peter Knox com uma expressão de fúria.

– Matthew – eu disse suavemente, enquanto me levantava.

Ele tirou os olhos de cima do bruxo e voltou-se para mim. Franzi a testa, preocupada com toda aquela fúria, e ele me tranquilizou com um sorriso.

– Achei que estava havendo alguma confusão por aqui.

Ele ficou tão perto de mim que o frio daquele corpo era como uma refrescante brisa de um dia de verão.

– Nada com que não pudéssemos lidar – retruquei com serenidade, referindo-me a Peter Knox.

– Será que a nossa conversa pode esperar até o final do dia? – ele perguntou, alisando uma protuberância no peito acentuada pelas fibras macias do suéter. Fiquei curiosa com o que poderia estar debaixo do suéter, colado ao coração dele. – Podemos ir à ioga.

Embora eu não tivesse dormido, uma silenciosa viagem de uma hora e meia de carro até Woodstock acompanhada de meditações me pareceu perfeita.

– Seria maravilhoso. – Fui sincera.

– Quer que eu fique trabalhando aqui do seu lado? – ele perguntou, curvando-se em cima de mim e exalando um aroma tão forte que me deixou tonta.

– Não é necessário – respondi com convicção.

– Se mudar de ideia, me avise. De qualquer forma nos encontramos às seis horas na frente da Hertford. – Os olhos de Matthew capturaram os meus olhos por alguns segundos. Depois ele olhou furiosamente na direção de Peter Knox e foi para o lugar dele.

Quando passei pela mesa de Matthew a caminho do almoço, ele tossiu. Miriam largou o lápis com irritação e juntou-se a mim. Knox não me seguiria até a Blackwell. Matthew se incumbiria disso.

Nunca uma tarde me pareceu tão interminável, e tive que fazer força para me manter acordada. Ali pelas cinco horas eu já estava mais do que pronta para sair da biblioteca. Knox permaneceu no Selden End, junto a um grupo variado de humanos. Matthew me acompanhou até o primeiro andar e voltei radiante para o meu apartamento, onde troquei de roupa e peguei a esteira de ioga. Eu já estava esperando quando ele estacionou o carro em frente às grades de ferro da Hertford.

– Você está adiantada – ele observou com um sorriso enquanto pegava a minha esteira para guardá-la no porta-malas. Respirou fundo quando me ajudou a entrar no carro, e me perguntei que mensagens ele estaria recebendo do meu corpo.

– Nós precisamos conversar.

– Não há pressa. Primeiro vamos sair de Oxford. – Ele fechou a porta do meu lado e contornou o carro para assumir o banco do motorista.

O tráfego na Woodstock Road estava terrível devido ao afluxo de alunos e professores. Matthew costurou habilmente por entre os carros para sair do congestionamento.

– Como foi na Escócia? – perguntei quando ultrapassamos os limites da cidade sem me importar com a resposta, contanto que o fizesse falar.

Ele me deu uma olhada e voltou os olhos para a estrada.

– Ótimo.

– Miriam disse que você estava caçando.

Ele soltou um suspiro e levou a mão à protuberância sob o suéter.

– Ela não devia ter falado.

– Por quê?

– Porque algumas coisas não devem ser discutidas entre criaturas diferentes. – Ele se mostrou ligeiramente impaciente. – Por acaso as bruxas contam para criaturas diferentes delas o que aconteceu depois de quatro dias fazendo feitiços e cozinhando morcegos?

– Bruxas não cozinham morcegos! – rebati indignada.

– A questão continua sendo a mesma.

– Você estava sozinho? – perguntei.

Ele levou algum tempo para responder.

– Não.

– Eu também não fiquei sozinha em Oxford – comentei. – As criaturas...

– Miriam já me contou. – Ele apertou as mãos no volante. – Nunca teria saído de Oxford se soubesse que aquele bruxo que a importunou era Peter Knox.

– Você estava certo. – Reconheci a verdade de supetão antes de começar a falar de Knox. – Eu nunca me afastei realmente da magia. Eu sempre fiz magia sem perceber que estava fazendo isso. Ela está presente em tudo. Já venho me enganando há muito tempo. – As palavras jorraram da minha boca. Ele continuou concentrado na direção. – Eu estou assustada.

Matthew tocou meu joelho com sua mão gelada.

– Eu sei.

– O que posso fazer? – sussurrei.

– Acharemos uma solução – ele disse com um ar sereno enquanto cruzava o portão da Velha Cabana. Observou-me com atenção quando chegamos ao pátio circular no final da ladeira. – Você parece cansada. Quer mesmo fazer ioga?

Assenti com a cabeça.

Ele saiu do carro e abriu a porta para mim. Dessa vez, não me ajudou a sair, preferiu tirar as esteiras de dentro do porta-malas e carregá-las. Alguns membros da turma passaram e lançaram olhares curiosos em nossa direção.

Depois que todos entraram, só restamos nós dois no pátio. Ele me olhava como se estivesse travando uma batalha interior. Fiquei preocupada e levantei a cabeça para olhar nos olhos dele. Eu só tinha reconhecido que nunca soube o quanto estava envolvida com a magia. O que havia de tão horrível para que ele não quisesse me contar?

– Fiquei na Escócia com Hamish Osborne, um velho amigo meu – ele disse por fim.

– O queridinho da mídia para concorrer ao Parlamento e ser o ministro das Finanças? – perguntei admirada.

– Hamish não disputará uma vaga ao Parlamento – disse Matthew secamente, ajustando a correia da bolsa onde estava o material de ioga.

– Então ele *é mesmo* gay! – comentei, lembrando de um noticiário noturno a que tinha assistido recentemente na televisão.

Matthew olhou para mim envergonhado.

– É sim. E o mais importante, ele é um demônio.

Eu não sabia muito sobre o mundo das criaturas, mas sabia que a elas era interdito participar da política e da religião dos humanos.

– Ah. Carreira financeira e demônios são incompatíveis – eu disse e parei para pensar um pouco. – Mas isso explica por que ele é tão bom na administração do dinheiro dos outros.

– Ele é bom em administrar coisas. – Fez-se um longo silêncio sem que Matthew fizesse menção de se dirigir à porta. – Eu precisava sair daqui e caçar.

Olhei para ele aturdida.

— Você esqueceu o seu suéter no meu carro — ele disse isso como se fosse uma explicação.

— Miriam já devolveu.

— Sei disso. Eu não podia ficar com ele. Sabe por quê?

Balancei a cabeça em negativa, e ele suspirou e disse um palavrão em francês.

— O meu carro ficou impregnado com o seu perfume, Diana. Eu tinha que sair de Oxford.

— Ainda não entendi — admiti.

— Eu não conseguia parar de pensar em você. — Ele passou a mão nos cabelos, olhando para o chão do pátio.

Meu coração bateu descompassado, reduzindo o fluxo sanguíneo e a minha capacidade de pensar. Por fim, acabei entendendo.

— Você está com medo de me ferir? — Eu sentia um medo natural de vampiros, mas Matthew me parecia diferente.

— Sei lá — ele disse com um tom de aviso e um olhar desconfiado.

— Então não teve nada a ver com o que aconteceu na sexta-feira à noite. — Respirei aliviada.

— Não, não teve nada a ver com aquilo.

— Vocês dois vão entrar ou vão fazer ioga aí no pátio? — disse Amira da porta de entrada.

Durante os exercícios trocamos alguns olhares quando não estávamos sendo observados. A sinceridade da nossa primeira troca de informações alterava o rumo das coisas. Nós dois tentávamos imaginar o que aconteceria dali em diante.

No final da aula, Matthew tirou o suéter pela cabeça e algo prateado e cintilante chamou a minha atenção. Era um objeto preso ao pescoço por um delgado fio de couro. Justamente naquele ponto debaixo do suéter onde ele tocava com insistência, como se fosse um talismã.

— O que é isso? — Apontei.

— Um lembrete. — Ele foi lacônico.

— De quê?

— Do poder de destruição da ira.

Peter Knox me aconselhara a ter cuidado com Matthew.

— É um emblema de peregrino? — O formato do pingente me fez lembrar de outro que eu tinha visto no Museu Britânico. Ele parecia antigo.

Matthew assentiu e puxou o cordão para fora. O pingente balançou no ar e cintilou com a luz que incidia sobre ele.

— É uma âmbula de Betânia.

Tinha o formato de um caixão onde caberiam algumas gotas de água benta.

– Lázaro – eu balbuciei observando o caixão. Foi em Betânia que Cristo ressuscitou Lázaro. Embora educada no paganismo, eu sabia por que os cristãos faziam peregrinações. Faziam isso para expiar os próprios pecados.

Matthew recolocou a âmbula debaixo do suéter para tirá-la dos olhos das criaturas que ainda sairiam da sala.

Depois de nos despedirmos de Amira, continuamos no lado de fora da Velha Cabana, respirando o ar fresco do outono. Estava escuro, apesar dos holofotes que iluminavam os tijolinhos da casa.

– Já está se sentindo melhor? – Matthew interrompeu os meus pensamentos. Balancei a cabeça. – Então conte o que houve.

– É o manuscrito. Knox o quer. E Agatha Wilson, uma criatura que conheci na Blackwell, disse que os demônios também o querem. E você também. Mas o Ashmole 782 está enfeitiçado.

– Eu sei – ele disse.

Uma coruja branca bateu asas e voou em nossa direção. Fiquei encolhida de braços erguidos para me proteger, convencida de que a coruja me atacaria com o bico e as garras. Mas depois ela perdeu o interesse e saiu voando na direção dos carvalhos que ladeavam o caminho.

Meu coração disparou e uma súbita onda de pânico me invadiu. Matthew abriu a porta do banco traseiro do Jaguar sem dizer nada e me fez sentar com a cabeça para o lado de fora.

– Abaixe a cabeça e respire – disse, agachando no chão de cascalhos e apoiando as mãos nos meus joelhos.

Não havia nada no meu estômago além de água – a bílis emergiu, chegou à garganta e me sufocou. Eu tapei a boca e tive convulsões de vômito. Matthew se curvou e ajeitou uma mecha dos meus cabelos atrás da minha orelha com dedos suaves e frios.

– Você está a salvo – disse.

– Desculpe-me. – Limpei a boca com a mão quando a náusea se abrandou. – Entrei em pânico depois que estive com Knox ontem à noite.

– Vamos caminhar um pouco?

– Não – respondi abruptamente. O parque era muito grande e muito escuro, e minhas pernas bambas pareciam de borracha.

Matthew me esquadrinhou com olhos argutos.

– Vou levá-la para casa. O resto da conversa pode esperar.

Ele me pegou pela mão, me fez sair do banco traseiro e me fez entrar no banco dianteiro. Fiquei de olhos fechados enquanto ele entrava no carro. Ficamos em silêncio por alguns segundos e depois ele girou a chave de ignição. O motor do Jaguar rugiu de imediato.

— Isso acontece sempre? — ele perguntou em tom casual.

— Não, graças a Deus. Era frequente quando eu era criança, mas depois foi melhorando. Foi só um excesso de adrenalina.

Ele olhou para minhas mãos quando afastei os cabelos da face.

— Sei — disse, desengatando o freio de mão e dando partida no carro.

— Você consegue farejar isso?

Ele balançou a cabeça.

— Farejei o pânico quando você me disse que sempre fez magia sem se dar conta de nada. É por isso que você se exercita tanto... corrida, remo, ioga?

— Eu não gosto de tomar remédios. Eu me sinto como se estivesse dopada.

— Os exercícios devem ser mais eficazes.

— Dessa vez o pânico não fez nenhum dos seus truques — murmurei, pensando na última eletrificação das minhas mãos.

Ele saiu dos domínios da Velha Cabana e pegou a estrada. Enquanto ele se concentrava na direção, eu era gentilmente embalada pelo suave movimento do carro.

— Por que me telefonou? — A pergunta repentina interrompeu os meus devaneios.

— Por causa de Knox e do Ashmole 782 — respondi com uma nova onda de pânico se insinuando diante da súbita mudança de humor de Matthew.

— Já sei disso. O que eu quero saber é por que você *me* chamou. Você deve ter amigos bruxos e humanos que podem ajudá-la.

— Não é bem assim. Nenhum dos meus amigos humanos sabe que eu sou bruxa. Eu perderia muito tempo explicando essa outra realidade do nosso mundo... isso se eles esperassem esse tempo todo até que eu terminasse de falar. Não tenho amigas bruxas nem amigos bruxos, e não posso envolver minhas tias nessa situação. Elas não têm nada a ver com a minha estúpida ideia de devolver um manuscrito por não o ter compreendido. — Mordi os lábios. — Eu não devia ter telefonado pra você?

— Não sei, Diana. Na sexta-feira, você mesma disse que vampiros e bruxas não podiam ser amigos.

— Na sexta, eu falei um monte de coisas pra você.

Matthew ficou em silêncio, desviando a atenção para as curvas da estrada.

— Já não sei o que pensar. — Dei uma pausa e pesei cuidadosamente o que diria em seguida. — Mas uma coisa eu sei. Prefiro muito mais compartilhar a biblioteca com você do que com Peter Knox.

— Os vampiros não são inteiramente confiáveis... não quando há sangue-quente por perto. — Ele cravou os olhos em mim por um breve e frio momento.

— Sangue-quente? — repeti com um ar intrigado.

– Humanos, bruxos, demônios... enfim, qualquer um que não seja vampiro.

– Prefiro me arriscar a ser mordida por você a permitir que Knox invada o meu cérebro em busca de informações.

– Ele tentou fazer isso? – A voz de Matthew soou de um modo sereno, mas com uma promessa de violência.

– Não foi nada – apressei-me em dizer. – Ele só me alertou sobre você.

– E fez certo. Ninguém pode ser aquilo que não é, por mais que se esforce para isso. Você não devia romancear os vampiros. Knox não errou em relação a mim, mesmo que não tenha boas intenções.

– Não gosto que ninguém se intrometa com meus amigos, principalmente uma pessoa intolerante como Knox. – Meus dedos comicharam, à medida que a minha raiva aumentou, e tive que esconder as mãos debaixo das coxas.

– É isso que somos então? Amigos? – disse Matthew.

– Acho que sim. Amigos trocam verdades entre si, mesmo quando isso é difícil. – Desconcertada pelo rumo que a conversa tomou, desviei a atenção para os fiapos do meu suéter.

– Os vampiros não são particularmente bons em amizades – ele voltou a se zangar.

– Olhe, se você quer que o deixe em paz...

– É claro que não – ele me interrompeu. – É que os relacionamentos com vampiros... são complicados. Muitas vezes somos protetores... até mesmo possessivos. Talvez você não goste disso.

– Agora um pouco de proteção me soa como um bálsamo.

Os olhos de Matthew assumiram um ar de crua vulnerabilidade depois da minha resposta.

– Vou lembrá-la disso quando você começar a reclamar. – Ele trocou o olhar de crua vulnerabilidade por uma desengonçada alegria.

Seguimos pela Holywell Street até os portões arqueados do meu prédio. Fred olhou rapidamente para o carro com um sorriso escancarado, e depois assumiu um ar ligeiramente discreto. Enquanto Matthew saía para abrir a minha porta, tratei de ver se não tinha deixado nada dentro do carro – nem que fosse um elástico de cabelo – para que ele não retornasse à Escócia.

– Mas em tudo isso existe alguma coisa a mais que Peter Knox e o manuscrito – eu disse quando ele estendeu a minha esteira. Pelo ar que ele assumiu, podia-se dizer que nenhuma criatura jamais se aproximaria de mim vindo de onde viesse.

– Isso pode esperar, Diana. Não se preocupe. Knox não vai se aproximar tanto de você outra vez – ele disse com uma voz sinistra, enquanto tocava a âmbula debaixo do suéter.

Nós precisávamos de um tempo juntos – longe da biblioteca, e a sós.

– Podemos jantar aqui amanhã? – perguntei baixinho. – Nós poderíamos conversar sobre o que aconteceu.

Matthew paralisou atordoado, e com algo a mais que não consegui identificar. Ele fez um círculo com os dedos em torno do emblema do peregrino escondido sob o suéter e isso o relaxou.

– Eu adoraria – disse bem devagar.

– Ótimo. – Sorri. – Que tal às sete e meia?

Ele balançou a cabeça com um sorriso tímido. Eu já tinha dado dois passos quando lembrei de algo que precisava ser resolvido antes da noite do dia seguinte.

– O que você come? – sussurrei ruborizada.

– Eu sou onívoro – disse Matthew com o rosto iluminado por um sorriso que fez o meu coração dar um pulo.

– Sete e meia, então. – Virei de costas, rindo daquela resposta desastrada. – Ah, uma outra coisa... – Eu me voltei novamente para ele. – Deixe Miriam com seu próprio trabalho. Eu realmente posso cuidar de mim.

– Ela já me disse isso – ele disse, dirigindo-se para o carro. – Vou pensar no assunto. Mas amanhã você me encontrará na Duke Humfrey, como de costume.

Matthew entrou no carro e, quando me viu no mesmo lugar, abaixou o vidro da janela.

– Não sairei daqui até que você desapareça da minha vista – disse, olhando-me com um ar de reprovação.

– Vampiros – resmunguei, balançando a cabeça pelas maneiras antiquadas dele.

12

Nada em minha experiência culinária ensinava como preparar um jantar para um convidado vampiro.

Passei a maior parte do dia na biblioteca em busca de receitas de pratos crus enquanto os manuscritos jaziam abandonados em minha mesa. Matthew tinha dito que era onívoro, mas isso não era possível. O mais provável é que um vampiro cuja dieta consistia em sangue preferisse alimentos crus. Mas sem dúvida a educação o faria ingerir tudo que lhe fosse oferecido.

Após uma gigantesca pesquisa gastronômica, saí da biblioteca ao meio-dia. Matthew cuidara sozinho da Fortaleza Bishop, o que deve ter agradado a Miriam. Não havia sinal de Peter Knox nem de Gillian Chamberlain em nenhum canto da Duke Humfrey, o que me deixou muito feliz. Até Matthew se mostrou de bom humor quando atravessei a sala para devolver os manuscritos.

Passei pela cúpula da Câmara Radcliffe, onde os estudantes liam, e pelos muros medievais da Jesus College em direção ao mercado para fazer compras. Fiz uma primeira parada no açougue com uma lista na mão para comprar carne de veado fresca e carne de coelho, e depois na peixaria para comprar salmão escocês.

Será que os vampiros comem verduras?

Peguei o celular e liguei para o departamento de zoologia a fim de conhecer os hábitos alimentares dos lobos. Eles me perguntaram qual era o tipo de lobo. Eu já tinha visto os lobos cinzentos durante uma excursão ao zoológico de Boston e, como essa era a cor favorita de Matthew, essa também foi a minha resposta. Depois de tagarelar uma lista interminável dos "alimentos preferidos" dos mamíferos, a voz entediada do outro lado da linha acrescentou que eles também se alimentavam de nozes e de sementes e frutinhas vermelhas como amoras, framboesas e morangos.

— Mas é melhor não alimentá-los! — disse a voz por fim. — Eles não são bichinhos domésticos!

— Muito obrigada pelo conselho — agradeci reprimindo o riso.

Com um pedido de desculpas, o quitandeiro me vendeu as últimas groselhas do verão anterior e uma porção de morangos silvestres perfumados. Um saquinho de castanhas também encontrou guarida na minha sacola de compras.

Depois fui à loja de vinhos, onde fiquei à mercê de um viticultor evangelizador que me perguntou se "o cavalheiro conhecia vinhos". Foi o bastante para me fazer girar como um parafuso. O homem avaliou o meu aturdimento e ofereceu uma garrafa de vinho francês e outra de vinho alemão por um preço que pagaria o resgate de um rei. Depois ele me colocou dentro de um táxi para que eu me recuperasse durante o caminho de volta para casa.

Entrei no meu apartamento e recolhi os papéis espalhados em cima de uma velha mesa do século XVIII que servia como escrivaninha e mesa de jantar, e arrastei-a para perto da lareira. Caprichei na arrumação da mesa, colocando a porcelana antiga, a prataria que estava no armário da cozinha e as pesadas taças de cristal que provavelmente eram as últimas remanescentes de um conjunto eduardiano que um dia ocupara a sala dos professores. Minhas leais amigas cozinheiras me abasteceram com uma pilha de tecidos de mesa de linho branco composta de uma toalha e alguns guardanapos. Estendi a toalha na mesa, dispus dois guardanapos dobrados ao lado dos talheres de prata e com os outros guardanapos cobri a grande bandeja de madeira que levaria as coisas da cozinha para a sala.

Comecei a preparar o jantar e logo ficou claro que cozinhar para um vampiro não exigia muito tempo. Na verdade, o que se *cozinha* é quase nada.

Ali pelas sete horas, as velas estavam acesas e a refeição estava pronta, salvo o que seria feito no último momento, e já era hora de me arrumar.

Nenhuma peça no meu guarda-roupa estampava "para jantar com um vampiro". Não havia outro jeito, eu vestiria um terninho ou a roupa que tinha usado no encontro com o diretor para jantar com Matthew. Eu dispunha de uma espantosa quantidade de calças e *leggings* pretas com diferentes tipos de tecelagem, mas a maioria estava manchada de chá ou de graxa de barco, ou as duas coisas. Acabei encontrando uma calça preta novinha que mais parecia um pijama, mas que tinha um pouco mais de estilo. Vesti a calça.

Corri até o banheiro apenas de sutiã e calça, e passei um pente no meu cabelo cor de palha à altura do ombro. Estava rebelde e embaraçado nas pontas, e eriçava a cada toque do pente. Pensei em fazer chapinha, mas eu tinha pouco tempo e ainda estaria na metade do cabelo quando Matthew chegasse. E eu sabia que ele chegaria exatamente na hora marcada.

Enquanto escovava os dentes, resolvi que a única maneira de deixar o meu cabelo apresentável seria puxá-lo para trás e fazer um coque. Um penteado que tornava o meu queixo e o meu nariz mais pontudos, mas que realçava as maçãs do rosto e impedia que as mechas caíssem nos olhos por onde tinham gravitado na última semana. Prendi o coque com grampos e um deles caiu na mesma hora. Suspirei.

O rosto da minha mãe me olhava do outro lado do espelho. Lembrei de como ela ficava linda quando se sentava para jantar, e de como realçava os cílios e as sobrancelhas e de como sorria de um jeito diferente com uma boca carnuda para mim e o meu pai. O relógio eliminou a possibilidade de me submeter à mesma transformação com a ajuda de cosméticos. Só restavam três minutos para encontrar uma blusa, pois do contrário receberia Matthew Clairmont, o renomado professor de bioquímica e neurociência, de calça e sutiã.

O armário apresentou duas alternativas, uma preta e outra azul-marinho. A blusa azul-marinho estava limpa, o que era um fator determinante a seu favor. E também tinha uma gola que descia com um decote em V. As mangas eram relativamente apertadas e terminavam em longos punhos engomados ligeiramente brilhantes que desciam até o meio da mão. Eu estava acabando de colocar os brincos quando ouvi batidas à porta.

Meu coração disparou com as batidas, como se eu fosse receber um namorado. Reprimi esse pensamento na mesma hora.

Abri a porta e lá estava Matthew, alto e ereto como um príncipe de contos de fadas. Quebrando os próprios hábitos, ele estava todo de preto e isso o deixava ainda mais charmoso – e mais vampiro.

Ele esperou pacientemente no saguão enquanto era observado por mim.

– Meu Deus, onde estão os meus modos? Por favor, entre, Matthew. Esse é o convite formal adequado para você entrar? – Eu tinha visto algo parecido na TV ou tinha lido em algum livro.

Ele esboçou um sorriso com os lábios.

– É melhor esquecer de quase tudo que conhece dos vampiros, Diana. Isso é apenas uma polidez rotineira. Eu não seria barrado por um obstáculo místico entre mim e uma linda donzela.

Ele teve que abaixar um pouco a cabeça para passar pela porta. Trazia uma garrafa de vinho e um buquê de rosas brancas.

– São para você – disse com um olhar de aprovação enquanto estendia as flores para mim. – Onde posso colocar isso até a hora da sobremesa? – acrescentou, olhando para a garrafa.

– Muito obrigada, adoro rosas. Que tal colocar no peitoril da janela? – sugeri antes de ir à cozinha para apanhar um vaso. Segundo o mordomo que servia vinho nos aposentos dos professores e tinha estado horas antes no meu apartamento, um dos vasos onde eu colocava flores era na verdade o decantador que eu havia solicitado.

– Perfeito – disse Matthew.

Quando voltei com as flores, ele estava percorrendo a sala e admirando as gravuras.

– Até que essas gravuras não são ruins – disse, enquanto eu colocava as flores em cima de um gaveteiro napoleônico.

– A maioria retrata cenas de caça.

– Isso não me passou despercebido. – Ele pareceu contente. Ruborizei, embaraçada.

– Já está com fome? – De repente esqueci completamente das entradas e dos drinques que devem ser servidos antes do jantar.

– Eu gostaria de comer alguma coisa – respondeu o vampiro com um sorriso.

Fui de novo à cozinha e tirei dois pratos da geladeira. No prato de abertura, salmão defumado salpicado de folhas picadas de endro fresco e ladeado por uma pequena pilha artisticamente arrumada de alcaparras e pepino em conserva, que poderiam ser uma simples guarnição se os vampiros não se alimentassem de legumes e verduras.

Quando retornei com a comida, Matthew estava ao lado da poltrona mais distante da cozinha. O vinho branco alemão estava no descanso de prata alto onde eu sempre guardava dinheiro para troco e que na verdade era um amparador de vinho, segundo o mordomo que tinha me ajudado com o decantador. Matthew sentou-se enquanto eu tirava a rolha da garrafa do vinho alemão. Servi o vinho em duas taças sem derramar uma só gota e me juntei a Matthew.

Meu convidado levou a taça de vinho ao seu nariz aquilino e se manteve em absoluta concentração. Esperei que ele terminasse o que estava fazendo ao mesmo tempo em que me perguntava sobre o número de receptores que os vampiros teriam no nariz e se seriam muito diferentes dos cães.

Eu realmente não sabia muita coisa sobre os vampiros.

– Excelente – ele disse por fim, abrindo os olhos e sorrindo para mim.

– Eu não escolhi o vinho – retruquei rapidamente, estendendo o guardanapo no meu colo. – O homem da loja de vinhos escolheu para mim; portanto, se não for bom, a responsabilidade não é minha.

– É um excelente vinho – ele repetiu. – E este salmão está com uma cara maravilhosa.

Matthew pegou os talheres e espetou um pedaço de salmão com o garfo. Eu o observei discretamente para ver se ele realmente comia ao mesmo tempo em que pegava um pouquinho de picles, uma alcaparra e um pouquinho de salmão com meu garfo.

– Você não come como uma americana – ele comentou depois de um gole de vinho.

– É mesmo – concordei, olhando o garfo na minha mão esquerda e a faca, na direita. – Talvez porque tenha passado muito tempo na Inglaterra. Você gosta mesmo de comer isso? – Acabei fazendo a pergunta, sem poder contê-la por mais tempo.

Ele riu.

– Sim, gosto de salmão defumado.

– Mas você não come de tudo – insisti, desviando os olhos para o meu próprio prato.

– Não – ele admitiu –, mas como pouco de quase tudo. Os alimentos não têm muito gosto para mim, a menos que estejam crus.

– Isso é estranho, considerando que os sentidos dos vampiros são muito apurados. Achei que todos os alimentos seriam saborosos. – Meu salmão estava com o mesmo gosto límpido e fresco da água gelada.

Ele pegou a taça e fixou o olhar no dourado descorado do vinho.

– O vinho é saboroso. Para os vampiros nenhum alimento é saboroso quando muito cozido.

Revi com alívio o cardápio que havia preparado.

– Se a comida não é saborosa, por que sempre me convida para comer? – perguntei.

Os olhos de Matthew passearam pelo meu rosto e meus olhos e se cravaram na minha boca.

– É mais fácil ficar do seu lado quando você está comendo. O cheiro de comida me dá náusea.

Olhei para ele, surpreendida e atordoada.

– Eu não sinto fome quando estou nauseado – ele acrescentou exasperado.

– Ah! – As peças se encaixaram. Eu já sabia que ele gostava do meu cheiro. Pelo visto o meu cheiro o deixava faminto.

Eu devo ter ficado vermelha como um pimentão.

– Achei que você conhecia essa característica dos vampiros – ele se mostrou mais gentil –, e que tinha me convidado para jantar justamente por isso.

Balancei a cabeça enquanto me servia de mais salmão.

– Talvez os humanos conheçam muito mais sobre os vampiros que eu. Desde criança aprendi com tia Sarah a suspeitar deles, isso por conta dos preconceitos dela. Em relação à dieta, por exemplo, ela era bem clara. Dizia que os vampiros se alimentam exclusivamente de sangue por uma questão de sobrevivência. Mas isso é uma inverdade, não é?

Os olhos de Matthew se estreitaram, e de repente a voz dele soou como gelo.

– Claro. Você precisa de água para sobreviver. Mas é só isso que você bebe?

– Eu não devia estar puxando esse assunto, não é? – Minhas perguntas o estavam irritando. Enlacei os meus pés nos pés da cadeira e me dei conta de que estava sem sapatos. Eu o tinha recebido descalça.

– Talvez você não possa evitar a curiosidade – ele disse depois de refletir sobre as minhas palavras por algum tempo. – Gosto de vinho e posso comer... de preferência alimentos crus, ou algo frio e sem cheiro.

– Mas a comida e o vinho não o alimentam – arrisquei. – Você se alimenta de sangue... de todo tipo de sangue. – Ele se encolheu. – E você não precisa esperar lá fora até ser convidado para entrar na minha casa. O que mais de errado eu sei sobre os vampiros?

O rosto de Matthew assumiu um ar de extrema paciência. Ele se recostou na cadeira com a taça de vinho na mão. Fiquei um pouco mais ereta e me estiquei sobre a mesa para lhe servir mais vinho. Se o estava dobrando com perguntas, poderia também dobrá-lo com vinho. Inclinada sobre as velas quase ateei fogo na minha blusa. Ele agarrou a garrafa de vinho.

– Que tal eu mesmo fazer isso? – Serviu-se e encheu a minha taça antes da minha resposta. – Grande parte das coisas que você sabe de mim... dos vampiros... é imaginação dos humanos. São lendas para que eles possam conviver conosco. Eles se apavoram com as criaturas. E note que não me refiro apenas aos vampiros.

– Chapéus pontudos e negros, morcegos, vassouras – mencionei a trindade profana do folclore da feitiçaria, um folclore que todo ano tem o seu ridículo apogeu no *Halloween*.

— Pois é. — Ele balançou a cabeça. — Há sempre um pouco de verdade em alguma parte dessas histórias, em alguma parte que deixou os humanos assustados e os ajudou a negar a realidade da nossa existência. A característica mais notável dos humanos é o poder da negação. Eu tenho força e vida longa, você tem habilidades sobrenaturais, os demônios têm uma criatividade avassaladora. Os humanos podem se convencer de que o alto é baixo e de que o branco é preto. Esse é o dom especial deles.

— O que há de verdadeiro nessa história de que o vampiro não pode entrar sem ser convidado? — Depois de tê-lo pressionado em relação à dieta, concentrei-me nos protocolos de entrada.

— Os humanos convivem conosco o tempo todo. E só se recusam a reconhecer a nossa existência porque não fazemos sentido no mundo limitado em que eles vivem. E uma vez que nos permitem entrar... quer dizer, quando eles se dão conta de quem realmente somos... nós então entramos para ficar, como qualquer outro que você convida para entrar na sua casa e depois não consegue mais se livrar dele. Se nos deixam entrar, jamais poderão nos ignorar.

— Então é mais ou menos como a história da luz do sol — eu disse devagar. — Não é que vocês não possam se expor à luz do sol, o fato é que quando vocês se expõem à luz do sol os humanos não podem mais ignorá-los. Para não admiti-los como companheiros de viagem, os humanos preferem se convencer de que vocês não sobrevivem à luz.

Matthew assentiu outra vez.

— Claro que eles arranjam formas de nos ignorar. Não podemos ficar dentro da casa até à noite. Mas fazemos mais sentido para os humanos depois da meia-noite... e isso também vale para você. Repare como você é olhada pelos outros quando entra em algum lugar ou anda na rua.

Eu me vi com minha aparência comum e olhei para Matthew em dúvida. Ele soltou um risinho.

— Eu sei que não acredita em mim. Mas é verdade. Os humanos ficam atordoados quando veem uma criatura em plena luz do dia. Nós somos demais para eles... muito altos, muito fortes, muito seguros, muito criativos, muito poderosos, muito diferentes. Eles passam o dia inteiro tentando encaixar os nossos pinos quadrados nos buracos redondos deles. De noite é mais fácil nos descartar como meros estranhos.

Levantei-me e retirei os pratos da mesa, feliz por ver que ele tinha comido tudo, menos a guarnição. Ele pôs mais vinho alemão em sua taça enquanto eu tirava mais dois pratos da geladeira. Com fatias de carne de veado crua caprichosamente arrumadas e tão finas que o açougueiro chegou a dizer que se podia ler o *Oxford Mail* por entre elas. Se os vampiros não gostavam de legumes verdes, será que ele gostaria de beterraba e queijo? No centro do prato, eu tinha colocado fatias de beterraba cobertas de queijo parmesão ralado.

Coloquei no centro da mesa um decantador bojudo com vinho tinto que chamou a atenção de Matthew de imediato.

– Posso? – ele perguntou, sem dúvida lembrando de minha reputação na faculdade. Pegou o decantador, verteu um pouco de vinho nas duas taças e depois levou a taça ao nariz.

– Côte-Rôtie – disse, com satisfação. – Um dos meus favoritos.

Olhei para o decantador cheio de vinho.

– Você consegue identificar apenas pelo cheiro?

Ele riu.

– Algumas histórias sobre os vampiros são verdadeiras. Eu tenho um olfato muito aguçado... e uma visão e uma audição excelentes. Mas até os humanos poderiam dizer que este é um Côte-Rôtie. – Fechou os olhos outra vez. – Safra de 2003?

Fiquei de queixo caído.

– Exato! – Assistir àquilo era melhor que assistir a um programa de perguntas e respostas na TV. O rótulo da garrafa exibia uma pequena coroa. – Seu nariz pode identificar quem o fabricou?

– Sim, mas isso porque andei pelos campos onde essas uvas foram cultivadas – ele confessou constrangido, como se pego ao pregar uma peça.

– Você pode identificar o cheiro da terra nesse vinho? – Levei a taça ao meu nariz e me senti aliviada por sentir que já não tinha cheiro de esterco de cavalo.

– De quando em quando me lembro dos cheiros que já senti. Mas isso talvez por vaidade – ele disse com um ar tristonho. – De qualquer forma, os aromas trazem de volta intensas lembranças. Ainda lembro como se fosse hoje da primeira vez que senti o cheiro de chocolate.

– Sério? – Debrucei-me sobre a mesa.

– Foi no ano de 1615. A guerra ainda não tinha começado e o rei da França estava casado com uma princesa espanhola de quem ninguém gostava... principalmente o rei. – Ele sorriu retribuindo o meu sorriso, se bem que com os olhos fixos em alguma imagem distante. – Essa princesa levou o chocolate para Paris. Era tão amargo e decadente quanto o pecado. Bebíamos o cacau ao natural, misturado à água sem açúcar.

Eu ri.

– Parece horrível. Graças a Deus alguém imaginou que o chocolate merecia ser doce.

– Deve ter sido um humano. Os vampiros o preferiam amargo e puro.

Pegamos os garfos e começamos a comer carne de veado.

— Um pouco mais de comida escocesa. — Apontei para a carne com a faca. Matthew mastigou um pedaço.

— Veado vermelho. Pelo sabor, um macho jovem das montanhas da Escócia.

Balancei a cabeça, tomada pela admiração.

— Como já lhe disse — ele acrescentou —, algumas histórias são verdadeiras.

— E você pode voar? — perguntei, sabendo a resposta.

Ele bufou.

— É claro que não. Deixamos isso para as bruxas, já que vocês conseguem dominar os elementos. Mas somos fortes e rápidos. Os vampiros correm e saltam com tal velocidade que os humanos pensam que podemos voar. E também somos eficientes.

— Eficientes? — Abaixei o garfo, na dúvida se tinha ou não gostado da carne de veado.

— Nossos corpos não desperdiçam energia e, quando nossos movimentos exigem uma grande quantidade de energia, nós a temos de sobra.

— Vocês não respiram muito — comentei ao sabor de um gole de vinho, lembrando da ioga.

— Não — ele disse. — Nosso coração não bate com muita frequência. E não precisamos comer com frequência. Nós temos uma temperatura fria, uma característica que desacelera grande parte dos processos corporais e também explica por que vivemos por tanto tempo.

— A história do caixão! Vocês não são de dormir muito, mas quando dormem, dormem como mortos!

Ele abriu um sorriso.

— Vejo que você está pegando o espírito da coisa.

O prato de Matthew já estaria vazio se não fosse pelas beterrabas, e o meu também estaria vazio se não fosse pela carne de veado. Retirei os segundos pratos da mesa e pedi para que ele servisse mais vinho. O prato principal era a única parte do jantar a ser servido quente, mas não muito. Uma coisa bizarra que se parecia com biscoito e era feita de castanha em pó já estava pronta. Eu só precisava tostar levemente a carne de coelho. A receita incluía alecrim, alho e aipo. Deixei de lado o alho. O cheiro de alho podia ser devastador para o olfato apurado de um vampiro — *essa* lenda não deixava de ter alguma verdade. E também descartei o aipo. Definitivamente, os vampiros não gostavam de legumes e verduras. Os temperos aromáticos vinham a calhar, então mantive o alecrim e salpiquei uma pitada de pimenta-do-reino em pó enquanto a carne de coelho tostava na panela.

Deixei a carne de Matthew malpassada e fritei um pouco mais a minha para tirar o gosto da carne de veado da minha boca. Arranjei os alimentos nos pratos de forma artística e os levei para a mesa.

– Este foi ao fogo, mas por pouco tempo.

– Você está fazendo algum tipo de teste com isso? – Matthew franziu a testa.

– De jeito nenhum – respondi de pronto. – É que não estou acostumada a receber vampiros.

– Só de ouvir isso me sinto aliviado – ele murmurou enquanto farejava a carne de coelho. – Que cheiro delicioso. – Inclinou-se sobre prato e o calor da carne de coelho ampliou o peculiar aroma de cravo e canela dele. Depois tirou uma lasca do biscoito de castanhas com o garfo. Arregalou os olhos e mastigou com vontade. – Castanhas?

– Apenas castanhas e azeite e um tiquinho de bicarbonato.

– E sal. E água, alecrim e pimenta-do-reino – ele acrescentou calmamente enquanto pegava um outro pedaço do biscoito.

– Considerando as suas restrições alimentares, você deve mesmo identificar o que coloca na boca – rebati em tom de brincadeira.

A carne já estava quase no fim quando comecei a relaxar. Trocamos algumas ideias a respeito de Oxford enquanto eu tirava os pratos e trazia queijo, frutas vermelhas e castanhas assadas para a mesa.

– Sirva-se. – Coloquei o prato à frente dele.

Matthew saboreou o aroma dos pequenos morangos silvestres e suspirou de felicidade quando pegou uma castanha.

– Elas são melhores quentes – comentou, enquanto quebrava a casca dura da castanha com a mão, e com tanta facilidade que a castanha pulou para fora da casca. Com um vampiro à mesa o quebra-nozes pendurado na beira do recipiente das castanhas era então apenas um equipamento opcional.

– Meu cheiro lembra o quê? – perguntei entretida com a haste da taça de vinho.

Por um momento ele deu a impressão de que não responderia. O silêncio se estendeu até que ele se voltou para mim com olhos melancólicos. Em seguida fechou os olhos e inspirou profundamente.

– Você cheira a seiva de salgueiro. E a camomila recém-pisada. – Ele inspirou novamente e abriu um sorriso tímido e tristonho. – Você também cheira a madressilva e a folhas outonais de carvalho – disse suavemente, voltando a inspirar –, e também lembra botões de hamamélis e os primeiros narcisos da primavera. Sem falar que me faz lembrar de coisas antigas... marroio branco, mirra, alquemila. Aromas que eu achava que já tinha esquecido.

Os olhos de Matthew foram se abrindo aos poucos, e olhei no fundo daqueles olhos acinzentados com medo de respirar e quebrar o feitiço que aquelas palavras tinham lançado.

– E eu? – ele perguntou, olhando fixamente nos meus olhos.

– Canela. – Minha voz hesitou. – E cravos-da-índia. Às vezes acho que você cheira a cravos... não esses cravos que são encontrados nas floriculturas, mas aqueles cravos antigos que florescem nos jardins das casas de campo inglesas.

– Cravos rosa – ele disse, abrindo um sorriso que enrugou o canto dos olhos. – Nada mau para uma bruxa.

Coloquei uma castanha na palma da mão, rolando-a de mão a mão para aquecer os meus braços subitamente gelados.

Matthew reclinou-se outra vez na cadeira, examinando o meu rosto com olhos tremeluzentes.

– Como você decidiu o que serviria no jantar desta noite? – Apontou para as frutas vermelhas e as castanhas à mesa.

– Bem, o que posso dizer é que a magia está fora disso. O departamento de zoologia me ajudou bastante – expliquei.

Ele se mostrou surpreso e depois soltou uma risada.

– Você perguntou ao departamento de zoologia o que devia preparar para mim?

– Não exatamente. – Me coloquei na defensiva. – Peguei algumas receitas de alimentos crus na internet, mas não sabia o que comprar. Por isso telefonei para lá e eles me disseram o que os lobos cinzentos comiam.

Matthew balançou a cabeça com incredulidade, mas continuou sorrindo e fez a minha irritação passar.

– Obrigado – disse. – Já faz muito tempo que ninguém prepara uma refeição para mim.

– De nada. O vinho é que foi difícil.

Os olhos de Matthew brilharam.

– E por falar em vinho – disse, levantando-se e dobrando o guardanapo –, eu trouxe algo para bebermos depois do jantar.

Pediu-me para trazer mais duas taças da cozinha. Quando voltei, uma garrafa retorcida e velha estava à mesa. Exibia um rótulo creme esmaecido escrito à mão com uma pequena coroa gravada. Matthew manejou o saca-rolha com todo cuidado porque a rolha da garrafa se tornara quebradiça e negra com o tempo.

Ele puxou a rolha com as narinas dilatadas e a cara confiante de um gato com um apetitoso canário preso às garras. O vinho verteu da garrafa com a consistência de um xarope e uma cor dourada cintilou à luz das velas.

– Sinta o cheiro – ele estendeu uma das taças –, e diga o que acha.

Inalei e suspirei.

– Cheira a caramelo e a frutas vermelhas – eu disse me perguntando como uma coisa amarela como aquela podia cheirar a vermelho.

Matthew me observou atentamente, interessado nas minhas reações.

– Tome um gole – sugeriu.

Os doces sabores do vinho explodiram dentro da minha boca. O creme de baunilha e damasco que as cozinheiras faziam desceu pela minha língua, reteve o gosto na minha boca e continuou formigando por um bom tempo depois que o engoli. Foi como beber magia.

– O que é isso? – perguntei quando o sabor do vinho se foi.

– É um vinho feito de uvas colhidas há muito, muito tempo. Naquele verão quente e ensolarado, os agricultores temeram que as chuvas que estavam a caminho pudessem arruinar a plantação. Mas o clima se manteve, e eles colheram as uvas antes que o clima mudasse.

– Chego a sentir o gosto dos raios de sol – comentei e ganhei em troca um outro sorriso maravilhoso.

– Durante a colheita, um cometa brilhou sobre as vinhas. Fazia meses que era observado pelos astrônomos, mas em outubro o cometa brilhou tanto que quase se podia ler à luz dele. Os agricultores viram nisso um sinal de que as uvas eram abençoadas.

– Isso aconteceu em 1986? Era o cometa Halley?

Matthew balançou a cabeça.

– Não. Isso aconteceu em 1811.

Olhei com assombro para aquele vinho de quase duzentos anos na minha taça, com medo de que evaporasse na frente dos meus olhos.

– O cometa Halley passou pela Terra em 1759 e em 1835. – Matthew pronunciou o nome do cometa com um sotaque antigo.

– Onde você conseguiu esse vinho?

A loja de vinhos nas imediações da estação de trem não tinha um vinho como aquele.

– Eu o comprei de Antoine-Marie tão logo ele me disse que seria um vinho extraordinário – ele disse contente.

Girei a garrafa e olhei o rótulo. Château Yquem. Até eu tinha ouvido falar dessa marca.

– E o tem guardado desde então?

Matthew tinha bebido chocolate na Paris de 1615, e recebido uma permissão de construção de Henrique VIII em 1536 – é claro que podia ter comprado o vinho em 1811. E também havia a âmbula que usava num cordão.

– Matthew – eu disse bem devagar, atenta a um eventual sinal de raiva. – Quantos anos você tem?

Ele crispou os lábios, mas manteve uma voz suave.

– Sou mais velho do que aparento.

– Sei disso. – Esforcei-me para conter a impaciência.

— Por que a minha idade é importante?

— Eu sou uma historiadora. Se alguém me diz que ainda se lembra de quando o chocolate foi introduzido na França ou de um cometa que passou em 1811, é difícil não sentir curiosidade por outros eventos que esse alguém possa ter vivido. Você estava vivo em 1536... vi a data na casa que você construiu. Você conheceu Maquiavel? Estava vivo durante a Peste Negra? Frequentou a Universidade de Paris quando Abelardo dava aula lá?

Ele ficou em silêncio. Os pelos da minha nuca se arrepiaram.

— Seu emblema de peregrino me diz que você esteve na Terra Santa. Você também esteve nas cruzadas? Viu o cometa Halley passar sobre a Normandia em 1066?

Silêncio.

— Assistiu à coroação de Carlos Magno? Sobreviveu à queda de Cartago? Ajudou Roma a se proteger de Átila?

Matthew ergueu o dedo indicador direito.

— Qual queda de Cartago?

— Diga você!

— Maldito Hamish Osborne — ele resmungou entre dentes, flexionando a mão sobre a toalha de mesa. Pela segunda vez em dois dias ele lutava com as palavras. Fixou os olhos na vela e lentamente passou o dedo pela chama. A pele do dedo ficou tomada de pústulas vermelhas, depois abrandou por um instante e em seguida reassumiu uma branca e fria perfeição, tudo isso sem um único lampejo de dor na face.

— Acredito que o meu corpo tenha aproximadamente trinta e sete anos de idade. Nasci ali por volta da época em que Clóvis se converteu ao cristianismo. Eu não saberia se meus pais não se lembrassem disso. Naquele tempo, não se comemoravam aniversários. Fica mais organizado pegar um período de quinhentos anos e lidar com isso. — Olhou para mim por um breve instante e olhou novamente para as velas. — Renasci como vampiro em 537, e com exceção de Átila, que viveu antes do meu tempo, você mencionou a maioria dos altos e baixos do milênio que antecedeu o ano em que coloquei a placa na minha casa em Woodstock. Como você é uma historiadora, sinto-me na obrigação de dizer que Maquiavel estava longe do brilho que todos veem nele. Ele era um político florentino... e não dos melhores. — O tom da voz transpareceu cansaço.

Matthew Clairmont tinha mais de mil e quinhentos anos de idade.

— Eu não devia ter perguntado — desculpei-me sem saber para onde olhar e me perguntando sobre o que me fizera pensar que conheceria melhor aquele vampiro se conhecesse os fatos históricos presenciados por ele. Um verso de Ben

Johnson passou pela minha cabeça. Um verso que talvez explicasse Matthew de um jeito que a coroação de Carlos Magno não explicava.

– *Ele não tinha idade, mas tinha todo o tempo!* – murmurei.

– *Conversando convosco, esqueço do tempo* – ele rebateu, viajando pela literatura do século XVII com um verso de Milton.

Olhamos um para o outro por um longo tempo, aproveitando a fragilidade de um outro feitiço erguido entre nós. E fui eu que o quebrei quando desviei os olhos.

– O que você estava fazendo no outono de 1859?

O rosto dele sombreou.

– O que Peter Knox lhe disse?

– Disse que dificilmente você dividiria os seus segredos com uma bruxa. – Minha voz soou mais calma do que realmente eu estava.

– Ele disse isso? – O tom da voz de Matthew soou suave e menos zangado do que realmente ele estava. Isso era visível na mandíbula e nos ombros. – Em setembro de 1859, eu folheei alguns manuscritos do Museu Ashmoleano.

– Matthew, por quê?

Por favor, diz pra mim, roguei por dentro, cruzando as mãos no meu colo. Eu o tinha instigado a revelar a primeira parte do segredo dele, mas queria que ele dissesse o resto por vontade própria. *Sem jogos, sem charadas. Só me diga*.

– Eu tinha acabado de ler os originais de um livro que seria editado logo depois. Um livro escrito por um naturalista de Cambridge. – Ele colocou a taça na mesa.

Tapei a minha boca, surpreendida pela importância da data registrada.

– *Origem*.

Tal como a *Principia*, a grande obra de Newton, esse era outro livro que não exigia uma citação completa. Qualquer um que tivesse passado pelas aulas de biologia no segundo grau conhecia *Origem das espécies*, de Darwin.

– Darwin já tinha escrito um artigo no verão anterior que revelava a teoria da seleção natural, mas o livro era completamente diferente. Era um livro maravilhoso, a simplicidade com que Darwin descrevia as mudanças que ocorriam na natureza o levava a aceitar aquela visão revolucionária.

– Mas a alquimia não tem nada a ver com a evolução. – Agarrei a garrafa e me servi daquele precioso vinho, sem levar em conta que poderia acabar e me deixar grogue.

– Lamarck acreditava que as diferentes espécies descendiam de diferentes ancestrais, e que elas progrediam de maneira independente para formas mais elevadas do ser. Isso é extraordinariamente similar a tudo que os seus alquimistas acreditavam... que a pedra filosofal seria o indefinível produto final de uma transmutação natural de metais básicos em metais mais nobres como o cobre, a prata e o ouro. – Matthew esticou-se para pegar o vinho e lhe estendi a garrafa.

– Mas Darwin discordou de Lamarck, apesar de também ter usado a palavra "transmutação" nas suas exposições iniciais sobre a evolução.

– Ele discordou da transmutação linear, isto é verdade. Mas a teoria de Darwin sobre a seleção natural ainda pode ser vista como uma série de transmutações ligadas.

Talvez a magia estivesse presente em tudo, como dizia Matthew. Ela estava presente na teoria da gravidade de Newton e também poderia estar na teoria da evolução de Darwin.

– Existem manuscritos alquímicos pelo mundo inteiro. – Tentei permanecer presa aos detalhes enquanto assimilava o todo. – Por que os manuscritos de Ashmole?

– Quando li Darwin, notei que ele explorava a teoria da transmutação alquímica e lembrei de tudo que tinha ouvido sobre um livro que explicava a origem das três espécies de criaturas: demônios, vampiros e bruxas. Para mim, não passavam de histórias fantásticas descartáveis. – Ele tomou um gole de vinho. – Elas insinuavam que um livro de alquimia ocultava a explicação dos olhos humanos. A publicação do livro de Darwin me fez sair à procura daquele outro livro que teria sido comprado por Elias Ashmole, caso de fato existisse. Era um homem conhecido pela rara habilidade de encontrar manuscritos bizarros.

– Você o procurou aqui em Oxford cento e cinquenta anos atrás?

– Sim – disse Matthew. – E cento e cinquenta anos depois, quando já considerava o Ashmole 782 perdido, você o encontrou.

Meu coração acelerou e ele me olhou levemente preocupado.

– Continue. – Fiz um gesto para que prosseguisse.

– Desde aquele tempo, eu venho tentando pôr as minhas mãos nesse manuscrito. Não encontrei nada de promissor em meio a todos os manuscritos de Ashmole. Investiguei outros manuscritos em outras bibliotecas como a de Herzog August, na Alemanha, a Biblioteca Nacional, na França, a Biblioteca Medici, em Florença, a Biblioteca do Vaticano e até a Biblioteca do Congresso, nos Estados Unidos.

Fiquei espantada e pisquei os olhos com a imagem de um vampiro percorrendo os corredores do Vaticano.

– O Ashmole 782 foi o único manuscrito que não encontrei. Por um simples processo de eliminação, concluí que era o manuscrito que continha a tal história... se é que a tal história ainda está nele.

– Você já examinou muito mais manuscritos do que eu.

– Talvez – disse Matthew –, mas isso não significa que os compreendi mais do que você. De qualquer forma, o que todos os manuscritos têm em comum é a absoluta certeza de que a alquimia pode fazer uma substância se transformar em outra, criando novas formas de vida.

– Isso soa como a teoria da evolução – afirmei categoricamente.

– Pois é, soa, sim – disse Matthew amavelmente.

Fomos até os sofás e me sentei enrolada como um feto no canto de um deles enquanto Matthew se esparramava com suas longas pernas esticadas no canto de outro. Ainda bem que ele levou o vinho junto. Já confortavelmente instalados, era hora de mais honestidade entre nós dois.

– Eu conheci na semana passada Agatha Wilson, um demônio, lá na Blackwell. Pelo que pesquisei na internet, Agatha é uma estilista famosa. Ela disse que os demônios acreditam que o Ashmole 782 conta a história de todas as origens... inclusive a dos humanos. Já Peter Knox tem uma versão diferente. Para ele, esse manuscrito é o primeiro grimório, a fonte do poder de todas as bruxas e bruxos. Segundo ele, o manuscrito guarda o segredo da imortalidade – olhei para Matthew e continuei –, e de como destruir os vampiros. Já ouvi a versão de uma demônia e de um bruxo, e agora gostaria de ouvir a sua versão da história.

– Os vampiros acreditam que o manuscrito perdido explica a razão de nossa longevidade e de nossa força – disse Matthew. – No passado, temíamos que se esse segredo caísse nas mãos das bruxas, isso poderia levar ao nosso extermínio. Alguns acham que a magia esteve envolvida em nossa criação, e que as bruxas podem encontrar uma forma de reverter essa magia e nos destruir. Talvez essa parte da lenda seja verdadeira. – Ele suspirou lentamente com um ar preocupado.

– Continuo sem entender por que você está tão certo de que um livro de alquimia pode encobrir a descrição das origens, ou o que mais possa haver.

– Um livro de alquimia poderia muito bem ocultar esses segredos, da mesma forma que Peter Knox dissimula a identidade de bruxo sob a aparência de especialista em ocultismo. A meu ver, os vampiros é que perceberam que o livro em questão era de alquimia. Tudo se encaixa perfeitamente demais para ser coincidência. Pelo que parece, os alquimistas humanos retrataram o ser dos vampiros quando escreveram sobre a pedra filosofal. A condição de vampiro nos torna quase imortais e enriquece a grande maioria de nós, e também nos propicia a aquisição de um conhecimento inimaginável.

– É a pedra filosofal, não resta dúvida. – Os paralelos entre essa mística substância e a criatura sentada à minha frente eram impressionantes... e arrepiantes. – Mas ainda é difícil imaginar que possa existir um livro desses. O que se tem é uma sucessão de histórias contraditórias. E quem seria idiota a ponto de colocar tanta informação em um único lugar?

– Tal como ocorre com as lendas de vampiros e bruxas, há pelo menos uma parcela de verdade nas histórias em torno desse manuscrito. O que nós temos a fazer é identificar essa parcela e descartar o resto. Só então nós começaremos a entender.

No rosto de Matthew não havia um único traço de que ele tentava me enganar e, encorajada pelo uso de um "nós", resolvi que ele merecia mais informação.

– Você está certo sobre o Ashmole 782. O livro que você procura está dentro dele.

– Continue – ele disse com doçura, controlando a curiosidade.

– Na superfície é um livro de alquimia. As imagens apresentam erros que me pareceram intencionais, se bem que ainda não cheguei a uma conclusão quanto a isso. – Mordi os lábios de tanta concentração, e ele fixou os olhos na gotícula de sangue provocada pela mordedura.

– O que você quer dizer quando diz que na superfície é um livro de alquimia? – Ele ergueu a taça de vinho e levou-a ao nariz.

– É um palimpsesto. Mas a tinta não foi apagada. A magia é que esconde o texto. As palavras estão escondidas de tal maneira que quase não percebi. Mas quando virei uma das páginas, a luz ficou no ângulo certo e pude ver um outro texto se movimentando por baixo do texto à superfície.

– E conseguiu ler o que estava escrito?

– Não. – Balancei a cabeça. – Se o Ashmole 782 contém informações sobre quem somos e como fomos criados e como poderemos ser destruídos, essas informações estão enterradas bem fundo.

– E é bom que continuem enterradas – disse Matthew em tom sombrio –, pelo menos por enquanto. Mas chegará a hora em que todos nós precisaremos desse livro.

– Por quê? Por que tanta urgência?

– Prefiro mostrar, em vez de falar. Pode ir amanhã ao meu laboratório?

Assenti com a cabeça, impressionada.

– Podemos ir lá depois do almoço – ele acrescentou, erguendo-se e alongando-se. Já tínhamos esvaziado uma garrafa de vinho enquanto conversávamos sobre segredos e origens. – Já é tarde. Tenho que ir.

Matthew segurou a maçaneta e girou-a. Ela chacoalhou e o trinco desarmou com muita facilidade.

Ele franziu a testa.

– Teve algum problema com essa fechadura? – disse enquanto testava outra vez a solidez do mecanismo. – Talvez deixe de funcionar a qualquer momento.

Fui à soleira da porta para me despedir e o rosto de Matthew mostrou uma emoção que não pude identificar.

– Lamento que nossa noite tenha terminado com um assunto tão sério – ele disse suavemente. – Eu tive uma noite adorável.

– Gostou do jantar? – perguntei. Nós tínhamos conversado sobre os segredos do universo, mas eu estava mais preocupada com o estômago dele.

– Foi um jantar mais do que bom – ele me assegurou.

Minha preocupação se dissipou diante daquele semblante maravilhoso e antigo. Quem passaria por ele na rua sem perder o fôlego? Antes que pudesse me conter, os dedos dos meus pés se apoiaram firmemente no velho tapete e, numa fração de segundo, fiquei na ponta dos pés e dei um beijo no rosto de Matthew. Sua pele era macia e gelada como o cetim, e meus lábios se aqueceram de uma forma jamais sentida quando o toquei.

Por que você fez isso?, me perguntei saindo da ponta dos pés e olhando para a maçaneta para dissimular a minha confusão.

Foi somente uma fração de segundo, mas eu sabia que uma fração de segundo é tudo que se precisa para mudar uma vida desde aquele momento em que tinha me valido da magia para pegar o *Notes and Queries* na estante da Bodleiana.

Matthew me olhou com atenção. E como não mostrei sinal de histeria ou de que ia me retirar, inclinou-se e me deu um longo beijo na boca. Com o rosto colado no meu rosto, ele bebeu o meu cheiro de seiva de salgueiro e de madressilva. Quando se recompôs, seus olhos estavam mais enfumaçados que de costume.

– Boa-noite, Diana – ele disse sorrindo.

Um instante depois eu me vi encostada na porta fechada, espiando o piscar da luz da secretária eletrônica. Ainda bem que o volume da máquina estava abaixado ao máximo.

Claro que tia Sarah queria fazer a mesma pergunta que eu mesma acabara de me fazer.

Ignorei a chamada e a resposta.

13

Depois do almoço, Matthew apareceu para me pegar – ele era a única criatura entre os leitores humanos no Selden End. Enquanto caminhávamos por entre os pilares artisticamente ornamentados me fez perguntas sobre o meu trabalho e minhas leituras do dia.

O tempo tinha virado. Oxford estava fria e nublada e me fez levantar a gola, tremendo com a umidade do ar. O tempo fechado deixava Matthew um pouco menos visível, mas isso não o deixava parecido com os outros. No pátio central da Bodleiana, as pessoas se viravam para olhá-lo e depois balançavam a cabeça em sinal de espanto.

– Você está chamando a atenção – falei para ele.

– Esqueci meu casaco. Mas estão olhando para você, não para mim. – Ele me olhou com um sorriso estonteante. Uma mulher ficou de queixo caído e cutucou a amiga, apontando discretamente para Matthew.

Sorri também discretamente.

– Você está errado.

Atravessamos a Keble College e a University Parks, viramos à direita em Rhodes House e entramos no labirinto de prédios modernos que abrigavam os laboratórios e o centro de informática. Construídos à sombra do Museu de História Natural, a grande catedral vitoriana da ciência, aqueles prédios modernos eram monumentos de uma arquitetura contemporânea e funcional.

Matthew apontou para o nosso destino – um prédio baixo e indefinido – e tirou do bolso um cartão de identificação. Passou o cartão pela leitora ótica da porta e digitou códigos em duas sequências diferentes. A porta destrancou e ele me conduziu até a cabine do guarda, onde me identificou como convidada e solicitou um crachá que prendi no meu suéter.

– É segurança demais para um laboratório universitário – comentei, apontando para o crachá.

O sistema de segurança foi aumentando à medida que percorríamos os muitos corredores que se escondiam por trás da modesta fachada do prédio. No final de um dos corredores Matthew tirou do bolso um outro cartão de identificação e o colocou na leitora ótica enquanto colocava o dedo indicador em um painel de vidro próximo à porta. O painel emitiu um som e um monitor sensível ao toque surgiu à superfície. Ele digitou uma senha. A porta se abriu suavemente e lá estavam as instalações de um laboratório que cheirava ligeiramente a hospital e dava a impressão de ser uma cozinha profissional vazia, com seus azulejos inquebráveis, aço inoxidável e equipamentos eletrônicos.

Uma série de compartimentos envidraçados abriu-se a nossa frente. Em um deles, uma mesa redonda para reuniões, um monólito preto com monitor e inúmeros computadores. Em outro, uma velha escrivaninha de madeira, uma cadeira com estofamento de couro, um enorme tapete persa que devia valer uma fortuna, telefones, aparelhos de fax e outros computadores e monitores. Mais adiante, outros compartimentos envidraçados abrigavam arquivos, microscópios, geladeiras, autoclaves, fileiras e mais fileiras de tubos de ensaio, centrífugas e dezenas de instrumentos e dispositivos que eu não conhecia.

A área parecia desocupada, embora de algum lugar viessem as notas suaves de um concerto de Bach para violoncelo, com alguma coisa que parecia o último sucesso gravado por um dos vencedores do concurso musical da Eurovision.

Quando passamos pelos dois compartimentos, Matthew apontou para o que tinha um tapete persa.

– Meu escritório.

Depois me conduziu para o primeiro laboratório à esquerda. Lá dentro, cada superfície exibia computadores, microscópios e recipientes com espécimes alinhados ordenadamente nas prateleiras. E também havia uma sequência de arquivos encostados nas paredes. Na gaveta de um deles, um rótulo: "<O".

– Bem-vinda ao laboratório de história. – A luz azul do laboratório tornava o rosto dele mais branco e o cabelo, mais preto. – Aqui nós estudamos a evolução. Selecionamos amostras de espécimes de antigos cemitérios, escavações, fósseis e seres vivos, e extraímos o DNA das amostras. – Matthew abriu uma gaveta de um arquivo e mostrou um punhado de fichas. – Somos um entre centenas de laboratórios espalhados pelo mundo inteiro que investigam as questões da origem e da extinção das espécies por meio da genética. A diferença entre o nosso laboratório e os outros é que não estudamos apenas a espécie humana.

As palavras de Matthew ecoaram clara e friamente na minha cabeça.

– Você está estudando a genética dos vampiros?

– E também das bruxas e dos demônios. – Ele puxou um banco de rodinhas e me fez sentar com gentileza.

Um vampiro de All-star preto surgiu repentinamente de um canto, parou à nossa frente e tirou as luvas de látex das mãos. Aparentava quase uns trinta anos, com cabelos louros e olhos azuis de surfista californiano. Ao lado de Matthew parecia magrelo, mas tinha uma constituição forte e enérgica.

– AB negativo – ele disse enquanto me analisava admirado. – Uau, que achado incrível! – Fechou os olhos e inspirou profundamente. – E uma bruxa!

– Marcus Whitmore, esta é Diana Bishop. É professora de história em Yale. – Matthew franziu a testa para o jovem vampiro. – E está aqui como convidada, não como cobaia.

– Oh. – Marcus se mostrou desapontado e logo se recuperou. – Você se importaria se eu colhesse um pouco do seu sangue?

– É claro que sim. Não tenho a menor intenção de ser espetada e ter meu sangue tirado por um vampiro flebotômico.

Marcus assobiou.

– Ora, ora, dra. Bishop, eu sinto aqui uma reação de luta ou fuga. A adrenalina está no ar.

– O que está havendo? – perguntou uma voz de soprano familiar. Alguns segundos depois, a silhueta baixa de Miriam surgiu à vista.

– A dra. Bishop está um pouco assustada com o laboratório, Miriam.

– Perdão. Não percebi que era ela – disse Miriam. – Está com um cheiro diferente. É adrenalina?

Marcus balançou a cabeça.

– É, sim. Você sempre fica assim? Tomada pela adrenalina e se sentindo encurralada?

– Marcus. – Um aviso de Matthew, mesmo com poucas sílabas, era capaz de gelar os ossos.

– Desde os meus sete anos – respondi, encarando os cintilantes olhos azuis do vampiro.

Marcus assobiou outra vez.

– Isso explica um bocado. Não passaria despercebido para nenhum vampiro. – Ele não se referia aos meus atributos físicos, mesmo apontando na minha direção.

– Do que é que vocês estão falando? – perguntei, a curiosidade se sobrepôs ao meu nervosismo.

Matthew puxou os cabelos para trás e lançou um olhar fulminante para Marcus. O jovem vampiro pareceu não ligar e se pôs a estalar os dedos. Eu me assustava a cada estalo.

– Os vampiros são predadores, Diana – disse Matthew. – A reação instintiva de luta ou fuga nos atrai. Nós sentimos o cheiro quando as pessoas e os animais ficam nervosos.

– E também sentimos o gosto. A adrenalina torna o sangue mais delicioso – disse Marcus. – Temperado, macio e adoçicado. Realmente uma delícia.

Um rugido baixo começou a se formar na garganta de Matthew. Ele recuou os lábios e exibiu os dentes, o que fez Marcus dar um passo atrás. Miriam pegou o vampiro louro pelo braço com firmeza.

– O que foi? Não estou com fome! – protestou Marcus, soltando-se da mão de Miriam.

– Marcus, talvez a dra. Bishop não saiba que um vampiro não precisa estar com fome para sentir a adrenalina. – Matthew fazia um esforço visível para se controlar. – Os vampiros não se alimentam com regularidade, mas a caça e a adrenalina que a presa libera diante do predador nos atraem.

Como eu vivia lutando para controlar a minha ansiedade, não era de surpreender que Matthew sempre me convidasse para comer. Não era então o meu aroma de madressilva que o deixava faminto – era o meu excesso de adrenalina.

– Muito obrigada pela explicação, Matthew. – Apesar da noite anterior, eu continuava relativamente ignorante em relação aos vampiros. – Vou tentar me acalmar.

– Não é preciso – disse Matthew, lacônico. – Não é você que tem que se acalmar. Nós é que temos que exercitar um mínimo de cortesia e controle. – Ele olhou de maneira significativa para Marcus e abriu um dos arquivos.

Miriam me olhou preocupada.

– Talvez seja melhor começar pelo início.

– Não. Acho melhor começar pelo fim – retrucou Matthew, pegando uma pasta.

— Já conversou com eles sobre o Ashmole 782? – perguntei para Matthew, já que Miriam e Marcus não faziam menção de que sairiam. Ele balançou a cabeça. – E contou o que vi? – Ele confirmou novamente com a cabeça.

— Você contou para mais alguém? – A pergunta de Miriam refletiu séculos de suspeita.

— Se está se referindo a Peter Knox, não. Só contei para minha tia e para Emily, a companheira dela.

— Três bruxas e três vampiros compartilhando um segredo – disse Marcus pensativo, olhando para Matthew. – Interessante.

— Tomara que a gente guarde esse segredo com o mesmo êxito que o escondemos. – Matthew me passou a pasta.

Os três vampiros fixaram os olhos em mim enquanto eu lia o conteúdo. VAMPIRO SOLTO EM LONDRES, a manchete gritou. Meu estômago revirou e deixei de lado a manchete do jornal. Embaixo, o relato de uma outra morte misteriosa e de um cadáver com sangue drenado. Em seguida, a matéria de uma revista ilustrada por uma foto cujo conteúdo era bem claro, embora eu não soubesse ler russo. A vítima estava com a garganta cortada da mandíbula até a carótida.

E ainda havia dezenas de assassinatos e relatos feitos em idiomas desconhecidos. Algumas dessas mortes envolviam decapitações. Outras envolviam cadáveres com sangue drenado, sem que tivesse sobrado uma só gota de sangue na cena do crime. Outros relatos sugeriam ataques de algum animal, visto a ferocidade de agressões que se estendiam do pescoço ao tronco.

— Nós estamos morrendo – disse Matthew tão logo acabei de ler a última notícia.

— Mas evidentemente os humanos também estão morrendo. – Minha voz soou cortante.

— Não só os humanos – ele retrucou. – Essas evidências me fazem afirmar que os vampiros dão sinais de uma espécie em extinção.

— É isso que você queria mostrar? – Minha voz tremeu. – O que isso tem a ver com a origem das criaturas ou com o Ashmole 782? – Os recentes avisos de Gillian tinham remexido lembranças dolorosas, e aquelas fotos traziam tudo à plena luz.

— Me escuta – disse Matthew baixinho. – Por favor.

Talvez aquilo ainda não tivesse feito sentido para mim, e era visível que ele não tinha a menor intenção de me assustar. Ele devia ter uma boa razão para partilhar comigo. Eu me abracei à pasta e desci do banco.

— Essas mortes – ele começou a falar, tirando a pasta das minhas mãos com delicadeza – são o resultado das tentativas desastradas de transformar humanos em vampiros. O que no passado era natural para nós, hoje se tornou difícil. O nosso sangue está se tornando cada vez mais incapaz de criar vida a partir da morte.

A incapacidade de reprodução era responsável por muitas espécies extintas. Mas depois de ter visto aquelas fotografias, não me restava dúvidas de que o mundo não precisava de mais vampiros.

– É mais fácil para os mais velhos... vampiros como eu que se alimentavam predominantemente de sangue humano quando jovens – continuou Matthew. – No entanto, à medida que envelhecemos sentimos menos vontade de fazer novos vampiros. Mas a história é diferente quando se trata de vampiros mais jovens. O que eles mais desejam é constituir uma nova família para se livrar da solidão de sua vida nova. E quando encontram um humano adequado para formar um par e para fazer filhos, eles acabam descobrindo que o próprio sangue não é forte o bastante para isso.

– Você mesmo disse que todos nós estamos em vias de extinção – tratei de relembrá-lo com uma voz imparcial, mas ainda com raiva.

– Os bruxos modernos já não são tão poderosos quanto os seus ancestrais. – Soou a voz de Miriam com determinação. – E vocês já não fazem tantos filhos como no passado.

– Isso não soa como uma evidência... soa como uma dedução puramente subjetiva – eu repliquei.

– Você quer evidências? – Miriam pegou mais duas pastas do arquivo e jogou-as na mesa de maneira que deslizassem até as minhas mãos. – Aí estão... mas duvido que você entenda muita coisa.

Em uma das pastas, lia-se o nome "Benvenguda" datilografado em uma etiqueta roxa. Em outra, lia-se "Beatrice Good" em uma etiqueta com bordas vermelhas. Nas pastas, não havia nada além de gráficos. As primeiras páginas apresentavam gráficos com curvas marcadas em cores brilhantes e vivas. As páginas seguintes apresentavam gráficos com barras marcadas em preto e branco.

– Isso não é justo – protestou Marcus. – Nenhum historiador poderia ler isso.

– São sequências de DNA – eu disse, apontando para os gráficos em preto e branco. – Mas o que são esses gráficos coloridos?

Matthew apoiou os cotovelos na mesa, bem ao meu lado.

– Esses também são resultados genéticos – ele disse, trazendo uma página com curvas coloridas para mais perto de mim. – Este gráfico mostra o DNA mitocondrial de uma mulher chamada Benvenguda, DNA que ela herdou da mãe e da avó e de cada ancestral feminino que as antecederam. O gráfico narra toda a história matrilinear dessa mulher.

– E quanto à herança paterna?

Matthew pegou os resultados do DNA marcados em preto e branco.

– O pai humano de Benvenguda está aqui, no DNA nuclear dela, o genoma, com o da mãe que era uma bruxa. – Ele retornou às curvas multicoloridas. – Mas o DNA mitocondrial fora do núcleo da célula só registra a ancestralidade materna dela.

– Por que além de estudar o genoma você também está estudando o DNA mitocondrial dessa mulher? – Eu tinha ouvido falar do genoma, mas o DNA era um território novo para mim.

– O DNA nuclear faz a sua descrição enquanto indivíduo singular, como a combinação do legado genético da sua mãe e do seu pai gerou você. Os genes do seu pai junto aos genes da sua mãe é que lhe deram olhos azuis, cabelos louros, sardas. O DNA mitocondrial nos ajuda a compreender a história de uma espécie inteira.

– Isso significa que a origem e a evolução da espécie estão registradas em cada um de nós – concluí lentamente. – Está no sangue e em cada célula do nosso corpo.

Matthew assentiu.

– Mas a história de cada origem em particular guarda uma outra história dentro de si... não de inícios, mas de términos.

– Cá estamos nós de volta a Darwin – rebati, franzindo a testa. – A *Origem* não se limita a descrever de onde as espécies vêm. A obra também descreve a seleção natural e a extinção das espécies.

– Alguns afirmam que o livro está mais voltado para a extinção – acrescentou Marcus enquanto passava para o outro lado da bancada do laboratório.

Olhei para o gráfico de curvas brilhantes de Benvenguda.

– Quem era ela?

– Uma bruxa muito poderosa que viveu na Bretanha no século XVII – respondeu Miriam. – Foi um prodígio de uma época que produziu muitos prodígios. Beatrice Good é uma de suas últimas descendentes diretas.

– A família de Beatrice Good é de Salem? – balbuciei, segurando a pasta dela. Lá tinham vivido alguns Good com os Bishop e os Proctor.

– A linhagem de Beatrice inclui Sarah e Dorothy Good, as duas de Salem – disse Matthew, confirmando a minha suspeita. Ele abriu a pasta e juntou os resultados do teste mitocondrial de Beatrice com os de Benvenguda.

– Mas são diferentes – eu disse. A diferença era notada nas cores e na forma que estavam dispostas.

– Não muito diferentes – corrigiu Matthew. – O DNA nuclear de Beatrice tem poucos marcadores comuns entre as bruxas. Isso indica que à medida que os séculos passavam, os ancestrais dela foram se desobrigando de fazer magia e feitiçaria enquanto lutavam pela sobrevivência. Essas mudanças forçaram mutações no DNA dela, mutações que suprimiram a magia.

O que ele disse soava perfeitamente científico, mas algo me dizia que aquilo se dirigia a mim.

– Os ancestrais de Beatrice deixaram a magia de lado e isso poderá destruir a família?

– Não é uma responsabilidade exclusiva dos bruxos. A natureza também é responsável. – Os olhos de Matthew estavam tristes. – Parece que os bruxos, como os vampiros, também sentem a pressão pela sobrevivência neste mundo cada vez mais humano. Os demônios são outros que se mostram cada vez menos geniais, um traço que os distinguia da população humana, e cada vez mais loucos.

– Os humanos não estão em extinção? – perguntei.

– Sim e não – respondeu Matthew. – Nossa opinião é que... até agora... os humanos têm demonstrado melhor adaptação. Eles têm um sistema imunológico que responde com mais eficiência e mais capacidade para se reproduzir do que os bruxos e os vampiros. No passado, o mundo era dividido mais uniformemente entre humanos e criaturas. Hoje os humanos são mais numerosos e as criaturas perfazem apenas dez por cento da população mundial.

– O mundo era um lugar diferente quando havia equilíbrio numérico entre humanos e criaturas. – Miriam lamentou que a maré não estivesse mais a nosso favor. – Mas no final os humanos acabarão sendo pegos pelo seu sistema imunológico.

– Em que medida as criaturas são diferentes dos humanos?

– Somos consideravelmente diferentes, pelo menos em nível genético. Na aparência somos similares, mas sob a superfície a formação dos nossos cromossomos é distinta. – Matthew desenhou um diagrama na capa da pasta de Beatrice Good. – Os humanos têm vinte e três pares de cromossomos em cada núcleo celular, todos arranjados em um longo código de sequências. Vampiros e bruxos têm vinte e quatro pares de cromossomos.

– Superam os dos humanos e os das uvas *pinot noir* e os dos porcos. – Marcus piscou os olhos.

– E os demônios?

– Eles se igualam em número de pares de cromossomos aos humanos... mas também têm um cromossomo extra. Até agora o que podemos dizer é que esse cromossomo extra é que os torna demoníacos, e propensos à instabilidade – disse Matthew.

Um fio de cabelo entrou nos meus olhos enquanto o observava desenhando o diagrama. Puxei o fio com impaciência.

– E o que há nos cromossomos extras?

Estava sendo difícil acompanhar o raciocínio de Matthew que parecia estar dando uma aula de biologia.

– O material genético que nos distingue dos humanos – ele respondeu –, bem como o material que regula a função da célula ou aquilo que os cientistas chamam de "DNA lixo".

– Mas não é lixo – disse Marcus. – Todo esse material genético ou restou de uma seleção anterior ou está à espera de uma função na próxima mudança evolucionária. Só não sabemos... ainda... qual é o propósito disso.

– Espere um pouco – interrompi. – As bruxas e os demônios têm em comum o nascimento. Eu nasci com um par extra de cromossomos e seu amigo Hamish também nasceu com cromossomos extras. Mas os vampiros não nascem... vocês são criados a partir do DNA humano. Onde vocês adquirem esse par extra de cromossomos?

– Quando um humano renasce como vampiro, primeiro o criador remove todo o sangue humano e isso provoca a falência dos órgãos. Antes da ocorrência da morte, o criador dá o próprio sangue para aquele ser renascer – explicou Matthew. – Até o momento, o que podemos dizer é que o influxo do sangue induz mutações genéticas espontâneas em cada célula do corpo.

Na noite anterior, Matthew usara o termo "renascer", mas até então eu ainda não tinha ouvido a palavra "criador" associada a vampiros.

– O sangue do criador inunda o sistema do renascido, carregando informação genética junto – disse Miriam. – Ocorre algo parecido nas transfusões de sangue entre os humanos. Mas o sangue de um vampiro gera centenas de modificações no DNA.

– Primeiro, procuramos por uma evidência no genoma que justificasse uma mudança tão explosiva – explicou Matthew. – E a encontramos... as mutações provavam que todos os vampiros recém-criados entravam em processo de adaptação espontânea de sobrevivência quando absorviam o sangue dos seus criadores. É isso que propicia o desenvolvimento de um par extra de cromossomos.

– Um *big bang* genético. Vocês são como uma galáxia que nasce de um astro morto. E logo depois são transformados pelos genes em outra coisa... uma coisa não humana. – Olhei intrigada para Matthew.

– Você está bem? – ele perguntou. – Podemos fazer uma pausa.

– Preciso de água.

– Vou pegar. – Marcus saiu do banco onde estava sentado. – Lá na geladeira dos espécimes tem uma garrafa de água.

– Os humanos forneceram a primeira pista de que um forte estresse celular provocado por alguma bactéria ou alguma outra forma de bombardeio genético pode desencadear mutações rápidas, ao contrário das mutações lentas da seleção natural. – Miriam tirou uma pasta de dentro de uma gaveta. Abriu-a e apontou para uma folha onde se via um gráfico em preto e branco. – Esse homem morreu em 1375. Sobreviveu ao sarampo, mas a doença induziu uma mudança no terceiro cromossomo à medida que o corpo dele competia diligentemente e em igualdade de condições com o influxo da bactéria.

Marcus chegou com minha garrafa de água. Eu tirei a tampa e bebi tudo.

– O DNA dos vampiros está cheio de mutações similares resultantes da resistência à doença. Essas mutações podem acarretar a nossa extinção pouco a pouco. – Matthew pareceu preocupado. – Agora estamos nos concentrando no que há no sangue dos vampiros que desencadeia a geração de novos cromossomos. Talvez a resposta esteja na mitocôndria.

Miriam balançou a cabeça.

– De jeito nenhum. A resposta está no DNA nuclear. O sangue que um corpo recebe de um vampiro pode desencadear uma reação que possibilite a esse corpo capturar e assimilar as mudanças.

– Talvez, mas se for o caso, nós também precisamos estudar mais o DNA lixo. Deve haver ali alguma coisa que gere novos cromossomos – insistiu Marcus.

Enrolei a minha manga enquanto os três debatiam. Tão logo as veias dos meus braços se tornaram visíveis no ar frio do laboratório eles se voltaram com gélida atenção para a minha pele.

– Diana – disse Matthew com frieza, tocando na âmbula de Lázaro –, o que está fazendo?

– Você tem luvas à mão, Marcus? – perguntei sem parar de suspender a minha manga.

Marcus abriu um sorriso.

– É claro! – Ele pegou um par de luvas de látex numa caixa ao lado.

– Você não precisa fazer isso. – A voz de Matthew ficou presa na garganta.

– Eu sei, mas quero fazer.

Minhas veias se tornaram ainda mais azuis sob a luz do laboratório.

– Que veias boas – disse Miriam com um gesto de aprovação, ignorando o rugido de alerta do vampiro alto que estava em pé ao meu lado.

– Matthew, se isso for um problema para você, espere lá fora – falei com toda calma.

– Eu gostaria que você refletisse antes de fazer isso. – Ele se inclinou por cima de mim de forma protetora, tal como tinha feito quando Peter Knox se aproximou de mim na biblioteca. – Não temos como prever o que os testes revelarão. É toda a sua vida e a história da sua família, tudo isso registrado em preto e branco. Você tem certeza de que deseja que isso seja esquadrinhado?

– O que quer dizer com isso de "toda a minha vida"?

Ele me olhou com tal intensidade que me fez arrepiar.

– Esses testes indicarão muito mais do que a cor dos seus olhos e dos seus cabelos. Indicarão que outros traços você herdou do seu pai e da sua mãe. Sem falar nos traços herdados de todos os seus ancestrais.

Trocamos um longo olhar.

– Justamente por isso eu quero que você colha uma amostra do meu sangue – retruquei com muita paciência. Ele me olhou com um ar confuso. – Durante toda a vida eu quis saber o que fazia o sangue Bishop nas minhas veias. Todos que conheciam a minha família se perguntavam o mesmo. E agora saberemos.

Isso me soou muito prosaico. O meu sangue poderia dizer para Matthew algumas coisas que eu não queria correr o risco de descobrir acidentalmente. Eu só não queria era atear fogo às mobílias, nem voar por entre as árvores, nem nutrir pensamentos maus por alguém e vê-lo morrer alguns dias depois. Se para Matthew era um risco colher meu sangue, para mim isso era tão seguro quanto uma casa.

– Além do mais, você mesmo afirmou que as bruxas estavam em extinção. Eu sou a última Bishop. Talvez meu sangue o ajude a compreender por quê.

Nós nos encaramos, vampiro e bruxa, enquanto Miriam e Marcos esperavam pacientemente. Por fim, Matthew emitiu um som de exasperação.

– Traga o kit de espécimes – disse para Marcus.

– Eu me encarrego disso – disse Marcus na defensiva enquanto calçava as luvas de látex. Miriam tentou impedi-lo, mas ele veio na minha direção com uma caixa contendo pequeninos frascos e lâminas.

– Marcus – disse Miriam em tom de advertência.

Matthew tirou o equipamento das mãos de Marcus, com um olhar fulminante para ele.

– Não leve a mal, Marcus. Mas se alguém vai tirar o sangue de Diana, esse alguém sou eu.

Matthew me pegou pelo punho com sua mão fria e flexionou levemente o meu braço para baixo e para cima antes de estendê-lo sobre o imaculado tampo da bancada. Não há nada mais bizarro do que ver um vampiro enfiar uma agulha na veia de alguém para tirar sangue. Ele amarrou um cordão elástico abaixo do meu cotovelo.

– Feche a mão – disse mansamente, colocando as luvas e preparando a seringa e o primeiro frasco.

Fiz o que ele pediu, fechei a mão e as veias se sobressaíram. Ele não se deu ao trabalho de me avisar que eu só sentiria uma picada. Apenas inclinou-se e enfiou a agulha na minha veia sem nenhuma cerimônia.

— Ótimo trabalho. — Abri a mão para fazer o sangue fluir livremente.

À medida que Matthew trocava os frascos a sua boca carnuda se crispava. Quando terminou, se desfez da seringa jogando-a numa lata de lixo hermeticamente fechada. Marcus recolheu os frascos e os entregou para Miriam que por sua vez os rotulou. Matthew então pôs um pedaço de gaze dobrada sobre o furinho provocado pela agulha e o pressionou com dedos fortes e gelados. Com a outra mão pegou uma tira de esparadrapo e pôs sobre a gaze.

— Data de nascimento? — perguntou Miriam, preparada com uma caneta para escrever no tubo de ensaio.

— Treze de agosto de 1976.

Ela me olhou, impressionada.

— Treze de agosto?

— Sim. Por quê?

— Só para me certificar — ela murmurou.

— Na maioria dos casos nós também coletamos amostras de saliva. — Matthew abriu uma embalagem e pegou duas peças brancas de plástico. Pareciam miniaturas de remos, com extremidades largas e bem duras.

Sem dizer uma palavra, abri a boca e Matthew coletou a primeira amostra de saliva da parede das minhas bochechas e em seguida, a segunda. As amostras foram colocadas em diferentes tubos de plástico selados.

— Perfeito, acabou.

Passeei com os olhos pelo laboratório e a quietude da bancada de aço inoxidável e a luz azulada me fizeram lembrar dos alquimistas que trabalhavam debruçados sobre fogareiros em meio à escuridão, munidos de equipamentos improvisados e cadinhos de cerâmica. Eles teriam gostado de trabalhar em laboratórios como aquele — com instrumentos que talvez os tivessem ajudado a compreender os mistérios da criação.

— Vocês estão fazendo pesquisas em busca do primeiro vampiro? — perguntei apontando para as gavetas de um arquivo.

— Uma vez ou outra — disse Matthew vagarosamente. — Na maior parte do tempo, pesquisamos as formas pelas quais os alimentos e as doenças afetam as espécies, e como e quando algumas linhagens familiares se extinguem.

— E é de fato verdade a afirmação de que as quatro espécies distintas, ou demônios, humanos, vampiros e bruxos compartilham um ancestral comum?

Eu sempre quis saber se a insistente afirmação de tia Sarah, segundo a qual os bruxos tinham muito poucas conexões com os humanos e as demais criaturas, era mais que uma tradição e uma racionalização movida pelo desejo. Na época de Darwin muitos achavam impossível que uma parelha de ancestrais pudesse gerar tantos tipos diferentes de raças. Logo alguns europeus brancos observaram os africanos negros e trataram de assumir a teoria do poligenismo que argumentava que as raças descendiam de diferentes ancestrais.

– Demônios, humanos, vampiros e bruxos variam consideravelmente no nível genético. – Matthew me lançou um olhar penetrante. Ele tinha entendido o sentido da minha pergunta, embora se recusando a uma resposta direta.

– Se você provar que não somos espécies diferentes e sim diferentes linhagens de uma mesma espécie, isso acarretará uma grande mudança – comentei.

– Com o tempo acabaremos descobrindo como... e se... os quatro grupos estão interligados. Mas ainda temos muito caminho pela frente. – Ele se empertigou. – Acho que por hoje basta de ciência.

Matthew se despediu de Miriam e Marcus e me levou de volta para casa. Deu um pulo até a casa dele para trocar de roupa e depois fomos fazer ioga. Fizemos o caminho até Woodstock praticamente em silêncio, absortos em nossos próprios pensamentos.

Chegamos à Velha Cabana e ele me ajudou a sair do carro como de costume, pegou as esteiras no porta-malas e colocou-as nos ombros.

Dois vampiros passaram por nós. Um deles esbarrou em mim, e Matthew enlaçou minha mão com a rapidez de um raio. O contraste de nossas peles era gritante, a dele, pálida e fria, a minha, quente e rosada.

Ele me pegou pela mão e entramos na sala. Depois da aula, voltamos para Oxford, conversando sobre um comentário de Amira e depois sobre o comportamento impróprio de um dos demônios que se encaixava perfeitamente no modo de ser demoníaco. Atravessamos o portão do meu prédio e Matthew, contrariando o hábito, desligou o carro antes da minha saída.

Fred olhava os monitores da cabine de segurança quando o vampiro chegou à portinhola de vidro da cabine. O porteiro abriu-a.

– Em que posso servi-lo?

– Vou levar a dra. Bishop até o apartamento dela. Posso deixar o carro aqui com as chaves, caso você precise manobrá-lo?

Fred olhou o adesivo do Hospital John Radcliffe e concordou. Matthew passou as chaves pela portinhola.

– Matthew – insisti –, é só atravessar o caminho. Você não precisa me levar até em casa.

– Mas vou fazer isso – ele disse com um tom que inibia qualquer argumento.

Quando ultrapassamos os arcos do prédio e estávamos longe da vista de Fred, ele me deu a mão novamente. Dessa vez o choque de sua pele fria foi seguido por uma perturbadora sensação de calor no meu estômago.

Ao pé da escada, olhei para ele ainda de mãos dadas.

– Obrigada por me levar à ioga de novo.

– De nada.

Ele assentou a mecha rebelde do meu cabelo atrás da minha orelha e ao mesmo tempo acariciou o meu rosto.

– Quer jantar comigo amanhã? – disse com doçura. – Dessa vez eu cozinho. Posso pegá-la aqui às sete e meia?

Meu coração deu um salto. *Diga não*, fui dura comigo mesma, apesar do salto repentino.

– Adoraria – acabei dizendo.

O vampiro comprimiu os lábios em uma face do meu rosto e depois na outra.

– *Ma vaillante fille* – sussurrou no meu ouvido, com um perfume estonteante entrando pelas minhas narinas.

Já no meu andar, notei que a maçaneta da porta estava consertada como eu tinha pedido e travei uma batalha para girar a chave na fechadura. Fui recebida pelo pisca-pisca luminoso da secretária eletrônica, indicando uma outra mensagem de Sarah. Fui até a janela e olhei para baixo no mesmo instante em que Matthew olhou para minha janela. Acenei. Ele sorriu, pôs as mãos nos bolsos e saiu pela escuridão da noite na direção da portaria, como se a noite lhe pertencesse.

14

Às sete e meia, Matthew me esperava à entrada do prédio, impecável como sempre na combinação monocromática de branco e cinza-escuro e com os cabelos negros penteados para trás. Ele esperou pacientemente a inspeção do porteiro de fim de semana que se despediu de mim com um aceno positivo de cabeça e uma frase deliberada.

– Até mais tarde, dra. Bishop.

– Você desperta o instinto protetor das pessoas – murmurou Matthew depois que passamos pelo portão.

– Aonde vamos? – O carro dele não estava na rua.

– Hoje vamos jantar na faculdade. – Ele apontou na direção da Biblioteca Bodleiana. Eu estava pensando que ele me levaria para Woodstock ou para um apartamento em algum prédio vitoriano ao norte de Oxford. Não me passara pela cabeça que ele podia morar em uma faculdade.

– Na sede, com os figurões? – Senti-me terrivelmente constrangida e tratei de abaixar a bainha do meu top de seda negro.

Matthew balançou a cabeça, sorrindo.

– Evito aquela sede o máximo possível. E com toda certeza não a faria se sentar em território inimigo para ser inspecionada pelos colegas.

Viramos a esquina e seguimos na direção da Câmara de Radcliffe. Passamos pela entrada da Hertford College sem nos determos e o peguei pelo braço. Lá adiante estava uma faculdade de Oxford notória pela seleção minuciosa dos seus membros e pela rígida atenção ao protocolo.

A mesma faculdade que ganhara fama pelos seus membros brilhantes.

– Você não mora aí...

Matthew se deteve.

– Que importância tem a faculdade a que pertenço? – Ele desviou os olhos. – Mas se prefere ficar com outras pessoas, é claro que entendo.

– Não estou preocupada se vou ser o *seu jantar*, Matthew. É que nunca entrei aí. – Dois portões ricamente ornamentados guardavam a faculdade como se fosse o País das Maravilhas. Ele bufou de impaciência e me pegou pela mão para me impedir de observar o lugar de longe.

– É só um bando de gente num conjunto de prédios antigos. – A rispidez não amenizou o fato de que ele era um dos sessenta que habitavam um lugar onde os alunos não punham os pés. – Além do mais, nós vamos para o meu apartamento.

Durante o restante do caminho Matthew se descontraía a cada passo que dava na escuridão como se estivesse na companhia de um velho amigo. Entramos por uma porta de madeira baixa que mantinha o público longe da quietude do apartamento dele. Não havia ninguém na portaria a não ser o porteiro, e não havia estudantes sentados nos bancos da quadra à frente. O lugar era tranquilo e silencioso, como se habitado apenas pelas "almas de todas as pessoas honradas e falecidas da Universidade de Oxford".

Matthew me olhou com um sorriso tímido.

– Bem-vinda à All Souls.

A All Souls College era uma obra-prima da antiga arquitetura gótica, misto de um bolo confeitado e de uma catedral com todas as torres e delicadas esculturas a que tinha direito. Suspirei de prazer, sem palavras – pelo menos até aquele momento. Mas Matthew ainda teria que me explicar muita coisa.

– Boa-noite, James – ele disse para o porteiro, que por sua vez olhou por cima dos óculos bifocais e cumprimentou com a cabeça. Matthew ergueu uma chave antiga presa num cordão de couro. – Não vou demorar.

– Tudo bem, professor Clairmont.

Ele me deu a mão de novo.

– Vamos. Precisamos prosseguir com a sua educação.

Ele parecia um garoto travesso em busca de um tesouro enquanto me puxava pela mão. Atravessamos uma porta preta desgastada pelo tempo, e ele acendeu a luz. Sua pele branca se tornou ainda mais branca sob a luz e ele ficou realmente parecido com um vampiro.

– Ainda bem que eu sou uma bruxa – brinquei. – Qualquer humano morreria de susto só de vê-lo.

Matthew digitou uma longa série de números no painel ao pé de um lance de degraus, e depois apertou uma tecla. Ouvi um suave clique e ele empurrou outra porta que se abriu. Fui atingida por uma onda aromática de mofo e velhice, e de algo mais indiscernível. A escuridão se estendia para longe da luz da escada.

– Isso está parecendo uma cena de um romance gótico. Para onde está me levando?

– Diana, calma. Já estamos chegando.

A paciência nunca foi o forte das Bishop.

Ele passou o braço por cima dos meus ombros e ligou um outro interruptor. Focos luminosos de uma fileira de lâmpadas antigas suspensas em arame como trapezistas se projetaram sobre o que me pareceu ser estábulos para pequenos pôneis Shetland.

Olhei para Matthew com centenas de perguntas nos olhos.

– Primeiro você – ele disse com uma reverência.

Dei um passo à frente e inalei um cheiro diferente. Cheiro de álcool – como o cheiro de um pub nas manhãs de domingo.

– Vinho?

– Vinho.

Caminhamos por entre dezenas de pequenos recintos com pilhas e caixotes de garrafas em cima de prateleiras. Em cada recinto, uma lousa apresentava uma data a giz. Passamos por recintos com vinhos das épocas da Primeira e da Segunda Guerra Mundial, e por outros com garrafas que Florence Nightingale poderia ter levado em baús para a Crimeia. Havia garrafas de vinho do ano em que o Muro de Berlim foi erguido até o ano de sua derrubada. À medida que a adega se estendia, as datas nas lousas eram substituídas por títulos como "Velho Clarete" e "Porto Vintage".

Por fim, chegamos ao final do cômodo e Matthew abriu uma das muitas portinholas que estavam trancadas. Ele pegou uma vela porque naquele canto não havia eletricidade, colocou-a num candelabro de cobre e acendeu-a.

Lá dentro, tudo estaria impecavelmente arrumado como o próprio Matthew se não fosse pela camada de poeira. Era um espaço apertado com prateleiras que abrigavam garrafas de tal maneira que não se corria o risco de pegar uma delas e derrubar a pilha abaixo. Havia manchas vermelhas perto do umbral onde o vinho tinha pingado ano após ano. Um cheiro de uva antiga misturado com rolha e mofo impregnava o ar.

– Isso é seu? – Eu estava incrédula.

– Sim, essa adega é minha. Poucos colegas têm sua própria adega.

– Será que aqui dentro tem alguma coisa que já não tenha lá fora? – A adega à frente devia ter uma garrafa de tudo que já tinha sido produzido no mundo. A sofisticada adega de Oxford parecia pobre e estéril em comparação com a de Matthew.

Ele sorriu com um ar misterioso.

– Aqui tem de tudo.

Ele se moveu agilmente pelo pequeno cômodo desprovido de janelas, puxando com uma cara feliz uma e outra garrafa como se a inspecionando. Por fim, me estendeu uma garrafa escura com um rótulo dourado e uma rolha coberta por um trançado de arame. Champanhe – Dom Perignon.

Depois pegou outra garrafa de vidro verde bem escuro com um rótulo creme escrito em tinta preta. Estendeu a garrafa para mim com um floreio e pude ler a data: 1976.

– O ano em que nasci! – eu disse.

Matthew pegou mais duas garrafas, uma com um grande rótulo octogonal que exibia o desenho de um castelo e com a rolha vedada por uma grossa camada de cera vermelha, e outra sem rótulo, torta, negra e selada com algo que parecia alcatrão. Uma velha etiqueta de papel-manilha estava amarrada em torno do gargalo da segunda garrafa com um pedaço sujo de barbante.

– Podemos ir? – ele perguntou, soprando a vela. Cuidadosamente, trancou a porta com as duas garrafas na outra mão e colocou a chave no bolso. Deixamos o cheiro de vinho para trás e voltamos para o primeiro andar.

Em meio à penumbra e com garrafas de vinho nas mãos, Matthew parecia brilhar de prazer.

– Que noite maravilhosa – ele disse contente.

Fomos para o apartamento dele que em alguns aspectos era maior do que eu tinha imaginado e em outros, menor. O apartamento localizado no topo extremo de um dos mais antigos blocos da All Souls tinha aposentos menores que os meus na New College, muitos ângulos curiosos e estranhas inclinações. O teto era alto o suficiente para a altura de Matthew, mas os espaços eram muito pequenos para abrigá-lo. Ele se abaixava quando passava pelas portas, e suas coxas ficavam à altura do parapeito das janelas.

Naqueles aposentos, o que faltava em tamanho sobrava em mobília. Um tapete Aubusson encardido se estendia ao longo do piso, sustentando uma coleção de móveis de William Morris autênticos. De alguma forma, a arquitetura do século XV junto ao tapete do século XVIII e a madeira rústica de carvalho do século XIX se encaixavam perfeitamente, criando a atmosfera de um seleto espaço eduardiano exclusivo para cavalheiros.

No fundo do aposento principal, destacava-se uma longa mesa de refeitório com jornais, livros e material acadêmico: memorandos, artigos acadêmicos, requisições de cartas e pareceres, tudo muito bem organizado sobre uma das extremidades da mesa. Diferentes objetos serviam como peso de papel nas diferentes pilhas. Os pesos de papel incluíam um peso de vidro propriamente dito, um tijolo velho, uma medalha de bronze que Matthew devia ter conquistado e um pequeno ferro para cutucar brasas. Na outra extremidade da mesa, uma delicada toalha de linho de mesa esticada sobre um tampo de madeira amparava castiçais georgianos de uma beleza que eu nunca tinha visto fora de museus. Taças de vinho de diferentes formatos compunham a mesa elegantemente posta com pratos brancos e talheres de prata georgianos.

– Que lindo! – Olhei em volta extasiada. Nenhum móvel e nenhum ornamento naquele apartamento pertenciam à faculdade. Ali tudo pertencia a Matthew.

– Sente-se. – Ele tirou as duas garrafas de vinho das minhas mãos e levou-as até um magnífico gabinete. – A administração da All Souls não acha bom que os moradores cozinhem nos apartamentos. – Tentou justificar a precariedade da cozinha que eu estava observando. – Por isso, a gente se vira como pode.

Mas certamente faríamos uma refeição que não ficaria a dever ao melhor restaurante da cidade.

Matthew pôs a garrafa de champanhe dentro de um balde de prata com gelo e juntou-se a mim, sentando-se em uma das confortáveis poltronas que flanqueavam uma lareira inativa.

– Ninguém mais em Oxford o deixa acender uma lareira. – Ele apontou para a lareira de pedra completamente vazia. – A cidade inteira cheirava a fogueira no tempo em que acendiam lareiras.

– Quando você chegou aqui em Oxford? – Torci para que minha pergunta não desse a impressão de que eu queria bisbilhotar o passado dele.

– Dessa vez, em 1989. – Matthew esticou suas pernas compridas e suspirou relaxado. – Eu vim para a Oriel como estudante de ciência e acabei ficando para o doutorado. Eles me agraciaram com o All Souls Prize Fellowship e continuei aqui por mais alguns anos. Depois de completar o doutorado, a universidade me ofereceu um posto e me elegeu membro da instituição. – A cada vez que ele abria a boca saía algo impressionante lá de dentro. Um prêmio Fellowship? Só eram concedidos dois prêmios desse por ano.

— E é sua primeira vez na All Souls? — Mordi os lábios e ele riu.

— Vamos logo esclarecer isso — disse, erguendo as mãos e passando a nomear as faculdades. — Fui uma vez membro da Merton, da Magdalen e das faculdades da universidade. Fui duas vezes membro da New College e da Oriel. E esta é a primeira vez que a All Souls prestou atenção em mim.

Fiquei atordoada quando multipliquei essa resposta pelos fatores Cambridge, Paris, Pádua e Montpellier — instituições que deviam ter recebido um aluno chamado Matthew Clairmont ou alguma variação desse nome. O que teria ele estudado durante aqueles anos todos e com quem tinha estudado?

— Diana? — A voz de Matthew cortou meus pensamentos. — Está me ouvindo?

— Desculpe. — Fechei os olhos e enfiei as mãos debaixo das coxas, fazendo força para me manter atenta. — É como uma doença. Não consigo evitar a curiosidade quando você começa a narrar suas reminiscências.

— Eu sei. É uma das dificuldades enfrentadas por um vampiro que se envolve com uma bruxa historiadora. — Matthew fez uma careta, fingindo preocupação, mas seus olhos cintilaram como estrelas negras.

— Se quiser evitar essa curiosidade no futuro, sugiro que evite o setor de paleografia da Bodleiana — retruquei com mordacidade.

— Por enquanto, uma historiadora já basta. — Ele se ergueu com suavidade. — Eu perguntei se você estava com fome.

Por que ele continuava com isso era um mistério — quando é que eu não estava com fome?

— Estou. — Fiz menção de sair da fofa poltrona Morris. Ele estendeu a mão. Eu a segurei e ele me levantou como uma pluma.

Ficamos a nos olhar com nossos corpos quase se tocando. Fixei os olhos na âmbula de Betânia debaixo do suéter dele.

Ele percorreu meu corpo com os olhos, deixando uma trilha de flocos de neve.

— Você está adorável.

Abaixei a cabeça e a mecha rebelde do meu cabelo tombou no meu rosto. Como vinha fazendo nos últimos dias, ele afastou-a e prendeu-a atrás da minha orelha. Dessa vez se aventurou com os dedos até a base do meu pescoço. Suspendeu os cabelos da minha nuca e os deixou escorrer por entre os dedos como água. Estremeci ao toque de um ar gelado na minha pele.

— Adoro o seu cabelo — ele murmurou. — Tem uma cor incrível que vai do vermelho ao preto.

Ouvi uma respiração profunda e percebi que ele farejara um novo aroma.

– O que está farejando? – Minha voz soou com firmeza, mas não ousei olhar nos olhos dele.

– Você – ele sussurrou.

Olhei para ele.

– Vamos jantar?

Depois disso, não consegui me concentrar na comida, se bem que me esforcei. Matthew me fez sentar à mesa de modo que eu tivesse uma panorâmica daquela sala maravilhosa e acolhedora. Em seguida, ele retirou dois pratos de uma pequena geladeira, cada qual com seis ostras frescas aninhadas no topo de uma porção de gelo picado que pareciam de raios de uma estrela.

– A primeira lição da aula de hoje é sobre ostras e champanhe. – Ele sentou-se à mesa e ergueu o dedo como um mestre prestes a desenvolver o seu tema preferido. Esticou o seu braço comprido, alcançou o balde de gelo sem a menor dificuldade e tirou de dentro a garrafa de champanhe. Soltou a rolha da garrafa com uma única rodada de mão.

– Eu não consigo fazer isso direito – comentei observando as mãos fortes e elegantes de Matthew.

– Se quiser, posso lhe ensinar a tirar a rolha com uma espada. – Ele abriu um sorriso. – É claro que se não tiver uma espada por perto, você pode recorrer a uma faca. – Ele verteu um pouco de champanhe que eferveceu e dançou nos copos sob a luz das velas.

Matthew ergueu o copo em minha direção e fez um brinde.

– À la tienne.

– À la tienne. – Brindei com meu copo erguido, observando as bolhas que estouravam à superfície. – Por que essas bolhas são tão pequenas?

– Porque é um vinho muito velho. Geralmente não se espera tanto tempo para se beber um champanhe. Mas gosto de vinho velho... lembra o gosto do champanhe de antigamente.

– Quanto tempo tem este champanhe?

– É mais velho que você – ele disse enquanto abria as conchas das ostras com as mãos, o que geralmente requer uma faca afiada e muita habilidade, e as colocava no recipiente de vidro ao centro da mesa. Depois, esticou-se e pôs o prato à minha frente. – É de 1961.

– Diga-me, por favor, se este champanhe será a coisa mais velha que beberemos esta noite. – Fiz o comentário porque me veio à lembrança o vinho que ele tinha levado para o jantar da quinta-feira, cuja garrafa estava servindo de vaso para o que restou das rosas brancas na minha mesa de cabeceira.

– De jeito nenhum. – Ele abriu um sorriso.

Levei a primeira ostra à boca. Arregalei os olhos à medida que a minha boca estalava com o gosto do Atlântico.

– Agora beba. – Ele pegou o próprio copo e ficou me observando enquanto eu sorvia um gole daquele líquido dourado. – O que está sentindo?

A cremosidade do vinho e da ostra colidia de tal maneira com o gosto de sal marinho que até parecia um feitiço.

– Parece que o oceano inteiro está na minha boca – respondi e tomei um outro gole.

Depois das ostras, passamos para uma enorme salada. Com as verduras mais caras conhecidas pelos homens, nozes, frutas vermelhas e um delicioso molho feito com vinagre de champanhe e azeite de oliva que Matthew preparou na mesa. Fatias de carne de perdiz das terras da Velha Cabana adornavam a salada. Bebemos o vinho que Matthew chamou de meu "vinho de aniversário", um vinho que tinha um cheiro de fumaça e de limão de cera de assoalho e um gosto de bala de açúcar queimado e de giz.

O prato seguinte foi um ensopado com pedaços de carne e um molho perfumado. Na primeira mordida, senti que se tratava de vitela acompanhada de maçãs e de um pouco de nata, tudo em cima de um montículo de arroz. Matthew me observou enquanto eu mastigava e sorriu quando provei a acidez da maçã pela primeira vez.

– É uma receita antiga da Normandia – disse. – Gostou?

– É maravilhoso. Foi você mesmo que preparou?

– Não – ele respondeu. – O chef do restaurante Old Parsonage preparou e me deu as instruções de como não queimá-lo quando o requentasse.

– Está aprovado, já que o requentou magnificamente bem. – O calor do ensopado inundou o meu corpo por dentro. – Mas você não está comendo.

– Não estou com fome. – Ele continuou me observando por mais alguns instantes e depois foi à cozinha para pegar outro vinho. Era a garrafa selada com a cera vermelha. Retirou a cera e a rolha da garrafa. – Perfeito! – exclamou, vertendo cuidadosamente o líquido escarlate dentro de um decantador que estava à mesa.

– Está sentindo mesmo o cheiro deste? – Eu ainda não estava convencida de que os poderes olfativos de Matthew chegavam a tanto.

– Claro que sim. E ainda mais deste vinho. – Ele verteu um pouco da bebida no meu copo e no dele. – Está pronta para experimentar um milagre? – perguntou. Balancei a cabeça. – É um Château Margaux de uma grande vinícola. Algumas pessoas o consideram o melhor vinho tinto já feito.

Erguemos os copos e imitei os gestos de Matthew. Ele levou o nariz à beira do copo e fiz o mesmo. Fui impregnada pelo aroma de violetas. A primeira impressão foi de que eu estava bebendo veludo. Logo emergiu um gosto de leite achocolatado e de cerejas, seguido por uma torrente de sabores sem sentido que me fizeram lembrar do antigo cheiro do estúdio do meu pai depois que ele fumava e do cheiro de madeira de lápis que impregnava o meu apontador na época do colégio. Por fim, senti um gosto de especiarias característico de Matthew.

– Ele tem o seu gosto! – comentei.

– Que gosto? – ele perguntou.

– Um gosto de especiarias – respondi vermelha como um pimentão.

– Só de especiarias?

– Não. Primeiro, achei que tinha um gosto de flores... violetas... porque tinha um cheiro de violetas. Mas depois senti muitas outras coisas. Para você tem gosto de quê?

Esse assunto seria bem mais interessante e bem menos constrangedor que a minha reação.

Ele inspirou, girou levemente o copo e tomou um gole.

– Violetas... concordo com você. Aquelas violetas roxas cobertas de açúcar. Elizabeth Tudor adorava violetas cristalizadas e isso arruinou os dentes dela. – Ele tomou outro gole. – Fumaça de um charuto de excelente qualidade, como aqueles que o Marlborough Club deixava à disposição nas visitas do príncipe de Gales. Amoras negras colhidas na cerca viva perto do estábulo da Velha Cabana, e groselhas maceradas em conhaque.

Não há nada mais surreal que observar um vampiro fazendo uso dos seus poderes sensoriais. Não era pelo fato de que Matthew podia ver e ouvir coisas que eu não podia – era pela percepção e a precisão que ele demonstrava quando sentia alguma coisa. Não era uma amora negra qualquer – era uma amora negra em particular, de um lugar em particular, de um tempo em particular.

Enquanto Matthew seguia bebendo o vinho, eu terminava meu ensopado. Peguei o meu copo de vinho com um suspiro de satisfação e comecei a brincar com a haste do copo de maneira a fazer com que o vidro capturasse a luz das velas.

– Que gosto você acha que eu tenho? – perguntei em tom de brincadeira.

Ele se levantou abruptamente com um semblante pálido e furioso. O guardanapo caiu no chão e ele nem reparou. Uma veia da testa dele estufou e começou a pulsar.

Eu tinha dito alguma coisa errada.

Antes que eu tivesse tempo de piscar os olhos, ele já estava me puxando da cadeira e me pegando pelos cotovelos com mãos geladas.

– Não acha que há uma lenda sobre os vampiros que precisa ser esclarecida? – Ele estava com uns olhos estranhos e um rosto assustador. Eu tentei me soltar, mas ele me segurou com mais força. – Uma lenda sobre um vampiro que se apaixona por uma mulher de uma forma incontrolável.

Apressei-me em rever o que acabara de acontecer. Primeiro, ele me perguntou o que eu tinha sentido. Eu tinha sentido o gosto dele. Depois, ele disse o que ele próprio tinha sentido, e eu disse...

– Oh, Matthew – sussurrei.

– Percebeu o que significa sentir você para mim? – A voz dele passou de um ronronado para algo mais intenso e perigoso. Fiquei atordoada por um instante.

Matthew soltou os meus braços antes que a emoção se intensificasse. Não tive tempo para reagir ou fugir. Ele já estava com os dedos enfiados nos meus cabelos e pressionava a base do meu crânio com os polegares. Eu tinha sido pega novamente, e uma sensação de paralisia se espalhou pelo meu corpo à medida que aquelas mãos geladas me tocavam. O que será que havia naqueles dois copos de vinho que eu tinha tomado? Alguma droga? O que mais explicaria minha paralisação?

– Não é só o seu cheiro que me agrada. Eu posso *ouvir* o seu sangue de bruxa enquanto ele se movimenta em suas veias. – Ele comprimiu as minhas orelhas com lábios frios e um hálito doce. – Você sabia que o sangue das bruxas é musical? É como o canto de uma sereia que faz um marinheiro jogar o barco contra os rochedos, o chamado do seu sangue pode ser a minha perdição... e a sua também – sussurrou tão baixinho que era como se estivesse falando dentro da minha cabeça.

Os lábios de Matthew deslizaram avidamente ao longo do meu queixo. Cada pedaço do meu corpo que era tocado pela boca do vampiro gelava e depois queimava, e o sangue voltava a correr sob a minha pele.

– Matthew – sussurrei com a voz entrecortada. Fechei os olhos, achando que ele cravaria os dentes no meu pescoço e ainda me sentindo incapaz... e sem vontade... de me mover.

Em vez de morder meu pescoço, ele buscou meus lábios com lábios ávidos. Enlaçou-me com os braços e aninhou minha nuca nas mãos. Fiquei com meus lábios subjugados aos dele e minhas mãos encurraladas entre o peito dele e o meu. Debaixo da palma de minhas mãos, apenas a batida do coração dele.

De repente, uma batida brusca no coração o fez transformar o beijo. Seu desejo não arrefeceu, mas a ânsia do seu toque se tornou agridoce. Ele afastou as mãos da minha nuca, segurou o meu rosto e se afastou com certa relutância. Ouvi um sopro suave e recortado. Nada parecido com uma respiração humana. Era o som do tempo que o sangue do vampiro levava para percorrer seus poderosos pulmões.

– Eu tirei proveito do seu medo. Não devia ter feito isso – ele sussurrou.

Eu estava de olhos fechados, intoxicada com o aroma de cravo e canela que afugentava o perfume de violetas do vinho. Angustiada, fiz menção de me soltar do abraço.

– Fique quieta – ele disse de um modo brusco. – Talvez não consiga me controlar se você se afastar.

Lá no laboratório ele me alertara sobre a relação entre o predador e a presa. E agora sugeria que eu devia me fazer de morta para que o predador que havia dentro dele perdesse o interesse por mim.

Mas eu não estava morta.

Abri os olhos. A voracidade daquele rosto não deixava margem para dúvidas. Matthew tinha uma expressão ávida e faminta, tornara-se uma criatura dominada pelos próprios instintos. Mas eu também tinha instintos.

– Eu estou a salvo com você – eu disse a frase com os lábios congelados e ao mesmo tempo ardendo em fogo porque nunca tinha sido beijada por um vampiro.

– Uma bruxa... a salvo com um vampiro? Jamais confie nisso. Bastaria uma fração de segundo. E você não conseguiria me deter se eu investisse, e eu também não conseguiria me deter. – Nossos olhos se encontraram e assim ficamos sem que nenhum dos dois desse uma única piscada. Surpreendido, ele murmurou baixinho. – Você é muito corajosa.

– Nunca fui corajosa.

– O jeito com que você encarou o vampiro quando doou sangue no laboratório, o jeito com que expulsou as criaturas na biblioteca e até o fato de voltar todo dia para lá sem permitir que ninguém atrapalhe seu trabalho... tudo isso é coragem.

– É teimosia. – Essa diferença Sarah já tinha esclarecido muitos anos antes.

– Já vi coragem como a sua... em geral nas mulheres – ele continuou como se não tivesse me ouvido. – Os homens não têm essa coragem. Nossa determinação nasce do medo. Não passa de bravata.

O olhar de Matthew caía em flocos de neve sobre mim, flocos que se derretiam como gelo assim que me tocavam. Um dedo gelado recolheu uma lágrima que tombou da ponta dos meus cílios. Ele estava com o rosto triste quando gentilmente me fez sentar na cadeira e se agachou ao meu lado, pousando uma das mãos no meu joelho e a outra no braço da cadeira de maneira a fazer um círculo de proteção.

– Me promete que nunca mais vai brincar assim com um vampiro... e muito menos comigo... nem sobre sangue nem sobre o gosto que você tem.

– Me desculpe – sussurrei, fazendo força para não desviar os olhos.

Ele balançou a cabeça.

– Você mesma disse que não sabia muita coisa sobre os vampiros. E o que precisa entender é que eles não são imunes à tentação. Os mais conscientes passam a maior parte do tempo tentando *não* imaginar o gosto que as outras pessoas podem ter. Se você se deparar com algum vampiro sem consciência, e muitos se enquadram nessa categoria, então que Deus a ajude.

– Eu não pensei. – E continuava não pensando. Minha cabeça rodava só de lembrar do beijo e da fúria dele, e daquela ânsia palpável que ele exibiu.

Matthew abaixou a cabeça e se recostou no meu ombro. A âmbula de Betânia escapuliu pela gola do suéter e oscilou como um pêndulo, o pequeno caixão cintilou sob a luz das velas.

Ele começou a murmurar tão baixinho que tive que me esforçar para ouvir.

– Bruxas e vampiros não devem se envolver dessa maneira. Eu estou sentindo o que jamais... – A voz dele soou entrecortada.

– Sei disso. – Esfreguei o queixo levemente nos cabelos dele. Eles eram tão sedosos como pareciam. – Eu também estou sentindo a mesma coisa.

Matthew continuou com as mãos no mesmo lugar, uma no meu joelho e a outra no braço da cadeira. Depois que falei, ele moveu os braços devagar e me pegou pela cintura. O gelo da pele dele atravessou a minha roupa, mas não tremi de frio. Pelo contrário, me aconcheguei para descansar os braços nos seus ombros.

Evidentemente, um vampiro se sentiria confortável naquela mesma posição por muitos dias, mas não uma simples bruxa como eu. Fiz então um pequeno movimento e ele me olhou confuso, mas em seguida demonstrou com um rosto iluminado que tinha entendido.

– Eu me esqueci – ele disse se levantando e se afastando de mim com cuidado. Primeiro, mexi uma perna e, depois, a outra, restaurando assim a circulação dos meus pés.

Matthew estendeu o vinho para mim e voltou para a sua cadeira. Depois disso tratei de estabelecer uma conversa que não o fizesse pensar no gosto que eu podia ter.

– Qual era a quinta pergunta que você teve que responder para ganhar o prêmio Fellowship? – Os candidatos eram convidados a prestar um exame que envolvia quatro perguntas de amplitude reflexiva e complexidade ardilosa. Ainda havia uma célebre "quinta pergunta" e, quando o candidato sobrevivia às quatro primeiras, fazia-se então a famosa "quinta pergunta". Não era propriamente uma pergunta e sim uma simples palavra como "água" ou "ausência". A resposta ficava por conta do candidato e quem apresentasse a resposta mais inteligente ganhava a vaga na All Souls.

Ele se esticou por sobre a mesa – sem que as velas o queimassem – e derramou mais vinho no meu copo.

– Desejo – respondeu esquivando-se engenhosamente dos meus olhos.

Era melhor parar com os planos táticos.

– Desejo? E o que você escreveu?

– Pelo que me lembro escrevi que ao longo dos séculos apenas duas emoções fizeram o mundo girar. – Ele hesitou e seguiu em frente. – Uma, o medo. A outra, o desejo. Foi mais ou menos essa a minha resposta.

Não me passou despercebido que Matthew não tinha incluído o amor. Era um quadro brutal, uma queda de braço entre dois impulsos iguais e opostos. Por outro lado, um toque de verdade que superava o chavão "o amor faz o mundo girar". Ele insinuava que o desejo dele – principalmente por sangue – era tão intenso que colocava tudo mais em risco.

No entanto, os vampiros não eram as únicas criaturas que tinham que lidar com impulsos muito intensos. Grande parte de tudo que sempre foi classificado como magia não passava de desejos em ação. A feitiçaria é diferente – envolve feitiços e rituais. Mas a magia? Um desejo, uma vontade, uma ânsia, fortes demais para serem negados – tudo isso pode se transformar em verdade quando cruza a mente de uma bruxa.

De todo modo, não seria justo esconder os meus segredos se Matthew me revelava os dele.

– Magia é desejo tornado real. Foi assim que peguei o *Notes and Queries* na noite em que nos conhecemos – argumentei vagarosamente. – Quando uma bruxa se concentra em alguma coisa que deseja e depois imagina a forma de obtê-la, ela pode fazer isso acontecer. Por isso sou bastante criteriosa quanto ao meu trabalho. – Peguei o copo de vinho com as mãos trêmulas e tomei um gole.

– Isso quer dizer que você passa grande parte do seu tempo reprimindo o seu desejo, exatamente como eu. Talvez até pelos mesmos motivos. – Ele percorreu o meu rosto com olhos de flocos de neve.

– Se você está dizendo que tenho medo de começar e de não poder parar depois... é isso mesmo. Não quero olhar para o passado e perceber que me apossei de coisas sem merecimento próprio.

– Então você duplica o merecimento. Primeiro você merece alguma coisa simplesmente porque não a pegou para si, e depois a merece de novo pelo trabalho e o esforço próprio. – Matthew soltou uma risada amarga. – Assim não há vantagem alguma em ser uma criatura sobrenatural, não é o caso?

Ele sugeriu que nos sentássemos perto da lareira inativa. Eu me instalei no sofá e ele pôs um prato de biscoitos de nozes na mesinha à minha frente antes de desaparecer novamente na cozinha. Depois apareceu com a garrafa preta antiga – já sem a rolha – sobre uma pequena bandeja junto a dois copos contendo um líquido da cor de âmbar. Ofereceu-me um dos copos.

– Feche os olhos e diga que aroma sente. – Passou-me a instrução com a voz de um mestre de Oxford.

Obediente, fechei os olhos. O vinho tinha um sabor ao mesmo tempo velho e vibrante. Exalava um aroma de flores com nozes e limões cristalizados, e algo mais, o longo passado de um mundo ao qual eu só tinha acesso pelos livros e a imaginação.

– Ele tem cheiro de passado. Mas não de um passado morto. Um passado vivo.

– Abra os olhos e beba um gole.

À medida que a bebida doce e brilhante escorria pela minha garganta, algo muito antigo penetrava no meu fluxo sanguíneo. *Esse deve ser o sabor do sangue de um vampiro.* Mantive o pensamento comigo.

– Você vai me dizer o que é isso? – perguntei com a boca impregnada de sabores.

– Malvasia – ele disse sorrindo. – Um antiquíssimo vinho de malvasia.

– Quantos anos? – perguntei curiosa. – É tão velho quanto você?

Ele riu.

– Não. Você não gostaria de beber algo tão velho quanto eu. É de 1795, feito de uvas cultivadas na ilha da Madeira. No passado era muito popular, mas hoje quase ninguém lhe dá valor.

– Que bom – comentei com uma satisfação gulosa. – Sobra tudo pra mim.

Ele riu de novo, sentando-se confortavelmente em uma de suas poltronas Morris.

Conversamos sobre a estada dele na All Souls e sobre Hamish, outro que ganhara o prêmio Fellow, e sobre as aventuras de ambos em Oxford. Ri muito das histórias sobre os jantares que ele era obrigado a participar e de suas corridas até Woodstock onde ele vomitava até tirar o gosto de carne cozida da boca.

– Você parece cansada – ele disse, e só se levantou depois de mais um copo de malvasia e uma hora de conversa.

– Estou mesmo cansada. – Apesar da fadiga ainda precisava lhe dizer uma coisa antes que ele me levasse para casa. Deixei o copo na mesa.

– Já tomei uma decisão, Matthew. Na segunda-feira, vou requisitar o Ashmole 782.

O vampiro sentou-se abruptamente.

– Não sei como quebrei o feitiço na primeira vez, mas tentarei de novo. Knox não acredita que eu consiga. – Franzi os lábios. – Mas o que ele sabe? Ele não foi capaz de quebrar o feitiço. E talvez você consiga enxergar as palavras que se escondem sob as imagens desse palimpsesto mágico.

– Você está dizendo que não sabe de que forma quebrou o feitiço? – A testa de Matthew exibiu algumas rugas de aturdimento. – Que palavras você disse? Que poderes você invocou?

— Eu quebrei o feitiço sem me dar conta de que estava fazendo isso – expliquei.

— Meu Deus, Diana. – Ele se levantou outra vez como um raio. – Knox sabe que você não recorreu à magia?

— Se sabe, não fui eu que lhe contei. – Eu me encolhi. – Além do mais, o que isso importa?

— Importa porque você se deparou com as condições desse encantamento, ainda que não o tenha quebrado. Agora as outras criaturas estão esperando que você faça algum contrafeitiço para observá-lo e copiá-lo, e se possível, para elas mesmas pegarem o Ashmole 782. Os seus colegas bruxos já não serão tão pacientes e tão bem-comportados quando ficarem sabendo que o feitiço se abriu para você por vontade própria.

O semblante furioso de Gillian me veio à mente, acompanhado pelo vívido relato do que as bruxas e os bruxos tinham feito com os meus pais para extrair os segredos que eles guardavam. Afugentei esses pensamentos com o meu estômago dando voltas e me concentrei nas imperfeições do argumento de Matthew.

— O feitiço foi lançado mais de um século antes do meu nascimento. Isso é impossível.

— Parecer impossível não significa que não seja verdade – ele retrucou rindo. – Newton sabia bem disso. Não se pode prever o que Knox fará quando perceber que existe uma relação entre o feitiço e você.

— Sendo assim estarei em perigo pegando ou não pegando o manuscrito – concluí. – O Knox não vai sair do meu pé, não é?

— Não vai, não – ele concordou, relutando. – E não hesitará em usar a magia contra você, mesmo que esteja na frente de humanos em plena biblioteca. E talvez eu não consiga ajudá-la a tempo.

Os vampiros são rápidos, mas a magia é muito mais.

— Então me sentarei perto da sua mesa. Ficaremos sabendo tão logo o manuscrito seja entregue.

— Não gosto nada disso – disse Matthew, visivelmente preocupado. – A linha entre a coragem e a imprudência é muito tênue, Diana.

— Não é imprudência... só quero a minha vida de volta.

— E se a sua vida for isso? – ele perguntou. – E se depois de tudo você não conseguir manter a magia afastada?

— Manterei algumas partes dela. – Lembrei do nosso beijo e do intenso sentimento que o acompanhou, e olhei nos olhos dele para que ele soubesse o quanto estava incluído na minha vida. – O fato é que não serei intimidada por ninguém.

Fizemos o trajeto de volta a minha casa com Matthew ainda preocupado com meu plano. Quando virei na New College Lane para entrar pelos fundos, ele me pegou pela mão.

– De jeito nenhum – disse. – Você viu como o porteiro me olhou? Eu quero que ele saiba que você está segura na faculdade.

Seguimos pela calçada acidentada da Holywell Street, passamos pela entrada do pub Turf e cruzamos os portões da New College. Passamos de mãos dadas pelo porteiro.

– Você vai remar amanhã? – disse Matthew ao pé da escada.

Resmunguei.

– Não, tenho um monte de cartas de recomendação para escrever. Ficarei em casa e darei uma arrumada na minha escrivaninha.

– Eu vou caçar em Woodstock – ele disse casualmente.

– Então, boa caçada – retruquei de forma igualmente casual.

– Não se aborrece em saber que estarei fora, escolhendo o meu próprio cervo? – Ele pareceu surpreso.

– Não. De vez em quando me alimento de perdiz. E de vez em quando você se alimenta de cervo. – Dei de ombros. – Sinceramente, não vejo diferença alguma.

Os olhos de Matthew brilharam. Ele esticou um pouco os dedos, mas não soltou a minha mão. Levou-a até a boca e deu um longo beijo na carne tenra da palma de minha mão.

– Agora vá dormir – disse, soltando a minha mão. Ele deixou rastros de gelo e neve com os olhos quando me observou da cabeça aos pés.

Olhei para ele sem fala, impressionada com o poder envolvente de um simples beijo na palma de minha mão.

– Boa-noite – sussurrei quase sem fôlego. – Vejo você na segunda.

Subi a escada estreita que levava ao meu apartamento. Já na entrada pensei comigo que a maçaneta da porta tinha sido apertada por alguém que acabou fazendo uma baita confusão na fechadura porque a parte metálica e a madeira estavam todas arranhadas. Entrei no apartamento e acendi as luzes. A secretária eletrônica estava piscando, é claro. Cheguei à janela e acenei para mostrar que eu estava sã e salva.

Alguns segundos depois, eu me debrucei na janela para espiar e Matthew já tinha ido embora.

15

A manhã da segunda-feira exibia a quietude mágica comum de outono. O mundo inteiro parecia claro e brilhante, e o tempo, suspenso. Levantei da cama ao amanhecer, ansiosa para sair, e vesti o traje de remo.

O rio estava vazio naquela hora do dia e a névoa começou a se dissipar na superfície da água quando o sol apareceu no horizonte, de modo que o meu barco escorregava por entre pontos alternados de névoa e raios de sol rosados.

Quando retornei à doca, Matthew me esperava com um velho cachecol listrado de marrom e branco da New College na escada que levava até a sacada da casa de barcos. Saí do barco, coloquei as mãos nos quadris e o olhei sem poder acreditar.

— Onde conseguiu essa coisa? — Apontei para o cachecol.

— Você devia ter mais respeito pelos mais velhos — ele respondeu com um sorriso maroto, jogando a ponta do cachecol por cima do ombro. – Se não me engano o comprei em 1920, mas na verdade não lembro bem. Talvez depois da Grande Guerra.

Balancei a cabeça e levei os remos para dentro da casa de barcos. No momento em que tirava o meu barco da água um outro barco deslizou pela doca com dois remadores fazendo um uníssono perfeito. Meus joelhos se dobraram ligeiramente e o barco oscilou quando o levantei e o coloquei na minha cabeça.

– Por que não me deixa ajudá-la com isso? – disse Matthew saindo de onde estava.

– Nem pensar. – Eu já estava carregando o barco para dentro da casa com o passo firme. Matthew resmungou alguma coisa entre dentes.

Acabei de prender o barco no cavalete e fui tomar o café da manhã com Matthew no Mary and Dan's. Ele precisava ficar ao meu lado durante a maior parte do dia e os exercícios matinais tinham me deixado faminta. Matthew me pegou pelo cotovelo com uma das mãos e apoiou a outra nas minhas costas, desta vez mais firme que antes, e me conduziu por entre as mesas. Mary me recebeu como se eu fosse uma velha amiga e Steph nem se preocupou em apresentar o cardápio quando chegou à nossa mesa, simplesmente anunciou "o de sempre". A voz dela soou sem nenhum tom de interrogação e, quando o prato chegou carregado de ovos, bacon, cogumelos e tomates, eu me senti feliz por não ter pedido uma refeição mais leve e digna de uma dama.

Depois do café da manhã, resolvi voltar para casa para tomar um banho e trocar de roupa. Quando cheguei ao prédio, Fred espiou da portinhola da cabine para ver se era mesmo o Jaguar de Matthew que estava estacionado do lado de fora dos portões. Sem dúvida alguma os porteiros estavam fazendo apostas sobre o nosso relacionamento. Naquela manhã era a primeira vez que eu convencia o meu acompanhante a me deixar fora do terreno do prédio.

– Estamos em plena luz do dia e Fred vai ter um treco se o seu carro bloquear os portões dele no horário de carga e descarga – protestei quando Matthew fez menção de sair do carro. Ele se amuou, mas concordou que estacionar o carro na entrada do prédio seria suficiente para barrar um possível ataque de outros carros.

Cada passo da minha rotina naquela manhã teria que ser lento e deliberado. Eu então tomei um banho demorado, deixando a água quente escorrer pelos meus músculos cansados. E sem pressa vesti uma calça preta confortável, uma blusa de gola rolê para me proteger do frio que fazia na biblioteca e um casaquinho de lã azul apenas para quebrar o preto. Depois prendi o cabelo num rabo de cavalo. A mecha rebelde que sempre caía na minha testa se soltou na mesma hora e, resmungando, ajeitei-a atrás da orelha.

Apesar de todos os meus esforços a ansiedade aflorou tão logo empurrei a porta de vidro da biblioteca. O guarda apertou os olhos diante do meu sorriso calorosamente incomum, e precisou de mais tempo para comparar o meu rosto com o da fotografia do cartão da biblioteca. Até ele me deixou passar e subi a escadaria que levava à Duke Humfrey.

Uma hora antes eu tinha estado com Matthew e mesmo assim foi reconfortante quando o vi se escarrapachando numa incômoda cadeira da ala medieval no meio do primeiro vão de escrivaninhas elizabetanas. Ficou me observando quando coloquei o laptop no tampo de madeira desgastada.

– Ele está aqui? – sussurrei relutante em dizer o nome Knox.

Matthew assentiu com um sorriso.

– No Selden End.

– Bom, que fique mofando lá o dia inteiro – disse entre dentes comigo mesma enquanto retirava um cartão de requisição em branco de uma bandeja retangular que estava sobre a escrivaninha. Eu preenchi os dados: *Ashmole MS 782*, meu nome e o número do meu cartão da biblioteca.

Sean estava no balcão.

– Já tenho duas obras reservadas – disse-lhe com um sorriso.

Ele entrou na cabine e voltou com os manuscritos, depois estendeu a mão para pegar a minha nova requisição. Enfiou o cartão de requisição dentro de um envelope cinza que seria despachado para a pilha de requisições.

– Você tem um minuto para mim? – perguntou.

– Claro. – Acenei para Matthew, indicando que ele devia permanecer onde estava, e segui Sean até a entrada do Arts End que, como o Selden End, se estendia perpendicular à biblioteca velha. Ficamos debaixo de uma linha de janelas com vitrais por onde entravam tênues raios do sol da manhã.

– Ele está incomodando você?

– O professor Clairmont? De jeito nenhum.

– Sei que não é da minha conta, mas não gosto dele. – Sean olhou com nervosismo para a nave central, como se esperando que Matthew saísse de lá para confrontá-lo. – Isto aqui está cheio de tipos estranhos desde a semana passada.

Sem poder discordar, emiti ruídos abafados de simpatia.

– Você me contaria se tivesse alguma coisa errada?

– Claro que sim, Sean. Mas o professor Clairmont é legal. Não precisa se preocupar com ele.

Meu velho amigo não pareceu convencido.

– Sean pode achar que sou diferente... mas não tanto como você – disse para Matthew quando retomei o meu lugar.

– Poucos o são – ele disse em tom sombrio, retomando a leitura.

Liguei o computador e tentei me concentrar no trabalho. Eu teria que esperar pelo manuscrito durante algumas horas. Nunca foi tão difícil me concentrar na alquimia, minha atenção oscilava entre um vampiro e o balcão da biblioteca. Sem falar que eu desviava os olhos toda vez que chegavam os novos livros requisitados.

Depois de diversos alarmes falsos, soaram passos sorrateiros vindos do Selder End. Matthew se pôs em alerta na sua cadeira.

Peter Knox se aproximou ainda mais e se deteve.

– Dra. Bishop – disse com uma voz fria.

– Sr. Knox. – Minha voz soou igualmente fria, e me voltei para o volume aberto à minha frente. Ele deu mais um passo na minha direção.

Sem tirar os olhos dos documentos de Needham à sua frente, Matthew dirigiu-se a ele com toda calma possível:

– Se eu fosse você pararia aí mesmo, a menos que a dra. Bishop queira conversar.

– Eu estou muito ocupada. – Senti uma forte pressão na fronte e uma voz sussurrou dentro da minha cabeça. Lancei mão de todas as minhas forças para manter o bruxo fora dos meus pensamentos. – Já disse que estou muito ocupada – repeti com firmeza.

Matthew deixou um lápis na mesa e levantou-se.

– Matthew, o sr. Knox já está de saída – interferi e me voltei para o meu laptop digitando algumas palavras sem sentido.

– Espero que você saiba o que está fazendo. – Knox praticamente cuspiu a frase.

Matthew rosnou e o peguei levemente pelo braço. Knox fixou os olhos exatamente onde os corpos de uma bruxa e de um vampiro se tocavam.

Até então ele só tinha uma pequena suspeita de uma proximidade entre mim e Matthew que ofendia o gosto dos bruxos. E naquele momento a suspeita se confirmou.

Você falou do nosso livro para ele. A voz malévola de Knox ecoou na minha cabeça e, quando tentei rechaçar a intrusão, o bruxo também se mostrou poderoso. Engoli em seco, surpreendida pela resistência aos meus esforços.

Sean observava alarmado lá do balcão de requisição. O braço de Matthew vibrou e seu rosnado se fez ainda mais ameaçador.

– Quem é que está chamando a atenção agora? – sussurrei para o bruxo, apertando o braço de Matthew para fazê-lo saber que eu não precisava de ajuda.

Knox soltou um riso de desprazer.

– Dra. Bishop, esta manhã a senhora chamou a atenção não apenas dos humanos. Lá pelo fim do dia, todos os bruxos de Oxford saberão que é uma traidora.

Os músculos de Matthew se retesaram, e ele apalpou o caixão que tinha ao pescoço.

Ai, meu Deus, eu pensei, *ele vai matar esse bruxo aqui dentro da biblioteca.* Eu me interpus entre os dois.

– Basta – disse mansamente para Knox. – Se não sair daqui, direi a Sean que você está me importunando e ele chamará os seguranças.

– Hoje a luminosidade no Selden End não está nada boa – Knox cortou o impasse. – Acho que vou me transferir para esta parte da biblioteca – ele acrescentou e saiu.

Matthew tirou a minha mão do seu braço e começou a guardar os seus pertences.

– Vamos sair.

– Não vamos, não. Não sairemos daqui enquanto não tivermos o manuscrito.

– Você não ouviu? – Ele se exaltou. – Knox ameaçou você! Não preciso desse manuscrito, mas estou morrendo de vontade de... – Ele se calou abruptamente.

Eu o fiz se sentar novamente. Sean ainda olhava em nossa direção com a mão em cima do telefone. Sorri e acenei com a cabeça para ele antes de me voltar para o vampiro.

– Foi culpa minha. Eu não devia ter tocado em você na presença dele – murmurei com os olhos no ombro de Matthew, onde mantinha a minha mão.

Ele tocou no meu queixo com sua mão fria.

– Está arrependida por ter tocado em mim ou por ter sido vista pelo bruxo fazendo isso?

– Nem uma coisa nem outra – sussurrei. Os olhos cinzentos do vampiro passaram rapidamente da tristeza para a surpresa. – Foi por não tê-lo ouvido quando me aconselhou a não ser imprudente.

Knox se aproximou novamente e Matthew, atento ao bruxo, apertou o meu queixo com mais força. Quando ele viu Knox se acomodar a alguma distância de nós, se voltou de novo para mim.

– Se ele der mais uma palavra, nós sairemos daqui... com ou sem o manuscrito. Entendeu, Diana?

Depois disso não foi mais possível pensar em ilustrações alquímicas. O aviso de Gillian sobre o que acontecia com as bruxas que guardavam segredos dos seus semelhantes e a inabalável afirmação de Knox de que eu era uma traidora ressoavam na minha cabeça. Mais tarde Matthew me chamou para almoçar e recusei. O manuscrito ainda não tinha chegado e não poderíamos estar na Blackwell quando isso ocorresse, ainda mais com Knox ali por perto.

– Não reparou no meu café da manhã? – Fiz frente à insistência de Matthew. – Eu não estou com fome.

O demônio amante de café surgiu em seguida, balançando os fones de ouvido pelo fio.

– Oi. – Ele acenou para mim e para Matthew.

Matthew o olhou com argúcia.

– Que bom vê-los juntos mais uma vez. Tudo bem se eu verificar meus e-mails ali, já que o bruxo está aqui com vocês?

– Como você se chama? – perguntei com um sorriso.

– Timothy – respondeu o demônio, balançando o corpo. Ele calçava um par trocado de botas de caubói, um dos pés, vermelho, o outro, preto. Os olhos dele obedeciam à mesma lógica: um, azul, outro, verde.

– Fique à vontade e veja seus e-mails, Timothy.

– Você é dez. – Ele ergueu o polegar para mim, girou sobre o salto da bota vermelha e se afastou.

Uma hora depois me levantei, não conseguindo mais controlar a minha impaciência.

– O manuscrito já devia ter chegado há muito tempo.

O vampiro me seguiu com os olhos enquanto eu fazia o curto trajeto até o balcão de requisição. Já não era mais um olhar leve como flocos de neve e sim cortante e duro como gelo, e se agarrava nos meus ombros.

– E aí, Sean? Você pode ver se já liberaram o manuscrito que requisitei esta manhã?

– Alguma outra pessoa deve estar com ele – respondeu-me. – Não chegou nada aqui para você.

– Tem certeza? – Não era possível que o tivessem apanhado.

Sean vasculhou as fichas e encontrou a minha requisição com uma nota grampeada. "Desaparecido."

– Esse manuscrito não está desaparecido. Ele esteve comigo algumas semanas atrás.

– Verei isso. – Ele contornou o balcão e se dirigiu à sala do supervisor. Matthew deixou os jornais de lado e ficou observando enquanto Sean dava uma batida na porta já aberta.

– A dra. Bishop quer um manuscrito e anotaram aqui que está desaparecido – disse Sean, mostrando a ficha de requisição.

O sr. Johnson consultou um livro à mesa, passando o dedo em linhas rabiscadas por muitas gerações de supervisores da sala de leitura.

– Ah, sim. Ashmole 782. Está desaparecido desde 1859. E não temos microfilme.

Matthew saiu de sua mesa.

– Mas o vi não faz muito tempo.

– Impossível, dra. Bishop. Faz cento e cinquenta anos que esse manuscrito sumiu. – O sr. Johnson piscou por trás das grossas lentes dos óculos.

– Dra. Bishop, eu posso falar com a senhora depois? – A voz de Matthew me deixou sobressaltada.

– Claro que sim – eu disse me virando para ele. – Muito obrigada – sussurrei para o sr. Johnson.

– Vamos sair daqui. Agora – cochichou Matthew.

Na nave central um grupo de criaturas mantinha os olhos cravados em cima de nós. Lá estavam Knox, Timothy, as irmãs vampiras, Gillian... e alguns rostos desconhecidos. Retratos de reis e rainhas e de outros personagens ilustres que decoravam as paredes da Duke Humfrey também nos olhavam com um ligeiro ar de desaprovação por cima das altas estantes.

– Esse manuscrito não pode estar desaparecido. Eu o vi recentemente – eu repetia aturdida. – Nós devíamos ter insistido para que eles verificassem.

– Não fale disso agora... não pense nem uma palavra sobre isso. – Matthew recolheu rapidamente as minhas coisas, salvou o meu trabalho no computador e o fechou.

Resignada, comecei a recitar os nomes dos monarcas ingleses mentalmente, a começar por Guilherme, o Conquistador, para tirar o manuscrito desaparecido da minha cabeça.

Knox passou perto de nós, aparentemente ocupado em mandar uma mensagem de texto pelo celular, e saiu. Depois foi a vez das irmãs vampiras, mais carrancudas que o habitual.

– Por que todos estão saindo? – perguntei para Matthew.

– Porque você não pegou o Ashmole 782. Eles estão se reagrupando. – Ele me estendeu a bolsa e o computador e pegou os dois manuscritos que estavam comigo. Segurou o meu cotovelo com a outra mão e nos dirigimos à mesa de requisição. Timothy fez um aceno triste do Selden End e depois fez o sinal da paz e virou de costas.

– Sean, a dra. Bishop vai comigo para a faculdade para me ajudar a resolver um problema que encontrei nos documentos de Needham. Ela não vai precisar desses aqui pelo resto do dia. E eu também não voltarei hoje.

Matthew entregou os manuscritos para Sean, que por sua vez olhou para o vampiro com um ar sombrio e depois os empilhou com zelo para que fossem encaminhados ao setor de segurança onde eram guardados.

Não trocamos palavras enquanto descíamos pela escada e, quando chegamos à porta de vidro de acesso ao pátio, eu já estava engatilhada para bombardeá-lo com inúmeras perguntas.

Peter Knox estava encostado na grade de ferro que guarnece a estátua de bronze de William Herbert. Matthew parou abruptamente e com um movimento rápido se pôs ao meu lado como um tanque.

– Quer dizer que a dra. Bishop não conseguiu reaver o manuscrito – disse Knox com um tom impregnado de malícia. – Eu não disse que tinha sido por acaso? Nem mesmo uma Bishop quebraria esse feitiço sem um treinamento prévio de feitiçaria. Sua mãe conseguiria fácil, fácil, mas pelo visto você não herdou os dons dela.

Matthew crispou os lábios, mas não disse nada. Achou melhor não interferir na conversa entre dois bruxos, apesar de ter dado sinais de que poderia investir contra Knox a qualquer momento.

– Ele está desaparecido. Minha mãe tinha dons, mas não era um cão farejador. – Arrepiei-me toda, e Matthew mexeu discretamente a mão como se me pedindo calma.

– Ah, está desaparecido – disse Knox. – De um jeito ou de outro você vai encontrá-lo. É melhor não tentar quebrar o feitiço pela segunda vez.

– Por quê? – perguntei com impaciência.

– Porque não podemos permitir que a nossa história fique nas mãos de animais como ele. Bruxos e vampiros não se misturam, dra. Bishop. E há excelentes razões para isso. Lembre-se de quem você é. Senão *vai se arrepender.*

Uma bruxa não deve esconder segredos de outras bruxas. Quando ela faz isso, coisas ruins acontecem. A voz de Gillian ecoou na minha cabeça, e as muralhas da Bodleiana começaram a me comprimir. Lutei contra o pânico que já vinha à tona.

– Faça outra ameaça a ela, e acabo com a sua vida. – A voz de Matthew soou serena, mas a cara assustada de um turista que passava sugeriu que o semblante dele contradizia a serenidade que ele fingia assumir.

– Matthew – interferi com toda calma. – Aqui não.

– Agora você está matando bruxos, Clairmont? – disse Knox com um ar provocativo. – Já cansou de matar vampiros e humanos?

– Deixe-a em paz. – A voz de Matthew continuou firme, mas o corpo estava preparado para investir caso Knox movesse um único músculo na minha direção.

O rosto do bruxo se contorceu.

– Não há a menor chance. Ela pertence a nós, não a você. Da mesma forma que o manuscrito pertence apenas a nós.

– Matthew – insisti ainda mais ansiosa. Um garoto humano de uns treze anos com um corpo desengonçado e um *piercing* no nariz nos olhou com interesse. – Os humanos já estão nos olhando.

Ele recuou e agarrou a minha mão. O choque de sua pele fria contra minha pele morna e a sensação de que eu estava acorrentada a ele foram simultâneos. Ele me puxou para a frente e me enlaçou pelos ombros.

Knox riu debochado.

– Clairmont, você terá que fazer muito mais para mantê-la a salvo. Ela vai recuperar o manuscrito para nós. Não tenha dúvida de que trataremos disso.

Matthew me acompanhou pelo pátio até o caminho de pedras que circundava a Câmara Radcliffe sem dizer uma palavra. Ele esbravejou diante dos portões de ferro trancados da All Souls e me conduziu pela High Street.

– Não falta muito – disse apertando um pouco mais a minha mão.

Matthew não me soltou nem na portaria, só fez um aceno para o porteiro enquanto nos dirigíamos para o apartamento dele. Entramos na água-furtada que continuava acolhedora e reconfortante como na noite de sábado.

Ele jogou as chaves na prateleira ao lado da porta e me fez sentar no sofá. Foi até a cozinha e voltou com um copo d'água. Estendeu o copo para mim e me recusei a beber, mas me olhou de um jeito tão sombrio que me fez tremer e tomar um gole.

– Por que não consegui pegar o manuscrito pela segunda vez? – Eu já desconfiava de que Knox estava certo.

– Eu devia ter seguido os meus instintos. – Matthew estava em pé ao lado da janela, abria e fechava a mão direita sem me dar a menor atenção. – Não sabemos qual é a conexão que você tem com o feitiço. Você começou a correr um sério risco a partir do momento em que pôs os olhos no Ashmole 782.

– Matthew, mesmo que Knox seja uma ameaça, ele não será estúpido de fazer alguma na frente de tantas testemunhas.

– Você ficará em Woodstock por alguns dias. É melhor ficar longe dele... bem longe para não encontrá-lo nem na faculdade nem na biblioteca.

– Knox estava certo, não poderei reaver o manuscrito. Ele não vai mais se preocupar comigo.

– Seria bom se fosse assim, Diana. Knox quer conhecer os segredos do Ashmole 782, da mesma forma que eu e você.

O semblante imperturbável de Matthew se mostrou abalado. Ele passou os dedos nos cabelos negros e os levantou até ficar parecido com um espantalho.

– Como vocês dois podem ter tanta certeza de que esse texto escondido guarda segredos? – perguntei, indo até a lareira. – É um livro de alquimia. Talvez seja só isso.

– A alquimia é a história da criação contada em termos químicos. As criaturas são químicas, são mapeadas pela biologia.

– Mas elas não sabiam nada de biologia quando escreveram o Ashmole 782 e não tinham a visão que você tem da química.

Matthew apertou os olhos.

– Eu estou chocado com a estreiteza do seu pensamento, Diana Bishop – disse com todas as letras. – As criaturas que fizeram o manuscrito podiam não conhecer o DNA, mas o que garante que não se questionavam sobre a criação como os cientistas modernos?

– Os textos alquímicos são alegóricos, não são manuais de instruções. – Transferi para ele o medo e a frustração que eu vinha sentindo nos últimos dias. – Eles podem deixar pistas de verdades maiores, mas não se podem extrair deles experimentos fidedignos.

– Eu nunca disse que isso era possível – ele retrucou com os olhos ainda sombreados pela raiva reprimida. – Mas estamos nos referindo aos possíveis leitores constituídos de bruxos, demônios e vampiros. Basta que uma leitura tenha um toque sobrenatural, um pouco de criatividade do outro mundo e algumas memórias antigas preenchendo as lacunas para que as criaturas tenham informações que não queremos que elas tenham.

– Informações que *você* não quer que elas tenham! – Lembrei da promessa que tinha feito para Agatha Wilson e elevei o tom da voz. – Você é tão malévolo quanto Knox. Só quer o Ashmole 782 para satisfazer a sua curiosidade. – Peguei as minhas coisas com as mãos coçando.

– Calma.

Não gostei do tom cortante da voz dele.

– Pare de me dizer o que devo fazer. – A coceira em minhas mãos se intensificou.

Uma luz azul brilhante emanou dos meus dedos e de suas pontas pipocaram minúsculos arcos de fogo, como velas faiscantes de um bolo de aniversário. Deixei o computador de lado e ergui as mãos.

Em vez de se chocar com isso, Matthew me olhou intrigado.

– Isso acontece com frequência? – A voz dele soou com um tom de neutralidade.

– Ah, *não*. – Saí correndo para a cozinha com as mãos faiscando.

Ele barrou a minha entrada.

– Nada de água – disse com um tom firme. – Isso cheira a eletricidade.

Ah, então estava explicado por que eu tinha incendiado a cozinha da última vez.

Continuei em pé na frente dele, parada e calada, e com as mãos para o alto. Ficamos nos olhando por um instante enquanto a luz azulada e as faíscas se dissipavam nos meus dedos, deixando um forte cheiro de fiação queimada no ar.

No final do espetáculo pirotécnico, Matthew encostou-se no umbral da porta da cozinha com a mesma indiferença de um aristocrata renascentista posando para um pintor.

– Bem – ele me olhou com a quietude de uma águia pronta para mergulhar sobre a presa –, *isso* foi muito interessante. Você sempre fica assim quando está zangada?

– Eu não estou zangada – respondi virando de costas para ele.

Matthew foi rápido com a mão e de pronto me fez virar de frente para ele.

– Você não está facilitando as coisas. – A voz dele soou tranquila, mas o tom cortante estava de volta. – Você está zangada. Eu acabei de ver isso. E restou pelo menos um buraco no tapete para provar isso.

– Solte-me! – Minha boca se contorceu até formar uma expressão que tia Sarah chamava de "cara azeda". Uma expressão que fazia os meus alunos tremerem. Naquele momento, eu só queria que Matthew se enrolasse como uma bola e saísse rolando. Mas no fundo o que eu queria mesmo é que ele soltasse o meu braço e me deixasse fugir dali.

– Eu avisei. Amizade com vampiros é complicada. Não posso soltá-la agora... mesmo se quisesse fazê-lo.

Abaixei intencionalmente os olhos até a mão de Matthew. Ele me largou com um ronco de impaciência e me virei para pegar a bolsa.

Realmente, nunca se deve dar as costas a um vampiro quando se está discutindo com ele.

Matthew me agarrou por trás e comprimiu o peito nas minhas costas com tanta força que eu podia sentir cada movimento muscular dele.

– Agora – disse no meu ouvido –, conversaremos como criaturas civilizadas sobre o que aconteceu. Você não vai se esquivar nem disso... nem de mim.

– Solte-me. – Comecei a me debater.

– Não.

Até então nenhum homem tinha sido capaz de me desobedecer – quer estivesse me bisbilhotando na biblioteca, quer estivesse tentando passar a mão nos meus seios dentro do cinema. Eu me debati de novo. E ele apertou ainda mais o abraço.

– Pare de lutar comigo. – Ele parecia estar se divertindo. – Garanto que você se cansará bem antes de mim.

Nas minhas aulas de defesa pessoal eu tinha aprendido como me desvencilhar quando agarrada pelas costas. Levantei a perna para pisar no pé dele. Ele se esquivou da pisada e o meu pé bateu no chão com força.

– Se quiser poderemos passar a noite inteira dessa maneira – ele murmurou. – Mas sinceramente, eu não recomendo. Meus reflexos são muito mais rápidos que os seus.

– Se você me soltar, a gente conversa – falei entre dentes.

Ele sorriu mansamente e seu hálito de especiarias arrepiou a pele desnuda na base do meu crânio.

– Essa tentativa de negociação não vale a pena, Diana. Nós vamos conversar assim desse jeito em que estamos. O que eu quero saber é com que frequência os seus dedos ficam azuis.

– Não com muita frequência. – Meu instrutor de defesa pessoal dizia que era melhor relaxar quando um assaltante o prendia pelas costas. O abraço de Matthew estava cada vez mais apertado. – Na minha infância de vez em quando eu provocava alguns incêndios... nos armários da cozinha, mas acho que isso acontecia porque eu enfiava a mão debaixo da torneira da pia e isso piorava a situação. Incendiei as cortinas do meu quarto umas duas vezes. E um dia desses incendiei uma árvore... uma árvore pequena.

– Quando foi isso?

– Na semana passada, no dia que Miriam me deixou furiosa.

– O que ela fez para você ficar assim? – ele perguntou com o rosto colado no meu rosto. Uma posição reconfortante se eu não estivesse submetida a ele.

– Ela disse que eu precisava aprender a cuidar de mim e parar com a mania de pedir proteção. Praticamente me acusou de estar representando o papel de donzela desprotegida. – Só de lembrar disso o meu sangue ferveu e os meus dedos voltaram a coçar.

– Você pode ser muitas coisas, Diana, menos uma donzela desprotegida. Quer dizer que já teve essa reação duas vezes em menos de uma semana. – A voz dele soou reflexiva. – Interessante.

– Não penso assim.

– Entendo que você não pense assim, mas isso não significa que não seja interessante – ele disse. – Passemos então para um outro tópico. – Ele aproximou os lábios da minha orelha e tentei afastá-lo, sem sucesso. – E que absurdo é esse de dizer que só estou interessado no velho manuscrito?

Fiquei vermelha como um pimentão. Foi constrangedor.

– Sarah e Em disseram que você só estava comigo porque queria alguma coisa. Suponho que seja o Ashmole 782.

– Mas você sabe que isso não é verdade, não sabe? – Ele roçou suavemente os lábios e o rosto nos meus cabelos. O meu sangue reagiu cantando. Cheguei a ouvi-lo. E ele riu novamente, dessa vez com satisfação. – Não pensei que você achava isso de verdade. Só quis me certificar.

Meu corpo descontraiu nos braços dele.

– Matthew... – comecei a falar.

– Vou soltá-la – ele cortou minhas palavras. – Mas não se atreva a sair correndo pela porta, entendeu?

Éramos predador e presa novamente. Se eu corresse, ele me caçaria por instinto. Assenti com a cabeça e ele afrouxou os braços, deixando-me estranhamente abalada.

– O que farei com você? – ele perguntou com as mãos nos quadris e um sorriso nos lábios. – Você é a criatura mais teimosa que já conheci.

– Ninguém jamais soube o que fazer comigo.

– E acredito. – Ele me observou por alguns segundos. – Nós vamos para Woodstock.

– Não! Eu estou perfeitamente a salvo no alojamento da faculdade. – Ele tinha me avisado de que os vampiros eram superprotetores. Era verdade... e não gostei.

– Você não vai – ele disse com os olhos faiscando de raiva. Alguém tentou arrombar a sua porta.

– O quê? – Fiquei pasma.

– A fechadura frouxa, lembra?

Claro que eu tinha visto os arranhões no metal da fechadura. Mas achei melhor que ele não soubesse disso.

– Você ficará em Woodstock até Knox sair de Oxford.

Meu rosto deve ter estampado desânimo.

– Não vai ser tão ruim assim. – Ele se mostrou gentil. – E você poderá praticar ioga quando quiser.

Eu não tinha muita escolha com Matthew no papel de meu guarda-costas. E se ele estava certo, e eu desconfiava que sim, alguém devia ter mesmo driblado a vigilância de Fred para tentar entrar no meu apartamento.

– Vamos – ele disse pegando a bolsa do meu computador. – Vou com você até a New College e espero até que pegue suas coisas. Mas nossa conversa sobre a ligação entre o Ashmole 782 e seus dedos azuis ainda não terminou – acrescentou, forçando-me a encará-lo. – Só está começando.

Fomos até o estacionamento e Matthew manobrou o Jaguar que estava estacionado entre um velho Vauxhall e um velho Peugeot. Os restritivos padrões de tráfego da cidade fizeram o trajeto de carro demorar duas vezes mais do que se tivéssemos ido a pé.

Matthew estacionou na entrada do prédio.

– Já volto. – Saí do carro ajeitando a bolsa do computador no ombro.

– Dra. Bishop, tem correspondência para a senhora – disse Fred da portaria.

Eu recolhi o conteúdo na caixa de correspondência com minha cabeça pulsando de ansiedade, e acenei para Matthew com a correspondência na mão antes de me dirigir ao apartamento.

Entrei em casa, tirei os sapatos, massageei as têmporas da minha cabeça e dei uma olhada na secretária eletrônica. Graças aos deuses não estava piscando. E a correspondência não tinha nada além de contas e um grande envelope marrom com o meu nome. Não havia selo e isso indicava que tinha sido enviado por alguém da universidade. Abri o envelope e tirei o conteúdo de dentro.

Um clipe prendia um pedaço de papel comum a uma folha sedosa e brilhante. E uma única palavra digitada no papel:

"*Lembra?*"

Retirei o clipe com as mãos trêmulas. O papel caiu no chão, deixando uma fotografia brilhante e familiar em minhas mãos. Eu já tinha visto uma foto igual impressa em preto e branco nos jornais. A fotografia que eu tinha em mãos era colorida e tão brilhante e vívida como no dia em que tinha sido tirada em 1983.

O corpo da minha mãe jazia de bruços no interior de um círculo de giz, com a perna esquerda fazendo um ângulo impossível. O braço direito tentava alcançar o corpo do meu pai que estava deitado de barriga para cima com um afundamento na lateral da cabeça e um corte que se estendia da garganta à virilha, deixando o torso inteiramente aberto. Algumas entranhas tinham sido arrancadas do corpo e estavam espalhadas pelo chão ao lado dele.

Um misto de gemido e grito emergiu do fundo da minha garganta. Caí de joelhos tremendo, sem desviar os olhos da imagem.

– Diana! – A voz de Matthew soou desvairada, mas parecia estar distante. Alguém mexeu na maçaneta da porta ao longe. Em seguida, passos subiram pela escada e depois uma chave entrou na fechadura.

A porta se abriu de repente e me vi diante do rosto acinzentado de Matthew, acompanhado pelo rosto preocupado de Fred.

– Dra. Bishop? – disse Fred.

Matthew se moveu com tanta rapidez que Fred deve ter percebido que ele era um vampiro. Ele se acocorou à minha frente. Meus dentes batiam por causa do choque.

– Se lhe der as minhas chaves você leva o meu carro até a All Souls para mim? – perguntou Matthew, virando a cabeça para Fred. – A dra. Bishop não está bem e não pode ficar sozinha.

– Não se preocupe, professor Clairmont. Posso colocá-lo na vaga do diretor – disse Fred. Matthew arremessou o chaveiro e o porteiro o pegou no ar, olhou para mim preocupado e fechou a porta.

– Acho que vou vomitar – sussurrei.

Matthew me levantou e foi comigo ao banheiro. Eu me dobrei por cima da privada e vomitei, largando a fotografia para poder me apoiar nas laterais do vaso. O pior da tremedeira passou depois que vomitei tudo que tinha para vomitar, mas de quando em quando um tremor me tomava por inteiro.

Fechei a tampa da privada e puxei a descarga. Minha cabeça girou. Fui amparada por Matthew antes de me chocar contra a parede do banheiro.

De repente, os meus pés não estavam mais plantados no chão. Matthew colou o peito no meu ombro direito e enlaçou os meus joelhos com os braços. Momentos depois ele me deitou delicadamente na cama e acendeu a luz. Segurou o meu pulso com sua mão fria e seu toque fez a minha pulsação desacelerar. Foi possível então me focar no rosto dele. Um rosto que estaria calmo como nunca esteve se não fosse pela pequena veia escura na testa que pulsava ligeiramente a cada minuto.

— Vou pegar alguma coisa para você beber. — Ele soltou o meu pulso e se levantou.

Fui invadida por uma outra onda de pânico. Os meus instintos disseram que eu devia sair correndo dali o mais rápido possível e me fizeram levantar abruptamente.

Matthew me agarrou pelos ombros e me olhou nos olhos.

— Pare, Diana.

Meu estômago entrou por dentro dos meus pulmões, comprimindo todo o ar disponível, e me debati novamente para me livrar das mãos dele, sem compreender e sem me importar com o que ele dizia.

— Me solte. — Soquei o peito dele com as duas mãos.

— Olhe para mim, Diana. — Não pude ignorar nem a voz nem os olhos de Matthew que brilhavam como luas. — Qual é o problema?

— Meus pais. Gillian disse que as bruxas mataram os meus pais. — Minha voz soou alta e estrangulada.

Ele disse alguma coisa numa língua desconhecida.

— Quando isso aconteceu? Onde eles estão? A bruxa deixou alguma mensagem no seu telefone? Ameaçou você? — Ele me abraçou com mais força.

— Nigéria. Ela disse que as Bishop sempre foram encrenqueiras.

— Irei com você. Antes preciso dar uns telefonemas. — Ele respirou fundo. — Eu sinto muito, Diana.

— Ir para onde? — Nada fazia sentido.

— Para a África. — Ele pareceu confuso. — Alguém terá que identificar os corpos.

— Meus pais foram mortos quando eu tinha sete anos de idade.

Ele arregalou os olhos, espantado.

— Já faz tempo que isso aconteceu e até hoje bruxos como... Gillian e Peter Knox se interessam por eles. — O pânico me fez tremer ainda mais e um grito começou a irromper na minha garganta. Matthew me abraçou com mais força antes que o grito irrompesse, um abraço tão forte que os ossos e os músculos dele quase furaram a minha pele. O grito se tornou soluço. — Acontecem coisas ruins com as bruxas que escondem segredos. Gillian disse isso.

— Estou me lixando para o que ela disse, e não permitirei que Knox e nenhuma outra bruxa toquem em um único fio do seu cabelo. Agora você me tem — ele disse com firmeza e encostou o rosto no meu cabelo enquanto eu chorava. — Oh, Diana. Por que você não me contou?

223

Uma corrente enferrujada começou a se soltar em algum recanto importante da minha alma. Foi se soltando, elo após elo, de um lugar onde passara despercebida por muito tempo à espera dele. Minhas mãos que estavam fechadas e comprimidas contra o peito dele foram se soltando com minha alma. E a corrente despencou por um poço incrivelmente profundo onde não havia nada além de escuridão e Matthew. Por fim, atingiu o fundo do poço e me deixou ancorada no vampiro. A despeito do manuscrito, a despeito da tensão elétrica das minhas mãos que era capaz de acionar um micro-ondas e a despeito daquela fotografia, eu sabia que estaria a salvo enquanto estivesse com ele.

Quando parei de soluçar, Matthew se afastou.

– Vou pegar um pouco d'água e depois você vai descansar. – O tom da voz dele eliminava a possibilidade de qualquer argumento, e logo ele voltava com um copo d'água e dois comprimidos.

– Tome isso.

– O que é isso?

– Sedativo. – Ele me olhou sério, o que me fez colocá-los na boca e engoli-los com um gole d'água. – Carrego comigo desde que você me falou dos seus ataques de pânico.

– Odeio esses tranquilizantes.

– Você teve um choque e acumulou muita adrenalina no corpo. E precisa descansar. – Matthew me cobriu com o edredom de tal modo que me senti dentro de um casulo. Sentou-se na cama e bateu os pés no chão antes de se esticar e recostar nos travesseiros. Depois puxou o meu corpo envolto no edredom contra o corpo dele e me fez suspirar. Ele me abraçou com o braço esquerdo e me manteve segura. Apesar do casulo de edredom, o meu corpo encaixou-se perfeitamente no dele.

A droga penetrou no meu fluxo sanguíneo. Eu já estava quase dormindo quando o telefone vibrou no bolso de Matthew e me deixou alerta.

– Não é nada, deve ser o Marcus – ele disse, dando um beijo na minha testa. As batidas do meu coração se abrandaram. – Tente descansar. Você não está mais sozinha.

Eu continuava sentindo a corrente que me ancorava em Matthew, que ancorava uma bruxa a um vampiro.

Dormi embalada pelos elos brilhantes daquela corrente.

16

O céu estava escuro quando Matthew saiu do lado de Diana e foi à janela. Irrequieta a princípio, ela acabou caindo em sono profundo. Ele então pôde perceber as mudanças sutis no aroma que ela emanava à medida que se recuperava do choque, uma fúria gelada o invadia toda vez que lembrava de Peter Knox e Gillian Chamberlain.

Matthew não se lembrava de quando tinha se sentido tão protetor de um outro ser. Ele também sentia outras emoções que relutava em nomear.

Ela é uma bruxa, dizia repetidamente para si mesmo enquanto a observava dormindo. *Ela não é para você.*

Quanto mais dizia isso, menos as palavras importavam.

Por fim resolveu sair do quarto, mantendo a porta entreaberta para observar uma possível agitação de Diana.

Sozinho no hall, o vampiro deixou aflorar a fúria gelada que vinha reprimindo nas últimas horas. A fúria se intensificou tanto que ele próprio se sentiu chocado. Ele puxou o cordão de couro para fora do suéter e tocou na superfície gasta e suave do pequeno caixão de prata de Lázaro. A respiração de Diana o impedia de sair dali e de varar a noite à caça dos dois bruxos.

As badaladas do relógio de Oxford anunciaram oito horas e fizeram Matthew lembrar das chamadas que não tinha atendido. Ele tirou o celular do bolso e rapidamente passou o dedo nas mensagens automáticas do sistema de segurança do laboratório e da Velha Cabana.

Enrugou a testa com um ar preocupado e apertou o número para ouvi-las. Marcus não era de alarmar ninguém. O que seria tão urgente?

– Matthew. – A voz familiar não exibia o seu tom habitual de descontração. – *Estou com os resultados do DNA de Diana... São surpreendentes. Me liga.*

A voz gravada ainda soava quando o vampiro apertou uma outra tecla do telefone. Ele alisou o cabelo com a mão livre enquanto esperava Marcus atender a chamada. Não foi preciso mais que um toque para que Marcus atendesse.

– Matthew. – A voz de Marcus não era de acolhimento e sim de alívio. As mensagens tinham sido gravadas algumas horas antes. Marcus tinha até checado o Museu Pitt Rivers que o vampiro gostava de frequentar e onde podia ser encontrado dividindo a atenção entre um esqueleto de um iguanodonte e um retrato de Darwin. Por fim Miriam enxotou Marcus do laboratório, já irritada com as constantes perguntas sobre onde e com quem Matthew poderia estar.

– É óbvio que ele está com ela – disse Miriam no final da tarde, com um tom de desaprovação. – Onde mais estaria? E se não tem mais trabalho a fazer, é melhor voltar para casa e esperar o telefonema dele. Você está me atrapalhando.

– O que os testes mostraram? – disse Matthew baixinho, mas com uma raiva perceptível.

– O que aconteceu? – disse Marcus de imediato.

Uma foto caída no chão chamou a atenção de Matthew. Naquela tarde, Diana tinha estado com a mesma foto nas mãos. Ele apertou os olhos quando viu a imagem. – Onde você está? – perguntou abruptamente.

– Em casa – respondeu Marcus apreensivo.

Matthew pegou a foto no chão e rastreou o cheiro até dar de cara com o papel que escapulira para debaixo do sofá. Leu a mensagem de uma única palavra e respirou fundo.

– Traga os relatórios e meu passaporte para New College. O apartamento de Diana fica no pátio do jardim no último andar da entrada sete.

Vinte minutos depois, Matthew abriu a porta com os cabelos desgrenhados e uma expressão de fúria. O jovem vampiro se conteve para não dar um passo atrás.

Marcus segurava uma pasta de arquivos com um passaporte castanho-avermelhado em cima e se movia cautelosamente enquanto esperava. Não entraria no apartamento da bruxa sem a permissão de Matthew, não no estado em que o vampiro abriu a porta.

Matthew levou algum tempo para permitir a entrada de Marcus, até que pegou a pasta e o fez entrar.

Enquanto Matthew analisava os resultados do teste de Diana, Marcus o observava. Com o faro aguçado, sentiu o cheiro de madeira antiga e tecidos usados com o cheiro do medo da bruxa e o das emoções quase descontroladas de Matthew. Ele se eriçou diante dessa volátil combinação e um rosnado reflexivo ficou preso em sua garganta.

Com o passar do tempo Marcus aprendera a apreciar as melhores qualidades de Matthew – a compaixão, a consciência e a paciência com os seres amados. Ele também conhecia os defeitos do amigo, principalmente a ira. Uma ira tão destrutiva que Matthew se envergonhava pelo que acabava fazendo e desaparecia durante meses e anos depois que o seu corpo se desintoxicava do veneno.

Marcus, no entanto, nunca tinha visto o pai com uma fúria tão fria como aquela.

Matthew Clairmont entrou na vida de Marcus no ano de 1777, transformando-a para sempre. Matthew apareceu na casa grande da fazenda Bennett com uma funda improvisada que conduzia o corpo do marquês de Lafayette que acabara de ser ferido na batalha de Brandywine. Matthew se sobressaía dos outros homens, bradando ordens para todos e sem levar em conta as patentes.

Ninguém questionava as ordens – nem mesmo o marquês, que apesar dos ferimentos fazia piadas com o amigo. Mas nem o bom humor do marquês inibiu as repreensões de Matthew. A certa altura, Lafayette protestou, dizendo que podia comandar porque soldados com ferimentos mais graves faziam isso, e Clairmont reagiu com uma saraivada de imprecações e ultimatos em francês que fez os outros homens se entreolharem assustados e o marquês, se calar.

Marcus ouviu de olhos arregalados as palavras do soldado francês que enfrentava o líder dos médicos do exército, o renomado dr. Shippen, definindo um plano de tratamento como "bárbaro". Clairmont exigiu que o dr. John Cochran, segundo médico no comando, assumisse o tratamento de Lafayette no lugar do dr. Shippen. Dois dias depois se ouviam as discussões entre Clairmont e Shippen em latim fluente sobre tópicos importantes de anatomia e fisiologia – para o deleite da equipe médica do general Washington.

Antes da derrota do Exército Continental, em Brandywine, Matthew já tinha matado muitos soldados ingleses. Nos hospitais, os homens contavam histórias incríveis sobre a bravura dele no campo de batalha. Alguns diziam que ele caminhava pelas fileiras inimigas imune a balas. Quando o tiroteio acabou, Clairmont fez questão de que Marcus continuasse como enfermeiro do marquês.

No outono, Lafayette já estava recuperado e pronto para cavalgar novamente, e os dois desapareceram nas florestas da Pensilvânia e de Nova York. Eles voltaram com um exército de guerreiros da tribo oneida. Os oneidas chamavam Lafayette de "Kayewla" pela habilidade que tinha na montaria. Matthew era chamado por esses indígenas de "atlutanu'n", chefe guerreiro, pela habilidade na liderança dos homens no campo de batalha.

Matthew continuou com as tropas depois que Lafayette voltou para a França. Marcus também continuou servindo como cirurgião assistente. Dia após dia se mostrava incansável no tratamento de soldados feridos por mosquetes, canhões e espadas. Matthew sempre o solicitava quando algum dos seus homens era ferido. Ele afirmava que Marcus tinha o dom da cura.

Algum tempo depois da chegada do Exército Continental em Yorktown, no ano de 1781, Marcus contraiu uma febre. Seu dom de cura não lhe valeu de nada. Ele se deitava suando em bicas e tremendo, e só atendia quando era muito urgente. Passados quatro dias de sofrimento Marcus se deu conta de que estava morrendo. A certa altura, Clairmont apareceu para visitar alguns homens feridos e farejou o cheiro da morte quando viu Marcus estendido em uma das macas quebradas e deixadas de lado.

De madrugada, o oficial francês sentou-se ao lado do rapaz e contou a sua própria história. Marcus achou que estava delirando. Um homem que bebia sangue e não morria? Depois de ouvir tudo se convenceu de que tinha morrido e que estava sendo atormentado por um daqueles demônios que o pai dizia que o atormentariam pela natureza pecaminosa que ele tinha.

O vampiro explicou que Marcus poderia sobreviver à febre, mas que teria um preço a pagar por isso. Primeiro, ele teria que renascer. Depois, teria que sair à caça, matando e bebendo sangue – inclusive sangue humano. Durante algum tempo, essa necessidade de sangue seria saciada entre os feridos e doentes terminais. Matthew fez a promessa de colocar Marcus na universidade enquanto estivesse se adaptando à nova vida.

Pouco antes do amanhecer a dor se tornou insuportável e Marcus percebeu que o desejo de viver era maior do que o medo da nova vida que o vampiro lhe oferecia. Matthew o carregou quase desfalecido e ardendo em febre para fora do hospital, e seguiu até a floresta onde eram aguardados pelos oneidas que os guiariam até as montanhas. Lá, Matthew drenou o sangue de Marcus em uma gruta remota para que ninguém ouvisse os gritos. Marcus nunca mais se esqueceu da sede poderosa que sentiu depois. Ele quase enlouqueceu de tanta ânsia de engolir alguma coisa fria e líquida.

Por fim, Matthew mordeu o próprio punho e deixou Marcus beber o sangue dele. O poderoso sangue do vampiro trouxe o rapaz de volta à vida.

Os oneidas esperaram impassíveis por eles na entrada da gruta, e nunca permitiram que Marcus devastasse as fazendas vizinhas quando o seu desejo por sangue vinha à tona. Os oneidas reconheceram a condição de Matthew logo que ele entrou na tribo. Ele se parecia com Dagwanoenyent, uma bruxa que vivia dentro de um rodamoinho e era imortal. Por que os deuses conferiram esses dons ao guerreiro francês era um mistério para os oneidas, mas eles diziam que as decisões dos deuses eram sempre intrigantes. Sendo assim, eles tinham que ensinar a lenda de Dagwanoenyent para os filhos e a forma de destruir tais criaturas, queimando-as e moendo os ossos até transformá-las em pó, e depois atirando as cinzas na direção dos quatro ventos para que elas não pudessem renascer.

Desanimado, Marcus urrou de frustração como uma criança. Matthew então saiu à caça de um cervo para alimentar o rapaz que tinha renascido como seu filho, e avidamente Marcus sugou o sangue do animal. Isso saciou a fome, mas não lhe preencheu as veias como o sangue de Matthew preenchera.

Matthew continuou levando animais recém-abatidos para a gruta durante uma semana e depois decidiu que Marcus estava pronto para caçar sozinho. Pai e filho rastrearam cervos e ursos em florestas densas e em penhascos de montanhas. Matthew ensinou como farejar o ar, como observar movimentos imperceptíveis nas sombras e como sentir mudanças no vento que traziam novos odores. Por fim, ensinou como matar aquele que curava.

O que Marcus queria era um sangue mais rico. Um sangue próprio tanto para matar a intensa sede que o atormentava como para alimentar um corpo voraz. Contudo, antes de ensinar Marcus a caçar humanos, Matthew preferiu que o pupilo aprendesse a rastrear um cervo com rapidez, abatê-lo e drenar o sangue de maneira limpa. As mulheres estavam fora de questão. São sempre muito confusas quando renascem como vampiras, explicou Matthew, quando são traçadas as linhas entre sexo e morte, entre flerte e caça.

A princípio, pai e filho se alimentaram de soldados ingleses doentes. Alguns imploraram para que Marcus lhes poupasse a vida, e Matthew ensinou para ele como se alimentar de sangue-quente sem precisar matar. Depois eles passaram a caçar criminosos que imploravam por clemência sem merecê-la. Em cada caso, Matthew explicava a razão da escolha de um homem em particular como presa. A ética de Marcus foi se desenvolvendo pouco a pouco, de maneira deliberada, até que ele se assumiu como um vampiro consciente do que precisava para sobreviver.

Matthew era amplamente conhecido pelo senso apurado de certo e errado. Seus erros sempre se deviam à ira. Com o tempo, Marcus percebeu que o pai já não era tão propenso a essa emoção como no passado. Uma impressão talvez verdadeira, mas naquela noite em Oxford o pai exibia a mesma cara assassina dos velhos tempos em Brandywine – e aquele lugar não era um campo de batalha onde se pudesse extravasar a fúria.

– Você só pode estar errado. – Matthew arregalou os olhos quando acabou de examinar o teste de DNA de Diana.

Marcus balançou a cabeça.

– Analisei o sangue dela duas vezes. Miriam confirmou tudo com o DNA extraído da saliva. Admito que os resultados sejam surpreendentes.

– Os resultados são absurdos. – Matthew respirou fundo. – Diana possui marcadores genéticos nunca vistos em uma bruxa. – Folheou as últimas páginas apertando a boca numa linha sombria. – Mas essas sequências são preocupantes.

Ele folheou os dados rapidamente. Miriam tinha feito pequenos pontos de interrogação vermelhos que marcavam duas dezenas de sequências de DNA, algumas curtas e outras longas.

– Meu Deus. – Devolveu os dados para o filho. – Já temos coisas demais com que nos preocupar. O canalha do Peter Knox ameaçou Diana. Ele quer o manuscrito. Ela tentou reavê-lo, mas o Ashmole 782 se perdeu de novo na biblioteca. Felizmente, por enquanto ele acha que ela quebrou o feitiço intencionalmente quando o pegou pela primeira vez.

– E ela fez isso?

– Não. Diana não tem conhecimento nem controle para uma tarefa tão intrincada. Ela tem um poder totalmente indisciplinado. Chegou a fazer um buraco no meu tapete. – Matthew fez uma careta e o filho se conteve para não rir. O pai adorava aquelas antiguidades.

– Então teremos que manter Knox afastado até que Diana consiga se controlar. Isso está parecendo muito difícil.

– Não me preocupo apenas com Knox. Diana recebeu essa correspondência hoje. – Matthew estendeu para o filho a fotografia e o pedaço de papel que a acompanhava e acrescentou com um tom de voz perigoso: – São os pais dela. Eu me lembro de ter ouvido alguma coisa sobre um casal de bruxos assassinado na Nigéria, mas isso faz tempo. Nunca os associei a Diana.

– Meu Deus – disse Marcus baixinho, enquanto olhava a foto e tentava se imaginar recebendo uma foto do pai morto e retalhado em pedaços.

– E tem mais. Pelo que deduzi, Diana passou a vida inteira achando que os pais tinham sido mortos por humanos. Foi principalmente por isso que ela sempre suprimiu a magia de sua vida.

— Mas isso não funciona, não é? – cochichou Marcus com o DNA da bruxa em mente.

— Não funciona. – O rosto de Matthew sombreou. – Enquanto eu estava na Escócia, uma outra bruxa americana chamada Gillian Chamberlain revelou a Diana que os pais dela não tinham sido assassinados por humanos e sim por bruxos.

— E isso é verdade?

— Não sei. Mas atrás disso tudo há muito mais do que a descoberta do Ashmole 782 por uma bruxa.

Alguma coisa prateada brilhou no suéter escuro do pai. *Ele está usando o caixão de Lázaro*, pensou Marcus com seus botões.

Ninguém na família falava abertamente sobre Eleanor St. Leger ou sobre as circunstâncias que cercaram a sua morte, temendo que isso pudesse despertar um dos acessos de fúria de Matthew. O que Marcus sabia é que o pai não queria sair de Paris em 1140, onde era feliz e estudava filosofia. Mas quando Philippe, chefe da família e pai de Matthew, o chamou de volta a Jerusalém para ajudar a resolver os conflitos que mesmo depois do término da cruzada de Urbano II ainda assolavam a Terra Santa, Matthew obedeceu sem pestanejar. Na ocasião, loucamente apaixonado por Eleanor, ele amparou a grande família inglesa dela.

No entanto, frequentemente os Leger e os Clermont se colocavam em lados opostos nas disputas, e os irmãos mais velhos de Matthew – Hugh, Godfrey e Baldwin – tentaram convencê-lo a colocar a mulher de lado, o que deixaria o caminho livre para destruir a família dela. Matthew se recusou. Por fim, uma discussão entre Matthew e Baldwin sobre uma insignificante crise política que envolvia os St. Leger esquentou a ponto de sair do controle. Phillipe não foi encontrado para pôr fim à briga e Eleanor se interpôs. Quando Matthew e Baldwin recuperaram a razão, Eleanor já tinha perdido muito sangue.

Marcus nunca conseguiu entender por que Matthew deixou Eleanor morrer, já que a amava tanto.

Matthew só usava a insígnia de peregrino quando não queria matar alguém ou quando lembrava de Eleanor St. Leger – ou uma coisa e outra.

— Essa fotografia é uma ameaça, não é uma bobagem. Hamish achou que o nome Bishop manteria as outras bruxas mais cautelosas, mas pelo visto é o contrário. Diana tem dons poderosos, mas não consegue se proteger sozinha, e é estupidamente segura de si para pedir ajuda. Preciso que você fique aqui com ela por algumas horas. – Matthew desviou os olhos da foto de Rebecca Bishop e Stephen Procton. – Eu vou atrás de Gillian Chamberlain.

— Você nem sabe ao certo se foi Gillian que mandou a foto – disse Marcus.

— Sinto dois cheiros diferentes nela.

— O outro cheiro é de Peter Knox.

— Mas Knox é um membro da Congregação! — Marcus estava ciente de que durante as cruzadas formou-se um conselho de nove membros de demônios, bruxos e vampiros, com cada espécie representada por três membros. A função da Congregação era garantir a segurança de todas as criaturas, providenciando para que nenhuma delas chamasse a atenção dos humanos. — Se der um passo na direção dele, isso será visto como uma provocação à autoridade de todos. E a família estará implicada. Você vai colocar todos nós em perigo só para proteger uma bruxa?

— Você está questionando a minha lealdade? — retrucou Matthew irritado.

— Não, estou questionando o seu bom-senso — disse Marcus esquentando e encarando o pai sem medo. — Esse romance ridículo já é ruim o bastante. A Congregação já tem um motivo para tomar providências contra você. Não dê a eles outro motivo.

Durante a primeira estada de Marcus na França, a avó vampira explicou que eles se submetiam a um acordo que proibia relacionamentos estreitos entre criaturas diferentes e interferências na religião e na política dos humanos. Proibia-se qualquer tipo de interação com os humanos, inclusive os casos amorosos, se bem que eram permitidos quando não acarretavam problemas. Marcus preferia passar o tempo com vampiros e os termos do acordo nunca importaram muito para ele — até então.

— Ninguém mais dá a mínima para isso — disse Matthew na defensiva, voltando os olhos cinzentos para a porta do quarto de Diana.

— Meu Deus, ela não faz a menor ideia desse acordo — disse Marcus com desdém —, e você não pretende contar para ela. Você sabe muito bem que não poderá manter esse segredo indefinidamente longe dela.

— A Congregação não vai avaliar um acordo realizado cerca de mil anos atrás num mundo totalmente distinto. — Matthew cravou os olhos em uma gravura antiga onde a deusa Diana apontava o arco para um caçador que estava na floresta. Lembrou de uma passagem de um livro escrito por um amigo muito tempo antes, *"pois há muito eles não são os caçadores, e sim a caça"*, e estremeceu.

— Pense antes de fazer isso, Matthew.

— Já tomei a minha decisão. — Ele evitou os olhos do filho. — Você vai tomar conta dela enquanto eu estiver fora e não vai deixar que nada de mau lhe aconteça?

Marcus balançou a cabeça, sem poder se negar a um apelo tão pungente como esse.

Logo depois que o pai saiu, ele foi ver Diana. Examinou os olhos dela e tomou o pulso. Farejou o ar e detectou medo e choque no ambiente. E também detectou a droga que circulava nas veias dela. *Ótimo,* pensou consigo. Pelo menos o pai tivera a ideia de lhe dar um sedativo.

Continuou examinando Diana, olhando a pele e ouvindo a respiração com muita atenção. Quando se deu por satisfeito, ficou em silêncio à cabeceira para observar o sono da bruxa. Ela estava com a testa franzida, como se discutindo com alguém.

Ao fim do exame, Marcus estava certo de duas coisas. Primeira, Diana ficaria bem. Ela precisava de repouso depois de um choque severo, mas não havia evidências de danos permanentes. A segunda coisa é que o cheiro do pai estava por todo o corpo dela. Ele a tinha marcado deliberadamente como sua para que nenhum vampiro se aproximasse dela. Isso significava que a situação ultrapassava o que Marcus tinha imaginado. O pai teria muita dificuldade para se desligar daquela bruxa. E se as histórias contadas pela avó eram verdadeiras, ele teria que se afastar de Diana.

Já passava da meia-noite quando Matthew reapareceu. Estava mais furioso do que quando saíra, mas com a pose impecável de sempre. Ele passou a mão pelo cabelo e correu para o quarto de Diana sem trocar uma palavra com o filho.

Marcus sabia qual era a pergunta adequada a ser feita naquele momento. Depois que o pai saiu do quarto da bruxa, ele perguntou:

– Você vai falar a respeito do DNA para ela?

– Não – disse Matthew lacônico, sem demonstrar sinal de culpa pela sonegação de uma informação de tamanha magnitude. – E também não vou falar do risco que ela corre com os bruxos da Congregação. Ela já tem muitos problemas.

– Diana Bishop é menos frágil do que você imagina. Não tem o direito de esconder essa informação, isso se você pretende passar o seu tempo com ela.

Marcus estava cansado de saber que a vida dos vampiros não se mede nem pelas horas nem pelos anos, e sim pelos segredos revelados e guardados. Os vampiros resguardam os relacionamentos pessoais, os nomes que adotaram ao longo do tempo e os detalhes das muitas vidas que já viveram. O pai de Marcus, no entanto, guardava mais segredos do que a maioria dos vampiros, o que era cada vez mais inevitável em relação à própria família dele.

– Marcus, fique fora disso – disse Matthew. – Isso não é da sua conta.

– Esses seus malditos segredos ainda serão a ruína da família – esbravejou Marcus.

O pai pegou o filho pela gola antes do fim da frase.

– Filho, os meus segredos é que mantiveram a família a salvo por tantos séculos. Onde você acha que estaria hoje se não fosse pelos meus segredos?

– Alimentando os vermes em alguma cova rasa do cemitério de Yorktown, suponho – disse Marcus com um fiapo de voz, quase sem fôlego.

No transcorrer dos anos, bem que ele tentou descobrir alguns segredos do pai. E nunca descobriu, por exemplo, quem dissera a Matthew que ele estava fazendo o diabo na cidade de Nova Orleans depois que a Louisiana foi comprada por Jefferson. Marcus criara uma família de vampiros jovens, sedutores, arruaceiros e totalmente irresponsáveis como ele. Uma família com muitos jogadores e fracassados que a cada noite saíam em bando pelas ruas, correndo o risco de serem descobertos pelos humanos. Segundo o próprio Marcus, os bruxos de Nova Orleans deixaram bem claro que eles teriam que sair da cidade.

Matthew então entrou em cena, sem ser esperado ou convidado, com uma linda vampira mestiça: Juliette Durand. Os dois tinham empreendido uma verdadeira campanha para encontrar a tal família de Marcus. Em poucos dias estabeleceram uma aliança profana com um jovem vampiro afetado do Garden District que tinha uma implausível cabeleira dourada e um veio de crueldade tão amplo quanto o Mississippi. Foi quando o verdadeiro problema começou.

No final das duas primeiras semanas, a nova família de Marcus estava considerável e misteriosamente menor. Quanto mais aumentava o número de mortes e desaparecimentos, mais Matthew se lamentava e murmurava com desânimo opiniões a respeito dos perigos de Nova Orleans. Juliette, a quem Marcus passou a detestar, quanto mais a conhecia, sorria secretamente enquanto cochichava palavras de encorajamento no ouvido do pai. Marcus nunca tinha conhecido ninguém com tamanho dom para manipular, e ele vibrou quando o pai se separou dela.

Sob a pressão dos filhos que restaram, Marcus prometeu se comportar desde que Matthew e Juliette fossem embora.

Depois de expor detalhadamente o que esperava dos membros da família Clermont, Matthew concordou.

"Se você pretende me tornar avô", ele disse ao filho durante um diálogo desagradável na presença de alguns vampiros que constituíam o grupo mais velho e poderoso da cidade, "tente ser mais cuidadoso". – A lembrança ainda fazia Marcus empalidecer.

Quem ou o quê deu a Matthew e a Juliette a autoridade para agir como agiram continuou sendo um mistério. Talvez a força do pai aliada à astúcia de Juliette e à importância do nome Clermont os tenham ajudado a conquistar a aliança dos vampiros. Mas houve algo mais. Cada criatura de Nova Orleans, inclusive bruxas e bruxos, tratava o pai como um membro da realeza.

Marcus se perguntava se o pai tinha sido um membro da Congregação durante todos aqueles anos. Isso explicaria muita coisa.

A voz de Matthew espantou as lembranças.

– Diana pode ser corajosa, mas não precisa saber de tudo agora. – Ele soltou a gola de Marcus e deu um passo atrás.

— Contou a ela sobre nossa família? Dos seus outros filhos? – *Ela sabe alguma coisa sobre o seu pai?* Esta última pergunta Marcus não teve coragem de fazer.

De alguma forma Matthew percebeu o que o filho estava pensando.

— Não conto a ela histórias de vampiros.

— Está cometendo um grave erro – disse Marcus, balançando a cabeça. – Diana não vai perdoá-lo por ter escondido essas coisas.

— Você e Hamish têm a mesma opinião. Contarei tudo quando ela estiver pronta... mas não antes. – A voz de Matthew soou firme. – Agora, minha única preocupação é tirar Diana de Oxford.

— Vai levá-la para a Escócia? Lá ela ficará fora do alcance de qualquer um. – Marcus visualizou a propriedade isolada de Hamish. – Ou vai deixá-la em Woodstock antes da sua partida?

— Antes da minha partida? – disse Matthew com um ar intrigado.

— Você me fez trazer o seu passaporte. – Agora era Marcus que se mostrava confuso. O pai sempre fazia isso... se enfurecia e sumia por uns tempos até recuperar o controle.

— Não tenho a menor intenção de abandonar Diana – disse Matthew com frieza. – Vou levá-la para Sept-Tours.

— Você não pode colocá-la debaixo do mesmo teto de Ysabeau! – A voz de Marcus ecoou chocada pela pequena sala.

— Lá também é minha casa – retrucou Matthew com um ar teimoso.

— Sua mãe se vangloria abertamente por ter matado um monte de bruxas, e culpa todas as bruxas pelo que aconteceu com Louisa e seu pai.

O rosto de Matthew se crispou, fazendo Marcus enfim compreender. Aquela fotografia tinha feito Matthew se lembrar da morte de Phillipe, e da loucura que se abateu sobre Ysabeau nos anos que se seguiram à morte dele.

Matthew pressionou as próprias têmporas na tentativa de traçar um plano melhor.

— Diana não teve nada a ver com a tragédia. Ysabeau vai entender.

— Ela não vai entender... você sabe que ela não vai entender – disse Marcus com obstinação. Ele adorava a avó e não queria vê-la sofrendo. Se Matthew, o filho favorito dela, levasse uma bruxa para casa, isso a deixaria extremamente magoada.

— Não há lugar mais seguro que Sept-Tours. Os bruxos vão pensar duas vezes antes de se meter com Ysabeau... ainda mais na casa dela.

— Pelo amor de Deus, não deixe que as duas fiquem sozinhas no mesmo lugar.

— Não farei isso – disse Matthew. – Vou precisar que você e Miriam se mudem para a minha casa na Velha Cabana para convencer todo mundo de que

Diana está lá. Claro que acabarão descobrindo a verdade, mas isso nos dará alguns dias de vantagem. Minhas chaves estão com o porteiro. Volte daqui a algumas horas, quando já tivermos partido. Tire o edredom da cama dela... está impregnado com o cheiro dela... e leve-o para Woodstock. Fique lá até que eu dê notícias.

– Você pode se proteger e proteger a bruxa ao mesmo tempo? – perguntou Marcus baixinho.

– Eu dou um jeito – disse Matthew seguro de si.

Marcus balançou a cabeça e os dois vampiros se abraçaram, trocando olhares significativos. Tudo o que precisavam dizer em momentos como esse já tinha sido dito.

Matthew se viu novamente a sós e afundou no sofá com a cabeça entre as duas mãos. A oposição veemente de Marcus o tinha abalado.

Ele ergueu a cabeça e fixou os olhos novamente na gravura da deusa da caça espreitando a presa. Um outro verso do mesmo poema antigo lhe veio à mente.

– *"Eu a vi saindo da floresta"* – sussurrou. – *"Caçadora de mim, amada Diana."*

Lá no quarto, fora do alcance dos ouvidos de um eventual sangue-quente, mas não dos de Matthew, Diana se agitou e soltou um grito. Ele disparou até ela e abraçou-a. O instinto de proteção estava de volta, e dessa vez renovado e ainda mais forte.

– Eu estou aqui – ele murmurou com a boca colada nos cabelos de Diana que agora estavam na cor do arco-íris. Contemplou o rosto adormecido, a boca travessa e a ruga voluntariosa entre as sobrancelhas. Um rosto que ele conhecia muito bem porque o tinha estudado por horas a fio, mas com contradições que ainda o fascinavam.

– Você me enfeitiçou? – ele disse em voz alta.

Depois daquela noite Matthew se deu conta de que o desejo que sentia por ela era maior do que tudo mais. Nem a família nem o sangue importavam tanto quanto saber que ela estava a salvo em seus braços. Se isso significava estar enfeitiçado, então ele estava perdido.

Ele abraçou Diana enquanto ela dormia de um jeito que não se permitia fazer quando estava acordada. Ela suspirou e aninhou-se nos braços dele.

Se ele não fosse um vampiro, não teria ouvido o que ela murmurou quando agarrou a âmbula e o suéter com os punhos firmemente apoiados no peito dele.

– Você não está perdido. Eu o encontrei.

Matthew se espantou, pensando se tinha ou não imaginado isso, mas ele sabia que não era imaginação.

Diana podia ouvir o pensamento dele. Não o tempo todo, não quando estava consciente – ainda não. De todo modo, Matthew só precisava de um tempo para que ela ficasse sabendo tudo o que precisava saber. Ele contaria os segredos guardados e coisas tão terríveis e sombrias que lhe faltava coragem para encarar.

Ela respondeu outra vez com um leve murmúrio:

– Sou suficientemente corajosa por nós dois.

Ele encostou a cabeça na cabeça de Diana.

– Você terá que ser.

17

Eu estava com um forte gosto de cravo-da-índia na boca e tinha sido mumificada dentro do meu próprio edredom. Então me mexi dentro das cobertas e o velho colchão de molas cedeu um pouco.

– Shh. – Os lábios de Matthew colaram-se na minha orelha, e ele escudou o meu corpo com o dele. Era como se fôssemos colheres dentro de uma gaveta, grudados um no outro.

– Que horas são? – Minha voz soou rouca.

Matthew se afastou ligeiramente e consultou o relógio.

– Já passa da uma.

– Há quanto tempo estou dormindo?

– Desde seis da noite passada.

Noite passada.

Minha cabeça rodou com mil palavras e mil imagens: o manuscrito alquímico, a ameaça de Peter Knox, meus dedos azulados e carregados de eletricidade, a foto dos meus pais, a mão da minha mãe congelada e estendida sem alcançar o seu intento.

– Você me deu algum remédio? – Empurrei o edredom para soltar as minhas mãos. – Eu não gosto de tomar remédios, Matthew.

– Então da próxima vez que entrar em choque eu a deixarei sofrer sem necessidade. – Ele deu um puxão na coberta da cama que foi mais eficaz que toda a batalha que eu tinha travado com ela antes.

O tom cortante de Matthew sacudiu os cacos da memória, trazendo novas imagens à tona. O rosto contorcido de Gillian me alertando sobre a sonegação de segredos junto ao pedaço de papel me fez recordar. Por alguns instantes, me vi novamente com sete anos de idade, tentando entender por que os meus pais que eram tão brilhantes e tão cheios de vida tinham desaparecido da minha vida.

Enquanto me esticava na cama ao encontro de Matthew, o braço de mamãe se esticava na minha mente e tentava alcançar o corpo de papai dentro de um círculo de giz. O desconsolo da minha infância pela morte dos meus pais fazia um contraponto com a minha recente e adulta empatia pela desesperada tentativa de mamãe de tocar o corpo de papai. Eu me afastei abruptamente dos braços de Matthew e me abriguei na posição fetal.

Era visível que Matthew queria me ajudar, mas ele não se sentia inteiramente seguro em relação a mim, e a sombra das minhas emoções em conflito se estampava no rosto dele.

A voz cheia de veneno de Knox soou outra vez na minha cabeça. *Lembre-se de quem você é.*

"Lembra?", era o que o bilhete perguntava.

Sem a menor cerimônia me voltei novamente para o vampiro, estreitando a distância entre mim e ele. Meus pais estavam mortos, mas eu tinha Matthew ao meu lado. Enfiei a cabeça debaixo do queixo de Matthew e por um momento ouvi o sangue a bombear nas veias dele. O ritmo lento do coração do vampiro logo me fez dormir.

Meu coração batia acelerado quando despertei outra vez na escuridão, chutando o edredom e tentando me sentar na cama. Matthew acendeu um abajur à frente, e a sombra dele fez um ângulo afastado da cama.

– O que houve? – ele perguntou.

– A magia me encontrou. E as bruxas também. Serei assassinada por causa da minha magia, da mesma forma que meus pais foram. – As palavras irromperam da minha boca, o pânico apressava a passagem delas e me levantei.

– Não. – Matthew interpôs-se entre mim e a porta. – Diana, nós vamos enfrentar isso, seja o que for. Senão você vai passar a vida inteira fugindo.

Uma parte de mim sabia que ele estava com a razão. A outra parte queria fugir na escuridão. Mas como fugir com um vampiro impedindo a passagem?

Uma brisa começou a se mover em volta, como se tentando repelir a minha sensação de encurralamento. Fiapos gelados se eriçaram nas pernas da minha calça. A brisa se achegou ao meu corpo com suavidade e arrepiou os pelos do meu rosto. Matthew esbravejou e veio em minha direção de braços estendidos. A brisa ficou mais forte e virou uma rajada de vento que sacudiu a roupa da cama e as cortinas.

– Está tudo bem – ele disse intencionalmente em voz alta para ser ouvido em meio ao rodamoinho de vento e me acalmar.

Mas não funcionou.

A força do vento aumentou ainda mais, modelando uma coluna no ar que me abrigou da mesma maneira protetora que o casulo de edredom me abrigara. Do outro lado da perturbação, Matthew continuava de pé com os braços ainda estendidos e os olhos cravados em cima de mim. Abri a boca para pedir que ele se mantivesse a distância e só um ar gelado saiu de dentro dela.

– Está tudo bem – ele repetiu com os olhos ainda cravados em mim. – Eu não vou me mexer.

Até então, eu ainda não tinha percebido a extensão do problema.

– Eu juro – ele disse com convicção.

O ventou abrandou. O ciclone em volta de mim se tornou um rodamoinho de vento, depois uma brisa e depois se foi por inteiro. Caí de joelhos, arfando.

– O que está acontecendo comigo?

Eu corria todo dia, remava, fazia ioga e dominava o meu corpo. E agora o meu corpo fazia coisas inimagináveis. Olhei para baixo para ver se minhas mãos soltavam faíscas de eletricidade e se meus pés ainda estavam sendo açoitados pelo vento.

– Isso foi um vento de bruxa – disse Matthew sem se mover. – Sabe o que é isso?

Eu já tinha ouvido falar de uma bruxa de Albany que invocava tempestades, mas ninguém chamava isso de *vento de bruxa.*

– Na verdade, não sei – confessei ainda de olhos em meus pés e em minhas mãos.

– Algumas bruxas herdam o dom de controlar o elemento ar. Você é uma delas – ele afirmou.

– Não controlei nada.

– Foi uma primeira vez – ele insistiu convicto. Girou o dedo ao redor do quarto: as cortinas e os lençóis estavam intactos, as roupas ainda estavam dentro das gavetas e o chão estava no mesmo lugar de sempre.

– Nós dois continuamos firmes, e nem parece que um tornado passou por esse quarto. Isso já é um controle... por enquanto.

– Mas não sou eu que invoco. Você sabe se essas coisas, essas faíscas elétricas e ventos só acontecem quando são invocados pelas bruxas? – Tirei o cabelo de cima dos olhos e bambeei de exaustão. Nas últimas vinte e quatro horas haviam acontecido muitas coisas. Matthew se curvou na minha direção como se para me amparar se eu caísse.

– Hoje em dia, ventos de bruxa e dedos azuis são muito raros. Diana, a magia está dentro de você, e ela quer sair quer a invoque ou não.

– Eu me sinto pega por uma armadilha.

– Eu não devia ter encurralado você na noite passada. – Ele pareceu envergonhado. – Às vezes fico sem saber o que fazer na sua frente. Você é como uma máquina de movimento perpétuo. Eu só queria que você parasse por um momento para me escutar.

Para um vampiro que quase não precisava respirar devia ser difícil lidar com a minha incessante necessidade de movimento. De repente, o espaço entre mim e ele se alargou outra vez. Comecei a me levantar.

– Estou perdoado? – ele perguntou com sinceridade. Assenti com a cabeça. – Posso? – Apontou para os próprios pés. Assenti novamente.

Matthew deu três passos rápidos a tempo de me pegar ainda de pé. Meu corpo foi de encontro ao dele, exatamente como na primeira noite em que o vi na Sala de Leitura Duke Humfrey na Bodleiana, serenamente em pé e com um ar aristocrático. Mas desta vez não me afastei tão depressa. Pelo contrário, me aninhei no corpo dele e a pele estava suavemente fria e não assustadoramente fria.

Ficamos em silêncio por um momento, um apoiado no outro. Meu coração se aquietou e os braços dele continuaram soltos, se bem que a respiração dele sugeria que não era fácil se manter naquela posição.

– Eu também peço desculpas. – Aninhei-me ainda mais no corpo de Matthew, e o suéter dele roçou no meu rosto. – Vou tentar manter a minha energia sob controle.

– Não precisa se desculpar, e muito menos tentar ser algo que você não é. Tomaria um pouco de chá se eu fizesse? – ele perguntou com os lábios se mexendo colados na minha cabeça.

Lá fora a noite se despedia com a promessa do amanhecer.

– Que horas são?

Matthew girou a mão pelos meus ombros para olhar o relógio.

– Já passa das três.

– Estou tão cansada, mas uma xícara de chá cairia bem – resmunguei.

– Vou preparar. – Ele tirou os meus braços de sua cintura com delicadeza. – Já volto.

Eu não queria perdê-lo de vista e o segui. Ele se perdeu em meio às muitas latas e pacotes de chá que eu tinha.

– Eu lhe disse que adoro chá – eu disse quando ele encontrou uma outra caixa de chá enfiada atrás de uma cafeteira raramente usada dentro do armário.

– Prefere algum em especial? – Ele apontou para a prateleira atulhada de embalagens de chá.

– Aquele de caixa preta com um rótulo dourado, por favor. – O chá-verde me pareceu uma opção mais suave.

Ele colocou a chaleira com água no fogo e pegou um bule. Depois que a água ferveu, verteu-a sobre as folhas aromáticas e, com o chá pronto, encheu uma velha caneca e me entregou. O aroma de baunilha e frutas cítricas do chá-verde se contrapôs ao de Matthew, mas foi reconfortante.

Ele também preparou uma caneca para si e sorveu com prazer o aroma do chá.

– Esse aroma é realmente bom – comentou depois de um gole. Pela primeira vez eu o via bebendo algo que não fosse vinho.

– Onde nos sentamos? – perguntei, amparando a caneca quente com as duas mãos.

Matthew apontou com a cabeça para a sala de estar.

– Lá. Precisamos conversar.

Ele se sentou no sofá velho e confortável de um canto, e me arranjei no lado oposto. O vapor do chá se espalhou em volta do meu rosto, trazendo uma gentil lembrança do vento de bruxa.

– Eu preciso entender por que Knox acha que você quebrou o feitiço do Ashmole 782 – ele disse depois que nos acomodamos.

Repeti a conversa que tinha tido com Knox no apartamento do diretor.

– Ele disse que esses feitiços se tornam voláteis nas suas datas de aniversário. Outras bruxas com um bom domínio da feitiçaria já tentaram quebrá-lo e não conseguiram. O que ele acha é que eu estava no lugar certo e na hora certa.

– Uma bruxa talentosa ligada ao Ashmole 782. Creio que talvez seja quase impossível quebrar esse encantamento. Ninguém que tentou pegar o manuscrito antes foi capaz de preencher as condições, a despeito do quanto dominava a feitiçaria e da data em que fazia a tentativa. – Ele olhou no fundo do chá. – E você conseguiu. E agora só resta saber como e por quê.

– Essa ideia de que eu preenchi as condições de um feitiço lançado antes do meu nascimento é tão difícil de acreditar como o argumento do aniversário do feitiço. E se preenchi as condições desse feitiço uma vez, por que não mais uma vez? – Matthew abriu a boca e o fiz se calar. – Não, você não tem nada a ver com isso.

— Knox entende de feitiçaria, e os feitiços são complicados. Suponho que vez por outra o tempo os afete. – Ele não pareceu muito convencido.

— Se eu conseguisse visualizar algum padrão em tudo isso. – Minha mesa branca com as peças do quebra-cabeça em cima me veio à mente. Mexi as peças disponíveis, Knox, manuscrito, meus pais, e elas se recusaram a desenhar uma imagem.

A voz de Matthew irrompeu nos meus devaneios.

— Diana?

— Humm?

— O que está fazendo?

— Nada – respondi prontamente.

— Você está fazendo magia. – Ele pousou a xícara de chá. – Estou sentindo o cheiro dela. E também posso vê-la. Você está brilhando.

— Sempre faço isso quando não consigo resolver um problema intrincado... como agora. – Eu estava de cabeça baixa para não deixar à vista a minha dificuldade de tocar no assunto. – Visualizo uma mesa branca e ponho diferentes peças na cena. Peças com formas e cores que se movem até formar um padrão. Logo as peças deixam de se mover e isso indica que estou na pista certa.

Matthew fez uma pausa antes de se pronunciar:

— Com que frequência você faz esse jogo?

— O tempo todo – respondi relutante. – Você estava na Escócia quando me dei conta de que isso era um procedimento mágico, e acontece o mesmo quando sei que alguém está olhando para mim sem precisar virar a cabeça.

— Você sabe que *há* um padrão nisso. Faz a sua magia quando não está pensando.

— O que quer dizer? – As peças do quebra-cabeça começaram a bailar na mesa branca.

— Quando você se move, você não pensa... pelo menos não com a parte racional da sua mente. Você se desloca toda para um outro lugar quando está remando ou fazendo ioga. E quando não coloca os seus dons em xeque, eles vêm à tona.

— Mas eu estava pensando antes de provocar o vento de bruxa – retruquei –, e mesmo assim o provoquei.

— Ah, mas também estava sob uma emoção intensa – ele explicou, inclinando-se para a frente e apoiando os cotovelos nos joelhos. – Isso sempre deixa o intelecto acuado. Aconteceu o mesmo quando os seus dedos azularam na presença de Miriam e depois comigo. Essa mesa branca é uma exceção na regra geral.

— Será que humores e movimentos atraem essas forças? Então que vantagem há em ser bruxa se algo tão simples pode liberar o inferno?

– Muita gente gostaria de fazer isso, imagino. – Matthew desviou os olhos. – Eu quero saber se você faria uma coisa por mim. – O sofá chiou quando ele se virou para me olhar outra vez. – E é melhor que reflita antes de me responder. Você faria isso?

– É claro – eu disse.

– Eu quero levar você para casa.

– Não voltarei para a América. – Em cinco segundos, fiz exatamente o que ele me pedira para não fazer.

Matthew balançou a cabeça.

– Não para *sua* casa. Para *minha* casa. Você precisa sair de Oxford.

– Eu já disse que irei com você para Woodstock.

– A Velha Cabana é a minha *casa*, Diana – ele continuou pacientemente. – Mas quero levá-la para o meu *lar*... para a França.

– França? – Puxei o cabelo para trás a fim de olhar melhor para ele.

– As bruxas querem pegar o Ashmole 782 e mantê-lo fora do alcance das outras criaturas. A ideia de que você quebrou o feitiço e a proeminência da sua família são motivos suficientes para manter as outras criaturas a distância. Quando Knox e o restante das bruxas descobrirem que você não fez magia para obter o manuscrito, e que o feitiço foi lançado para se abrir para você, eles vão querer saber como e por quê.

A imagem do meu pai e da minha mãe mortos veio à minha mente.

– E é lógico que não vão perguntar isso de maneira gentil.

– Provavelmente não. – Matthew respirou fundo e a veia da testa pulsou. – Eu vi a fotografia, Diana. O que mais desejo é vê-la bem longe de Knox e da biblioteca. Eu quero que você fique *debaixo* do meu teto por algum tempo.

– Segundo Gillian foi obra de bruxos. – Nossos olhos se encontraram e me espantei quando vi que as pupilas dele estavam bem pequenas. Geralmente eram negras e grandes, mas ele estava diferente naquela noite. Sua pele estava menos fantasmagórica, e os lábios normalmente pálidos tinham um toque a mais de cor. – Ela estava certa?

– Não posso afirmar isso, Diana. Os hausas nigerianos acreditam que a fonte de poder dos bruxos encontra-se nas pedras que eles têm no estômago – disse Matthew sem graça. – A outra bruxa podia estar apenas na cena.

Ouviu-se um suave clique, e a luz da secretária eletrônica começou a piscar. Resmunguei.

– É a quinta vez que suas tias telefonam – ele observou.

O volume da máquina estava no mínimo, e mesmo assim o vampiro conseguia ouvir a mensagem. Fui até a mesinha e atendi ao telefone.

– Estou aqui, estou aqui – disse para titia em tom irritado.

— Já estávamos pensando que você tinha morrido — disse Sarah.

A lembrança de que ambas éramos as últimas remanescentes dos Bishop apertou o meu coração. Imaginei-a sentada na cozinha com o telefone na mão e o cabelo revolto a lhe emoldurar o rosto. Ela estava envelhecendo e, apesar da sua autoconfiança, se sentia mexida pelo fato de que eu estava distante e correndo perigo.

— Não morri, não. Estou no meu apartamento, e Matthew está comigo. — Lancei-lhe um sorrisinho, mas ele não devolveu o sorriso.

— O que está havendo aí? — perguntou Em da extensão. Em tinha ficado com o cabelo todo branco depois da morte dos meus pais. Na ocasião ainda era uma mulher jovem, com menos de trinta anos, mas depois da tragédia aparentava uma fragilidade excessiva, como se uma lufada de vento pudesse levá-la a qualquer momento pelos ares. A preocupação de Em, como a de tia Sarah, se devia ao sexto sentido dela que lhe dizia que alguma coisa devia estar acontecendo em Oxford.

— Eu tentei reaver o manuscrito, só isso — respondi com displicência para não deixá-las ainda mais preocupadas. Matthew me olhou com desaprovação e virei de costas para ele. Não adiantou nada. Ele cravou olhos glaciais nos meus ombros. — Mas dessa vez o manuscrito não saiu das prateleiras.

— Você acha que estamos telefonando por causa *desse* livro? — disse Sarah.

Dedos longos e frios agarraram o fone e o tiraram do meu ouvido.

— Sra. Bishop, aqui é Matthew Clairmont — ele disse com firmeza. Tentei tirar o fone da mão dele, mas ele segurou o meu pulso e balançou a cabeça uma única vez como aviso. — Diana foi ameaçada. Por outras bruxas e principalmente por um bruxo, Peter Knox.

Nem precisei ser vampira para ouvir o alvoroço do outro lado da linha. Matthew largou o meu pulso e estendeu o fone para mim.

— Peter Knox! — gritou Sarah. Matthew apertou os olhos como se o grito tivesse doído nos ouvidos dele. — Há quanto tempo ele está aí?

— Desde o início — respondi com uma voz trêmula. — É o tal do bruxo moreno que tentou invadir minha mente.

— Você não o deixou ir tão longe, deixou? — A voz da minha tia soou assustada.

— Sarah, eu fiz o que pude. Não sei ao certo o que devo fazer.

Em interveio.

— Querida, muitas de nós tiveram problemas com Peter Knox. E o mais importante, seu pai não confiava nele... nem um pouquinho.

— *Papai?* — O chão se moveu debaixo dos meus pés e Matthew me enlaçou pela cintura para que eu não caísse. Mesmo esfregando os olhos, não dissipei a visão da cabeça esmagada e das entranhas expostas do meu pai.

— Diana, o que mais aconteceu? — perguntou Sarah com muito tato. — Pode ser que tenha se assustado com Peter Knox, mas há mais coisa nessa história.

Agarrei o braço de Matthew.

– Alguém me mandou uma fotografia da mamãe e do papai.

Fez-se silêncio por um momento do outro lado da linha.

– Oh, Diana – murmurou Em.

– *Aquela* fotografia? – perguntou Sarah com um tom sombrio.

– A própria – sussurrei.

Sarah soltou um palavrão.

– Coloque-o novamente no telefone.

– Ele pode ouvi-la perfeitamente de onde está – frisei. – E você pode falar para mim seja o que for que quer falar para ele.

A mão de Matthew deslizou da minha cintura até a coluna e massageou os músculos contraídos para que relaxassem.

– Vocês dois prestem muita atenção. Fiquem bem longe, bem longe mesmo desse Peter Knox. E esse vampiro aí que trate de cuidar de você, ou ele é que será o responsável. Stephen Proctor era o homem mais flexível da Terra. Era preciso muita coisa, muita coisa mesmo para que ele não gostasse de alguém... e ele detestava esse bruxo. É melhor você voltar *imediatamente* para casa, Diana.

– Sarah, eu não farei isso! Eu vou para a França com Matthew. – A opção sem graça que ela me oferecia só serviu para me convencer.

Fez-se silêncio.

– França? – perguntou Em com uma voz débil.

Matthew ergueu a mão.

– Matthew quer falar com você. – Estendi o fone antes que Sarah pudesse protestar.

– Sra. Bishop? Por acaso vocês têm identificador de chamada?

Bufei. O telefone marrom preso à parede da cozinha da casa em Madison tinha um disco antigo e um fio longo o bastante para que Sarah pudesse zanzar de um lado para o outro enquanto falava.

Perdia-se um tempão para se discar um simples número local. Identificador de chamadas? Definitivamente, não.

– Não? Então anote esses números. – Matthew disse pausadamente o número do celular dele e de um outro que devia ser da casa na França, e deu instruções detalhadas dos códigos de discagem internacional. – Telefonem a qualquer hora.

Pela expressão atenta de Matthew, Sarah devia ter dito alguma coisa relevante.

– Eu farei de tudo para mantê-la a salvo. – Ele estendeu o telefone para mim.

– Agora vou desligar. Amo vocês. Não se preocupem.

– Pare de nos dizer que não devemos nos preocupar – disse Sarah. – Você é a nossa sobrinha. Nós somos boas e preocupadas, Diana, e gostamos de ser assim.

– O que posso fazer para convencê-las de que estou bem? – Suspirei.

– Por ora, atender ao telefone com mais frequência – ela disse embirrada.

Continuei ao lado de Matthew depois que nos despedimos, sem olhar nos olhos dele.

– Tia Sarah tem razão, tudo isso é por minha culpa. Eu tenho me comportado como um ser humano irresponsável.

Ele caminhou até a extremidade do sofá para ficar o mais longe possível de mim, e afundou nas almofadas.

– Você não passava de uma criança solitária e amedrontada quando fez essa sua barganha do espaço que a magia devia ocupar em sua vida. E agora, toda vez que dá um passo parece que o seu futuro depende do lugar onde você deve colocar o pé.

Matthew ficou surpreso quando me sentei ao lado dele e o peguei pela mão em silêncio, me reprimindo para não dizer que tudo daria certo.

– Na França, talvez você possa simplesmente *ser* por algum tempo... sem ficar tentando ou se preocupando se vai errar ou não – ele continuou. – Talvez você possa descansar... se bem que nunca vi você parada, nem por um segundo. Sabia que seu corpo se movimenta até quando você dorme?

– Matthew, eu não tenho tempo para descansar. – Eu já estava aceitando a ideia de sair de Oxford. – As palestras sobre alquimia serão daqui a seis semanas. Eles querem que eu faça a palestra de abertura. E nem comecei a escrevê-la, e não terei chance de terminá-la a tempo sem poder entrar na Bodleiana.

Matthew apertou os olhos com um ar reflexivo.

– Presumo que o seu trabalho gire em torno das ilustrações alquímicas, estou certo?

– Sim, pesquiso a tradição das imagens alegóricas inglesas.

– Então suponho que você não se interessaria em ver o meu exemplar do século XIV do *Aurora Consurgens*. Infelizmente, em francês.

Arregalei os olhos. O *Aurora Consurgens* é um manuscrito estonteante que descreve as forças opostas da transformação alquímica – prata e ouro, feminino e masculino, sombra e luz. E as ilustrações são igualmente complexas e intrigantes.

– O exemplar mais antigo do *Aurora* é da década de 1420.

– O meu é de 1356.

– Mas um manuscrito dessa época não deve ser ilustrado – comentei. Encontrar um iluminado manuscrito alquímico de antes de 1400 era como encontrar um Ford modelo T estacionado no campo de batalha em Gettysburg.

– Esse é.

– Ele tem trinta e oito imagens ao todo?

– Não, tem quarenta. – Matthew sorriu. – Parece que os primeiros historiadores se equivocaram a respeito de diversas particularidades.

Uma descoberta como essa era muito rara. E ser o primeiro a pôr os olhos naquele exemplar desconhecido e ilustrado do *Aurora Consurgens* do século XIV representava uma oportunidade que um historiador da alquimia levaria uma vida inteira para ter.

– E o que mostram essas duas outras ilustrações? É o mesmo texto?

– Você terá que ir comigo para descobrir.

– Vamos então – falei de imediato. Depois de semanas de frustração, escrever a minha palestra me pareceu de repente possível.

– Aceitou fazer a viagem pelo manuscrito e não pela sua segurança? – Ele balançou a cabeça com incredulidade. – Que falta de bom-senso.

– Nunca fui conhecida pelo meu bom-senso – confessei. – Quando partimos?

– Daqui a uma hora?

– Uma hora. – Ele não tinha decidido isso naquele instante. Já estava com tudo planejado desde que caí no sono na noite anterior.

Ele balançou a cabeça.

– Um avião está esperando por nós na pista perto da antiga base da força aérea americana. Precisa de quanto tempo para fazer a mala?

– Depende do que terei que levar comigo – respondi com a cabeça girando.

– Não muita coisa. Não vamos sair para nenhum lugar. Separe algumas roupas de frio, e imagino que não possa partir sem os seus tênis de corrida. Lá só estaremos nós dois, a minha mãe e uma empregada.

A mãe dele.

– Matthew – eu disse quase sem voz –, eu não sabia que você tem mãe.

– Todo mundo tem mãe, Diana. – Ele me olhou com olhos cinzentos. – Eu tenho duas. A mulher que me pôs no mundo e Ysabeau... a mulher que fez de mim um vampiro.

Uma coisa seria Matthew. Outra coisa seria uma casa com vampiros desconhecidos. O medo de dar um passo em falso colocou de lado a minha avidez pelo manuscrito. A hesitação ficou estampada na minha testa.

– Eu não tive escolha. – Ele se justificou com uma voz sofrida. – É claro que você não tem motivo para confiar em Ysabeau. Mas Ysabeau me garantiu que você estará segura com ela e Marthe.

– Se você confia nelas, então eu também confio. – Para a minha surpresa, falei isso a sério... mesmo tendo um pequeno arrepio ao pensar que ele teria rogado por mim como se elas estivessem planejando tirar um pedaço do meu pescoço.

– Muito obrigado. – Ele foi lacônico, cravando os olhos na minha boca e fazendo o meu sangue se agitar. – Faça a mala enquanto vou lavar o meu rosto e dar uns telefonemas.

Passei no canto do sofá onde ele estava sentado e ele me pegou pela mão. O choque daquela mão gelada interagiu novamente com o calor da minha mão.

– Você está fazendo a coisa certa – ele murmurou antes de soltar a minha mão.

O dia de lavar roupa estava próximo e o meu quarto estava entulhado de roupas sujas. Depois de uma geral no meu armário encontrei calças pretas e quase idênticas limpas, calças *legging* e camisetas de manga comprida, e algumas blusas de gola rolê. E tive que me esticar toda para tirar de cima do armário uma velha e grande bolsa da Yale. Coloquei as roupas naquela velha bolsa de lona azul e branca junto com alguns suéteres e moletons. Depois enfiei lá dentro algumas meias e peças íntimas com roupas velhas de ioga. Eu não tinha pijamas decentes e podia dormir com essas roupas. Lembrei que a mãe de Matthew era francesa e separei uma blusa e uma calça mais apresentáveis.

A voz de Matthew flutuava baixinho no hall. Primeiro ele falou com Fred, depois com Marcus e depois com um serviço de táxis. Entrei no banheiro toda desengonçada com a bolsa de lona dependurada no ombro. Enfiei pasta de dente, sabonete, xampu e escova de cabelo na bolsa, com um secador de cabelo e um tubo de máscara facial. Eu nunca tinha usado aquele creme, mas naquelas circunstâncias um cosmético me pareceu uma boa ideia.

Depois que coloquei tudo na bolsa, me reuni a Matthew na sala de estar. Ele verificava as mensagens no celular, com a bolsa do meu computador aos pés.

– Só isso? – perguntou olhando com surpresa para minha bolsa de lona.

– Você disse que eu não precisava levar muita coisa.

– Sim, mas em geral as mulheres não aceitam a minha opinião quando se trata de bagagem. Miriam é uma que carrega bagagem suficiente para vestir toda a Legião Estrangeira quando sai para um fim de semana, e mamãe, então, precisa de uma fileira de baús. Louisa não atravessaria nem uma rua com o que você está carregando, e um país nem se fala.

– Além de ser conhecida pela falta de bom-senso também sou conhecida pelo meu comedimento.

Matthew balançou a cabeça em sinal de apreciação.

– Já está com o passaporte?

– Está na bolsa do meu computador – respondi.

– Podemos ir então – ele disse passando os olhos pelo apartamento por uma última vez.

– Cadê a fotografia? – Não achei certo deixá-la para trás.

– Está com Marcus. – Ele se apressou em responder.

– Quando Marcus esteve aqui? – perguntei intrigada.

– Enquanto você estava dormindo. Quer que a pegue de volta? – Ele já estava pronto para apertar uma tecla do celular.

— Não precisa. — Balancei a cabeça, não havia motivo para vê-la novamente.

Matthew pegou a minha bagagem e desceu as escadas sem qualquer incidente. Um táxi nos aguardava do lado de fora dos portões do prédio. Ele deu uma parada para falar com Fred. Estendeu um cartão para o porteiro, e os dois trocaram um aperto de mãos. Era um acordo já selado, um acordo cujos detalhes eu nunca saberia. Em seguida, ele me fez entrar no táxi e cerca de trinta minutos depois deixávamos as luzes de Oxford para trás.

— Por que não viemos no seu carro? — perguntei no trajeto até o campo.

— Assim é melhor. Marcus não vai precisar buscar o Jaguar.

O balanço do carro me deixou sonolenta. Fiquei encostada no ombro de Matthew.

No aeroporto, apresentamos os nossos passaportes enquanto o piloto preenchia uma papelada, e depois embarcamos. Durante a decolagem nos sentamos em poltronas opostas que estavam em torno de uma mesa baixa. Senti uma pressão nos meus ouvidos enquanto o avião subia e comecei a bocejar. Quando o avião ganhou altitude, Matthew abriu o cinto de segurança e pegou alguns travesseiros e um cobertor no bagageiro debaixo das janelas.

— Logo estaremos na França. — Ele ajustou os travesseiros na extremidade da minha poltrona que era quase como uma cama macia e me cobriu com o cobertor. — Enquanto isso é melhor tirar uma soneca.

Eu não queria dormir. Ou melhor, estava com medo de dormir. A imagem da fotografia não saía da minha cabeça.

Ele se agachou ao meu lado com um leve toque no cobertor.

— O que há?

— Não quero fechar os olhos.

Ele separou um travesseiro e jogou os outros no chão.

— Venha cá — disse, sentando-se do meu lado e tamborilando convidativamente no macio retângulo branco. Girei o corpo, deslizei na superfície acolchoada, coloquei a cabeça no colo dele e estiquei as pernas. Ele juntou as pontas do cobertor com destreza e me cobriu.

— Obrigada — sussurrei.

— De nada. — Ele levou dois dedos aos lábios e, depois de beijá-los, tocou nos meus lábios. Senti um gosto de sal. — Durma. Estarei aqui com você.

Dormi profundamente e sem sonhos, e só acordei quando Matthew acariciou o meu rosto com dedos frios dizendo que o avião aterrissaria.

— Que horas são? — perguntei atordoada.

Ele consultou o relógio.

— Quase oito horas.

— Onde estamos? — Ajeitei-me na poltrona e apertei o cinto.

– Perto de Lyon, em Auvergne.

– No centro do país? – perguntei visualizando o mapa da França. Ele assentiu. – Onde você nasceu?

– Nasci e renasci por perto. Minha terra natal, a terra natal da minha família, fica a duas horas de distância. Chegaremos lá no meio da manhã.

Descemos do avião e nos dirigimos a uma área privada de um movimentado aeroporto, onde os nossos passaportes e documentos de viagem foram checados por um funcionário que mudou a cara na mesma hora quando viu o nome de Matthew.

– Você sempre viaja dessa maneira? – Era bem mais fácil do que pegar um voo comercial no Heathrow de Londres ou no Charles de Gaulle de Paris.

– Sim – ele disse em tom natural. – Só me sinto completamente feliz por ser um vampiro e ter dinheiro para torrar quando saio em viagem.

Matthew parou na frente de um Range Rover do tamanho de Connecticut e tirou um molho de chaves de dentro do bolso. Abriu a porta traseira e guardou a minha bagagem. O Range Rover era um pouco menos luxuoso que o Jaguar, mas o que faltava em elegância sobrava em resistência. Viajar naquele carro era como viajar num tanque de guerra.

– Você precisa mesmo deste carro para dirigir pela França? – Eu estava olhando para estradas impecáveis, sem nenhum buraco.

Matthew sorriu.

– Você ainda não viu onde a minha mãe mora.

Seguimos pela parte rural do oeste do país e vez por outra nos deparávamos com grandes castelos e montanhas íngremes. Pastagens e vinhedos se espalhavam em todas as direções e, mesmo sob céu nublado, a terra brilhava com a coloração iluminada das folhas. Por fim, uma placa indicou a direção de Clermont-Ferrand. Isso não podia ser uma simples coincidência, por mais diferente que fosse a grafia do nome.

Matthew continuou dirigindo rumo oeste. A certa altura, diminuiu a velocidade, entrou numa estrada estreita e parou no acostamento. Apontou para um ponto distante.

– Lá está – disse. – Sept-Tours.

No centro de colinas com suaves elevações e depressões destacava-se um pico, aplainado e encimado por uma construção de pedras marrons e rosadas. Sete pequenas torres cercavam a estrutura e uma casa torreada montava guarda no portão. Sept-Tours não era um castelo de contos de fadas erguido para bailes sob a luz do luar. Era uma fortaleza.

– Aquela é a casa? – Engoli em seco.

– Aquela é a casa. – Matthew tirou o celular do bolso e digitou um número. – *Maman?* Já estamos quase chegando.

Do outro lado da linha, soou alguma coisa e depois emudeceu. Matthew sorriu e levou o carro de volta à estrada.

– Ela já está nos esperando? – perguntei disfarçando o tremor da minha voz.

– Está sim.

– E está de acordo com isso? – Eu não quis fazer a pergunta certa: *você tem certeza de que não vai haver problema em trazer uma bruxa para sua casa?* Mas isso não foi necessário.

Matthew continuou com os olhos fixos na estrada.

– Ysabeau, assim como eu, não gosta de surpresas – disse sereno enquanto virava por um caminho que parecia uma trilha de bodes.

Atravessamos fileiras de castanheiras, subimos pela trilha e chegamos em Sept-Tours. O carro passou entre duas das sete torres e por um pátio pavimentado situado em frente à entrada da estrutura central. Cruzamos um bosque com um caminho ladeado de jardins, e finalmente o vampiro estacionou o carro.

– Pronta? – ele disse com um sorriso iluminado.

– Como nunca estive – repliquei prontamente.

Matthew abriu a minha porta e me ajudou a descer do carro. Puxei a bainha do meu terninho preto e encarei a intimidante fachada de pedra do castelo. Suas linhas ameaçadoras não eram nada se comparadas com o que me aguardava lá dentro. A porta entreaberta balançava.

– *Courage* – disse Matthew me dando um beijo no rosto.

18

Ysabeau estava à soleira da porta do seu grande, real e gélido castelo e olhava para o filho vampiro enquanto subíamos os degraus de pedra.

Chegamos à porta e Matthew beijou a mãe em ambas as faces.

– Podemos entrar ou você prefere nos receber aqui fora?

A mãe de Matthew abriu passagem para que pudéssemos entrar. Ela me olhou furiosa e senti um aroma que lembrava extrato de salsaparrilha e caramelo. Caminhamos por um corredor curto e escuro decorado por uma fileira de lanças nada acolhedoras que apontavam diretamente para a cabeça do visitante e entramos em um recinto de teto alto e paredes cobertas de painéis que certamente tinham sido pintados por algum artista criativo do século XIX com o intuito de refletir um improvável passado medieval. Leões, flores de lis, uma serpente mordendo o próprio rabo e conchas da vieira eram retratados nas paredes brancas. No extremo de um dos cantos, uma escada circular conduzia ao topo de uma das torres.

Dentro da casa, senti realmente a força do olhar de Ysabeau. Ela personificava a atordoante elegância que parece inata às mulheres francesas. E se valia de uma paleta monocromática que atenuava a sinistra palidez de sua aparência, tal como o seu filho, que de um modo desconcertante parecia um pouco mais velho do que ela. Ysabeau se vestia com cores que iam do creme ao camurça. Cada centímetro dos seus trajes era ao mesmo tempo luxuoso e simples, desde o bico dos sapatos de couro até os topázios que pendiam de suas orelhas. Lascas de esmeralda brilhantes e frias rodeavam-lhe as pupilas escuras, e os ossos proeminentes e bem marcados da face faziam com que a perfeição dos traços e a brancura estonteante da pele superassem a beleza comum. Os cabelos tinham a cor e a textura do mel, e uma cascata dourada de seda prendia um coque à base da nuca.

— Matthew, você devia ter mostrado um pouco de consideração. — O sotaque da mãe suavizou o nome do filho, fazendo-o parecer antigo. Como todos os vampiros, Ysabeau tinha uma voz melódica e sedutora. Uma voz que soava pura e profunda, como sinos distantes.

— Com medo de fofocas, *maman*? Eu achava que você se orgulhava de ser radical. — Matthew se mostrou tanto indulgente como impaciente. Ele arremessou um molho de chaves sobre uma mesa próxima. Um arremesso perfeito que fez as chaves caírem ruidosamente ao pé de um vaso de porcelana chinesa.

— Nunca fui radical! — Ela pareceu horrorizada. — As mudanças são por demais superestimadas.

Ysabeau se voltou para mim e me analisou da cabeça aos pés, apertando uma boca delineada com perfeição.

Ela não gostou do que viu e isso não era de espantar. Eu tentei me ver sob a ótica dela – cabelo cor de areia fino e rebelde, sardas provocadas por uma excessiva exposição ao sol e um nariz comprido demais para o tamanho do rosto. Os olhos eram os meus traços mais harmoniosos, mas a minha desatenção com a moda era indisfarçável. Ladeada pela elegância de Ysabeau e pela impecabilidade perpétua de Matthew, eu era e parecia um ratinho caipira. Puxei a bainha do meu terninho com a mão que estava livre e me senti aliviada porque não havia sinal de magia na ponta dos meus dedos, e torci para que não surgisse o tal sinal do "brilho" fantasma que Matthew mencionara.

— *Maman*, esta é Diana Bishop. Diana, minha mãe, Ysabeau de Clermont. — As sílabas rolaram pela língua de Matthew.

As narinas de Ysabeau abriram-se delicadamente.

— Não gosto do cheiro das bruxas — ela disse com um inglês impecável e com seus olhos brilhantes cravados em mim. — Ela é doce e repulsivamente verde como uma fonte.

Matthew soltou um jorro de palavras ininteligíveis que me pareceram uma mistura de francês, espanhol e latim. Manteve um tom de voz baixo, mas sem disfarçar a raiva.

— *Ça suffit* — ela o interrompeu com um francês reconhecível, passando a mão pela garganta como se fazendo um corte. Engoli em seco e apalpei por precaução a gola do meu terninho. — Muito prazer, Diana. — Pronunciou o meu nome alongando as vogais. Estendeu sua mão branca e gelada para mim e apertei-a levemente. Matthew apertou a minha mão esquerda e por um momento se fez uma estranha corrente de dois vampiros e uma bruxa. — *Encantada*.

— Ela disse que está feliz por conhecê-la. — Matthew traduziu para mim o que a mãe tinha dito ao mesmo tempo que olhava para ela.

— Sim, sim — disse Ysabeau impaciente, virando de costas para o filho. — É claro que ela só fala inglês e francês moderno. Os sangue-quentes de hoje têm uma educação lamentável.

Uma mulher corpulenta, de pele branca como a neve, com um amontoado de cabelos enrolados em intrincadas e inapropriadas tranças em torno da cabeça entrou pelo saguão de entrada de braços abertos.

— Matthew! — ela gritou. — *Cossí anatz?*

— *Va plan, mercés. E tu?* — Ele abraçou-a e beijou-lhe as faces.

— *Aital aital* — ela respondeu, fazendo uma careta e segurando o cotovelo.

Matthew murmurou com um ar compreensivo e Ysabeau olhou para o teto como se rejeitando o espetáculo de sentimentalismos.

— Marthe, esta é a minha amiga Diana — ele disse.

Marthe também era uma vampira, uma das mais velhas que eu já tinha visto. Ela devia ter uns sessenta anos quando renasceu, e mesmo com os cabelos pretos não deixava dúvida quanto à idade que tinha. Seu rosto era riscado de rugas e as juntas dos seus dedos eram tão tortas que talvez nem mesmo o sangue de um vampiro pudesse endireitá-las.

— Bem-vinda, Diana — ela disse com uma voz rouca que parecia uma mistura de areia e melado enquanto olhava no fundo dos meus olhos. Fez um sinal afirmativo para Matthew enquanto estendia a mão para mim com as narinas se mexendo. — *Elle est une puissante sorcière* — acrescentou para ele com um tom de apreciação.

— Ela disse que você é uma bruxa poderosa — ele traduziu. De alguma maneira o carinho que mostrou por ela reduziu a minha preocupação instintiva por ter uma vampira me farejando.

Sem saber como responder ao comentário em francês, sorri timidamente para Marthe, torcendo para que ela estivesse certa.

– Você está exausta – disse Matthew analisando o meu semblante. Depois teve uma breve conversa com as duas vampiras na tal língua desconhecida. Um diálogo acompanhado de expressões de espanto, gestos enfáticos, sinais de acusação e suspiros. De repente, Ysabeau mencionou o nome de Louisa e Matthew olhou para ela com fúria, dizendo abruptamente alguma coisa com uma voz incisiva.

Ysabeau encolheu-se.

– É claro, Matthew – murmurou com visível insinceridade.

– Venha ver os seus aposentos – ele disse para mim com uma voz mais aconchegante.

– Levarei comida e vinho – disse Marthe com um inglês vacilante.

– Muito obrigada – eu disse. – E lhe agradeço, Ysabeau, por me acolher em sua casa.

Ela deu uma fungada e mostrou os dentes. Eu tentei me convencer de que aquilo era um sorriso, mas algo me disse que não era.

– E também água, Marthe – disse Matthew. – Ah, os alimentos estão chegando esta manhã.

– Já chegou uma parte – disse a mãe com acidez. – Verduras. Sacolas de legumes e ovos. Você foi realmente bastante infeliz em pedir para que trouxessem aqui.

– *Maman,* Diana precisa comer. Achei que você não teria muita comida normal em casa.

Os acontecimentos da noite anterior começavam a rasgar a perseverante e elástica paciência de Matthew, agora prestes a romper por conta da insossa acolhida.

– *Eu* preciso de sangue fresco, mas não espero que Victoire e Alain saiam em disparada para buscá-lo no meio da noite em Paris. – Ysabeau pareceu radiante quando os meus joelhos bambearam.

Matthew respirou fundo e me amparou pelo cotovelo.

– Marthe. – Ele se voltou para ela, ignorando Ysabeau. – Você pode servir chá, ovos e torradas para Diana?

Marthe olhou primeiro para Ysabeau, depois para Matthew, como se estivesse no centro da quadra de Wimbledon, e riu como se cacarejasse.

– *Òc* – emitiu isso assentindo calorosamente com a cabeça.

– Nós veremos vocês duas no jantar – disse Matthew com toda a calma.

Enquanto nos retirávamos senti quatro pedras de gelo às minhas costas. Marthe comentou alguma coisa com Ysabeau que fez esta bufar e Matthew abrir um largo sorriso.

– O que disse Marthe? – cochichei lembrando tardiamente que naquela casa qualquer cochicho era ouvido como se fosse um berro.

– Disse que nós formamos um belo casal.

— Não quero que Ysabeau fique furiosa comigo durante a nossa permanência aqui.

— Esqueça — ele disse com calma. — Mamãe ladra, mas não morde.

Atravessamos uma porta e entramos por um aposento extenso com diferentes conjuntos de cadeiras e mesas de diferentes estilos e épocas. Em cima de uma das duas lareiras do aposento um afresco retratava dois cavaleiros com armaduras brilhantes em combate, as lanças se cruzavam sem nenhuma gota de sangue visível. Obviamente, o afresco era obra do mesmo pintor amante da cavalaria medieval que pintara o painel que decorava o saguão. Duas portas nos fizeram entrar em outro aposento abarrotado de estantes de livros.

— É a biblioteca? — perguntei esquecendo momentaneamente a hostilidade de Ysabeau. — Já posso examinar o seu exemplar do *Aurora Consurgens*?

— Mais tarde — ele disse com firmeza. — Você precisa comer alguma coisa e depois dormir.

Matthew abriu caminho para outra escada circular, movendo-se com destreza por entre um labirinto de mobiliário antigo graças a anos de experiência. Minha passagem foi mais desastrada porque esbarrei num gaveteiro e quase derrubei um vaso de porcelana que estava em cima dele. Por fim, chegamos ao pé da escada.

— É uma longa subida, e você está cansada. Quer que a carregue?

— Nada disso — reagi indignada. — Você não vai me carregar pendurada no seu ombro como um cavaleiro medieval vitorioso carrega os trunfos da batalha.

Matthew mexeu os lábios com um brilho nos olhos matreiros.

— Não ouse rir de mim.

Ele riu e o riso ecoou forte nas paredes de pedra, como se um bando de vampiros fanfarrões estivesse no pé da escada. Afinal, aquele era um típico lugar por onde os cavaleiros medievais carregariam as mulheres escada acima. Não estava nos meus planos ser mais uma entre elas.

Ali pelo décimo quinto degrau eu já estava esgotada. Os degraus de pedra da escada da torre não tinham sido projetados para pés e pernas de gente comum — eram visivelmente projetados para vampiros de quase dois metros de altura ou vampiros extremamente ágeis, ou ambos, como Matthew. Trinquei os dentes e continuei subindo. Finalmente, depois do último lance de degraus, surgiu um espaço aberto.

— Oh. — Abri a boca de espanto e Matthew tapou-a com carinho.

Ninguém precisaria me dizer de quem era aquele aposento. Era a cara do Matthew.

Nós estávamos numa graciosa torre redonda do castelo — a única que ainda conservava um telhado cônico acobreado, localizado nos fundos da edificação principal. Janelas altas e estreitas pontuavam nas paredes com vitrais que refletiam raios de luz e as cores outonais do campo e das árvores lá de fora.

Era um aposento circular, e as estantes altas de livros abrandavam as graciosas curvas com um toque de linhas retas. Uma grande lareira estava instalada na parede colada à estrutura central do castelo. Milagrosamente, a lareira escapara da atenção do pintor de afrescos do século XIX. Espalhados pelo aposento, poltronas e sofás, mesas e almofadas, a maior parte em tons de verde, marrom e dourado. Apesar da amplitude do espaço e das grandes paredes de pedra, o efeito final era extremamente acolhedor.

Os objetos mais intrigantes eram os que Matthew tinha guardado das suas muitas vidas anteriores. Uma tela de Vermeer estava apoiada em uma estante de livros perto de uma concha. Não era uma tela conhecida – não era uma das poucas telas conhecidas do artista. Era uma peça surpreendentemente única, como Matthew. Uma comprida e pesada espada que só um vampiro teria força para pendurá-la na parede se sobressaía em cima da lareira, e uma armadura do tamanho de Matthew estava de pé em um dos cantos. Do outro lado, preso a um suporte de madeira, um velho esqueleto provavelmente humano com os ossos amarrados por algo que parecia uma corda de piano. Na mesa próxima ao esqueleto dois microscópios que datavam do século XVII, salvo engano meu. Enfiado em um dos nichos da parede, um crucifixo ornado com grandes pedras vermelhas, verdes e azuis com uma imagem da Virgem entalhada em marfim.

Os flocos de neve de Matthew descaíam no meu rosto à medida que eu observava os objetos.

– É o seu museu, Matthew – comentei suavemente, sabendo que cada objeto dali tinha uma história.

– É só o meu estúdio.

– Onde adquiriu... – Apontei para os microscópios.

– Mais tarde – ele disse outra vez. – Ainda temos trinta degraus para subir.

Ele me conduziu até o outro lado do aposento, onde avistei uma segunda escada também circular que parecia dar no céu. Depois dos intermináveis trinta degraus me vi à entrada de um outro ambiente redondo dominado por uma grande cama de quatro colunas de nogueira completa, com dossel e pesadas cortinas. Por cima da cama se ressaltavam as vigas que sustentavam o telhado acobreado. Em uma parede, se apoiava uma mesa e, em outra, se embutia uma lareira com um conjunto de confortáveis poltronas à frente. No lado oposto, uma porta aberta deixava à vista uma grande banheira.

– É como uma toca de falcão – comentei espiando pela janela. Daquelas janelas Matthew olhava a paisagem desde a Idade Média. Por um momento me passou pela cabeça que ele poderia ter levado algumas mulheres ali antes de mim.

Claro que eu não devia ser a primeira, mas também não me interessava saber quantas tinham estado ali. Aquele castelo emanava algo intensamente privado.

Ele se aproximou por trás de mim e olhou por cima dos meus ombros.

– Gostou? – O hálito dele roçou docemente na minha orelha.

Assenti com a cabeça.

– Quanto tempo? – perguntei sem poder me conter.

– Esta torre? Uns setecentos anos.

– E a aldeia? Eles sabem de você?

– Sim. Os vampiros, como as bruxas, não são bisbilhotados quando integram uma comunidade que sabe o que eles são e que não faz muitas perguntas.

Gerações de Bishop tinham vivido em Madison sem que ninguém fizesse estardalhaço. Nós, os Bishop, como Peter Knox, nos ocultávamos à vista de todos.

– Obrigada por me ter trazido para Sept-Tours – eu disse. – Aqui me sinto mais segura do que em Oxford, *apesar de Ysabeau*.

– Obrigado pela coragem na frente da minha mãe. – Ele deixou escapar um risinho como se tivesse escutado o meu pensamento. E as palavras foram acompanhadas pelo peculiar aroma de cravos vermelhos. – Ela é superprotetora como a maioria dos pais.

– Eu me senti como uma idiota... e malvestida também. Não trouxe uma única peça de roupa que ela possa aprovar. – Mordi o lábio franzindo a testa.

– Coco Chanel não teve a aprovação de Ysabeau. Talvez você consiga um pouco mais.

Ri e me virei buscando os olhos de Matthew com os meus. E perdi o fôlego quando os nossos olhos se encontraram. Os olhos dele ansiavam pelos meus olhos, pelo meu rosto e pela minha boca. Ele afagou o meu rosto.

– Você é tão cheia de vida – disse de chofre. – Seria melhor que estivesse com um homem muito mais jovem.

Fiquei na ponta dos pés. Ele curvou a cabeça. Antes que nossos lábios se tocassem uma bandeja foi posta ruidosamente sobre a mesa.

– *Vos etz arbres e branca* – entoou Marthe com um olhar matreiro para Matthew.

Ele riu e cantou com voz de barítono:

– *On fruitz de gaug s'asazona.*

– Que língua é essa? – perguntei apoiando a sola dos pés no chão e o seguindo até a lareira.

– A língua antiga – respondeu Marthe.

– Occitano – acrescentou Matthew, retirando a tampa de prata que cobria um prato de ovos. O aroma de comida quente impregnou o ar. – Marthe resolveu recitar poesia antes de você se sentar para comer.

Marthe riu e bateu amavelmente no punho de Matthew com um pano de prato que puxou da cintura. Ele tampou o prato e sentou-se à mesa.

– Vem cá, vem cá – ela disse apontando para uma cadeira à frente dele. – Sente-se, coma. – Fiz como me pediu. Ela serviu para Matthew um copo de um vinho que estava dentro de um jarro de vidro e prata.

– *Mercés* – ele murmurou voltando o nariz para o conteúdo do copo.

Marthes verteu em outro copo a água gelada que estava dentro de um jarro idêntico ao primeiro e estendeu para mim. Serviu uma xícara de chá que identifiquei na mesma hora como sendo da Mariage Frères, de Paris. Pelo visto Matthew inspecionara os armários da minha cozinha enquanto eu dormia na noite anterior, anotando as marcas de alguns chás para uma lista de compras. Marthe derramou uma nata espessa dentro da xícara antes que Matthew pudesse impedi-la, e o olhei com furor. Naquela hora, tudo o que eu precisava era de uma aliada. E além do mais estava com muita sede para dar importância a pequenos deslizes. Ele sentou-se humildemente e se pôs a beber o vinho.

Marthe retirou outros itens da bandeja – um conjunto de pratos de prata, sal, pimenta-do-reino, manteiga, geleia, torradas e uma omelete dourada temperada com ervas frescas.

– *Merci*, Marthe – agradeci com sinceridade.

– Coma! – ela ordenou e dessa vez me fez de alvo do pano de prato.

Depois Marthe me olhou embevecida pelo meu entusiasmo nas primeiras mordidas do alimento. Ela então se virou e farejou o ar. Franziu a testa e olhou de um modo repressivo para Matthew antes de se dirigir à lareira. Acendeu um fósforo e logo a madeira seca estalou.

– Marthe – disse Matthew levantando-se com o copo na mão –, eu faço isso.

– Ela está com frio – resmungou Marthe visivelmente aborrecida por ele não ter acendido a lareira antes de se sentar à mesa –, e você está com sede. Eu mesma me encarrego do fogo da lareira.

Alguns minutos depois, a madeira ardia. Embora nenhuma lareira pudesse aquecer aquele ambiente de ponta a ponta, pelo menos o ar aqueceu um pouco mais. Marthe esfregou as mãos e se empertigou.

– Ela precisa dormir. Estou sentindo o cheiro do medo que ela teve.

– E ela vai dormir assim que acabar de comer – disse Matthew, erguendo a mão direita para detê-la. Marthe o olhou por um momento e lhe apontou o dedo como se ele tivesse quinze anos e não mil e quinhentos. Até que foi dissuadida pelo ar de inocência que ele assumiu. Saiu do aposento e desceu a desafiadora escadaria com passos hábeis e seguros.

– O occitano não é a língua dos trovadores? – perguntei depois que ela saiu. O vampiro assentiu. – Eu não sabia que era uma língua falada no extremo norte.

– Mas não estamos tão ao norte – disse Matthew com um sorriso. Antigamente, Paris não passava de uma insignificante cidade fronteiriça. Naquela época, a maioria das pessoas falava o occitano. As montanhas mantinham os nortistas e a língua deles a distância. Até hoje a população daqui desconfia dos forasteiros.

– E o que dizem as palavras da canção?

– Você é a árvore e o galho – ele respondeu olhando fatias do campo pela janela mais próxima –, onde se colhem deliciosos frutos. – Balançou a cabeça com desalento. – Marthe vai passar a tarde toda cantarolando a canção e vai enlouquecer Ysabeau.

O fogo da lareira aqueceu mais o ambiente e me deixou zonza. Quando acabei de comer a omelete, eu mal conseguia manter os olhos abertos.

Eu já estava bocejando quando Matthew me fez levantar da cadeira. Ele me pegou no colo como se eu fosse uma criança. Protestei.

– Pare com isso – ele disse. – Não consegue nem se sustentar na cadeira, quanto mais caminhar.

Ele gentilmente me deitou na cama e puxou a colcha. Os lençóis eram macios e brancos como a neve e logo afundei a cabeça no amontoado de travesseiros dispostos engenhosamente nos intrincados entalhes da cabeceira da cama.

– Agora durma. – Ele puxou as cortinas da cama.

– Não sei se vou conseguir. Não sou de tirar sonecas – eu disse bocejando.

– Sua aparência diz o contrário – ele disse secamente. – Você está na França. Ninguém está atrás de você aqui. Estarei lá embaixo. Qualquer coisa é só me chamar.

Com uma escada que levava do saguão ao estúdio de Matthew e uma outra escada que levava do estúdio ao lado oposto do quarto, ninguém poderia entrar naquele quarto sem passar por Matthew. Era como se os aposentos tivessem sido projetados de modo a proteger a família.

Uma pergunta brotou nos meus lábios, mas ele deu um último puxão nas cortinas e fechou-as antes que eu pudesse falar. As pesadas cortinas da cama não permitiam a entrada da luz e das correntes de ar. Relaxada no sólido colchão e com o corpo aquecido pelas cobertas, adormeci rapidamente.

Acordei com o ruído de folhas sendo viradas e sentei-me na cama sem saber por que estava presa naquela caixa de pano. Depois lembrei.

França. Matthew. A terra dele.

– Matthew – chamei por ele com um sussurro.

Ele abriu as cortinas e sorriu para mim. Atrás dele, uma infinidade de velas acesas. Algumas em candelabros fixados ao longo das paredes e outras em candelabros ornamentados no piso e nas mesas.

— Para alguém que não é de tirar sonecas, você dormiu a sono solto — ele disse contente. Até então a estada na França era um sucesso.

— Que horas são?

— Vou acabar lhe dando um relógio de presente se não parar com essa mania de me perguntar a hora. — Ele consultou o seu antigo Cartier. — São quase duas da tarde. Em um minuto Marthe estará aqui com o chá. Quer tomar um banho e trocar de roupa?

A ideia de um banho quente me fez sair apressada de debaixo das cobertas.

— Sim, por favor!

Ele me ajudou a pôr os pés no chão que era mais baixo do que o esperado e que tinha um revestimento de pedras frias que incomodaram os meus pés descalços.

— Sua bagagem está no banheiro e o computador está no meu estúdio lá embaixo. Ah, tem toalhas no banheiro. Demore o quanto quiser. — Ele me observou enquanto me dirigia ao banheiro.

— Nossa mãe, isto aqui é um palácio! — exclamei. Uma grande banheira branca se sobressaía entre duas janelas, e a minha velha bolsa de Yale estava em cima de um banco comprido de madeira. No canto oposto, um chuveiro à parede.

Abri a torneira pensando em esperar a água esquentar. Para a minha surpresa logo uma nuvem de vapor me envolveu, e o aroma de mel e nectarina do meu sabonete ajudou a aliviar a tensão das últimas vinte e quatro horas.

Já com os músculos descontraídos, vesti uma calça jeans e uma blusa de gola rolê e calcei as meias. Como não havia uma tomada para o secador, sequei os cabelos com uma toalha e os penteei antes de fazer um rabo de cavalo.

— Marthe trouxe o chá — disse Matthew quando entrei no quarto e olhei para o bule e a xícara à mesa. — Quer que lhe sirva?

Suspirei de prazer quando o chá escorreu pela minha garganta.

— Quando verei o *Aurora*?

— Quando eu tiver certeza de que você não se perderá dentro da propriedade. Pronta para um longo passeio?

— Sim, por favor. — Calcei os mocassins e corri ao banheiro para pegar um suéter. Enquanto zanzava pelo quarto, Matthew me esperava pacientemente no alto da escada.

— Levamos o bule lá para baixo? — perguntei me detendo.

— Não, Marthe fica furiosa quando um hóspede tira a louça da mesa. É melhor esperar vinte e quatro horas antes de ajudá-la.

Ele desceu a escada como se pudesse percorrê-la de olhos vendados. Eu desci atrás, amparando-me na parede de pedra.

Chegamos ao estúdio e ele apontou para o meu computador plugado e em cima de uma mesa perto da janela, e depois descemos até o salão. Marthe já tinha passado por lá e a lareira acesa irradiava um calor aconchegante, espalhando no ar um cheiro de madeira queimada. Peguei Matthew pela mão.

– A biblioteca – eu disse. – Vamos começar o passeio por lá.

Era outro aposento que tinha sido ocupado com bricabraques e mobília por anos a fio. De um lado, uma cadeira italiana Savonarola dobrável perto de uma escrivaninha francesa, do outro, uma grande mesa de madeira de carvalho datada aproximadamente de 1700 com pequenos armários vitrines em cima que pareciam tirados de um museu vitoriano. Apesar da decoração desencontrada o aposento mostrava coesão nos milhares de livros de capa de couro dispostos nas estantes e no gigantesco tapete Aubusson tecido em tons de dourado, azul e marrom.

Como acontece na maioria das bibliotecas antigas, os livros alinhavam-se por tamanho. Havia grossos exemplares encadernados em couro e presos por fechos ricamente ornamentados, com os títulos escritos à tinta em lombadas que protegiam as bordas de velino. Além disso, pequenos incunábulos e exemplares do tamanho de livros de bolso ordenadamente enfileirados dentro de um armário, abrangendo a história da escrita impressa dos anos 1450 até o presente. Também havia diversas primeiras edições raras de obras modernas, inclusive um acervo de histórias de Sherlock Holmes, de Arthur Conan Doyle, e a obra *The Sword in the Stone*, de T. H. White. Uma estante abrigava grandes livros de botânica e de medicina e Atlas geográficos. Se tudo aquilo estava ali no térreo, que tesouros haveria no estúdio da torre de Matthew?

Ele me deixou circular pela biblioteca, observei e li os títulos quase sem poder respirar. Depois me aproximei dele e só consegui balançar a cabeça de tão pasma.

– Imagine a quantidade de livros que você teria se os adquirisse durante séculos e séculos – disse Matthew com um meneio de ombros que me fez lembrar Ysabeau. – As coisas se acumulam. Com o passar do tempo tivemos que nos livrar de muita coisa. Fomos obrigados. Senão esta sala teria que ser do tamanho da Biblioteca Nacional.

– E onde é que está o manuscrito?

– Vejo que já está ficando impaciente. – Ele se aproximou de uma estante e começou a mexer nos livros. Até que retirou de lá um pequeno livro de capa preta e estendeu para mim.

Corri os olhos em busca de algo para apoiá-lo e ele riu.

– Pode abri-lo, Diana. Ele não vai se desintegrar.

Eu me senti estranha com aquele manuscrito na minha mão porque considerava aquele tipo de obra um objeto raro e precioso e não um simples material de leitura. Sem abrir muito a capa para não danificar a lombada, olhei lá dentro. Fez-se explosão de cores vibrantes, e de ouro e prata, diante dos meus olhos.

– Oh! – exclamei quase sem fôlego. Os outros exemplares do *Aurora Consurgens* que eu conhecia não chegavam nem aos pés daquele. – É maravilhoso. Quem fez essas iluminuras?

– Uma mulher chamada Bourgot Le Noir. Ela era muito popular em Paris na metade do século XIV. – Ele tirou o livro da minha mão e o abriu todo. Olhe. Assim pode observá-lo melhor.

Na primeira iluminura, uma rainha de pé sobre um outeiro abrigava sete criaturinhas debaixo de uma capa. Delicados galhos de videira enroscados ao longo do velino emolduravam a imagem. Aqui e ali botões de flores e passarinhos pousados nos galhos. O traje dourado da rainha cintilava sob a luz da tarde e contrastava com um fundo vermelho. Ao pé da página, um homem vestindo um manto negro estava sentado em cima de um escudo que estampava um brasão em preto e prateado. Ele olhava embevecido para a rainha com os braços estendidos em súplica.

– Ninguém vai acreditar nisso. Um exemplar desconhecido do *Aurora Consurgens*... e com iluminuras criadas por uma mulher? – Balancei a cabeça admirada. – Como eu poderia citá-lo?

– Talvez lhe ajude saber que o emprestei para a Biblioteca Beineck durante um ano. De modo anônimo, é claro. E quanto a Bourgot, os especialistas afirmarão que o trabalho é do pai dela. Mas é só dela. Acho que a gente tem o recibo desse livro enfiado em algum lugar – disse Matthew olhando vagamente em volta. – Eu vou perguntar para Ysabeau onde estão as coisas de Godfrey.

– Godfrey? – O estranho brasão que estampava uma flor de lis rodeada por uma serpente mordendo o próprio rabo.

– Meu irmão. – A voz de Matthew perdeu o tom vago e a expressão dele se fechou. – Ele morreu em combate em 1668, numa daquelas guerras infernais de Luís XIV. – Fechou o livro com cuidado e o deixou sobre a mesa ao lado. – Depois o levo para o estúdio e você poderá examiná-lo à vontade. Ysabeau lê os jornais aqui pela manhã, mas afora isso o lugar está sempre vazio. Você pode tirar o que quiser das estantes.

Com essa promessa, ele me fez atravessar o salão e me conduziu até o grande saguão. Paramos perto de uma mesa com um vaso chinês e ele apontou para as peculiaridades do aposento, especialmente o antigo balcão do menestrel, o alçapão no teto por onde saía a fumaça antes da construção de lareiras e chaminés e a entrada para uma torre quadrada de observação de onde se tinha uma ampla visão do castelo. A escalada até lá podia esperar até o outro dia.

Matthew então me conduziu a um subsolo com despensas maravilhosas, adegas, cozinhas, copas e os aposentos da criadagem. Marthe saiu de uma cozinha com os braços cobertos de farinha de trigo até os cotovelos e me ofereceu um pãozinho recém-saído do forno. Enquanto o mastigava, Matthew me levava pelos corredores explicando a função de cada cômodo do castelo – onde se estocavam os cereais, onde se dependurava a carne de veado, onde se faziam os queijos.

– Mas os vampiros quase não comem – comentei confusa.

– Mas nossos criados comem. Marthe adora cozinhar.

Prometi a mim mesma que a manteria sempre ocupada. O pãozinho estava uma delícia, e os ovos, uma perfeição.

Em seguida, paramos na horta. Embora tivéssemos descido um lance de escada para chegar às cozinhas, depois que saímos dessa parte do castelo chegamos ao nível do solo. A horta tinha a cara do século XVI com seus canteiros divisórios abarrotados de ervas, verduras e legumes típicos do outono. Roseiras margeavam o caminho, algumas ainda com poucos botões.

Mas não foi o aroma floral que me intrigou. Fui direto para uma construção meio escondida.

– Cuidado, Diana – gritou Matthew correndo pelo caminho de cascalhos. – O Balthasar morde.

– Que Balthasar?

Ele circundou a entrada do estábulo com uma expressão aflita.

– O garanhão que está se coçando na sua coluna – respondeu. – Eu estava de costas para um enorme cavalo enquanto um mastim e um wolfhound rodeavam os meus pés me farejando com interesse.

– Ora, ele não vai me morder. – O enorme percherão moveu a cabeça para coçar as orelhas nas minhas costelas. – E quem são esses dois cavalheiros? – perguntei acariciando o pescoço peludo do wolfhound e ao mesmo tempo o enciumado mastim tentava puxar a minha mão com a boca.

– O wolfhound é o Fallon, e o mastim é o Hector. – Matthew estalou os dedos e os dois cachorros saíram em disparada, sentaram-se de maneira obediente na frente dele e o olharam à espera de um outro comando. – Por favor, mantenha distância desse cavalo.

– Por quê? Ele é bonzinho. – Balthasar bateu com a pata no chão em assentimento, inclinou uma das orelhas para trás e olhou para Matthew com desdém.

– *Se a borboleta voa para a doce luz que a atrai, é porque ela não sabe que o fogo pode consumi-la* – murmurou Matthew entre os dentes. – Balthasar é bonzinho até que se aborreça. É melhor você sair daí *antes* que ele dê um coice e arrebente a porta.

– Já estamos deixando o seu dono nervoso, ele até começou a recitar trechos obscuros da poesia de tresloucados clérigos italianos. Eu volto amanhã com uma gostosura para você. – Virei-me e beijei o nariz de Balthasar. Ele relinchou e seus cascos dançaram no chão com impaciência.

Matthew tentou disfarçar a surpresa.

– Você reconheceu o verso?

– Giordano Bruno. *Se o sedento cervo corre para o riacho, é porque ele não conhece a crueldade do arco* – prossegui. – *Se o unicórnio corre para o seu singelo ninho, é porque ele não vê a cilada que lhe prepararam.*

– Você conhece a obra de Nolan? – Ele se referiu ao autor com o maneirismo místico do século XVI.

Apertei os olhos. Meu Deus, Matthew tinha conhecido Bruno e também tinha conhecido Maquiavel?

– Ele foi um dos primeiros a apoiar Copérnico, e eu sou uma historiadora da ciência. E como você conheceu a obra de Bruno?

– Sou um leitor voraz – ele respondeu evasivamente.

– Você o conheceu? – Minha voz soou incisiva. – Ele era um demônio?

– Infelizmente ele cruzava a fronteira entre a loucura e a genialidade com muita frequência.

– Eu já devia saber. Ele acreditava na vida extraterrestre e amaldiçoou os inquisidores quando se dirigiu à fogueira – comentei balançando a cabeça.

– Apesar disso, ele entendeu o poder do desejo.

– *O desejo me impulsiona como o medo me refreia* – citei com um olhar arguto para o vampiro. – Você citou Bruno no ensaio para entrar na All Souls?

– Um pouquinho. – Os lábios de Matthew se comprimiram em uma expressão dura. – Você pode fazer o favor de sair daí? Conversamos sobre filosofia em outra hora.

Outras passagens cruzaram a minha mente. Outras particularidades da obra de Bruno poderiam ter atraído Matthew. O filósofo escrevera sobre a deusa Diana.

Afastei-me da baia.

– O Balthasar não é um pônei – Matthew me advertiu, puxando-me pelo cotovelo.

– Sei disso. Mas posso montá-lo. – O desafio me fez esquecer do manuscrito e do filósofo italiano.

– Não me diga que também sabe cavalgar? – ele disse incrédulo.

– Eu cresci no campo e cavalgo desde pequena... você sabe, vestida a caráter e com todos os saltos a que a equitação tem direito. – A minha sensação de voar era mais intensa ao cavalgar que ao remar.

– Nós temos outros cavalos. Que Balthasar fique onde está – ele disse em tom firme.

Cavalgar seria um bônus inesperado naquela minha estada na França que poderia tornar suportável a presença fria de Ysabeau. Matthew me conduziu ao outro extremo do estábulo, onde se encontravam seis outros cavalos igualmente magníficos. Dois cavalos grandes e negros, se bem que nem tanto quanto Balthasar, uma égua castanha e gordinha, um cavalo castrado e mais duas éguas andaluzas cinzentas com patas firmes e pescoços curvados. Uma delas se aproximou da porta para ver o que acontecia em seus domínios.

– Esta é Nar Rakasa. – Ele afagou delicadamente o focinho do animal. – O termo significa "dançarina do fogo". Só a chamamos de Rakasa. É uma magnífica montaria, mas é voluntariosa. Vocês duas se dariam muito bem.

Recusei-me a morder a isca, se bem que a oferta se deu de um jeito encantador e deixei que Rakasa cheirasse meu cabelo e meu rosto.

– Como se chama a irmã dela?

– Fiddat, e significa "prata". – A égua fez um movimento para a frente quando ouviu o seu nome e olhou para Matthew com seus olhos negros cheios de afeição. – Fiddat, irmã de Rakasa, é de Ysabeau. – Ele apontou para dois cavalos negros. – Aqueles são meus. Dahr e Sayad.

– E o que significam esses nomes? – perguntei enquanto me dirigia à baia dos dois cavalos.

– Dahr significa "tempo", em árabe, e Sayad, "caçador" – respondeu Matthew juntando-se a mim. – O Sayad adora pular cercas vivas, e de correr pelos campos atrás de animais selvagens. Darh é paciente e estável.

Continuamos o passeio com Matthew destacando as características das montanhas enquanto apontava o caminho para a cidade. Ele mostrou os pontos onde o castelo tinha sido restaurado e explicou que os restauradores tinham usado dois tipos diferentes de pedra porque o original saíra de circulação muito antes. No final do passeio não me sentia mais perdida – em parte pela presença da fortaleza central que era sempre avistada.

– Por que será que estou cansada? – comentei bocejando no percurso de volta ao castelo.

– Você é incorrigível – ele disse exasperado. – Será que preciso relembrá-la dos acontecimentos das últimas trinta e seis horas?

A exasperação de Matthew me fez concordar em tirar uma outra soneca. Ele ficou no estúdio e subi a escada de acesso ao meu quarto, e caí na cama exausta, sem apagar as velas.

Momentos depois, eu sonhava que estava cavalgando por uma floresta escura com uma túnica verde esvoaçante amarrada à cintura por um cinto. Calçava sandálias de tiras de couro trançadas até as panturrilhas. Ouvia os latidos dos cães e o barulho dos cascos amassando a vegetação deixada para trás. Uma aljava com flechas pendia do meu ombro e eu segurava um arco. Apesar do vozerio que anunciava a aproximação dos meus perseguidores, eu não sentia medo.

Eu sorria no sonho sabendo que escaparia daqueles que me caçavam.

– Voe – eu comandava e o cavalo obedecia.

19

Na manhã seguinte, meu primeiro pensamento foi o de cavalgar.

Passei uma escova no cabelo, escovei os dentes e me enfiei dentro de uma calça *legging* preta. Era a calça que mais se aproximava de uma calça de montaria. Como seria impossível manter os pés com tênis nos estribos, optei pelo mocassim. Não era exatamente um calçado apropriado, mas pelo menos era melhor que o tênis. Uma camiseta de mangas compridas acompanhada de um pulôver de moletom completou o conjunto. Voltei para o quarto prendendo os cabelos num rabo de cavalo.

Matthew ergueu as sobrancelhas quando atravessei o quarto e barrou a minha saída com o braço. Ele estava encostado no umbral do grande arco de passagem para a escada, como sempre impecável e vestindo uma calça de montaria cinza e um suéter preto.

– Vamos cavalgar à tarde.

Eu estava esperando por isso. O jantar com Ysabeau tinha sido tenso e os pesadelos pontuaram o meu sono. Matthew subira a escada para o meu quarto diversas vezes para ver se estava tudo bem comigo.

– Que bom! Exercício e ar fresco, tudo de que preciso neste mundo.

Fiz menção de passar, mas ele me olhou com um ar sombrio e me deteve.

– Se você não se equilibrar na sela, trago-a de volta para casa.

– Combinado.

Lá embaixo, segui para a sala de jantar, mas ele me puxou para outra direção.

– Vamos comer na cozinha – ele disse cochichando. O café da manhã não seria com Ysabeau me encarando por trás do *Le Monde*. Acolhi a novidade com satisfação.

A refeição seria feita num espaço destinado aos criados, na mesa posta para dois em frente de uma lareira acesa, se bem que apenas eu provaria o excelente e abundante desjejum preparado por Marthe. Um grande bule de chá enrolado em toalha de linho para se manter aquecido estava em cima de uma desgastada mesa redonda. Marthe me olhou preocupada quando reparou na palidez e nas olheiras do meu rosto.

Depois da refeição, Matthew pegou uma pirâmide de caixas com um boné de veludo preto em cima.

– Para você. – Ele colocou a pirâmide de caixas sobre a mesa.

O boné tinha o formato de um boné de beisebol, porém com uma fita preta presa à nuca. Apesar da cobertura de veludo e da fita, o boné era resistente e especialmente feito para impedir que o frágil crânio humano se quebrasse em quedas eventuais. Odiei o boné, mas era para a minha segurança.

– Muito obrigada – eu disse. – O que há nas caixas?

– Abra e veja.

Na primeira caixa, uma calça de montaria com reforços estofados nos joelhos para maior firmeza na sela. A calça era de longe muito melhor do que a minha *legging* para cavalgar, e achei que caberia no meu corpo. Matthew devia ter dado alguns telefonemas e calculado as minhas medidas enquanto eu estava cochilando. Sorri para ele em agradecimento.

A caixa também guardava um casaco próprio para equitação com uma aba mais comprida às costas e suportes de metal dentro das costuras. Um casaco que mais parecia um casco de tartaruga, desconfortável e desajeitado.

– Isso não é necessário. – Segurei o casaco com a testa franzida.

– É próprio para equitação. – A voz dele não demonstrou qualquer emoção. – Você disse que praticava equitação. Então não terá problema em se adaptar ao peso do casaco.

Meu rosto avermelhou e as pontas dos meus dedos formigaram. Ele me observou com interesse e Marthe chegou à porta e deu uma farejada. Respirei pausadamente para deter o formigamento.

– No meu carro você usa o cinto de segurança – ele argumentou. – Você terá que vestir o traje completo para montar no meu cavalo.

Encaramos um ao outro de maneira desafiadora. Fui vencida pela ideia do ar fresco, e os olhos de Marthe faiscaram de deleite. Sem dúvida as nossas negociações eram muito mais divertidas de assistir do que o palavrório trocado entre Matthew e Ysabeau.

Peguei a última caixa em silenciosa concessão. Era comprida e pesada e senti um forte cheiro de couro quando abri.

Botas. Pretas e de cano longo. Eu nunca tinha me exibido em provas de equitação e não me sobrava dinheiro para adquirir botas adequadas para isso. Eram botas maravilhosas com um solado curvo e um couro extremamente macio e flexível. Levei os meus dedos àquela superfície polida.

– Muito obrigada – sussurrei deleitada com a surpresa.

– Tenho certeza de que caberão nos seus pés – disse Matthew me olhando com doçura.

– Venha, garota – disse Marthe do seu posto à porta. – Você tem que se trocar.

Ela praticamente me empurrou para dentro de uma lavanderia, onde tirei os sapatos e a calça *legging*. Ela ficou segurando minha velha calça de lycra enquanto eu vestia a calça de montaria.

– Já se foi o tempo em que mulheres não montavam como homens. – Marthe balançou a cabeça olhando para os músculos da minha perna.

Quando retornei, Matthew estava enviando instruções pelo celular. Ele me olhou com aprovação.

– Serão mais confortáveis. – Ergueu-se e pegou as botas. – O valete não está aqui. Você terá que ir com os seus sapatos até o estábulo.

– Não, quero calçar as botas agora – retruquei resoluta.

– Sente-se então. – Ele meneou a cabeça com impaciência. – Na primeira vez ninguém consegue calçá-las sem ajuda. – Girou a minha cadeira e posicionou-a de maneira a poder se mover melhor. Em seguida, pegou a bota e enfiou o meu pé direito até a altura do tornozelo. Ele estava certo. Por mais que eu empurrasse o pé para dentro da bota o pé não entrava. Ele pacientemente ajeitou o solado da bota, retorcendo-a com muito cuidado enquanto eu puxava o couro em outra direção. Depois de alguns minutos de embate o meu pé finalmente entrou todo dentro da bota. Matthew deu uma última empurrada no solado e a bota se aderiu toda à sola do meu pé.

Depois que calcei o outro pé, estiquei as pernas para admirar aquelas botas. Matthew examinou os solados e passou os seus dedos frios ao redor da borda do cano para ver se o meu sangue estava circulando. Levantei da cadeira com a estranha sensação de que minhas pernas estavam mais longas e dei alguns passos e uma rodadinha.

– Muito obrigada. – Enlacei o pescoço de Matthew na ponta dos pés. – Adorei as botas.

Ele carregou o casaco e o boné até o estábulo da mesma forma que carregava meu computador e minha esteira de ioga em Oxford. Ecoou um barulho pelas portas abertas do estábulo, logo havia alguém lá dentro.

– Georges? – gritou Matthew. – Um homenzinho magro de idade indeterminada, embora não fosse vampiro, saiu de um canto com uma rédea e uma escova nas mãos. Passamos pela baia de Balthasar e o garanhão empinou e sacudiu a cabeça com impaciência. *Você prometeu*, ele pareceu dizer. Eu tirei do bolso a maçã que tinha apanhado com Marthe.

– Aqui, neném. – Mostrei a maçã na palma da minha mão. Matthew olhou desconfiado quando Balthasar estendeu a cabeça e abocanhou a maçã com toda delicadeza. O garanhão olhou triunfante para o dono com a fruta na boca.

– Está bem, estou vendo que você está se comportando como um príncipe – disse Matthew secamente –, o que não significa que não se comportará como um demônio na primeira oportunidade que tiver.

Balthasar bateu os cascos no chão como se estivesse aborrecido pelo comentário.

Atravessamos uma área de equipamentos. Além de selas comuns, estribos e rédeas, havia ali objetos que pareciam pequenas poltronas com um estranho estribo em um dos lados.

– O que é isso?

– Silhão – ele respondeu tirando os sapatos e calçando um velho par de botas de cano alto. Os pés dele se acomodaram facilmente dentro das botas. – Ysabeau prefere as selas femininas.

No padoque, Dahr e Rakasa viraram a cabeça e olharam com interesse quando Georges e Matthew iniciaram um minucioso diálogo sobre os obstáculos naturais que poderíamos encontrar. Eu estendi a palma da mão para Dahr e me lamentei por não ter mais maçãs no bolso. O capão também me olhou desapontado porque sentiu o doce aroma da fruta.

– Eu trago na próxima vez – prometi. Passei por baixo do pescoço dele e fui para o lado de Rakasa. – Olá, minha linda.

Rakasa dobrou a pata direita dianteira e curvou a cabeça na minha direção. Acariciei o pescoço e o peito da égua para acostumá-la com o meu cheiro e o meu toque, e dei uma mexida na sela para ver se estava bem presa e se a coberta sobre a qual se assentava era macia. A égua virou o pescoço e cheirou o bolso do meu pulôver onde eu tinha guardado a maçã. Logo balançou a cabeça indignada por não tê-la encontrado.

– Vou trazer pra você também – prometi rindo enquanto apoiava a mão esquerda na anca de Rakasa com firmeza. – Vou dar uma olhada aqui.

Os cavalos gostam de ter os pés tocados, da mesma forma que as bruxas gostam de mergulhar os pés na água – o que não se diz muito. Mas a despeito do hábito e da superstição nunca montei um cavalo antes de verificar os cascos.

Levantei e os dois homens me observavam com atenção. Parecia que Georges dizia alguma coisa sobre mim. Matthew assentiu pensativamente com o meu casaco e o meu boné nas mãos. Era um casaco muito justo e duro, mas não tão ruim como pensei. O rabo de cavalo não deixou o boné entrar na minha cabeça, e tive que amarrá-lo quase na base da nuca antes de passar a fita por debaixo do queixo para prendê-la na borda do boné. Matthew se colocou atrás de mim a tempo de me ajudar a montar em Rakasa, e depois me passou a rédea e ajustou o meu pé no estribo.

– Nunca me espera para ajudá-la, não é? – sussurrou no meu ouvido.

– Posso muito bem montar sozinha no cavalo – respondi irritada.

– Mas não precisa. – Ele tocou no meu queixo e me levantou sem fazer o menor esforço, e sentei-me à sela. Depois de uma última conferida para ver se eu estava mesmo segura, ele se dirigiu ao outro cavalo. Montou na sela com uma facilidade que sugeria séculos e séculos de montaria. Instalado em seu cavalo, ele parecia um verdadeiro rei.

Rakasa começou a se mexer com impaciência e lhe dei um leve cutucão com os saltos da bota. Ela se deteve, parecendo intrigada.

– Quietinha – sussurrei. Rakasa endireitou a cabeça, olhou adiante e começou a mover as orelhas para a frente e para trás.

– Leve-a pelo padoque enquanto vejo a minha sela – disse Matthew displicentemente com o joelho oscilando sobre o quarto dianteiro de Dahr enquanto remexia na correia de couro do estribo. Estreitei os olhos. Aqueles estribos não precisavam de ajuste. Ele só queria ver se eu sabia ou não montar.

Conduzi Rakasa pelo padoque para me adaptar à marcha. Aquela égua andaluza era realmente boa de dança, erguia os pés com delicadeza e os recolocava no solo com firmeza, fazendo um magnífico vaivém. Logo pressionei os saltos das botas nas laterais da égua e a marcha dançada se fez um confortável trote. Passamos por Matthew que ainda fingia ajustar a sela. Encostado na cerca, Georges era só sorrisos.

Garota bonita, eu disse mentalmente para Rakasa. Ela inclinou a orelha esquerda para trás e assumiu o passo apressada. Pressionei as panturrilhas nos flancos com o estribo para trás e ela começou a galopar com o pescoço arqueado. Será que Matthew ficaria muito zangado se pulássemos a cerca do padoque?

Claro que ficaria.

Rakasa fez um pequeno círculo e desacelerou o passo para um trote.

– E então? – perguntei.

Georges assentiu com a cabeça e abriu a portão do padoque.

– Você tem uma boa postura – disse Matthew olhando para as minhas costas. – E também tem boas mãos. Vai se sair bem. E por falar nisso – acrescentou ao acaso inclinando-se em minha direção e abaixando a voz –, se tivesse pulado a cerca o passeio de hoje estaria terminado.

Atravessamos os jardins e o velho portão, e, quando o bosque surgiu à frente, Matthew colocou-se em absoluta atenção. Só começou a relaxar depois que fizemos um pequeno percurso pela mata enquanto ele se certificava se entre as muitas criaturas avistadas alguma pertencia à espécie de duas pernas.

Matthew então fez o garanhão imprimir um trote, e Rakasa esperou de modo obediente que eu também a tocasse com os estribos. Fiz isso e fiquei novamente extasiada com seus movimentos soltos e elegantes.

– Que tipo de cavalo é o Dahr? – perguntei reparando que a marcha do outro animal também era solta.

– Pode ser considerado um *destrier* – disse Matthew. Era um tipo de montaria que os cavaleiros levavam para as cruzadas. – Foi desenvolvido para ser veloz e ágil.

– Eu achava que os *destriers* eram cavalos grandes. – Dahr era maior que Rakasa, mas não muito.

– Eram grandes por conveniência. Mas não grandes o bastante para carregar um cavaleiro com armadura e armas. Cavalos como Dahr só eram treinados para o prazer, nas batalhas montávamos percherões como o Balthasar.

Desviei os olhos por entre as orelhas de Rakasa tomando coragem para tocar em outro assunto.

– Posso fazer uma pergunta sobre a sua mãe?

– Claro – ele respondeu mexendo-se na sela. Levou uma das mãos ao quadril e continuou segurando a rédea com a outra. Isso me fez ter uma visão perfeita de um cavaleiro medieval montado a cavalo.

– Por que ela odeia tanto as bruxas? Eu sei que os vampiros e as bruxas são inimigos tradicionais, mas o ódio de Ysabeau por mim ultrapassa em muito os limites do normal. Parece pessoal.

– Suponho que você queira um motivo que não se restrinja àquela coisa de cheiro de fonte.

– Claro, eu quero o motivo verdadeiro.

– É inveja. – Matthew deu uma palmada no quarto dianteiro de Dahr.

– Mas inveja de quê?

– Deixe-me pensar... inveja do poder de vocês, especialmente do dom de ver o futuro. Da capacidade de gerar filhos e de passar o poder para uma nova geração que vocês têm. E do fato de poderem morrer, suponho – ele disse em tom reflexivo.

– Mas Ysabeau teve você e Louisa como filhos.

– Sim, ela nos fez, mas isso é bem diferente de carregar os filhos no ventre.

– E por que Ysabeau tem inveja do terceiro olho das bruxas?

– Isso tem a ver com a forma pela qual o criador a fez. Ele não pediu permissão para ela. – Matthew amarrou a cara. – Ele a queria como esposa e simplesmente fez dela vampira. Ysabeau tinha uma reputação como vidente e era jovem demais para ter filhos. E depois que ela se tornou vampira a capacidade de prever o futuro e de gerar filhos desapareceram. Ysabeau nunca se recuperou completamente e as bruxas sempre a fazem lembrar do que perdeu.

– E por que ela inveja o fato de podermos morrer?

– Porque sente muita falta do meu pai. – De repente ele parou de falar, deixando claro que já tinha sido pressionado demais.

As árvores do bosque ficaram mais esparsas e Rakasa começou a mexer as orelhas para a frente e para trás com impaciência.

– Siga em frente – ele disse resignado, apontando para o campo aberto à frente.

Rakasa deu um pulo para a frente quando a toquei com o salto das botas mantendo as rédeas nas mãos. Ela reduziu a marcha na subida do monte e balançou a cabeça relinchando quando chegou lá em cima com visível prazer pelo fato de que Dahr estava lá embaixo e ela no topo do monte. Depois a deixei correr, controlando as rédeas para que ela não desse um passo em falso durante a corrida.

Dahr a imitou – não a meio galope, mas a galope – com seu rabo negro esticado atrás e seus cascos batendo no solo com incrível velocidade. Fiquei surpresa e puxei levemente as rédeas de Rakasa para detê-la. Era esse então o segredo dos *destriers*. Eles passavam de zero a sessenta como um carro esporte. Matthew não fez o menor esforço para reduzir o passo quando se aproximou, no entanto Dahr parou de súbito a alguns centímetros à minha frente com as ilhargas ligeiramente arqueadas pelo exercício.

– Exibido! Não me deixou pular a cerca, mas deu todo esse espetáculo! – protestei.

– Dahr não tem se exercitado, e é exatamente disso que ele precisa. – Matthew sorriu dando uma palmada no quarto dianteiro do cavalo. – Topa uma corrida? Claro que lhe dou uma dianteira – acrescentou com cavalheiresca reverência.

– Topo, sim. Até onde?

Matthew apontou para uma árvore solitária no topo de um monte e me observou atento ao primeiro sinal de movimento. Ele pegaria qualquer coisa que lhe fosse lançada sem fazer esforço algum. Talvez Rakasa não fosse tão boa em paradas abruptas como Dahr.

Era quase impossível surpreender um vampiro e mesmo sendo veloz Rakasa não poderia vencer Dahr naquela corrida até o monte. Ainda assim, fiquei ansiosa para ver o desempenho da minha égua. Inclinei-me para a frente e dei uma palmada no pescoço de Rakasa, e de olhos fechados pousei o queixo por alguns segundos naquela pelagem aconchegante.

Voe – eu disse mentalmente para ela.

Rakasa disparou para a frente como se chicoteada no lombo, e assumi o controle por instinto.

Ergui um pouco as nádegas para fora da sela para que a égua pudesse me carregar com mais facilidade e segurei as rédeas com mãos firmes. Logo a velocidade se estabilizou e me assentei outra vez à sela com as pernas comprimidas no corpo aconchegante de Rakasa. Soltei os pés dos estribos e segurei a crina dela. Matthew e Dahr nos perseguiam. Era como a cena do meu sonho onde eu era perseguida por cavalos e cachorros. Fechei a mão esquerda como se tivesse segurando alguma coisa, e me estendi de olhos fechados sobre o pescoço de Rakasa.

– *Voe* – repeti, mas a voz na minha cabeça já não soou como a minha própria voz. Rakasa reagiu imprimindo maior velocidade.

Uma árvore surgiu do nada à frente. Matthew esbravejou em occitano e Rakasa deu uma guinada para a esquerda em cima da hora, reduzindo a marcha para o galope e logo para o trote. Senti um puxão nas minhas rédeas. Abri os olhos assustada.

– Você costuma cavalgar em disparada em animais que não conhece, e ainda por cima de olhos fechados e sem as rédeas nas mãos e com os pés para fora dos estribos? – A voz de Matthew ecoou com frieza e fúria. – Você rema de olhos fechados... já vi isso. E também caminha de olhos fechados. Sempre desconfiei de que a magia estava metida nisso. Pelo visto também usa esse seu poder nas cavalgadas. Senão já estaria morta. E fique sabendo que você comandou Rakasa com a mente e não com as mãos e as pernas.

Eu me perguntei se isso era verdadeiro. Matthew grunhiu de exasperação e passou a perna direita por cima da cabeça de Dahr para desmontar, depois tirou o pé esquerdo do estribo e deslizou de costas pelo flanco dianteiro do animal.

— E desça logo daí — ele acrescentou irritado com as rédeas de Rakasa nas mãos.

Desmontei à maneira tradicional, passando a perna direita por cima do lombo de Rakasa. Fiquei inteiramente de costas para Matthew e me vi agarrada e tirada do cavalo. Eu me dei conta de que ele preferia desmontar de costas para o cavalo a ser surpreendido por trás e arrancado da montaria. Ele me aninhou com força em seus braços.

— *Dieu* — sussurrou com os lábios colados na minha cabeça. — Por favor, nunca mais faça isso.

— Mas você mesmo disse que eu não devia me preocupar com nada. Foi por isso que você me trouxe para a França — retruquei atordoada com a reação dele.

— Me desculpe — ele disse sinceramente sensibilizado. — Estou tentando não interferir. Mas é difícil com você recorrendo a poderes que não compreende, e o pior é que não se dá conta de que está fazendo isso.

Ele se afastou para atrelar os cavalos pelas rédeas de maneira a não fugirem, mas livres o bastante para pastar ao redor. Em seguida voltou com um rosto sombrio.

— Preciso lhe mostrar uma coisa.

Matthew me conduziu até uma árvore e nos sentamos à sombra. Dobrei as pernas para o lado de modo a não machucar as minhas pernas com as botas. Ele se ajoelhou no chão e se sentou sobre as panturrilhas.

Depois ele tirou do bolso da calça algumas folhas de papel com gráficos em barras pretas e cinzentas. Aparentemente eram papéis que tinham sido abertos e dobrados diversas vezes.

Era um relatório de DNA.

— É o meu?

— Sim, o seu.

— E então? — Meus dedos passearam pelas barras ao longo do papel.

— Marcus levou os resultados para New College. Eu não quis mostrá-los num momento em que você revivia a morte dos seus pais — ele titubeou. — Fiz certo em esperar?

Balancei a cabeça e ele pareceu aliviado.

— O que diz o relatório? — perguntei.

— Ainda estamos sem entender — ele disse bem devagar. — Marcus e Miriam identificaram algumas marcas no seu DNA que desconhecemos.

A caligrafia elegante e precisa de Miriam se destacava no lado esquerdo da página, e no lado direito se sobressaíam algumas barras rodeadas de círculos vermelhos.

– Este é o marcador genético que diz respeito à premonição. – Ele apontou para a primeira barra marcada e lentamente desceu os dedos pela página. – Esta aqui tem a ver com a aptidão de voar. Esta outra é o que dá às bruxas o dom de achar objetos perdidos.

Matthew continuou apontando o dedo para poderes e dons ao mesmo tempo em que a minha cabeça girava.

– Esta aqui registra a capacidade de se comunicar com os mortos, esta com a de se metamorfosear, esta tem a ver com a cinestesia, esta com o desempenho no lançamento de feitiços, esta com os encantamentos e esta com as maldições. E você também tem uma aptidão natural para ler a mente, para a telepatia e para a empatia... Três habilidades praticamente coladas.

– Isso não pode estar certo. – Eu nunca tinha ouvido falar de uma bruxa com mais de um ou dois poderes. Ele já tinha identificado uma dúzia.

– Acho que os dados estão certos, Diana. Mesmo que esses poderes nunca se manifestem, geneticamente você está predisposta a eles. – Matthew virou a página. Apareceram outros círculos vermelhos e outras anotações de Miriam. – Aqui estão os marcadores elementais. A água está presente em quase todas as bruxas, e algumas têm ou terra e ar, ou terra e água. Você tem esses três elementos, algo que nunca vi. E você também tem o fogo. O fogo é muito, muito raro. – Apontou para quatro manchas.

– O que são marcadores elementais? – Senti uma brisa incômoda nos pés e os dedos das minhas mãos formigaram.

– Indicadores de que você tem uma predisposição genética para controlar um ou mais elementos. Isso explica por que conseguiu provocar aquele vento de bruxa. Segundo esses marcadores você também pode controlar o fogo de bruxa e aquilo que chamamos de água de bruxa.

– E para o que serve a terra?

– Basicamente para a magia verde, o poder de afetar o crescimento das coisas. Combinado com os dons de lançar feitiços, maldições e encantamentos, ou com cada um em particular, isso significa que você tem poderosas aptidões mágicas e também tem um talento nato para a feitiçaria.

Minha tia era boa com os feitiços. Emily não era tanto assim, mas podia voar em distâncias curtas e ver o futuro. Essas eram as diferenças clássicas que dividiam as bruxas como Sarah que faziam feitiçaria das bruxas que faziam magia. Trocando em miúdos, isso era o que definia o poder das bruxas e o que elas podiam controlar como bem quisessem. Enterrei o rosto nas mãos. A perspectiva de ver o futuro como fazia a minha mãe já me assustava o bastante. Para mim, era demais da conta controlar os elementos e se comunicar com os mortos.

– Nessa folha tem uma longa lista de poderes mágicos. Até agora só vimos... só vimos... quatro ou cinco poderes? – Isso era assustador.

– Acho que vimos mais que isso... sua forma de se movimentar de olhos fechados, sua forma de se comunicar com Rakasa, seus dedos faiscantes. O fato é que ainda não temos nomes para esses poderes.

– Diga que é só isso, por favor.

Matthew hesitou.

– Infelizmente, não. – Ele virou outra página. – Ainda não identificamos esses marcadores. Fomos obrigados, na maioria dos casos, a correlacionar os dados das atividades das bruxas, algumas de muitos séculos atrás, com a evidência do DNA. E não será fácil combiná-los.

– Os testes explicam por que a magia está emergindo de mim agora?

– Não precisamos de testes para isso. É como se a sua magia estivesse despertando de um longo sono. A longa inércia deixou-a irrequieta e agora ela precisa se manifestar. O sangue fala mais alto – disse Matthew suavemente. Depois se levantou com graça e me ajudou a levantar. – Você vai acabar pegando um resfriado se continuar sentada no chão, e se ficar doente eu vou passar uns maus pedaços tentando explicar para Marthe. – Ele assoviou e os cavalos vieram em nossa direção ruminando capim.

Cavalgamos por mais uma hora explorando os bosques e os campos ao redor de Sept-Tours. Matthew mostrou os melhores lugares para se caçar coelhos, e o lugar onde tinha aprendido com o pai a manejar uma besta sem acertar o próprio olho. No caminho de volta ao estábulo as minhas preocupações em relação aos resultados dos testes tinham dado lugar a uma prazerosa exaustão.

– Amanhã os meus músculos estarão em trapos – resmunguei. – Faz muito tempo que não cavalgo.

– Se alguém a visse cavalgando hoje não perceberia isso – ele retrucou. Atravessamos o bosque e passamos pela entrada de pedras do castelo. – Diana, você é uma ótima amazona, mas não é bom sair sozinha. É muito fácil se perder pelas redondezas.

Na verdade, o que o afligia não era que eu pudesse me perder. O que o afligia era que alguém pudesse me encontrar.

– Fique tranquilo, não sairei sozinha.

As mãos compridas do vampiro afrouxaram as rédeas que vinham segurando com força nos últimos cinco minutos. Aquele vampiro estava acostumado a dar ordens que eram obedecidas imediatamente. Ele não tinha o hábito de pedir e negociar acordos. E o seu habitual temperamento intempestivo não estava em evidência.

Emparelhei Rakasa o mais próximo possível de Dahr, me estiquei e levei a palma da mão de Matthew a minha boca. Meus lábios quentes se comprimiram naquela pele gelada.

Ele dilatou as pupilas de espanto.

Eu me soltei e toquei Rakasa na direção do estábulo.

20

Felizmente Ysabeau estava ausente no almoço. Depois do almoço, pensei em sair direto até o estúdio de Matthew para investigar o manuscrito *Aurora Consurgens,* mas ele me convenceu a tomar um banho antes para atenuar a inevitável rigidez muscular no meu corpo. Uma cãibra na perna me fez parar na metade da escada. A alegria da manhã custava um preço.

Eu tomei um banho longo, quente e relaxante, um bálsamo. Depois vesti uma calça de moletom preta, um suéter e um par de meias e desci a escada. Lá embaixo, o fogo ardia na lareira. Minha pele se avermelhou, alaranjada com o calor do fogo. Como seria controlar o fogo? Meus dedos reagiram com um formigamento, e rapidamente enfiei as mãos nos bolsos.

Matthew me olhou lá da escrivaninha.

– O manuscrito está perto do seu computador.

A capa preta do livro me atraiu como um ímã. Sentei-me à mesa e o abri, manuseando-o com todo o cuidado. As cores estavam bem mais vibrantes do que antes. Admirei a gravura da rainha por um bom tempo, e passei para a primeira página.

"*Incipit tractatus Aurora Consurgens intitulatus.*" As palavras me eram familiares – "Aqui começa o tratado intitulado *Despertar da Aurora*" – mas nem por isso deixei de sentir um arrepio de prazer como se o estivesse vendo pela primeira vez. *"Ela me traz tudo o que há de bom. Ela é conhecida como a Sabedoria do Sul, a que chama para as ruas e para as multidões"*, li em silêncio enquanto traduzia do latim. Era uma obra magnífica, repleta de paráfrases tanto da Escritura como de outros textos.

– Você tem uma Bíblia por aqui? – Seria mais produtivo investigar o manuscrito com uma Bíblia à mão.

– Tenho, sim... mas não sei por onde anda. Você se incomodaria em dar uma procurada? – Matthew ergueu-se ligeiramente da cadeira, mas com os olhos fixos na tela do computador.

– Eu faço isso.

Levantei e corri o dedo pela borda da prateleira mais próxima. Os livros não estavam dispostos por tamanho e sim por ordem cronológica. Uma das primeiras estantes era tão antiga que não pude deixar de pensar sobre o que ela poderia conter – talvez as obras perdidas de Aristóteles? Tudo era possível.

Quase a metade dos livros de Matthew era encadernada para proteger as bordas muito frágeis. Alguns exibiam marcas de identificação nas lombadas, com o título e o nome dos autores escritos em tinta preta. Em outros as lombadas estampavam o título e o nome do autor em letras douradas e prateadas.

Fui passando por manuscritos de folhas grossas com pequenas granulações, alguns com pequenas letras gregas nas lombadas. Continuei observando as estantes à procura de um livro grosso. Em dado momento parei o dedo indicador na frente de um livro com uma capa de couro marrom.

– Nossa, Matthew, não me diga que essa *Biblia Sacra 1450* é o que estou pensando.

– É o que está pensando – ele respondeu automaticamente digitando no teclado com uma velocidade sobre-humana, sem prestar atenção no que eu fazia e dizia.

Coloquei a Bíblia de Gutenberg no mesmo lugar e continuei percorrendo as estantes, torcendo para encontrar uma outra Bíblia além daquela. Parei o dedo novamente na frente de um outro livro com uma etiqueta onde se lia *Will's Playes*.

– Você ganhou esses livros de amigos?

– Ganhei sim, a maioria. – Matthew nem se deu ao trabalho de erguer os olhos.

Mais tarde, tanto o exemplar alemão como os primórdios da dramaturgia inglesa seriam temas de discussão.

Quase todos aqueles livros estavam intactos. Isso não me surpreendeu porque eram de Matthew. No entanto, alguns estavam bastante gastos pelo uso. Como, por exemplo, um livro alto e fino que encontrei na prateleira inferior de uma das estantes com os cantos tão puídos que as pastas de madeira sob a cobertura de couro estava à mostra. Curiosa para saber por que era um dos favoritos de Matthew, tirei-o da prateleira e abri as páginas. Era um livro de anatomia de Vesalius datado de 1543, o primeiro a exibir corpos humanos dissecados em detalhes.

Saí então em busca de outro livro com sinais de uso constante para entender melhor Matthew. Encontrei um volume pequeno e grosso. Lia-se na lombada o título *De motu* escrito em tinta preta. Era um estudo sobre a circulação do sangue, de William Harvey, publicado pela primeira vez nos anos 1620, com uma explanação do bombeamento do coração que na época deve ter despertado o interesse até dos vampiros que já tinham noções do assunto.

Entre os livros mais lidos por Matthew encontravam-se os de eletricidade, microscopia e fisiologia. No entanto, o mais usado estava na estante do século XIX: a primeira edição de *Origem das espécies*, de Darwin.

Depois de uma olhadela em Matthew, puxei o livro da estante com todo cuidado. A capa de tecido verde com título e nome do autor gravado a ouro estava desbotada pelo uso. Matthew assinara o próprio nome na guarda.

Dentro do livro havia uma carta dobrada.

"*Caro Sir*", dizia. "*Finalmente chegou às minhas mãos vossa carta de 15 de outubro. Estou mortificado por ter demorado tanto para responder. Ao longo dos anos tenho coletado fatos relacionados à variação e à origem das espécies e vossa aprovação aos meus argumentos chega como uma notícia alvissareira, dado que o meu livro logo estará nas mãos do editor.*" No final da carta, assinatura, "*C. Darwin*", e data, 1859.

Matthew trocara cartas com Darwin poucas semanas antes da publicação da obra em novembro.

O vampiro tinha feito anotações a lápis e a tinta que praticamente preenchiam todo espaço branco disponível nas páginas. Anotações particularmente abundantes em três capítulos. Referentes ao instinto, ao hibridismo e às afinidades entre as espécies.

Tal como ocorrera com o tratado de Harvey sobre a circulação do sangue, o sétimo capítulo do livro de Darwin sobre os instintos naturais devia ter sido leitura obrigatória entre os vampiros. Matthew tinha sublinhado determinadas passagens, escrevendo por cima e por baixo das linhas e também nas margens à medida que crescia o seu entusiasmo pelas ideias de Darwin. *"Portanto, podemos concluir que os instintos domésticos foram adquiridos e os instintos naturais foram perdidos parcialmente pelo hábito, e parcialmente pela seleção e acumulação do homem ao longo de sucessivas gerações, peculiares hábitos mentais e ações, os quais surgiram pela primeira vez de algo que em nossa ignorância chamamos de acidente."* Os apontamentos de Matthew incluíam questionamentos sobre os instintos que podiam ter sido adquiridos e sobre a possibilidade de ocorrer acidentes na natureza. *"Isso significa que nós mantivemos os instintos que os humanos perderam ou por acidente ou por hábito?"*, ele colocou a questão na margem inferior de uma página. Nem precisei me perguntar a quem ele se referia com o "nós". Ele se referia às criaturas – tanto vampiros como bruxos e demônios.

No capítulo referente ao hibridismo, o interesse de Matthew foi fisgado pelos problemas de miscigenação e de infertilidade. *"Os primeiros cruzamentos entre formas suficientemente distintas para serem consideradas como espécies, e seus híbridos"*, escreveu Darwin, *"são geralmente, não universalmente, estéreis."* Um desenho de uma árvore genealógica ocupava a margem próxima da passagem sublinhada. E havia uma pergunta no espaço onde as raízes e quatro ramos se encontravam. *"Por que a endogamia não levou à esterilidade ou à loucura?"* Matthew escrevera esta pergunta no tronco da árvore. E no alto da página ele anotara, *"1 espécie ou 4?"*, e também *"comment sont faites les dāēōs?"*.

Rastreei a escrita com o meu dedo. Era a minha especialidade – tornar os rabiscos dos cientistas legíveis para qualquer um. Na última anotação daquela página Matthew recorrera a uma conhecida técnica para ocultar os seus achados. Misturou francês e latim e fez uma abreviação arcaica para o termo *daemons*, demônios, mantendo a primeira e a última consoantes e substituindo as demais por vogais coroadas por traços. Dessa forma, ninguém que folheasse o livro leria a palavra *"daemons"* e, portanto, não se deteria para uma olhada mais apurada.

"Como são feitos os demônios?", Matthew se fez essa pergunta em 1859. Um século e meio mais tarde ele ainda procurava por uma resposta.

No trecho onde Darwin começa a discutir as afinidades entre as espécies, a caneta de Matthew não parou mais de escrever nos espaços brancos da página, tornando quase impossível a leitura do texto impresso. Junto a uma passagem onde se lia, *"Desde o primeiro amanhecer da vida, todos os seres orgânicos são criados para se assemelharem uns aos outros em graus descendentes, de modo que possam ser classificados em grupos sob grupos"*, Matthew escreveu "ORIGENS" em letras maiúsculas com tinta preta. Algumas linhas abaixo, uma outra passagem era duplamente sublinhada: *"A existência de grupos teria uma significação simples se um dado grupo tivesse sido colocado exclusivamente para habitar a terra, e um outro, a água; um para se alimentar de carne, outro para se alimentar de verduras e legumes, e assim por diante; no entanto, o caso é largamente diferente na natureza, pois é notório que até mesmo os membros do mesmo subgrupo em geral têm diferentes hábitos."*

Será que Matthew acreditava que a dieta alimentar dos vampiros era um hábito e não uma característica definidora da espécie? Prossegui a leitura e encontrei outra pista. *"Finalmente, as diversas classes de fatos considerados neste capítulo me levam a afirmar que as inúmeras espécies, gêneros e famílias de seres orgânicos, com os quais este mundo está povoado, todas elas descenderam, cada qual dentro de sua própria classe ou grupo, de genitores comuns, e todas foram se modificando ao longo da descendência."* Na margem da folha Matthew tinha escrito "GENITORES COMUNS" e *"ce qui explique tout"*.

O vampiro acreditava que a monogênese explicava tudo – ou pelo menos acreditava nisso em 1859. De acordo com ele era possível que demônios, humanos, vampiros e bruxos compartilhassem os mesmos ancestrais. Nossas diferenças residiam então na descendência, nos hábitos e na seleção. No laboratório, Matthew não tinha respondido à minha pergunta sobre se éramos uma única espécie ou quatro, mas não poderia fugir da resposta na biblioteca dele.

Matthew continuava absorto no seu computador. Fechei a capa do *Aurora Consurgens* para não deixar as páginas desprotegidas, abandonei a procura de uma Bíblia mais comum e me instalei no sofá junto à lareira com o exemplar de Darwin. Abri o livro com a intenção de entender melhor o vampiro a partir das anotações que ele tinha feito naquelas páginas.

Ele ainda era um mistério para mim – talvez um mistério muito maior ali em Sept-Tours. O Matthew da França era diferente do Matthew da Inglaterra. Eu nunca o vira tão absorto no trabalho daquela maneira. Seus ombros não estavam empertigados e sim relaxados, e ele apertava levemente o lábio inferior enquanto digitava. Era um sinal de concentração que acrescia uma ruga sutil entre as sobrancelhas. Ele se concentrava inteiramente no trabalho, e digitava com bastante força. Os laptops com sua delicada estrutura de plástico não deviam durar muito nas mãos de Matthew. Ele terminou uma frase e se recostou na cadeira se espreguiçando. Depois bocejou.

Eu nunca o tinha visto bocejar. Será que o bocejo e os ombros largados indicavam mesmo relaxamento? Um dia depois de nos conhecermos, Matthew disse que precisava ter plena posse do lugar em que estava. Ele dominava cada centímetro daquele lugar – cada cheiro e cada criatura da vizinhança lhe eram familiares. Sem falar no relacionamento que mantinha com a mãe e Marthe. Aquele estranho agrupamento de vampiros constituía uma família, uma família que me acolhia por amor a Matthew.

Desviei a atenção para a obra de Darwin. Mas o banho, o calor da lareira e o ruído constante dos dedos de Matthew no teclado do computador ao fundo me embalaram e caí no sono. Acordei coberta por uma manta, o *Origem das espécies* fechado no chão, com um marcador de páginas assinalando o ponto onde eu havia interrompido a leitura.

Ruborizei.

Eu tinha sido flagrada bisbilhotando.

– Boa-noite – disse Matthew do sofá em frente ao meu. Ele enfiou um pedaço de papel no livro que estava lendo e o pôs em cima do joelho. – Que tal um vinho?

O vinho me pareceu uma ótima ideia.

– Claro, por favor.

Ele foi até uma mesinha do século XVIII próxima ao patamar da escada. Lá estava uma garrafa sem rótulo e sem a rolha deixada ao lado. Serviu dois copos e estendeu um para mim antes de se sentar. Inalei o vinho e a minha resposta antecedeu a primeira pergunta de Matthew.

– Framboesas e pedras.

– Para uma bruxa até que você não está se saindo mal. – Ele balançou a cabeça em sinal de aprovação.

– O que é que estou bebendo? – perguntei tomando um gole. – É um vinho antigo? Raro?

Ele inclinou levemente a cabeça para trás e riu.

– Nem uma coisa nem outra. Deve ter sido engarrafado há uns cinco meses. É um vinho da região, das vinhas que se estendem ao longo da estrada. Não tem nada de sofisticado e nada de especial.

Mesmo não tendo nada de sofisticado e nada de especial, era refrescante e tinha o mesmo aroma e sabor de madeira e terra como o ar de Sept-Tours.

– Notei que você desistiu da Bíblia por algo mais científico. Está gostando de Darwin? – ele perguntou de um modo ameno depois de me observar por alguns segundos enquanto eu sorvia o meu vinho.

– Ainda acredita que as criaturas e os humanos descendem de genitores comuns? É realmente possível que nossas diferenças sejam meramente raciais?

Ele se mostrou um tanto impaciente.

– Lá no laboratório já lhe disse que não sei.

– Você estava cheio de certezas em 1859. E achava que a ingestão de sangue podia ser simplesmente um hábito alimentar e não uma marca distintiva.

– Você já se deu conta do avanço que a ciência fez da época de Darwin até os nossos dias? A prerrogativa de todo cientista é mudar o seu pensamento à medida que vão surgindo novas informações. – Ele bebeu um gole de vinho, pôs o copo no joelho e o girou de tal maneira que a luz da lareira incidiu dentro do copo e fez o líquido cintilar. – Afora isso, as noções humanas sobre distinções raciais deixaram de ser evidências para a ciência. Pesquisadores modernos afirmam que a maioria das ideias sobre raça não passam de métodos superados dos homens para explicar diferenças facilmente observáveis entre eles próprios e os outros.

– A razão pela qual você está aqui... a razão pela qual todos nós estamos aqui... isso realmente o consome – falei lentamente. – Comprovei isso em cada página do livro de Darwin.

Ele fixou os olhos no vinho.

– É a única pergunta que vale a pena perguntar.

Matthew disse isso com uma voz macia, mas as rugas e as sobrancelhas arqueadas no rosto denotavam rigidez. Eu quis amenizar aquelas rugas e fazer aquele rosto sorrir, mas continuei sentada enquanto a luz da lareira dançava na pele branca e nos cabelos negros de Matthew. Ele se voltou novamente para o livro com o copo de vinho na mão.

O fogo foi se extinguindo aos poucos. Quando o relógio em cima da escrivaninha marcou sete horas, ele deixou o livro de lado.

– Vamos nos reunir com Ysabeau no salão antes do jantar?

– Vamos – respondi endireitando os ombros. – Mas primeiro tenho que trocar de roupa.

A melhor peça do meu guarda-roupa não valia um vintém comparado com o de Ysabeau, mas eu não queria que Matthew se envergonhasse muito de mim. Ele como sempre parecia pronto para uma reunião de altos negócios ou para uma passarela de Milão, com uma simples calça de lã e um dos muitos suéteres do seu vestuário. Os últimos suéteres que ele tinha vestido eram todos de *cashmere* – grossos e macios.

Já no meu aposento, vasculhei a mala de lona até que encontrei uma calça cinza e um suéter cor de safira de lã tricotada com gola rolê e mangas justas abertas em sino à altura do cotovelo. Meus cabelos estavam com um toque ondulado pelo banho que eu tinha tomado mais cedo e porque os tinha secado quando me estiquei de cabeça encostada no sofá.

Depois de ter feito o máximo possível com a minha aparência, enfiei os pés nos mocassins e desci a escada. Matthew ouviu os meus passos com ouvidos aguçados e já estava a postos no patamar da escada. Lentamente ele abriu um sorriso de olhos iluminados quando me viu.

– Você fica bem melhor de azul que de preto. Você está linda – ele murmurou beijando formalmente as minhas faces. O sangue incendiou o meu rosto quando ele enfiou os dedos pelos meus cabelos e subiu da nuca ao alto da cabeça. – Fique atenta e não se deixe irritar por Ysabeau, diga ela o que disser.

– Vou tentar – retruquei com um risinho e um olhar inseguro.

Chegamos ao salão e encontramos Marthe e Ysabeau. A mãe de Matthew estava cercada de jornais de diferentes países europeus, além de um jornal escrito em hebraico e outro em árabe. Marthe passeava com olhos ávidos pelas páginas de um romance policial com uma capa escandalosa.

— Boa-noite, *maman* — disse Matthew beijando uma face de Ysabeau. Quando ele virou o corpo para beijar a outra face, ela abriu as narinas com uns olhos gelados e furiosos cravados em mim.

Eu sabia por que me olhava de maneira tão cruel.

Matthew estava com o meu cheiro.

— Venha aqui, garota — disse Marthe batendo na almofada ao lado e olhando de forma ameaçadora para a mãe de Matthew.

Ysabeau fechou os olhos. Quando os reabriu a raiva tinha deixado em seu lugar o que me pareceu resignação.

— *Gab es einen anderen Tod* — murmurou para o filho quando ele pegou o jornal *Die Welt* e passou os olhos pelas manchetes com um ar de desgosto.

— Onde foi? — perguntei. Outra vítima fora encontrada com o corpo todo drenado. Se Ysabeau pensava em me excluir da conversa em alemão, ela que pensasse duas vezes.

— Munique — respondeu Matthew de rosto enterrado na página que estampava a matéria. — Meu Deus, por que ninguém *faz* nada a respeito?

— Matthew, nós precisamos ter cuidado com aquilo que desejamos — disse Ysabeau mudando rapidamente de assunto. — Como foi seu passeio a cavalo, Diana?

— Maravilhoso. Muito obrigada por ter deixado que eu montasse em Rakasa — respondi sentada ao lado e Marthe, fazendo força para encarar Ysabeau sem piscar os olhos.

— Ela é voluntariosa demais para o meu gosto — disse Ysabeau voltando-se para o filho que teve o bom-senso de enterrar o rosto no jornal outra vez. — Fiddat é mais obediente. À medida que fiquei mais velha aprendi a admirar essa qualidade nos cavalos.

E também nos filhos, pensei.

Marthe sorriu para mim com um olhar encorajador e se levantou para se ocupar do aparador. Depois voltou com um copo de vinho grande para Ysabeau, e outro muito menor para mim. Retornou ao aparador e voltou com um outro copo de vinho para Matthew. Ele o cheirou com uma expressão de prazer.

— Obrigado, *maman* — disse erguendo o copo em tributo.

— *Hein*, esse vinho não é tão bom assim — disse Ysabeau sorvendo um gole do mesmo vinho.

– Ele não é lá essas coisas, não. Só é um dos meus favoritos. Muito obrigado por se lembrar. – Matthew saboreou o vinho antes de ingeri-lo.

– Os vampiros são tão apaixonados pelo vinho quanto você? – perguntei sentindo o aroma picante do vinho. – Você bebe vinho o tempo todo, e nunca o vi nem um pouco bêbado.

Ele riu.

– A maioria dos vampiros é muito mais apaixonada pelo vinho do que eu. E quanto a ficar bêbado ou não, a nossa família sempre foi conhecida pelo seu admirável autocontrole, não é mesmo, *maman*?

Ysabeau soltou uma bufada incompatível com o seu ar de *lady*.

– Às vezes. Em relação ao vinho, talvez.

– Você devia ser diplomata, Ysabeau. É muito boa em respostas rápidas e evasivas – eu disse.

Matthew soltou uma risada.

– *Dieu*, eu nunca pensei que chegaria o dia em que mamãe seria vista como diplomática. Especialmente pelo modo de falar. Na verdade, ela sempre foi melhor na diplomacia da espada.

Marthe soltou um risinho de assentimento.

Eu e Ysabeau olhamos para ele indignadas, e isso o fez rir novamente.

O clima no jantar foi consideravelmente mais ameno que o da noite anterior. Matthew sentou-se à cabeceira da mesa, com Ysabeau sentada no seu lado esquerdo, e eu, no seu lado direito. Marthe transitou incansavelmente da cozinha à mesa, sentando-se de quando em quando para tomar um gole de vinho e fazer pequenas interferências na conversa.

Foi um vaivém de travessas abarrotadas de comida – tudo que se possa imaginar, desde a sopa de cogumelos silvestres até as elegantes fatias de carne. Eu manifestei em voz alta o meu deslumbramento pelo fato de que alguém que há muito não se alimentava de comida cozida tivesse tal maestria no manejo dos temperos. Marthe ruborizou, abriu um sorriso deixando à mostra as covinhas e deu uma palmada em Matthew que começou a contar as histórias dos mais espetaculares desastres culinários dela.

– Lembra da torta de pombo? – ele perguntou rindo. – Ninguém lhe explicou que o pombo só podia ser alimentado até vinte e quatro horas antes de ser cozido porque do contrário sairia um chafariz de dentro dele.

O comentário rendeu-lhe um cascudo na cabeça.

– Matthew – disse Ysabeau secando as lágrimas que brotaram de tanto que ela riu –, você não devia provocar a Marthe. Você também teve uma série de desastres no transcorrer dos anos.

— E presenciei tudo isso – disse Marthe carregando a salada. A essa altura, o inglês dela estava bem melhor, como se ligasse a chave da língua para falar comigo. Em seguida se dirigiu ao aparador e voltou com uma travessa cheia de nozes que colocou entre Matthew e Ysabeau. – Quando você inundou o castelo com aquela sua ideia de captar água do telhado, por exemplo, uma vez – ela começou a contar nos dedos. – E quando você esqueceu de coletar os impostos, duas. Era primavera, você estava entediado e certa manhã acordou e saiu para fazer a guerra na Itália. Seu pai teve que implorar de joelhos pelo perdão do rei. E também teve aquela vez em Nova York! – acrescentou triunfante.

Os três vampiros continuaram a desfiar reminiscências. Ninguém se referia ao passado de Ysabeau. Quando escapava alguma coisa sobre ela ou sobre o pai de Matthew ou sobre a irmã dele, a conversa rapidamente tomava um outro rumo. Eu percebi, mas não disse nada. Era melhor que a noite prosseguisse como eles queriam, e estranhamente me senti reconfortada por fazer parte novamente de uma família – mesmo sendo uma família de vampiros.

Depois do jantar retornamos ao salão, onde o fogo da lareira estava mais forte e esplêndido do que antes. Com todas as lareiras do castelo acesas, a atmosfera estava quente e acolhedora. Matthew fez Ysabeau se sentir mais à vontade quando lhe ofereceu um outro copo de vinho e ligou o aparelho de som do salão. Marthe preparou uma xícara de chá e fez questão de deixar em minhas mãos.

— Beba – disse me olhando atentamente. Ysabeau lançou um olhar significativo para ela e voltou os olhos para mim. – Esse chá vai lhe ajudar a dormir.

— Foi você que fez? – O chá tinha um gosto de ervas e flores. Os chás de ervas não me agradavam muito, mas aquele era refrescante e ligeiramente amargo.

— Sim – ela disse voltando-se para Ysabeau. – Faço esse chá há muito tempo. Aprendi a fazer com minha mãe. E posso ensinar para você.

Uma canção vibrante e ritmada ecoou ao redor. Matthew mudou a posição das poltronas próximas da lareira para abrir espaço.

— *Vòles dançar amb ieu?* – perguntou para a mãe estendendo as mãos.

O sorriso de Ysabeau se tornou radiante, e os traços adoráveis e frios do seu rosto se mostraram indescritivelmente belos.

— *Òc.* – Ela também estendeu as finas mãos para ele. Os dois se colocaram a postos em frente à lareira, esperando pela música seguinte.

Quando Matthew e Ysabeau começaram a dançar, eles simplesmente colocaram Astaire e Ginger no chinelo. Juntos, rodopiavam e se afastavam um do outro, e depois se uniam, rodopiavam outra vez e se uniam e rodopiavam mais uma vez. Um toque imperceptível de Matthew fazia Ysabeau girar como um pião, e quando ela ondulava ou hesitava ele reagia da mesma forma.

Nos últimos acordes da música, ela flexionou o corpo em graciosa mesura e ele curvou-se em reverência.

– Que dança é essa? – perguntei.

– Começou como tarantela – ele disse enquanto levava a mãe até a poltrona, mas *maman* nunca se contenta com uma única dança. Então desenvolvemos alguns elementos da volta elisabetana e terminamos com um minueto, não foi, *maman*?

Ysabeau balançou a cabeça e esticou-se para dar uma palmada carinhosa no rosto do filho.

– Você sempre foi um exímio dançarino – disse orgulhosa.

– Ora, não tão exímio quanto você... e certamente bem menos que o meu pai – ele disse se ajeitando na poltrona.

Os olhos de Ysabeau se tornaram sombrios e uma onda de tristeza cruzou-lhe o rosto. Matthew pegou a mão da mãe e beijou-a. Ela retribuiu o carinho com um sorriso.

– Agora é a sua vez – disse Matthew vindo em minha direção.

– Não gosto de dançar, Matthew – protestei e ergui as mãos para repeli-lo.

– É difícil acreditar nisso. – Ele me pegou pela mão direita e puxou o meu corpo contra o dele. – Você flexiona o corpo com as mais improváveis posições, navega pela água naquele barco que mais parece uma pena e cavalga tão rápido quanto o vento. A dança devia ser a sua segunda natureza.

A música seguinte parecia uma daquelas músicas bastante populares nos salões parisienses dos anos 1920. Notas de trompete acompanhadas de bateria ecoaram pelo ar.

– Vai com calma com ela, Matthew – disse Ysabeau enquanto ele me levava pelo salão.

– Ela não é de vidro, *maman*.

Apesar dos meus protestos, ele iniciou a dança conduzindo-me gentilmente com a mão direita à minha cintura.

Eu tentei controlar minhas pernas para facilitar as coisas, mas isso piorou tudo. Minhas costas enrijeceram e ele me enlaçou com força.

– Relaxe – sussurrou no meu ouvido. – Você está tentando conduzir. E só precisa me acompanhar.

– Não consigo – sussurrei agarrando o ombro dele como se me agarrasse a uma tábua de salvação.

Ele nos fez girar novamente.

– Você consegue, sim. Feche os olhos e não pense, o resto deixa comigo.

Aconchegada nos braços de Matthew, seria fácil fazer o que ele me pedia. Sem a visão do aposento iluminado, relaxei e deixei de pensar que podíamos esbarrar em algum móvel. Aos poucos o movimento dos nossos corpos tornou-se agradável. Logo parei de me concentrar no que *eu* estava fazendo e me deixei levar pelas pernas e os braços *dele*. Era como se eu estivesse flutuando.

– Matthew – a voz de Ysabeau soou com uma nota de cautela. – *Le chatoiement*.

– Eu sei – ele murmurou. Os músculos dos meus ombros se contraíram. – Confie em mim – disse baixinho no meu ouvido. – Você está comigo.

Continuei de olhos fechados e suspirei de felicidade. Seguimos dançando em volteios. Ele me soltou com delicadeza, fazendo-me girar pela ponta dos dedos com segurança, e depois me puxou de volta e enlaçou-me por trás de modo a estreitar as minhas costas em seu peito. A música terminou.

– Abra os olhos – ele disse suavemente.

Abri os olhos devagar. Ainda estava com a sensação de que flutuava. Dançar era muito melhor do que eu pensava – pelo menos com um parceiro que tinha uma prática de mais de mil anos e que nunca pisava nos seus pés.

Ergui o rosto para agradecer e percebi que o rosto dele estava mais próximo do que sempre esteve.

– Olhe para baixo – ele disse.

Abaixei os olhos e vi que os meus pés estavam alguns centímetros acima do solo. Ele me soltou. Não era ele que me mantinha no alto.

Eu é que me mantinha no alto.

A metade inferior do meu corpo ganhou peso novamente logo que tomei consciência do fenômeno. Matthew me amparou pelos cotovelos para que meus pés não batessem bruscamente no chão.

Lá de sua poltrona próxima à lareira Marthe entoou uma canção com um tom quase inaudível. Ysabeau se virou com os olhos apertados. Matthew sorriu confiante para mim enquanto eu me adaptava à incômoda sensação de estar outra vez com os pés no chão. O chão sempre seria tão vivo assim? Era como se milhares de mãozinhas aguardassem debaixo da sola dos meus sapatos para me pegar ou me empurrar.

– Foi divertido? – perguntou Matthew enquanto Marthe entoava as últimas notas da canção com olhos faiscantes.

– Foi sim – respondi sorrindo depois de ponderar sobre a pergunta.

– Achei que seria. Você vem praticando há muito tempo. Talvez agora possa cavalgar de olhos abertos para variar um pouco, não é? – Ele me abraçou irradiando felicidade e esperança.

Ysabeau começou a cantar a mesma canção que Marthe cantarolara.

> *Quem a vê dançar*
> *E seus movimentos tão graciosos,*

> *Certamente dirá*
> *Que no mundo inteiro não há*
> *Outra rainha igual a ela.*
> *Sumam daqui os invejosos,*
> *Deixem, deixem*
> *Que dancemos juntos, que dancemos juntos.*

– *Sumam daqui os invejosos* – Matthew repetiu os últimos versos da canção quando a mãe terminou de cantar –, *deixem que dancemos juntos.*

Sorri novamente.

– Com você, eu danço. Não terei outros parceiros até descobrir como funciona esse negócio de voar.

– A bem da verdade, você não voou, você flutuou – disse Matthew.

– Flutuar, voar, seja como for, na verdade é melhor não fazer isso com estranhos.

– Concordo.

Marthe saiu do sofá para sentar-se na poltrona ao lado de Ysabeau. Eu e Matthew sentamos juntos ainda de mãos dadas.

– É a primeira vez que isso acontece com ela? – perguntou Ysabeau com um tom de voz sinceramente intrigado.

– Diana não recorre à magia, *maman*, a não ser para algumas coisinhas – respondeu Matthew.

– Ela tem muito poder, Matthew. Ela tem o sangue de bruxa correndo nas veias. Ela também poderia fazer magia em coisas grandes.

Ele franziu a testa.

– Isso fica por conta de Diana.

– Já basta de tanta criancice – disse Ysabeau voltando-se para mim. – Diana, é hora de crescer e aceitar a responsabilidade de ser quem você é.

Matthew resmungou.

– E não adianta resmungar, Matthew de Clermont! Eu estou dizendo o que é preciso ser dito.

– Você está dizendo o que ela deve fazer. Isso não é da sua conta.

– Nem da sua, meu filho! – rebateu Ysabeau.

– Eu posso falar? – O tom afiado da minha voz chamou a atenção dos Clermont, e tanto a mãe como o filho me encararam. – A decisão de fazer ou não uso da magia é só minha. No entanto – me voltei para Ysabeau – não posso ignorá-la por mais tempo. Isso está pipocando para fora de mim como se fossem bolhas. No mínimo preciso aprender a controlar o meu poder.

Ysabeau e Matthew cravaram os olhos em mim. Depois ela assentiu com a cabeça e ele também.

Continuamos sentados ao pé da lareira até que as toras se consumiram pelo fogo. Matthew também dançou com Marthe e de vez quando um deles cantarolava uma canção que lhes trazia a lembrança de uma outra noite ao pé da lareira. Eu não voltei a dançar e nem por isso Matthew me pressionou.

Por fim, ele se levantou.

– Infelizmente tenho que levar para a cama a única entre nós que precisa dormir.

Eu também me levantei, ajeitando as pernas da minha calça.

– Boa-noite, Ysabeau. Boa-noite, Marthe. Muito obrigada pelo delicioso jantar e pela noite surpreendente que vocês duas me proporcionaram.

Marthe sorriu para mim. Ysabeau se esforçou, mas só conseguiu esboçar um sorriso amarelo.

Matthew esperou que eu saísse, e na subida da escada apoiou delicadamente a mão à altura da minha cintura.

– Acho que vou ler mais um pouco – eu disse virando o rosto à entrada do estúdio dele.

Matthew estava tão colado em mim que dava para ouvir a sua respiração tênue. Ele segurou o meu rosto.

– Que tipo de feitiço você me lançou? – ele disse olhando nos meus olhos. – Definitivamente, não foram os seus olhos, se bem que não me deixam raciocinar direito... e tampouco esse seu aroma de mel. – Enterrou o rosto na minha nuca, passou os dedos pelos meus cabelos e com a outra mão puxou o meu corpo na direção dele.

Meu corpo se encaixou no corpo de Matthew como se tivesse sido feito para se encaixar nele.

– Foi o seu destemor – ele murmurou colado em mim – e o seu jeito de agir sem pensar, o brilho que emana do seu corpo quando você se concentra... ou quando voa.

Deixei o meu pescoço tombar e a minha carne ficou ainda mais exposta ao toque dele. Lentamente ele virou o meu rosto para o dele e, com o dedo polegar, buscou avidamente o calor dos meus lábios.

– Sabia que você franze os lábios quando está dormindo? Como se não estivesse satisfeita com seus próprios sonhos, mas prefiro pensar que os seus lábios anseiam por um beijo. – A cada palavra que dizia mais ele soava em francês.

Lembrei que Ysabeau estava no térreo com sua audição vampiresca que podia ouvir tudo e tentei me desvencilhar do abraço. Isso fez Matthew me abraçar ainda mais forte.

– Matthew, sua mãe...

Ele não me deixou completar a frase. Colou os lábios nos meus com um suave murmúrio de prazer e me beijou com delicadeza, mas com tanta intensidade que minhas mãos e meu corpo todo formigaram. Retribuí o beijo ao mesmo tempo que me sentia flutuando e caindo, até que perdi a noção de onde terminava o meu corpo e começava o dele. Ele deslizou a boca pelo meu rosto até chegar aos meus olhos. Perdi o fôlego quando começou a beijar a minha orelha. Ele abriu os lábios com um sorriso e me beijou na boca outra vez.

– Seus lábios são vermelhos como papoulas e seus cabelos são vibrantes – ele disse depois de um beijo tão intenso que me deixou sem ar.

– O que vê de tão especial no meu cabelo? Não vejo por que alguém que tem um cabelo como o seu – segurei uma das mechas do meu cabelo – se impressionaria com o meu. O cabelo de Ysabeau parece um cetim, e o de Marthe também. Esse meu cabelo é uma confusão de cores e nunca está como eu quero.

– Gosto do seu cabelo justamente por isso – ele gentilmente desembaraçou o meu cabelo. – Seu cabelo é imperfeito como a vida. Não é lustroso e escorrido como o cabelo dos vampiros. Fico feliz por você não ser uma vampira, Diana.

– E fico feliz por você *ser* um vampiro, Matthew.

Ele ficou de olhos sombrios por um instante.

– Gosto da sua força. – Eu o beijei com o mesmo entusiasmo que tinha me beijado. – Gosto da sua inteligência. Às vezes gosto até desse seu jeito mandão. E gosto ainda mais – carinhosamente esfreguei o meu nariz no nariz dele – do seu cheiro.

– Gosta mesmo?

– Gosto mesmo. – Enterrei o nariz por entre uma clavícula dele e lá se concentrava um doce aroma de especiarias.

– Está tarde. Você precisa descansar. – Ele me soltou relutante.

– Vamos juntos para a cama.

Matthew arregalou os olhos de espanto pelo meu convite e me deixou ruborizada.

Ele levou a minha mão ao coração dele. Batia descompassado.

– Só vou até lá em cima com você, não ficarei lá – disse. – Nós temos muito tempo pela frente, Diana. E nos conhecemos há poucas semanas. Sem pressa.

Ele falou como um vampiro.

Notou a minha decepção e me deu um outro beijo apaixonado.

– Isso é uma promessa – disse quando o beijo terminou – do que está por vir. No momento certo.

O momento certo *era* aquele. Mas os meus lábios oscilaram entre o frio e o calor e por um segundo isso me deixou na dúvida se eu realmente estava pronta como pensava.

O meu quarto estava iluminado pelas velas e aquecido pelo fogo da lareira. Como Marthe tinha subido e trocado dezenas e dezenas de velas para que estivessem acesas quando eu fosse para cama era um grande mistério, mas não havia luz elétrica no quarto e só me restou agradecer duplamente pelos esforços dela.

Troquei de roupa no banheiro com a porta entreaberta para ouvir os planos que Matthew traçava para o dia seguinte. Planos que envolviam uma caminhada, uma outra cavalgada e mais trabalho no estúdio.

Concordei com tudo – acentuando que o trabalho viria em primeiro lugar. O manuscrito alquímico me chamava e eu estava ansiosa para estudá-lo com mais atenção.

Deitei na enorme cama de Matthew e ele me cobriu antes de apagar algumas velas.

– Cante pra mim – sugeri quando ele tocou com seus dedos compridos na chama de uma vela sem medo algum. – Uma canção antiga... uma daquelas que Marthe gosta. – A queda de Marthe pelas canções românticas não me passara despercebida.

Ele ficou em silêncio por um momento enquanto se movia e apagava as velas pelo quarto, deixando um rastro de sombras atrás de si à medida que a penumbra se fazia em volta. E depois cantou em tom de barítono.

> *Ni muer ni viu ni no guaris,*
> *Ni mal no.m sent e si l'ai gran,*
> *Quar de s'amor no suy devis,*
> *Ni no sai si ja n'aurai ni quan,*
> *Qu'en lieys es tota le mercés*
> *Que.m pot sorzer o decazer.*

Uma canção terna com uma pontada de melancolia. Uma canção que terminou quando ele se aproximou de mim e deixou uma única vela ardendo ao lado da cama.

– O que diz a letra? – Eu o peguei pela mão.

– *Não morrer, nem viver, nem curar, não há dor na minha doença, pois isso não impede o amor dela.* – Matthew inclinou-se e me deu um beijo na testa. – *Não sei se a terei para sempre, pois toda a graça que me faz florescer ou murchar vem do poder dela.*

– Quem escreveu isso? – perguntei, emocionada pelas palavras poéticas entoadas pelo vampiro.

– Papai compôs essa canção para Ysabeau. Mas outro recebeu o crédito – ele respondeu com um brilho nos olhos e um sorriso luminoso. Desceu a escada cantarolando a canção. Fiquei deitada na cama sozinha e observei a vela arder até se consumir.

21

Após o meu banho na manhã seguinte, o vampiro me surpreendeu com um café da manhã servido numa bandeja.

– Falei para Marthe que você vai trabalhar esta manhã – disse Matthew erguendo a tampa que aquecia a refeição.

– Vocês dois estão me mimando. – Abri o guardanapo enquanto aguardava na poltrona.

– Não acho que o seu jeito de ser esteja correndo perigo. – Ele parou e me deu um beijo apaixonado. – Bom-dia. Dormiu bem?

– Como um anjo. – Tirei a bandeja das mãos dele e ruborizei como um pimentão ao lembrar do convite que lhe tinha feito na noite anterior. Eu ainda sentia uma pontada de mágoa pela gentil recusa, mas o beijo confirmava que ultrapassávamos os limites da amizade e tomávamos um novo rumo.

Depois do café da manhã nos dirigimos para o térreo, ligamos os computadores e começamos a trabalhar. Matthew tinha deixado ao lado do manuscrito em cima da mesa um exemplar em ótimo estado de uma das primeiras traduções inglesas da Bíblia Vulgata, uma edição do século XIX.

– Muito obrigada – agradeci com o exemplar na mão.

– Achei lá embaixo. Já que a única que tenho aqui não é suficientemente boa para você. – Ele sorriu.

– Eu jamais usaria um exemplar da Bíblia de Gutenberg como obra de referência, Matthew. – Minha voz soou mais rígida que de costume, e me fez parecer uma professora chata e autoritária.

– Eu conheço a Bíblia de cabo a rabo. Se tiver alguma dúvida, é só me perguntar – ele disse.

– Eu também não quero usá-lo como obra de referência.

– Faça o que bem entender. – Ele deu de ombros sorrindo outra vez.

Logo me absorvi na tarefa de ler, analisar e registrar as ideias, com o computador ao lado e o manuscrito à frente. Só dei uma parada quando pedi para Matthew conseguir alguma coisa que servisse de peso sobre as páginas enquanto eu digitava. Ele saiu e voltou com um medalhão de bronze que exibia a efígie de Luís XIV e um pequeno pé de madeira que um dia pertencera a um anjo alemão. Apresentou os dois objetos dizendo que não os cederia para mim sem uma fiança. Depois de algumas negociações se deu por satisfeito com muitos beijos.

Para mim, o *Aurora Consurgens* era um dos mais belos textos da tradição alquímica, uma reflexão sobre a figura feminina da Sabedoria acrescida de uma investigação sobre a reconciliação química entre as forças naturais opostas. O texto do exemplar de Matthew era praticamente idêntico aos dos exemplares que eu tinha consultado em Zurique, Glasgow e Londres. Mas as ilustrações eram totalmente diferentes.

A arte de Bourgot Le Noir se exercia com genuína maestria. Com iluminuras precisas e magnificamente executadas. Mas o talento da artista não se limitava à maestria técnica. Suas representações do feminino revelavam uma sensibilidade peculiar. A concepção de Bourgot da Sabedoria transbordava força e uma boa dose de delicadeza. Na primeira iluminura a Sabedoria abrigava debaixo de sua capa a personificação dos sete metais com uma vibrante expressão de orgulho materno.

O exemplar de Matthew, como ele tinha dito, continha duas iluminuras que não apareciam em nenhum outro exemplar conhecido do *Aurora Consurgens*. Ambas na parábola final devotada ao casamento químico entre o ouro e a prata. A primeira era acompanhada das palavras pronunciadas pelo princípio feminino na transformação alquímica. Frequentemente representada como uma rainha vestida de branco com emblemas lunares que a associavam à prata, na arte de Bourgot ela se metamorfoseava em esplêndida e aterradora criatura com serpentes de prata no lugar dos cabelos e uma sombra no rosto como uma lua eclipsada pelo sol. Li o texto que acompanhava a ilustração traduzindo-o em silêncio do latim: *"Venha a mim de coração aberto. Não me rejeite só porque sou escura e sombria. O fogo e o sol me alteraram. Os mares me cingiram. A terra tem sido corrompida devido ao meu trabalho. A noite tombou sobre a terra quando afundei nas profundezas lodosas, e minha substância se ocultou."*

A Rainha Lua tinha uma estrela na palma da mão estendida. *"Chamei por você das profundezas da água, e das profundezas da terra chamarei por todo aquele que passar por mim."* Continuei a leitura. *"Observe-me. Olhe-me. E se encontrar alguém que se assemelhe a mim, a este darei a estrela da manhã."* As palavras se formavam nos meus lábios e as iluminuras de Bourgot as tornavam vivas na expressão da Rainha Lua, que tanto revelava um medo de rejeição como um tímido orgulho.

A segunda iluminura na página seguinte era acompanhada das palavras do Rei Sol, o princípio masculino. Fiquei arrepiada com o desenho de Bourgot de um pesado sarcófago de pedra com uma tampa entreaberta por onde se via um corpo dourado que jazia lá dentro. Os olhos do rei estavam fechados em expressão serena, e um toque de esperança no seu rosto o fazia parecer que sonhava com a própria libertação. *"Eu me levantarei e tomarei o rumo da cidade. E haverei de encontrar pelas ruas uma mulher para me casar"*, segui lendo, *"de rosto deslumbrante e de corpo ainda mais deslumbrante, e com roupas maravilhosas. Ela removerá a pedra do meu sepulcro e me dará asas de pomba e então voaremos até o Paraíso, onde viveremos juntos para sempre."* A passagem me fez lembrar da insígnia de Betânia e do pequeno caixão de prata de Matthew. Eu me estiquei para pegar a Bíblia.

– Marcos 16, Salmos 55, e Deuteronômio 32, versículo 40. – A voz de Matthew cortou o silêncio gotejando as referências bíblicas que poderiam me ajudar.

– Como sabia que eu estava lendo? – Movi a cadeira para vê-lo melhor.

– Seus lábios se moviam – ele disse com os olhos cravados no monitor e os dedos tamborilando no teclado.

Fechei a boca e retornei ao texto. O autor parafraseara e costurara passagens bíblicas que se encaixavam na narrativa alquímica da morte e da criação. Puxei a Bíblia para mais perto de mim. A capa preta de couro era adornada com uma cruz de ouro. Abri no Evangelho de Marcos e procurei pelo capítulo 16. Lá estava Marcos 16:3: *"E diziam entre si: "Quem nos há de remover a pedra da entrada do sepulcro?"*

– Encontrou? – perguntou Matthew por gentileza.

– Encontrei.

– Ótimo.

Fez-se silêncio novamente.

– Onde está o verso sobre a estrela da manhã? – De vez em quando o meu lastro pagão me comprometia profissionalmente.

– Apocalipse 2, versículo 28.

– Obrigada.

– De nada. – Soou um risinho da outra mesa. Retornei ao manuscrito ignorando o risinho.

Depois de ter lido por duas horas a caligrafia gótica do manuscrito ao mesmo tempo em que o confrontava com as passagens bíblicas correspondentes, eu estava mais do que pronta para dar um passeio a cavalo e Matthew então sugeriu uma pausa. Como bônus extra, ele prometeu contar durante o almoço como tinha conhecido William Harvey, o fisiologista do século XVII.

– Não é uma história interessante. – Matthew ainda tentou se esquivar.

– Talvez não seja para você. E para uma historiadora da ciência? É o mais próximo que posso chegar do homem que descobriu que o coração é como uma bomba hidráulica.

Ainda não tínhamos visto o sol desde a nossa chegada em Sept-Tours, mas não ligamos para isso. Matthew parecia mais relaxado e para minha surpresa eu me sentia feliz por não estar em Oxford. As ameaças de Gillian, a fotografia dos meus pais e até mesmo Peter Knox, tudo isso parecia coisa do passado.

Enquanto caminhávamos pelos jardins, Matthew falava animadamente sobre um problema no trabalho que envolvia uma cadeia perdida de alguma coisa que deveria estar presente em determinada amostra de sangue e não estava. Para explicar melhor, ele traçou no ar o desenho de um cromossomo e apontou para uma área danificada, e balancei a cabeça sem ter entendido o que estava em perigo. Com as palavras ainda brotando da boca, ele me enlaçou pelos ombros e me puxou para mais perto dele.

Contornamos uma fileira de cerca viva. Avistamos um homem vestido de preto em pé do outro lado do portão por onde tínhamos passado na cavalgada do dia anterior. Estava encostado no tronco de uma castanheira, com a elegância de um leopardo à espreita, e isso me fez concluir que se tratava de um vampiro.

Matthew me protegeu com o corpo.

O homem desencostou graciosamente do tronco e caminhou em nossa direção. A brancura sobrenatural da pele, a altura, os olhos negros acentuados pela jaqueta de couro preta, os jeans e as botas confirmavam a suspeita de que era um vampiro. Um vampiro que não se importava em ser visto como diferente. A única imperfeição naquele rosto angelical de traços simétricos e cabelos enroscados na gola era o aspecto de lobo. Embora mais baixo e mais magro que Matthew, ele emanava um imenso poder. A frieza do seu olhar penetrou na minha pele e se espalhou como uma mancha.

– Domenico – disse Matthew com tranquilidade, se bem que o tom era mais elevado que o habitual.

– Matthew. – O outro vampiro olhou para ele com muito ódio.

– Quanto tempo! – O tom casual de Matthew deixava entrever que a súbita aparição do outro vampiro era um fato corriqueiro.

Domenico pareceu pensativo.

– Quando foi que nos vimos pela última vez? Em Ferrara? Nós estávamos combatendo o papa... mas se bem me lembro por razões diferentes. Eu tentava salvar Veneza. E você tentava salvar os templários.

Matthew assentiu lentamente com a cabeça olhando fixamente para o outro vampiro.

– Você deve estar certo.

– Depois disso, meu amigo, você simplesmente evaporou. Nós vivemos tantas aventuras juntos na juventude... pelos mares, na Terra Santa. Veneza sempre foi um lugar muito divertido para um vampiro como você, Matthew. – Domenico balançou a cabeça em sinal de pesar. O vampiro à entrada do castelo não parecia veneziano, parecia mais uma mistura de anjo e diabo. – Por que você nunca me fez uma visita nas suas estadas na França e em outras paragens?

– Domenico, se você se sentiu ofendido por mim, isso já faz tanto tempo que já não devia haver rusgas entre nós.

– Talvez, mas uma coisa não mudou durante todos esses anos, onde quer que haja uma crise sempre há um Clermont por perto. – Ele se voltou para mim com uma cara de incômoda avareza. – Esta deve ser a bruxa de quem tanto tenho ouvido falar.

– Volte para casa, Diana – disse Matthew de pronto.

A sensação de perigo era palpável, e hesitei porque não queria deixá-lo sozinho.

– Vá – ele disse com um tom cortante como uma espada.

O vampiro forasteiro olhou algo atrás de mim e sorriu. Eu senti uma brisa gelada e em seguida um braço rijo e frio se trançou ao meu.

– Domenico. – Soou a voz musical de Ysabeau. – Que visita inesperada!

Ele se curvou em reverência formal.

– É um prazer vê-la tão saudável, senhora. Mas como soube que eu estava aqui?

– Senti o seu cheiro – ela disse com desdém. – Você veio até aqui, até a minha casa, sem ser convidado. O que sua mãe diria desse seu comportamento?

– Se minha mãe estivesse viva poderíamos perguntar para ela – retrucou Domenico de forma grosseira.

– *Maman*, leve Diana para casa.

– Claro, Matthew. Deixaremos vocês dois conversando. – Ela se virou e me puxou com força.

– Se me deixar entregar a mensagem, eu sairei daqui o mais rápido possível – disse Domenico. – E se tiver que voltar, eu não voltarei sozinho. Ysabeau, hoje a visita é de cortesia.

– Ela não está com o livro – disse Matthew na mesma hora.

– Matthew, eu não estou aqui por causa desse maldito livro das bruxas. Elas que fiquem com ele. Estou aqui por causa da Congregação.

Ysabeau soltou um longo suspiro que parecia estar preso por muitos dias. Uma pergunta quis romper dos meus lábios, mas foi calada por ela com um olhar de advertência.

– Muito bem, Domenico. Fico surpreso por ver que arranjou tempo para visitar velhos amigos com todas as novas responsabilidades que você tem. – A voz de Matthew soou irônica. – Por que esse desperdício de tempo da Congregação com visitas oficiais à família Clermont quando os vampiros estão deixando cadáveres de humanos com o sangue todo drenado por toda a Europa?

– Os vampiros não são proibidos de se alimentar de sangue, embora essa falta de cuidado seja lamentável. Como você sabe, a morte segue os vampiros por onde quer que eles passem. – Domenico não dava a mínima para a brutalidade, e a indiferença que ele demonstrou pela vida dos sangues-quentes me fez estremecer. – Mas o nosso acordo proíbe terminantemente qualquer ligação entre vampiros e bruxas.

Eu me virei e olhei fixamente para Domenico.

– O *que* está dizendo?

– Ela fala! – Ele bateu palmas de um modo debochado. – Por que não deixamos que a bruxa participe de nossa conversa?

Matthew se colocou do meu lado tentando me tirar dali. Ysabeau manteve o meu outro braço agarrado. E juntos fizemos uma pequena e estranha fileira de um vampiro, uma bruxa e uma vampira.

– Diana Bishop. – Domenico curvou-se em reverência. – É uma honra conhecer uma bruxa de uma linhagem tão antiga e renomada. Hoje em dia quase não existem descendentes das velhas famílias. – Cada palavra que ele dizia soava como uma ameaça por mais formal que fosse.

– Quem é você? – perguntei. – E por que você está tão preocupado com quem eu passo o meu tempo?

O veneziano me observou com grande interesse, e depois soltou uma risada.

– Já tinham me falado que você era brigona como seu pai, mas não acreditei.

Minhas mãos formigaram levemente e Ysabeau apertou o meu braço.

– Será que enfureci a bruxa de vocês? – Os olhos de Domenico estavam cravados na mão de Ysabeau.

– Diga logo o que tem a dizer e saia de nossas terras. – A voz de Matthew soou extremamente formal.

– Sou Domenico Michele. Conheço Matthew desde o meu renascimento e Ysabeau, praticamente da mesma época. Eu os conheço muito bem tal como conheci a adorável Louisa, é claro. Mas deixemos os mortos de lado. – O veneziano exibiu uma expressão cínica de pesar.

– Não se atreva a falar da minha irmã. – Matthew parecia calmo, mas Ysabeau parecia transtornada com uma brancura assassina nos lábios.

– Você ainda não respondeu a minha pergunta – chamei a atenção de Domenico novamente.

Os olhos do veneziano brilharam de satisfação.

– Diana – disse Matthew sem reprimir um rosnado na garganta. Era como se ele estivesse rosnando para mim. Marthe chegou da cozinha com um ar assustado.

– Estou vendo que essa moça é mais valente de que a maioria da espécie dela. Você está colocando tudo em risco só para mantê-la ao seu lado? Ela o diverte? Ou pretende se alimentar dela até o dia em que se entediar e descartá-la como fez com as outras de sangue-quente?

As mãos de Matthew apertaram o esquife de Lázaro oculto sob o suéter. Ele não o tocava desde que tínhamos chegado em Sept-Tours.

Os olhos atentos de Domenico repararam nesse gesto e foram acompanhados de um sorriso vingativo.

– Sentindo-se culpado, meu amigo?

Fiquei furiosa por ver Matthew sendo tratado assim e abri a boca para falar.

– Diana, é melhor você voltar agora mesmo para casa. – O tom da voz de Matthew indicava que teríamos uma conversa desagradável mais tarde. Ele me deu um empurrãozinho na direção de Ysabeau, e se interpôs ainda mais aprumado entre mim, a mãe e o sombrio veneziano. Marthe chegou mais perto, cruzou os braços e empinou o corpo, imitando a postura de Matthew.

– Antes a bruxa precisa ouvir o que tenho a dizer. Eu vim aqui para lhe dar um aviso, Diana Bishop. As relações entre bruxas e vampiros são interditas. Você deve sair dessa casa e romper os laços com Matthew de Clermont e com todos os membros da família dele. Caso contrário, a Congregação terá que tomar as devidas providências para preservar o acordo.

– Eu não conheço a sua Congregação e não faço a menor ideia desse tal acordo – retruquei furiosa. – Além do mais, acordos não são impingidos. São voluntários.

– Além de historiadora você também é advogada? Vocês mulheres modernas são tão estudadas e tão fascinantes... Mas as mulheres não são boas em teologia – Domenico continuou falando como se desculpando –, e isso justifica o fato de nunca termos achado importante dar essa educação para vocês. Você acha que aderimos às ideias daquele herege do Calvino por vontade própria quando trocamos essa promessa entre nós? Depois que o acordo foi selado, ele comprometeu a todos nós, vampiros, bruxos e demônios... do passado, do presente e do futuro. Um acordo não é um caminho que se segue por vontade própria.

– Já transmitiu o seu recado, Domenico – disse Matthew em tom sedoso.

– Isso é tudo o que tenho a dizer para a bruxa – disse o veneziano. – Mas ainda tenho algumas coisas a dizer para você.

– Então Diana pode voltar para casa. Leve-a daqui, *maman* – disse Matthew de um modo sucinto.

Dessa vez a mãe obedeceu de pronto, seguida por Marthe.

– Não faça isso – sibilou Ysabeau, quando me virei a fim de olhar para Matthew.

– De onde veio essa coisa? – perguntou Marthe quando estávamos seguras dentro de casa.

– Do inferno, com toda certeza – respondeu Ysabeau. Depois ela tocou o meu rosto e o contato com o calor das minhas faces rubras de raiva a fez encolher rapidamente os dedos. – Você é corajosa, garota, mas fez algo insensato. Você não é uma vampira. Não se coloque em risco discutindo com Domenico ou com qualquer outro aliado dele. Mantenha distância deles.

Sem me dar tempo de reagir, ela me fez atravessar as cozinhas, a sala de jantar e o salão na direção do grande hall. Lá, apontou para a torre mais alta do castelo. Só de pensar na subida as minhas panturrilhas petrificaram.

– Nós temos que subir – ela insistiu. – Matthew vai nos procurar lá.

Fui impelida pelo medo e a raiva na primeira metade da subida. A partir daí fiz a conquista por mera obstinação. Depois do último degrau me vi num telhado liso que dava uma vista geral para os arredores.

Ysabeau se dirigiu em passos ágeis até um mastro que de tão alto parecia querer tocar o céu. Ela hasteou uma bandeira preta ornada por um *ouroboros* de prata. A bandeira desfraldou na luz sombria com uma cobra cintilante que engolia o próprio rabo. Corri até a extremidade daquele muro cheio de ameias, e Domenico olhou para o alto.

Pouco tempo depois, uma bandeira similar emergiu do alto de um prédio da aldeia e um sino começou a badalar. Aos poucos homens e mulheres saíam de casas, bares, lojas e escritórios com a face voltada para Sept-Tours, onde o símbolo da eternidade e do renascimento desfraldava ao vento. Olhei para Ysabeau com uma interrogação estampada no meu rosto.

– É o brasão da nossa família, um sinal para deixar a aldeia em alerta – ela explicou. – Só hasteamos a bandeira quando temos estranhos entre nós. Os aldeões não nos temem porque estão acostumados a viver entre os vampiros, mas em ocasiões como agora somos obrigados a hastear a bandeira. Diana, o mundo está cheio de vampiros em quem não se pode confiar. Domenico Michele é um deles.

– Nem precisava me dizer isso. Afinal, quem é ele?

– Um dos amigos mais antigos de Matthew – murmurou Ysabeau de olho no filho lá embaixo –, o que faz dele um inimigo muito perigoso.

Eu me voltei para Matthew que ainda trocava palavras com Domenico em uma zona de conflito demarcada com precisão. De repente, uma mancha escura esbranquiçada se moveu e o veneziano colidiu de costas no tronco da castanheira onde estava encostado quando o avistamos pouco tempo antes. Ecoou um estrondo pelo solo.

– Bem feito – murmurou Ysabeau.

– Onde está a Marthe? – Olhei para a escada.

– No hall. Por precaução. – Os olhos atentos de Ysabeau permaneciam cravados no filho.

– Domenico poderia chegar até aqui e dilacerar a minha garganta?

Ela se voltou para mim com olhos negros e brilhantes.

– Isso seria fácil demais, querida. Mas primeiro ele brincaria com você. Domenico sempre brinca com as presas. Sem falar que adora uma plateia.

Engoli em seco.

– Sou perfeitamente capaz de cuidar de mim.

– É verdade, se você tem mesmo os poderes que Matthew acredita que tem. Suponho que as bruxas sejam exímias quando se trata de proteção pessoal, basta um pouco de esforço e uma gota de coragem – disse Ysabeau.

– Que Congregação é essa que Domenico mencionou?

– É um conselho de nove... três de cada ordem, demônios, bruxos e vampiros. Foi criado durante as Cruzadas para que não ficássemos expostos aos seres humanos. Nós éramos muito descuidados e nos envolvemos demais com a política e outras insanidades humanas. – A voz dela soou com certa amargura. – Ambição, orgulho e criaturas gananciosas como Michele que nunca se contentam com o que recebem da vida e sempre querem mais, tudo isso nos levou a fazer o acordo.

– E vocês concordam com todas as condições? – A ideia de que promessas feitas por criaturas medievais pudessem afetar a mim e a Matthew era ridícula.

Ysabeau meneou a cabeça com a brisa balançando as mechas do seu cabelo espesso e oleoso em volta do seu rosto.

– Ficamos muito visíveis quando nos misturamos com os outros. E despertamos suspeitas com nossa inteligência quando nos envolvemos em assuntos humanos. As pobres criaturas são lentas, mas não burras de todo.

– Com o "misturar" você quer dizer jantares e danças?

– Nada de jantares, nada de danças... e nada de beijos e canções trocadas romanticamente – ela disse de forma incisiva. – E o que vem depois da dança e dos beijos também foi proibido. Nós primávamos pela arrogância antes desse acordo. Nós éramos muitos naquela época e estávamos habituados a conquistar o que nos dava na veneta a qualquer preço.

– E esse acordo se estende a mais alguma coisa?

– Nada de política, nada de religião. Muitos príncipes e papas eram criaturas sobrenaturais. Isso dificultou a passagem de uma vida para outra com o surgimento das crônicas humanas. – Ela deu de ombros. – Os vampiros se deram conta de que era difícil simular a própria morte e assumir uma nova vida com os humanos bisbilhotando por perto.

Olhei rapidamente para Matthew e Domenico que continuavam conversando fora dos limites do castelo.

– Então, contando nos dedos – repeti. – Nada de mistura entre diferentes criaturas. Nada de seguir carreira política entre os humanos e nada de se meter na religião deles. Algo mais?

Pelo visto a xenofobia da minha tia e sua veemente oposição ao meu estudo da lei derivavam de sua precária compreensão de um acordo antigo.

– Sim. Quando uma criatura quebra o acordo, cabe à Congregação deter a má conduta e manter o voto.

– E se *duas* criaturas quebram o acordo?

Fez-se um silêncio entre nós.

– Que eu saiba isso nunca aconteceu – ela respondeu com um ar sombrio. – De qualquer forma, ainda bem que vocês dois não fizeram isso.

Na noite anterior, eu tinha chamado Matthew para dormir comigo. Mas ele sabia que não se tratava de um simples convite. Não era em relação a mim e aos seus próprios sentimentos que ele se sentia inseguro. Ele não sabia o quão longe poderia ir antes que a Congregação interviesse.

A resposta chegou com muita rapidez. A Congregação não nos deixaria ir muito longe.

O meu alívio se transformou rapidamente em raiva. Se não tivesse havido uma intervenção quando o nosso relacionamento se desenvolvia, talvez ele nunca me contasse nada sobre a Congregação e o tal acordo. Um silêncio que poderia comprometer a minha família e a dele. Eu podia ter morrido acreditando que tanto a minha tia como Ysabeau eram intolerantes. E o fato é que elas cumpriam uma promessa feita séculos antes – o que não era admissível, mas de todo modo desculpável.

– Seu filho não pode mais esconder as coisas de mim. – A irritação fez a ponta dos meus dedos comicharem. – E é melhor você se preocupar menos com a Congregação e mais com o que farei com seu filho quando ele voltar.

Ela bufou.

– Você não poderá fazer muito antes de ser acusada de enfraquecer a autoridade dele na frente de Domenico.

– Eu não estou sob a autoridade de Matthew.

– Minha querida, você ainda tem muito que aprender sobre os vampiros – ela retrucou com uma nota de satisfação.

– E você também tem muito que aprender sobre mim. E a Congregação, idem.

Ysabeau me pegou pelos ombros com tanta força que os seus dedos pareciam entrar na minha pele.

– Diana, isso não é um jogo! Matthew deixaria de lado criaturas que ele conhece há séculos apenas para protegê-la. Por favor, não deixe que ele faça isso. Eles o matarão se ele insistir.

– Matthew é um homem feito, Ysabeau – eu disse com frieza. – Não cabe a mim dizer o que ele tem que fazer ou não.

– Isso não, mas você pode impedi-lo. Diga que você se recusa a romper o acordo por ele... ou que você não sente nada por ele a não ser curiosidade... as bruxas são conhecidas por isso. – Ela se pôs de lado. – Se você o ama, saberá o que dizer.

– Acabou – gritou Marthe da escada.

Eu e Ysabeau corremos até a extremidade da torre. Um cavaleiro montado num cavalo preto saiu em disparada do estábulo e em seguida desapareceu na floresta.

22

Nós três estávamos esperando no salão desde o momento em que Matthew saiu montado no Balthasar naquela manhã. O dia já terminava e o relógio marcava quase meia-noite. Qualquer humano já estaria a ponto de morrer com o esforço prolongado para controlar aquele enorme cavalo em campo aberto. Mas os acontecimentos da manhã me fizeram lembrar que Matthew não era humano e sim um vampiro – com muitos segredos, um passado complicado e inimigos assustadores.

Uma porta fechou-se no andar de cima.

– Ele está de volta. E vai para o aposento do pai como sempre faz quando está perturbado – disse Ysabeau.

Sentada em frente à lareira, a linda e jovem mãe de Matthew olhava fixamente para o fogo enquanto eu torcia as mãos no meu colo, recusando tudo que Marthe colocava diante de mim. Eu não tinha ingerido nada desde o café da manhã, mas o buraco na boca do meu estômago não tinha nada a ver com fome.

Era como se eu estivesse despedaçada, rodeada pelos cacos da vida muito bem organizada que eu levava antes. O meu título de Oxford, o meu cargo na Yale e os meus livros pesquisados e escritos com tanto esmero tinham tornado a minha vida sólida e significativa durante muito tempo. Mas naquele mundo insólito e ameaçador de bruxas e vampiros nada da minha vida anterior me trazia alento. Minha entrada naquele mundo me deixara nua e crua, uma vulnerabilidade recente que se ligava a um vampiro e a um fluxo invisível e inquestionável de sangue de bruxa em minhas veias.

Finalmente, Matthew entrou no salão, de banho tomado e vestindo outra roupa. Cravou os olhos em mim e senti na pele o toque gelado de um olhar que tentava ver se eu estava ferida ou não. Ele sorriu de alívio quando viu que eu estava intacta.

O sorriso foi o último sinal de familiaridade reconfortante que captei dele.

O vampiro naquele salão não era o Matthew que eu conhecia. Não era a criatura elegante e charmosa que tinha entrado na minha vida com um sorriso irônico e convites para o café da manhã. Não era mais o cientista absorto no trabalho que se inquietava com a razão de estar no mundo. E não havia mais qualquer sinal do Matthew que tinha me tomado nos braços e me beijado apaixonadamente na noite anterior.

O Matthew que estava diante de mim era frio e impassível. Os poucos traços suaves de antes – o contorno da boca, a delicadeza das mãos, o olhar sereno – tinham sido substituídos por linhas e ângulos duros. Ele parecia mais velho do que eu lembrava, um misto de reserva cautelosa e cansaço refletia cada segundo dos seus quase mil e quinhentos anos de vida.

Uma tora estalou na lareira. Meus olhos foram atraídos pelas fagulhas que jorravam como um sangue ígneo alaranjado antes de tombarem no piso da lareira.

A princípio, somente a cor vermelha apareceu. Depois o vermelho assumiu uma textura, fios avermelhados luziam aqui e ali acrescidos de ouro e prata. Em seguida, a textura se fez coisa – cabelo, o cabelo de Sarah. Puxei a alça da mochila nos meus ombros e deixei a merendeira cair no chão do saguão fazendo o mesmo barulho rotineiro que a pasta do meu pai fazia quando ele a deixava cair na soleira da porta.

– Cheguei. – A minha voz infantil soou alta e vibrante. – Tem biscoitos?

A cabeça vermelha alaranjada de Sarah se virou, iluminada pelas fagulhas de luz do final da tarde.

No entanto, seu rosto estava branco, muito branco.

O branco se impôs sobre as outras cores, se fez prateado e assumiu uma textura parecida com escamas de peixe. Uma cota de malha aderiu a um corpo musculoso e conhecido. Matthew.

– *Acabei. – Ele rasgou com suas mãos brancas uma túnica preta com uma cruz prateada aplicada ao peito e colocou-a nos ombros. Depois jogou-a aos pés de alguém, virou de costas e se foi.*

Pisquei os olhos e a visão se dissipou, dando lugar aos tons aconchegantes do salão do castelo de Sept-Tours, mas a vontade de entender o que tinha acontecido não se dissipou. Tal como ocorrera com o vento de bruxa, não houve sinal de aviso para o meu novo dom oculto que acabou se liberando. As visões da minha mãe também surgiam de repente e com tamanha nitidez? Olhei ao redor e Marthe era a única criatura que parecia ter notado que tinha acontecido alguma coisa estranha porque me olhava com um ar preocupado.

Matthew se aproximou de Ysabeau e beijou-a nas faces absurdamente brancas.

– Desculpe-me, *maman* – murmurou.

– *Hein*, ele sempre foi um traidor. Você não tem culpa de nada. – Ela apertou a mão do filho com delicadeza. – Estou feliz por vê-lo de volta a casa.

– Por hoje acabou. Esta noite não precisamos nos preocupar – disse Matthew com a voz embargada. Ele passou as mãos pelos cabelos.

– Beba. – Marthe pertencia à velha escola de gerenciamento de crises. Estendeu um copo de vinho para Matthew e deixou uma xícara de chá perto de mim. O chá permaneceu intocado em cima da mesa, espalhando rodelas de vapor em volta.

– Obrigado, Marthe. – Matthew sorveu a bebida com sofreguidão e de vez em quando voltava os olhos para mim, mas logo os desviava com determinação. – Meu telefone. – Ele se encaminhou para o estúdio.

Alguns minutos depois Matthew desceu a escada.

– É para você. – Estendeu o telefone de modo que nossas mãos não se tocassem.

Eu sabia quem estava do outro lado da linha.

– Alô, Sarah.

– Faz oito horas que estou tentando telefonar para você. O que está havendo? – Ela sabia que estava acontecendo alguma coisa ruim... não telefonaria para um vampiro se não tivesse certeza disso. A voz tensa evocava a imagem do seu rosto pálido na minha visão. Na visão ela estava assustada e não apenas triste.

– Não há nada de errado – eu disse isso para não deixá-la ainda mais assustada. – Estou aqui com Matthew.

– Justamente por estar com Matthew é que você deve estar encrencada.

– Não posso falar agora, Sarah. – A última coisa que eu queria fazer naquela hora era discutir com a minha tia.

Ela engoliu em seco.

— Diana, você precisa saber de algumas coisas antes de se aventurar com um vampiro.

— É mesmo? — rebati com o sangue subindo à cabeça. — E você acha que agora é o momento certo para me falar sobre o acordo? Por acaso você conhece os bruxos e bruxas que hoje fazem parte da Congregação? Preciso dizer umas coisinhas para eles. — Meus dedos arderam e a pele debaixo das unhas se azulou.

— Diana, você ignorava o seu próprio poder e se recusava a conversar sobre magia. Esse acordo não era relevante para você, e a Congregação também não. — Sarah parecia estar na defensiva.

Soltei um riso amargo que fez o azul sumir dos meus dedos.

— Sarah, justifique da maneira que quiser. Você e Em deviam ter me contado tudo depois que papai e mamãe morreram, sem se esquivarem com meias-verdades que tornaram as coisas ainda mais misteriosas. Mas agora é tarde. Preciso falar com Matthew. Amanhã eu telefono. — Desliguei o telefone sem fio e o deixei em cima de um sofá, depois fechei os olhos e esperei que a comichão nos meus dedos acabasse.

Os três vampiros me olhavam fixamente — eu podia sentir.

— E então? — Quebrei o silêncio. — Teremos mais visitas dessa Congregação?

— Não — disse Matthew de lábios cerrados.

Uma resposta lacônica, mas pelo menos era o que eu queria ouvir. As mudanças de humor de Matthew tinham dado uma pausa nos últimos dias, e isso me fez quase esquecer o quão assustadoras podiam ser. As palavras seguintes varreram de vez a esperança de que esse último rompante passaria logo.

— Não haverá mais visitas da Congregação simplesmente porque não romperemos o acordo. Ficaremos aqui por mais alguns dias e depois voltaremos para Oxford. Concorda com isso, *maman*?

— Claro que sim — disse Ysabeau de pronto, suspirando de alívio.

— É melhor deixar a bandeira hasteada — continuou Matthew como se estivesse falando de negócios. — A aldeia precisa saber que deve permanecer em alerta.

A mãe assentiu e o filho tomou um gole de vinho. Olhei primeiro para um e depois para o outro. Nenhum dos dois respondeu à minha silenciosa demanda por informação.

— Mas faz poucos dias que você *me tirou* de Oxford — falei, já que ninguém tinha respondido ao meu silencioso desafio.

Os olhos de Matthew se voltaram para mim com uma resposta interdita.

— Agora você tem que voltar — ele disse com firmeza. — E sem caminhadas lá fora até que isso aconteça. Nada de cavalgar.

A frieza que ele demonstrava naquele momento era mais assustadora do que qualquer coisa que Domenico pudesse ter dito.

– E o que mais? – Eu o pressionei.

– Nada mais de danças – ele acrescentou com uma rispidez que indicava que não haveria mais gentilezas de anfitrião. – Acataremos as regras da Congregação. Se não forem provocados, eles se voltarão para questões mais importantes.

– Entendo. Você quer que eu me faça de morta. E vai desistir do seu trabalho e do Ashmole 782? Não consigo acreditar! – Levantei-me e saí em direção à porta.

Ele me pegou pelo braço. A rapidez com que me alcançou contrariava todas as regras da física.

– Sente-se, Diana. – A voz de Matthew soou tão áspera quanto o seu toque, mas foi estranhamente gratificante porque pelo menos ele demonstrava alguma emoção.

– Por que está se rendendo? – sussurrei.

– Para evitar que a gente se exponha aos humanos... e para manter você viva. – Ele me fez voltar ao sofá e me empurrou de encontro as almofadas. – Aqui nesta família não há democracia, especialmente em momentos como o de agora. Quando eu disser que você deve fazer alguma coisa, quero que você faça sem hesitações ou reclamações. Entendeu? – O tom da voz mostrava que não havia o que discutir com ele.

– Senão o quê? – Eu o provoquei de propósito, mas a indiferença dele me assustou.

Matthew pousou o copo de vinho e o cristal capturou a luz das velas.

Eu tive a impressão de que estava caindo, mas dessa vez dentro de um lago.

O lago se transformou em gota, a gota, uma lágrima faiscante a rolar pela brancura da face.

O rosto de Sarah tomou-se de lágrimas, e os olhos avermelharam e incharam. Em estava na cozinha. Logo se juntou a nós e ficou evidente que ela também chorava. Ela parecia arrasada.

– O que houve? – perguntei com um aperto no estômago. – O que houve?

Sarah enxugou os olhos com os dedos besuntados de ervas e especiarias utilizadas em feitiços.

Ela alongou os dedos e o besuntado foi se dissolvendo.

– O que houve? – perguntou Matthew de olhos arregalados enxugando uma pequena lágrima manchada de sangue no seu rosto pálido. – O que houve?

– Bruxas. Elas estão com o seu pai – *respondeu Ysabeau com a voz embargada.*

A visão se dispersou e os meus olhos procuraram pelos olhos de Matthew em busca de socorro à minha desorientação. Nossos olhos se encontraram e ele se inclinou e me cobriu com o corpo. Mas a presença dele já não me reconfortava como antes.

— Eu a mataria com minhas próprias mãos antes que alguém pudesse feri-la. — As palavras ficaram presas na sua garganta. — E como não quero matá-la, faça o que eu mandar, por favor.

— Então é assim? — perguntei tão logo fui capaz de elaborar uma pergunta. — Vamos nos sujeitar a um acordo obsoleto e retrógrado firmado mil anos atrás. E caso encerrado.

— Você não precisa estar sob o escrutínio da Congregação. Já que não tem controle sobre sua magia e não compreende sua relação com o Ashmole 782, Diana, aqui em Sept-Tours você está a salvo de Peter Knox, mas já lhe disse que não está a salvo dos vampiros. Nenhum sangue-quente está. Nunca está.

— Você não me faria mal. — Eu estava absolutamente certa quanto a isso, apesar de tudo o que acontecera a partir do momento em que nos conhecemos.

— Você insiste nessa visão romântica dos vampiros, mas devo lhe dizer que gosto de sangue, apesar de todo o meu esforço para reprimir isso.

Fiz um gesto de indiferença.

— Você já matou alguns humanos. Sei disso, Matthew. Você é um vampiro que vive há séculos e séculos. Está pensando que eu achava que você só sobreviveu de animais durante todo esse tempo?

Ysabeau olhou atentamente para o filho.

— Diana, uma coisa é você saber que já matei alguns humanos, outra é entender o que isso significa. Você não faz a menor ideia do que eu sou capaz. Ele tocou no talismã de Betânia e se afastou de mim com impaciência.

— Eu sei quem é você. — Era outra coisa da qual eu tinha absoluta certeza. Por isso, me perguntava o que me deixava instintivamente segura em relação a ele, já que a evidência da brutalidade dos vampiros e até das bruxas era gritante.

— Você não conhece nem a si mesma. E até três semanas atrás nunca tinha ouvido falar de mim. — Ele me olhou com inquietude e com as mãos tremendo como as minhas. Isso era menos preocupante do que o movimento irrequieto de Ysabeau na poltrona. Ele revolveu a lenha da lareira com o atiçador, e o deixou de lado. A peça de metal chiou ao tocar na pedra, goivando a sólida superfície como se fosse manteiga.

— Nós vamos resolver isso. Só precisamos de um pouco mais de tempo — eu disse com um tom o mais baixo e suave possível.

— Não há nada a ser resolvido. — Matthew zanzava pela sala. — Você tem uma quantidade descomunal de poder sem controle algum. Isso até parece uma droga... uma droga altamente viciante e perigosa que as outras criaturas estão loucas para consumir. Você nunca estará a salvo enquanto houver uma bruxa ou um vampiro por perto.

Abri a boca para responder, mas ele não estava mais no mesmo lugar. De repente, me dei conta de que me pegava pelo queixo com a sua mão gelada e me erguia do chão.

– Eu sou um predador, Diana – disse Matthew com a sedução de um amante. Fiquei atordoada com o intenso aroma de cravo-da-índia. – Eu caço e mato para sobreviver. – Repeliu o meu rosto com uma torção selvagem deixando o meu pescoço à mostra. Cravou os olhos inquietos na minha garganta.

– Matthew, ponha Diana no chão. – Ysabeau não se mostrou muito preocupada, e a minha confiança nele permaneceu inalterável. De um jeito ou de outro, ele só queria me assustar, mas eu não corria um risco real como tinha acontecido com Domenico.

– Diana acha que me conhece, *maman* – ele resmungou. – Mas ela não sabe o que é ter um estômago apertado quando a fome por um sangue-quente é tanta que nos enlouquece. Não sabe o que é sentir o sangue de um outro coração pulsando nas veias. Não sabe o quanto é difícil tê-la por perto e não poder prová-la.

Ysabeau se empertigou, mas sem sair de onde estava.

– Agora não é hora de ensinar essas coisas para ela, Matthew.

– Isso não quer dizer que eu a mataria de uma só vez – ele continuou ignorando os apelos da mãe. Seus olhos negros hipnotizavam. – Eu poderia me alimentar de você aos poucos, tirando o seu sangue e deixando que se reabastecesse apenas para repetir tudo no dia seguinte. – Desceu a mão do meu queixo ao meu pescoço e pressionou a minha carótida com o dedo polegar, como se estivesse avaliando o ponto onde cravaria os dentes.

– Pare com isso – eu disse em tom cortante. Matthew já tinha ido longe demais com a tática de intimidação.

Ele me largou abruptamente, deixando-me cair no suave tapete. Quando me dei conta do tombo, o vampiro já estava do outro lado da sala, de costas para mim e de cabeça arriada.

Fiquei de gatinhas enquanto olhava os ornamentos do tapete debaixo das minhas mãos e dos meus joelhos.

Um redemoinho de cores rápidas demais para distingui-las girou frente aos meus olhos.

As cores dançavam no ar como folhas ao vento – verdes, marrons, azuis, douradas.

– É sobre o seu pai e a sua mãe, querida – disse Sarah com a voz embargada. – Eles foram mortos. Eles se foram, minha menina.

Desviei os olhos do tapete na direção do vampiro que estava de costas para mim.

– Não. – Balancei a cabeça em negativa.

– O que é, Diana? – Matthew se virou deixando momentaneamente o predador de lado.

O redemoinho de cores capturou novamente a minha atenção – verdes, marrons, azuis, douradas. Eram folhas que caíam no redemoinho de uma poça d'água e flutuavam ao meu redor. Um arco polido jazia ao lado de algumas flechas espalhadas e uma aljava semicheia.

Peguei o arco e um arame afiado cortou a minha pele.

– Matthew – disse Ysabeau farejando cuidadosamente o ar.

– Eu sei, eu também estou sentindo – ele disse com uma expressão sombria.

Ele é seu, sussurrou uma voz desconhecida. *Você não pode deixar que ele vá embora.*

– *Eu sei* – murmurei com impaciência.

– O que é que você sabe, Diana? – Matthew deu um passo na minha direção. Marthe colocou-se rapidamente ao meu lado.

– Deixe-a – sibilou. – A menina não está neste mundo.

Eu estava em lugar nenhum, aprisionada entre a terrível dor da perda dos meus pais e a certeza de que Matthew também logo partiria.

– *Tome cuidado* – disse a voz desconhecida.

– É tarde demais. – Ergui a mão, peguei o arco e o parti em dois. – Tarde demais.

– O que é tarde demais? – perguntou Matthew.

– Eu me apaixonei por você.

– Pois não devia – ele disse como se anestesiado. O crepitar do fogo era o único ruído que rompia o completo silêncio na sala. – É cedo demais.

– Por que os vampiros agem de maneira tão estranha em relação ao tempo? – eu disse em voz alta, ainda prisioneira de uma insólita mistura de passado e presente. O "amor" evocou um sentimento de posse que me fez voltar ao aqui e agora. – As bruxas não levam séculos para se apaixonar. Elas se apaixonam com muita rapidez. Sarah costuma dizer que minha mãe se apaixonou pelo meu pai na hora em que o viu. Eu o amei desde aquele instante em que resolvi não acertá-lo com o remo na doca em Oxford. – O sangue começou a cantar nas minhas veias. Marthe me olhou espantada como se também tivesse ouvido a canção.

– Você não entende. – Matthew pareceu se partir em dois como o arco.

– Entendo, sim. A Congregação vai tentar me deter, mas não tem o direito de me dizer a quem devo amar. – Eu ainda era uma criança sem opções quando os meus pais foram tirados de mim, e fiz o que os outros me pediram. Mas agora eu era uma mulher adulta e lutaria por Matthew.

– A interferência de Domenico não é nada comparada com o que Peter Knox reserva para você. O que aconteceu hoje aqui não passou de uma simples missão diplomática. Você não está pronta para enfrentar a Congregação, Diana, por mais que pense o contrário. E se enfrentá-los, o que poderia acontecer? Trazendo antigas animosidades à tona, poderíamos perder o controle e nos expor aos humanos. Sua família poderia sofrer.

As palavras brutais de Matthew eram para me fazer parar e reconsiderar. Mas nada do que disse suplantou o que eu sentia por ele.

– Amo você e não deixarei de amá-lo. – Eu também estava certa disso.

– Você não está apaixonada por mim.

– Eu é que decido a quem devo amar, e como e quando devo amar. Pare de me dizer o que devo fazer, Matthew. Eu posso ter ideias românticas sobre os vampiros, mas o seu modo de tratar as mulheres precisa melhorar muito.

O telefone começou a tocar antes que Matthew pudesse responder. Ele soltou um palavrão em occitano que devia ser horrível porque Marthe pareceu chocada quando o olhou. Ele rapidamente pegou o telefone.

– Alô. O quê? – Cravou os olhos em mim.

Soaram alguns murmúrios do outro lado da linha. Marthe e Ysabeau se entreolharam preocupadas.

– Quando? – A voz de Matthew soou como um disparo. – Eles levaram alguma coisa? – Fiquei preocupada com a raiva que transpareceu na voz dele. – Graças a Deus. Houve danos?

Era alguma coisa que tinha acontecido em Oxford enquanto estávamos fora, talvez um roubo. Torci para que não tivesse sido na Velha Cabana.

A voz do outro lado da linha continuou. Matthew tapou os olhos.

– E o que mais? – perguntou elevando a voz.

Fez-se um outro intervalo longo e silencioso. Ele se virou e andou até a lareira, e lá ficou em pé e apoiado no consolo.

– Chega de diplomacia – ele esbravejou entre os dentes. – Estarei aí em poucas horas. Você pode me pegar?

Não foi preciso muito para entender que voltaríamos para Oxford.

– Está bem. Ligarei para avisar antes de aterrissar. Marcus? Descubra quem mais faz parte da Congregação além de Peter Knox e Domenico Michele.

Peter Knox? As peças do quebra-cabeça começavam a se encaixar. Não era de estranhar que Matthew tivesse voltado rapidamente para Oxford quando lhe contei quem era o bruxo de marrom. Isso explicava por que depois ele ficou tão aflito e quis me afastar. Nós estávamos rompendo o acordo e a missão de Knox era fazê-lo valer.

Matthew desligou o telefone e ficou por um tempo em silêncio com o punho fechado, como se a qualquer momento fosse esmurrar o consolo de pedra da lareira.

— Era o Marcus. Alguém tentou arrombar o laboratório. Eu preciso voltar para Oxford. — Ele se virou e seus olhos não refletiam lampejo algum de vida.

— E tudo está bem? — Ysabeau me olhou com um ar preocupado.

— Não conseguiram entrar por causa do sistema de segurança. Mas tenho que conversar com o pessoal da segurança da universidade para que não aconteça novamente.

Nada do que ele dizia fazia sentido. Por que estava tão nervoso se os arrombadores tinham fracassado? E por que balançava a cabeça em negativa para a mãe?

— Quem eram essas pessoas? — perguntei com cautela.

— Marcus não sabe ao certo.

Era muito estranho porque o vampiro teria farejado qualquer coisa.

— Seriam humanos?

— Não. — De novo as respostas monossilábicas.

— Vou pegar as minhas coisas. — Eu me voltei para a escada.

— Você não vai. Ficará aqui. — As palavras de Matthew me paralisaram.

— Prefiro ir para Oxford com você — protestei.

— Oxford não é um lugar seguro agora. Retorno depois que tudo se acalmar por lá.

— Mas você acabou de dizer que devíamos voltar para lá! Decida-se, Matthew! Onde está o perigo? No manuscrito e nas bruxas? Peter Knox e a Congregação? Ou Domenico Michele e os vampiros?

— Você não ouviu? *Eu* sou o perigo. — A voz dele soou cortante.

— Ora, claro que ouvi. Mas você está escondendo alguma coisa. E o trabalho do historiador é desvendar segredos — retruquei suavemente. — E sou muito boa nisso. — Ele abriu a boca para falar e foi impedido por mim. — Não quero saber mais de desculpas e de falsas explicações. Pode ir para Oxford. Eu fico aqui.

— Você precisa de alguma coisa lá de cima? — perguntou Ysabeau. — É melhor levar um sobretudo. Os humanos vão reparar se estiver apenas com um suéter.

— Só preciso do computador. Meu passaporte está na maleta.

— Vou pegá-los.

Subi a escada porque precisava me afastar dos Clermont por alguns instantes. Cheguei ao estúdio e observei as coisas que significavam muito para Matthew.

A superfície de prata da armadura cintilava sob a luz do fogo da lareira e prendeu a minha atenção enquanto alguns rostos passavam pela minha mente como cometas cruzando o céu. Uma mulher pálida com grandes olhos azuis e um sorriso doce, uma outra mulher de queixo resoluto e ombros aprumados com determinação, um homem de nariz aquilino padecendo de dor. Eu também vi outros rostos, mas só reconheci o de Louisa de Clermont que agarrava o próprio rosto com mãos ensanguentadas.

Resisti à visão e apaguei os rostos, mas fiquei com o corpo trêmulo e a cabeça confusa. Os relatórios do DNA indicavam a presença de visões. Mas o problema é que essas visões se manifestavam sem aviso prévio, como na noite anterior em que de repente me vi flutuando nos braços de Matthew. Como se alguém tivesse destampado uma garrafa e libertado a minha magia, fazendo-a jorrar sem controle.

Tirei a extensão da tomada e coloquei o fio na maleta junto com o computador. O passaporte estava onde Matthew disse que estava, na parte da frente da maleta.

Retornei ao salão e ele estava sozinho com um molho de chaves na mão e um casaco de camurça jogado ao ombro. Marthe resmungava enquanto zanzava pelo grande saguão de entrada.

Estendi a maleta do computador para ele, mantendo distância para resistir ao louco anseio de tocá-lo mais uma vez. Ele colocou as chaves no bolso e pegou a maleta.

– Sei que é difícil. – A voz dele soou abafada e estranha. – Mas você precisa me deixar resolver isso. E preciso saber que você está a salvo enquanto resolvo.

– Com você estarei a salvo em qualquer lugar que seja.

Ele balançou a cabeça em negativa.

– Meu nome devia ser o bastante para protegê-la. Mas agora não é.

– Me deixar aqui não é a solução. Não entendi tudo o que aconteceu hoje, mas a raiva de Domenico vai além de mim. Ele quer destruir a sua família e tudo de que você gosta. E talvez chegue à conclusão de que não é o momento certo para se vingar. E quanto a Peter Knox? Ele quer o Ashmole 782 e acha que posso conseguir isso. E não vai desistir tão facilmente. – O meu corpo estremeceu.

– Ele fará um trato se eu oferecer algo em troca.

– Um trato? O que você tem para negociar?

O vampiro se calou.

– Matthew? – insisti.

– O manuscrito – ele disse categoricamente. – Eu o deixarei de lado... e deixarei você também... se ele prometer o mesmo. O Ashmole 782 se manteve quieto por um século e meio. E que continue assim, intocado.

– Você não pode negociar com Knox. Não se pode acreditar nele. – Fiquei horrorizada. – Além do mais, você tem todo o tempo do mundo para esperar pelo manuscrito. E Knox não tem. Sua proposta não fará sentido algum para ele.

– Eu mesmo cuido do Knox – ele retrucou com rispidez.

Olhei furiosa para ele.

– Você cuida do Domenico. Você cuida do Peter Knox. O que acha que *farei*? Foi você quem disse que não sou uma donzela indefesa. Portanto, pare de me tratar como tal.

– Acho que mereci isso – ele disse vagarosamente com olhos sombrios –, mas você ainda tem muito a aprender sobre os vampiros.

– É o que sua mãe me diz. Mas você também tem algumas coisas a aprender sobre as bruxas. – Tirei a mecha de cabelo de cima dos meus olhos e cruzei os braços. – Vá para Oxford. Veja o que aconteceu lá. – *O que aconteceu e que você vai esconder de mim.* – Mas pelo amor de Deus, Matthew, não negocie com Peter Knox. E se resolva logo sobre o *que* sente por *mim*... não porque o acordo proíbe, ou por aquilo que a Congregação quer, ou pelo medo que Domenico Michele e Peter Knox despertam em você.

O meu amado vampiro me olhou com um semblante triste que causaria inveja em qualquer anjo.

– Você sabe o que sinto por você.

Balancei a cabeça.

– Não sei, não. Quando você estiver pronto, me dirá.

Ele me passou a impressão de que lutava para dizer algo, mas acabou não dizendo. Caminhou em silêncio até a porta que dava para o saguão. E antes de cruzar a porta me lançou um longo olhar de flocos de neve.

Marthe o esperava no saguão. Ele a beijou com doçura nas faces e disse algumas palavras rápidas em occitano.

– *Compreni, compreni* – ela disse balançando enfaticamente a cabeça ao mesmo tempo em que olhava para mim.

– *Mercés amb tot meu còr* – ele disse baixinho.

– *Al rebèire. Mèfi.*

– *T'afortissi.* – Matthew se voltou para mim. – E você me promete a mesma coisa... que vai tomar cuidado. Que vai obedecer a Ysabeau.

Ele saiu sem um olhar e sem um toque de despedida.

Mordi os lábios para reprimir as lágrimas, mas elas irromperam. Depois de três passos lentos em direção à escada que conduzia à torre de observação os meus pés saíram em disparada enquanto as lágrimas escorriam pelo meu rosto. Marthe assumiu um ar compreensivo quando me deixou ir.

Quando cheguei à torre de ar gelado e úmido, a bandeira dos Clermont tremulava suavemente e as nuvens obscureciam a lua. A única criatura que podia repelir a escuridão que me pressionou de todas as direções estava partindo e levando a luz consigo.

Espiei por entre os baluartes da torre e lá embaixo estava Matthew, parado em pé ao lado do Range Rover e discutindo furiosamente com Ysabeau. Ela parecia chocada e o agarrava pela manga do casaco como se para impedi-lo de entrar no carro.

Ele então soltou o braço com a mão fazendo um borrão branco azulado. E depois esmurrou o teto do carro. Fiquei assustada. Ele só tinha usado a mesma força na minha frente para quebrar nozes e abrir ostras, mas o amassado que deixou no metal era assustadoramente fundo.

Matthew pareceu cabisbaixo. A mãe o afagou levemente no rosto que cintilou de melancolia em meio à penumbra. Ele entrou no carro e disse algumas palavras. Ysabeau assentiu e deu uma olhada rápida na minha direção. Eu dei um passo atrás torcendo para que nenhum dos dois tivesse me visto. Ele deu partida no carro, e os pesados pneus esmagaram a pavimentação de pedras e o afastaram de mim.

Os faróis e as lanternas do Range Rover desapareceram colina abaixo. Quando entendi que Matthew tinha realmente partido, escorreguei de costas pelo muro de pedra e caí sentada no chão em prantos.

Foi aí que entendi o verdadeiro significado de água-de-bruxa.

23

Antes de conhecer Matthew, não sobrava espaço na minha vida para mais nada – muito menos para algo tão significativo como um vampiro de mil e quinhentos anos de idade. Mas ele se infiltrou pelos espaços vazios e inexplorados quando eu estava desatenta.

Agora ele tinha partido e eu me dava conta da falta que me fazia. Eu ainda estava na torre de observação quando as lágrimas afrouxaram a minha determinação de lutar por ele. Logo depois, o lugar estava inundado de água. Fiquei sentada na poça enquanto o nível da água se elevava.

As nuvens estavam cinzentas, mas não estava chovendo.

A água vertia de mim.

As lágrimas vertiam naturalmente e à medida que caíam se transformavam em glóbulos do tamanho de bolas de neve que colidiam no teto da torre e arrebentavam. Meus cabelos se enroscavam nos meus ombros em lençóis de água que escorriam pelas curvas do meu corpo. Abri a boca para respirar porque a água que escorria pelo rosto estava bloqueando o meu nariz, e a água jorrou como uma torrente com gosto de mar.

Marthe e Ysabeau me observavam por entre a película de umidade. O rosto de Marthe estava sombrio. Os lábios de Ysabeau se mexiam, mas o rugido de milhares de conchas não me deixava ouvi-la.

Eu me levantei achando que isso deteria a água. Mas não deteve. Então tentei pedir às duas mulheres que deixassem a água me carregar com minha dor e a memória de Matthew – e tudo que consegui foi mais uma golfada de oceano. Eu me estiquei achando que isso ajudaria a drenar a água de mim. Ledo engano. Uma grande cascata de água verteu das pontas dos meus dedos. Isso me fez lembrar do braço da minha mãe esticado na direção do meu pai, e as ondas ficaram mais fortes.

O meu controle diminuía à medida que a água aumentava. A súbita aparição de Domenico despertara em mim mais medo do que eu admitia. Matthew tinha partido. E eu tinha prometido lutar por ele contra inimigos que não identificava nem compreendia. Agora estava claro que o passado de Matthew não se limitara a aspectos caseiros ao pé da lareira, a vinho e a livros. Assim como não se desdobrara nos limites de uma família leal. Domenico tinha feito uma alusão a algo sombrio marcado de inimizades, perigos e mortes.

Fui vencida pela exaustão e afundei na água. Uma estranha sensação de alegria acompanhou a fadiga. Fiquei pairando entre a mortalidade e algo substancial que prometia um vasto e incompreensível poder. Se me rendesse à corrente submarina, Diana Bishop deixaria de existir. Eu me tornaria água – livre do meu corpo e da minha dor.

– Matthew, me perdoe – sussurrei quando a água iniciou o seu inexorável trabalho.

Ysabeau veio em minha direção e um estalo agudo soou dentro do meu cérebro. Fiz um aviso para ela que se perdeu no rugir de uma onda na rebentação. Uma ventania emergiu em volta dos meus pés, açoitando a água como um furacão. Ergui os braços ao céu e a água e o vento se fundiram como um funil ao redor do meu corpo.

Marthe agarrou o braço de Ysabeau, mexendo a boca com muita rapidez. A mãe de Matthew tentou se desvencilhar e sua boca modelou a palavra "não", no entanto Marthe segurou-a e olhou-a fixamente. Alguns segundos depois, os ombros de Ysabeau se curvaram. Ela se virou em minha direção e começou a cantar. A voz de Ysabeau ecoou assombrada e ancestral pela água adentro e me chamou de volta ao mundo.

Os ventos se fizeram mais brandos. A bandeira dos Clermont, que quase tinha sido arrancada pelo vento pouco tempo antes, reassumiu um suave balanço.

Aos poucos a cascata de água que vertia dos meus dedos se fez rio e depois um veio de água e por fim cessou. As ondas que fluíam dos meus cabelos se fizeram marolas até que desapareceram completamente. Ainda bem que nenhuma golfada saiu da minha boca ofegante de surpresa. As bolas de água que desceram dos meus olhos foram os últimos sinais que desapareceram e os primeiros indícios de um poder que me tomou por inteiro. Remanescentes do meu dilúvio pessoal que escoaram na direção dos pequenos buracos à base dos muros da torre. Lá embaixo as águas descaíam no caminho de pedras à frente do castelo.

Quando a última gota de água se foi de mim, me senti como uma abóbora sem polpa e terrivelmente congelada. Meus joelhos bambearam e dolorosamente caí de joelhos no chão de pedra.

– Graças a Deus – murmurou Ysabeau. – Nós quase a perdemos.

Eu tremia violentamente de cansaço e frio. Fui erguida pelas duas mulheres. Elas me ampararam pelos cotovelos e me desceram pela escada com uma velocidade que me deixou arrepiada. Chegamos ao saguão onde Marthe fez menção de me levar para os aposentos de Matthew enquanto Ysabeau me dava um puxão na direção oposta.

– O meu é mais perto – disse a mãe de Matthew em tom cortante.

– Ela vai se sentir mais segura no quarto dele – disse Marthe.

Ysabeau cedeu com um muxoxo exasperado.

Já ao pé da escada que levava ao aposento do filho, Ysabeau desfiou um colar colorido de frases que pareciam improváveis para uma boca tão delicada.

– Eu posso carregá-la – acrescentou depois de ter insultado o filho, as forças da natureza, os poderes do universo e outros indivíduos de questionável parentesco que tinham participado da construção da torre. Depois me pegou no colo com toda facilidade. – Por que ele tinha que fazer esta escada tão espiralada... e em dois pisos separados, isso está além da minha compreensão.

Marthe deu de ombros acomodando o meu cabelo molhado no vão do cotovelo de Ysabeau.

– Para dificultar as coisas, é claro. Ele sempre dificultou tudo. Para si próprio e para os outros.

Naquela tarde, ninguém se lembrara de subir para acender as velas, mas a lareira continuava acesa e o aposento ainda retinha um resto de calor. Marthe sumiu no banheiro e em seguida o barulho da água corrente me fez examinar os meus dedos com pânico. Ysabeau jogou duas enormes toras de lenha na lareira como se fossem simples gravetos. Remexeu as brasas para fazer a lenha arder, tirou uma lasca comprida em chamas de uma das toras e depois acendeu dezenas de lâmpadas em poucos segundos. Debaixo da luz aconchegante das velas, ela ansiosamente me examinou dos pés à cabeça.

– Ele nunca me perdoará se você adoecer – disse pegando as minhas mãos e observando as minhas unhas. Estavam novamente azuladas, mas não pela eletricidade. Agora azulavam de frio e se enrugavam por causa da água-de-bruxa. Ysabeau esfregou as minhas mãos com força entre as palmas de suas mãos.

Puxei as minhas mãos ainda tremendo e batendo os dentes e abracei a mim mesma para conservar o pouco calor que restara no meu corpo. Sem a menor cerimônia Ysabeau me pegou novamente no colo e me levou para o banheiro.

– O que ela precisa agora é de um bom banho – afirmou. – O aposento já estava tomado pelo vapor e Marthe se afastou da banheira para ajudar a tirar minhas roupas. Logo depois, eu estava nua e sendo carregada pelas duas mulheres até a água quente com as minhas axilas apoiadas em mãos geladas. O choque da água quente contra a minha pele fria foi de arrebentar. Lutei aos gritos para sair da banheira funda de Matthew.

– Shh – sussurrou Ysabeau tirando o meu cabelo de cima do meu rosto enquanto Marthe me puxava de volta à água. – Isso vai aquecê-la. Você tem que se aquecer.

Marthe ficou de sentinela na extremidade da banheira enquanto Ysabeau sussurrava palavras doces de conforto na outra extremidade. Foi preciso tempo para que eu parasse de tremer.

A certa altura, Marthe sussurrou alguma coisa em occitano que incluía o nome de Marcus.

Eu e Ysabeau dissemos "não" na mesma hora.

– Ficarei bem. Não conte a ele o que aconteceu. Matthew não precisa saber dessa magia. Não agora – eu disse batendo os dentes.

– Só precisamos de mais algum tempo para aquecê-la. – O tom de Ysabeau era sereno, mas ela parecia preocupada.

Pouco a pouco o calor reverteu os efeitos que a água-de-bruxa operara no meu corpo. Marthe se ocupou em manter a água quente na banheira para que meu corpo não esfriasse. Em dado momento Ysabeau pegou um jarro de estanho no peitoril da janela e começou a banhar minha cabeça e meus ombros com a água da banheira. Depois que a minha cabeça se aqueceu ela a enroscou numa toalha e me fez abaixar um pouco para que a água cobrisse os meus ombros.

– Você tem que ficar de molho – explicou.

Marthe correu do banheiro ao quarto e do quarto ao banheiro, carregando roupas e toalhas. Criticou a falta de pijamas na minha bagagem e as velhas roupas de ioga que eu tinha levado para dormir. Para ela nenhuma dessas roupas era quentinha o bastante para me aquecer.

Até que Ysabeau tomou a minha temperatura com a parte externa das mãos nas minhas bochechas e na minha testa. Só então ela balançou a cabeça em assentimento.

Elas me deixaram sair sozinha da banheira. A água que escorregou do meu corpo me trouxe à mente o ocorrido na torre e tratei de firmar os pés no chão para resistir ao insidioso apelo do elemento.

Ao pé da lareira Marthe e Ysabeau me embrulharam em toalhas aquecidas que cheiravam a fumaça de madeira. Já no quarto elas se esmeraram em me enxugar sem expor um único centímetro do meu corpo ao ar, e me rolaram envolvida em toalhas de lá para cá até que senti o calor irradiando de dentro de mim. Com uma outra toalha Marthe secou o meu cabelo e o desembaraçou com os dedos, e depois fez uma trança bem apertada. Ysabeau jogou as toalhas úmidas em cima de uma poltrona próxima da lareira quando comecei a me vestir, indiferente ao estrago que a umidade poderia fazer naquela requintada antiguidade.

Sentei-me vestida da cabeça aos pés à frente da lareira e fixei os olhos no fogo sem pensar em mais nada. Sem fazer alarde, Marthe se dirigiu ao térreo do castelo e retornou com uma bandeja contendo sanduíches pequenos e um fumegante bule de chá de ervas.

– Agora você precisa se alimentar. – Não era um pedido, era uma ordem.

Levei um sanduíche à boca e o mordisquei pelas beiradas.

Ela arregalou os olhos pela súbita mudança no meu hábito de devorar a comida.

– Coma.

O sanduíche tinha gosto de serragem, mas nem por isso o meu estômago deixou de roncar. Engoli os dois pequenos sanduíches e depois Marthe colocou uma xícara de chá em minhas mãos. Nem foi preciso me pedir para beber. A quentura do chá desceu pela minha garganta e levou junto os últimos vestígios de água salgada.

– Então, isso é que é água-de-bruxa? – Tremi só de pensar em toda aquela água vertendo de mim.

Ysabeau que até então olhava a escuridão pela janela caminhou até o lado oposto ao meu sofá.

– Sim – disse. – Mas faz muito tempo que não vejo uma assim.

– Graças a Deus isso não acontece sempre – acrescentei com voz débil tomando um gole de chá.

– Nem todas as bruxas de hoje em dia são suficientemente poderosas para provocar uma água-de-bruxa como a sua. Algumas até podem provocar ondas em lagos ou chuva em céu nublado. Mas elas não conseguem se transformar em água. Ysabeau sentou-se à minha frente, observando-me com uma evidente curiosidade.

Eu tinha virado água. E saber que isso não era comum me deixou ainda mais vulnerável – e ainda mais sozinha.

Soou o telefone.

Ysabeau enfiou a mão no bolso e tirou de dentro um celular vermelho cujo brilho e tecnologia de ponta destoavam com a pele branca e as roupas clássicas que ela vestia.

– *Oui?* Ah, que bom. Fico feliz por você ter chegado aí são e salvo – falou em inglês em consideração a mim balançando a cabeça na minha direção. – Sim, ela está bem. Está se alimentando. – Levantou-se e estendeu o telefone para mim. – Matthew quer falar com você.

– Diana? – A voz dele não estava de todo audível.

– Sim? – Não quis falar muito com medo de me atrapalhar com as palavras. Ele emitiu um ruído suave de alívio.

– Só queria saber se está tudo bem aí com você.

– Sua mãe e Marthe estão cuidando muito bem de mim. – *Além disso, não inundei o castelo*, pensei.

– Você está cansada. – Ele estava ansioso pela distância que nos separava e sintonizava cada nuance das palavras.

– Estou sim. Hoje foi um dia difícil.

– Então vai dormir. – Ele se mostrou inesperadamente gentil. Meus olhos se fecharam marejados de lágrimas. Seria difícil dormir naquela noite. Eu estava preocupadíssima com o que ele poderia fazer se insistisse na heroica tentativa de me proteger.

– Já esteve no laboratório?

– Vou pra lá agora. Marcus quer me pôr a par das coisas com cautela e se certificar de que tomamos todas as precauções necessárias. Miriam também checou a segurança da casa.

Isso era meia-verdade com um suave toque de convicção, mas eu sabia o que estava por trás. Fez-se um silêncio entre nós que logo se tornou desconfortável.

– Não faça isso, Matthew. Por favor, não tente negociar com Knox.

– Cuidarei para que você esteja a salvo quando retornar a Oxford.

– Então, não há mais nada a dizer. Já se decidiu. Eu também já me decidi. – Estendi o telefone para Ysabeau.

Ela o tirou de minha mão com dedos gelados, franzindo a testa de preocupação. Despediu-se do filho e do outro lado da linha ecoou um *staccato* ininteligível.

– Eu lhe agradeço por não ter comentado sobre a água-de-bruxa com ele – falei baixinho depois que ela desligou o telefone.

– Isso é uma história sua e não minha. É você que deve contar. – Ela se voltou para a lareira.

– Não é bom contar uma história que não se entende. Por que esse poder está se manifestando justo agora? Primeiro, vento, depois, visões, e agora, água – eu disse encolhendo-me.

– Que tipo de visões? – perguntou Ysabeau visivelmente curiosa.

– Matthew não lhe contou? Meu DNA mostra toda essa... *magia* – titubeei ao evidenciar a palavra. – Os testes registraram possíveis visões e elas começaram.

– Matthew nunca me revelaria nada dos testes que fez... claro, a não ser que você permitisse, e provavelmente nem mesmo *com* a sua permissão.

– Já tive algumas visões aqui no castelo – hesitei. – Como você fazia para controlá-las?

– Matthew lhe contou que eu tinha visões antes de me tornar vampira. – Ela balançou a cabeça em negativa. – Ele não devia ter feito isso.

– Você era uma bruxa? – Isso explicaria por que ela não gostava de mim.

– Bruxa? Não. Ele acha que talvez eu tenha sido um demônio, mas tenho certeza de que eu era uma humana comum. Entre os humanos, também há videntes. As criaturas não são as únicas abençoadas ou amaldiçoadas dessa maneira.

– E o que você fazia para controlar a sua segunda visão e para saber quando irromperia?

– Com o tempo vai ficando mais fácil. Os sinais avisam. Os sinais podem ser sutis, mas com o tempo você aprende a reconhecê-los. Marthe também me ajudou muito.

Essa era a única informação que eu tinha sobre o passado de Marthe. Não era a primeira vez que me interessava em saber qual era a idade daquelas duas mulheres e o que o destino tinha feito para mantê-las unidas.

Marthe ainda estava em pé e de braços cruzados.

– Òc. – Ela assentiu olhando de maneira terna e protetora para Ysabeau. – Fica mais fácil se você não combater o fluxo das visões.

– Estou ainda em choque para combater seja lá o que for – retruquei com o salão e a biblioteca em mente.

– O choque é uma forma que o seu corpo encontra para resistir – disse Ysabeau. – Você precisa relaxar.

– É difícil relaxar quando se veem cavaleiros em armaduras e rostos de mulheres desconhecidas misturados com cenas do seu passado. – Bocejei.

– Você está esgotada demais para pensar nisso agora. – Ysabeau levantou-se.

– Não sei se vou conseguir dormir. – Reprimi outro bocejo com a mão na boca.

Ela me olhou com atenção, como um falcão esquadrinhando um ratinho campestre. O olhar se tornou matreiro.

– Se for para a cama lhe conto como fiz o Matthew.

Era uma oferta tentadora demais e não resisti. Fiz o que Ysabeau me pediu e ela puxou uma cadeira para perto da cama enquanto Marthe se ocupava com a louça e as toalhas.

– Então, de onde começo? – Ysabeau se ajeitou na cadeira, olhando fixamente para as chamas das velas. – Não posso simplesmente começar com a minha parte na história e sim com o nascimento dele aqui na aldeia. Eu me lembro dele ainda bebê. O pai e a mãe dele chegaram quando Philippe decidiu construir nesta terra na época em que Clóvis era rei. É a única razão para que a aldeia esteja aqui... os agricultores e os pedreiros que construíram a igreja e o castelo moravam aqui.

– Por que o seu marido escolheu este lugar? – Recostei nos travesseiros e me sentei debaixo das cobertas com os joelhos encostados no queixo.

– Clóvis tinha prometido terras para encorajar Philippe a lutar contra um rei rival. Meu marido sempre jogava de ambos os lados. – Ela sorriu melancolicamente. – Mas poucas vezes o flagraram nisso.

– O pai de Matthew era agricultor?

– Agricultor? – Ela pareceu surpresa. – Não, era carpinteiro assim como Matthew... antes de se tornar pedreiro.

Um pedreiro. As pedras da torre se encaixavam com tamanha perfeição que não devem ter precisado de massa. E ainda havia as chaminés estranhamente ornamentadas da casa do portão da Velha Cabana que Matthew só tinha deixado um pedreiro construir. Com seus dedos compridos e fortes ele abria a concha de uma ostra e quebrava as castanhas. Uma outra peça de Matthew se encaixava e se adequava perfeitamente ao guerreiro, ao cientista e ao cortesão.

– E os dois trabalharam no castelo?

– Não neste castelo – disse Ysabeau olhando em volta. – Este castelo Matthew me deu de presente quando fui forçada a sair de um lugar que eu amava. Ele derrubou a fortaleza que o pai tinha construído e colocou no lugar um novo castelo. – Os olhos negros esverdeados de Ysabeau cintilaram de prazer. – Philippe ficou furioso. Mas já era tempo de mudar. O primeiro castelo era feito de madeira, e mesmo com o reforço de pedras que recebeu com o passar dos anos estava em condições precárias.

Eu tentei calcular a linha do tempo dos eventos a partir da construção da primeira fortaleza e sua aldeia no século VI até a torre de Matthew no século XIII.

Ysabeau franziu o nariz em sinal de desgosto.

– Um dia ele voltou para casa e não quis ficar tão próximo da família e ergueu esta torre. Nunca gostei dela... Parecia uma besteira romântica, mas permiti porque era um desejo dele. – Ela deu de ombros. – Uma torre tão engraçada. Não ajudava em nada na defesa do castelo. Ele construiu outras torres aqui das quais não precisávamos.

Ysabeau continuou tecendo a sua história como se não estivesse inteiramente no século XXI.

— Matthew nasceu na aldeia. Era uma criança tão inteligente, tão curiosa... ele enlouquecia o pai, seguindo-o pelo castelo e catando ferramentas, tábuas e pedras. Naquela época as crianças aprendiam uma profissão muito cedo, mas ele era precoce. Foi colocado para trabalhar quando se mostrou capaz de manejar uma machadinha sem se machucar.

Na minha imaginação um menino de oito anos com pernas desengonçadas e olhos cinza-esverdeados saiu correndo pelos campos.

— Sim. — Ela sorriu como se tivesse lido os meus pensamentos. — De fato, Matthew era uma criança linda. E depois um lindo rapazinho. Ele era alto demais para a época, se bem que não tão alto como ficou depois que se tornou vampiro.

"E ele tinha um senso de humor matreiro. Sempre fingia que alguma coisa tinha dado errado ou que não tinha recebido as instruções referentes às vigas de sustentação do telhado ou da fundação. E Philippe sempre caía nas histórias dele."

A voz de Ysabeau tornou-se indulgente.

— Matthew ainda era adolescente quando o primeiro pai dele morreu, a mãe morreu alguns anos antes do pai. Ele ficou sozinho e começamos a torcer para que encontrasse uma moça para se casar e constituir uma família. Até que ele conheceu Blanca.

Ysabeau fez uma pausa e seus olhos não demonstraram malícia.

— Não acredito que tenha imaginado que ele nunca amou uma mulher.

A frase era uma afirmação e não uma pergunta. Marthe lançou um olhar terrível para Ysabeau, mas permaneceu calada.

— É claro que nunca imaginei isso — retruquei calmamente, mas com o coração apertado.

— Blanca era nova na aldeia, uma criada de um dos mestres pedreiros que Philippe tinha trazido de Ravena para a construção da primeira igreja. Ela fazia jus ao nome, a pele era branca como a neve, os olhos eram da cor do céu de primavera e os cabelos pareciam tecidos por fios de ouro.

Nas visões que tive quando fui pegar o computador de Matthew havia uma mulher pálida e maravilhosa. A descrição de Blanca feita por Ysabeau se encaixava perfeitamente nessa minha visão.

— E essa moça tinha um sorriso doce? — perguntei com um sussurro.

Ysabeau arregalou os olhos.

— Tinha, sim.

— Eu sei. Eu a vi refletida na armadura de Matthew, aquela que ele tem no estúdio.

Marthe fez um grunhido de advertência, mas Ysabeau seguiu em frente.

— Às vezes, Blanca parecia tão delicada que eu achava que se quebraria quando fosse pegar água no poço ou colher legumes e verduras na horta. Acho que o meu Matthew se sentiu atraído por essa delicadeza. Ele sempre gostou de coisas frágeis. — Ela percorreu com os olhos a minha silhueta que estava longe de ser frágil. — Eles se casaram quando Matthew completou vinte e cinco anos e já podia sustentar uma família. Blanca só tinha dezenove anos.

"Formavam um lindo casal, é claro. A pele morena de Matthew fazia um contraste fenomenal com a beleza pálida de Blanca. Eles estavam muito apaixonados, e o casamento era muito feliz. Mas não conseguiam ter filhos. Blanca sofria um aborto atrás do outro. Não consigo imaginar a tristeza que eles deviam sentir quando os filhos morriam antes de nascer."

Eu ainda não estava certa se os vampiros choravam ou não, se bem que me lembrei de uma das primeiras visões no salão onde uma lágrima manchada de sangue escorreu pela face de Ysabeau. Contudo, mesmo sem lágrimas naquele momento, ela parecia estar chorando porque seu rosto era uma máscara de dor.

— Por fim, depois de muitos anos de tentativas sem sucesso, Blanca conseguiu manter uma gravidez. Era o ano de 531. Que ano! Havia um novo rei no sul e as batalhas não davam trégua. Matthew começou a irradiar felicidade, como se soubesse que daquela vez o bebê sobreviveria. E assim aconteceu. Lucas nasceu no outono e foi batizado na igreja inacabada que Matthew estava ajudando a construir. Foi um parto difícil para Blanca. A parteira disse que ela não teria mais filhos. Lucas era o bastante para Matthew. E Lucas era tão parecido com o pai... os mesmos cabelos negros e ondulados, o mesmo queixo atrevido... e as mesmas pernas longas.

— E o que aconteceu com Blanca e Lucas? — perguntei com muito tato. Seis anos depois daquela data Matthew seria feito vampiro. Algo teria acontecido para que ele permitisse que Ysabeau lhe desse outra vida.

— Matthew e Blanca assistiram felizes ao crescimento do filho. Matthew se aperfeiçoara em trabalhar com pedra além de trabalhar com madeira e era muito requisitado pelos lordes daqui a Paris. Até que a febre chegou à aldeia. Todo mundo caiu doente. Matthew sobreviveu. Blanca e Lucas, não. Isso foi no ano de 536. O ano anterior tinha sido estranho, com pouco sol e um inverno muito rigoroso. Depois a primavera acabou trazendo a febre e levando Blanca e Lucas.

— E os aldeões não se perguntaram por que você e Philippe continuaram sadios?

— Claro que sim. Mas aquela época, ao contrário de hoje, era farta de explicações. Era mais fácil pensar que Deus estava zangado com a aldeia ou que o castelo tinha sido amaldiçoado do que pensar que havia *manjasang* vivendo entre eles.

– *Manjasang?* – Rolei as sílabas na minha boca da mesma forma que Ysabeau.

– É o termo arcaico para vampiro, significa "comedor de sangue". Alguns suspeitavam da verdade e cochichavam ao pé de lareiras. Mas naquele tempo o retorno dos guerreiros ostrogodos era uma perspectiva bem mais assustadora que um senhor de terra *manjasang*. Sem falar que Philippe tinha prometido proteger a aldeia se os guerreiros retornassem. E nós também tínhamos feito um trato de nunca nos alimentarmos nos arredores da nossa casa – enfatizou Ysabeau.

– E como Matthew ficou depois da morte de Blanca e Lucas?

– Arrasado. Inconsolável. Deixou de se alimentar. Ficou um esqueleto e os aldeões vieram nos pedir ajuda. Eu levava comida – Ysabeau sorriu para Marthe – e o fazia comer e caminhávamos juntos e o tranquilizava. Às vezes ele não conseguia dormir e nós íamos à igreja e rezávamos pelas almas de Blanca e Lucas. Matthew era muito religioso naquela época. Conversávamos sobre o céu e o inferno e isso o fazia se perguntar onde a mulher e o filho estariam e se um dia se encontraria com eles.

Matthew era tão gentil comigo quando eu acordava aterrorizada. Será que as noites que antecederam a transformação dele em vampiro tinham sido tão insones quanto as noites que se seguiriam?

– Na chegada do outono ele pareceu mais esperançoso. Mas o inverno foi difícil. O povo estava faminto e a doença persistia. A morte se espalhou por todos os cantos. A primavera não conseguiu apagar o desânimo. Philippe estava ansioso para seguir com o trabalho na igreja e Matthew trabalhava como nunca. No início da segunda semana de junho eles o encontraram caído debaixo da abóbada com as pernas e a coluna quebradas.

Engoli em seco só de pensar no frágil corpo humano de Matthew estatelado no chão de pedras.

– É claro que Matthew não poderia sobreviver à queda – continuou Ysabeau em tom suave. – Ele era um moribundo. Alguns pedreiros disseram que ele tinha escorregado. Outros disseram que ele estava em pé no andaime e de repente não estava mais lá. O fato é que todos achavam que ele tinha pulado lá de cima e comentavam que não poderia ser enterrado porque era um suicida. Eu nunca o deixaria morrer com a perspectiva de ir para o inferno. Ele se preocupava tanto em se juntar com Blanca e Lucas... Como o deixaria morrer pensando que ele estaria separado da mulher e do filho por toda a eternidade?

– Você fez a coisa certa. – A despeito da situação da alma de Matthew, claro que seria impossível lhe virar as costas. Era impensável deixar para trás um corpo quebrado e no sofrimento. Eu faria isso sem pestanejar se o meu sangue pudesse salvá-lo.

– Será? – Ysabeau balançou a cabeça. – Nunca tive certeza disso. Philippe deixou para mim a decisão de fazer de Matthew um membro de nossa família. Eu tinha feito outros vampiros com o meu sangue e faria outros depois. Mas Matthew era diferente. Eu era louca por ele, e sabia que era uma chance que os deuses me davam de tê-lo como filho. A responsabilidade de fazê-lo aprender a ser um vampiro no mundo seria toda minha.

– E Matthew resistiu? – Não pude conter a pergunta.

– Não – ela disse. – Ele estava sofrendo muito e fora de si. Nós dissemos que íamos procurar um padre e pedimos para que todos saíssem. Claro que não fizemos isso. Eu e Philippe explicamos a Matthew que ele poderia viver para sempre, sem dor e sem sofrimento, e que nós podíamos fazer isso. Muito tempo depois ele nos disse que pensou que nós fôssemos João Batista e a Virgem Maria que estávamos chegando do céu para levá-lo ao encontro da mulher e do filho. Ele também disse que achou que eu era um padre que faria a extrema-unção quando lhe ofereci o meu sangue.

A minha respiração e o crepitar do fogo na lareira eram os únicos a romper o silêncio no aposento. Pensei em perguntar os detalhes de como Ysabeau tinha feito Matthew, mas achei que os vampiros não falavam disso e fiquei com medo de perguntar. Era particular e muito doloroso. Mas ela me contou em seguida sem que eu precisasse perguntar.

– Matthew aceitou o meu sangue com a naturalidade de quem tinha nascido para isso – disse com um suspiro. – Ele não era um tipo de humano que fazia cara de nojo com o cheiro e a visão do sangue. Cortei meu pulso com meus próprios dentes, dizendo que o meu sangue poderia salvá-lo. Ele sorveu a salvação sem temor algum.

– E depois? – perguntei.

– Depois... foi difícil – continuou Ysabeau com carinho. – Os vampiros novos são sempre fortes e famintos, mas era praticamente impossível controlar o Matthew. Ele tinha raiva de ser vampiro e uma necessidade inesgotável de alimento. Durante semanas eu e Philippe caçávamos todos os dias para satisfazê-lo. E ele teve uma transformação física que ultrapassou as nossas expectativas. Todos nós ficamos mais altos, mais belos e mais fortes. Eu era muito mais baixa antes de ser feita vampira. Mas o Matthew deixou de ser um humano magricelo e tornou-se uma criatura magnífica. Meu marido era bem mais corpulento que o meu novo filho, mas depois do primeiro jorro do meu sangue Matthew tornou-se um problema até mesmo para Philippe.

Eu me contive para não me esquivar da imagem de Matthew com raiva e com fome. Continuei de olhos abertos e fixos em Ysabeau, e de ouvidos atentos ao conhecimento de quem ele era. Matthew temia justamente isso, que eu ficasse sabendo quem ele tinha sido – e continuava sendo – e o rejeitasse.

– Alguma coisa o apaziguava? – perguntei.

– Philippe o levava para caçar achando que ele perderia o interesse em matar o que encontrasse pela frente. A mente de Matthew se ocupava com a espreita, e o corpo se engajava na caça propriamente dita. Ele então passou a se interessar mais pelas preliminares da caça e menos pelo sangue em si, um bom sinal para os jovens vampiros. Isso significava que ele não era mais uma criatura que se deixava levar pelo apetite e que tinha voltado a ser racional. Algum tempo depois ele assumia outra vez a consciência e já pensava antes de matar. Nós só temíamos os períodos em que ele se tornava sombrio pela perda de Blanca e Lucas e descontava nos humanos para saciar a fome.

– E havia alguma coisa que o ajudava?

– Às vezes, eu cantava para ele a canção que cantei esta noite para você, e outras canções mais. Isso geralmente quebrava o feitiço do sofrimento dele. Outras vezes, Matthew simplesmente sumia. Philippe me proibia de segui-lo e de fazer perguntas quando ele voltava. – Ysabeau me olhou com olhos escuros. Nossa troca de olhares reafirmou o que nós duas estávamos pensando: Matthew se perdera com outras mulheres, buscando consolo no sangue e no toque de mãos femininas que não pertenciam nem a mãe nem à esposa dele.

– Ele é tão controlado – comentei. – É difícil imaginá-lo fazendo uma coisa assim.

– Ele sente as emoções com muita intensidade. É uma bênção e uma maldição, amar a ponto de enlouquecer de dor quando o amor se vai.

A voz de Ysabeau soou como uma ameaça. Ergui o queixo em desafio e os meus dedos comicharam.

– Sendo assim nunca deixarei que o meu amor por ele se vá – eu disse com uma voz firme.

– E como fará isso? – ela perguntou com um ar zombeteiro. – Vai se transformar em vampira e se juntar a nós na caça? – Ela riu, mas a voz não soou nem com alegria nem com descontentamento. – Não resta dúvida de que Domenico sugeriu isso. Uma simples mordida, a drenagem das suas veias e a troca do nosso sangue pelo seu. A Congregação não teria argumentos para se intrometer na vida de vocês.

– O que você quer dizer? – perguntei anestesiada.

– Não entendeu? – ela rosnou. – Se quer ficar com Matthew torne-se uma de nós e coloque-se a si mesma e a ele fora de perigo. Embora os bruxos queiram tê-la como propriedade, eles não podem se opor ao relacionamento de vocês dois se você também for uma vampira.

Um rosnado insinuou-se no fundo da garganta de Marthe.

– É por isso que Matthew se foi? A Congregação exigiu que ele fizesse de mim uma vampira?

– Matthew nunca faria de você uma *manjasang* – disse Marthe com desdém e com os olhos faiscando de fúria.

– Não. – A voz de Ysabeau soou levemente maliciosa. – Como já lhe disse, ele sempre gostou de coisas frágeis.

Esse era um dos segredos que Matthew estava guardando. Se fizessem de mim uma vampira, as proibições deixariam de nos incomodar e não teríamos mais motivo para temer a Congregação. Eu só precisava me transformar em outra coisa.

Surpreendentemente, avaliei a perspectiva quase sem medo ou pânico. Eu poderia ficar com Matthew e ser mais alta e esbelta. E Ysabeau se encarregaria disso. Ela ficou com os olhos faiscando quando viu que levei a mão ao pescoço.

Mas as minhas visões e o meu poder sobre o vento e a água tinham que ser considerados. Eu ainda não tinha entendido as potencialidades mágicas do meu sangue. E talvez nunca conseguisse solucionar o mistério do Ashmole 782 se me transformasse em vampira.

– Eu prometi para ele – disse Marthe com uma voz dura. – Diana não pode deixar de ser o que é... uma bruxa.

Ysabeau arreganhou os dentes e assentiu com a cabeça visivelmente contrariada.

– Você não me prometeu que ia contar o que de fato aconteceu em Oxford?

A mãe de Matthew me observou atentamente.

– É melhor perguntar a Matthew quando ele voltar. Isso não cabe a mim.

Eu também tinha mais perguntas a fazer, perguntas cuja privacidade talvez Matthew tivesse esquecido de delimitar.

– Você pode me explicar por que é tão importante que o arrombador do laboratório seja uma criatura e não um humano?

Fez-se silêncio enquanto Ysabeau me olhava com interesse. Por fim, ela respondeu.

– Garota esperta. Não prometi para Matthew manter silêncio sobre as regras adequadas de conduta. – Ela me olhou com um toque de aprovação. – Esse tipo de comportamento é inaceitável entre as criaturas. Nós esperamos que tenha sido um demônio inconsequente que não se deu conta da gravidade do que fez. Matthew certamente perdoará isso.

– Ele sempre perdoa os demônios – murmurou Marthe em tom sombrio.

– E se não tiver sido um demônio?

— Se foi um vampiro, isso representa um insulto terrível. Nós somos criaturas territorialistas. Nenhum vampiro cruza a terra ou a casa de um outro vampiro sem permissão.

— E Matthew perdoaria um insulto como esse? — Suspeitei que não pela expressão que ele tinha feito quando esmurrou o carro.

— Talvez — disse Ysabeau aparentando dúvida. — Nada foi levado, nada foi quebrado. Mas o mais provável é que Matthew exija alguma forma de retribuição.

Lá estava eu novamente na Idade Média, época em que a manutenção da honra e da reputação era fundamental.

— E se foi uma bruxa ou um bruxo? — perguntei mansamente.

A mãe de Matthew virou o rosto.

— A bruxa ou o bruxo que fizesse isso estaria cometendo um ato de agressão imperdoável. Nenhum pedido de desculpa seria adequado.

Soaram as campainhas de alarme.

Afastei as cobertas e me sentei na cama, pronta para sair.

— Esse arrombamento foi para provocar Matthew. Ele voltou para Oxford achando que poderia fazer um acordo e confiar no Knox. Ele precisa ser avisado.

Ysabeau apoiou uma das mãos no meu joelho e a outra no meu ombro, impedindo-me de sair da cama.

— Ele já sabe disso, Diana.

A informação caiu na minha cabeça como um raio.

— Foi por isso então que não quis que eu fosse com ele para Oxford? Ele *está correndo* perigo?

— É claro que ele está correndo perigo — respondeu Ysabeau com um tom cortante. — Mas ele fará o possível para dar fim nessa situação. — Ela empurrou minhas pernas para a cama e me cobriu novamente.

— Eu devia estar lá — protestei.

— Só iria atrapalhar. Você vai ficar aqui como ele mandou.

— E a minha palavra não conta? — repeti a pergunta que já tinha feito umas cem vezes desde a minha chegada em Sept-Tours.

— Não — as duas mulheres responderam ao mesmo tempo.

— Você realmente ainda tem muita coisa a aprender sobre os vampiros — disse Ysabeau outra vez, só que dessa vez ligeiramente arrependida.

Eu sabia que ainda tinha muita coisa a aprender sobre os vampiros.

Mas aprenderia com quem? E quando?

24

—*Eu observava uma nuvem negra que cobria a terra ao longe. Ela absorveu a terra e cobriu a minha alma com os mares que também absorveu, apodrecendo e corrompendo tudo com a perspectiva do inferno e da sombra da morte. Uma tempestade tinha me soterrado* – eu lia em voz alta o exemplar do *Aurora Consurgens* de Matthew.

Digitei no computador algumas notas sobre as imagens que a autora anônima utilizara para descrever o *nigredo,* um dos passos mais perigosos da transformação alquímica. A liberação de vapores pela combinação de substâncias como a de mercúrio e chumbo nessa etapa do processo colocava em risco a saúde do alquimista. De forma apropriada, uma das figuras parecidas com gárgulas de Bourgot Le Noir apertava o próprio nariz para evitar a nuvem mencionada no texto.

– Vista a roupa de montaria.

Desviei os olhos do manuscrito.

– Matthew me fez prometer que a levaria para sair. Ele falou que isso a manteria saudável – disse Ysabeau.

– Não é necessário, Ysabeau. Domenico e a água-de-bruxa exauriram o meu suprimento de adrenalina, se é isso que a preocupa.

– Matthew já deve ter dito a você que o cheiro do medo é irresistível aos vampiros.

– Foi Marcus que me disse – eu a corrigi. – Na verdade ele disse que era como o gosto. O medo tem cheiro de quê?

Ysabeau meneou os ombros.

– É como o gosto. Talvez um pouco mais exótico, com um toque de almíscar. Nunca me senti atraída por isso. Eu prefiro matar a perseguir. Mas cada situação tem o seu próprio cheiro.

– Não tive mais crises de pânico desde que cheguei aqui. Você não precisa me levar para cavalgar. – Eu me voltei para o meu trabalho.

– Por que acha que as crises se foram? – perguntou Ysabeau.

– Sinceramente, não sei. – Soltei um suspiro e olhei para a mãe de Matthew.

– Faz tempo que tem essas crises?

– Desde os meus sete anos.

– O que aconteceu nessa época?

– Meus pais foram assassinados na Nigéria – dei uma resposta curta.

– Era isso que estava na fotografia que mandaram para você, a fotografia que forçou Matthew a trazê-la para Sept-Tours?

Confirmei com a cabeça e Ysabeau apertou a boca.

– Porcos.

Havia palavras piores para descrever os assassinos, mas "porcos" se enquadrava bem. E se essa palavra nivelava aqueles que tinham mandado a fotografia com Domenico Michele, isso a enquadrava na categoria exata.

– Com pânico ou sem pânico – acrescentou Ysabeau animadamente –, vamos nos exercitar como Matthew pediu.

Desliguei o computador e subi ao quarto para me vestir. A roupa de montaria estava impecavelmente dobrada no banheiro, uma cortesia de Marthe, se bem que as minhas botas estavam no estábulo com o boné e o casaco. Depois de vestir uma calça preta e uma blusa de gola rolê, calcei meias e mocassins quentinhos e desci ao encontro da mãe de Matthew no térreo.

– Estou aqui – ela me chamou. Segui na direção da voz e cheguei a uma saleta aconchegante pintada em tom de terracota. Ornamentada com prataria antiga, chifres de animais e um armário antigo que abrigava a prataria, os copos e os talheres da casa. Ysabeau espiou por cima das páginas do *Le Monde*, medindo-me dos pés a cabeça. – Marthe me disse que você dormiu.

– Sim, graças a você. – Remexi-me com impaciência, como se à espera de uma entrevista com o diretor da escola para me justificar pelo mau comportamento.

Marthe me salvou de um possível desconforto ao chegar com um bule de chá. Ela também me esquadrinhou dos pés à cabeça com os olhos.

– Hoje você está bem melhor – disse por fim estendendo uma caneca de chá para mim. Permaneceu no mesmo lugar com a testa enrugada de impaciência enquanto esperava que a mãe de Matthew largasse o jornal, e só então se retirou.

Fomos para o estábulo depois que terminei o meu chá. Ysabeau me ajudou a calçar as botas que eram novas e difíceis tanto para calçar como para descalçar, e me observou atentamente enquanto eu vestia um casaco reforçado e colocava o boné. O equipamento seguro era parte das instruções deixadas por Matthew. Claro que ela só usava uma jaqueta marrom acolchoada. Em se tratando de equitação a indestrutibilidade física dos vampiros era realmente uma dádiva.

No padoque encontramos Fiddat e Rakasa alinhadas e devidamente seladas com antigas selas de amazonas.

– Ysabeau – reclamei. – Georges não selou a Rakasa direito. Não sei cavalgar de silhão.

– Está com medo de tentar? – A mãe de Matthew me lançou um olhar de avaliação.

– Não! – respondi me controlando. – Prefiro cavalgar da maneira comum.

– Como sabe que é melhor? – Os olhos verde-esmeralda de Ysabeau faiscaram com um toque de malícia.

Nós nos entreolhamos por um instante. Rakasa bateu os cascos e se voltou para mim.

Vocês querem cavalgar ou vão ficar aí conversando?, ela pareceu perguntar.

Comporte-se, repliquei com firmeza me aproximando e tocando no machinho dela com o joelho.

– Georges já tratou de tudo – disse Ysabeau com enfado.

– Nunca monto num cavalo sem dar uma olhada antes. – Verifiquei os cascos, as rédeas e a sela de Rakasa.

– Philippe também fazia isso. – A voz de Ysabeau soou com uma nota de respeito ressentido. Esperou que eu terminasse a inspeção com uma impaciência a olhos vistos. Depois disso, conduziu Fiddat até uma escada de poucos degraus por onde a montaria subia e ficou à minha espera. Ajudou-me a montar naquela sela estranha e montou na sua própria égua. Só de olhar para ela percebi o que me aguardava naquela manhã. A julgar pela postura Ysabeau devia montar melhor do que Matthew, e olha que eu nunca tinha visto um cavaleiro como ele.

— Dê uma circulada – ela disse. – Preciso ter certeza de que você não vai cair e acabar se matando.

— Tenha um pouco de fé, Ysabeau. – *Não me deixe cair,* barganhei com Rakasa, *e garanto que terá uma maçã diária pelo resto da sua vida.* As orelhas de Rakasa se agitaram para a frente e para trás, e depois ela se moveu com cautela. Circulamos o padoque duas vezes e paramos suavemente na frente da mãe de Matthew. – Satisfeita?

— Como amazona você é melhor do que eu imaginava – ela admitiu. – Talvez até pudesse saltar obstáculos, mas prometi para Matthew que não faríamos isso.

— Antes de partir ele engabelou você para obter promessas – sussurrei torcendo para que ela não me ouvisse.

— Pois é – ela retrucou prontamente. – E algumas dessas promessas são mais difíceis de cumprir do que outras.

Ultrapassamos o portão aberto do padoque. Georges fez uma reverência para Ysabeau e fechou o portão atrás de nós rindo e balançando a cabeça.

A mãe de Matthew optou por um terreno plano para que eu me adaptasse à sela estranha. O segredo era manter o corpo aprumado por mais incômoda que fosse a posição.

— Até que não é tão ruim – comentei uns vinte minutos depois.

— Hoje é melhor porque as selas têm dois arções – explicou Ysabeau. – Antes as selas femininas eram feitas para que a mulher não pudesse controlar o cavalo e fosse puxada por um homem. – A voz dela soou com um desprazer evidente. – Só tivemos o direito de controlar os nossos cavalos quando uma rainha italiana pôs um arção e um estribo à sela. A amante do marido dela cavalgava à maneira masculina e saía com ele em longas cavalgadas. Catarina era sempre deixada em casa, o que é desagradável para qualquer esposa. – Ela me lançou um olhar intimidador. – O nome da prostituta de Henrique era inspirado na deusa da caça, como o seu.

— Eu não gostaria de ter cruzado com Catarina de Médici. – Balancei a cabeça.

— Diane de Poitiers, a amante do rei, era uma mulher perigosa – disse Ysabeau com uma expressão sombria. – Era uma bruxa.

— De verdade ou metaforicamente? – perguntei interessada.

— As duas coisas – a mãe de Matthew respondeu com uma voz tão cortante que me fez rir. Ela pareceu surpreendida e logo se juntou ao meu riso.

Continuamos cavalgando e a certa altura Ysabeau farejou o ar, empertigou-se e se pôs em alerta.

— O que foi? – perguntei curiosa mantendo Rakasa no cabresto.

– Coelho. – Ela conduziu Fiddat a meio galope. Eu a segui de perto para ver se era difícil para uma bruxa seguir uma trilha na floresta como Matthew sugerira.

Atravessamos o bosque e saímos em campo aberto. Ysabeau refreou a montaria e me emparelhei com ela.

– Você já viu um vampiro matar? – ela perguntou atenta à minha reação.

– Não – respondi com toda calma.

– Os coelhos são pequenos. Por isso começamos por eles. Espere aqui. – Ela desmontou do cavalo tocando o chão com leveza. Fiddat obedeceu e se manteve parado à espera de sua dona. – Diana – ela disse com firmeza sem tirar os olhos da presa –, não chegue perto de mim enquanto eu estiver caçando e me alimentando. Entendeu?

– Entendi. – Minha mente trabalhou com incrível rapidez. Ysabeau caçaria, mataria e beberia o sangue de um coelho na minha frente? Manter-me à distância era de fato uma excelente sugestão.

A mãe de Matthew entrou pelo matagal com tanta presteza que foi quase impossível mantê-la à vista. Ela diminuiu o ritmo quando um falcão surgiu pelo ar e, antes que ele pudesse avançar sobre o assustado coelho, abaixou-se e agarrou o animal pelas orelhas. Ela o ergueu em triunfo antes de cravar os dentes no coração da presa.

Embora os coelhos sejam pequenos, eles são surpreendentemente sangrentos quando mordidos ainda vivos. Foi um horror. Ysabeau chupou o sangue do animal que logo parou de se debater, depois ela limpou a boca no pelo e jogou a carcaça no capinzal. Alguns segundos depois, ela estava de volta à sela. Com o rosto levemente corado e os olhos brilhando mais que o habitual. Ajeitou-se na sela e olhou para mim.

– E então? – perguntou. – Procuramos por algo mais substancial ou você prefere voltar para casa?

Ysabeau de Clermont estava me testando.

– Você é quem decide – respondi de cara fechada tocando Rakasa com os calcanhares.

O resto da caçada não foi medido pelo movimento do sol que ainda se escondia por trás das nuvens, e sim pela crescente quantidade de sangue que Ysabeau sugava das presas. Até que ela era uma comedora asseada. Mas de um jeito ou de outro a caçada varreu da minha mente o apetite por um bom bife.

Fiquei anestesiada durante a visão do sangue do coelho e da criatura parecida com um esquilo de grande porte que Ysabeau chamou de marmota e da raposa e do bode silvestre – ou algo assim. Mas alguma coisa me apertou por dentro quando ela saiu na perseguição de uma jovem corça.

– Ysabeau – protestei. – Não é possível que você ainda esteja com fome. Deixe-a em paz.

– O quê? A deusa da caça não quer que eu persiga a corça dela? – A voz de Ysabeau soou com ironia, mas seus olhos refletiam curiosidade.

– Isso mesmo – eu disse com firmeza.

– E eu me oponho à caça que você faz ao meu filho. Veja só o bem que foi feito. – Ela desmontou do cavalo.

Meus dedos comicharam a fim de intervir, mas me mantive a distância enquanto ela se acercava sorrateiramente da presa. A cada matança os olhos de Ysabeau revelavam que ela não estava em plena posse de suas emoções – ou de seus atos.

A corça tentou escapar. E quase conseguiu ao se enfiar dentro de uma moita, mas Ysabeau afugentou-a para campo aberto. Logo a fadiga deixava a corça com desvantagem. Essa caçada mexeu comigo visceralmente. Ysabeau era exímia na arte de matar e a corça não sofreu, mesmo assim tive que morder o lábio para não gritar.

– Pronto – ela disse com satisfação retornando para Fiddat. – Agora já podemos voltar para Sept-Tours.

Fiquei muda e puxei a cabeça de Rakasa para a direção do castelo.

Ysabeau agarrou as rédeas da minha égua. Havia pequeninas gotas de sangue na sua blusa creme.

– Ainda acha que os vampiros são maravilhosos? Ainda acha que será fácil viver com o meu filho sabendo que ele precisa matar para sobreviver?

Para mim, era difícil encaixar "Matthew" e "matança" na mesma frase. De qualquer forma, toda vez que ele voltasse de uma caçada me daria um beijo com gosto de sangue nos lábios. E para completar, aqueles dias que eu estava vivendo com Ysabeau seriam ocorrências regulares.

– Ysabeau, se você pretende me assustar para me afastar do seu filho, a sua tática não está dando certo – eu disse resolutamente. – Você terá que fazer muito mais do que isso.

– Marthe bem que me avisou que isso não seria suficiente para fazê-la desistir – ela confidenciou.

– E ela estava certa – fui lacônica. – O teste já acabou? Podemos voltar para casa agora?

Cavalgamos em silêncio na direção do bosque. Já dentro do bosque Ysabeau voltou-se para mim.

– Entendeu por que não deve questionar o Matthew quando ele lhe diz para fazer alguma coisa?

Suspirei.

– Por hoje chega de aulas.

– Você acha que os nossos hábitos alimentares são os únicos obstáculos entre você e o meu filho?

– Diga logo, Ysabeau. Por que devo obedecer ao Matthew?

– Porque ele é o vampiro mais forte do castelo. É o líder da casa.

Olhei com espanto para ela.

– Você está dizendo que devo obedecer ao seu filho porque ele é o líder da matilha?

– Você acha que esse líder é *você*? – ela replicou.

– Não – respondi. Ela também não era o líder da matilha. Fazia tudo o que Matthew mandava. E Marcus, Miriam e os outros vampiros da Biblioteca Bodleiana também. Até Domenico se submetera. – Então, são essas as regras do pacote Clermont?

Ysabeau assentiu com seus olhos verdes brilhando.

– É para a sua própria segurança... e a dele e a de muitos outros, que você deve obedecer. Isso não é um jogo.

– Já entendi, Ysabeau. – Eu já estava perdendo a paciência.

– Você não entendeu, não – ela disse com certo tato. – E só vai entender sendo obrigada a ver, do jeito que a obriguei ver o que uma matança significa para um vampiro. Até lá tudo isso serão palavras. Um dia essa sua teimosia poderá lhe custar a sua própria vida ou a vida de uma outra pessoa. Aí entenderá por que lhe disse isso.

Voltamos para o castelo sem trocarmos qualquer palavra. Passamos pelos domínios de Marthe, no subsolo, e ela saiu da cozinha com um frango na mão. Empalideci. Ela notou as pequenas gotas de sangue na roupa de Ysabeau e engoliu em seco.

– Ela precisava saber – sibilou Ysabeau.

Marthe vociferou alguma coisa em voz baixa e acenou para mim.

– Venha comigo, garota, vou lhe ensinar a fazer o meu chá.

Agora era Ysabeau que parecia furiosa. Marthe preparou uma beberagem e trouxe um prato com biscoitos de nozes. A ingestão de frango estava decididamente fora de questão.

Marthe me manteve ocupada durante algumas horas me fazendo separar ervas e especiarias enquanto ensinava o nome de cada uma. Lá pela metade da tarde, consegui identificá-las de olhos fechados pelo aroma e pela aparência.

– Salsinha. Gengibre. Matricária. Alecrim. Sementes de cenoura silvestre. Artemísia. Poejo. Arruda. Tanaceto. Raiz de zimbro. – Apontei para mostrar o que tinha aprendido.

– De novo – disse Marthe estendendo alguns saquinhos de musselina para mim.

Separei os barbantes e dispus os saquinhos em cima da mesa como me pedira, e recitei novamente os nomes das ervas e das especiarias.

– Ótimo. Agora encha cada saquinho com um pouco de cada erva e de cada especiaria.

– Por que não misturamos tudo em uma única tigela e enchemos os saquinhos às colheradas? – perguntei pegando uma pitada de poejo e franzindo o nariz ao inalar o cheiro mentolado na ponta dos meus dedos.

– Assim poderia faltar algum ingrediente. Cada saquinho deve conter o seu próprio ingrediente... doze ao total.

– E a falta de algum ingrediente pode alterar o sabor do chá? – perguntei com uma pitada de sementes de cenoura silvestre na mão.

– Uma pitada de cada um – repetiu Marthe. – De novo.

As mãos experientes da vampira moveram-se com presteza pelos montinhos, encheram os saquinhos com esmero e os fecharam com barbante. Depois que terminamos, ela preparou um chá com um saquinho que eu mesma tinha enchido.

– Delicioso – tomei alegremente o meu próprio chá de ervas.

– Leve tudo isso quando voltar para Oxford. Uma xícara por dia vai mantê-la saudável. – Ela começou a colocar os saquinhos dentro de uma lata. – Você saberá fazer quando precisar de mais. Promete que vai tomar uma xícara todo dia pela Marthe. Promete?

– Prometo. – Tomar aquele chá era o mínimo que eu podia fazer pela única aliada que eu tinha na casa... e além do mais ela é que me alimentava.

Depois do chá, subi ao estúdio de Matthew e liguei o computador. A cavalgada tinha deixado os meus braços doloridos e achei melhor levar o manuscrito e o computador para a escrivaninha de Matthew porque talvez fosse mais confortável para trabalhar do que a minha perto da janela. Infelizmente, a cadeira de couro era feita para a altura de Matthew e isso deixou os meus pés soltos no ar.

Continuei sentada na cadeira até que o computador desligasse com a sensação de que isso aproximava Matthew de mim. De repente os meus olhos esbarraram num objeto escuro enfiado na prateleira mais alta da estante. Ele se confundia com os livros de capa de madeira e couro, e isso o deixava oculto a olhares casuais. Mas ali da escrivaninha de Matthew o objeto era bem visível.

Não era um livro, era um bloco de madeira octogonal. Com pequenas janelas entalhadas em cada um dos lados. O objeto estava escurecido, rachado e deformado pelo tempo.

Eu me dei conta com uma pontada de tristeza de que se tratava de um brinquedo infantil.

Matthew o tinha feito para Lucas antes de se tornar vampiro, por ocasião da construção da primeira igreja da aldeia. E o introduzira num canto da estante para que ninguém pudesse vê-lo – exceto ele próprio. Matthew então podia olhar aquele brinquedo quando estava sentado na sua escrivaninha.

Com Matthew ao meu lado era muito fácil achar que só havia nós dois no mundo. Nem os avisos de Domenico nem os testes de Ysabeau tinham conseguido abalar a minha convicção de que tínhamos um relacionamento que só dizia respeito a nós dois.

Mas aquela pequena torre de madeira feita com muito amor num tempo inimaginavelmente distante quebrou as minhas ilusões. Havia filhos a serem considerados, tanto vivos como mortos. Havia famílias envolvidas, inclusive a minha, famílias com genealogias longas e complicadas e profundamente arraigadas em preconceitos, inclusive a minha. Além do mais, Sarah e Em ainda não sabiam que eu estava apaixonada por um vampiro. Já era hora de contar para elas.

No salão, Ysabeau fazia um arranjo de flores dentro de um vaso alto que estava em cima de uma escrivaninha Luís XIV valiosíssima e de invejável procedência – e de um único dono.

– Ysabeau. – Minha voz soou hesitante. – Posso usar o telefone?

– Ele vai telefonar para você quando quiser falar com você – ela disse enquanto colocava uma folhagem entre flores brancas e amarelas.

– Não vou telefonar para o Matthew. Preciso falar com minha tia.

– É aquela bruxa com quem você falou na outra noite? – perguntou Ysabeau. – Como ela se chama?

– Sarah – respondi franzindo a testa.

– E ela vive com uma mulher, outra bruxa, não é? – Ysabeau continuou colocando rosas brancas no vaso.

– Sim, a Emily. Algum problema?

– Não. – Ela me olhou por cima das flores. – As duas são bruxas. É só o que importa.

– O que importa é que elas se amam.

– Sarah é um ótimo nome – continuou Ysabeau ignorando o que eu tinha falado. – É claro que você conhece a lenda, não é?

Balancei a cabeça. Ysabeau mudava de assunto de uma forma tão estonteante quanto as mudanças de humor do filho.

– A mãe de Isaac se chamava Sarai, "brigona", mas quando engravidou Deus mudou o nome dela para Sara, que significa "princesa".

– No caso de minha tia, Sarai é muito mais apropriado. – Esperei que Ysabeau me dissesse onde estava o telefone.

– Emily também é um bom nome, um forte nome romano. – Ela pinçou a haste de uma rosa entre os dedos.

– E qual é o significado de Emily, Ysabeau? – Ainda bem que os membros da minha família já estavam esgotando.

– "Trabalhador." É óbvio que o nome de sua mãe é mais interessante. Rebecca significa "cativada" ou "ligada" – disse Ysabeau observando o vaso de lado a lado. – Um nome interessante para uma bruxa.

– E qual é o significado do seu? – perguntei já impaciente.

– Não foi sempre Ysabeau, mas era o nome de que Philippe gostava. Significa "promessa de Deus". – Ela hesitou e tomou uma decisão olhando nos meus olhos. – Meu nome completo é Geneviève Mélisande Hélène Ysabeau Aude de Clermont.

– É um nome lindo. – Minha paciência voltava à medida que eu especulava sobre a história atrás dos nomes.

Ysabeau me lançou um sorriso tímido.

– Nomes são importantes.

– Matthew tem outros nomes? – Tirei uma rosa branca do cesto e a estendi. Ela agradeceu.

– Claro que sim. Nós damos muitos nomes para os nossos filhos quando eles renascem. Matthew era o nome pelo qual o conhecíamos e ele fez questão de mantê-lo. Naquela época o cristianismo ainda estava no início e Philippe achou que seria útil que o nosso filho tivesse o nome de um evangelista.

– E quais são os outros nomes dele?

– O nome completo dele é Matthew Gabriel Philippe Bertrand Sébastien de Clermont. Ele também foi um excelente Sébastien e um razoável Gabriel. Ele odeia Bertrand e detesta Philippe.

– Por que o nome Philippe o incomoda tanto?

– Era o nome favorito do pai dele. – Ysabeau estancou as mãos por um instante. – Você já deve saber que ele morreu. Foi pego pelos nazistas quando lutava pela Resistência.

Nas minhas visões Ysabeau dizia que o pai de Matthew tinha sido capturado pelas bruxas.

– Ysabeau, foram os nazistas ou as bruxas? – perguntei com muito tato, temendo o pior.

– Matthew lhe contou? – Ela pareceu chocada.

– Não. Eu a vi chorando na minha visão de ontem.

– Bruxas e nazistas, ambos mataram o Philippe – ela disse após uma longa pausa. – A dor é recente e aguda, mas vai passar com o tempo. Depois que ele morreu fiquei caçando na Argentina e na Alemanha por anos a fio. Isso me mantinha sã.

– Sinto muito, Ysabeau. – Eram palavras inadequadas, mas de coração. Acho que ela percebeu que eu estava sendo sincera porque sorriu para mim meio sem jeito.

– Não é culpa sua. Você não estava lá.

– Que outros nomes você me daria se pudesse escolher? – perguntei educadamente estendendo uma outra rosa para Ysabeau.

– Matthew está certo. Você é só Diana – ela respondeu pronunciando o meu nome em francês como sempre fazia, enfatizando a primeira sílaba. – Você dispensa outros nomes. O seu nome é a sua cara – acrescentou apontando o dedo para a porta da biblioteca. – O telefone está lá dentro.

Sentei na escrivaninha da biblioteca, acendi o abajur e liguei para Nova York na esperança de que Sarah e Em estivessem em casa.

– Diana. – Atendeu Sarah aliviada. – Em disse que era você.

– Desculpe por não ter telefonado na noite passada. Aconteceu tanta coisa... – Peguei um lápis e comecei a girá-lo entre os dedos.

– Quer falar sobre isso? – disse Sarah. Quase deixei o fone cair. Minha tia nunca *pedia* que falássemos sobre um assunto... ela exigia.

– Em está aí? Prefiro contar a história uma única vez.

Em pegou a extensão com uma voz aconchegante e reconfortante.

– Alô, Diana. Onde você está?

– Na casa da mãe de Matthew, perto de Lyon.

– Mãe de Matthew? – Em era curiosa em relação à genealogia. Não só em relação à dela, que era longa e complicada, mas também à dos outros.

– Ysabeau de Clermont. – Fiz o melhor possível para pronunciar como Ysabeau pronunciava, alongando as vogais e engolindo levemente as consoantes. – Em, ela é incrível. Às vezes acho que Ysabeau é responsável pelo medo que os humanos têm dos vampiros. Ela parece ter saído de um conto de fadas.

Fez-se uma pausa.

– Você está dizendo que está com Mélisande de Clermont? – A voz de Em soou dramática. – Quando você falou de Matthew não liguei o nome aos Clermont. Você tem certeza de que ela se chama Ysabeau?

Franzi a testa.

– Na verdade ela se chama Geneviève. Acho que também tem Mélisande no meio. Só que ela prefere Ysabeau.

– Cuidado, Diana – advertiu Em. – Mélisande de Clermont é famosa. Ela odeia as bruxas, e fez um verdadeiro estrago em Berlim depois da Segunda Guerra Mundial.

– Ela tem boas razões para odiar as bruxas – retruquei esfregando as têmporas. – Fiquei surpresa por ter me recebido na casa dela. – Na situação inversa, eu não teria sido tão compreensiva se os vampiros estivessem envolvidos na morte dos meus pais.

– E o que tem a dizer sobre a água? – intrometeu-se Sarah. – Estou mais preocupada com a visão que Em teve de uma tempestade.

– Ah. Na noite passada. Eu comecei a chover depois que Matthew partiu. – Estremeci só de pensar no aguaceiro.

– Água-de-bruxa – sussurrou Sarah já entendendo tudo. – E o que provocou isso?

– Não sei, Sarah. Eu estava me sentindo... vazia. O choro que eu estava segurando desde que Domenico apareceu aqui simplesmente extravasou quando o carro de Matthew sumiu na estrada.

– Domenico de quê? – Emily consultava novamente o seu arquivo mental de criaturas lendárias.

– Michele, um vampiro veneziano. – Minha voz se encheu de raiva. – E se ele aparecer de novo aqui, corto a cabeça dele, seja vampiro ou não.

– Ele é perigoso! – gritou Em. – Essa criatura não está nem aí para regras.

– Já estou cansada de repetir isso pra mim, e podem ficar tranquilas porque estou atenta o tempo todo. Não se preocupem.

– Só deixaremos de nos preocupar quando você parar de andar de um lado para o outro com vampiros – frisou Sarah.

– Então vão ficar preocupadas por muito tempo – falei com firmeza. – Eu amo o Matthew, Sarah.

– Isso é impossível, Diana. Vampiros e bruxas...

Interrompi a frase de Sarah.

– Domenico já me falou sobre o acordo – eu disse. – Não estou pedindo para que ninguém mais quebre esse acordo, e sei que isso significa que você não tem nada a ver com a minha decisão. Para mim não há escolha.

– Mas a Congregação fará o que for preciso para romper esse relacionamento – disse Em aflita.

– Já me disseram isso também. E para fazer isso eles terão que me matar. – Até aquele instante eu ainda não tinha dito as palavras alto e bom som, mas vinha pensando nisso desde a noite anterior. – Matthew é mais difícil de ser despachado, mas eu, eu sou um alvo fácil.

– Você não pode correr esse risco. – Em já estava quase chorando.

– A mãe dela também fez isso – disse Sarah em voz baixa.

– O que mamãe fez? – Minha voz embargou, e tremi na base.

– Rebecca caiu nos braços de Stephen, mesmo com todos dizendo que a união de dois bruxos com um poder como o deles não era uma boa ideia. E depois ela se recusou a ouvir as pessoas que lhe pediam para sair da Nigéria.

– Isso é mais uma razão para que Diana nos ouça agora – disse Em. – Você o conhece há poucas semanas. Volte para casa e tente esquecê-lo.

– *Esquecê-lo?* – Isso era ridículo. – Não se trata de um simples namorico. Nunca senti por ninguém o que sinto por ele.

– Deixe-a em paz, Em. Nós também já passamos por isso. Assim como não me esqueci de você, ela não se esquecerá dele. – Sarah soltou um suspiro que chegou até Auvergne. – Mesmo não sendo a vida que escolhi para você, temos que tomar nossas próprias decisões. Sua mãe tomou as dela. Eu tomei as minhas... e não foi nada fácil para a sua avó. Agora é a sua vez. Mas lembre-se de que nenhuma Bishop se volta de costas para outra Bishop.

As lágrimas brotaram nos meus olhos.

– Muito obrigada, Sarah.

– Além disso – continuou Sarah preparando uma afirmativa –, se a Congregação é formada por *coisas* como Domenico Michele, eles que se danem.

– O que Matthew acha isso? – perguntou Em. – Fico surpresa por ver que ele a deixou, até porque vocês dois decidiram quebrar uma tradição milenar.

– Matthew ainda não colocou a posição dele. – Destruí um clipe com todo o método possível.

Fez-se silêncio do outro lado da linha.

– O que é que ele está esperando? – disse Sarah por fim.

Soltei uma risada.

– Esse tempo todo você me aconselhou a me afastar dele, e agora está chateada porque ele se recusa a me deixar exposta a um perigo maior do que aquele por que já estou passando?

– Você quer ficar com ele. Só isso bastaria.

– Não há magia que seja capaz de firmar um casamento. Eu tenho que tomar a minha decisão, e ele, a dele.

O pequeno relógio de porcelana em cima da escrivaninha mostrou que já tinham passado vinte e quatro horas desde a partida de Matthew.

– Se você está determinada a ficar aí com essas criaturas, é melhor tomar cuidado – aconselhou Sarah quando nos despedimos. – E se quiser voltar para casa, não se acanhe e volte.

O relógio mostrou que já tinha se passado meia hora. Já estava escuro em Oxford.

Decidi não esperar e disquei o número do telefone dele.

– Diana? – Matthew estava claramente ansioso.

Sorri.

– Você sabia que era eu ou foi o identificador de chamadas?

– Vejo que está tudo bem com você. – A ansiedade deu lugar ao alívio.

– Sim, sua mãe está me entretendo muito.

– Era o que eu temia. Ela tem contado muitas mentiras para você?

As partes mais irritantes do dia podiam ser contadas depois.

– Só a verdade – respondi. – Que o filho dela é um misto diabólico de Lancelote e Super-homem.

– Isso é a cara de Ysabeau. – Ele deixou escapar uma pontada de riso. – É um alívio saber que ela não mudou drasticamente com uma bruxa dormindo sob o mesmo teto.

Sem dúvida alguma a distância me ajudava a enganar Matthew com meias-verdades. Mas a distância não apagava da minha mente a imagem dele sentado na poltrona Morris na All Souls. Talvez a sala estivesse sob a luz dos abajures, fazendo a pele dele brilhar como uma pérola polida. Eu o imaginei lendo com uma ruga de concentração entre as sobrancelhas.

– O que está bebendo? – Era o único detalhe que a minha imaginação não fornecia.

– Desde quando se interessa por vinho? – Ele pareceu genuinamente surpreso.

– Desde que descobri que no vinho há muito para ser conhecido. – *Desde que descobri que você se interessa muito por vinho, seu bobo.*

– Esta noite estou tomando um vinho espanhol... Vega Sicilia.

– De quando?

– Você quer dizer de que safra? – ele me provocou. – De 1964.

– Então é um vinho relativamente bebê? – Rebati a provocação aliviada pela mudança de humor dele.

– Uma criança – ele concordou. Não precisava ter um sexto sentido para saber que ele estava sorrindo.

– Correu tudo bem hoje?

– Tudo ótimo. Reforçamos o sistema de segurança e comprovamos que não faltava nada. Alguém tentou invadir os computadores, no entanto Miriam me assegurou de que não se pode entrar no programa que ela criou.

– Você volta logo? – As palavras escaparam antes que eu pudesse reprimi-las, e seguiu-se um silêncio mais longo que confortável. Tentei me convencer de que era algum problema com a ligação.

– Não sei – ele respondeu com frieza. – Voltarei quando puder.

– Quer falar com sua mãe? Posso chamá-la. – A súbita indiferença dele me magoou e tentei manter a voz firme.

– Não. Diga que está tudo bem no laboratório. E na casa também.

Depois que desligamos o telefone o meu peito apertou e fiquei quase sem fôlego. Quando levantei e me virei, a mãe de Matthew estava à espera na soleira da porta.

– Era o Matthew. Ele disse que não houve estragos no laboratório. Estou cansada, Ysabeau, e definitivamente sem apetite. Acho que vou para a cama. – Eram quase oito horas, uma hora perfeita para me recolher.

– É claro. – Ela saiu do meu caminho com os olhos brilhando. – Durma bem, Diana.

25

Enquanto eu estava ao telefone, Marthe subiu ao estúdio de Matthew e deixou lá sanduíches, chá e água para mim. A lareira já estava com lenha suficiente para arder pela noite inteira, e as velas tremeluziam com uma luz dourada. O meu quarto também devia estar inundado pela mesma luminosidade convidativa e aconchegante, mas eu estava irrequieta e não conseguiria dormir. O manuscrito *Aurora* me aguardava na escrivaninha de Matthew. Sentei na frente do computador desviando os olhos da armadura cintilante e acendi o abajur minimalista e interplanetário para ler.

"Eu disse em voz alta: faça-me conhecer o meu fim e a medida dos meus dias para que eu possa tomar consciência da minha fragilidade. O meu tempo de vida é mais longo que a extensão da minha mão. Comparado ao seu não passa de um instante."

A passagem me fez pensar ainda mais em Matthew.

Como a tentativa de me concentrar na alquimia não tinha adiantado nada, resolvi fazer uma lista das questões já lidas. Eu só precisava de uma caneta e uma folha de papel.

A escrivaninha de mogno maciço era tão sombria e sólida quanto o próprio Matthew, e igualmente atrativa. As gavetas se estendiam quase até o chão, com um espaço vazio no meio por onde ele enfiava as pernas. As bordas do tampo eram ricamente entalhadas. Folhas de acantos, tulipas, arabescos e figuras geométricas convidavam os dedos para um passeio em suas linhas. Ao contrário da minha escrivaninha sempre empilhada de papéis, livros e canecas com restos de chá que ameaçavam desabar a qualquer movimento mais brusco, aquela escrivaninha com um forro de mesa eduardiano estava apenas com um abridor de cartas na forma de espada e um abajur. A decoração fazia uma bizarra e harmoniosa mistura entre o antigo e o moderno, como o próprio Matthew.

Contudo, ali não tinha material para escrita. Segurei o puxador redondo de bronze da gaveta direita de cima e puxei. Lá dentro, tudo estava esmeradamente organizado. Canetas Montblanc separadas de lápis Montblanc, e clipes separados por tamanho. Coloquei uma caneta sobre a mesa e tentei abrir as outras gavetas. Elas estavam trancadas. A chave não estava no meio dos clipes – espalhei todos na mesa para me certificar disso.

De repente notei um papel mata-borrão verde-claro que se estendia por entre o forro de couro que cobria a parte da mesa. Um forro que provavelmente substituía o original. Fui tirar o computador de cima da mesa e deixei a caneta cair no chão.

Ela rolou para um vão estreito que separava as gavetas do chão. Entrei de gatinhas no espaço onde ficavam as pernas para pegar a caneta. Enquanto ziguezagueava a mão debaixo das gavetas desviei os olhos para o contorno de uma gaveta embutida na madeira escura da borda entalhada da mesa.

Fiquei intrigada e saí debaixo da escrivaninha. Não havia nada na borda entalhada da mesa para abrir a gaveta embutida. Se Matthew guardava o material de papelaria dentro de uma gaveta que não se podia abrir o problema era só dele. Isso não me impediu de grafitar o papel mata-borrão que ele acabaria vendo quando voltasse para casa.

Rabisquei o número 1 com tinha preta em um dos cantos do papel. Foi então que tive um estalo.

Aquela gaveta que não se podia abrir tinha sido projetada para esconder alguma coisa.

Matthew guardava segredos – o que não era ignorado por mim. Além disso, fazia poucas semanas que nos conhecíamos e mesmo os casais mais estabelecidos precisam de privacidade. Mas aquela mania de Matthew de ficar de boca fechada era irritante, e ele se cercava de segredos como uma fortaleza divisória que o afastava das outras pessoas e de mim.

De um jeito ou de outro, eu estava atrás de uma folha de papel comum. Afinal, ele não tinha revistado as minhas coisas na Bodleiana quando estava à procura do Ashmole 782? E quase não nos conhecíamos quando ele fez essa proeza. Sem falar que ele próprio tinha dito que eu podia me virar sozinha na França.

Minha consciência bem que tentou me aconselhar quando recoloquei a tampa da caneta. Mas eu estava tão irritada que deixei os conselhos de lado.

Empurrei e puxei cada saliência e cada protuberância enquanto examinava novamente os entalhes da borda frontal da escrivaninha, mas sem êxito algum. O abridor de cartas de Matthew irrompeu convidativamente ao lado da minha mão direita. Talvez eu pudesse introduzi-lo na fenda que havia embaixo da gaveta e calcá-lo como um pé de cabra para abri-la. Mas a antiguidade da escrivaninha fez a historiadora falar mais alto dentro de mim – muito mais alto que a minha vontade. Agir de um modo eticamente questionável para violar a privacidade de Matthew não me pareceu um absurdo, mas danificar uma antiguidade era um crime.

Eu me enfiei debaixo da mesa outra vez, embora ali fosse muito escuro para enxergar a lateral interna da gaveta, e continuei apalpando tudo até que encontrei uma coisa fria e dura embutida na madeira. Uma pequena protuberância de metal à esquerda da junta quase imperceptível da gaveta que podia ser alcançada pelo braço comprido do vampiro quando ele estivesse sentado à escrivaninha. A protuberância era redonda e hachurada com paralelas cruzadas no centro – para fazê-la parecer um parafuso ou um prego envelhecido.

Eu a pressionei e soou um suave clique.

Fiquei em pé na frente à escrivaninha e me deparei com uma pequena gaveta que pela pouca profundidade mais parecia uma bandeja. Dentro da gaveta um suporte forrado de veludo negro apresentava três depressões, cada qual com uma moeda ou medalha de bronze.

A moeda maior estampava a imagem de uma edificação em alto-relevo e assentava-se no centro de um buraco com cerca de dez centímetros de diâmetro. A imagem tinha detalhes surpreendentes como uma escada que conduzia a uma porta flanqueada por duas colunas. No meio das colunas, uma figura coberta por um manto. Nas bordas e nos detalhes da figura havia fragmentos de cera preta. Uma frase margeava a moeda: *"Militie Lazari a Bethania"* – *Os cavaleiros de Lázaro da Betânia.*

Apoiei-me na beirada das gavetas para me equilibrar e sentei-me abruptamente.

Os discos de metal não eram moedas nem medalhas. Eles eram selos – de um tipo usado para fechar correspondência e certificar transações relativas à posse. No passado, uma folha de papel que exibia uma impressão de cera tinha o poder de comandar exércitos e delimitar grandes extensões de terra.

Os resíduos da cera mostravam que pelo menos um dos selos tinha sido utilizado recentemente.

Eu peguei o cilindro menor com as mãos trêmulas. Ele estampava uma cópia da mesma edificação. As colunas e a figura de Lázaro – o homem de Betânia que foi ressuscitado por Cristo depois de quatro dias à tumba – eram inconfundíveis. Neste selo Lázaro era representado saindo de uma cova rasa. Nenhuma epígrafe contornava o selo, em vez disso uma cobra engolia o próprio rabo em volta da edificação.

Fechei os olhos e nem assim apaguei a visão da bandeira da família Clermont com um *ouroboros* prateado desfraldado ao sabor do vento no alto de Sept-Tours.

O selo de bronze jazia brilhante na palma da minha mão. Fixei toda a minha força no metal brilhante para que o meu poder premonitório iluminasse o mistério. Mas depois de uma vida inteira ignorando a força mágica do meu próprio sangue, o poder simplesmente não me acudiu.

Sem o recurso das visões só me restava recorrer às minhas habilidades de historiadora. Observei com mais apuro e atenção todos os detalhes do reverso do pequeno selo. Uma cruz de extremidades alargadas dividia o selo em quartos, a mesma cruz da minha visão de Matthew vestindo uma túnica. No quadrante superior direito do selo via-se uma lua crescente que parecia um chifre com uma estrela de seis pontas no centro. No quadrante esquerdo inferior, uma flor de lis, símbolo tradicional na França.

Inscrita na borda do selo a data MDCI – 1601 em algarismos romanos – com as palavras *"secretum Lazari"*, o "segredo de Lázaro".

Não seria mera coincidência se Lázaro tivesse voltado do mundo dos mortos como um vampiro. Mais ainda, a cruz junto à legendária figura da Terra Santa e à menção aos cavaleiros era uma clara evidência de que os selos na gaveta de Matthew pertenciam a uma das ordens de cavaleiros cruzados da Idade Média. E a mais conhecida era a Ordem dos Templários, cujos cavaleiros desapareceram no início do século XIV depois de terem sido acusados de heresia e coisas piores. Mas eu nunca tinha ouvido nada sobre os Cavaleiros de Lázaro.

Girei o selo na direção da luz e me concentrei na data 1601. Uma data tardia para uma ordem de cavaleiros medievais. Vasculhei a memória em busca de acontecimentos daquele ano que poderiam trazer o mistério à luz. Naquele ano, a rainha Elizabeth I decapitou o conde de Essex, e o astrônomo dinamarquês Tycho Brahe morreu em circunstâncias sinistras. Nenhum desses eventos me pareceu pertinente.

Passei o dedo na inscrição até que o significado de MDCI iluminou a minha mente.

Matthew de Clermont.

Eram letras mesmo e não algarismos romanos. Era uma abreviatura para o nome de Matthew: MDCl. Eu tinha lido mal a última letra.

Fechei os meus dedos e pressionei com força o disco de uns cinco centímetros na palma da minha mão como se quisesse enterrá-lo na carne.

Aquele pequeno disco devia ser um segredo bem guardado de Matthew. O poder de selos como aquele era tanto que eles eram geralmente destruídos quando o proprietário morria ou se aposentava, para que ninguém se valesse deles a fim de cometer alguma fraude.

E apenas um cavaleiro tinha a posse tanto do selo maior como do selo pessoal: o líder da ordem.

Fiquei intrigada com o fato de Matthew manter aqueles selos escondidos. Afinal, quem se importava ou mesmo se lembrava dos cavaleiros de Lázaro e do papel que ele representou na ordem? Minha atenção foi atraída para os resquícios de cera negra no selo maior.

– Não é possível – sussurrei com um ar apatetado e balançando a cabeça. Cavaleiros de armaduras brilhantes pertenciam ao passado. Eles não atuavam mais no presente.

A armadura de Matthew cintilava à luz das velas.

Devolvi o disco de metal à gaveta com um baque. A pele da palma da minha mão estava marcada com a imagem do selo, com a cruz de Malta, a lua crescente, a estrela e a flor de lis.

A manutenção dos selos e os recentes resquícios de cera em um deles se deviam ao fato de que Matthew os utilizava. Os Cavaleiros de Lázaro ainda existiam.

– Diana? Tudo bem com você? – A voz de Ysabeau ecoou lá do pé da escada.

– Tudo bem, Ysabeau! – gritei olhando para a marca do selo gravada na minha mão. – Estava lendo os e-mails e me surpreendi com algumas notícias inesperadas, só isso!

– Quer que peça para Marthe subir e recolher a bandeja?

– Não! – respondi de chofre. – Ainda estou comendo.

Ouvi o ruído de passos enquanto ela retornava ao salão. Suspirei de alívio quando se fez silêncio.

Puxei o outro selo para fora do nicho forrado de veludo o mais rápido e silenciosamente possível. Era quase igual ao de Matthew, exceto pelo quadrante superior direito que estampava apenas a lua crescente e o termo "Philippus" inscrito à borda.

O selo tinha pertencido ao pai de Matthew e isso indicava que os Cavaleiros de Lázaro estavam ligados à família Clermont.

Certa de que não havia mais pistas sobre a ordem na escrivaninha, girei os selos de modo a recolocar a tumba de Lázaro de frente para mim. A gaveta deslizou para a sua posição embutida no móvel com um suave clique.

Peguei a mesinha onde Matthew guardava a garrafa de vinho que tomava à noite e levei até as estantes de livros. Ele não vai se importar se eu der uma olhada na biblioteca particular dele, pensei com meus botões enquanto me livrava dos mocassins. O tampo da mesa fez um rangido quando apoiei o pé e subi em cima, mas a madeira aguentou o meu peso.

Só então tive uma visão completa do brinquedo de madeira que se encontrava no lado direito do alto da estante. Respirei fundo e puxei o primeiro item do lado oposto. Era o manuscrito mais antigo que eu já tinha visto. A capa de couro gemeu quando o abri, e um cheiro de pele de carneiro exalou de suas páginas.

"*Carmina qui quondam studio florente peregi, / Flebilis heu maestos cogor inire modos*", lia-se nas primeiras linhas. Meus olhos se encheram de lágrimas. Era *O consolo da filosofia*, uma obra do século VI, de Boécio – escrita na prisão enquanto o autor aguardava a morte. "*Um dia a minha obra inspirou alegres canções e toda a minha obra era tida como vibrante / Mas agora as lágrimas de tristeza eu devo retomar.*" Imaginei Matthew desolado com a perda de Blanca e Lucas e aturdido com a condição de vampiro que assumia enquanto lia as palavras de um homem condenado à morte. Agradeci em silêncio a quem oferecera aquela obra para aliviar o sofrimento de Matthew e a coloquei de volta à estante.

O volume seguinte era um maravilhoso manuscrito do Gênesis, a narrativa bíblica da criação. Os tons de azul e vermelho mostravam a mesma vivacidade de quando tinham sido pintados. No alto da estante encontrava-se um outro manuscrito ilustrado, um exemplar do livro de botânica de Dioscorides, junto a mais de uma dúzia de livros bíblicos, alguns livros de direito e um livro escrito em grego.

Na prateleira abaixo o panorama era quase igual – diversos livros bíblicos junto a livros de medicina, e ainda um dos primeiros exemplares de uma enciclopédia do século VII. Foi uma tentativa de Isidore de Seville de capturar todo o conhecimento humano que deve ter atraído a inesgotável curiosidade de Matthew. No rodapé da primeira página lia-se o nome "MATHIEU" seguido pela frase "*meus liber*" – "meu livro".

Meus dedos se projetaram na superfície do pergaminho com o mesmo ímpeto com que rastrearam a escrita do Ashmole 782 na Bodleiana. Na biblioteca de Oxford, eu tinha sentido medo de ser flagrada pelos supervisores da sala de leitura em plena atividade mágica. E agora era o medo de obter informações sobre Matthew que me detinha. Mas sem supervisores por perto os temores se tornaram insignificantes perante o meu desejo de conhecer o passado de um vampiro. Passei o dedo sobre o nome de Matthew. Ele irrompeu com uma imagem clara sem o ar de mandão e os maneirismos que tinha.

Ele estava sentado na mesa perto de uma janela com a aparência de sempre, e mordia o lábio concentrando-se na escrita. Segurava uma caneta de bambu com seus dedos longos, rodeado de folhas de pergaminho com rabiscos borrados do seu próprio nome e de passagens bíblicas. Segui o conselho de Marthe de não lutar contra a visão e a experiência foi menos perturbadora que na noite anterior.

Meus dedos rastrearam o que podiam rastrear, e coloquei a enciclopédia no lugar para observar os livros que restavam na estante. Livros de história, muitos livros de direito, livros de medicina e ótica, livros de filosofia grega, livros de narrativas, coletâneas de obras de figuras notáveis dos primórdios da Igreja como Bernard de Clairvaux, e romances de cavalaria – um deles envolvia um cavaleiro que se transformava em lobo semanalmente. Mas em nenhum dos livros obtive informações sobre os Cavaleiros de Lázaro. Suspirei de frustração e desci da mesinha.

Eu tinha um conhecimento superficial das ordens dos cruzados. No início, eram unidades militares que acabaram ganhando fama pela bravura e disciplina. Os templários eram conhecidos por serem os primeiros a entrar no campo de batalha e os últimos a sair. Mas os esforços das ordens militares não se restringiam aos limites de Jerusalém. Os cavaleiros também combatiam na Europa, e muitos serviam mais aos papas e menos aos reis e a outras autoridades seculares.

O poder da cavalaria não era só militar. Os cavaleiros erguiam igrejas, escolas e hospitais de leprosos. As ordens militares salvaguardavam os interesses espirituais, financeiros e físicos dos cruzados. Os vampiros eram territoriais e possessivos ao extremo, como Matthew, e se adaptavam perfeitamente ao papel de guardiães.

Contudo, o próprio poder das ordens militares é que propiciou a sua queda. Monarcas e papas invejavam a riqueza e a influência dessas ordens. Em 1312, o papa e o rei da França trataram de dispersar os templários, livrando-se assim da ameaça da maior e mais célebre irmandade. A maioria das outras ordens desapareceu gradualmente devido à falta de apoio e interesse.

Claro que o assunto é cercado de inúmeras teorias da conspiração. É difícil desmantelar uma instituição complexa e de grande porte da noite para o dia, de modo que a súbita dissolução dos cavaleiros templários originou lendas fantásticas em torno de cruzados errantes e operações subterrâneas. Até hoje ainda se buscam pistas da fabulosa fortuna dos templários. O fato de que jamais se encontrou uma única evidência do paradeiro de tal fortuna incita ainda mais as especulações.

O dinheiro. É uma das primeiras lições que todo historiador aprende: seguir o dinheiro. Concentrei novamente a minha busca.

O sólido contorno de um livro de contabilidade enfiado entre um volume da *Ótica* de Al-Hazen e uma publicação de uma canção romântica de gesta francesa surgiu à vista na terceira prateleira. Na borda frontal do manuscrito estava escrito à tinta uma letrinha grega: α. Supondo que a letra indicava uma espécie de índice, examinei as outras prateleiras e localizei um segundo livro de contabilidade. Nele também havia uma pequenina letra grega em tinta negra: β. Passei os olhos nos livros referentes às letras γ, δ e ε que estavam espalhados pelas prateleiras. Claro que uma busca mais apurada localizaria os livros restantes.

Eu me senti como Eliot Ness deve ter se sentido quando se apossou dos livros contábeis de Al Capone e ergui a mão. O tempo que me restava não me deixou subir na mesinha para pegar os livros. O primeiro livro de contabilidade deslizou do seu lugar na estante e caiu direto na minha mão.

Os dados datavam de 1117 e tinham sido lançados por diferentes mãos. Nomes e números dançavam pelas páginas. Meus dedos se ocuparam em recolher toda informação necessária da escrita. Daquelas folhas de pergaminho emergiram um rosto atrás do outro – o de Matthew, o de um homem moreno de nariz aquilino, o de um homem de cabelos ruivos brilhantes e o de um homem de olhos castanhos e cara amarrada.

Minhas mãos se detiveram no registro de um recebimento de dinheiro em 1149. "Eleanor Regina: 40 mil marcos." Era um valor descomunal – mais da metade das taxas anuais do reino da Inglaterra. Por que a rainha da Inglaterra tinha dado tanto dinheiro para uma ordem militar liderada por vampiros? Não consegui responder esta pergunta ou saber um pouco mais sobre as pessoas envolvidas na transação porque o meu conhecimento da Idade Média era precário. Fechei o livro abruptamente e passei para as prateleiras de livros referentes aos séculos XVI e XVII.

Em meio a outros tipos de livros encontrei um volume que exibia uma marca de identificação, a letra grega lambda. Arregalei os olhos quando notei que o livro estava aberto.

De acordo com aquele livro de contabilidade os Cavaleiros de Lázaro tinham financiado – algo inacreditável –, diversas guerras, bens, serviços e façanhas diplomáticas entre os quais o dote de Mary Tudor para o seu casamento com Filipe da Espanha, o canhão para a batalha de Lepanto e o suborno para que a França participasse do Concílio de Trento, assim como tinham financiado grande parte das ações militares da Liga Luterana Schmalkaldic. Aparentemente, a irmandade não permitia que a política e a religião interferissem em suas decisões financeiras. Em um único ano a irmandade bancou o retorno de Mary Stuart ao trono da Escócia e quitou a enorme dívida de Elizabeth I com a Bolsa de Valores de Antuérpia.

Percorri as prateleiras em busca de mais livros marcados com letras gregas. Nas prateleiras referentes ao século XIX encontrei um livro marcado com a letra psi na lombada. O seu conteúdo contabilizava meticulosamente uma grande soma de dinheiro e vendas de propriedades que fizeram a minha cabeça rodar – como é que alguém tinha conseguido comprar secretamente a maioria das fábricas de Manchester? – junto a nomes da realeza e da aristocracia e de presidentes e generais da Guerra Civil. Além disso, pequenos lançamentos de honorários escolares, vestuários e livros, entradas de pagamentos de dotes e de contas hospitalares e quitações de arrendamentos. Ao lado de todos aqueles nomes desconhecidos apareciam as abreviaturas "MLB" ou "FMLB".

Meu latim não era tão bom como devia ser, mas achei que as abreviaturas se referiam aos Cavaleiros de Lázaro da Betânia – *militie Lazari a Bethania* – e às filhas e filhos dos cavaleiros – *filia militie* e *filius militie*. E se a ordem ainda distribuía fundos na metade do século XIX era bem provável que ainda fizesse isso na atualidade. Em algum lugar do mundo, uma folha de papel – para transação imobiliária ou para contrato jurídico – exibia o grande selo da ordem impresso em cera negra.

E Matthew tinha feito aquilo.

Algumas horas depois, voltei à seção medieval da biblioteca de Matthew e abri o último livro de contabilidade. O volume abrangia o final do século XIII e a primeira metade do século XIV. Já eram esperadas somas de grande vulto, mas por volta de 1310 o número de entradas aumentou drasticamente. O fluxo de dinheiro também. Uma nova anotação acompanhava alguns dos nomes: uma pequena cruz vermelha. Em 1313, ladeando uma dessas marcas, estava um nome que eu conhecia: Jacques de Molay, o último grão-mestre dos cavaleiros templários.

Ele foi queimado por heresia em 1314. Um ano antes de ser executado, já tinha transferido todos os seus bens para os Cavaleiros de Lázaro.

Havia centenas de nomes marcados com a cruz vermelha. Seriam eles templários? Em caso afirmativo, o mistério dos templários estava solucionado. Nem os cavaleiros nem o dinheiro deles tinham desaparecido. Eles simplesmente tinham sido absorvidos pela Ordem de Lázaro.

Não podia ser verdade. Algo assim exigiria muito planejamento e coordenação. E ninguém conseguiria manter em segredo um esquema de tais proporções. A ideia era tão implausível quanto as histórias sobre...

Bruxas e vampiros.

Os Cavaleiros de Lázaro não eram nem mais nem menos verossímeis do que eu.

Quanto às teorias de conspiração, elas falhavam na complexidade. Nenhuma vida teria tempo para coletar a informação necessária e estabelecer as conexões entre todos os elementos requeridos, e depois colocar os planos em ação. A menos, é claro, que os conspiradores fossem vampiros. Se fossem vampiros – ou melhor, uma família de vampiros – a passagem do tempo não seria relevante. Pelo que eu sabia da carreira acadêmica de Matthew, os vampiros tinham todo o tempo necessário à disposição.

Eu tive a exata dimensão do que significava amar um vampiro quando coloquei o livro de contabilidade de volta à estante. Não era a idade de Matthew que dificultava as coisas, nem os hábitos alimentares, nem o fato de que ele matava seres humanos e continuaria matando. Eram os segredos que ele guardava.

Matthew vinha acumulando segredos por mais de um milênio, grandes segredos como os Cavaleiros de Lázaro e seu filho Lucas, e pequenos segredos como o relacionamento que ele teve com William Harvey e Charles Darwin. Eu não viveria o suficiente para ouvir esses segredos e muito menos para entendê-los.

Mas não eram apenas os vampiros que mantinham segredos. As outras criaturas faziam isso para não serem descobertas e para preservar alguma coisa – qualquer coisa – que pertencesse ao seu mundo fechado de clãs quase tribais. Matthew não era um mero caçador, ou um cientista, ou um matador, ele era uma teia de segredos exatamente como eu. Só poderíamos ficar juntos se decidíssemos que segredos seriam compartilhados e que segredos seriam deixados de lado.

O computador emitiu um som característico quando pressionei o botão de força. Os sanduíches de Marthe estavam ressecados e o chá estava frio, mas me servi de um pouco de tudo para que ela não achasse que eu não tinha apreciado o trabalho dela.

Depois disso, sentei-me à frente da lareira. Os Cavaleiros de Lázaro me instigavam enquanto historiadora, e meus instintos de bruxa me diziam que a irmandade era importante para a compreensão de Matthew. Mas a existência dessa irmandade não era o segredo mais importante que ele guardava. Ele se guardava de si mesmo – de sua própria natureza.

Ficar apaixonada por ele era realmente complicado e delicado. Nós fazíamos parte de um cenário de conto de fadas – vampiros, bruxas, cavaleiros em armaduras brilhantes. Mas a realidade era perturbadora e devia ser encarada. Eu tinha sofrido ameaças e as criaturas que me vigiavam na Bodleiana esperavam que eu recuperasse o livro que todos desejavam e ninguém entendia. O laboratório de Matthew já tinha sido atacado. E nosso relacionamento desestabilizava a frágil e antiga ligação entre demônios, humanos, vampiros e bruxos. Habitávamos um mundo novo onde as criaturas se combatiam mutuamente e onde a qualquer momento um exército secreto e silencioso poderia ser invocado por um selo de cera negra. Não era de espantar que Matthew preferisse me deixar de lado.

Apaguei as velas e subi para o meu quarto. Exausta, rapidamente peguei no sono, um sono cheio de cavaleiros, selos de bronze e infindáveis livros de contabilidade.

Dedos frios e firmes tocaram no meu ombro e me fizeram acordar imediatamente.

— Matthew? — Eu me ergui dos travesseiros.

A brancura do rosto de Ysabeau cintilou na escuridão.

— É para você. — Ela estendeu o celular vermelho e saiu do quarto.

— Sarah? — Apavorei-me com a possibilidade de que estivesse acontecendo alguma coisa com minhas tias.

— Está tudo bem, Diana.

Era Matthew.

— O que houve? — Minha voz soou trêmula. — Já fez o trato com Knox?

— Não. Não fiz progresso algum por aqui. Não há mais nada a fazer em Oxford. Quero voltar para casa e ficar com você. Chegarei daqui a poucas horas. — A voz estava firme, mas ele parecia estranho.

— Eu estou sonhando?

— Não está sonhando, não — disse Matthew. — Diana — ele hesitou. — Eu te amo.

Era o que eu mais queria ouvir. A corrente perdida dentro de mim começou a cantar na escuridão.

— Venha e me diga isso outra vez — falei baixinho com os olhos marejados de lágrimas de alívio.

— Você não mudou de ideia, mudou?

— Jamais — respondi com veemência.

— Você estará em perigo e sua família também. Quer correr esse risco por mim?

— Já fiz a minha escolha.

Depois da despedida desligamos o telefone com relutância, com medo do silêncio que viria depois do que acabáramos de dizer.

Durante o tempo que Matthew esteve fora eu fiquei numa encruzilhada, sem conseguir enxergar o caminho à frente.

Mamãe tinha misteriosos dons visionários. Seria poderosa o bastante para vislumbrar o que aconteceria se nós ficássemos juntos?

26

Desliguei o pequeno celular de Ysabeau e fiquei aguardando o barulho dos pneus sobre os cascalhos do caminho de entrada – e a partir daí não perdi o celular de vista.

Saí do banheiro com o celular na mão e um bule de chá e pãezinhos me aguardavam para o café da manhã. Comi apressada, vesti a primeira roupa que vi pela frente e desci a escada correndo e ainda de cabelo molhado. Faltavam algumas horas para a chegada de Matthew em Sept-Tours e me determinei a esperá-lo até que ele chegasse.

Primeiro, esperei sentada no sofá do salão ao lado da lareira, imaginando o que teria acontecido em Oxford a ponto de fazer Matthew mudar de ideia. Marthe chegou com uma toalha para enxugar o meu cabelo quando percebeu que eu não tinha a menor intenção de fazer isso.

O tempo passou e comecei a andar de um lado para outro no saguão de entrada. Ysabeau apareceu e ficou parada de mãos à cintura. Continuei zanzando de lá para cá, apesar da incômoda presença da mãe de Matthew, até que Marthe trouxe uma cadeira, colocou-a perto da porta e me convenceu a sentar naquela cadeira claramente projetada para o desconforto de um possível ocupante, e com isso Ysabeau recolheu-se na biblioteca.

Saí em disparada quando o Range Rover parou lá fora. Foi a primeira vez que Matthew não chegou à porta antes de mim. Ele ainda se endireitava em cima de suas pernas compridas quando fechei os braços em torno do seu pescoço me equilibrando na ponta dos pés.

– Não faça isso outra vez – sussurrei ao pé do ouvido dele com os olhos cheios de lágrimas. – Nunca mais faça isso.

Matthew me abraçou com o pescoço enterrado na minha nuca. Ficamos abraçados sem dizer uma palavra. Ele ergueu a cabeça, soltou-se dos meus braços e me apoiou no chão com delicadeza. Segurou o meu rosto com carinho e os familiares toques de neve e gelo se misturaram com minha pele. Enviei para a minha memória novos detalhes da fisionomia de Matthew, pequeninas rugas nos cantos dos olhos e uma curva precisa na concavidade abaixo do lábio inferior.

– *Dieu* – ele sussurrou emocionado. – Eu estava errado.

– Errado? – Minha voz soou em pânico.

– Achei que sabia o quanto sentiria falta de você. Mas não chegava nem perto de saber.

– Diga para mim. – Eu queria ouvir novamente o que ele tinha dito na noite anterior.

– Eu te amo, Diana. Só Deus sabe o quanto lutei contra esse amor.

Meu rosto se rendeu às mãos dele.

– Eu também te amo, Matthew, de corpo e alma.

Ele ouviu a minha resposta com uma alteração sutil no corpo. Não foi na pulsação do coração, mesmo porque o coração dele não pulsava muito, nem na pele que continuava deliciosamente fria. Foi um som – um nó na garganta, um murmúrio de paixão que deu um choque de desejo no meu corpo. Ele captou a minha reação de rosto aceso. Inclinou a cabeça e colou os lábios nos meus.

A resposta do meu corpo não foi sutil. Meus ossos se incendiaram e minhas mãos se cravaram nas costas dele e foram descendo. Ele tentou se afastar e puxei os quadris dele ao encontro dos meus.

Não tenha pressa, pensei.

Pego de surpresa, ele flutuou os lábios por cima dos meus. Minhas mãos desceram até as nádegas dele e agarrou-as de maneira possessiva, fazendo-o perder outra vez a respiração e ronronar com a garganta.

– Diana – ele disse com um tom cauteloso.

Meu beijo perguntou qual era o problema.

A única resposta de Matthew foi continuar me beijando. Ele me pegou pelo pescoço, desceu a mão até o meu seio esquerdo e esfregou com sofreguidão o tecido que cobria uma parte sensível da minha pele entre o braço e o coração. Depois me pegou pela cintura com a outra mão e puxou ainda mais o meu corpo para o dele.

Passado um longo instante Matthew afrouxou o abraço e disse:

– Agora você é *minha*.

Eu estava com os lábios dormentes demais para dizer alguma coisa e balancei a cabeça, ainda com as mãos cravadas nas nádegas dele.

Ele me olhou fixamente.

– Você ainda tem alguma dúvida?

– Nenhuma.

– De agora em diante nós dois somos um só. Entendeu?

– Acho que sim. – O que entendi naquele segundo é que ninguém me afastaria de Matthew.

– Ela não entendeu, não. – A voz de Ysabeau ecoou pelo terreno na frente da casa. Matthew se enrijeceu e me abraçou de maneira protetora. – Com esse beijo vocês quebraram todas as regras que mantêm o nosso mundo unido e nos mantêm a salvo. Matthew, você marcou essa bruxa como propriedade sua. E, Diana, você ofereceu o seu sangue de bruxa, o seu poder, para um vampiro. Você se virou de costas para a sua própria espécie e se associou com uma criatura inimiga.

– Foi só um beijo – retruquei abalada.

– Foi um voto. E agora que trocaram essa promessa um com o outro, vocês são fora da lei. Que Deus os ajude, os dois.

– Então somos fora da lei – disse Matthew baixinho. – Ysabeau, você acha que devemos partir? – Soou a voz de uma criança indefesa por trás do homem, e alguma coisa se partiu dentro de mim por fazê-lo escolher uma entre nós duas.

A mãe de Matthew deu um passo à frente e o esbofeteou com força.

– Como se atreve a me perguntar isso?

Mãe e filho se entreolharam chocados. A marca da mão de Ysabeau permaneceu por um instante no rosto de Matthew – vermelha e depois azul – antes de sumir.

– Você é o meu filho mais amado – ela continuou com uma voz tão forte quanto o ferro. – E agora Diana é minha filha, uma responsabilidade tanto minha como sua. A luta de vocês é a minha luta, e seus inimigos são meus inimigos.

– Você não tem obrigação de nos proteger, *maman*. – A voz de Matthew se fez tesa como a corda de um arco.

– Chega de besteira. Vocês serão caçados até os confins da Terra por esse amor. Nós enfrentaremos isso como a família que somos. – Ysabeau se voltou para mim. – E quanto a você, filha, você *lutará* como prometeu. Você é destemida... os verdadeiros bravos sempre o são e não posso culpá-la pelo seu destemor. Mesmo assim, você precisa dele como do ar que respira e ele a deseja como nunca desejou alguma coisa ou alguém desde que o fiz vampiro. Então, está resolvido e daremos tudo de nós nessa luta. – Ela inesperadamente me deu um abraço e dois beijos gelados, um em cada face. Depois de alguns dias na casa de Ysabeau eu era enfim recebida oficialmente por ela.

A mãe olhou para o filho com uma expressão fria e resoluta.

– A melhor forma de nos sairmos bem começa com Diana agindo como uma bruxa e não como um humano patético qualquer. As mulheres da família Clermont sabem se defender.

Matthew encrespou-se.

– Eu tratarei de mantê-la a salvo.

– Justamente por isso você sempre perde no xadrez, Matthew. – Ysabeau apontou o dedo para ele. – Tal como Diana, a rainha tem um poder quase ilimitado. Mesmo assim, insiste em cercá-la, sem ver que dessa forma você próprio se torna vulnerável. Mas não se trata de um jogo, e a fraqueza de Diana coloca a todos nós em risco.

– Fique fora disso, Ysabeau – advertiu Matthew. – Ninguém vai forçar Diana a ser o que ela não é.

A mãe bufou de maneira elegante, porém expressiva.

– Exatamente. Não permitiremos mais que Diana se esforce em ser humana, coisa que ela não é. Ela é uma bruxa. Você é um vampiro. Se isso não fosse verdade, não estaríamos metidos nessa confusão. Matthew, *mon cher,* se a bruxa é corajosa o suficiente para desejá-lo, não há razão para que tenha medo do próprio poder. Você pode deixá-la à parte se quiser. E também os outros que irão procurá-lo quando se derem conta do que você fez.

– Matthew, ela está certa – eu disse.

– Vamos entrar. – Ele olhou desconfiado para a mãe. – Você está gelada e precisamos conversar sobre Oxford. Depois retomamos a conversa sobre magia.

– Eu também preciso lhe contar o que aconteceu aqui. – Se tínhamos uma batalha em comum, teríamos que revelar alguns dos nossos segredos como o dom que eu tinha de virar água a qualquer momento.

– Nós temos tempo de sobra para você me contar tudo – disse Matthew enquanto me conduzia para o castelo.

Quando atravessamos a porta, Marthe já o esperava. Ela o abraçou com o vigor de quem recebia alguém que voltava triunfante do campo de batalha, e depois nos acomodou em volta da lareira do salão.

Matthew sentou do meu lado e ficou me observando enquanto eu tomava o meu chá. De vez em quando acariciava o meu joelho ou o meu ombro, ou afagava o meu cabelo como se compensando uma breve ausência. Quando o vi totalmente relaxado, iniciei as perguntas. A princípio inocentes e corriqueiras. Perguntei sobre a viagem, e logo a conversa girava em torno de Oxford.

– Marcus e Miriam estavam no laboratório durante a tentativa de invasão? – perguntei.

– Estavam – ele respondeu sorvendo um gole do vinho que Marthe colocara ao lado dele –, mas os larápios não chegaram a tanto. Na verdade os dois não passaram perigo algum.

– Graças a Deus – murmurou Ysabeau olhando para o fogo.

– O que é que eles estavam procurando?

– Informação. Sobre você – ele disse com relutância. – Eles também invadiram o seu apartamento na New College.

Ele não tinha me falado sobre isso.

– Fred ficou horrorizado – continuou Matthew. – Ele me garantiu que a administração vai trocar as trancas da sua porta e instalar uma câmera no seu andar.

– Não foi culpa do Fred. Com a chegada dos novos alunos, basta um andar confiante e o cachecol da universidade para passar pelos porteiros. Mas não havia nada no meu apartamento para levar! Será que estão atrás da minha pesquisa? – Era uma hipótese ridícula. Quem se interessaria pela alquimia a ponto de planejar uma invasão?

– Suas anotações estão no seu computador. – Matthew apertou as minhas mãos. – Mas eles não queriam o seu trabalho. Concentraram a busca no seu quarto e no banheiro. Achamos que estavam procurando uma amostra do seu DNA... cabelo, pele, unha. Como não conseguiram nada no laboratório, partiram para o seu apartamento.

Minha mão tremeu ligeiramente. Tentei soltá-la para que ele não percebesse o meu abalo com a notícia. Ele não soltou a minha mão.

– Você não está sozinha nisso, lembra? – Matthew me olhou fixamente.

– Então não eram ladrões comuns. Foi trabalho de criaturas que nos conhecem e conhecem o Ashmole 782.

Ele assentiu.

– Bem, eles não tinham muita coisa para encontrar. Não no meu apartamento. – Tratei de explicar porque Matthew me olhou intrigado. – Mamãe me obrigava a limpar a minha escova de cabelo antes de sair para a escola de manhã. Isso virou um hábito. Eu tinha que jogar os fios de cabelo na privada e puxar a descarga... e fazia a mesma coisa com as aparas de unhas.

Matthew pareceu surpreso. Já Ysabeau não pareceu surpresa.

– Sua mãe é o tipo de pessoa que eu teria gostado muito de conhecer – ela comentou tranquilamente.

– Ainda se lembra do que sua mãe dizia? – ele perguntou.

– Não tudo. – Tive uma vaga lembrança de estar sentada na beira da banheira ouvindo mamãe expondo a rotina da manhã e da noite, mas não era só isso. Eu me concentrei e as lembranças se tornaram mais claras. – Lembro que eu ficava contando até vinte. Em alguma parte do longo caminho eu me virava e dizia alguma coisa.

– O que será que ela pensava? – refletiu Matthew em voz alta. – Cabelo e unhas carregam muita informação genética.

– Quem sabe? Mamãe era famosa pelas premonições que tinha. Mas ela só devia estar pensando como uma Bishop. Não somos o ramo mais equilibrado e sadio da família.

– Sua mãe não era maluca, Diana, e nem tudo pode ser explicado pela ciência moderna, Matthew. Há séculos que as bruxas acreditam que fios de cabelo e unhas carregam poder – disse Ysabeau.

Marthe resmungou em assentimento e revirou os olhos diante da ignorância da juventude.

– As bruxas usam as duas coisas para fazer os feitiços – continuou Ysabeau. – Feitiços de amarração, magia de amor, tudo isso depende dessas coisas.

– Você me falou que não era bruxa, Ysabeau – eu disse admirada.

– Conheci muitas bruxas ao longo de todos esses anos. Nenhuma delas deixaria à vista um único fio de cabelo pelo temor de que uma outra bruxa o encontrasse.

– Mamãe nunca me disse isso. – Imaginei quantos segredos mais ela teria me sonegado.

– Às vezes a mãe prefere revelar as coisas aos poucos para os filhos. – Ysabeau olhou para mim e para Matthew.

– Quem foram os invasores? – Lembrei da lista de possibilidades de Ysabeau.

– No laboratório, os vampiros, mas no seu apartamento não sabemos ao certo. Marcus acha que vampiros e bruxas trabalharam juntos.

– Foi então por isso que você ficou tão zangado? Por causa dessas criaturas que violaram o meu território?

– Foi sim.

Retornávamos aos monossílabos. Aguardei o resto da resposta.

– Diana, eu até poderia fazer vista grossa se tentassem invadir o meu laboratório e as minhas terras, mas não consigo ficar parado quando você está envolvida. A coisa me soa como uma ameaça e simplesmente... eu não consigo. Mantê-la a salvo se tornou instintivo para mim. – Ele passou os dedos pelos cabelos e uma mecha tombou na orelha.

– Como não sou uma vampira, não conheço as regras. Você tem que me explicar como isso funciona – retruquei colocando a mecha rebelde no seu lugar.

– Você então se convenceu a ficar comigo depois da invasão no meu apartamento na New College?

Matthew moveu as mãos com a velocidade de um raio e segurou o meu rosto.

– Não preciso de pretextos para ficar com você. Você também disse que se apaixonou por mim no dia que teve vontade de me bater com o remo lá no rio. – Os olhos dele pareceram indefesos. – Eu me apaixonei por você muito antes... quando recorreu à magia para pegar aquele livro na estante da Bodleiana. Você pareceu tão aliviada, e depois tão terrivelmente culpada.

Ysabeau se levantou visivelmente constrangida pelo modo explícito do filho de demonstrar os próprios sentimentos.

– Vamos sair daqui.

Marthe se agitou à mesa pronta para ir à cozinha, onde sem dúvida prepararia um baita banquete.

– Não, *maman*. Vocês precisam ouvir o resto.

– Vocês não são apenas fora da lei, então. – A voz de Ysabeau soou pesada. Ela sentou-se outra vez na poltrona.

– Sempre houve animosidades entre as criaturas, especialmente entre vampiros e bruxas. Mas eu e Diana trouxemos essas tensões à tona. Embora isso só seja uma desculpa. A Congregação não se abalou nem um pouco com a nossa decisão de quebrar o acordo.

– Deixe de rodeios, Matthew – disse Ysabeau abruptamente. – Já estou sem paciência para isso.

Matthew me olhou com um ar culpado antes de responder.

– A Congregação começou a se interessar pelo Ashmole 782 e pelo mistério que levou Diana a colocar as mãos nele. As bruxas vigiam esse manuscrito pelo menos há quase o mesmo tempo que eu tenho de vida. Elas nunca imaginaram que Diana o pegaria na biblioteca. E não passou pela cabeça de ninguém que eu seria o primeiro a me aproximar dela.

Os velhos temores vieram à superfície e disseram lá do fundo de mim que havia algo errado.

– Se não fosse pelo Mabon – continuou Matthew –, muitas bruxas poderosas que sabem da importância do manuscrito estariam na biblioteca. Mas o fato é que estavam muito ocupadas com o festival e baixaram a guarda. Elas deixaram a tarefa para uma jovem bruxa, e essa bruxa deixou Diana e o manuscrito escapulirem.

– Coitada da Gillian – sussurrei. Peter Knox devia estar furioso com ela.

– É. – Matthew apertou a boca. – Mas já faz tempo que a Congregação vigia você, por razões que estão acima do manuscrito e que têm a ver com o poder que você própria possui.

– Há quanto tempo...? – Não consegui terminar a frase.

– Provavelmente durante a sua vida inteira.

– Desde que os meus pais morreram. – Lembranças da minha infância retornaram dispersas e flutuantes, a lembrança de sentir a incômoda atenção de uma bruxa enquanto eu brincava no pátio da escola ou no balanço, a lembrança do olhar gelado de um vampiro me observando na festa de aniversário de uma amiguinha. – Eu estou sendo vigiada desde que os meus pais morreram.

Ysabeau abriu a boca para falar, mas olhou para o filho e voltou atrás.

– Se eles a tiverem nas mãos, eles terão o livro ou pelo menos acham que terão. Você está ligada ao Ashmole 782 de um modo tão intenso que não consigo entender. E sinceramente não acredito que eles entendam.

– Nem Peter Knox?

– Marcus andou investigando. Ele é bom em recolher informações dos outros. Pelo que sei Peter Knox ainda não faz a menor ideia.

– Eu não quero que o Marcus se arrisque, não por mim. Ele tem que ficar fora disso, Matthew.

– Marcus sabe cuidar de si mesmo.

– Eu também tenho algumas coisas para lhe contar. – Eu enlouqueceria se tivesse que voltar atrás.

Matthew segurou as minhas mãos abrindo as narinas ligeiramente.

– Você está cansada e com fome – disse. – Talvez seja melhor deixar para depois do almoço.

– Você também fareja a minha *fome*? – perguntei incrédula. – Isso não é justo.

Ele inclinou levemente a cabeça para trás e riu. Puxou as minhas mãos para trás de mim de modo que os meus braços parecessem asas.

– E quem diz isso é uma bruxa que pode ler os meus pensamentos quando lhe dá na veneta como se estivessem estampados num cartaz. Sei muito bem quando você muda de ideia, querida Diana. Sei quando você está arquitetando travessuras como naquele dia que achou que seria engraçado saltar a cerca do padoque. E estou cansado de saber quando você está com fome. – Ele me deu um beijo para me convencer.

– E por falar em bruxa – eu disse um tanto sem fôlego –, coloque a água-de-bruxa na lista de possibilidades genéticas.

– O quê? – Ele me olhou preocupado. – Quando isso aconteceu?

– Na hora que você saiu de Sept-Tours. Eu não quis chorar na sua frente. E quando você partiu, chorei... muito.

– Você tinha chorado antes – ele retrucou pensativo, puxando as minhas mãos para a frente. Examinou as palmas e os dedos das minhas mãos. – A água jorrou das suas mãos?

– Jorrou de todos os lados – respondi. Ele ergueu as sobrancelhas em sinal de alarme. – Das minhas mãos, dos meus cabelos, dos meus olhos, dos meus pés e até da minha boca. Foi como se não tivesse restado nenhuma parte de mim e eu tivesse virado água. Achei que nunca mais sentiria outro gosto além do sal.

– Você estava sozinha? – A voz dele soou aguda.

– Não, claro que não – apressei em responder. – Marthe e sua mãe estavam presentes. Elas não conseguiram se aproximar de mim. Havia muita água. E muito vento também.

– E como foi que isso parou? – ele perguntou.

– Foi Ysabeau.

Matthew olhou longamente para a mãe.

– Ela cantou para mim.

O vampiro fechou os olhos.

– No passado ela cantava o tempo todo. Obrigado, *maman*.

Fiquei esperando que ele me contasse que Ysabeau costumava cantar para ele e que se transformara completamente depois da morte de Philippe. Mas ele não disse nada. Em vez disso me abraçou com força, e tentei não me importar com o fato de que não confiava em mim para revelar essa parte de sua vida.

À medida que o dia passou a felicidade de Matthew por ter voltado para casa se tornou contagiante. Depois do almoço nós fomos para o estúdio dele. Em frente à lareira, no chão, ele descobriu quase todos os pontos sensíveis do meu corpo. Por outro lado, não me deixou transpor os muros que tinha erguido cuidadosamente para manter as outras criaturas longe dos segredos dele.

Em dado momento localizei com dedos invisíveis uma fenda nas defesas de Matthew. Ele olhou para mim espantado.

– Você disse alguma coisa? – perguntou.

– Não – me esquivei.

Desfrutamos um jantar tranquilo com Ysabeau que também estava contagiada pela alegria de Matthew. Mas ela transparecia tristeza quando o olhava com mais intensidade.

Acabei de jantar e me desculpei pelo fato de estar com sono, na verdade eu estava preocupada com a gaveta da escrivaninha, o meu cheiro podia ter ficado no suporte de veludo dos selos, e me apressei em dar um boa-noite antes que Matthew se dirigisse sozinho ao estúdio.

Ele apareceu logo depois com seus grandes pés descalços e vestindo uma calça larga e listrada de pijama e uma camiseta preta desbotada.

– Você prefere o lado esquerdo ou direito? – perguntou casualmente, aguardando de braços cruzados ao pé da cama.

Eu podia virar a cabeça rapidamente quando necessário, mesmo não sendo uma vampira.

– Eu prefiro o esquerdo, se não se importar – ele acrescentou com uma cara séria. – Para mim será mais fácil relaxar se eu estiver entre você e a porta.

– Eu... eu não me importo – gaguejei.

– Passa pra lá, então. – Larguei as cobertas e fiz o que ele pediu. Ele se enfiou debaixo dos lençóis com um gemido de satisfação.

– Esta cama é a mais confortável da casa. Mamãe acha que não precisamos nos preocupar com bons colchões porque quase não dormimos. A cama dela é o próprio purgatório.

– Você vai dormir comigo? – perguntei tentando parecer tão indiferente quanto ele, mas sem sucesso.

Ele tirou o braço debaixo da coberta, puxou a minha cabeça e repousou-a no seu ombro.

– Não pensei que eu podia – disse. – Na verdade, não vou dormir.

Eu me aninhei ao corpo de Matthew e coloquei a palma da mão no coração dele para acompanhar o ritmo das batidas.

– O que vai fazer?

– É óbvio que vou ficar olhando para você. – Os olhos dele brilharam. – E quando me cansar de fazer isso, se me cansar de fazer – beijou os meus olhos –, pego um livro. Você se incomoda com a luz de velas?

– Não – respondi. – Eu durmo como uma pedra. Nada me acorda.

– Eu gosto de desafios – ele disse mansamente. – Arranjarei um jeito de acordá-la, se me entediar.

– Você se entedia facilmente. – Fiz a provocação enquanto me erguia e deslizava os dedos da base da nuca até os cabelos dele.

– Você terá que esperar para ver – ele disse com um ar maroto.

Os braços de Matthew eram frios e macios, e a presença dele era protetora e aconchegava mais que uma canção de ninar.

– Será que um dia isso vai parar? – perguntei baixinho.

– A Congregação? – A voz dele soou preocupada. – Não sei.

– Não. – Ergui a cabeça surpreendida. – Não estou preocupada com isso.

– O que quis dizer, então?

Beijei aquela boca curiosa.

– A emoção que sinto quando estou com você, como se estivesse viva pela primeira vez na vida.

Ele sorriu com uma expressão doce e tímida como nunca.

– Tomara que não.

Suspirei de felicidade, encostei a cabeça no peito de Matthew e caí num sono sem sonhos.

27

Na manhã seguinte me dei conta de que os meus dias com Matthew até então se enquadravam em uma de duas categorias. Ou ele assumia o controle do dia e me mantinha a salvo fazendo de tudo para que nada atrapalhasse os seus cuidadosos planos, ou então deixava o dia correr solto ao sabor do vento. Não fazia muito tempo que os meus dias eram determinados por elaboradas listas e cronogramas.

Decidi então assumir o controle. Decidi entrar na vida de vampiro de Matthew.

Infelizmente, tal decisão estava fadada a arruinar um dia que prometia ser maravilhoso.

Um dia que começou de madrugada com o corpo de Matthew me dando um choque de desejo com a mesma intensidade daquele que eu sentira no pátio no dia anterior. Um choque mais eficaz que qualquer despertador. Ele também reagiu de imediato com um beijo gratificante e vigoroso.

– Pensei que você não acordaria nunca mais – ele sussurrou entre beijos. – Até pensei que teria que chamar a banda da aldeia, mas o único trompetista conhecido que sabia executar o toque da alvorada morreu no ano passado.

Deitada ao lado dele, reparei que ele não estava com a âmbula de Betânia.

– Onde foi parar a sua insígnia de peregrino? – Era uma oportunidade ideal para fazê-lo falar dos Cavaleiros de Lázaro, mas ele não falou.

– Não preciso mais dela – disse enrolando uma mecha do meu cabelo no dedo e puxando-a para o lado de modo a poder me beijar atrás da orelha.

– Diga pra mim – insisti me esquivando levemente.

– Mais tarde – ele disse beijando no vão entre a minha nuca e o meu ombro.

Meu corpo se fechou para qualquer tentativa de um colóquio racional. Eu e ele nos entregamos ao mundo dos sentidos, com toques nas frágeis barreiras de pano que cobriam nossos corpos e atentos às pequenas mudanças – um tremor, um arrepio, um suave gemido – que prometiam o grande prazer que viria à frente. Até que me fiz mais ousada atravessando a barreira de pano e tocando na pele nua de Matthew, mas ele me deteve.

– Sem pressa. Nós temos tempo.

– Vampiros. – Só consegui dizer isso antes de ser calada com um beijo.

Ainda estávamos atrás das cortinas da cama quando Marthe entrou no quarto. Ela deixou a bandeja do café da manhã na mesa com um baque oficioso, e jogou duas toras de madeira no fogo da lareira com o entusiasmo de um escocês competindo no lançamento de troncos.

Marthe saiu do quarto cantarolando uma canção occitana. Matthew se recusou a traduzir a letra, alegando que era grosseira demais para os meus delicados ouvidos.

Naquela manhã, em vez de me observar em silêncio enquanto eu fazia o meu desjejum, ele reclamava que estava entediado. Uma reclamação acompanhada de um brilho maroto no olhar e de mãos agitadas em cima das próprias coxas.

– Cavalgaremos depois do café da manhã – eu disse antes de pôr uma garfada de ovos à boca e sorver um gole de chá quente. – Posso trabalhar mais tarde.

– Cavalgar não vai adiantar nada – ele resmungou.

Meus beijos mandaram o tédio dele embora. Eu já estava com os lábios doloridos e com uma percepção mais apurada da interconexão do meu próprio sistema nervoso quando finalmente Matthew concordou que era uma boa hora para uma cavalgada.

Ele desceu até o estúdio para trocar de roupa enquanto eu tomava um banho. Marthe subiu ao meu quarto para recolher a bandeja e contei-lhe os meus planos enquanto fazia uma trança grossa no meu cabelo. Ela ouviu a parte mais importante de olhos arregalados, mas disse que mandaria uma sacolinha com sanduíches e água para Georges colocar no alforje de Rakasa.

Depois disso não restava mais nada a fazer senão contar para Matthew.

Ele estava sentado à escrivaninha e cantarolava ao mesmo tempo em que digitava no computador e verificava as mensagens no celular. Parecia muito animado.

– Finalmente – disse. – Achei que teria que pescar você na água.

Fui tomada pelo desejo e os meus joelhos bambearam. Fiquei subitamente emocionada quando percebi que poderia varrer o sorriso do rosto dele com as palavras que lhe diria.

Por favor, que tudo dê certo, pensei comigo mesma pondo as mãos nos ombros de Matthew. Ele inclinou para trás e encostou a cabeça no meu peito sorrindo para mim.

– Me dá um beijo – ordenou.

Eu estava feliz com o clima aconchegante entre nós dois e cumpri a ordem sem pestanejar. Aquilo era tão diferente dos livros e filmes onde o amor é descrito como algo tenso e difícil. Com Matthew, o amor era um aportar em porto seguro e não um navegar em tempestade.

– Como é que vou lidar com isso? – perguntei segurando o rosto dele. – Parece que o conheço por toda a minha vida.

Ele sorriu de felicidade e se voltou para os vários programas do seu computador. Enquanto fazia isso eu bebia o cheiro de especiarias de seu corpo e acariciava os cabelos ao longo da curva de sua nuca.

– Isso é uma delícia – ele disse se aconchegando na minha mão.

Já era hora de arruinar o dia. Inclinei o peito e recostei o queixo no ombro dele.

– Me leve para caçar.

Cada músculo do corpo de Matthew se retesou.

– Isso não é nada engraçado, Diana – disse de um modo gélido.

– Não estou brincando. – Mantive o queixo e as mãos no mesmo lugar. Ele tentou se desvencilhar de mim, mas o impedi. Ele não escaparia mesmo que eu não tivesse coragem de encará-lo. – Você precisa fazer isso, Matthew. Você precisa saber que pode confiar em mim.

Ele se ergueu da cadeira de maneira explosiva, sem me deixar outra opção senão dar um passo atrás e soltá-lo. Depois de se afastar, ele pôs a mão onde a âmbula de Betânia costumava ficar. Não era um bom sinal.

– Nenhum vampiro caça com um sangue-quente, Diana.

A explicação também não era um bom sinal. Ele estava mentindo para mim.

– Claro que caça – retruquei com todo o cuidado. – Você caça com o Hamish.

– É diferente. Já o conheço há muitos anos, e não divido a cama com ele. – A voz de Matthew soou com rudeza enquanto ele olhava fixamente para as estantes.

Caminhei lentamente na direção dele.

– Se Hamish pode caçar com você, então também posso.

– Não pode, não. – Ele se retesou de tal maneira que deu para ver o contorno dos ombros debaixo do suéter.

– Ysabeau me levou com ela.

Fez-se um absoluto silêncio ao redor. Matthew respirou fundo enquanto agitava os músculos dos ombros. Deu mais um passo atrás.

– Não faça isso – disse com rispidez. – Não se aproxime de mim quando estou com raiva.

Lembrei que naquele dia ele não estava no comando e rapidamente me coloquei à frente dele. Assim ele não poderia se esquivar do meu cheiro nem do som das batidas do meu coração que estavam equilibradas e firmes.

– Eu não queria deixar você zangado.

– Não estou zangado com você. – A voz dele soou com amargura. – Minha mãe é que me deve um montão de respostas. Há séculos ela vem testando a minha paciência, mas levá-la para caçar é imperdoável.

– Ela me deu a opção de voltar para o castelo.

– Ela não devia ter feito isso com você – ele vociferou se virando para me encarar. – Os vampiros ficam fora de controle quando estão caçando... quer dizer, não completamente. Mamãe não é confiável quando está farejando sangue. Para ela, matar é simplesmente se alimentar. Ela teria se alimentado de você sem pensar duas vezes se o vento tivesse levado o seu cheiro até o nariz dela.

A reação de Matthew era mais negativa do que o esperado, mas eu tinha colocado a mão no fogo e nada me impediria de colocar a outra.

– Sua mãe só tentou protegê-lo. Ela achou que eu não tinha entendido o perigo. Você teria feito o mesmo por Lucas.

O silêncio se fez outra vez em volta.

– Ela não tinha o direito de falar de Lucas para você. Ele era meu, não dela. – A voz de Matthew soou suavemente, mas com uma dose de veneno que eu nunca tinha visto sair de sua boca. Ele buscou com os olhos a estante que guardava a torre de brinquedo.

– Ele era seu e de Blanca – acrescentei com um tom igualmente suave.

– A história de vida de um vampiro só a ele cabe contá-la... somente a ele. Eu e você podemos estar infringindo os códigos, mas em poucos dias mamãe quebrou sozinha algumas regras. – Ele apalpou a âmbula de Betânia novamente.

Cruzei a pouca distância que nos separava com cautela e em silêncio, como se ele fosse um animal nervoso que poderia me atacar de um jeito que o faria se arrepender depois. Agarrei-o pelos braços quando estava a poucos centímetros dele.

– Ysabeau também me contou outras coisas. Conversamos sobre o seu pai. Ela revelou todos os nomes que você tem, mencionando os nomes que você não gosta, e também revelou todos os nomes dela. Não entendi muito bem o sentido desses nomes, mas acho que ela não explica isso para qualquer um. Ela me disse como fez você. E disse que tinha cantado para repelir a água-de-bruxa a mesma canção que cantava para você depois que virou vampiro. – *Quando você não conseguia controlar a sua fome.*

Os olhos de Matthew tiveram dificuldade para encontrar os meus olhos. Mostravam uma dor e uma vulnerabilidade que ele ocultava até aquele instante com muito zelo. Meu coração se partiu.

– Não posso correr esse risco, Diana – ele disse. – Eu quero você como nunca quis alguém. Eu quero você de corpo e alma. Se me desconcentrar por um segundo durante a caçada, o cheiro do cervo pode se confundir com o seu cheiro e o meu desejo de caçar o cervo pode se misturar com o meu desejo de ter você.

– Mas você já me tem – eu disse como se o agarrando com as minhas mãos, com os meus olhos, com a minha mente e com o meu coração. – Você não precisa me caçar. Eu sou sua.

– A coisa não funciona assim – ele argumentou. – Nunca poderei possuí-la completamente. Estarei sempre querendo mais do que você pode dar.

– Esta manhã, na minha cama, você não quis. – Ruborizei só de pensar na última recusa dele. – Eu queria me dar para você com todo ardor, e você disse não.

– Eu não disse não... eu disse mais tarde.

– É assim que você caça? Seduzindo, postergando e depois rendendo a presa? Ele se encolheu. Era a resposta que eu esperava.

– Mostre para mim – insisti.

– Não.

– Mostre!

Ele urrou, mas me mantive firme. Era um urro de aviso, não de ameaça.

– Eu sei que você está com medo. Eu também estou. – Os olhos de Matthew brilharam de culpa e resmunguei de impaciência. – Pela última vez, não estou com medo de você. O que me apavora é o meu próprio poder. Você não viu a água-de-bruxa, Matthew. Eu podia ter destruído qualquer um e qualquer coisa sem uma gota de remorso na hora que a água jorrou de mim. Você não é a única criatura perigosa aqui. Mas apesar disso, nós temos que aprender um jeito de viver em comum.

Ele riu com amargura.

– Talvez seja por isso que existem regras para impedir que bruxas e vampiros se unam. Talvez seja muito difícil superar tudo isso.

– Você não acredita nessa bobagem – retruquei com veemência enquanto pegava a mão dele e trazia ao meu rosto. O choque entre o frio e o quente foi como um toque de prazer nos meus ossos que fez o meu coração palpitar. – O que sentimos um pelo outro não é e não pode ser errado.

– Diana. – Ele sacudiu a cabeça e tentou se desvencilhar.

Eu o agarrei com força e coloquei a palma da mão dele para cima. Matthew tinha uma linha da vida longa e suave, e tracei-a com o dedo até atingir as veias. Debaixo da pele branca as veias pareciam negras, e ele tremeu quando sentiu o meu toque. Ainda havia dor nos olhos dele, mas ele não estava mais furioso.

– Isso não é errado. Você sabe perfeitamente disso. Mas o que você não sabe é que também pode confiar em mim. – Entrelacei os meus dedos nos dele e lhe dei um tempo para pensar. Mas continuei firme.

– Eu a levarei na caçada – ele disse por fim –, desde que não se aproxime de mim e não desmonte de Rakasa. E se perceber algum sinal de que estou olhando para você, ou até mesmo pensando em você, dê meia-volta e saia a galope direto para casa, para Marthe.

Já decidido, Matthew desceu a escada e pacientemente esperou uns degraus abaixo quando viu que eu estava mais atrás. Ele passou como um pé de vento pelo salão, e isso fez Ysabeau se levantar da poltrona.

– Vamos – ele disse com a cara amarrada enquanto me arrastava pelo térreo.

Quando chegamos à cozinha, no subsolo, Ysabeau estava poucos passos atrás de nós, e Marthe olhava para mim e para Matthew, parada à entrada da despensa, como se assistindo a uma novela de televisão. Ninguém precisou lhe dizer que alguma coisa estava errada.

– Não sei quando voltaremos – gritou Matthew por cima do ombro.

Ele me segurou com força e não pude fazer nada a não ser me voltar para ela com um ar constrangido e sussurrar "desculpe".

– *Elle a plus de courage que j'ai pensé* – cochichou Ysabeau para Marthe.

Matthew se deteve abruptamente com os lábios crispados em desagradável careta.

– Sim, mamãe. Diana tem mais coragem do que você e eu merecemos. Se você ousar testá-la novamente, será a última vez que nos verá. Entendeu?

– É claro, Matthew – murmurou Ysabeau. Era a resposta que ela preferia quando queria parecer neutra.

Matthew não disse uma palavra no trajeto até o estábulo. Em alguns momentos fez menção de que ia dar meia-volta e voltar para o castelo. Na entrada do estábulo, me pegou pelos ombros para ver se havia algum sinal de medo no meu rosto e no resto meu corpo. Ergui o queixo.

— Podemos? — Saí andando na direção do padoque.

Ele bufou e depois chamou por Georges. Balthasar respondeu com um relincho e abocanhou a maçã que joguei para ele. Felizmente, não precisei de ajuda para calçar as botas, se bem que demorei mais que Matthew para calçá-las. Ele me observou atentamente quando terminei de abotoar o casaco e prendi a correia do boné debaixo do queixo.

— Fique com isso — disse estendendo um chicote.

— Não preciso disso.

— Pegue o chicote, Diana.

Peguei o chicote pensando em jogá-lo no mato na primeira oportunidade.

— E saiba que voltaremos para casa se jogar esse chicote fora quando entrarmos no bosque.

Ele realmente achava que eu poderia açoitá-lo com aquilo? Enfiei o chicote na bota com o cabo espetando o meu joelho e me dirigi irritada até o padoque.

Os cavalos nos viram e se agitaram com nervosismo. Os animais, como Ysabeau, sabiam que alguma coisa estava errada. Estendi a maçã para Rakasa e fiquei acariciando o lombo enquanto falava suavemente com ela na tentativa de acalmá-la. Matthew não deu a mínima para Dahr. Ele estava ocupado demais, conferindo o equipamento da montaria com uma velocidade espantosa. Depois me ajudou a montar em Rakasa. Ele me pegou pela cintura e não se deteve comigo mais do que o necessário. Não queria absorver o meu cheiro.

No bosque, Matthew fez questão de se certificar se o chicote ainda estava enfiado na minha bota.

— É melhor encurtar o estribo do lado direito — ele disse assim que os cavalos iniciaram o trote. Ele queria o meu equipamento pronto para uma saída em disparada, caso fosse necessário. Refreei Rakasa de cara amarrada e ajustei as correias de couro do estribo.

O campo que já me era familiar se abriu à minha frente. Matthew farejou o ar e puxou as rédeas de Rakasa para me deter. Ele ainda estava sombrio de raiva.

— Tem um coelho por lá. — Apontou para o lado ocidental do campo.

— Já vi um coelho sendo caçado — eu disse com toda a calma. — E uma marmota e um bode e uma corça.

Ele soltou um palavrão conciso e compreensível, e torci para que estivéssemos fora do alcance dos ouvidos de Ysabeau.

— Você quis dizer "vamos ao que interessa", não foi?

— Eu não caço cervos como a minha mãe, amedrontando-os até a morte e caindo em cima como uma ave de rapina. Talvez mate um coelho ou mesmo um bode para você. Mas não vou encurralar um cervo com você por perto — ele disse com uma cara obstinada.

– Pare de fingir e confie em mim. – Apontei para o meu alforje. – Estou preparada para esperar.

Ele balançou a cabeça.

– Não com você perto de mim.

– Desde o dia que nos conhecemos – comecei a falar com toda a calma –, você só mostrou os aspectos agradáveis de um vampiro. Sente gostos que nem imagino. Recorda-se de fatos e de pessoas que só conheço pelos livros. Fareja quando mudo de ideia ou quando desejo beijá-lo. Enfim, você me despertou para um mundo de possibilidades sensoriais inimagináveis.

Eu dei uma pausa na esperança de que estivesse fazendo algum progresso. Não estava.

– Durante esse tempo você me viu vomitar e incendiar o seu tapete, e me viu completamente destruída quando recebi aquele envelope inesperado pelo correio. E saiba que o episódio das águas também não foi nada bonito. Em troca só estou lhe pedindo que me deixe assistir enquanto você se alimenta. Isso é básico, Matthew. E se você não pode lidar com isso, terminamos por aqui e deixamos a Congregação feliz.

– *Dieu*. Você tem sempre que me surpreender? – Matthew esticou a cabeça e olhou alguma coisa ao longe. Um jovem veado no topo de uma colina tinha atraído a atenção dele. O veado pastava e ainda não tinha sentido o nosso cheiro porque o vento soprava em nossa direção.

Muito obrigada, agradeci comigo mesma. Naquela hora um veado era um presente dos deuses. Matthew cravou os olhos na presa, deixando a raiva de lado e assumindo uma consciência sobrenatural do meio ambiente. Fixei os olhos no vampiro atenta a sutilezas que exprimissem o que ele estava sentindo ou pensando e recebi poucas pistas, se bem que preciosas.

Não ouse se mover, avisei para Rakasa quando ela deu sinais de nervosismo. A égua plantou os cascos na terra e se manteve atenta.

Depois de sentir a mudança de vento pelo cheiro, Matthew pegou as rédeas de Rakasa e moveu lentamente os dois cavalos para a direita, mantendo-os na direção da descida da brisa. O veado levantou a cabeça, olhou para o sopé da colina e deu por finalizada a sua pacata pastagem. Matthew cravou os olhos no terreno, momentaneamente interessado em um coelho, e arregalou os olhos quando a cabeça de uma raposa emergiu de um buraco. Um falcão planava no céu, surfava ao vento como os surfistas surfam nas ondas, o que também não passou despercebido aos olhos atentos de Matthew. Lembrei de como ele lidava com as criaturas na Bodleiana. Não havia nada naquele campo que ele não tivesse avistado, identificado e pensado em matar depois de observar por um instante.

Matthew puxou os cavalos na direção de algumas árvores, e lá me posicionou entre os cheiros e os ruídos de outros animais para camuflar a minha presença.

Enquanto nos movíamos, Matthew reparou quando outra ave juntou-se ao falcão e quando um coelho desapareceu numa toca e um outro coelho apareceu. Surpreendemos um bicho que parecia um gato e tinha um rabo listrado e comprido. Pelo modo que o corpo de Matthew se arrepiou era evidente que ele teve vontade de caçá-lo, e acredito que se estivesse sozinho iria caçá-lo antes de perseguir o veado. Ele desviou os olhos do estranho animal com dificuldade.

Levamos quase uma hora para subir a colina. Quando nos aproximamos do topo, Matthew desmontou do cavalo com seu jeito peculiar de desmontar. Depois deu uma palmada na anca de Dahr, que obedeceu ao comando, deu meia-volta e se dirigiu para casa.

Durante essas manobras Matthew não soltou as rédeas de Rakasa, mantendo-a sob o cabresto. Depois ele conduziu a égua para a margem do bosque, onde respirou fundo rastreando cada aroma dos arredores. Sem dizer uma palavra me deixou dentro de uma moita de vidoeiro com Rakasa.

O vampiro se agachou e manteve-se de joelhos curvados de um modo que nenhum humano aguentaria por mais que poucos minutos. Ele ficou nessa posição por umas duas horas. Eu fiquei com os pés dormentes e comecei a flexionar os tornozelos nos estribos para mitigar a dormência.

Matthew não exagerara ao frisar a diferença entre o seu modo de caçar e o da mãe. Ysabeau caçava antes de tudo para satisfazer uma necessidade biológica. Ela precisava de sangue e pegava os animais da maneira mais eficiente possível, e sem nenhum remorso pelo fato de matar outras criaturas para sobreviver. Para o filho, no entanto, a coisa era visivelmente mais complicada. Claro que Matthew precisava se nutrir fisicamente com o sangue dos animais. Mas havia uma afinidade entre ele e a presa, e isso me fez lembrar do tom respeitoso dos artigos que tinha escrito sobre os lobos. Para Matthew, a caçada era antes de tudo uma estratégia, valia-se de uma inteligência bestial contra criaturas que pensavam e sentiam o mundo da mesma maneira que ele.

Em dado momento, me veio à mente a imagem de nós dois na cama pela manhã, e fechei os olhos para tentar reprimir a irrupção do desejo. Matthew estava prestes a matar naquele bosque e eu o desejava com a mesma força que o tinha desejado na cama. Isso me fez entender por que ele rechaçara a ideia da minha presença na caçada. Sobrevivência e sexualidade se ligavam de um modo que nunca me passara pela cabeça.

Ele respirou suavemente e se retirou sem dizer uma palavra, depois se moveu furtivamente pela margem do bosque. Quando saiu correndo pelo topo da colina o veado ergueu a cabeça com curiosidade para identificar a criatura que se aproximava.

Alguns segundos depois, o veado percebeu que Matthew era uma ameaça, o animal precisou de mais tempo que eu precisaria para perceber isso. Meus pelos se arrepiaram e senti por aquele veado a mesma pena que eu tinha sentido pela corça de Ysabeau. O animal entrou em ação saltando colina abaixo. O predador foi mais rápido e cercou a presa antes que ela se aproximasse do lugar em que eu estava escondida. Acossada, a presa retornou ao topo da colina. Quanto mais o predador se aproximava, mais a presa se afligia.

Eu sei que você está com medo, pensei comigo mesma torcendo para que o veado me ouvisse. *Ele precisa fazer isso. Ele não faz isso por esporte, nem pelo prazer de feri-lo. Ele precisa de você para se manter vivo.*

Rakasa girou a cabeça e me olhou com nervosismo. Eu me inclinei e acariciei o pescoço dela.

Quieto, alertei a presa. *Pare de correr. Ninguém é veloz o bastante para fugir dessa criatura.* O veado diminuiu o ritmo depois de tropeçar num buraco. Estava correndo na minha direção como se estivesse seguindo até a fonte de onde ouvia a minha voz.

Matthew o alcançou e o agarrou pelos chifres, e depois girou a cabeça do animal para um lado e o fez cair de costas se debatendo. O predador se ajoelhou e apertou a cabeça da presa a poucos metros de uma moita. O veado soltou alguns coices.

Pare, pensei com tristeza. *Chegou sua hora. Essa criatura dará fim à sua vida.*

O veado soltou um último coice de frustração e medo, e depois se aquietou. Matthew olhou fixamente nos olhos da presa como se pedindo permissão para terminar o trabalho, depois se moveu com tanta rapidez que tudo se reduziu a uma mancha preta e branca enquanto ele se debruçava sobre o pescoço do veado.

À medida que Matthew se alimentava e se renovava com uma onda de energia, a vida do animal se extinguia. Pairou no ar um gosto de ferro, sem que nenhuma gota de sangue tivesse vertido. A força vital do veado se foi e Matthew continuou ao lado da carcaça, ajoelhado de cabeça baixa e em silêncio.

Coloquei Rakasa em marcha com um toque do salto das botas. Enquanto me aproximava as costas de Matthew se retesavam. Ele olhou para o alto com olhos verdes desbotados e acinzentados brilhando de satisfação. Eu tirei o chicote de dentro da bota e o arremessei o mais longe possível para outro lado. O chicote voou pelos ares e despencou dentro de uma moita, embaraçando-se com o mato. Embora Matthew tenha observado a cena com interesse, o risco de me confundir com uma presa já tinha passado.

Eu tirei o boné e desmontei de Rakasa de costas para Matthew. Ele não confiava em mim, mas eu confiava nele. Apoiei a mão levemente no ombro dele para me ajoelhar, e deixei o boné ao lado da cabeça do veado morto.

– Gostei do seu jeito de caçar, é bem melhor que o de Ysabeau. O animal também deve ter achado isso.

– O jeito de mamãe matar é muito diferente do meu? – O sotaque francês de Matthew soou mais forte, e a voz, mais fluida e hipnótica que antes. Ele também estava com um cheiro diferente.

– Ela caça por necessidade biológica – respondi. – E você para se sentir inteiramente vivo. E vocês dois chegaram a um acordo. – Apontei para o veado. – Acho que ele estava em paz no momento derradeiro.

Matthew me olhou com tamanha intensidade que seu olhar transformou a neve em gelo quando tocou na minha pele.

– Você conversou com o veado da mesma forma que conversa com Balthasar e Rakasa?

– Se isso o preocupa, eu não interferi – respondi abruptamente. – Essa matança foi sua. – Talvez os vampiros fizessem questão de que fosse assim.

Matthew deu de ombros.

– Eu não faço tabelas de pontos. – Ele desviou os olhos do veado e levantou-se com um movimento deslizante que o caracterizava sem dúvida alguma como um vampiro. Depois, apontou a mão comprida para mim. – Vamos. Você vai congelar se continuar de joelhos nesse chão.

Eu lhe dei a mão e me levantei, me perguntando quem se incumbiria de se livrar da carcaça daquele animal. Talvez Georges e Marthe tivessem planejado fazê-lo. Rakasa fartava-se alegremente de capim sem se incomodar com a proximidade do animal morto. Por incrível que pareça, eu estava faminta.

Rakasa, chamei por ela mentalmente. Ela me olhou e veio em minha direção.

– Você se importa se eu comer? – perguntei hesitante, sem saber como ele reagiria.

A boca de Matthew se contraiu.

– Não. Afinal, depois do que viu o mínimo que posso fazer é vê-la comendo um sanduíche.

– Não há diferença, Matthew. – Abri a fivela do alforje que estava pendurado na égua, e de coração agradeci a Marthe por só ter preparado sanduíches de queijo. Acabei de saciar a fome e sacudi as migalhas de pão das minhas mãos.

Matthew me olhou como um gavião.

– Você se importa? – perguntou baixinho.

– Com o quê? – Eu já tinha dito que entendera a morte do animal.

– Blanca e Lucas. Com o fato de que já tive esposa e filho em outros tempos.

Claro que eu sentia ciúmes de Blanca, mas ele não entenderia as minhas razões. Eu então tentei pinçar alguma coisa dentro de mim que fosse verdadeira e compreensível para ele.

– Eu não me importo com os momentos amorosos que você compartilhou com qualquer criatura viva ou morta – respondi enfaticamente –, desde que queira ficar comigo agora.

– Só agora? – ele disse arqueando as sobrancelhas.

– O agora é o único momento que importa. – Tudo parecia simples. – Matthew, alguém que viveu tanto tempo como você teria que carregar um passado. Sei que nunca foi monge e não espero que não lamente as perdas que teve durante a vida. Como não seria amado antes, se hoje o amo tanto?

Matthew me puxou ao encontro do seu coração. Eu me aconcheguei com avidez e feliz pelo dia de caçada que não terminava em desastre, e o melhor é que a raiva dele estava passando. Ainda estava latente e isso se evidenciava na tensão do seu rosto e dos ombros, mas já não ameaçava tragar a nós dois. Ele me pegou pelo queixo e ergueu o meu rosto para que nossos olhos se encontrassem.

– Se importaria muito se a beijasse? – ele fez a pergunta desviando os olhos por um momento.

– Claro que não. – Fiquei na ponta dos pés para aproximar os meus lábios dos dele. Mas ele hesitou e isso me fez perder a paciência e cravei as mãos por trás da cabeça dele.

– Deixe de ser idiota e me beije!

Ele me deu um beijo rápido, mas com força. Os lábios de Matthew ainda tinham resquícios de sangue, e isso não foi nem assustador nem desagradável. Era só o Matthew.

– Você sabe que não poderemos ter filhos – ele disse ainda me abraçando e com o rosto quase tocando o meu. – Os vampiros não podem ter filhos da maneira tradicional. Você se importa com isso?

– Há outras maneiras de se ter filhos. – Eu nem tinha pensado em filhos. – Ysabeau fez você, e você pertence a ela não menos que Lucas pertencia a Blanca e a você. E há muitas crianças no mundo que não têm pais. – Lembrei de quando ouvi de Sarah e Em que os meus pais tinham partido e não voltariam. – Se você quiser, podemos adotá-las. Um time inteiro de filhos.

– Já faz muito tempo que não faço um vampiro – ele disse. – Ainda posso lidar com isso, e só espero que não queira uma família muito grande.

– Nas últimas três semanas a minha família aumentou muito com você, Marthe e Ysabeau. Não sei se aguento uma família muito maior.

– É preciso acrescentar mais um na sua conta.

Arregalei os olhos.

– Há mais da sua parte?

– Ora, há sempre mais – ele disse de um modo seco. – A genealogia dos vampiros é muito mais complicada que a das bruxas. Nossas relações sanguíneas são de três lados, não só de dois. Mas você já conhece esse membro da família.

– Marcus? – Pensei no jovem vampiro americano e seus tênis de cano alto.

Matthew assentiu.

– Ele mesmo terá que contar a história dele para você... Não sou tão iconoclasta como mamãe, apesar de ter me apaixonado por uma bruxa. Eu o fiz há mais de duzentos anos. E tenho muito orgulho do que ele fez com a própria vida.

– Mas não permitiu que ele tirasse o meu sangue no laboratório – retruquei com um ar intrigado. – Ele é seu filho. Por que não confia nele em relação a mim? – Afinal, o que se espera dos pais é que confiem nos filhos.

– Ele foi feito com o meu sangue, minha querida – disse Matthew de um jeito possessivo e impaciente. – Por que você não seria irresistível para ele, se é para mim? Lembre-se de que nenhum de nós é imune à tentação do sangue. Confio no meu filho mais do que confiaria em qualquer estranho, mas nunca me sentirei completamente tranquilo se um vampiro se aproximar de você.

– Nem mesmo Marthe? – Fiquei pasma. Eu confiava plenamente em Marthe.

– Nem mesmo Marthe – ele respondeu com firmeza. – Se bem que você não faz o tipo dela. Ela prefere o sangue de tipos musculosos.

– Então você não precisa se preocupar nem com Marthe nem com Ysabeau – rebati com a mesma firmeza.

– Muito cuidado com a minha mãe – disse Matthew. – Meu pai me ensinou a nunca dar as costas para ela, e ele estava certo. Ela sempre teve fascínio e inveja das bruxas. Se as circunstâncias forem ideais e ela estiver no clima... – Ele balançou a cabeça.

– Mas é preciso levar em conta o que aconteceu com Philippe.

Matthew paralisou.

– Eu tenho visto coisas, Matthew. Vi quando Ysabeau lhe contou que as bruxas tinham capturado o seu pai. Ela não tem motivo algum para confiar em mim, e mesmo assim me hospedou na casa dela. A única ameaça real é a Congregação. E eles se sentirão fora de perigo se você me fizer vampira.

O rosto de Matthew se tornou sombrio.

– Eu e mamãe teremos uma longa conversa sobre o que se deve e não se deve conversar.

– Você não pode afastar de mim o mundo dos vampiros, o seu próprio mundo. Já estou envolvida. E preciso saber como esse mundo funciona e quais são as regras que ele impõe. – A irritação e a fúria começaram a descer pelos meus braços em direção as unhas, onde irrompiam os arcos de fogo azul.

Matthew arregalou os olhos.

– Você não é a única criatura assustadora, sabia? – Sacudi as mãos flamejantes na frente dele enquanto sacudia a cabeça. – Então deixe de bancar o herói e não me impeça de participar da sua vida. Eu não quero viver com *sir* Lancelot. Seja você mesmo, Matthew Clairmont. De corpo e alma, com seus dentes afiados, com sua mãe assustadora, com seus tubos de ensaio cheios de sangue e DNA, com sua irritante mania de mandar em tudo e em todos e com esse seu olfato enlouquecedor.

Quando acabei de falar as faíscas azuis sumiram da ponta dos meus dedos. Mas permaneceram nos cotovelos, talvez precisasse delas outra vez.

– Se eu chegar mais perto – disse Matthew displicentemente como se perguntando as horas –, você vai ficar azul novamente ou basta por hoje?

– Por ora, talvez.

– Talvez? – Ele arqueou as sobrancelhas outra vez.

– Eu estou sob completo controle – falei com mais convicção, lembrando com pesar do buraco que tinha feito no tapete do apartamento dele em Oxford.

Rápido como um raio, ele me abraçou.

– Ai – gemi quando ele me apertou tanto que meus cotovelos tocaram nas minhas costelas.

– E eu vou acabar de cabelos brancos, embora isso não aconteça entre os vampiros, com essa sua valentia e essas suas mãos incendiárias e essas coisas impossíveis de que você fala. – Ele me deu um longo beijo para se assegurar de que estava a salvo. E o beijo me deixou literalmente sem fala. Encostei o ouvido no peito de Matthew e fiquei à espera das batidas do seu coração. E o apertei de felicidade quando ouvi as batidas daquele coração porque eu não era a única a ter um coração repleto.

– Você venceu, *ma vaillante fille* – ele disse aninhando-me no corpo dele. – Vou tentar, *vou tentar* não mimar tanto você. Mas lembre-se de não subestimar a periculosidade dos vampiros.

Aninhada nos braços dele, era impossível combinar "perigo" e "vampiro" na mesma frase. Rakasa nos olhava com indulgência e com os cantos da boca cheios de capim.

– Já terminou? – Ergui a cabeça para poder olhá-lo.

– Se está querendo saber se vou continuar caçando, a resposta é não.

– Rakasa vai explodir. Já está comendo capim há um tempão. Assim não poderá nos carregar. – Apertei os quadris e as nádegas de Matthew.

Ele perdeu o fôlego emitindo um ronronado diferente do que emitia quando estava zangado.

– Você monta e vou andando atrás – ele sugeriu depois de me dar um outro beijo demorado.

– Então nós dois vamos andando. – Eu estava sem a menor vontade de montar em Rakasa depois de horas na sela.

Já era tarde da noite quando atravessamos os portões do castelo. Sept-Tours estava flamejante e a iluminação das lâmpadas nos acolheu em silêncio.

– Lar. – Meu coração ficou descompassado com a visão.

Matthew não olhou para a casa, olhou para mim e sorriu.

– Lar.

28

Já seguros de volta ao castelo, fizemos uma refeição no aconchego do calor do fogo na área dos criados.

– Onde está Ysabeau? – perguntei a Marthe quando ela trouxe uma xícara de chá.

– Saiu. – Ela se virou na direção da cozinha.

– Saiu? Foi aonde?

– Marthe – disse Matthew. – Não precisamos esconder mais nada de Diana.

Ela se virou para nós com um olhar fulminante. Não atinei se era um olhar dirigido para mim, para a mãe ausente ou para ele.

– Ela foi ver aquele padre na aldeia. E também o prefeito. – Marthe se calou hesitante e continuou. – Depois ela ia limpar.

– Limpar o quê? – perguntei.

– Bosques. Colinas. Cavernas. – Ela assumiu um ar de quem tinha explicado tudo, mas pedi um esclarecimento de Matthew com um olhar.

– Às vezes, Marthe confunde limpar com clarear. – O pesado copo de vidro na mão de Matthew refletiu a luz do fogo. Ele estava bebendo um vinho da região, mas não muito como sempre fazia. – Pelo que parece *maman* foi verificar se não há vampiros espreitando nas redondezas de Sept-Tours.

– Ela está procurando alguém em particular?

– Domenico, é claro. E Gerbert, outro vampiro membro da Congregação. Ele também é de Auvergne, de Aurillac. Ela deve ir ver alguns esconderijos de Gerbert para saber se ele está por perto.

– Gerbert. De Aurillac? O Gerbert de Aurillac, o papa do século X que se tornou conhecido porque tinha uma cabeça de bronze que lhe servia de oráculo? – O fato de Gerbert ser um vampiro que um dia foi papa me interessava bem menos que a sua fama de estudioso da ciência e das artes mágicas.

– Eu sempre me esqueço que você é uma conhecedora profunda da história. Até coloca os vampiros no chinelo. É esse Gerbert mesmo. – Matthew me alertou em seguida. – E o melhor que você faz é manter distância dele. Se por acaso o conhecer não faça perguntas sobre medicina árabe e astronomia. Esse vampiro sempre gostou de acumular bruxas e magia. – Ele me lançou um olhar possessivo.

– Ysabeau o conhece?

– Ah, sim. Os dois já foram unha e carne. Se ele estiver pelas redondezas, ela certamente o encontrará. Mas não se preocupe porque ele não coloca os pés aqui no castelo – garantiu Matthew. – Ele sabe que não é bem-vindo em nossa casa. Portanto, fique aqui dentro e só saia com um de nós.

– Não se preocupe. Não sairei por aí sozinha. – Gerbert de Aurillac não era alguém que eu quisesse topar pela frente.

– Suspeito que ela esteja tentando se desculpar pelo comportamento que teve. – A voz de Matthew soou com neutralidade, mas transparecendo uma ponta de raiva.

– Você deve perdoá-la – repeti. – Ela não queria que você sofresse.

– Diana, eu não sou uma criança, e a minha mãe não precisa me proteger da minha própria esposa. – Ele continuou mexendo o copo de um lado para o outro. A palavra "esposa" ecoou em volta por alguns segundos.

– Será que perdi alguma coisa? – perguntei por fim. – Quando foi que nos casamos?

Matthew olhou nos meus olhos.

– Quando voltei para casa e lhe disse que a amava. Embora não seja um casamento oficial de cartório, aos olhos dos vampiros já estamos casados.

– Então isso não aconteceu quando lhe disse pelo telefone que o amava e você também disse que me amava, e só quando você voltou para casa e me disse isso pessoalmente? – O assunto demandava precisão. Eu já estava pensando em abrir um arquivo no meu computador com o título: "Frases que soam de um jeito para as bruxas, mas que significam outra para os vampiros."

– Os vampiros se acasalam como os leões e os lobos – ele disse como se fosse um cientista de documentário televisivo. – A fêmea escolhe o seu par, e se o macho concordar, pronto, está feito. Eles estão casados pelo resto da vida e toda a comunidade reconhece essa união.

– Ah! – exclamei com um sopro de voz. Lá estávamos nós de volta aos lobos noruegueses.

– Na verdade nunca gostei da palavra "par". Sempre soa impessoal, como uma tentativa de emparelhar meias ou sapatos. – Ele deixou o copo de lado e se apoiou de braços cruzados na superfície envelhecida e gasta da mesa. – Mas você não é uma vampira. Você se importa se a considero minha esposa?

Um ciclone entrou pela minha cabeça enquanto eu tentava imaginar o que o meu amor por Matthew tinha a ver com membros ferozes do reino animal e com uma instituição social que não me entusiasmava. E no ciclone não havia placas para me ajudar a encontrar o caminho.

– E quando dois vampiros se casam – perguntei ao me recobrar – o que se espera é que a fêmea obedeça ao macho?

– Devo dizer que sim – ele disse olhando para as próprias mãos.

– Hmm. – Apertei os olhos quando vi que ele continuava de cabeça abaixada. – E o que se espera de mim nessa união?

– Amor, honra, guarda e fidelidade – ele respondeu, finalmente se dignando a me olhar nos olhos.

– Isso soa tão aterrador quanto uma cerimônia medieval de casamento.

– Foi um vampiro que escreveu essa parte da liturgia. Mas não vou obrigá-la a me servir – ele me garantiu. – Isso foi elaborado para satisfazer os humanos.

– Aos homens. Não creio que isso tenha feito alguma mulher sorrir.

– Provavelmente, não. – Ele deu um sorriso amarelo. A irritação deu lugar a um olhar aflito. Ele olhou novamente para as próprias mãos.

O passado sem Matthew pareceu frio e cinza. E o futuro prometia ser bem mais interessante com ele ao meu lado. Nosso namoro era recente, mas já me sentia amarrada a ele. E quer ele me chamasse de "esposa" ou não, o fato é que os vampiros tinham um comportamento animal e não seria possível trocar a obediência por algo mais progressista.

– Meu marido, eu devo ressaltar que no sentido estrito a sua mãe não o estava protegendo da sua esposa. – As palavras "marido" e "esposa" soaram estranhas na minha boca. – De acordo com os termos aqui colocados eu não era a sua esposa até o momento em que você voltou para casa. Pelo contrário, era apenas uma criatura que você deixou como um pacote sem o endereço do remetente. Por isso a minha punição foi menos severa.

Matthew esboçou um sorriso no canto da boca.

– É o que você acha? Suponho então que deva honrar o seu desejo e perdoar a minha mãe. – Ele pegou a minha mão e começou a dar beijinhos nas juntas dos meus dedos. – Eu disse que você é minha. E fui bem claro.

– Foi por isso que Ysabeau se irritou quando nos beijamos ontem na frente da casa. – Isso tanto explicava a raiva como a submissão abrupta de Ysabeau. – Não havia como voltar atrás porque você já estava comigo.

– Não para um vampiro.

– Nem para uma bruxa.

Matthew cortou o clima que começava a pesar ao olhar com um ar maroto para o meu prato vazio. Eu simplesmente tinha devorado três porções de ensopado, e insistindo o tempo todo que não estava com fome.

– Já terminou? – ele perguntou.

– Sim – resmunguei aborrecida por ter sido surpreendida.

Não era muito tarde, mas comecei a bocejar. Encontramos Marthe polindo a madeira de uma enorme mesa com uma mistura perfumada de água fervente, sal marinho e limões e lhe demos um boa-noite.

– Ysabeau logo estará em casa – disse-lhe Matthew.

– Ela vai passar a noite fora – retrucou Marthe com um ar sombrio, ocupada com os limões. – Ficarei aqui.

– Como quiser, Marthe. – Ele deu uma apalpadela no meu ombro.

Enquanto caminhávamos até o estúdio, Matthew me contou a história de onde comprara o exemplar do livro de anatomia de Vesalius e o que pensara a respeito das ilustrações. Afundei no sofá com o livro e me dei por satisfeita em apreciar desenhos de corpos decompostos porque estava cansada demais para me concentrar no *Aurora Consurgens*. Enquanto isso, Matthew respondia e-mails. Reparei com alívio que a gaveta embutida da escrivaninha estava bem fechada.

– Vou tomar um banho – eu disse uma hora depois enquanto me levantava e alongava os músculos para mais um lance de escada. Precisava de um tempo sozinha para pensar nas implicações da minha nova condição de esposa de Matthew. A ideia de casamento era assoberbante demais para mim. Depois de ponderar sobre o sentimento possessivo do vampiro e sobre a minha própria ignorância do que estava acontecendo, nada me pareceu melhor do que aquele momento de reflexão.

– Eu irei em seguida – disse Matthew sem tirar os olhos da tela do computador.

A água do banho estava quente como sempre e afundei na banheira com um gemido de prazer. Marthe já tinha operado a magia com as velas e a lareira.

O ambiente era acolhedor e agradável. Revi os acontecimentos do dia com satisfação. Estar no comando era realmente bem melhor do que ficar à mercê dos acontecimentos.

Eu ainda estava de molho com o cabelo caindo em cascata para fora da banheira quando ouvi uma batida leve à porta. Matthew não esperou a minha resposta para abri-la. Surpreendida, ergui o peito e afundei novamente na água enquanto ele entrava no banheiro.

Ele abriu uma das toalhas como uma vela ao vento. Seus olhos estavam enfumaçados.

– Vem pra cama – disse com uma voz rouca.

Continuei na água por mais um tempo enquanto tentava ler o rosto de Matthew. Ele esperou pacientemente com a toalha estendida enquanto eu o observava. Depois, respirei fundo e levantei com a água escorrendo pelo meu corpo nu. As pupilas de Matthew se dilataram de repente, mas o corpo permaneceu impertubável. Em seguida ele recuou para que eu pudesse sair da banheira e me enrolou na toalha.

Cravei os olhos nos dele com a toalha presa ao redor do meu peito. Quando vi que os olhos de Matthew não hesitavam, deixei a toalha cair e a luz das velas incidiu no meu corpo molhado. Ele percorreu o meu corpo com os olhos bem devagar provocando um frio na minha espinha. Depois me puxou sem dizer nada e avidamente passou os lábios na minha nuca e nos meus ombros. Inalou o meu cheiro ao mesmo tempo em que enfiava os seus dedos frios pelos cabelos à minha nuca. Ofeguei quando ele pousou o dedo polegar na minha carótida.

– *Dieu*, como você é bela, e tão viva – ele sussurrou.

Matthew me beijou novamente. Eu o puxei pela camiseta e percorri com os meus dedos quentes a sua pele fria e macia. Ele encolheu os ombros. A mesma reação que tive quando recebi os primeiros toques gelados dele. Sorri em meio aos beijos e ele deu uma pausa com uma interrogação estampada na face.

– Não é gostoso quando o seu frio encontra com o meu calor?

Ele riu e o riso soou tão intenso e enfumaçado quanto os olhos dele. Depois tirou a camiseta com a minha ajuda. Dobrei-a com esmero. Ele puxou a camiseta das minhas mãos e arremessou-a para um canto.

– Depois você faz isso – disse com impaciência, e de novo percorreu o meu corpo com as mãos.

Nossas peles nuas se tocaram pela primeira vez, quente e frio, um encontro de opostos.

Fascinada pela perfeição com que nossos corpos se encaixavam era então a minha vez de rir. Fiquei subindo e descendo os dedos pela espinha de Matthew, até que ele mergulhou o rosto no côncavo da minha garganta roçando os lábios no bico dos meus seios.

Meus joelhos bambearam e me agarrei à cintura de Matthew para não desfalecer. Que ingenuidade! Minhas mãos se apressaram em desabotoar os botões de sua calça macia e desamarraram o cordão que a mantinha na cintura. Ele parou de me beijar e me olhou por um momento com um ar intrigado. Soltei a calça sem me esquivar do olhar e deixei-a cair.

– Pronto – falei suavemente. – Agora estamos quites.

– Nem tanto – ele retrucou livrando-se da calça que ainda estava nos pés.

Mordi o lábio para abafar um suspiro. Mas a visão me fez arregalar os olhos. As partes do corpo de Matthew que eu ainda não tinha visto eram tão perfeitas quanto as que já tinha visto. Nu, à luz de velas, ele era como uma escultura clássica tomando vida.

Sem dizer nada, ele me pegou pela mão e me levou para a cama. De pé ao lado da extremidade acortinada da cama, ergueu as cobertas e me deitou. Depois, ele também subiu na cama. Enfiou-se debaixo das cobertas e se virou de lado com a cabeça apoiada na mão. Exatamente como na posição final da aula de ioga eu tinha diante de mim uma pose que me fez lembrar das efígies de cavaleiros medievais nas igrejas inglesas.

Puxei as cobertas até o queixo ao me dar conta da imperfeição do meu corpo.

– O que há de errado? – ele perguntou franzindo a testa.

– Só estou um pouco nervosa.

– Nervosa por quê?

– Nunca fiz sexo com um vampiro.

Ele pareceu sinceramente chocado.

– E não vamos fazer esta noite.

Esqueci das cobertas, ergui o tronco e me apoiei nos cotovelos.

– Você interrompe o meu banho, me espia saindo nua e molhada da banheira e me deixa tirar a sua roupa para depois me dizer que *não* faremos amor esta noite?

– Insisto em dizer que não há razão para pressa. As criaturas modernas estão sempre correndo – ele murmurou puxando as cobertas até a minha cintura. – Se quiser, pode me chamar de antiquado, mas quero desfrutar cada momento do nosso namoro.

Eu tentei agarrar a ponta do lençol para me cobrir, mas os reflexos de Matthew foram mais rápidos. Ele abaixou mais um pouco o lençol, tirando-o do meu alcance com olhos atentos.

– Namoro? – gritei indignada. – Você já me trouxe flores e vinho. Você agora é o meu marido, ou pelo menos diz que é. – Descobri o torso dele. E outra vez o meu coração bateu descompassado com a visão.

– Como historiadora você deveria saber que os casamentos não eram consumados imediatamente. – Ele se concentrou nos meus quadris e nas minhas coxas, e essas partes do meu corpo gelaram de prazer. – Em alguns casos eram exigidos anos de namoro.

– A maioria desses *namoros* terminava em sangue e lágrimas – enfatizei ligeiramente o termo. Ele sorriu e acariciou o meu seio com dedos leves como plumas e o meu suspiro o fez ronronar de prazer.

– Prometo não derramar sangue se você prometer não chorar.

Era mais fácil ignorar as palavras que as mãos dele.

– Príncipe Artur e Catarina de Aragão! – eu disse em tom triunfante, orgulhosa pela lembrança de uma informação histórica relevante sob condições tão perturbadoras. – Você os conheceu?

– O Artur, não. Eu estava em Florença. Mas Catarina, sim. Ela era quase tão valente quanto você. E por falar em passado... – ele acariciou o meu braço –, o que sabe a distinta historiadora a respeito do fazer a corte na cama?

Eu me virei de lado e lentamente deslizei o dedo indicador pelo maxilar dele.

– Conheço o costume. Mas você não é amish nem inglês. O que está me dizendo é que além de introduzir os votos de casamento os vampiros também introduziram a prática de duas pessoas se colocarem na cama para conversar a noite toda sem fazer sexo?

– Além de apressadas as criaturas modernas também são excessivamente obsessivas pelo ato sexual. É uma definição clínica e limitada demais. Fazer amor tem a ver com intimidade, conhecer o corpo do outro tal como se conhece o próprio corpo.

– Responda a minha pergunta – insisti, impossibilitada de pensar com clareza porque ele já estava beijando o meu ombro. – Foram os vampiros que inventaram a arte de cortejar na cama?

– Não – disse mansamente com os olhos brilhando enquanto o meu dedo rodeava o queixo dele. Ele mordeu levemente o meu dedo. Como prometera, sem sangue. – No passado todos faziam isso. Depois vieram os alemães, e depois os ingleses, com a novidade de colocar tábuas separando o casal. A maioria de nós fazia à maneira antiga... Ficávamos debaixo das cobertas na escuridão do quarto até o amanhecer.

– Isso parece medonho – afirmei. Ele desceu os olhos pelo meu braço até o umbigo. Eu tentei me esquivar, mas ele me pegou pelo quadril com sua mão fria e me manteve parada. – Matthew – protestei.

– Pelo que me lembro – ele disse como se não tivesse me ouvido –, era uma forma bem prazerosa de suportar as longas noites de inverno. O difícil era aparentar inocência no dia seguinte.

Os dedos de Matthew passearam pela minha barriga, fazendo o meu coração pular dentro da caixa torácica. Eu o olhei procurando com interesse pelo próximo alvo no corpo dele. Meus lábios aportaram na clavícula enquanto minha mão serpenteava ao longo daquela barriga lisa.

– É claro que o sono fazia parte dessa prática – eu disse quando ele tirou a minha mão de cima da barriga e a segurou por um instante. Comprimi o meu quadril livre no corpo dele. E fiquei feliz com sua reação. – Ninguém consegue ficar conversando a noite inteira.

– Ora, os vampiros não precisam dormir. – Ele me fez lembrar e depois recuou, inclinou a cabeça e beijou na parte de baixo do meu peito.

Ergui a cabeça dele.

– Aqui nesta cama só tem um vampiro. É desse jeito que você acha que vai me manter acordada?

– Eu venho planejando um pouco mais desde o dia que a conheci. – Os olhos de Matthew brilharam de um modo sombrio à medida que ele abaixou a cabeça. Curvei o corpo para encontrar os lábios dele. Quando consegui, ele me colocou de barriga para cima de um modo gentil e firme, agarrou os meus punhos com a mão direita e os fincou no travesseiro.

Em seguida balançou a cabeça com um ar perplexo.

– Sem pressa, lembra?

Até então, o sexo era um alívio físico para mim, sem delongas e complicações emocionais desnecessárias. Eu era como uma atleta que passava grande parte do tempo com outros atletas e que tinha plena consciência do corpo e de suas necessidades, e sempre havia alguém por perto para satisfazê-las. Eu não era propriamente uma adepta do sexo casual na escolha de parceiros, mas a maioria das minhas experiências tinha sido com homens que adotavam a mesma atitude franca, se contentando em desfrutar alguns encontros ardentes e depois retornando à amizade como se nada tivesse acontecido.

Matthew deixou bem claro que dias e noites assim tinham se acabado. Com ele não haveria mais sexo imediato – e eu não conhecia outro jeito. Era como se eu fosse virgem. Os intensos sentimentos que eu nutria por Matthew se ligavam de um modo inextricável às reações do meu próprio corpo enquanto ele os atava com a boca e as mãos em aflitivos e complicados nós.

– Nós temos todo o tempo à frente – ele acrescentou segurando os meus braços, tecendo amor e desejo físico em uma só tecelagem e assim fortalecendo o meu corpo.

Matthew continuou me observando com a atenção apurada de um cartógrafo diante das praias de um mundo novo. Eu quis me manter em pé de igualdade e tentei desbravar o corpo dele enquanto ele desbravava o meu, mas ele manteve os meus punhos pregados nos travesseiros. Reclamei da injustiça da situação e ele encontrou um modo eficaz de me calar. Introduziu os dedos por entre as minhas pernas e tocou na única parte do meu corpo que continuava intocada.

– Matthew, isso não é cortejar na cama – sussurrei.

– Na França é – ele disse com um ar complacente e um brilho malicioso nos olhos. Quando viu que eu tinha parado de me contorcer, soltou os meus punhos e o enlacei pelo pescoço. Minhas pernas se abriram como uma capa de livro quando nos beijamos. Os dedos de Matthew brincaram e dançaram por entre as minhas coxas até que o prazer me fez tremer toda.

Ele me deteve nos braços enquanto os meus tremores cessavam e as batidas do meu coração voltavam ao normal. Quando finalmente juntei forças e olhei para ele, me deparei com a cara feliz de um gato.

– E o que a nossa historiadora pensa agora sobre a arte de cortejar na cama? – perguntou.

– É bem mais excitante do que se vê na literatura acadêmica – respondi tocando o dedo nos lábios dele. – E se os amish fazem isso à noite não surpreende que não precisem de televisão.

Matthew soltou um risinho colando o seu rosto feliz no meu rosto.

– Já está com sono? – perguntou acariciando os meus cabelos.

– Oh, não. – Eu o empurrei para colocá-lo de barriga para cima. Ele dobrou as mãos debaixo da cabeça e sorriu novamente para mim. – Nem de longe. Aliás, agora é a minha vez.

Explorei o corpo de Matthew da mesma maneira que ele tinha explorado o meu. Apalpei a bacia e um sombreado branco na forma de um triângulo chamou a minha atenção. Era uma sombra ao fundo, sob a superfície perfeita e macia daquela pele. Intrigada, examinei todo o peito. Encontrei outras marcas antigas, algumas na forma de flocos de neve e outras na forma de cruz. Nenhuma estava à superfície. Todas estavam profundamente entranhadas no corpo.

– O que é isso, Matthew? – Toquei em uma das marcas na forma de flocos de neve que estava debaixo da clavícula.

– Apenas uma cicatriz – disse Matthew esticando o pescoço para ver. – Feita pela ponta de uma espada de folha larga. Será que foi na Guerra dos Cem Anos? Já não me lembro.

Deslizei o meu corpo acima para ver melhor e a minha pele quente contra a dele o fez suspirar de prazer.

– Uma cicatriz? Vire de costas.

Ele ronronou de prazer quando minhas mãos percorreram as costas dele.

– Oh, Matthew. – Meus temores se comprovaram. Ele tinha uma infinidade de marcas nas costas. Ajoelhei-me e puxei o lençol até os pés. Ele também tinha marcas nas pernas.

Ele girou a cabeça sobre o ombro.

– O que há de errado? – Ao ver a expressão de pesar no meu rosto ele se virou e se sentou na cama. – Isso não é nada, *mon coeur*. É só o corpo avariado de vampiro.

– Seu corpo está todo marcado – comentei olhando outra marca entre os músculos no encaixe entre o braço e o ombro.

– Já lhe disse que os vampiros são difíceis de serem mortos. Mesmo assim as criaturas se esforçam como podem.

– Doeu quando você foi ferido?

– Por que eu não sentiria dor, se você sabe que eu sinto prazer? Claro que doeu. Mas os ferimentos saram rapidamente.

– E por que não vi essas marcas antes?

– É preciso estar no ângulo da luz e olhar com muita atenção. Elas a incomodam? – ele perguntou hesitante.

– As cicatrizes? – Balancei a cabeça. – Não, claro que não. Só quero matar todo mundo que machucou você.

Como o Ashmole 782, o corpo de Matthew era um palimpsesto, uma superfície brilhante de cicatrizes obscurecia a sua história. Estremeci só de pensar nas batalhas declaradas e não declaradas de que ele tinha participado.

– Você já lutou demais. – Minha voz tremeu de raiva e remorso. – Chega de batalhas.

– É muito tarde para isso, Diana. Sou um guerreiro.

– Não é não – retruquei alto e bom som. – Você é um cientista.

– Sou guerreiro há muito tempo. Eis a prova. – Ele apontou para o próprio corpo esguio e branco. As cicatrizes que evidenciavam a sua indestrutibilidade pareceram estranhamente reconfortantes. – Além disso, a maioria das criaturas que me feriram já morreu. É melhor deixar esse seu desejo pra lá.

– O que posso fazer para compensar isso? – Puxei as cobertas por cima da minha cabeça e armei uma tenda. Depois se fez silêncio, um silêncio cortado pelo crepitar da lareira e pelos suspiros ocasionais de Matthew, e por fim pelo seu grito de prazer. Eu me enfiei debaixo do braço dele e trancei nossas pernas. Ele inclinou a cabeça e me olhou com um olho aberto e o outro fechado.

– É isso que ensinam hoje em Oxford? – perguntou.

– É magia. Nasci sabendo como deixá-lo feliz. – Apalpei o coração dele também me sentindo feliz porque aprendi onde e como tocá-lo por instinto, e porque aprendi quando usar a delicadeza e quando deixar aflorar a paixão.

– Se magia é isso, estou mais do que feliz pela perspectiva de passar o resto da minha vida com uma bruxa. – Ele pareceu tão feliz quanto eu.

– Você quer dizer o resto da *minha* vida e não o resto da sua.

Matthew ficou enigmaticamente quieto e me ergui para vê-lo.

– Hoje à noite estou me sentindo com trinta e sete anos. E o mais importante, talvez no ano que vem me sinta com trinta e oito.

– Não entendi – retruquei constrangida.

Ele enfiou a minha cabeça debaixo do queixo dele.

– Já estou fora do tempo há mais de mil anos, olhando os dias e os anos passando. E quando a conheci passei a prestar atenção na passagem do tempo. Os vampiros sempre se esquecem dessas coisas. É uma das razões que fazem com que Ysabeau leia obsessivamente os jornais... para não esquecer que tudo muda, embora o tempo não a altere em nada.

– Nunca sentiu isso antes?

– Algumas vezes de um modo muito fugaz. Uma ou duas vezes no campo de batalha na hora que achei que estava prestes a morrer.

– Então, é uma sensação que tem a ver com o perigo, não só com o amor. – Um arrepio gelado de medo atravessou a minha espinha com aquela conversa de guerra e morte.

– Minha vida agora tem um começo, um meio e um fim. Antes tudo era mero preâmbulo. Agora tenho você. E minha vida terá acabado quando você morrer.

– Não necessariamente – eu disse de um modo impetuoso. – Só tenho algumas décadas à frente... e talvez você viva para sempre. – Um mundo sem Matthew era impensável.

– Veremos – ele disse baixinho enquanto afagava o meu ombro.

De repente a segurança de Matthew tornou-se a minha principal preocupação.

– Você será cuidadoso?

– Ninguém sobreviveria aos séculos que sobrevivi sem ser cuidadoso. E serei agora mais do que nunca porque tenho muito a perder.

– Eu prefiro ter este momento com você, esta única noite, a ter centenas de anos com um outro qualquer – sussurrei.

Matthew refletiu sobre as minhas palavras.

– Acho que só precisei de algumas semanas para me sentir com trinta e sete anos outra vez, e um dia desses também vou preferir um único momento com você. – Ele me puxou para mais perto. – Mas a conversa está ficando séria demais para uma cama de casal.

– Pensei que a conversa fosse o objetivo da arte de cortejar na cama – retruquei com certa afetação.

– Depende de quem fala, se o cortejador ou o cortejado. – Ele me beijou da orelha até os ombros. – Além do mais, eu gostaria de discutir uma outra parte da cerimônia medieval do casamento com você.

– Verdade, marido? – Mordi delicadamente a orelha dele.

– Não faz isso. – Ele se fingiu de sério. – Nada de mordidas na cama. – Mordi novamente. – Refiro-me a uma parte da cerimônia onde a obediente esposa promete ser encantadora e viçosa na cama e na mesa. Como pretende cumprir essa promessa? – Enterrou o rosto nos meus seios como se pudesse encontrar a resposta ali.

Depois de algumas horas debatendo a liturgia medieval adquiri uma nova compreensão das cerimônias da Igreja e dos costumes folclóricos. Eu nunca tinha experimentado com outra criatura aquela intimidade que tive com Matthew.

Relaxei despreocupada e me aconcheguei ao corpo de Matthew com a cabeça deitada no peito dele. Ele alisou os meus cabelos seguidamente até que caí no sono.

Acordei um pouco antes do amanhecer com um ruído estranho que soava da cama, ao meu lado, como um cascalho rolando dentro de um tubo de metal.

Matthew estava dormindo – e roncando. E nunca se pareceu tanto com a efígie de um cavaleiro de uma tumba de igreja como naquele momento. Só faltava um cão aos pés e uma espada à cintura.

Puxei as cobertas para cobri-lo melhor. Ele não se mexeu. Acariciei os cabelos, e ele continuou respirando profundamente. Beijei os lábios, e de novo nenhuma reação. Sorri para o meu maravilhoso vampiro que dormia como um morto, e saí da cama me sentindo a criatura mais sortuda do planeta.

Lá fora as nuvens que ainda cobriam o céu se faziam finas no horizonte, revelando frágeis traços de vermelho atrás de camadas cinzentas. Será um dia claro, pensei enquanto me espreguiçava e olhava o corpo esparramado de Matthew. Ele ficaria inconsciente por horas a fio. E de minha parte me sentia agitada e estranhamente rejuvenescida. Eu me vesti depressa para ficar comigo mesma no jardim.

Acabei de me arrumar e Matthew continuava mergulhado em raro e imperturbável sono.

– Volto daqui a pouco – sussurrei e lhe dei um beijo.

Nenhum sinal de Marthe nem de Ysabeau. Na cozinha, peguei uma maçã no recipiente dos cavalos e dei uma mordida. A polpa da maçã espalhou um gosto fresco e crocante pela minha língua.

Fui até a horta e perambulei ao longo dos caminhos de cascalho enquanto sorvia o aroma das ervas e das rosas brancas que cintilavam sob a luz do amanhecer. Se não fosse pelas minhas roupas modernas a horta poderia ser do século

XVI, com impecáveis canteiros quadrados e com cercas de galhos de salgueiro talvez erguidas para repelir os coelhos – se bem que os vampiros do castelo eram mais eficazes que a cerca.

Eu me abaixei e passei as mãos nas ervas que cresciam na terra. Uma das ervas era um dos ingredientes do chá de Marthe. Arruda, eu fiquei feliz por ter retido a informação.

Fui atingida por uma lufada de vento que soltou a mecha infernal do meu cabelo que teimava em não ficar no lugar. Já me preparava para ajeitá-la quando um braço me ergueu do chão.

Eu parecia um coelho suspenso no ar pelas orelhas.

Um suave formigamento na minha pele confirmou o que eu já sabia.

Eu estaria cara a cara com uma bruxa quando abrisse os olhos.

29

Os olhos da minha raptora eram azuis e brilhantes, angulados sobre faces bem marcadas e cobertos por estonteantes cabelos platinados. Ela vestia um grosso suéter de tricô de gola rolê e calça jeans. Não tinha capas pretas nem vassouras, mas não restava dúvida de que era... uma bruxa.

Com um insolente mexer de dedos, ela sufocou o meu grito antes que pudesse sair. Já fazia algum tempo que tinha me arrancado da horta de Sept-Tours quando ela deslizou o braço para a esquerda e nos conduziu em linha mais horizontal que vertical.

Matthew se daria conta do meu sumiço quando acordasse. Nunca se perdoaria porque tinha caído no sono e não me perdoaria porque eu tinha saído da casa. *Sua idiota*, disse para mim mesma.

– Sim, você é Diana Bishop. – A voz da bruxa soou com um sotaque estranho.

Fechei as portas imaginárias que sempre barravam os esforços invasivos de bruxas e demônios.

Ela riu, e a sonoridade prateada do riso gelou-me dos pés à cabeça. Assustada e a centenas de metros de altura acima de Auvergne e, já que as minhas inadequadas defesas tinham sido rompidas, esvaziei a mente para que nada fosse encontrado de mim. Ela então me soltou no ar.

Lá embaixo o chão oscilou de um lado para o outro e os meus pensamentos organizaram uma única palavra – Matthew.

Eu já estava sentindo o cheiro de terra quando a bruxa me agarrou.

– Para alguém que não consegue voar, até que você não é difícil de ser carregada. O que me pergunto é por que se recusa a voar.

Recitei mentalmente os nomes de reis e rainhas da Inglaterra para manter a minha mente vazia.

Ela suspirou.

– Diana, eu não sou uma inimiga. Nós duas somos bruxas.

Os ventos mudaram quando a bruxa se afastou voando de Sept-Tours na direção sudoeste. Algum tempo depois me desorientei. Talvez as luzes cintilantes ao longe indicassem Lyon, mas não estávamos indo para lá. Pelo contrário, entrávamos cada vez mais fundo nas montanhas – e os picos não eram aqueles que Matthew apontara alguns dias antes.

Descemos na direção de alguma coisa que parecia uma cratera solitária, cercada de tediosas ravinas e florestas fechadas. Na verdade, o que parecia uma cratera eram as ruínas de um castelo medieval com altos muros e grossas fundações que se estendiam solo adentro. As árvores cresciam em meio aos restos de um amontoado de edificações que um dia constituíra uma fortaleza. O castelo não tinha uma única linha graciosa, um único aspecto agradável. Sua existência naquele lugar só se justificava por um motivo – manter afastado quem quisesse entrar. O único elo do castelo com o resto do mundo se fazia por estradas precárias de terra que serpenteavam as montanhas.

A bruxa posicionou os pés para baixo e me forçou a fazer isso com um outro mexer de dedos. Meus frágeis ossos reclamaram perante a invisível pressão. Deslizamos ao longo das ruínas de telhados cinzentos sem tocá-los com os pés e chegamos a um pátio central. O choque dos meus pés contra o chão de pedra reverberou pelas minhas pernas.

– Com o tempo, você aprende a aterrissar com mais suavidade – disse a bruxa com convicção.

Eu não conseguia processar os últimos acontecimentos. Pouco tempo antes eu estava na cama com Matthew, sonolenta e contente. E agora estava com uma bruxa desconhecida naquele castelo úmido e lúgubre.

De repente, duas figuras pálidas emergiram das sombras e a desorientação se tornou horror. Uma delas era Domenico Michele. A outra era um desconhecido, mas pelo olhar gélido também devia ser um vampiro. Uma onda de incenso e enxofre o identificou: Gerbert de Aurillac, o vampiro papa.

Fisicamente, Gerbert não era intimidante, mas ele emanava uma maldade que me deixou encolhida. Os traços dessa maldade estavam nos olhos castanhos que se encovavam em faces tão proeminentes que parecia que a qualquer momento a pele esticaria e se rasgaria. Um nariz ligeiramente aquilino apontava para uma boca que se abria com um sorriso cruel. Com os olhos sombrios daquele vampiro cravados em mim, as ameaças de Peter Knox não passavam de brincadeira.

– Gerbert, muito obrigada por ter me oferecido este lugar – disse a bruxa de maneira polida, mantendo-me ao lado dela. – Você estava certo, aqui não serei perturbada.

– O prazer é meu, Satu. Posso dar uma olhadela na sua bruxa? – disse Gerbert suavemente enquanto se movia da esquerda para a direita a fim de encontrar um ângulo melhor de visão. – Ela esteve esse tempo todo com Clermont e não sei onde o cheiro dela começa e onde termina o dele.

Minha raptora se encrespou à menção do nome de Matthew.

– Agora Diana Bishop está sob os meus cuidados. A presença de vocês não é mais necessária aqui.

Gerbert manteve-se atento a mim e caminhou com passos curtos e comedidos na minha direção. Uma lentidão que o tornou ainda mais aterrorizador.

– Não é um livro estranho, Diana? Faz mil anos que o roubei de um grande bruxo na cidade de Toledo. E o livro já estava encantado quando o trouxe para a França.

– Apesar de todo o seu conhecimento, você não conseguiu decifrar os segredos desse manuscrito. – A voz da bruxa soou literalmente debochada. – E hoje não está menos enfeitiçado que no passado. Deixe isso para nós.

Ele continuou avançando.

– O nome da minha bruxa era parecido com o seu... Meridiana. Ela não quis me ajudar a desvendar os segredos do manuscrito, é claro. Mas a mantive escrava com o meu sangue. – Ele chegou tão perto de mim que o frio que dele emanava me congelou. – Toda vez que eu bebia um pouco dela, recebia vislumbres de sua magia e fragmentos de seu conhecimento. Mas eram frustrantemente fugazes e eu tinha que voltar em busca de mais. Ela começou a enfraquecer e se tornou mais fácil de ser controlada. – O dedo de Gerbert tocou no meu rosto. – Os olhos de Meridiana também eram parecidos com os seus. O que você vê, Diana? Vai compartilhar isso comigo?

– Basta, Gerbert. – A voz de Satu soou ameaçadora, e Domenico rosnou.

– Diana, não pense que esta é a última vez que me verá. Primeiro as bruxas vão colocá-la nos trilhos. Depois a Congregação decidirá o que fazer com você. – Gerbert olhou fixamente nos meus olhos e desceu o dedo pelo meu rosto como uma carícia. – E depois você será minha – acrescentou fazendo uma pequena reverência para Satu. – Por enquanto ela é sua.

Os vampiros se retiraram. Domenico olhou para trás como se relutando em se retirar. Satu manteve-se à espera com um olhar vazio, até que um som de metal se chocando contra a madeira e a pedra anunciou que eles tinham deixado o castelo. Os olhos azuis da bruxa recuperaram a atenção e se cravaram em cima de mim. Com um pequeno gesto, ela desfez o feitiço que me mantinha muda.

– Quem é você? – perguntei quando consegui formar frases.

– Meu nome é Satu Järvinen. – Ela caminhou lentamente ao meu redor enquanto traçava um círculo com a mão atrás do próprio corpo. O movimento me fez lembrar de uma outra mão que se movia como a dela. Uma vez Sarah traçara um caminho similar no quintal da nossa casa em Madison na tentativa de amarrar um cachorro perdido, mas as mãos que estavam na minha mente não pertenciam à minha tia.

Os dons de Sarah não eram nada comparados aos da bruxa à minha frente. Pelo seu jeito de voar Satu era poderosa. E também era adepta dos feitiços. Até agora me mantinha dentro de uma teia de filamentos mágicos que se estendia pelo pátio sem que tivesse dito uma só palavra. A teia era tão forte que eliminava qualquer possibilidade de fuga.

– Por que me raptou? – perguntei para desviá-la do trabalho mágico.

– Nós tentamos fazê-la perceber que Clermont é um tipo de alta periculosidade. Não medimos esforços para isso, mas você se recusou a ouvir. – Eram palavras cordiais ditas por uma voz aconchegante. – Você não quis se reunir conosco durante o Mabon e ignorou Peter Knox. Enquanto isso, o vampiro se aproximava cada vez mais de você. Mas agora está segura e longe do alcance dele.

Meus instintos apontaram aos berros para o perigo.

– Não foi culpa sua – continuou Satu tocando levemente meu ombro. Minha pele comichou e fez a bruxa sorrir. – Os vampiros são tão sedutores e tão charmosos... Você foi escravizada por ele da mesma forma que Meridiana foi escravizada por Gerbert. Não a culpamos por isso, Diana. Você foi muito protegida na infância. Por isso não consegue enxergar quem realmente ele é.

– Não fui escravizada por Matthew – repliquei. Eu não fazia a menor ideia do que isso podia envolver além do que definia o dicionário, mas Satu fazia parecer que era algo coercitivo.

– Tem certeza disso? – ela disse de um modo gentil. – Nunca provou uma gota de sangue dele?

– Claro que não. – A minha infância podia ter sido carente de um treinamento mágico extensivo, mas eu não era uma idiota. Eu sabia que o sangue de vampiro é uma poderosa substância que altera a vida das pessoas.

– Não se lembra de ter sentido um gosto intenso de sal? Cansaços súbitos? Não se lembra de ter caído no sono perto dele, mesmo não querendo fechar os olhos?

No voo para a França, Matthew tinha passado o dedo nos próprios lábios e depois nos meus. E senti um gosto de sal no dedo dele. A segunda vez foi quando já estávamos na França. Minha autoconfiança vacilou.

– Entendo. Então ele *deu* o sangue dele para você. – Ela balançou a cabeça. – Isso não é nada bom, Diana. Achamos que podia ter acontecido quando ele a seguiu até a sua casa no dia de Mabon e depois entrou pela sua janela.

– Do que está falando? – O sangue gelou nas minhas veias. Matthew nunca me daria o sangue dele. Nem violaria o meu território. Ele só faria isso por um bom motivo e teria dito para mim.

– Clairmont a seguiu até o seu apartamento na noite em que vocês se conheceram. Entrou por uma janela aberta e ficou lá dentro durante algumas horas. Você não acordou? Se não acordou é porque ele deve ter usado o próprio sangue para mantê-la dormindo. Que outra explicação teríamos?

Na ocasião eu tinha acordado com um forte cheiro de cravo-da-índia na boca. Fechei os olhos para afastar a lembrança e a dor que a acompanhava.

– Esse relacionamento não passou de um elaborado engano, Diana. Matthew Clairmont só queria uma coisa: o manuscrito perdido. Tudo o que esse vampiro fez e as mentiras que contou durante esse tempo todo eram para conseguir o que ele queria.

– Não. – Era impossível. Ele não podia estar mentindo para mim na noite passada.

– Sim. Lamento dizer essas coisas, mas você não nos deixou outra escolha. Fizemos de tudo para deixá-la fora disso, mas você é tão teimosa.

Exatamente como o meu pai, pensei. Meus olhos se estreitaram.

– Como posso saber que *você* não está mentindo?

– Uma bruxa não pode mentir para outra bruxa. Afinal, nós somos irmãs.

– Irmãs? – repeti com as minhas suspeitas aguçadas. – Você age como a Gillian... Finge irmandade apenas para colher informações e tentar envenenar a minha mente contra Matthew.

– Então você já conhece Gillian – disse Satu em tom de pesar.

– Sei que ela estava me vigiando.

– E já sabe que ela está morta? – De repente, a voz de Satu se fez malévola.

– O quê? – O chão pareceu se inclinar e me senti rolando ladeira abaixo.

– Clairmont a matou. Por isso ele tirou você de Oxford com tanta rapidez. Foi mais uma inocente que morreu e que não conseguimos manter fora dos noticiários. O que foi mesmo que as manchetes disseram? Ah, sim: "Jovem intelectual americana morre longe de casa enquanto fazia pesquisas." – Os lábios de Satu se curvaram com um sorriso malicioso.

– Não. – Balancei a cabeça. – Matthew não a mataria.

– Pois lhe asseguro que matou. Claro que antes a interrogou. Pelo visto os vampiros nunca aprendem que não adianta nada matar o mensageiro.

– A foto dos meus pais. Matthew mataria qualquer um que tivesse enviado aquela foto para mim.

– Peter foi cruel quando a enviou para você, e foi negligente por ter feito isso por intermédio de Gillian – continuou Satu. – E Matthew é esperto demais para deixar evidências. Fez a morte parecer suicídio e deixou o corpo na porta do quarto de Peter Knox no Randolph Hotel, como se fosse um cartão de visita.

Gillian Chamberlain não era minha amiga, mas saber que ela nunca mais se debruçaria sobre fragmentos de papiros me perturbou mais do que eu podia imaginar.

Então, Matthew a tinha assassinado. Minha cabeça rodou. Como pôde ter dito que me amava escondendo esse tipo de coisa de mim? Segredo era uma coisa, mas assassinato era outra coisa, mesmo com a desculpa de vingança e retaliação. Ele sempre dizia que eu não devia confiar nele. Eu não dava atenção e deixava as palavras de lado. Será que isso era parte do seu plano, uma outra estratégia para me fazer confiar nele?

– Você tem que aceitar a minha ajuda. – A voz de Satu soou gentil mais uma vez. – Isso já foi muito longe e você está correndo um risco terrível. Posso lhe ensinar a usar o seu poder. E aí você poderá se proteger de Clairmont e de outros vampiros como Gerbert e Domenico. Um dia você será uma bruxa poderosa como a sua mãe. Confie em mim, Diana. Somos uma família.

– Família – repeti atordoada.

– Sua mãe e seu pai não gostariam que a filha caísse nas garras de um vampiro – disse Satu como se eu fosse uma criança. – Eles sabiam que as bruxas precisavam preservar os laços entre si.

– O que foi que você disse? – Minha cabeça parou de girar. Pelo contrário, se aguçou de um modo estranho enquanto toda a minha pele formigava como se milhares de bruxas estivessem olhando para mim. Havia alguma coisa que eu estava esquecendo, alguma coisa sobre os meus pais que tinha feito Satu mentir.

Um som estranho serpenteou dentro dos meus ouvidos. Sibilou e chiou como cordas sendo arrastadas por um chão de pedra. Abaixei os olhos e raízes grossas e marrons serpenteavam pelo chão. Elas vinham sorrateiramente na minha direção.

Satu pareceu não se dar conta disso.

– Seus pais queriam que você honrasse suas responsabilidades enquanto Bishop e bruxa.

– Meus pais? – Desviei os olhos do chão para me concentrar nas palavras de Satu.

– Você deve lealdade e aliança para mim e para as bruxas, suas semelhantes, e não para Matthew Clairmont. Pense na sua mãe e no seu pai. Pense no que achariam desse relacionamento se ficassem sabendo de tudo.

Um dedo gelado de premonição atravessou a minha espinha, e todos os meus instintos me disseram que aquela bruxa era perigosa. A essa altura as raízes já tinham alcançado os meus pés. E como se pudessem sentir a minha aflição mudaram abruptamente de posição e se enterraram no caminho de pedras que me ladeava, e depois trançaram uma sólida e invisível teia debaixo do chão do castelo.

– Gillian me falou que as bruxas assassinaram os meus pais – eu disse. – Você nega isso? Então me conte a verdade do que houve na Nigéria.

Satu permaneceu silenciosa. Um silêncio tão veemente quanto uma confissão.

– Exatamente como pensei – acrescentei com amargura.

Com um pequeno movimento do pulso, ela me fez cair de costas no chão com os pés erguidos para o ar, e depois mãos invisíveis me arrastaram pela superfície escorregadia de um pátio gelado até um espaço cavernoso com janelas no alto e um resto de telhado em ruínas.

Durante o percurso, as minhas costas foram batendo no chão de pedra do antigo saguão do castelo. E o pior é que todas as minhas tentativas de combater a magia de Satu se mostraram inúteis e inexperientes. Ysabeau estava certa. A minha vulnerabilidade, a ignorância em relação à minha própria identidade e aos meios disponíveis para me defender me colocavam em um terrível apuro.

– Mais uma vez você se recusa a ouvir a voz da razão. Não quero machucá-la, Diana, mas farei isso se for o único jeito de você perceber a gravidade da situação. Você tem que desistir de Matthew Clairmont e nos mostrar o que fez para invocar o manuscrito.

– Nunca desistirei do meu marido, nem ajudarei a nenhum de vocês a invocar o manuscrito. Ele não pertence a nós.

Depois disso a minha cabeça se partiu em dois como um horripilante grito rasgando o ar. Seguiu-se uma caótica cacofonia de barulhos. Uma barulheira tão dolorosa que tombei de joelhos e cobri a cabeça com os braços.

Os olhos de Satu se estreitaram ao máximo e me vi de costas sobre a pedra fria.

– *Nós?* Como ousa dizer que é uma bruxa se acabou de sair da cama de um vampiro?

– Eu *sou* uma bruxa – repliquei imediatamente, espantada com o abalo que o repúdio dela me causara.

– Você é uma desgraça, igualzinha a Stephen – sibilou Satu. – Teimosa, argumentadora, independente. E cheia de segredos.

– Você está certa, Satu, eu sou igual ao meu pai. Ele não contou nada para você. E eu também não vou contar.

– Vai contar, sim. Os vampiros só conseguem fazer uma bruxa revelar os segredos na base do gota a gota. – Ela passou a mão pelo meu antebraço direito para mostrar o que estava querendo dizer. Certa vez outra bruxa fez isso sobre um corte no meu joelho e fechou o ferimento melhor que qualquer curativo. Agora o mesmo gesto cortava a minha pele com uma faca invisível. O sangue jorrou do ferimento. Satu observou o fluxo de sangue como se hipnotizada.

Cobri o corte com a mão e o pressionei. Doeu muito e fiquei ainda mais ansiosa.

Não, disse uma voz familiar com veemência. *Não se entregue à dor.* Lutei para me recompor.

– Eu sou uma bruxa e tenho outras maneiras de descobrir o que você está escondendo. Vou abri-la, Diana, e vou localizar cada segredo seu. – Era uma ameaça de Satu. – E aí veremos até onde vai a sua teimosia.

O sangue evaporou de minha cabeça e fiquei tonta. A voz familiar chamou a minha atenção sussurrando o meu nome. *Diana, de quem nós guardamos nossos segredos?*

De todos, respondi mentalmente por instinto, como se fosse uma pergunta rotineira. Fechou-se outro grupo de portas pesadas atrás das inadequadas barreiras que poderiam me ajudar a manter uma bruxa curiosa fora da minha cabeça.

Satu sorriu com os olhos brilhando enquanto detectava as minhas novas defesas.

– Já temos um segredo revelado. Vamos ver o que mais você tem além de ser capaz de proteger a própria mente.

Com um murmúrio, a bruxa fez o meu corpo girar e ser arremessado ao chão de barriga para baixo. O impacto foi tão forte que fiquei sem respirar por algum tempo. Um círculo de fogo emergiu das pedras frias com chamas verdes e nocivas.

Uma coisa branca e quente queimou as minhas costas. Passou pelos meus ombros como um meteoro e desceu até a base da minha coluna, onde fez uma curva e depois subiu de volta ao ponto de partida. Satu rapidamente me deteve com a sua magia para impossibilitar a minha fuga. Eu senti uma dor indescritível e logo fui tragada por uma acolhedora escuridão que a dissipou. Quando a escuridão retrocedeu, a dor retornou.

O meu estômago revirou e me dei conta de que Satu estava me abrindo toda como prometera. Ela traçou um círculo mágico... em mim.

Você precisa ser muito, muito corajosa.

Fui seguindo em meio à bruma de dor as raízes serpenteantes que se estendiam pelo piso do saguão até aquela voz que me era familiar. Minha mãe estava sentada debaixo de uma macieira situada no lado de fora da linha de fogo verde.

– Mamãe! – gritei debilmente na tentativa alcançá-la. Mas fui agarrada pela magia de Satu.

Os olhos da minha mãe emanaram tenacidade, e eles estavam mais escuros do que eu lembrava e eram iguais aos meus. Ela fez um gesto de silêncio com um dedo fantasmagórico sobre os lábios. Gastei as minhas últimas forças balançando a cabeça para avisá-la de que eu tinha visto a sua aparição. Matthew foi o último pensamento coerente que tive.

Depois disso, nada mais além de dor e medo, e um sombrio desejo de fechar os olhos e dormir para sempre.

Talvez tenham se passado muitas horas até que Satu me arremessou pelo quarto com muita frustração. As minhas costas ardiam pelo efeito do feitiço e afora isso ela reabrira diversas vezes o ferimento no meu antebraço. Em dado momento ela me suspendeu pelos tornozelos de cabeça para baixo a fim de quebrar a minha resistência enquanto debochava da minha incapacidade de voar para escapar. Apesar de tudo Satu ainda estava longe de entender a minha magia e, portanto, no mesmo ponto de quando tinha iniciado a investigação.

Ela vociferava de raiva e batia com os saltos das botas nas pedras do assoalho enquanto andava de um lado para o outro e planejava novas investidas. Eu me apoiei no cotovelo para aguentar a próxima investida.

Aguente. Seja corajosa. Mamãe continuava debaixo da macieira e seu rosto brilhava coberto de lágrimas. As palavras dela fizeram eco com as de Ysabeau dizendo para Marthe que eu era mais corajosa do que o esperado e com as de Matthew sussurrando no meu ouvido "minha garota corajosa". Juntei as minhas energias e sorri para que mamãe parasse de chorar. O sorriso deixou Satu ainda mais furiosa.

– Por que não usa o seu poder para se defender? Eu sei que ele está aí dentro de você! – disse aos berros. Ela recolheu os braços até o peito e os estendeu para fora com uma torrente de palavras. O meu corpo rolou como uma bola e tive a sensação de uma dor no abdômen. Isso me fez lembrar do corpo estripado do meu pai, das vísceras arrancadas que jaziam ao lado dele.

Isso já está bem próximo. Eu me senti estranhamente aliviada por saber.

As palavras seguintes de Satu me arremessaram pelo destroçado piso do saguão. Segurei inutilmente a cabeça na tentativa de reduzir o impulso do meu corpo que deslizava pelo piso irregular de pedras e raízes de árvores. Estiquei as mãos como se pudesse atravessar Auvergne e alcançar Matthew.

A cena lembrava o corpo de mamãe dentro de um círculo mágico na Nigéria. Inspirei de um modo agudo e soltei um grito.

Diana, preste atenção. Você vai se sentir muito sozinha. Mamãe falou comigo e sua voz me transformou outra vez na criança que estava sentada no balanço na macieira do quintal da nossa casa em Cambridge numa distante tarde de agosto. Exalou o refrescante cheiro de grama verde e cortada e o perfume de lírio-do-vale do corpo de mamãe. *Você consegue ser corajosa sozinha? Você pode fazer isso por mim?*

Já não havia mais a brisa de agosto acariciando a minha pele. Em vez disso uma pedra dura rasgou o meu rosto quando assenti com a cabeça para responder à pergunta de mamãe.

Satu virou o meu corpo e pedras pontudas cortaram as minhas costas.

– Não queremos fazer isso, irmã, mas é preciso. Depois que se esquecer do Clairmont você vai entender, e vai me perdoar por isso.

Claro que não vou lhe perdoar, maldita, pensei. *Se você não for morta por ele, se eu morrer vou assombrá-la por toda a sua vida.*

Satu me levantou sussurrando algumas palavras, e me empurrou com rajadas de vento dirigidas calculadamente para fora do saguão em direção a uma escada circular que levava às profundezas do castelo. Ela me conduziu pelas masmorras antigas do castelo. De repente alguma coisa me roçou por trás e virei o pescoço para ver o que era.

Fantasmas – dezenas de fantasmas – nos seguiam em espectral e funérea procissão, com fisionomias tristonhas e amedrontadas. Mesmo com todos os seus poderes Satu não enxergava os mortos ao redor, assim como não vira a minha mãe.

A bruxa ergueu com as próprias mãos um pesado alçapão de madeira no chão. Fechei os olhos e me preparei para uma queda. Ela me agarrou pelos cabelos e me fez olhar para dentro de um buraco negro. Uma nociva lufada de ar trouxe um cheiro de rosas mortas, e os fantasmas se agitaram e gemeram.

– Sabe o que é isso, Diana?

Eu me encolhi e balancei a cabeça em negativa, assustada e exausta demais para falar.

— É uma solitária — cochicharam os fantasmas entre si. Uma mulher em farrapos e com o rosto marcado de rugas profundas começou a chorar.

— Solitárias são lugares de esquecimento. Os humanos que são jogados nas solitárias enlouquecem e depois morrem de fome... isso quando sobrevivem ao impacto da queda. É uma longa descida. Ninguém consegue sair daí sem ajuda dos que estão aqui em cima, e essa ajuda nunca chega.

O fantasma de um jovem que tinha um corte profundo no peito balançou a cabeça concordando com as palavras de Satu. *Não caia, garota,* ele disse quase em lamento.

— Mas não esqueceremos de você. Sairei em busca de reforço. Se você é teimosa na frente de uma bruxa da Congregação, não será na frente de três. Chegamos a essa mesma conclusão no caso dos seus pais. — Satu me agarrou com violência e planamos por cerca de vinte metros até o fundo da solitária. As paredes de pedra mudavam de cor e consistência à medida que descíamos mais fundo pelo buraco da montanha.

— Por favor — implorei quando ela me jogou no chão. — Não me deixe aqui. Não tenho segredo algum. Não sei como fazer magia nem como invocar o manuscrito.

— Você é filha de Rebecca Bishop — disse Satu. — Você tem o poder... posso senti-lo e esteja certa de que faremos de tudo para liberá-lo. Se sua mãe estivesse aqui simplesmente sairia voando. — Olhou para a escuridão acima de nós e depois para o meu tornozelo. — Mas a verdade é que você não é filha da sua mãe, não é? Pelo menos nos aspectos que nos interessam.

Satu dobrou os joelhos, ergueu os braços e com um pequeno impulso ergueu os pés do chão de pedra da solitária. Projetou-se para o alto e virou um borrão em preto e branco antes de desaparecer. Lá em cima ao longe, o alçapão de madeira se fechou.

Matthew nunca me encontraria naquele lugar. Os rastros tinham sido apagados ao longo do trajeto, e tanto o meu cheiro como o de Satu tinham sido espalhados aos quatro ventos. A única maneira de escapar antes de ser pega por Satu, Peter Knox e uma terceira bruxa seria pelos meus próprios meios.

De pé, apoiando o peso em um único pé, dobrei os joelhos, ergui os braços e impulsionei os pés apoiados no chão de pedra exatamente como Satu tinha feito. Não aconteceu nada. Fechei os olhos e tentei me lembrar de como tinha flutuado quando dancei no salão na esperança de que pudesse flutuar novamente. Tudo o que consegui foi pensar em Matthew e nos segredos que me sonegava. Minha respiração se fez soluço e, quando o ar úmido e mofado entrou pelos meus pulmões, tossi e caí de joelhos.

Fiquei levemente adormecida, mas era difícil ignorar os fantasmas porque não paravam de tagarelar. Pelo menos traziam um pouco de luz à escuridão. Cada vez que um fantasma se movia um tênue facho de luz fosforescente manchava o ar, indicando o caminho seguido por ele. Uma jovem em andrajos estava sentada no lado oposto, murmurando consigo mesma e me olhando com olhos vazios. No centro do lugar um monge, um cavaleiro de armadura e um mosqueteiro espiavam um outro buraco ainda mais profundo do qual emanava uma sensação de perda tão intensa que dele não ousei me aproximar. O monge começou a sussurrar uma missa para os mortos e o mosqueteiro continuou debruçado no buraco, como se procurando por alguma coisa perdida.

Minha mente começou a se apagar, perdendo um combate contra um misto de medo, dor e frio. Eu me concentrei com toda força, relembrei as últimas passagens do *Aurora Consurgens* e repeti em voz alta na esperança de que isso me manteria sã.

— *Sou eu que faço a mediação entre os elementos, trazendo conformidade a cada um deles* — murmurei com os lábios machucados. — *Eu torno o que úmido é em seco outra vez, e o que seco é em úmido. Eu torno o que duro é em suave outra vez, e o que suave é em duro. Como eu sou o fim, o meu amado é o começo. Eu contenho toda a obra da criação, e todo o conhecimento se oculta em mim.*

Algo luziu contra a parede bem ao meu lado. Era um fantasma que vinha para me dar um alô, mas eu estava muito cansada para cumprimentar e fechei os olhos retomando a recitação.

— *Quem ousa me separar do meu amor? Ninguém, pois o nosso amor é tão forte quanto a morte.*

Mamãe me interrompeu.

Por que não tenta dormir, bruxinha?

Por trás dos meus olhos fechados avistei o meu quarto no ático da casa em Madison. Faltavam poucos dias para a viagem final dos meus pais à África, e eu ficaria com tia Sarah enquanto estivessem fora.

— Não quero dormir — respondi com uma voz teimosa e infantil.

Abri os olhos. Os fantasmas se acercaram de um brilho tênue que luzia nas sombras ao meu lado.

Mamãe estava sentada de braços abertos, encostada na úmida parede de pedras da solitária. Prendi a respiração e avancei cautelosamente em sua direção com medo de que desaparecesse. Ela sorriu de forma acolhedora e seus olhos escuros brilharam por trás das lágrimas. Os braços e as mãos fantasmagóricas da minha mãe se mexeram quando me aninhei em seu saudoso corpo.

Você quer que eu conte uma história?

— Foram suas mãos que apareceram durante a magia de Satu?

Ela respondeu com um suave sorriso e as pedras frias debaixo dos meus pés se tornaram menos dolorosas.

Você foi muito corajosa.

– Eu estou muito cansada – suspirei.

Então é hora de lhe contar uma história. Era uma vez, disse mamãe, *uma bruxinha chamada Diana. Quando era pequenininha foi amarrada pela fada madrinha com fitas invisíveis das cores do arco-íris.*

Lembrei dessa história da minha infância que eu ouvia com um pijama cor-de-rosa cheio de estrelas roxas e com duas marias-chiquinhas compridas que desciam pelas minhas costas. Ondas de lembranças inundaram os lugares da minha mente que estavam vazios desde a morte dos meus pais.

– Por que ela foi amarrada pela fada madrinha? – perguntei com uma voz infantil.

Porque Diana adorava fazer magia, e ela era muito poderosa. Mas a fada madrinha sabia que as outras bruxas ficariam com inveja do poder dela. "Quando estiver pronta", disse a fada madrinha para a bruxinha, "você mesma vai desamarrar todas essas fitas." Enquanto isso não acontecer, você não conseguirá voar nem fazer magia.

– Isso é injusto – protestei com o mesmo ardor infantil dos meus sete anos de idade. – Ela podia punir as outras bruxas e não a mim.

Este mundo é injusto, não é?, disse mamãe.

Balancei a cabeça com um ar taciturno.

Diana tentava e tentava, mas não conseguia se livrar das fitas. Com o tempo ela acabou se esquecendo disso. E também se esqueceu de sua magia.

– Nunca esquecerei de minha magia – insisti.

Mamãe franziu a testa.

Mas é preciso, ela retrucou com um suave sussurro. E continuou a história. *Um dia, muito tempo depois, Diana conheceu um lindo príncipe que morava nas sombras entre o pôr do sol e o nascer da lua.*

Era a parte que eu mais gostava da história. Fui inundada por lembranças de outras noites. Às vezes, eu perguntava o nome dele, outras vezes, aparentava desinteresse por um príncipe tão estúpido. Na maioria das vezes, me perguntava por que alguém desejaria ficar com uma bruxa tão inútil.

Embora Diana não conseguisse voar, o príncipe a amava. Embora ninguém pudesse enxergar as fitas, o príncipe podia. Ele se perguntava sobre a utilidade daquelas fitas e sobre o que aconteceria se Diana se livrasse delas. Mas o príncipe era muito educado e sabia que não seria polido mencioná-las porque isso abalaria a autoconfiança de Diana.

Assenti com a minha cabeça de sete anos de idade, impressionada com a empatia do príncipe, e a minha cabeça mais velha se encostou à parede de pedras.

Mas o príncipe não se perguntou por que uma bruxa que podia voar se recusava a fazer isso.

Então, mamãe acariciou os meus cabelos, *chegaram três bruxas na cidade. Elas também podiam enxergar as fitas e suspeitaram de que Diana era mais poderosa do que elas. Depois a levaram para um castelo sombrio. Mas por mais que puxassem as fitas não desamarravam. As bruxas então prenderam Diana dentro de um quarto achando que ela ficaria com tanto medo que acabaria desamarrando as fitas.*

– Diana ficou completamente sozinha?

Completamente, disse mamãe.

– Acho que não gosto dessa história – reclamei.

Então por que você não dorme?

Puxei a minha coberta da infância, uma colcha de retalhos coloridos que Sarah comprara numa loja de departamento de Siracusa para me receber, e me estiquei no chão da solitária. Mamãe me acomodou nas pedras.

– Mamãe?

Sim, Diana.

– Fiz o que você me pediu. Guardei os meus segredos... de todos.

Sei que foi difícil.

– E você tem segredos? – Na minha mente eu corria como um cervo pelo campo com mamãe correndo atrás de mim.

É claro que tenho, disse ao mesmo tempo em que se esticava para me alcançar e movia as mãos de maneira a me fazer flutuar no ar e cair nos braços dela.

– Pode me contar um deles?

Sim. Ela colou os lábios na minha orelha e me fez sentir cócegas. *Você. Você é o meu maior segredo.*

– Mas eu estou aqui? – Livrei-me dos braços dela e corri na direção da macieira. – Como posso ser um segredo se estou aqui?

Mamãe tocou nos lábios e sorriu.

Magia.

30

—Onde está ela? – Matthew bateu com as chaves do Range Rover na mesa.

– Nós vamos encontrá-la, Matthew. – Ysabeau tentou manter a calma pelo bem do filho, mas fazia dez horas que eles tinham achado uma maçã mordida pela metade ao lado do canteiro de arruda na horta. A partir daí os dois vasculharam toda a área do mapa que Matthew delimitara metodicamente em fatias.

Mesmo com toda a procura, não encontraram qualquer sinal de Diana e não identificaram qualquer pista. Ela simplesmente evaporara.

– Ela só pode ter sido pega por uma bruxa. – Matthew passou a mão na cabeça. – Eu falei que ela só estaria a salvo dentro do castelo. Nunca pensei que as bruxas ousariam vir até aqui.

Os lábios de Ysabeau se apertaram. O fato de que as bruxas poderiam ter raptado Diana não a surpreendia.

Matthew começou a dar ordens como um general no campo de batalha.

– Vamos sair outra vez. Irei de carro até Brioude. Ysabeau, você pega a limusine e vai até Aubusson. Marthe, você fica aqui porque ela pode voltar ou alguém pode telefonar com notícias.

Ysabeau sabia que não haveria telefonema algum. Se Diana tivesse acesso a um telefone já teria telefonado. Embora a estratégia de batalha preferida de Matthew fosse a de superar os obstáculos até atingir o objetivo, nem sempre essa era a melhor maneira de agir.

– É melhor esperarmos, Matthew.

– Esperar? – ele bufou. – Esperar o quê?

– Baldwin. Ele estava em Londres e faz uma hora que saiu de lá.

– Ysabeau, você o chamou? – Matthew sabia por experiência que o irmão mais velho adorava destruir o que via pela frente. Era o que ele fazia de melhor. Ao longo dos anos tinha feito isso no sentido físico e mental, e depois no sentido financeiro, quando se deu conta de que destruir os meios de subsistência das pessoas era quase tão excitante quanto arrasar uma aldeia inteira.

– Senti que era hora quando vi que ela não estava nem no estábulo nem na mata. Matthew, para esse tipo de coisa Baldwin é muito melhor que você. Ele pode rastrear qualquer coisa.

– Sei disso, Baldwin sempre foi exímio na captura de presas. Por isso a minha primeira tarefa é encontrar a minha esposa. Depois, terei que assegurar que ela não seja o próximo alvo dele. – Matthew pegou as chaves do carro. – Fique esperando aqui por Baldwin. Eu saio sozinho.

– Baldwin não fará mal algum a Diana quando souber que ela pertence a você. Ele é o cabeça desta família. E como isso é um problema de família, ele precisa saber.

As palavras de Ysabeau soaram bizarras para Matthew. Ela sabia que ele não confiava no irmão mais velho. Ele repeliu a sensação de estranheza.

– Elas vieram aqui na sua casa, *maman*. Elas a insultaram. Se você quer envolver Baldwin, tem todo o direito de querer.

– Chamei o Baldwin para o bem de Diana, não para o meu bem. Ela não pode ficar nas mãos das bruxas, mesmo sendo uma delas.

O nariz de Marthe farejou o ar, atento a um novo cheiro.

– Baldwin – disse desnecessariamente Ysabeau com os olhos brilhando.

A pesada porta do andar de cima bateu e passos resolutos seguiram a batida. Matthew empertigou-se e Marthe fez uma cara de quem já tinha visto a cena milhares de vezes.

– Aqui embaixo – disse Ysabeau mansamente. Ela não elevava a voz nem em meio a crises. Afinal, eles eram vampiros e dispensavam histrionices.

Baldwin Montclair, como era conhecido no mercado financeiro, irrompeu pelo saguão do subsolo. Seus cabelos acobreados brilharam sob a luz elétrica, e seus músculos se crisparam com os rápidos reflexos de um atleta nato. Treinado desde criança para manejar a espada, ele já era uma figura imponente antes mesmo de se tornar vampiro e depois que renasceu poucos ousaram cruzar a sua frente. Filho do meio da prole de Philippe de Clermont, Baldwin se transformou em vampiro no tempo dos romanos e era o favorito do pai. Eles eram feitos da mesma massa – apaixonados por guerras, mulheres e vinho. Apesar das características amistosamente mundanas que tinham, aqueles que os enfrentavam nos campos de batalha raramente sobreviviam para contar a história.

Agora Baldwin direcionava a raiva para Matthew. Eles não se toleravam desde a primeira vez que se conheceram, as personalidades destoavam tanto que Philippe perdeu a esperança de um dia vê-los amigos. As narinas de Baldwin se abriram quando ele sentiu o cheiro de canela e cravo-da-índia do irmão.

– Em que buraco você se meteu, Matthew? – A voz grave de Baldwin ecoou de encontro aos vidros e as pedras.

Matthew caminhou na direção do irmão.

– Estou aqui, Baldwin.

Baldwin agarrou o irmão pela garganta antes de dizer alguma coisa. As cabeças ficaram emparelhadas, uma negra e a outra acobreada, e os dois rolaram até o extremo do saguão. O corpo de Matthew foi arremessado contra uma porta de madeira que se despedaçou com o impacto.

– Como pôde se envolver com uma bruxa sabendo o que elas fizeram com nosso pai?

– Ela nem era nascida quando ele foi capturado. – A voz de Matthew soou abafada pela pressão nas cordas vocais, mas ele não demonstrava medo.

– Ela é uma bruxa – disse Baldwin cuspindo. – Todas são responsáveis. Elas sabiam que os nazistas estavam torturando o nosso pai e não fizeram nada para impedir.

– Baldwin – Ysabeau chamou-lhe a atenção com um tom cortante. – Philippe deixou instruções bem claras que não queria vingança se acontecesse alguma coisa com ele. – Era o que lhe dizia repetidamente sem nunca aplacar a raiva dele.

– Foram as bruxas que ajudaram aqueles animais a capturar Philippe. E depois os nazistas o pegaram e fizeram aquelas experiências para determinar até que ponto o corpo de um vampiro aguentava os ferimentos sem morrer. Foram os feitiços das bruxas que nos impediram de encontrá-lo e libertá-lo.

– Eles não conseguiram destruir o corpo de Philippe, mas destruíram a alma – disse Matthew arrasado. – Por Deus, Baldwin. Elas podem fazer isso com Diana.

Matthew sabia que ela podia se recuperar se fosse ferida fisicamente pelas bruxas. Mas nunca mais seria a mesma se tivesse o espírito quebrado por elas. Ele fechou os olhos para afastar a dolorosa ideia de que Diana podia deixar de ser a criatura teimosa e voluntariosa que era.

– E daí? – Baldwin jogou o irmão no chão com um ar de desgosto, e se arremeteu contra ele.

Uma chaleira de cobre do tamanho de um tambor foi arremetida contra a parede. Os dois irmãos se ergueram com um salto.

Marthe encarou os dois de mãos nas cadeiras.

– Ela é esposa dele – disse para Baldwin sem nenhum rodeio.

– Você se *acasalou* com ela? – perguntou Baldwin, incrédulo.

– Agora Diana faz parte da família – respondeu Ysabeau. – Eu e Marthe já aceitamos isso. Agora só falta você.

– Nunca – ele disse alto e bom som. – Nenhuma bruxa jamais será uma Clermont, e tampouco acolhida nesta casa. O acasalamento é um instinto poderoso, mas não sobrevive à morte. Se as bruxas não matarem essa Bishop, eu a matarei.

Matthew avançou na garganta do irmão. Ouviu-se um ruído de carne sendo rasgada. Baldwin se afastou e gritou com a mão na garganta.

– Você me mordeu!

– Se ameaçar outra vez a minha esposa, eu farei muito mais do que isso. – Matthew ofegou com um brilho selvagem nos olhos.

– Já basta! – interferiu Ysabeau, calando-os. – Já perdi o marido, uma filha e dois dos meus filhos. Eu *não* quero ver vocês dois mordendo a garganta um do outro. *Não* permitirei que nenhuma bruxa tire quem quer que seja da minha casa sem a minha permissão. – As últimas palavras saíram de dentro dela em tom baixinho e sibilante. – E *não* ficarei assistindo a brigas aqui enquanto a esposa do meu filho está nas mãos dos meus inimigos.

– Em 1944, você sempre afirmava que desafiar as bruxas não servia para nada. E olhe só para você agora – disse Baldwin encarando o irmão.

– Isso é diferente – disse Matthew também irritado.

– Ah, sim, é diferente, garanto que é. Você está induzindo a Congregação a interferir na família só para se deitar com uma bruxa.

– A decisão de entrar em hostilidade aberta contra as bruxas não foi sua. Foi do seu pai... E ele impediu expressamente o prolongamento da Guerra Mundial. – Ysabeau parou atrás de Baldwin e esperou que ele se voltasse para ela. – Você tem que deixar isso de lado. A punição de tamanhas atrocidades foi colocada nas mãos das autoridades humanas.

Baldwin olhou para ela com uma expressão azeda.

— Se a minha memória não me falha, você assumiu o problema com as próprias mãos, Ysabeau. Você jantou quantos nazistas antes de se dar por satisfeita? — Isso era imperdoável de ser dito, mas ele foi levado a passar dos seus limites normais.

— Quanto a Diana — continuou Ysabeau com tato, embora com olhos faiscantes –, Lucius Sigéric Benoit Christophe Baldwin de Clermont, se o seu pai estivesse vivo certamente estaria procurando por ela, sendo bruxa ou não. Ele morreria de vergonha de você se o visse se atracando aqui com seu irmão por coisas passadas. — Cada um dos nomes que Baldwin tinha recebido de Philippe no passado soou como bofetada, e ele tombou a cabeça para trás quando os ouviu.

Depois, soltou o ar lentamente pelo nariz.

— Obrigado pelo conselho, Ysabeau, e pela aula de história. Mas felizmente hoje é a *minha* vez de decidir. Matthew não vai desfrutar essa garota e ponto final. — Ele se sentiu melhor depois de exercer a autoridade, e se virou com um ar majestoso para sair de Sept-Tours.

— Então você não me deixa escolha. — A resposta de Matthew o deteve.

— Escolha? — bufou Baldwin. — Você fará o que eu mandar.

— Posso não ser o cabeça da família, mas isso já não se limita apenas à família. — Matthew finalmente chegava ao ponto que Ysabeau tinha sugerido.

— Está bem. — Baldwin deu de ombros. — Siga em frente com essa sua cruzada tola. Encontre a sua bruxa. Aproveite e leve Marthe junto, parece tão apaixonada por ela quanto você. Se vocês dois querem atormentar as bruxas e atrair a Congregação, problema de vocês. Vou renegar você para proteger a família.

Ele já estava perto da porta quando o irmão mais novo sacou o grande trunfo.

— Eu libero os Clermont da responsabilidade de abrigar Diana Bishop. Os Cavaleiros de Lázaro cuidarão da segurança dela a partir de agora, como já fizemos com outras pessoas no passado.

Ysabeau afastou-se para esconder a sua expressão de orgulho.

— Você não pode estar falando sério — sibilou Baldwin. — Se você reunir a irmandade, isso será como uma declaração de guerra.

— Se a sua decisão é essa, você conhece muito bem as consequências. Eu poderia matá-lo pela sua desobediência, mas estou sem tempo para isso. Suas terras e posses estão confiscadas. Deixe esta casa e renuncie ao seu selo de ofício. Em uma semana será indicado um novo mestre francês. Você está fora da proteção da ordem e tem sete dias para encontrar um novo lugar para viver.

— Tente me tirar Sept-Tours — vociferou Baldwin — e se arrependerá amargamente.

— Sept-Tours não é propriedade sua. Pertence aos Cavaleiros de Lázaro. Ysabeau vive aqui com as bênçãos da irmandade. Eu lhe darei mais uma chance de ser incluído neste acordo. — Matthew assumiu um indiscutível tom de comando.

— Baldwin de Clermont, eu te convoco para empunhar tua espada, honrar teus votos e entrar no campo de batalha, onde obedecerás às minhas ordens até que sejas liberado.

Fazia muito, muito tempo que ele não falava nem escrevia essas palavras, mas lembrou-se de cada uma com exatidão. Os Cavaleiros de Lázaro estavam em seu sangue da mesma forma que Diana. Os longos músculos que estavam inativos se flexionaram dentro do corpo, e os talentos que estavam enferrujados trataram de se afiar.

— Matthew, os cavaleiros não vão ajudar o mestre por um simples problema amoroso. Nós lutamos na batalha de Acre. Nós auxiliamos os albigenses hereges na resistência. Nós sobrevivemos à dissolução dos templários e ao avanço dos ingleses em Crécy e em Agincourt. Os Cavaleiros de Lázaro estavam nos navios que combateram o império otomano em Lepanto, e a Guerra de Trinta Anos terminou quando nos recusamos a continuar combatendo. A proposta da irmandade é garantir a sobrevivência dos vampiros neste mundo dominado pelos humanos.

— No começo o nosso principal objetivo era proteger os que não podiam se proteger. Nossa reputação de heroísmo não passou de um simples e inesperado subproduto de tal missão.

— Papai não devia ter passado a ordem para você quando morreu. Você é um soldado e um idealista, não um comandante. Não tem estômago para tomar decisões difíceis. — O descaso pelo irmão estava visível nas palavras de Baldwin, mas o olhar dele refletiu preocupação.

— Diana me procurou para se proteger do seu próprio povo. Farei de tudo para protegê-la, da mesma forma que os cavaleiros protegeram os cidadãos de Jerusalém, da Alemanha e da Occitânia quando eles estavam sob ameaças.

— Ninguém acreditará que isso não é pessoal, não mais do que deviam ter acreditado em 1944. E naquela ocasião você disse não.

— Eu estava errado.

Baldwin pareceu chocado.

Matthew respirou fundo.

— Nós devíamos ter ignorado as consequências e reagido imediatamente ao ultraje. Mas fui impedido de agir porque temi que divulgassem os segredos da família e relutei em provocar a ira da Congregação. Isso só serviu para que a nossa família fosse atacada novamente pelos nossos inimigos, e agora não cometerei o mesmo erro com Diana. As bruxas farão de tudo para tomar conhecimento do poder que ela tem. Invadiram a nossa casa e tiraram alguém daqui sem a nossa permissão. Foi pior do que o que fizeram com Philippe. Aos olhos das bruxas ele não passava de um vampiro. Mas elas foram longe demais quando pegaram Diana.

Enquanto Baldwin pesava essas palavras, a aflição de Matthew aumentava.

– Diana. – Ysabeau trouxe Baldwin de volta ao tema principal.

Por fim, Baldwin balançou a cabeça em assentimento.

– Muito obrigado – disse Matthew. – Uma bruxa pegou Diana na horta e levou-a. E todas as pistas já tinham sumido quando descobrimos que ela havia desaparecido. – Ele tirou um mapa amassado do bolso. – Aqui estão as áreas que ainda precisam ser vasculhadas.

Baldwin observou as áreas vasculhadas pelo irmão e Ysabeau e as vastas regiões que ainda faltavam.

– Já procuraram em todos esses lugares depois que a levaram?

Matthew assentiu.

– Claro que sim.

Baldwin não conseguiu dissimular a irritação.

– Matthew, quando é que você vai aprender a pensar antes de agir? Vamos até a horta.

Os dois saíram, deixando Marthe e Ysabeau dentro de casa para que o cheiro delas não obscurecesse as pistas mesmo que insignificantes de Diana. Eles já estavam lá fora quando Ysabeau começou a tremer dos pés à cabeça.

– Isso é demais, Marthe. Se elas a feriram...

– Eu e você sempre soubemos que esse dia chegaria. – Marthe pôs a mão no ombro da patroa com uma expressão compassiva e depois se dirigiu até as cozinhas, deixando Ysabeau pensativa na frente de uma lareira fria.

Na horta, Baldwin voltou os seus olhos sobrenaturais para uma maçã que jazia ao lado de um canteiro de arruda. Sabiamente, Ysabeau tinha feito questão de que a fruta permanecesse no lugar em que fora encontrada. Isso ajudou Baldwin a distinguir o que o irmão não distinguira. Os galhos da arruda estavam ligeiramente inclinados e apontavam para um outro canteiro de ervas com folhas farfalhadas e depois para outro.

– De que lado o vento soprava? – A imaginação de Baldwin já estava em plena atividade.

– Do oeste – disse Matthew tentando perceber o que o irmão rastreava. Logo desistiu com um suspiro de frustração. – Isso está demorando muito. É melhor sairmos. Podemos vasculhar uma área maior. Vou verificar outra vez as cavernas.

– Ela não está nas cavernas – disse Baldwin endireitando os joelhos e tirando o cheiro de ervas das mãos. – Vampiros usam cavernas, bruxas, não. Além do mais, elas foram para o sul.

– Para o sul? Não há nada lá.

— É mesmo – disse Baldwin. – Mas deve haver alguma coisa lá. Se não houvesse, a bruxa não teria tomado essa direção. Vamos perguntar para Ysabeau.

A grande longevidade da família Clermont se devia às diferentes habilidades dos seus membros para enfrentar as crises. Philippe era o líder dos homens, uma figura carismática capaz de persuadir vampiros, humanos e por vezes até demônios a lutar por uma causa comum. Hugh, um outro irmão, era o negociador, o que colocava as partes em disputa na mesa de negociação e assim resolvia os conflitos mais extremos. Godfrey, o mais jovem dos três filhos homens, era a consciência, o que trazia à tona as implicações éticas de cada decisão. Baldwin era o responsável pela logística das batalhas, o que analisava com rapidez e agudeza mental os planos de batalha e apontava acertos e erros. Louisa era sempre a isca, ou então a espiã, dependendo da situação.

Por mais improvável que pareça, Matthew era o guerreiro mais feroz da família. A falta de disciplina nas suas primeiras aventuras com a espada deixava o pai enfurecido, no entanto Matthew acabou mudando com o tempo. Passou a esfriar a cabeça quando tinha uma arma nas mãos, e a tenacidade com que enfrentava os obstáculos o tornava imbatível.

E quanto a Ysabeau. Era subestimada por todos, menos por Philippe que algumas vezes a chamava de "general" e outras vezes de "minha arma secreta". Ysabeau não se esquecia de nada e tinha uma memória mais extensa do que a de Mnemosine.

Os dois irmãos voltaram para o interior do castelo. Baldwin chamou por Ysabeau e entrou na cozinha, onde esparramou um punhado de farinha de trigo que tirou de uma lata aberta sobre a mesa de Marthe. Ele traçou o mapa de Auvergne com a farinha e cravou o dedo em cima de Sept-Tours.

— Para que lugar uma bruxa levaria uma outra bruxa a sudoeste daqui? – perguntou.

Ysabeau franziu o cenho.

— Isso dependeria de por que ela teria sido levada.

Matthew e Baldwin se entreolharam exasperados. Esse era o único problema da arma secreta da família. Ysabeau nunca respondia na mesma hora às perguntas que lhe faziam – sempre achava uma questão mais urgente a ser colocada em primeiro lugar.

— *Maman*, pense – disse Matthew aflito. – Essas bruxas querem me separar de Diana.

— Não, meu filho. Havia mil formas de separar vocês dois... Mas essas bruxas que vieram até a minha casa para tirar daqui uma hóspede cometeram algo imperdoável para nossa família. Hostilidades assim são como o xadrez. – Ysabeau tocou a face do filho com a mão gelada. – O objetivo dessas bruxas é provar que somos vulneráveis. Você quer Diana e elas a levaram para que o desafio não pudesse ser ignorado de jeito nenhum.

– Ysabeau, por favor. Onde?

– Daqui até Cantal não há nada além de montanhas áridas e trilhas de cabras.

– Cantal? – perguntou Baldwin.

– Sim – ela sussurrou ainda mais indiferente diante do assunto.

Cantal era a região onde Gerbert de Aurillac tinha nascido. Era o território natal do vampiro, e se os Clermont o invadissem, as bruxas não seriam as únicas forças reunidas contra a família.

– Se isso fosse um jogo de xadrez, levá-la para Cantal nos colocaria em xeque-mate – comentou Matthew com um ar sombrio. – É muito cedo para agirem assim.

Baldwin concordou com a cabeça.

– Então estamos deixando algum canto de lado entre aqui e lá.

– Não há nada além de ruínas – disse Ysabeau.

Baldwin soltou um suspiro de frustração.

– Por que essa bruxa não consegue se defender sozinha?

Marthe entrou no cômodo enxugando as mãos com uma toalha. Ela e Ysabeau se entreolharam.

– *Elle est enchantée* – disse Marthe curto e bom som.

– A menina está enfeitiçada – confirmou Ysabeau com relutância. – Nós temos certeza disso.

– Enfeitiçada? – Matthew franziu a testa. O enfeitiçamento prende as bruxas com algemas invisíveis. Isso era tão imperdoável entre as bruxas quanto a invasão entre os vampiros.

– Isso mesmo. Ela não se recusa a fazer magia. Ela foi mantida longe da sua própria magia... propositalmente. – Ysabeau franziu o cenho só de pensar.

– Por quê? – perguntou o filho. – Seria como arrancar as presas e as garras de um tigre e mandá-lo de volta à selva. Por que se privaria alguém de autodefesa?

Ysabeau deu de ombros.

– Imagino que muita gente seria capaz de fazer isso, e por muitas razões, mas não conheço bem essa bruxa. Telefone para a família dela e pergunte.

Matthew enfiou a mão no bolso e tirou o celular. Baldwin reparou que o irmão tinha o número da casa em Madison pronto para a discagem automática. As bruxas atenderam ao primeiro toque.

– Matthew? – A bruxa estava histérica. – Onde está Diana? Ela está sofrendo muito, eu posso sentir.

– Já sabemos onde procurar por ela, Sarah – disse Matthew tentando acalmá-la. – Mas primeiro preciso saber por que Diana não faz uso de sua própria magia.

– Ela não faz isso desde que os pais morreram. O que isso tem a ver? – gritou Sarah. Ysabeau teve que fechar os olhos para desligar aquele som agudo.

– Sarah, existe alguma chance... mesmo remota... de Diana estar enfeitiçada?

Fez-se silêncio total do outro lado da linha.

– Enfeitiçada? – disse Sarah por fim, horrorizada. – Claro que não!

Os Clermont ouviram um suave clique.

– Foi a Rebecca – disse a outra bruxa com um tom mais suave. – Eu prometi que não contaria. E não me pergunte nada porque não sei o que ela fez e como fez. Rebecca sabia que nem ela nem Stephen retornariam da África. Rebecca tinha visto alguma coisa... ou sabido de alguma coisa que a deixou apavorada. O que ela me disse é que manteria Diana a salvo.

– A salvo de quê? – Sarah ainda estava horrorizada.

– Não a salvo de quê. A salvo *até*. – A voz de Em se distanciou. – Rebecca disse que queria se assegurar de que a filha estaria a salvo até que se encontrasse com o homem da sombra.

– Homem da sombra?

– Sim – sussurrou Em. – Quando Diana me disse que estavam passando um tempo com um vampiro, imaginei se você não seria o homem que Rebecca tinha vaticinado. Mas tudo aconteceu tão rápido...

– Emily, você consegue ver alguma coisa, qualquer coisa que possa nos ajudar? – perguntou Matthew.

– Não. Só vejo uma escuridão. Diana está lá dentro. Ela não está morta – disse Em de rompante ao notar que Matthew prendia a respiração –, mas está sofrendo e de alguma forma não está inteiramente neste mundo.

À medida que ouvia, Baldwin estreitava os olhos para Ysabeau. Embora malucas, as questões colocadas pela mãe se tornavam por demais esclarecedoras. Ele descruzou os braços e tirou o celular do bolso. Afastou-se um pouco, digitou um número e murmurou algumas palavras. Depois olhou para Matthew e fez um sinal atravessando a garganta com o próprio dedo.

– Eu vou sair agora para procurá-la – disse Matthew. – Logo que tivermos notícias telefonamos para vocês. – Desligou o celular antes que Sarah e Em começassem a fazer perguntas.

– Onde estão as minhas chaves? – gritou Matthew dirigindo-se para a porta.

Baldwin se pôs à frente do irmão, barrando-lhe o caminho.

– Vá com calma e pense – disse de forma rude enquanto puxava um banco para o irmão. – Quais são os castelos que existem daqui até Cantal? Só precisamos saber dos antigos, os que Gerbert pode conhecer melhor.

– Por Deus, Baldwin, não lembro. Deixe-me ir!

– Não. Pense bem. As bruxas não a levariam para dentro do território de Gerbert... pelo menos se tiverem um pouco de juízo. Se Diana está enfeitiçada, então Diana também é um mistério para elas. Levará algum tempo para que o mistério seja resolvido. Elas vão precisar de privacidade, sem nenhum vampiro por perto para perturbá-las. – Era a primeira vez que Baldwin pronunciava o nome da bruxa. – Em Cantal as bruxas teriam que dar satisfações a Gerbert, isso significa que elas devem estar em algum lugar perto da fronteira. Pense. – A última gota de paciência de Baldwin se evaporou. – Pelos deuses, Matthew, você construiu ou projetou a maioria deles.

Matthew repassou rapidamente as possibilidades, descartando alguns porque estavam próximos demais e outros porque estavam muito arruinados. Ele parecia em choque.

– La Pierre.

Ysabeau apertou os lábios e Marthe pareceu preocupada. La Pierre era o castelo mais amedrontador da região. Fora construído em cima de uma impenetrável fundação de basalto, e tinha muros suficientemente altos para resistir a qualquer cerco.

Lá fora um barulho em movimento comprimiu o ar.

– O helicóptero – disse Baldwin. – Estava me esperando em Clermont-Ferrand para me levar de volta a Lyon. Ysabeau, seu jardim vai precisar de alguns reparos, mas sem dúvida é um preço pequeno a pagar.

Os dois vampiros saíram do castelo em direção ao helicóptero. Entraram na aeronave e em seguida sobrevoavam Auvergne. Lá embaixo nada além da escuridão pontuada aqui e ali pelo suave brilho de luz da casa de uma fazenda. Levaram mais de trinta minutos para chegar e, mesmo com os irmãos indicando onde estava o castelo, o piloto teve dificuldade para enxergá-lo.

– Não há lugar para aterrissar – gritou o piloto.

Matthew apontou para uma velha estrada que se estendia a partir do castelo.

– Que tal ali? – gritou de volta enquanto esquadrinhava os muros à procura de sinais de luz e movimento.

Baldwin mandou o piloto aterrissar onde Matthew tinha indicado e recebeu um olhar inseguro como resposta.

Eles ainda estavam a alguns metros de altura quando Matthew pulou para fora do helicóptero e saiu em disparada até o portão do castelo. Baldwin suspirou e saiu no encalço do irmão, não sem antes ordenar ao piloto que esperasse por eles.

Já dentro do castelo, Matthew gritou por Diana.

– Meu Deus, ela deve estar apavorada – sussurrou quando os ecos cessaram, e passou a mão nos cabelos.

Baldwin chegou e agarrou o irmão pelo braço.

– Existem duas maneiras de fazer isso, Matthew. Ou nos dividimos e vasculhamos o local de cabo a rabo. Ou paramos por cinco segundos e tentamos descobrir o lugar mais provável para esconder alguém aqui em La Pierre.

– Solte-me – disse Matthew mostrando os dentes e tentando se soltar do irmão. A mão de Baldwin continuou firme.

– Pense – ele deu voz de comando. – Prometo que será mais rápido do que imagina.

Matthew visualizou a planta do castelo. A começar pela entrada, depois as salas, a torre, os quartos de dormir, as câmaras de audiência e o grande saguão. Depois, visualizou cozinhas, adegas e masmorras. Olhou aterrorizado para o irmão.

– A solitária. – Olhou na direção das cozinhas.

A cara de Baldwin congelou.

– *Dieu* – sussurrou observando o irmão que já estava descendo. O que havia naquela bruxa que tinha feito a própria gente dela jogá-la naquele buraco fundo?

E se ela era tão preciosa, certamente quem a tinha jogado na solitária retornaria.

Baldwin saiu em disparada atrás de Matthew, torcendo para que não fosse tarde demais para impedir que o irmão se tornasse um outro refém das bruxas.

31

Está na hora de acordar, Diana. A voz da minha mãe soou baixinho, mas insistente. Eu estava exausta demais para responder e cobri a cabeça com a colcha para que ela não me visse. O meu corpo vergou e me perguntei por que sentia tanta dor.

Acorde, dorminhoca. Os dedos grossos do meu pai puxaram a coberta. Uma onda de alegria dissipou a dor por um momento. Papai fingiu que era um urso e rosnou. Soltei gritinhos de felicidade e apertei as mãos para abafar os risos, mas papai tirou a coberta e um ar gelado me tomou da cabeça aos pés.

Alguma coisa estava errada. Abri um olho na esperança de me deparar com os pôsteres coloridos e os bichinhos de pelúcia que enfeitavam o meu quarto em Cambridge. Mas o meu quarto não tinha paredes cinzentas e úmidas.

Papai sorriu com olhos cintilantes para mim. Como sempre, ele estava com o cabelo encaracolado nas pontas que precisava ser penteado e com a gola torta. Eu o amava de qualquer jeito e tentei levantar os braços para agarrá-lo pelo pescoço, mas os meus braços não me obedeceram. Ele notou e me puxou com delicadeza, e com seu corpo impalpável me cobriu como um escudo.

Que bom te ver aqui, srta. Bishop. Era o que sempre dizia quando eu entrava no escritório dele lá em casa, ou quando eu descia a escada tarde da noite para pedir mais uma história.

– Estou tão cansada.

Ele estava com uma camisa transparente que de alguma forma retinha o odor de fumaça de cigarro e dos caramelos de chocolate que guardava no bolso.

Eu sei, disse papai, os olhos dele não estavam mais cintilando. *Mas não pode continuar dormindo.*

Você tem que levantar. As mãos de mamãe se estenderam para me tirar do colo de papai.

– Primeiro acabe de contar a história, mas pule as partes ruins – eu implorei.

A coisa não funciona assim. Mamãe balançou a cabeça e papai me passou para os braços dela com uma cara triste.

– Mas não estou me sentindo bem. – Minha voz infantil pedia um tratamento especial.

O espectro de minha mãe roçou as paredes de pedra. *Eu não posso pular as partes ruins. Você tem que enfrentá-las. Você pode fazer isso, bruxinha?*

Refleti um pouco e sacudi a cabeça concordando.

Em que parte estávamos?, perguntou minha mãe sentando-se ao lado do monge no centro da solitária. Ele se sentiu incomodado e se afastou alguns centímetros. Papai sufocou um sorriso com as costas da mão e olhou para mamãe da mesma forma que eu olhava para Matthew.

Lembrei, ela disse. *Diana estava trancada num quarto escuro, completamente sozinha. Ficou muitas horas lá dentro, sem saber se um dia sairia de lá. Foi então que ela ouviu uma batida à janela. Era o príncipe. "As bruxas me trancaram aqui!", gritou Diana. O príncipe tentou quebrar a janela, mas a janela era de vidro mágico e não quebrou. Aí o príncipe correu até a porta e tentou abri-la, mas a porta tinha uma fechadura mágica. Ele então tentou derrubar a porta, mas a madeira era muito dura e não cedeu.*

– O príncipe não era forte? – perguntei um pouco aborrecida pelo fracasso dele.

Muito forte, disse mamãe com um ar solene, *mas não era um bruxo. Foi então que Diana olhou em volta para encontrar um outro lugar por onde ele pudesse passar. Ela avistou um pequeno buraco no telhado. O buraco era grande o bastante para uma bruxa do tamanho dela passar. Diana pediu ao príncipe que voasse e a tirasse de lá. Mas o príncipe não podia voar.*

– Porque ele não era um bruxo – repeti. O monge se benzia toda vez que ouvia as palavras mágico e bruxo.

Isso mesmo, disse mamãe. *Mas Diana lembrou que já tinha voado um dia. Ela olhou para baixo e viu a ponta de uma fita prateada. A fita estava bem amarrada em volta do corpo dela, mas ela puxou a ponta e a fita se soltou. Diana jogou a fita para o alto. E aí tudo o que o corpo dela tinha a fazer era seguir a fita até o céu. Quando ela chegou perto do buraco lá no telhado, esticou os braços juntinhos e passou pelo buraco e saiu para o ar puro da noite. "Eu sabia que você conseguiria", disse o príncipe.*

– E eles viveram felizes para sempre – falei com determinação.

Mamãe me deu um sorriso agridoce. *Sim, Diana*. Olhou longamente para o papai, um tipo de olhar que as crianças só entendem depois que crescem.

Suspirei de felicidade e não me importei mais com minhas costas em brasa nem com aquele lugar estranho onde os corpos das pessoas podiam ser atravessados por um olhar.

Está na hora, disse mamãe para o papai. Ele assentiu.

Lá em cima ecoou um som surdo de madeira batendo no chão de pedra.

– Diana? – Era Matthew. Ele estava histérico e com sua aflição despejou uma onda de alívio e adrenalina no meu corpo.

– Matthew! – Minha voz soou como um débil grasnido.

– Eu vou descer. – A voz dele ecoou na parede de pedra e fez a minha cabeça doer. Com a cabeça latejando notei que havia alguma coisa grudenta no meu rosto. Passei o dedo no rosto, mas estava muito escuro para ver o que era.

– Não – disse uma voz grave e enérgica. – Você não pode descer porque não conseguirei resgatar vocês dois. E ela tem que sair daí bem rápido, Matthew. As bruxas logo estarão de volta.

Levantei o rosto para ver quem estava falando, mas só vi um anel branco desbotado.

– Diana, preste atenção. – Matthew estava mais calmo. – Você precisa voar. Você pode fazer isso?

Mamãe assentiu com a cabeça para me encorajar. *É hora de acordar e ser uma bruxa. Os segredos já não são necessários.*

– Acho que posso. – Tentei me levantar. O tornozelo direito vacilou e tive dificuldade para posicionar o joelho. – Você tem certeza de que Satu não está aqui?

– Não tem ninguém aqui além de mim e do meu irmão Baldwin. Voe até aqui e depois iremos embora. – Matthew se irritou com alguma coisa que o outro homem resmungou.

Eu não conhecia o tal do Baldwin, mas tinha conhecido muitos desconhecidos naquele dia. Depois de tudo o que ouvira de Satu, nem Matthew me parecia confiável. Olhei em volta para encontrar algum lugar onde me esconder.

Você não pode se esconder de Matthew, disse a minha mãe com um olhar agoniado para o meu pai. *Ele sempre estará do seu lado, não se preocupe. Você pode confiar nele. Ele é aquele que nós estávamos esperando.*

Papai enlaçou-a pelos ombros e me lembrei do que sentia nos braços de Matthew. Alguém que me abraçava daquele jeito nunca me trairia.

– Tente, Diana, por favor! – disse Matthew.

Eu tinha que achar a fita prateada para poder voar. Mas não havia uma fita amarrada em volta do meu corpo. Sentindo-me insegura para prosseguir, procurei pelos meus pais na escuridão. Eles estavam menos visíveis que antes.

Você não quer voar?, perguntou mamãe.

A magia está dentro do coração, Diana, disse papai. *Não se esqueça.*

Fechei os olhos e visualizei uma fita. Agarrei a ponta com firmeza, mirei o anel branco que cintilava na escuridão e arremessei a fita. A fita desenrolou e saiu flutuando na direção do buraco com meu corpo.

Minha mãe sorriu e meu pai sentiu o mesmo orgulho que sentiu no dia em que tirou as rodinhas de apoio da minha primeira bicicleta. Lá de cima Matthew me observava ao lado de um outro rosto que devia ser do irmão dele. Junto aos dois, um monte de fantasmas admirados por ver alguém que conseguia sair vivo lá de dentro depois de todos aqueles anos.

– Graças a Deus – desabafou Matthew esticando a sua mão comprida e branca para mim. – Pegue a minha mão.

Meu corpo perdeu a leveza tão logo ele me segurou.

– Meu braço! – gritei quando os meus músculos se distenderam e o corte no meu antebraço se abriu.

Matthew me agarrou pelo ombro com ajuda de uma outra mão desconhecida. Eles me tiraram para fora da entrada da solitária, e por um momento grudei no peito de Matthew. Depois o agarrei pelo suéter e me segurei nele.

– Eu sabia que você conseguiria – ele murmurou com alívio as mesmas palavras do príncipe da história de minha mãe.

– Não temos tempo para isso. – O irmão de Matthew saiu correndo pelo corredor em direção à porta.

Matthew rapidamente apalpou os meus ombros para verificar os ferimentos. Abriu as narinas quando sentiu o cheiro de sangue coagulado.

– Você consegue andar? – perguntou com tato.

– Pegue-a no colo e tire-a daqui senão terá que se preocupar com muito mais coisas que um pouquinho de sangue! – gritou o outro vampiro.

Matthew me pegou no colo como se eu fosse um saco de farinha e saiu correndo. Mordi os lábios e fechei os olhos quando o chão começou a correr debaixo de mim como no voo que fiz com Satu. Uma mudança no ar me fez perceber que estávamos livres. O ar fresco encheu os meus pulmões e comecei a tremer.

Matthew disparou na direção de um helicóptero estacionado na estrada de terra do outro lado das muralhas do castelo. Depois pulou para dentro do helicóptero protegendo o meu corpo com o dele. Foi seguido pelo irmão que refletiu as luzes do painel de controle nos seus cabelos acobreados.

Rocei o pé na coxa de Baldwin sem querer quando ele se sentou, e isso o fez me olhar com um misto de curiosidade e ira. Aquele rosto me era familiar, já o tinha visto nas visões que tive no estúdio de Matthew: primeiro quando a armadura cintilou e depois quando toquei nos selos dos Cavaleiros de Lázaro.

– Achei que você estava morto. – Aninhei-me no corpo de Matthew.

Baldwin arregalou os olhos.

– Rápido! – gritou para o piloto, e logo o helicóptero decolou.

De volta ao ar lembrei de Satu e minha tremedeira aumentou.

– Ela está em estado de choque – disse Matthew. – Essa coisa pode ir mais rápido, Baldwin?

– Apague-a – disse Baldwin com impaciência.

– Não tenho sedativo comigo.

– Tem, sim. – Os olhos do irmão brilharam. – Quer que eu faça?

Matthew se inclinou para me olhar e esboçou um sorriso. Os tremores amenizaram, mas toda vez que o helicóptero era atingido por uma turbulência eles voltavam com a lembrança de Satu.

– Pelos deuses, Matthew, ela está apavorada – disse Baldwin, irritado. – Faz logo isso.

Matthew mordeu o lábio e uma gota de sangue irrompeu da pele macia. Ele abaixou a cabeça para me dar um beijo.

– Não. – Contorci-me para me esquivar de sua boca. – Sei o que você quer fazer. Satu me alertou. Quer me manter tranquila com o seu sangue.

– Você está em choque, Diana. Isto é tudo o que tenho. Deixe-me ajudá-la, por favor. – Ele estava com uma fisionomia angustiada. Eu me ergui um pouco e peguei a gota de sangue com a ponta do meu dedo.

– Eu mesma faço isso. – As bruxas não fariam mais insinuações de que eu estava sob controle de Matthew. Suguei a gota salgada de sangue na ponta do meu dedo anestesiado. Lábios e língua formigaram e logo os nervos da minha boca sossegaram.

Quando dei por mim um ar gelado e perfumado com as ervas de Marthe soprava na minha face. Nós estávamos na horta de Sept-Tours. Os braços de Matthew sustentavam as minhas costas doloridas e a minha cabeça se aninhava no pescoço dele. Eu me mexi e olhei em volta.

– Já estamos em casa – ele sussurrou dirigindo-se para o castelo iluminado.

– Ysabeau e Marthe – me esforcei para levantar a cabeça –, elas estão bem?

– Estão ótimas – disse Matthew aninhando-me ainda mais em seus braços.

Atravessamos o corredor da cozinha completamente iluminada. Eu desviei os meus olhos irritados pela luminosidade para atenuar o desconforto. Um dos olhos parecia menor que o outro e apertei o maior para igualar os dois. Baldwin se mostrou curioso, Ysabeau, furiosa, e Marthe, sombria e preocupada. Ysabeau deu um passo e Matthew grunhiu.

– Matthew – ela começou a falar com paciência enquanto cravava os olhos em mim com uma preocupação materna –, você tem que telefonar para a família dela. Onde está o seu telefone?

Ele retesou os braços. De repente a minha cabeça pesou como se fosse desprender do pescoço. Foi melhor apoiá-la no ombro de Matthew.

– Acho que está no bolso dele, mas ele não vai largar a bruxa para pegá-lo. E muito menos deixar alguém se aproximar para tirá-lo do bolso. – Baldwin estendeu um celular para Ysabeau. – Use o meu.

Os olhos de Baldwin percorreram o meu corpo ferido com tanta atenção que pareciam sacos de gelo sendo aplicados e removidos um por um de cima de mim.

– Parece que ela está voltando do campo de batalha. – A voz de Baldwin soou com uma admiração relutante.

Marthe disse alguma coisa em occitano e o irmão de Matthew assentiu.

– *Òc* – ele disse, me olhando com admiração.

– Agora não, Baldwin – vociferou Matthew.

– O número, Matthew – disse Ysabeau abruptamente desviando a atenção do filho. Ele disse o número, ela os digitou e ouvi um débil ruído eletrônico.

– Eu estou bem – balbuciei quando Sarah atendeu a chamada. – Me coloque no chão, Matthew.

– Não, sou eu, Ysabeau de Clermont. Diana já está conosco.

Fez-se silêncio enquanto os toques gelados de Ysabeau passavam pelo meu corpo.

– Ela está ferida, mas não são ferimentos graves. Matthew devia levá-la para casa. Para perto de vocês.

– Não. Satu me perseguirá. Satu não precisa fazer mal a Sarah e Em – eu disse tentando me soltar de Matthew.

– Matthew – vociferou Baldwin –, deixe que Marthe cuide dela ou a mantenha quieta.

– Fique fora disso, Baldwin – retrucou Matthew. Ele tocou o meu rosto com seus lábios frios e aquietou a minha pulsação. E murmurou. – Não faremos nada que você não queira.

– Nós podemos protegê-la dos vampiros. – A voz de Ysabeau soava cada vez mais distante. – Mas não das outras bruxas. Ela precisa ficar com quem possa fazer isso. – A conversa feneceu e desceu uma cortina de névoa cinzenta.

Dessa vez só retomei a consciência lá na torre de Matthew. As velas estavam acesas e o fogo ardia na lareira. O quarto estava aquecido, mas o choque e a adrenalina me fizeram tremer. Matthew me amparava de cócoras nos joelhos e examinava o meu braço direito. O meu pulôver estava ensanguentado e com um longo rasgão na parte onde Satu me cortara. Uma recente mancha vermelha se misturava com outras mais escuras.

À soleira da porta, Marthe e Ysabeau observavam a cena como um casal de gaviões atentos.

– Eu posso cuidar da minha esposa, *maman* – disse Matthew.

– É claro que sim, Matthew – murmurou Ysabeau com o seu conhecido tom subserviente.

Matthew rasgou o último pedaço da minha manga para examinar melhor a minha pele e soltou um palavrão.

– Pegue a minha maleta, Marthe.

– Não – ela disse com firmeza. – Diana está suja, Matthew.

– Diana precisa tomar um banho. – Ysabeau aproximou-se em apoio a Marthe. – Ela está congelando e você não está conseguindo enxergar os ferimentos. Filho, isso não é ajuda.

– Nada de banho – ele disse resolutamente.

– Por que não? – perguntou Ysabeau com impaciência. Fez um sinal na direção da escada para que Marthe saísse.

– A água ficaria cheia de sangue – ele disse com uma voz firme. – Baldwin sentiria o cheiro.

– Aqui não é Jerusalém, Matthew – retrucou a mãe. – Ele nunca pisou nesta torre desde que foi erguida.

– O que houve em Jerusalém? – Olhei para o lugar onde o pequeno esquife de prata de Matthew costumava ficar pendurado.

– Meu amor, eu preciso dar uma olhada nas suas costas.

– Está bem – sussurrei sem ânimo. Minha mente vagou à procura de uma macieira e da voz de minha mãe.

– Fique de bruços.

O frio piso de pedras do castelo por onde Satu me arrastara surgiu debaixo do meu peito e de minhas pernas novamente.

– Matthew, não. Você acha que estou guardando segredos, mas não sei nada sobre a minha magia. Satu disse...

Matthew soltou outro palavrão.

— Não tem bruxa nenhuma aqui, e sua magia é imaterial para mim. — Ele me segurou com sua mão fria e tão firme e segura quanto o seu olhar. — Apoie-se no meu braço. Não tenha medo, estarei segurando você.

Eu estava sentada na coxa de Matthew e me inclinei para repousar o peito na mão dele. A posição repuxou dolorosamente a pele das minhas costas, mas era a melhor opção. Matthew ficou tenso.

— O casaco está grudado na sua pele. Assim não posso ver muita coisa. Nós teremos que colocá-la na banheira antes de removê-lo. Você pode encher a banheira, Ysabeau?

Ela saiu e em seguida ouviu-se o barulho de água corrente.

— Não muito quente — ele disse mansamente para a mãe.

— O que houve em Jerusalém? — perguntei de novo.

— Mais tarde — ele disse me erguendo com cuidado.

— Matthew, o tempo dos segredos acabou.

— Conte logo para Diana — disse Ysabeau da porta do banheiro. — Ela é sua esposa e tem o direito de saber.

— Deve ter sido algo terrível, senão você não usaria o caixão de Lázaro. — Toquei levemente no ponto vazio um pouco acima do coração de Matthew.

Ele me olhou com aflição e começou a contar a história. Uma história que brotou dos seus lábios como um jato.

— Eu matei uma mulher em Jerusalém. Ela se interpôs entre mim e Baldwin. Houve muito sangue. Eu a amava e ela...

Ele tinha matado mais alguém, não uma bruxa e sim uma humana. Coloquei o dedo nos lábios dele, selando-os.

— Isso basta. Já faz muito tempo. — Eu estava calma, mas voltei a tremer porque não suportaria outras revelações.

Matthew levou a minha mão esquerda aos lábios e beijou-a. Ele me disse com os olhos o que não podia dizer em voz alta. Depois, soltou a minha mão, desviando o olhar e disse:

— Se está preocupada com Baldwin, podemos fazer isso de outra maneira. Podemos umedecer o seu casaco com compressas, ou você pode ficar debaixo do chuveiro.

Pensei na água caindo em cima de mim e nas compressas pressionando as minhas costas e preferi correr o risco de uma sede eventual de Baldwin.

— A banheira é melhor.

Matthew me colocou toda vestida e de tênis dentro da banheira com água morna. Já dentro da banheira, tratei de não encostar as costas na porcelana enquanto a água desprendia lentamente o pulôver, até que fiquei mais à vontade e comecei a mexer as pernas dançando na água. Todos os músculos e nervos do meu corpo receberam ordens para relaxar, mas alguns se recusaram a obedecer.

Matthew aproveitou que eu estava de molho para examinar o meu rosto, tocando-o com os dedos. De repente ele franziu a testa e chamou por Marthe. Ela chegou com uma grande maleta preta medieval. Ele pegou uma lanterninha e, quando observou os meus olhos, apertou os próprios lábios com força.

– Bati com o rosto no chão – expliquei. – Está quebrado?

– Não, *mon coeur,* só está muito machucado.

Marthe se apressou em abrir um pacote e uma aragem de álcool entrou pelo meu nariz. Matthew passou um chumaço de algodão na parte pegajosa do meu rosto e me agarrei nas bordas da banheira com os olhos cheios de lágrimas. Ele descartou o algodão agora escarlate.

– Cortei o rosto numa pedra – falei com displicência para apagar as lembranças de Satu que a dor trazia de volta.

Os dedos frios de Matthew rastrearam o ferimento de ponta a ponta, e chegaram debaixo da linha do meu cabelo.

– É superficial. Não precisa de pontos. – Ele pegou um vidro de unguento e o aplicou suavemente na minha pele. O unguento cheirava a hortelã e outras ervas da horta. – Você é alérgica a algum medicamento? – perguntou quando acabou de aplicar o unguento.

Balancei a cabeça em negativa.

Matthew chamou por Marthe novamente, e ela chegou com uma pilha de toalhas nos braços. Ele falou uma lista de remédios e ela assentiu enquanto sacudia um molho de chaves que tirara do bolso. Uma droga soou em especial.

– Morfina? – perguntei com o coração acelerado.

– É para aliviar a dor. Os outros remédios são para combater o inchaço e a infecção.

O banho tinha aplacado a ansiedade e o meu estado de choque, mas a dor estava piorando. A perspectiva de não sentir mais dor era tentadora e ainda relutante concordei com a morfina desde que saísse da banheira. Ficar de molho naquela água cor de ferrugem já estava me deixando enjoada.

Matthew, no entanto, quis examinar o meu pé direito antes que eu saísse da banheira. Ergueu a minha perna para fora da água e apoiou a sola do meu tênis no seu ombro. Foi um contato suave e mesmo assim fiquei sem fôlego.

– Ysabeau. Pode vir até aqui, por favor?

Ysabeau e Marthe esperavam pacientemente no banheiro, prontas para atender ao filho se fosse preciso. Aproximou-se e Matthew posicionou-a atrás de mim para desamarrar os cordões encharcados do tênis e descalçá-lo. Ela pressionou os meus ombros, impedindo-me assim de sair da banheira.

Eu chorei durante o exame de Matthew e continuei chorando depois que ele desistiu de puxar o tênis e o rasgou com a precisão de uma costureira cortando um tecido. E também rasgou a minha meia, fez um corte na minha calça legging e puxou o tecido para olhar o meu tornozelo. Um anel ao redor do tornozelo sugeria que tinha sido preso com uma algema em brasa que acabou queimando a pele, deixando-a escurecida e pustulenta e com estranhos pedaços embranquecidos.

Mattheu levantou os olhos, visivelmente irado.

– Como isso foi feito?

– Satu me dependurou de cabeça para baixo. Ela queria ver se eu podia voar. – Desviei os olhos sem entender por que se enfureciam comigo por coisas das quais eu não tinha culpa.

Ysabeau pegou o meu pé com delicadeza. Matthew ajoelhou-se ao lado da banheira com seu cabelo negro caindo na testa e sua roupa se encharcando de água e sangue. Ele virou o meu rosto e me olhou com um misto de orgulho e zelosa proteção.

– Você nasceu em agosto, não é? No signo de leão? – ele disse com sotaque francês, e o sotaque de Oxford praticamente desapareceu.

Balancei a cabeça.

– Então daqui para a frente você será a minha leoa, só uma leoa lutaria como você lutou. Mas mesmo *la lionne* precisa de proteção. – Desviou os olhos para o meu braço direito. O ferimento tinha começado a sangrar no momento em que me agarrei nas bordas da banheira. – Você teve uma entorse no tornozelo, nada grave. Depois o enfaixamos. Agora verei suas costas e seu braço.

Matthew me tirou da banheira no colo e me pôs no chão, instruindo-me a não me apoiar no pé direito. Marthe e Ysabeau me serviram de apoio enquanto ele cortava a calça e as minhas roupas íntimas. A simplicidade com que aqueles três vampiros pré-modernos olharam para o meu corpo me deixou estranhamente à vontade com a minha nudez. Matthew levantou a parte da frente do pulôver encharcado deixando à vista um roxeado escuro que se estendia pelo meu abdômen.

– Cristo! – exclamou enquanto apertava os dedos no roxeado acima do osso pélvico. – Como é que ela fez isso?

– Satu perdeu a cabeça. – Comecei a bater os dentes ao lembrar de como voei pelos ares e da dor profunda que senti nas entranhas. Matthew enrolou a toalha à minha cintura.

– Vamos tirar esse pulôver – disse com um ar sombrio. Colocou-se atrás de mim e senti a espetada de um metal frio nas minhas costas.

– O que está fazendo? – Virei-me ansiosa para ver. Satu tinha me mantido de bruços por horas a fio e era intolerável ter alguém atrás de mim, mesmo o Matthew. Os tremores se intensificaram.

– Pare com isso, Matthew – disse Ysabeau aflita. – Ela não está aguentando. Uma tesoura caiu no chão.

– Está tudo bem. – Ele se aninhou no meu corpo como um escudo protetor. Cruzou os braços no meu peito e me envolveu por inteiro. – Vou começar a cortar pela parte da frente.

Quando a tremedeira parou, ele começou a cortar o meu pulôver. O frio nas minhas costas indicou que faltava pouco para aquilo acabar. Depois ele cortou o sutiã e retirou a parte da frente do pulôver.

Ysabeau engoliu em seco quando as últimas tiras do pulôver desceram pelas minhas costas.

– *Maria, Deu maire* – murmurou Marthe um tanto assustada.

– O que foi? O que foi que ela fez? – O aposento oscilou como um lustre em um terremoto. Matthew me girava para que a mãe visse. Ela expressou dor e piedade.

– *La sorcière est morte* – disse Matthew baixinho.

Ele já estava planejando a morte de uma outra bruxa. O sangue gelou nas minhas veias e a minha visão turvou.

Ele me manteve de pé.

– Fique comigo, Diana.

– Precisava matar Gillian? – solucei.

– Sim. – A voz dele soou insensível.

– Por que me deixou saber disso por outra pessoa? Satu disse que você invadiu o meu apartamento... e que tem me drogado com o seu sangue. Por quê, Matthew? Por que não me contou?

– Porque tive medo de perdê-la. Você sabe tão pouco de mim, Diana. Sigilo, instinto protetor... matar se for preciso. Eu sou assim, Diana.

Eu virei o rosto para encará-lo, sem nada no meu corpo a não ser uma toalha enrolada na cintura. Cruzei os braços sobre o meu peito desnudo e minhas emoções oscilaram entre o medo e algo bem mais sombrio.

– Então, você também vai matar Satu?

– Vou. – Ele não se desculpou nem se deteve em explicações, e buscou o meu rosto com olhos raivosos, frios e cinzentos. – Você é muito mais corajosa do que eu. Já lhe disse isso antes. Quer ver o que ela fez? – perguntou me pegando pelos cotovelos.

Refleti por uns segundos e assenti com a cabeça.

Ysabeau protestou brevemente em occitano, e Matthew a fez se calar com um silvo.

– Ela sobreviveu a isso, *maman*. Ver não vai piorar o quadro.

Ysabeau e Marthe desceram para pegar dois espelhos enquanto delicadamente Matthew enxugava o meu peito com uma toalha.

– Confie em mim – ele repetia a cada vez que eu tentava me esquivar da toalha.

As duas mulheres voltaram com um espelho ricamente emoldurado que ficava no salão e um outro espelho bem maior que só um vampiro poderia ter carregado até a torre. Matthew pôs o espelho maior atrás de mim enquanto Ysabeau e Marthe seguravam o outro à minha frente, angulando-o de um jeito que eu e Matthew pudéssemos olhar as minhas costas.

A imagem não podia ser das minhas costas. Eram as costas de uma outra pessoa – parecia que a pele tinha sido descascada e tostada até se tornar um vermelhão azulado escuro. Isso sem falar nas outras marcas – círculos e símbolos. A lembrança do fogo eclodiu ao longo das lesões.

– Satu disse que ia me abrir da cabeça aos pés – sussurrei hipnotizada. – Mas guardei os meus segredos bem guardados, mamãe, como você me pediu.

A última coisa que se refletiu no espelho antes de a escuridão me envolver foi Matthew me amparando.

Acordei mais tarde, outra vez perto da lareira do quarto. Eu estava sentada na beirada de uma poltrona cor de damasco com a parte inferior do corpo ainda enrolada na toalha, curvada para a frente e com o tronco apoiado numa pilha de almofadas. Só conseguia ver os meus pés, e alguém aplicava unguento nas minhas costas. Era Marthe que com seu jeito enérgico se distinguia dos toques frios de Matthew.

– Matthew – balbuciei girando a cabeça para vê-lo.

O rosto dele apareceu.

– Sim, querida, o que é?

– O que houve com a dor?

– Fiz uma magia. – Ele riu meio sem graça.

– Morfina – eu disse lentamente lembrando da lista de medicamentos que ele tinha passado para Marthe.

– Foi isso que eu disse. Todo mundo que padece muito de dor sabe que morfina e magia são a mesma coisa. Mas agora você despertou e teremos que enfaixá-la. – Ele olhou para Marthe e explicou que a bandagem evitaria o inchaço e protegeria a minha pele. A outra vantagem é que sustentaria os meus seios porque eu não poderia usar sutiã tão cedo.

Os dois enrolaram metros de bandagem cirúrgica ao redor do meu torso. Graças aos medicamentos observei o procedimento com uma curiosa sensação de alheamento. Uma sensação que se dissipou tão logo Matthew mexeu na maleta de médico falando de suturas. Na minha infância, um dia caí em cima de um espeto comprido que assava marshmallows e perfurei a minha coxa. O ferimento precisou ser suturado e fui atormentada por pesadelos durante meses. Falei do meu medo para Matthew, mas ele foi inflexível.

– O corte no braço é profundo, Diana. Não vai cicatrizar direito se não for suturado.

Depois de tudo feito, enquanto as mulheres se preparavam para me vestir Matthew bebia um pouco de vinho com as mãos trêmulas. Como não tinha nada que me vestisse rapidamente pela frente, Marthe sumiu novamente e voltou com algumas roupas de Matthew. Elas me vestiram com uma de suas lindas camisas de algodão que deslizou como seda pelo meu corpo. Com muito cuidado Marthe ajeitou um cardigã de *cashmere* preto com botões forrados de couro também de Matthew ao redor dos meus ombros, e depois Ysabeau ajudou-a me vestir uma das minhas calças pretas. Só então Matthew me deitou nas almofadas do sofá.

– Vá se trocar também – disse Marthe empurrando-o na direção do banheiro.

Depois de uma chuveirada ele saiu do banheiro com uma cueca nova. Enxugou rapidamente o cabelo perto da lareira e vestiu o resto da roupa.

– Se importaria se eu fosse lá embaixo por um instante? – perguntou. – Marthe e Ysabeau ficarão aqui com você.

Achei que ele ia ao térreo para falar com o irmão e assenti ainda sentindo os efeitos da poderosa droga.

Enquanto Matthew estava ausente Ysabeau vez por outra cochichava numa língua que não era nem francês nem occitano, e Marthe dava umas risadinhas. Elas já tinham retirado quase todas as roupas rasgadas e mais os panos ensanguentados do quarto quando ele voltou. Fallon e Hector o seguiam, balançando o rabo e com a língua para fora.

Os olhos de Ysabeau se estreitaram.

– Seus cães não podem entrar na minha casa.

Fallon e Hector olharam para Ysabeau e depois para Matthew com visível interesse. Matthew estalou os dedos e apontou para o chão. Eles se deitaram na mesma hora com a atenção voltada para mim.

– Vão ficar aqui com Diana até partirmos – ele disse com firmeza e a mãe não discutiu, se bem que soltou um suspiro contrariado.

Matthew se recostou ao meu lado roçando levemente as minhas pernas. Marthe colocou um copo de vinho à frente dele e estendeu uma caneca de chá para mim. Ela e Ysabeau se retiraram e nos deixaram a sós com os vigilantes cães.

Minha cabeça vagou, tranquilizada pela morfina e pelos carinhos hipnóticos de Matthew. Repassei as lembranças para distinguir o real do imaginário. O fantasma da minha mãe tinha aparecido realmente na solitária ou tudo não passara de lembranças do tempo em que estivemos juntas e que antecedeu a viagem que ela fez com meu pai à África? Será que eu tinha inventado aquele mundo imaginário para lidar com o estresse? Franzi a testa.

– O que há, *ma lionne*? – ele perguntou com um tom de preocupação na voz. – Está sentindo dor?

– Não. Só estou pensando. – Concentrei-me no rosto de Matthew para afastar a névoa e me refugiar nas praias mais tranquilas e seguras dele. – Onde eu estava?

– Em La Pierre. Um velho castelo abandonado há muitos anos.

– Conheci Gerbert. – Meu cérebro jogava amarelinha, não se detinha muito tempo no mesmo lugar.

Os dedos de Matthew paralisaram.

– Ele estava lá?

– Só no início. Ele e Domenico estavam lá quando chegamos, mas Satu os dispensou.

– E ele tocou em você? – Matthew se retesou.

– No meu rosto. – Eu tremi. – Matthew, o Gerbert esteve com o manuscrito nas mãos há muito tempo. Ele se vangloriou de como o tinha conseguido na Espanha. O manuscrito já estava encantado naquela época. Ele escravizou uma bruxa para que ela quebrasse o encantamento.

– Quer mesmo falar disso agora?

Eu também achei que era cedo para tocar no assunto e estava a ponto de dizer isso quando de repente tudo jorrou. Enquanto narrava as tentativas de Satu para me abrir e assim extrair a magia de dentro de mim, Matthew se levantou, arrumou as almofadas e me aninhou em seus braços.

Ele me manteve dessa maneira quando eu falava e quando eu não conseguia falar e quando eu chorava. Reprimiu as emoções quando contei o que Satu tinha falado sobre ele. Mesmo quando contei que mamãe sentou-se debaixo de uma macieira cujas raízes se espalhavam pelo chão de La Pierre, ele não me pressionou em busca de detalhes embora tivesse centenas de perguntas na cabeça.

Não contei a história toda – omiti a presença do meu pai, as vívidas lembranças da história que minha mãe contou e a corrida que fizemos pelo campo atrás da casa de Sarah em Madison. Mas já era um começo, o resto viria com o tempo.

– O que vamos fazer agora? – perguntei por fim. – Não podemos deixar que a Congregação faça mal a Sarah e Em... e a Marthe e Ysabeau.

– Isso você decide – disse Matthew bem devagar. – Eu vou entender se você terminar.

Espichei o pescoço para olhá-lo, mas ele evitou o meu olhar e resolutamente fixou os olhos na escuridão do lado de fora da janela.

– Você me disse que ficaríamos juntos por toda a vida.

– Nada vai mudar o que sinto por você, mas você não é uma vampira. Isso que aconteceu hoje com você... – Ele fez uma pausa e continuou: – Se você mudar de ideia sobre isso... sobre mim... eu vou entender.

– Nem mesmo Satu me faria mudar de ideia. E ela bem que tentou. Mamãe tinha razão quando disse que você era aquele a quem eu estava esperando. Ela disse isso quando eu voei. – Não fora bem assim, o que mamãe disse é que Matthew era aquele a quem *nós* esperávamos. Mas a frase me pareceu sem sentido e troquei o *nós* por *eu*.

– Você tem certeza? – Ele segurou o meu queixo e estudou o meu rosto.

– Absoluta.

O ar angustiado de Matthew se dissipou um pouco. Ele se curvou para me beijar, mas recuou.

– A única parte do meu corpo que não está doendo são os lábios. – Afinal, alguém precisava me lembrar que havia criaturas no mundo que podiam me tocar sem me causar dor.

Ele roçou levemente os lábios nos meus com um hálito impregnado de cravo e canela. O beijo afastou as lembranças de La Pierre, e pude fechar os olhos por um breve instante e descansar em seus braços. Mas a urgência de saber o que aconteceria depois me fez retornar ao estado de alerta.

– E o que fazemos agora? – perguntei de novo.

– Ysabeau está certa. É melhor ficarmos com a sua família. Nenhum vampiro poderá lhe ensinar como fazer magia, e essas bruxas não a deixarão em paz.

– Quando? – Depois de La Pierre me senti estranhamente feliz em deixar as decisões para ele.

Matthew se agitou visivelmente feliz pela minha cumplicidade.

– Nós vamos de helicóptero com Baldwin até Lyon. O avião dele está lá, abastecido e pronto para decolar. Satu e as outras bruxas da Congregação levarão um tempo para chegar aqui, mas certamente chegarão – ele disse com um ar sombrio.

– Ysabeau e Marthe estarão a salvo em Sept-Tours sem você?

A risada de Matthew retumbou dentro de mim.

– Elas estiveram presentes em cada conflito armado da história. Nunca se abalariam por causa de um bando de vampiros caçadores e umas poucas bruxas inquisidoras. Mas tomarei algumas providências antes de partirmos. Você descansaria um pouco se Marthe ficasse aqui?

– Eu preciso arrumar a minha mala.

– Marthe pode fazer isso. E Ysabeau poderá ajudar, se você deixar.

Assenti com a cabeça. O retorno de Ysabeau ao quarto era uma ideia surpreendentemente reconfortante.

Matthew me acomodou outra vez nas almofadas com ternura. Chamou por Marthe e Ysabeau com um tom suave, e deu voz de comando aos cachorros para que ficassem ao pé da escada, onde eles assumiram a mesma posição dos leões da entrada da Biblioteca Pública de Nova York.

As duas mulheres entraram em silêncio no quarto, e seus cochichos se tornaram um suave pano de fundo sonoro que me fez dormir. Quando acordei algumas horas depois, Marthe se curvava perto da lareira para colocar uma lata dentro da minha velha mochila que já estava cheia.

– O que é isso? – perguntei esfregando os olhos.

– O seu chá. Uma caneca por dia. Lembra?

– Lembro. – Repousei a cabeça nas almofadas. – Muito obrigada, por tudo, Marthe.

Ela acariciou a minha testa com suas mãos rústicas.

– Ele a ama. Sabe disso? – A voz dela soou mais rouca que de costume.

– Sei disso, Marthe. Eu também o amo.

Hector e Fallon viraram a cabeça, atentos a um ruído na escada fraco demais para ser ouvido por mim. A silhueta escura de Matthew apareceu. Ele se aproximou do sofá, examinou o meu corpo, tomou o meu pulso e balançou a cabeça em sinal de aprovação. Depois me pegou no colo como se eu fosse uma pluma e, quando me carregou escada abaixo, me dei conta de que a morfina me deixara apenas uma desconfortável pontada nas costas. Hector e Fallon formaram a retaguarda da nossa pequena procissão.

O fogo da lareira iluminava o estúdio de Matthew, projetando sombras nos livros e objetos. Ele cravou os olhos na torre de madeira e silenciosamente se despediu de Lucas e Blanca.

– Nós voltaremos... assim que pudermos – prometi.

Ele sorriu e o sorriso não se estendeu aos olhos.

Baldwin nos aguardava no saguão. Hector e Fallon se enrolaram nas pernas de Matthew, impedindo a aproximação de qualquer um. Ele teve que dar voz de comando para que Ysabeau se aproximasse.

Ela pousou as mãos frias nos meus ombros.

– Seja corajosa, minha filha, mas escute o Matthew – aconselhou enquanto me dava um beijo em cada face.

– Desculpe-me por ter trazido tantos problemas para a sua casa.

– *Hein*, esta casa já viu coisas bem piores – ela disse antes de se dirigir para Baldwin.

– Avise-me se precisar de qualquer coisa, Ysabeau. – Baldwin beijou-a nas faces.

– Está bem, Baldwin. Boa viagem – murmurou enquanto ele saía da casa.

– Deixei sete cartas no estúdio do papai – disse-lhe Matthew depois que o irmão saiu. – Alain vem pegá-las. Ele sabe o que tem que fazer.

Ysabeau assentiu com os olhos iluminados.

– E assim tudo começa outra vez – sussurrou. – Seu pai ficaria orgulhoso de você, Matthew. – Ela pegou o filho carinhosamente pelos braços e carregou a mala dele.

Caminhamos pelo gramado do castelo – uma fila de vampiros, cães e uma bruxa. As hélices do helicóptero começaram a girar lentamente quando nos aproximamos. Matthew me pegou pela cintura e me colocou dentro da cabine, e depois entrou.

O helicóptero decolou e sobrevoou o castelo iluminado por um instante antes de se dirigir para leste, onde as luzes de Lyon eram visíveis no escuro céu do amanhecer.

32

Fiquei de olhos fechados durante todo o percurso até o aeroporto. Levaria muito tempo até que eu pudesse voar sem lembrar de Satu.

Em Lyon, tudo transcorreu com rapidez e eficiência. Claro que Matthew deve ter tratado de tudo quando ainda estávamos em Sept-Tours, informando às autoridades que seria um voo para transporte médico. Logo que se identificou, os funcionários do aeroporto me olharam com um ar de generosa compreensão e fui colocada numa cadeira de rodas contra a minha vontade e depois empurrada na direção do avião enquanto um funcionário da imigração seguia atrás carimbando o meu passaporte. Baldwin seguiu à frente com passos tão firmes que as pessoas abriam caminho rapidamente.

O jato dos Clermont era tão equipado quanto um luxuoso iate, com poltronas reclináveis que se transformavam em leitos, áreas de assentos acolchoados e mesas, e uma pequena cozinha onde uma comissária uniformizada esperava com uma garrafa de vinho e água mineral gelada. Matthew me acomodou numa poltrona reclinável e arrumou os travesseiros de modo a não incomodar as minhas costas. Em seguida sentou-se na poltrona mais próxima de mim. Baldwin ficou a uma mesa que pelo tamanho podia ser usada para uma reunião a bordo, espalhou papéis em cima, conectou-se em dois computadores e começou a falar seguidamente no celular.

Tão logo decolamos Matthew me mandou dormir. Eu me recusei a acatar a ordem e ele me ameaçou com uma outra dose de morfina. Ainda estávamos negociando quando o celular tocou no bolso dele.

– Marcus – ele disse, olhando para a tela. Baldwin nos olhou lá de sua mesa. Matthew pressionou a tecla verde.

– Alô, Marcus. Estou indo de avião para Nova York com Baldwin e Diana – disse rapidamente, tirando de Marcus qualquer chance de resposta. O filho não deve ter conseguido dizer mais que poucas palavras antes de ser desconectado.

Logo que Matthew pressionou a tecla vermelha as mensagens de texto iluminaram a tela do celular. Para os vampiros, tão amantes de privacidade, as mensagens de texto eram como dádivas divinas. Ele respondeu com os dedos voando sobre as teclas. Depois a tela escureceu e ele sorriu para mim constrangido.

– Está tudo bem? – perguntei suavemente porque sabia que a história toda teria que esperar até que ficássemos longe de Baldwin.

– Tudo bem. Ele só queria saber do nosso paradeiro. – Pelo horário a explicação me pareceu duvidosa.

Meu sono desobrigou Matthew de me pedir outra vez para dormir.

– Muito obrigada por me ter achado – falei com os olhos quase fechados.

Ele repousou a cabeça no meu ombro.

Só acordei quando aterrissamos no La Guardia, onde fomos encaminhados para uma área reservada às aeronaves particulares. A aterrissagem naquele aeroporto e não no outro com mais rotatividade que ficava no lado oposto da cidade era mais um exemplo da conveniência e eficiência mágica de um vampiro em viagem. Matthew se identificou e a magia se fez mais forte ainda porque os funcionários aceleraram as burocracias. As formalidades da alfândega e da imigração foram resolvidas como que por encanto, e logo Baldwin observava a mim, na cadeira de rodas, e ao irmão atrás de mim com um ar sombrio.

– Vocês dois estão horríveis – comentou.

– *Ta gueule* – disse Matthew com um sorriso falso e uma acidez na voz. O meu parco francês não me impediu de entender que a expressão não era do tipo que se dizia perto de mães.

Baldwin abriu um largo sorriso.

– Assim é melhor, Matthew. Fico feliz por ver que ainda existe um pouco de espírito de luta dentro de você. Vai precisar disso. – Consultou as horas em um relógio de pulso tão másculo quanto ele e próprio de mergulhadores e pilotos de combate, com vários mostradores e capaz de resistir à pressão negativa da força da gravidade. – Eu tenho uma reunião daqui a poucas horas, mas antes preciso dar um conselho.

– Está tudo sob controle, Baldwin – disse Matthew com um tom perigosamente macio na voz.

– Não, não está. Além do mais, não estou falando com você. – Baldwin dobrou o corpanzil, se agachou e me encarou com um brilho nos seus olhos castanhos. – Você sabe o que é um gambito, Diana?

– Vagamente. Não é um lance de xadrez?

– Exatamente – disse. – O gambito dá ao adversário uma falsa sensação de segurança. Você sacrifica propositalmente um peão para obter uma vantagem maior.

Matthew resmungou baixinho.

– Conheço as regras básicas – retruquei.

– Para mim o que aconteceu em La Pierre parece um gambito – continuou Baldwin com os olhos imóveis. – A Congregação permitiu que você fugisse por razões que só ela sabe. Faça o seu próximo movimento antes que eles se movam. Não fique esperando como uma boa moça, e não caia na besteira de pensar que a liberdade de agora significa que você está segura. Decida logo o que deve fazer para sobreviver e siga em frente.

– Obrigada. – A proximidade física de Baldwin era enervante, mesmo sendo o irmão de Matthew. Estendi o meu braço enfaixado para me despedir dele.

– Não é assim que nos despedimos em família, irmã. – A voz de Baldwin soou levemente irônica. Mal tive tempo para reagir quando me segurou pelos ombros e me deu um beijo em cada face. Roçou seu rosto no meu e me cheirou. Interpretei o gesto como uma ameaça, imaginando se era essa a intenção. Depois me soltou e se levantou. – Matthew, *à bientôt*.

– Espere. – Matthew seguiu o irmão. Usou as suas costas largas para impedir a minha visão e entregou um envelope para Baldwin. Mesmo assim, identifiquei o selo de cera negra.

– Você disse que não lhe agradava obedecer as minhas ordens, mas depois de La Pierre deve ter mudado de ideia.

Baldwin olhou fixamente para o retângulo branco. Sua fisionomia passou de uma expressão azeda para uma expressão de resignação. Ele pegou o envelope fazendo uma reverência com a cabeça e disse:

– *Je suis à votre commande, seigneur.*

Eram palavras formais cuja motivação era mais por um protocolo que por um sentimento genuíno. Ele era o cavaleiro e o irmão, o mestre. Ou seja, Baldwin acabara de reverenciar – tecnicamente – a autoridade de Matthew. Mas o fato de seguir a tradição não significava que a prezava. Ele levou o envelope à testa e parodiou uma continência.

Matthew esperou que Baldwin sumisse de vista e voltou para o meu lado. Assumiu o controle da minha cadeira de rodas e disse:

– Vamos pegar o carro.

Já tinha feito os acertos para a nossa chegada em algum ponto sobre o Atlântico. No meio-fio do terminal um homem uniformizado colocou as chaves de um Range Rover na palma da mão de Matthew, guardou a nossa bagagem no porta-malas e se foi sem dizer uma palavra. Matthew se esticou até o banco traseiro e pegou um casaco azul mais apropriado para o ártico que para o outono de Nova York, e fez dele um ninho no encosto do banco do carona.

Algum tempo depois, atravessávamos o tráfego matinal da cidade rumo ao interior. O sistema de navegação fora programado para o endereço da casa em Madison e nos informou que levaríamos quatro horas até lá. Olhei para um céu brilhante e comecei a me preocupar com a reação de Sarah e Em quando vissem Matthew.

– Chegaremos lá depois do café da manhã. Será melhor assim. – O humor de Sarah só melhorava depois de xícaras e mais xícaras de café na sua corrente sanguínea. – É melhor telefonar para que elas saibam que estamos chegando.

– Elas já sabem. Já telefonei antes de sairmos de Sept-Tours.

Com tudo sob controle, me concentrei na paisagem ainda um pouco zonza pela morfina e o cansaço.

Cruzamos amplas fazendas e pequenas casas com janelas de cozinhas e banheiros que refletiam a luz das lâmpadas no começo da manhã. O estado de Nova York revela o seu esplendor no mês de outubro. A folhagem das árvores oscilava entre o vermelho-fogo e o dourado. Depois que as folhas caíssem, Madison e todo o estado assumiriam uma coloração cinza-ferrugem e assim ficariam até que os primeiros flocos de neve cobrissem a terra em prístino algodão branco.

Dobramos a estrada sulcada que levava à casa das Bishop. Uma grande e generosa construção do século XVIII, localizada numa pequena colina distante da estrada e cercada de velhas macieiras e moitas de lilases. O branco revestimento de madeira da casa mostrava a necessidade urgente de uma nova pintura, e a velha cerca caía aos pedaços. Mas as duas chaminés rosadas que exalavam uma fumaça com perfume de madeira queimada nos deram boas-vindas.

Matthew seguiu pelo caminho marcado de pedrinhas brancas que dava na casa. O Range Rover passou por cima das pedrinhas e estacionou ao lado do velho carro outrora cor de vinho de Sarah. Uma nova leva de adesivos ornava a traseira do veículo. MEU OUTRO CARRO É UMA VASSOURA, ela gostava tanto desse adesivo que todo ano grudava um novo, ladeava EU SOU PAGÃ E EU VOTO. Outro adesivo proclamava: EXÉRCITO WICCANIANO: NÃO SILENCIAREMOS À NOITE. Soltei um suspiro.

Matthew desligou o carro e olhou para mim.

– Suponho que eu é que deveria estar nervoso.

– E não está?

– Não como você.

– Quando volto para casa sempre ajo como uma adolescente. Só me passa pela cabeça me apropriar do controle remoto da TV e tomar sorvete. – Tentei parecer animada para o bem dele, mas não estava com a menor vontade de entrar na casa.

– Estou certo de que nos sairemos bem – ele disse com a testa enrugada. – Enquanto isso pare de fingir que não aconteceu nada. Você não me engana e muito menos às suas tias.

Ele me deixou sentada no carro enquanto levava a bagagem para a frente da casa. Surpreendentemente, uma bagagem enorme que incluía duas bolsas de computadores, minha velha mochila de Yale e uma elegante valise de couro que se confundia facilmente com uma vitoriana original. Além disso, a maleta de médico e o sobretudo cinzento de Matthew, o meu novo casaco azul e uma caixa de garrafas de vinho. O último item, uma sábia precaução de Matthew. O gosto de Sarah pendia para bebidas mais pesadas, e Em era abstêmia.

Ele voltou e me tirou do carro deixando as minhas pernas soltas no ar. Já me sentindo segura na entrada da casa, apoiei o meu tornozelo direito. E lá estávamos diante da porta vermelha daquela casa do século XVIII. Uma porta flanqueada por duas janelinhas que abriam uma visão do saguão de entrada. Todas as lâmpadas estavam acesas para nos receber.

– Estou sentindo cheiro de café – ele disse sorrindo para mim.

– Então já estão acordadas.

O trinco gasto da casa se abriu quando o toquei.

– Destrancada, como sempre. – Antes de perder a paciência, entrei com cautela. – Em? Sarah?

Um bilhete escrito com a letra firme de Sarah estava afixado com fita adesiva no balaústre da escada.

"Saímos. Achamos que a casa precisaria de um tempo sozinha com vocês. Movam-se devagar. Matthew pode ficar no antigo quarto de Em. Seu quarto está

pronto." Havia um adendo com a caligrafia redonda de Em: "*Vocês dois podem usar o quarto que era de sua mãe e seu pai.*"

Percorri com os olhos as portas que davam no saguão e todas estavam abertas, mas não havia nada batendo no andar de cima. Até as portas sinistras da sala de estar estavam sossegadas e suas dobradiças não balançavam violentamente.

– Isso é um bom sinal.

– O quê? Elas terem saído? – Matthew pareceu confuso.

– Não, o silêncio. Esta casa é famosa por não receber bem pessoas estranhas.

– É uma casa assombrada? – Matthew olhou em volta com interesse.

– Nós somos bruxas... claro que a casa é assombrada. Mas é mais que isso. Esta casa é... viva. Ela tem ideias próprias sobre os visitantes e, quanto mais integrantes da família Bishop estiverem aqui, pior ela se comporta. Foi por isso que Sarah e Em saíram.

Uma sombra fosforescente entrava e saía da minha visão periférica. Minha avó falecida muito tempo atrás e que não cheguei a conhecer estava sentada perto da lareira da sala de estar numa cadeira de balanço que eu nunca tinha visto. Ela irradiava a mesma juventude e beleza da sua fotografia de casamento dependurada na parede do patamar da escada no segundo andar. Ela sorriu e meus lábios sorriram em retribuição.

– Vovó? – esbocei uma pergunta.

Ele é bonitão, não é?, ela disse com uma piscadela e uma voz que farfalhou como uma folha de papel encerado.

Outra cabeça surgiu à soleira da porta parecendo curiosa. *Eu diria que sim,* concordou o outro fantasma. *Só que devia estar morto.*

Vovó assentiu. *Acho que sim, Elizabeth, mas ele é o que é. Vamos nos acostumar com ele.*

Matthew olhou fixamente na direção da sala de estar.

– Tem gente ali – afirmou com um ar cheio de indagação. – Eu quase sinto o cheiro e ouço seus balbucios. Mas não consigo vê-los.

– São fantasmas. – Lembrei das masmorras do castelo e olhei em volta à procura dos meus pais.

Oh, eles não estão aqui, disse vovó com uma expressão de pesar.

Desapontada, desviei os olhos dos meus parentes mortos e me voltei para o meu marido vampiro.

– Vamos deixar as malas lá em cima. Assim, a casa poderá conhecê-lo melhor.

Mal tínhamos esboçado um passo quando uma bola felpuda da cor de carvão veio correndo dos fundos da casa com um miado capaz de gelar a alma de qualquer um. A bola parou alguns centímetros de distância de mim e virou uma gata. Ela arqueou as costas e guinchou de novo.

– Que bom ver você também, Tabitha. – A gata de Sarah me detestava, e o sentimento era recíproco.

Tabitha se empertigou e caminhou na direção de Matthew.

– Em geral os vampiros se sentem mais à vontade com os cães – ele comentou enquanto Tabitha se enroscava nos seus tornozelos.

Com seus infalíveis instintos felinos Tabitha sentiu o desconforto de Matthew e estava agora determinada a fazê-lo mudar de ideia a respeito da espécie felina. Começou a ronronar alto enquanto roçava a cabeça na canela dele.

– Essa é boa! – comentei, surpresa. Para Tabitha aquilo era uma surpreendente demonstração de afeto. – Ela é realmente a gata mais perversa na história do mundo.

Tabitha silvou para mim e retomou a sua sibarítica atenção para as canelas de Matthew.

– É só ignorá-la – recomendei enquanto mancava em direção à escada. Ele pegou a bagagem e me seguiu.

Eu me agarrei ao corrimão e subi lentamente. Matthew me acompanhou de perto com o rosto iluminado de excitação e interesse. Não parecia assustado por estar sendo observado pela casa.

Por outro lado, eu tencionava o corpo temendo possíveis manifestações. Já haviam caído quadros em cima de hóspedes, e às vezes as portas e janelas abriam e fechavam sozinhas e as lâmpadas acendiam e apagavam sem que ninguém tivesse mexido nos interruptores. Suspirei de alívio quando chegamos ao patamar da escada sem nenhum incidente.

– Poucos amigos meus visitaram esta casa – expliquei quando ele ergueu uma sobrancelha. – Eu preferia encontrá-los no shopping em Syracuse.

Os quartos do segundo andar formavam um quadrado ao redor da escada central. O quarto de Em e Sarah ficava no canto da frente, com vista para a entrada da casa. O quarto dos meus pais ficava nos fundos da casa, com vista para o campo e para um pomar de macieiras antigas que aos poucos cedeu lugar a um bosque de carvalhos e bordos. A luz estava acesa lá dentro. Caminhei com hesitação em direção ao retângulo dourado e atravessei a soleira da porta.

O quarto era aconchegante e confortável, e sua enorme cama estava com muitos travesseiros e uma colcha de retalhos. Nada combinava, salvo as cortinas brancas. O piso era de tábuas largas de pinho com aberturas que podiam engolir uma escova de cabelo. À direita, um aquecedor estalava e silvava dentro do banheiro.

– Lírio-do-vale – disse Matthew com as narinas atentas aos novos odores.

– O perfume favorito de mamãe. – Um antigo frasco de Diorissimo com uma fita preto e branca desbotada ainda se encontrava em cima da cômoda.

Matthew pôs as malas no chão.

– Você vai se chatear por ficar aqui? – Ele mostrou preocupação com os olhos. – Não é melhor ficar no seu antigo quarto, como Sarah sugeriu?

– Nem pensar – respondi com firmeza. – Ele fica no sótão, e o banheiro fica aqui embaixo. Além disso, nós dois não cabemos numa cama de solteiro.

Matthew desviou os olhos.

– Eu tinha pensado que nós podíamos...

– Não vamos dormir em quartos separados. Não seria entre as bruxas que me tornaria menos esposa sua que entre os vampiros – eu o interrompi puxando-o para mim. A casa se acomodou em suas fundações com um pequeno suspiro, como se preparando para uma longa conversa.

– Não, mas poderia ser melhor...

– Para quem? – eu o interrompi novamente.

– Para você – ele concluiu. – Você está machucada. Talvez fosse melhor dormir sozinha na cama.

Eu não conseguiria dormir sem ele ao meu lado. Mas não queria deixá-lo preocupado e coloquei as mãos no seu peito para desviá-lo da questão de onde dormir.

– Beije-me.

Ele disse não com a boca, mas sim com os olhos. Apertei o meu corpo contra o dele, e ele me deu um beijo doce e amável.

– Cheguei a pensar que a perderia para sempre – murmurou quando nossos lábios se apartaram com a testa colada na minha. – E agora estou com medo de que você se parta em mil pedaços pelo que Satu fez. Eu enlouqueceria se acontecesse alguma coisa com você.

Inebriado pelo meu cheiro, Matthew relaxou um pouco. E relaxou ainda mais quando deslizou as mãos pelos meus quadris. Eles estavam relativamente incólumes e o toque foi ao mesmo tempo reconfortante e eletrizante. O meu desejo por ele se intensificara depois da experiência que passei com Satu.

– Você pode sentir isso? – Peguei a mão dele e apertei-a no centro do meu peito.

– Sentir o quê? – Ele pareceu intrigado.

Sem saber ao certo o que poderia impressionar os poderes sobrenaturais de Matthew, me concentrei na corrente que tinha se desenrolado quando ele me beijou pela primeira vez. Toquei na corrente com o meu dedo imaginário e a fiz emitir um zunido baixo, porém firme.

Matthew engoliu em seco com o rosto tomado pelo desejo.

– Ouvi alguma coisa. O que é? – Ele se inclinou e colou a orelha no meu peito.

– É você dentro de mim – respondi. – Você me fincou na terra... É uma corrente comprida e prateada com uma âncora lá no final. Por isso tenho tanta certeza em relação a você. – Minha voz embargou. – Se posso senti-lo, se tenho esta conexão com você, nada que Satu pudesse ter dito ou feito quebraria a minha resistência.

– É como o som emitido pelo seu sangue quando você fala mentalmente com Rakasa, ou quando invoca o vento-de-bruxa. Agora é audível porque já o conheço.

Ysabeau tinha mencionado que conseguia ouvir a canção do meu sangue de bruxa. Eu então tentei aumentar o volume da música da corrente para que as vibrações pudessem atravessar o meu corpo.

Matthew ergueu a cabeça com um sorriso glorioso.

– Incrível.

O zunido se fez mais forte e perdi o controle da energia que pulsava dentro de mim. Lá no alto as estrelas explodiram vivas e invadiram o quarto.

– Ih! – Dezenas de olhos fantasmagóricos formigaram nas minhas costas. De repente a casa fechou a porta na cara dos fantasmas abelhudos dos meus ancestrais que se reuniam para assistir ao espetáculo pirotécnico dentro do quarto que mais parecia uma queima de fogos do Dia da Independência.

– Você fez isso? – Matthew olhou com incredulidade para a porta fechada.

– Não – respondi com sinceridade. – Só fiz as estrelas. A porta foi obra da casa. Ela é rígida em relação à privacidade.

– Graças a Deus – ele murmurou puxando os meus quadris e me dando um beijo que emudeceria os fantasmas do outro lado da porta.

Os fogos diminuíram e se tornaram um fio de luz azul-claro que incidiu sobre a cômoda.

– Eu te amo, Matthew Clairmont – eu disse em seguida.

– Eu também te amo, Diana Bishop – ele disse com um tom formal. – Mas sua tia e Emily já devem estar congelando. É melhor mostrar o resto da casa para que elas possam entrar.

Com passos lentos percorremos os cômodos pouco usados do andar de cima que estavam apinhados de quinquilharias que Em arrematava nas vendas de garagem e de tralhas que Sarah não tinha coragem de jogar fora porque um dia talvez precisasse delas.

Matthew me ajudou a subir a escada até o quarto no sótão onde eu tinha vivido a minha adolescência. Ele ainda estava com os pôsteres de músicos pregados nas paredes e com os tons fortes de roxo e verde das minhas tentativas adolescentes de criar um ambiente sofisticado.

No térreo, exploramos os amplos recintos projetados para receber os convidados – a sala de estar ao lado da porta da frente, o escritório e o pequeno parlatório no lado oposto. Cruzamos a sala de jantar que raramente era usada e entramos no coração da casa – o espaço da família que tanto servia como sala de TV e copa com uma cozinha ao fundo.

– Parece que Em voltou a bordar. – Peguei uma tela de bordado com uma cesta de flores semiacabada ao centro. – E Sarah voltou a beber.

– Ela é fumante? – Matthew deu uma longa fungada.

– Só quando está estressada. Em a faz fumar lá fora, e mesmo assim dá para sentir o cheiro. Isso incomoda? – perguntei em consideração à sensibilidade olfativa dele.

– *Dieu*, eu já senti cheiros bem piores, Diana.

A cavernosa cozinha ainda estava com os fornos de tijolos, o fogão à lenha e a gigantesca lareira. E também estava com utensílios modernos e com o velho piso de pedras que suportara dois séculos de quedas de panelas, animais encharcados, sapatos enlameados e outras substâncias de bruxas. Eu também mostrei para ele o espaço de trabalho de Sarah, uma área adjacente que antes era uma cozinha externa e depois foi anexada à casa ainda equipada com suportes para caldeirões e espetos para churrascos. Do teto, pendiam ramos de ervas, e as prateleiras abrigavam frutas secas e vidros de loções e poções que ela fazia. Depois de termos conhecido a casa, retornamos à cozinha.

– Isto aqui está *marrom* demais. – O meu comentário sobre a decoração se deu ao mesmo tempo em que a lâmpada da varanda piscava alternadamente, um fato que para as Bishop indicava que se podia entrar na casa com segurança. Na cozinha havia uma geladeira marrom, armários marrons, tijolinhos marrons, um antigo telefone marrom e papel de parede... também marrom. – Esta cozinha está precisando de uma boa demão de tinta branca.

Matthew levantou o queixo e olhou para a porta.

– Fevereiro é um ótimo mês para esse tipo de trabalho, isso se você estiver se oferecendo para fazê-lo. – Uma voz gutural soou vinda da porta dos fundos. Ela apareceu na cozinha de jeans e camisão de flanela xadrez. Seu cabelo ruivo estava despenteado e suas faces coradas pelo frio.

– Olá, Sarah – eu disse me dirigindo para a pia.

– Olá, Diana. – Ela fixou os olhos na mancha roxa debaixo do meu olho. – Suponho que este seja o vampiro, não é?

– Ele mesmo. – Dei um passo à frente para fazer as apresentações. O olhar atento da minha tia se voltou para o meu tornozelo. – Sarah, este é Matthew Clairmont. Matthew, minha tia, Sarah Bishop.

Matthew estendeu a mão direita.

– Muito prazer, Sarah – disse, olhando-a sem hesitar.

Sarah apertou os lábios. Ela também tinha o queixo ligeiramente alongado da família Bishop, como eu. E agora ele se sobressaía ainda mais.

– Matthew. – Sarah recuou quando eles se deram as mãos. – Ele é realmente um vampiro, Em.

– Muito obrigada pela ajuda, Sarah – resmungou Em visivelmente aborrecida enquanto entrava com os braços carregados de lenha. Ela era mais alta do que eu e Sarah, e paradoxalmente os seus brilhantes cabelos prateados deixavam-na mais jovem. Abriu um sorriso de alegria com o seu rosto estreito quando nos viu na cozinha.

Matthew se apressou em tirar a lenha dos braços de Em. Tabitha, que estava ausente desde a calorosa acolhida, atrapalhou a caminhada do vampiro até a lareira desenhando oitos por entre as pernas dele. Milagrosamente, ele chegou do outro lado da cozinha sem pisar nela.

– Muito obrigada, Matthew. E muito obrigada também por trazê-la para casa. Nós estávamos muito preocupadas. – Em sacudiu os braços e voaram pedacinhos de cascas de madeira da lã do seu suéter.

– De nada, Emily – ele disse com um tom de voz irresistivelmente exuberante e acolhedor. Em já parecia encantada. Sarah ainda se mantinha durona, se bem que observava admirada as tentativas de Tabitha para escalar os braços de Matthew.

Eu tentei me esconder no canto mais escuro para que Em não tivesse uma visão clara do meu rosto, mas não deu tempo. Ela engoliu em seco.

– Oh, Diana.

Sarah puxou um banco.

– Senta – ordenou.

Matthew cruzou os braços bem apertados, como se resistindo à tentação de interferir. O instinto de lobo que o levava a me proteger não se reduziria apenas porque estávamos em Madison, e o seu desagrado quando outras criaturas se aproximaram de mim não se reservava apenas aos outros vampiros.

Os olhos da minha tia vagaram pelo meu rosto e minha clavícula.

– Vamos tirar essa blusa – disse.

Obediente, comecei a desabotoar a blusa.

– Talvez seja melhor examinar Diana lá em cima. – Em olhou para Matthew com pudor.

– Não acredito que ele já não tenha visto o corpo todo dela. Você não está com fome, está? – acrescentou Sarah, encarando-o.

– Não – ele disse secamente. – Já comi no avião.

Os olhos de titia fizeram o meu pescoço comichar. Os de Em, também.

– Sarah! Em! – eu disse, indignada.

– Só pra saber – disse Sarah mansamente. Eu já estava sem a blusa e ela olhou o curativo no meu antebraço, o meu tronco mumificado e todos os cortes e manchas.

– Matthew já me examinou. Ele é médico, lembra?

Ela passou os dedos na minha clavícula. Soltei um gemido.

– Mas esqueceu disso aqui. É uma fratura muito fina. – Olhou o meu maxilar. Gemi novamente. – O que houve com seu tornozelo? – Como sempre, eu não conseguia esconder nada de Sarah.

– Uma entorse e queimaduras superficiais de primeiro e segundo graus. – Matthew olhou para as mãos de Sarah, pronto para detê-la se notasse que eu estava sofrendo.

– Como é que alguém consegue uma entorse e queimaduras no mesmo lugar? – Sarah tratava Matthew como se ele fosse um aluno do primeiro ano de medicina.

– Alguém consegue isso quando é pendurada de cabeça para baixo por uma bruxa sádica – respondi por ele, esquivando-me do exame que ela fazia no meu rosto.

– O que tem debaixo disso? – ela perguntou apontando para o meu braço, como se não tivesse ouvido o que eu tinha dito.

– Um corte profundo que precisou de sutura – disse Matthew com paciência.

– O que ministrou para ela?

– Analgésicos, um diurético para reduzir o inchaço e um antibiótico de amplo espectro. – A voz dele não transpareceu qualquer traço de aborrecimento.

– Por que está enfaixada como uma múmia? – perguntou Em, mastigando o lábio.

Fiquei branca como cera. Sarah interrompeu o que estava fazendo e me olhou com um ar intrigado antes de falar:

– Em, vamos deixar isso pra depois. Primeiro vamos ao mais importante: quem fez isso com você, Diana?

– Uma bruxa chamada Satu Järvinen. Acho que é sueca. – Cruzei os braços, protegendo o meu peito.

Matthew apertou os lábios e saiu do meu lado para colocar mais lenha na lareira.

– Ela não é sueca, é finlandesa – retrucou Sarah –, e é muito poderosa. Mas ela que se prepare porque da próxima vez que encontrá-la, ela vai desejar nunca ter nascido.

– Não vai restar muito dela depois que eu acabar com ela – murmurou Matthew. – Portanto, se quiser pegá-la, faça isso antes de mim. E sou famoso pela velocidade.

Sarah o olhou com admiração. As palavras dela não passavam de ameaça. As de Matthew eram bem diferentes. Ele fazia uma promessa.

– Alguém tratou de Diana além de você?

– Minha mãe e Marthe, a governanta da casa.

– Elas conhecem os antigos remédios de ervas. Mas posso fazer um pouquinho mais. – Sarah arregaçou as mangas.

– É um pouco cedo para feitiçaria. Já tomou bastante café? – Olhei para Em implorando mentalmente para que tirasse Sarah dali.

– Deixe Sarah consertar isso, querida – disse Em, segurando a minha mão e apertando-a levemente. – Quanto mais cedo ela fizer isso, mais cedo você estará curada.

Os lábios de Sarah já estavam se movendo. Matthew olhava de perto, fascinado. Ela pousou os dedos no meu rosto. A eletricidade provocou uma comichão dentro do osso e a fratura se fechou com um estalo.

– Ai! – Segurei o meu rosto.

– Você vai sentir uma picada por pouco tempo – disse Sarah. – Foi forte o bastante para suportar o ferimento... então não deveria ter problema com a cura. – Examinou o meu rosto por alguns segundos e se mostrou satisfeita antes de se voltar para a minha clavícula.

Foi necessária uma comichão elétrica mais poderosa para consertá-la, sem dúvida porque os ossos eram mais grossos.

– Tire o sapato dela. – Ela pediu a Matthew enquanto se dirigia para a despensa. Ele era o assistente mais qualificado que Sarah já tivera e mesmo assim obedecia às ordens sem reclamar.

Quando Sarah voltou com um pote de unguentos que ela mesma fazia, Matthew já estava com o meu pé apoiado em sua coxa.

– Tem tesouras na minha maleta lá em cima – disse para a minha tia, e aspirou o ar com curiosidade quando ela destampou o pote. – Posso buscá-las?

– Não serão necessárias. – Sarah murmurou algumas palavras acompanhadas de gestos para o meu tornozelo. A gaze começou a se desenrolar sozinha.

– Isso é muito útil – disse Matthew com uma pontada de inveja.

– Exibicionismo – comentei entre dentes.

Quando a gaze desenrolou toda, todos os olhos se voltaram para o meu tornozelo. Estava asqueroso e começava a purgar. Sarah recitou novos encantamentos com toda serenidade, mas as manchas vermelhas no seu rosto diziam que estava furiosa. Quando ela acabou, as marcas pretas e brancas do meu tornozelo já tinham sumido e o inchaço diminuíra consideravelmente, se bem que um anel raivoso ainda o rodeava.

– Obrigada, Sarah. – Flexionei o pé enquanto ela passava o unguento na minha pele.

– Não poderá fazer ioga por uma semana ou mais... e correr, só depois de três semanas, Diana. O tornozelo precisa de descanso e tempo para se recuperar. – Ela murmurou mais um pouco enquanto gesticulava para um novo rolo de gaze que começou a se enrolar sozinha em torno do meu pé e do meu tornozelo.

– Incrível – disse Matthew novamente balançando a cabeça.

– Importa-se se eu der uma olhada no braço?

– De jeito nenhum.

Ele se mostrou avidamente curioso.

– O músculo está ligeiramente lesionado. Você pode curá-lo e também a pele?

– Provavelmente – disse Sarah com uma pontada de presunção. Quinze minutos depois de alguns encantamentos murmurados não restava mais nada a não ser uma fina linha vermelha que descia pelo meu braço até marcar o ponto onde Satu o cortara.

– Excelente trabalho – disse Matthew virando o meu braço para admirar a habilidade de Sarah.

– O seu também. Os pontos estavam perfeitos. – Sarah bebeu um copo d'água com avidez.

– Você devia olhar as costas dela também.

– Isso pode esperar. – Lancei um olhar cruel para ele. – Sarah está cansada, e eu também.

Sarah olhou para mim e depois para o vampiro.

– Matthew? – Ela se dirigiu a ele, relegando-me ao final da fila de pedidos.

– Eu gostaria que você desse uma olhada nas costas dela – ele disse sem tirar os olhos de mim.

– Não – sussurrei, puxando-o pela camisa.

Ele agachou-se à minha frente e apoiou as mãos nos joelhos.

– Você viu o que Sarah é capaz de fazer. Sua recuperação será mais rápida se deixá-la ajudar.

Recuperação? Nenhuma feitiçaria podia me recuperar de La Pierre.

– Por favor, *mon coeur*. – Matthew delicadamente soltou a camisa das minhas mãos.

Concordei, com relutância. Depois de uma comichão de olhar de bruxa nas minhas costas, Em e Sarah se moveram para examiná-la e todos os meus instintos rogaram para que eu fugisse dali. Em vez disso procurei às cegas por Matthew e ele segurou as minhas mãos.

– Eu estou aqui – disse enquanto Sarah murmurava o primeiro encantamento. A gaze começou a se desenrolar ao longo da minha coluna com extrema facilidade.

A respiração de Em e o silêncio de Sarah me avisaram que as marcas já estavam visíveis.

— Isso é um feitiço de abertura — disse Sarah raivosa com os olhos fixos nas minhas costas. — Não se faz isso em seres vivos. Essa mulher podia ter matado você.

— Ela queria arrancar a minha magia de dentro de mim, como se eu fosse uma *piñata*. — Com as costas expostas, as emoções vieram violentamente à tona e quase sorri quando me vi dependurada no galho de uma árvore enquanto Satu me surrava com um porrete de olhos vendados. Matthew percebeu que eu estava a um passo da histeria.

— Quanto mais rápido fizer isso, melhor, Sarah. Mas não quero apressá-la — ele disse abruptamente. Imaginei o olhar que recebeu dela. — Mais tarde nós conversamos sobre Satu.

Cada fração de feitiçaria que Sarah empregava me fazia lembrar de Satu, de modo que era impossível deixar de pensar em La Pierre com as duas bruxas ao redor. Eu então me enterrei dentro de mim mesma para anestesiar a minha mente e me proteger das lembranças. Sarah continuou fazendo magia, até que não aguentei mais e a minha alma ficou à deriva.

— Já está acabando? — perguntou Matthew preocupado.

— Não pude fazer muita coisa em dois ferimentos. Deixarão cicatrizes. — Sarah traçou o contorno de uma estrela entre as omoplatas. — Aqui e aqui. — Depois desceu os dedos até a base da coluna, movendo-se de uma costela a outra e esquadrinhando a região da cintura. Minha mente não estava mais vazia, agora queimava com uma imagem que se adequava aos gestos que ela fazia.

Uma estrela sobre uma lua crescente.

— Matthew, elas suspeitaram! — gritei congelada de terror. Os selos da gaveta de Matthew bailavam na minha cabeça. Os selos estavam bem escondidos e pressenti que a ordem dos cavaleiros precisava ser mantida em segredo. Mas Satu sabia de tudo, e era bem provável que as bruxas da Congregação também soubessem.

— Querida, o que foi? — Matthew me aninhou em seus braços.

Eu me agitei e o fiz me ouvir.

— Satu fez a marca de um selo no meu corpo quando se deu conta de que eu não desistiria de você... O seu selo.

Ele me abraçou, protegendo a parte exposta da minha carne. E ficou paralisado quando viu o que estava gravado em mim.

— Elas não suspeitaram. Elas já sabem.

— Do que é que vocês estão falando? — perguntou Sarah.

— Você pode devolver a blusa de Diana, por favor?

– Talvez as cicatrizes não fiquem tão feias – disse a minha tia, na defensiva.

– A blusa, por favor. – A voz de Matthew soou gelada.

Em estendeu a blusa e Matthew gentilmente me cobriu. Ele escondeu os olhos, mas a veia de sua testa pulsava.

– Desculpe – murmurei.

– Você não tem *nada* que se desculpar. – Ele segurou o meu rosto. – Qualquer vampiro saberia que você é minha, com ou sem essa marca nas costas. Satu tratou de fazer com que as outras criaturas também soubessem. Na época em que renasci as pessoas costumavam raspar a cabeça das mulheres que se entregavam ao inimigo. Um costume bem cruel de expor as traidoras. Isso não é diferente. – Desviou os olhos. – Foi Ysabeau que lhe contou?

– Não. Eu estava procurando uma folha de papel e dei de cara com a gaveta.

– Afinal, o que está acontecendo? – disse Sarah visivelmente irritada.

– Eu invadi a sua privacidade. Não devia ter feito isso – sussurrei encolhida nos braços de Matthew.

Ele se apartou um pouco e me olhou com incredulidade, em seguida me apertou contra o peito sem ligar para os meus ferimentos. Mas a feitiçaria de Sarah tinha surtido efeito e quase não senti dor.

– Cristo, Diana. Satu contou o que eu fiz. Eu a segui até o seu apartamento e entrei lá sorrateiramente. Diante disso, poderia culpá-la por ter descoberto uma coisa que eu mesmo devia ter contado a você?

Ecoou um trovão na cozinha que estremeceu vasilhames e panelas.

Quando se fez silêncio, minha tia se pronunciou:

– Se alguém não disser *imediatamente* o que está acontecendo, isso aqui vai virar uma tremenda confusão. – O encantamento brotou dos lábios de Sarah.

As pontas dos meus dedos comicharam, e um vento contornou os meus pés.

– Para trás, Sarah. – Interpus-me entre a minha tia e Matthew, e o vento rugiu nas minhas veias. Ela continuou murmurando e apertei os olhos.

Em se assustou e pegou Sarah pelo braço.

– Não a provoque. Ela está fora de controle.

Fez-se um arco na minha mão esquerda, e uma flecha, na direita. Eram pesados, mas estranhamente familiares. Com Sarah na minha mira a poucos passos de distância, estiquei os braços sem hesitar e me preparei para atirar.

Minha tia interrompeu o feitiço pelo meio.

– Minha nossa – disse quase sem fôlego, olhando impressionada para Em.

– Querida, cessar fogo. – Em fez um gesto de rendição.

Confusa, olhei para as minhas mãos. Não havia sinal de fogo.

– Aqui dentro de casa, não. Se quiser liberar o fogo-de-bruxa, vamos lá pra fora – disse Em.

— Calma, Diana. — Matthew me pegou pelos cotovelos e o peso do arco e da flecha se dissipou.

— Não gostei nada quando ela o ameaçou. — Minha voz soou com um eco inusitado.

— Sarah não fez ameaça alguma. Só quis saber o que estávamos falando. Temos que contar para ela.

— Mas é um segredo — eu disse ainda confusa. Nós tínhamos que guardar nossos segredos, de qualquer um, de todos que estivessem envolvidos com os meus dons ou com os cavaleiros de Matthew.

— Não haverá mais segredos — ele retrucou com firmeza, colando o hálito no meu pescoço. — Segredos não ajudam a nenhum de nós. — Os ventos esmoreceram e ele me apertou nos braços.

— Ela é sempre assim? Selvagem e fora do controle? — perguntou Sarah.

— Sua sobrinha é brilhante quanto a isso — ele disse sem me soltar.

Sarah e Matthew se entreolharam em silêncio.

— Diana — ela disse meio sem graça quando a batalha silenciosa entre os dois terminou —, você podia ter contado antes que sabe controlar o fogo-de-bruxa. Isso não é exatamente um dom corriqueiro.

— Eu não sei *controlar* nada. — De repente me senti exausta e não quis mais ficar de pé. Minhas pernas começaram a bambear.

— Vamos subir — disse Matthew com uma voz que excluía qualquer contra-argumento. — Nós terminamos a conversa lá em cima.

No quarto dos meus pais ele me deu uma outra dose de analgésico e de antibiótico e me colocou na cama. Depois, explicou para as minhas tias a marca que Satu tinha deixado no meu corpo. Tabitha dissimuladamente se deitou aos meus pés só para ficar mais perto de Matthew.

— A marca que Satu deixou nas costas de Diana pertence a uma organização fundada pela minha família há muito tempo. Essa organização se perdeu no esquecimento e os que ainda a tinham na lembrança já não existem mais. Nós gostamos de preservar a ilusão. Satu marcou a estrela e a lua nas costas de Diana para que todos soubessem que ela é propriedade minha e para que as outras bruxas conhecessem o segredo da minha família.

— E essa organização secreta tem um nome? — perguntou Sarah.

— Não revele nada a elas, Matthew. — Peguei a mão dele. Era perigoso saber muita coisa sobre os Cavaleiros de Lázaro. Eu sentia que esse perigo me rondava como uma nuvem negra e não queria envolver Em e Sarah.

— Cavaleiros de Lázaro da Betânia — ele respondeu rapidamente como se temendo voltar atrás. — É uma antiga ordem de cavaleiros.

Sarah bufou.

– Nunca ouvi falar deles. São como os Cavaleiros de Colombo? Há um capítulo na Eneida sobre eles.

– Na verdade, não. – Matthew franziu a boca. – Os Cavaleiros de Lázaro remontam às Cruzadas.

– Não assistimos a um programa de televisão que falava de uma ordem de cavaleiros que pertencia às Cruzadas? – perguntou Em para Sarah.

– Os templários. Mas essas teorias conspiratórias não fazem o menor sentido. Hoje em dia não existem mais templários – disse Sarah com convicção.

– Da mesma forma que ninguém acha que existem bruxas e vampiros, Sarah – eu frisei.

– Chega de conversa por hoje – disse Matthew com firmeza. – Nós teremos muito tempo para decidir se os Cavaleiros de Lázaro existem ou não.

Matthew conduziu Sarah e Em até a porta. Elas saíram com certa relutância e já estavam no corredor quando a casa assumiu o controle e fechou a porta, mas sem trancá-la.

– Eu não tenho a chave desse quarto – gritou Sarah para Matthew.

Ele se enfiou na cama sem lhe dar ouvido, me aninhou nos braços e recostou a minha cabeça no seu coração. Cada vez que eu tentava falar, ele fazia um sinal de silêncio.

– Mais tarde – repetia.

O coração de Matthew bateu e só alguns minutos depois é que bateu novamente.

Caí no sono antes de ouvi-lo bater pela terceira vez.

33

O cansaço, os remédios e o aconchego do lar me mantiveram na cama por horas a fio. Acordei deitada de barriga para baixo e com um braço esticado na direção de Matthew, mas ele não estava ao meu lado.

Eu estava grogue demais para sentar na cama e virei os olhos para a porta. Na fechadura, uma enorme chave, do outro lado da porta, cochichos. À medida que a consciência me despertava da zonzeira sonolenta, os sussurros se tornavam mais audíveis.

– É estarrecedor – disse Matthew de repente. – Como puderam deixá-la chegar a esse ponto?

– Não fazíamos ideia da extensão do poder que Diana tinha, não muito – retrucou Sarah, parecendo igualmente furiosa. – Se levarmos os pais em conta, ela só podia ser mesmo diferente. Mas nunca imaginei que ela tivesse o fogo-de-bruxa.

– Como percebeu que ela estava tentando invocá-lo, Emily? – A voz de Matthew suavizou.

– Eu ainda era criança, em Cape Cod, quando uma bruxa o invocou. A garota devia ter uns dezessete anos – disse Em. – Nunca me esquecerei de como ela ficou e do que representa ficar perto desse tipo de poder.

– O fogo-de-bruxa é letal. Não há feitiço que o combata e não há feitiçaria que cure as queimaduras. Minha mãe me ensinou a reconhecer os sinais para a minha proteção: o cheiro de enxofre e o movimento que a bruxa faz com os braços – disse Sarah. – Segundo a minha mãe, a deusa sempre está presente quando se invoca o fogo-de-bruxa. Eu achava que nunca veria isso, e obviamente nunca me passou pela cabeça que a minha própria sobrinha lançaria isso em cima de mim e da minha cozinha. Fogo-de-bruxa... e água-de-bruxa também?

– Eu achava que o fogo-de-bruxa era recessivo – confidenciou Matthew. – Fale-me sobre Stephen Proctor. – Até então o tom autoritário que ele adotava em ocasiões como essa me parecia um resíduo do seu tempo de soldado. Só depois de saber sobre os Cavaleiros de Lázaro é que entendi que ele também agia assim no presente.

Mas Sarah não estava acostumada a ser tratada dessa maneira e se encrespou toda.

– Stephen era reservado. Ele não exibia os poderes que tinha.

– Não é de espantar que as bruxas o tenham aberto para descobrir.

Fechei os olhos com força para apagar a visão do corpo do meu pai aberto da garganta até a barriga, e tudo porque as bruxas queriam entender a magia que ele ocultava. Por muito pouco não tive o mesmo destino dele.

O corpanzil de Matthew sai andando pelo corredor com protestos da casa perante aquele peso incomum.

– Ele era um bruxo experiente, mas os dons de Diana superam os do pai. Ela deve ter herdado as habilidades de Stephen e de Rebecca, que Deus a ajude. Mas ela não tem o mesmo conhecimento dos pais, e sem isso se torna indefesa. É como ter um alvo pintado na testa.

Continuei escutando sem o menor pudor.

– Diana não é um rádio de pilha, Matthew – acrescentou Sarah na defensiva. – Ela não veio para nós com pilhas e um manual de instruções. Fizemos o melhor que podíamos. Ela se tornou uma criança diferente depois que Rebecca e Stephen foram assassinados, e se distanciou tanto que ficou inacessível. O que podíamos fazer? Forçá-la a encarar o que estava determinada a negar?

– Sinceramente, não sei. – A aflição de Matthew era audível. – Mas não deviam tê-la deixado chegar a esse ponto. A bruxa a manteve cativa por mais de doze horas.

– Nós vamos ensinar tudo o que ela precisa saber.

– Isso não pode demorar muito, pelo bem dela.

– Às vezes isso leva a vida inteira – retrucou Sarah. – Magia não é artesanato. Precisa de tempo.

– Nós não temos tempo – ele sibilou. O rangido das tábuas do assoalho mostrou que Sarah se afastava dele por instinto. – Até agora a Congregação se limitou a fazer um jogo de gato e rato, mas a marca nas costas de Diana é um aviso de que a brincadeira acabou.

– Como se atreve a chamar o que aconteceu com a minha sobrinha de *jogo*? – Sarah elevou a voz.

– Shh! – exclamou Em. – Vocês vão acordá-la.

– Em, você poderia nos ajudar a entender como Diana ficou encantada? – sussurrou Matthew. – Lembra de alguma coisa especial durante os dias que antecederam a partida de Rebecca e Stephen para a África... pequenos detalhes, com que se preocupavam?

Encantada.

A palavra ainda ecoava na minha cabeça quando me levantei lentamente. Pelo que eu sabia os encantamentos de amarração só eram utilizados em circunstâncias extremas – perigo de morte, loucura, mal puro e incontrolável. A simples ameaça de utilizá-lo provocava a censura de outras bruxas.

Encantada?

Quando me coloquei de pé, Matthew já estava ao meu lado.

– Precisa de alguma coisa?

– Eu quero falar com Em. – Os dedos das minhas mãos estalaram e ficaram azuis. E os dedos dos meus pés também, inclusive os do pé enfaixado que perfuraram a gaze que protegia o tornozelo. Um pedaço da gaze se prendeu na cabeça de um prego do assoalho quando forcei Matthew a sair da minha frente.

Sarah e Em esperavam no patamar da escada com uma expressão apreensiva.

– O que há de errado comigo? – perguntei.

Emily se escorou no braço de Sarah.

– Não há nada de errado com você.

– Você disse que estou encantada. Que minha própria *mãe* me encantou. – Eu só podia ser uma espécie de monstro. Era a única explicação possível.

Emily ouviu os meus pensamentos como se os tivesse falado em voz alta.

– Você não é um monstro, querida. Rebecca fez isso porque temia por você.

– Ela *me* temia, é o que quis dizer. – Uma excelente razão para que tivessem medo de mim seriam os meus dedos azuis. Eu tentei escondê-los, mas os apoiei na viga da entrada porque podiam estragar a camisa de Matthew, arriscando atear fogo na casa inteira.

Cuidado com o tapete, mocinha! O espectro de uma mulher alta que espiava ao lado da porta do quarto de Sarah e Em apontou para o chão com aflição. Levantei ligeiramente os dedos dos pés.

– Ninguém está com medo de você. – Matthew cravou os seus olhos gelados nas minhas costas e me obrigou a virar e olhar para ele.

– Elas estão. – Apontei um dedo faiscante para as minhas tias com os olhos voltados para elas.

Eu também estou, disse um outro finado Bishop, desta vez um adolescente um tanto dentuço. Ele tinha um cesto de frutinhas nas mãos e vestia um calção rasgado.

Minhas tias recuaram diante da minha determinação.

– Você tem todo direito de se sentir frustrada. – Matthew se moveu e me agarrou por trás. Logo irrompeu um vento e os toques de neve do olhar dele iluminaram as minhas coxas. – E esse vento-de-bruxa de agora é porque você está se sentindo frustrada. – Ele me puxou um pouco mais e o ar em volta das minhas panturrilhas aumentou. – Está vendo?

Sim, aquela emoção perturbadora talvez fosse mais de frustração que de raiva. Esqueci por um momento que o assunto era encantamento de amarração e me virei para ouvir as reflexões que ele fazia. A cor dos meus dedos voltou ao normal, e o som fustigante se foi.

– Tente entender – disse Em. – Rebecca e Stephen foram para a África para protegê-la. E o encantamento foi pela mesma razão. Eles só queriam protegê-la.

A casa gemeu por entre a madeira que a revestia e prendeu o fôlego, as vigas envelhecidas rangeram.

Um frio me tomou de dentro para fora.

– Eles morreram por minha causa? Viajaram para a África e foram assassinados lá por minha causa? – Olhei aterrada para Matthew.

Saí andando às cegas na direção da escada sem esperar pela resposta, sem ligar para a dor no tornozelo e sem pensar em mais nada senão fugir.

– Não, Sarah. Deixe-a ir – disse Matthew de pronto.

Todas as portas da casa se abriram à minha frente e se fecharam atrás de mim depois que atravessei o corredor, a sala de jantar, a sala de TV e a cozinha. As botas de jardinagem de Sarah deslizaram a sua macia textura de borracha pelos meus pés descalços. Cheguei lá fora e fiz o que sempre fazia quando me aborrecia com a família: entrei no bosque.

Meus pés só se aquietaram depois que passei pelas esquecidas macieiras e pelas sombras dos antigos carvalhos e dos adocicados bordos. Sem fôlego e tremendo pelo choque e a exaustão, me vi ao pé de uma árvore tão grande e alta quanto frondosa. Seus galhos descaíam até o chão e suas folhas vermelhas e cor de vinho balançavam de encontro ao tronco acinzentado.

Durante a infância e a adolescência, eu sempre extravasava a dor e a solidão debaixo daqueles galhos. Gerações de Bishop que também ali se consolaram tinham gravado as suas iniciais no tronco daquela árvore. As minhas estavam gravadas com um canivete ao lado das iniciais "RB" que mamãe tinha deixado antes de mim, e acariciei os seus contornos enquanto me dobrava como uma bola e me balançava como uma criança junto à aspereza daquele tronco.

Um toque gelado nos meus cabelos foi seguido por um casaco azul colocado nos meus ombros. A sólida silhueta de Matthew se abaixou até o chão e se recostou no tronco da árvore.

— Elas lhe disseram o que há de errado comigo? — A minha voz soou abafada entre os meus joelhos.

— Não há nada de errado com você, *mon coeur*.

— Você tem muito a aprender sobre as bruxas. — Descansei o queixo nos joelhos, mas sem olhar para ele. — As bruxas não enfeitiçam ninguém sem a porcaria de um bom motivo.

Matthew se calou. Eu o olhei de soslaio por algum tempo. Pelo canto dos olhos eu via as pernas — uma esticada e a outra dobrada — e sua mão comprida e branca solta sobre o joelho.

— Seus pais tiveram a porcaria de um bom motivo. Salvar a vida da filha. — A voz de Matthew soou tranquila e firme, mas com fortes emoções reprimidas. — Eu teria feito o mesmo.

— Você também sabia que eu estava encantada? — Não pude sufocar um tom de acusação.

— Marthe e Ysabeau suspeitaram. E me disseram antes da minha ida a La Pierre. Emily confirmou a suspeita. Não tive chance de lhe contar.

— Como Em pôde ter sonegado isso de mim? — Senti-me tão traída e sozinha como me sentira quando Satu contou o que Matthew tinha feito.

— Você precisa perdoar os seus pais e Emily. Eles fizeram o que acharam que era melhor... para você.

— Matthew, você não entende — retruquei balançando teimosamente a cabeça. — Mamãe me deixou amarrada e foi para a África como se eu fosse o mal, como se eu fosse uma criatura desequilibrada em quem não se podia confiar.

— Seus pais estavam preocupados com a Congregação.

— Isso é um absurdo. — Meus dedos comicharam e empurrei a sensação de volta aos cotovelos para me controlar. — Nem tudo tem a ver com essa estúpida Congregação, Matthew.

— É verdade, mas no seu caso tem. Não é preciso ser um bruxo para perceber isso.

A mesa branca surgiu à minha frente sem nenhum aviso prévio, algumas peças de acontecimentos passados e presentes se espalharam sobre ela. As peças do quebra-cabeça começaram a se encaixar sozinhas: mamãe corria atrás de mim enquanto eu batia palmas e sobrevoava o linóleo do piso da nossa cozinha em Cambridge, papai gritava com Peter Knox lá do seu escritório, uma história sobre uma fada madrinha e fitas mágicas, meus pais recitavam encantamentos e faziam magia ao lado da minha cama enquanto eu continuava deitada quietinha em cima da colcha de retalhos. As peças se encaixaram totalmente, oferecendo-me a solução.

– A história que mamãe contava para me fazer dormir. – Eu me voltei para Matthew impressionada. – Ela não podia falar abertamente sobre os meus temores, e tudo virava uma história sobre bruxas más e fitas encantadas e uma fada madrinha. Ela contava isso toda noite para que eu pudesse me lembrar depois.

– E se lembra de algo mais?

– Antes de ser encantada pelos meus pais, Peter Knox foi à minha casa. – Eu me encolhi ouvindo perfeitamente o soar da campainha da porta e revendo a cara do meu pai quando abriu a porta. – Aquela criatura esteve na minha casa. Ele tocou na minha cabeça.

Lembrei que a mão de Knox me provocou uma sensação esquisita.

– Papai me mandou para o meu quarto e os dois começaram a brigar. Mamãe não saiu da cozinha. Foi estranho ela não ter saído para ver o que estava acontecendo. Depois, meu pai saiu e ficou na rua por um longo tempo. Minha mãe ficou histérica. Ela telefonou para Em naquela noite. – As lembranças emergiram com clareza e velocidade espantosas.

– Emily me disse que Rebecca lançou o feitiço de modo a fazê-la esperar pelo "homem das sombras". Sua mãe achava que eu poderia protegê-la de Knox e da Congregação. – Matthew assumiu um ar sombrio.

– Ninguém poderia me proteger, a não ser eu mesma. Satu estava certa. Sou uma vergonha como bruxa. – Enfiei a cabeça por entre os joelhos. – Não sou como a minha mãe.

Matthew se levantou e estendeu a mão para mim.

– Levanta – disse abruptamente.

Estendi a mão achando que ele me confortaria com um abraço. Em vez disso me fez vestir o casaco azul e recuou.

– Você é uma bruxa. Está na hora de aprender a cuidar de si.

– Não agora, Matthew.

– Eu bem que gostaria que pudéssemos deixá-la decidir, mas não podemos – ele disse de forma brusca. – A Congregação quer se apossar do seu poder... ou no mínimo conhecê-lo. Eles querem o Ashmole 782 e, depois de séculos, você é a única criatura capaz de resgatá-lo.

– Eles também querem você e os Cavaleiros de Lázaro. – Fiquei desesperada com a possibilidade de me ver sozinha com a minha própria magia que era incompreensível para mim.

– Eles poderiam ter destruído a irmandade antes. A Congregação teve muitas chances para isso. – Obviamente Matthew avaliou e mediu a limitação das minhas forças e da minha evidente fraqueza. Isso me deixou ainda mais vulnerável. – Mas eles não estão preocupados com isso. Não precisam de mim para ter você ou o manuscrito.

– Mas eu estou cercada de protetores. Você está comigo... Sarah e Em também.

– Não podemos ficar o tempo todo com você, Diana. Além do mais, você quer que Em e Sarah arrisquem a própria vida para salvá-la? – A pergunta era rude e o rosto de Matthew se contorceu. Ele se afastou de mim com os olhos apertados.

– Você está me amedrontando – eu disse enquanto ele se agachava. Os últimos vestígios da morfina no meu sangue foram eliminados pelo primeiro jorro de adrenalina.

– Não estou não. – Ele balançou a cabeça e faltou muito pouco para se parecer com um lobo porque o cabelo caiu todo no rosto. – Eu saberia se você estivesse realmente amedrontada. Você só está desequilibrada.

Fez-se um ronco no fundo da garganta de Matthew, bem diferente dos grunhidos de prazer que ele emitia. Eu me afastei um pouco por precaução.

– Assim está melhor – ele ronronou. – Pelo menos agora você está com o gosto do medo.

– Por que está fazendo isso? – sussurrei.

Ele sumiu de vista sem dizer uma palavra.

– Matthew? – chamei por ele sem entender nada.

Dois retalhos frios tocaram em cima da minha cabeça.

Matthew estava pendurado como um morcego entre dois galhos da árvore, com os braços esticados como asas. Ele enganchava os pés nos galhos enquanto me observava atentamente e os movimentos sutis do gelo eram a minha única referência nas mudanças de foco da sua figura.

– Eu não sou um colega com quem você está debatendo. Isso não é uma disputa acadêmica, isso é uma questão de vida ou morte.

– Desça daí – falei abruptamente. – Você já disse o que queria.

Ele pulou no chão e se colocou perto de mim sem que eu percebesse, tocando meu pescoço e meu peito com seus dedos gelados de modo a me fazer virar a cabeça para um lado e deixar a garganta exposta do outro lado.

– Você já estaria morta se eu fosse Gerbert – ele sibilou.

– Pare com isso, Matthew. – Tentei me soltar e não consegui.

– Não. – Ele agarrou o meu rosto com mais força. – Satu tentou acabar com a sua vida e mesmo assim você continuou firme. Mas você tem que revidar.

– Farei isso. – Eu o empurrei para mostrar a minha disposição.

– Não desse jeito humano – ele disse de modo insolente. – Você tem que revidar como uma bruxa.

Matthew sumiu novamente. Dessa vez não estava na árvore, e não cravava os seus olhos gelados em mim.

– Já estou cansada e vou voltar para casa. – Eu tinha acabado de dar o terceiro passo em direção à casa quando alguma coisa me pegou de surpresa. De repente me vi em cima dos ombros de Matthew que se movia numa velocidade incrível na direção oposta.

– Você não vai a lugar nenhum.

– Sarah e Em logo estarão aqui se você continuar agindo assim. – Claro que elas notariam que havia algo errado. E se *elas* não notassem, Tabitha daria um sinal.

– Não estarão não. – Matthew me colocou de pé no meio do bosque. – Elas me prometeram que não sairiam de casa, a não ser que você gritasse ou se elas mesmas pressentissem um perigo real.

Eu me afastei para manter distância daqueles grandes olhos negros. Os músculos das pernas de Matthew pareciam movidos à hélice. Cada vez que eu tentava escapar, lá estava ele à frente. Eu girava na direção contrária e lá estava ele outra vez. Até que soprou uma brisa ao redor dos meus pés.

– Ótimo – ele disse satisfeito. Agachou-se, assumindo a mesma posição de quando cercou o cervo em Sept-Tours, e começou a rugir de forma ameaçadora.

A brisa se moveu em lufadas ao redor de meus pés, mas não se intensificou. Um formigamento desceu dos meus cotovelos até as unhas. Achei melhor não reprimir a frustração e deixei que se acumulasse dentro de mim. Arcos azuis de eletricidade se mexeram entre os meus dedos.

– Use o seu poder – ele me desafiou. – Só poderá me enfrentar se fizer isso.

Agitei as mãos na direção de Matthew. Não me pareceu tão ameaçador, mas foi tudo em que pude pensar. Ele provou a inutilidade dos meus esforços quando se arremeteu contra mim e me fez girar como um pião antes de desaparecer no bosque.

– Você perdeu... mais uma vez. – A voz dele soou de algum lugar à minha direita.

– Seja lá o que estiver tentando, não está dando certo! – gritei na direção dele.

– Já estou bem atrás de você – ele ronronou no meu ouvido.

Cortei o silêncio do bosque com um grito e os ventos brotaram como um casulo ciclônico de dentro de mim.

– Afaste-se! – vociferei.

Matthew avançou na minha direção com um olhar determinado e berrando para a minha barreira de vento. Eu me lancei contra ele por instinto e uma lufada de ar o fez recuar. Ele me olhou com surpresa, o predador visível no fundo dos seus olhos. Avançou outra vez na minha direção para tentar romper a barreira de vento. Eu me concentrei para repeli-lo, mas o vento não atendeu o meu desejo.

– Não tente forçar – disse Matthew. Em seguida entrou com destemor pelo ciclone e me suspendeu pelos braços. – Sua mãe lançou o encantamento de um modo que ninguém pudesse forçar a sua magia... nem mesmo você.

– Então como poderei invocá-la quando precisar dela, e como poderei controlá-la quando não precisar mais?

– Imagine. – Ele cravou os olhos no meu pescoço e nos meus ombros, e localizou as artérias maiores por instinto.

– Não sei como. – Fui tomada por uma onda de pânico. – Não sou uma bruxa.

– Pare com isso. Não é verdade, e você sabe disso. – Ele me largou abruptamente. – Feche os olhos. Comece a caminhar.

– O quê?

– Há semanas que a venho observando, Diana. – Ele se moveu como uma fera, o cheiro de cravo-da-índia era tão forte que fechou a minha garganta. – Você tem que soltar o movimento e os sentidos, e se entregar apenas às *emoções*. – Deu-me um empurrão e me fez tropeçar. Quando me virei, já tinha desaparecido.

Esquadrinhei o bosque com os olhos. Fazia um silêncio fantasmagórico na vegetação, os animais já tinham se abrigado do predador que se encontrava entre eles.

Fechei os olhos e respirei profundamente. Uma brisa passou por perto, primeiro em uma direção, depois na outra. Era Matthew zombando de mim. Eu me concentrei na minha respiração para ficar tão quieta quanto o resto das criaturas da floresta.

Senti uma rigidez entre os meus olhos. Expandi a respiração até esse ponto lembrando das instruções de Amira na aula de ioga e do conselho de Marthe para que deixasse as visões fluírem. À medida que o meu olho mental – o terceiro olho das bruxas – se abria por inteiro, e era a primeira vez que isso acontecia, a rigidez se tornava comichão e a comichão se tornava uma sensação de que eu podia.

O meu olho mental captou tudo o que estava vivo na floresta – vegetação, energia da terra, água corrente por debaixo do solo – e assim pôde distinguir cor e forma de cada força vital. O vampiro também avistou os coelhos escondidos nas tocas das árvores que ficavam com o coraçãozinho batendo quando o farejavam. E depois ele detectou as corujas-de-igreja que se sentiram ameaçadas de extinção prematura por aquela criatura que se pendurava nos galhos das árvores e pulava como uma pantera. Os coelhos e as corujas sabiam que não podiam escapar dele.

– Rei das bestas – sussurrei.

Um risinho abafado de Matthew ecoou por entre as árvores.

Nenhuma criatura daquele bosque seria capaz de lutar com ele e vencer.

– Exceto eu – falei entre dentes.

Fiz uma varredura no bosque com o meu olho mental. Mas os vampiros não são completamente vivos e era difícil localizá-lo em meio à energia estonteante que me rodeava. Por fim, vislumbrei uma silhueta, um concentrado de escuridão que mais parecia um buraco negro com extremidades brilhantes rubras que demarcava o ponto onde a força vital sobrenatural se encontrava com a força vital do mundo natural. Instintivamente, fixei os olhos naquela direção e ele, atento a isso, escapuliu e desapareceu em meio às sombras das árvores.

Saí andando para chamar a atenção, com os olhos físicos fechados e o olho mental aberto. Uma escuridão se desprendeu de um bordo com um jato de vermelho e preto por entre um esverdeado bem atrás de mim. Dessa vez mantive o rosto voltado para o lado oposto.

– Estou vendo você, Matthew – eu disse suavemente.

– Está, *ma lionne?* E o que vai fazer? – Ele riu outra vez e se manteve ao meu redor com uma distância constante entre nós dois.

A cada passo que eu dava, mais o meu olho mental se ampliava e mais apurada a minha visão se tornava. Um galho surgia à esquerda e me fazia desviar para a direita, uma pedra pontiaguda surgia à frente e meus pés a evitavam e seguiam adiante.

Uma brisa se mexeu ao longo do meu peito, reportando a presença de uma pequena clareira. Os seres vivos do bosque já não eram os únicos que se comunicavam comigo. Todos os elementos à minha volta enviavam mensagens para guiar o meu caminho. Terra, ar, fogo e água se interligavam comigo em pequenas alfinetadas de alerta que eram diferentes das que eu obtinha dos seres vivos do bosque.

A energia de Matthew concentrou-se em si mesma e tornou-se mais escura e intensa. Depois sua escuridão – sua ausência de vida – fez uma curva no ar com uma graciosa arremetida que daria inveja a qualquer leão. Ele esticou os braços para me agarrar.

Voe, pensei um segundo antes que aqueles dedos tocassem a minha pele.

Um vento brotou do meu corpo em meio a uma súbita onda de poder. A terra me deixou livre com um gentil empurrão para o alto. Como o próprio Matthew tinha dito, foi fácil fazer o meu corpo seguir para onde os meus pensamentos o guiavam. Sem muito esforço segui uma fita imaginária até o céu.

Lá embaixo, Matthew deu um salto mortal no ar, caindo de pé exatamente onde eu estava alguns instantes antes.

Sobrevoei a copa das árvores de olhos arregalados. Fiquei com os olhos repletos de mar, tão vastos quanto o horizonte e tão plenos quanto o brilho do sol e das estrelas. Meus cabelos flutuavam ao sabor do vento, e as pontas de cada mecha eram línguas flamejantes que lambiam o meu rosto sem queimá-lo. Os cachos do cabelo acariciavam o meu rosto ao mesmo tempo em que o vento frio o fustigava. Um corvo planou por perto, impressionado com a nova criatura que dividia o espaço com ele.

Matthew me olhava lá no alto com o rosto pálido e os olhos maravilhados. Nossos olhos se encontraram e ele sorriu.

Nunca tinha visto nada mais bonito na vida. O desejo emergiu potente e visceral e me enchi de orgulho por saber que ele era meu.

Fiz um mergulho no ar em direção a Matthew, e em alguns segundos aquele rosto maravilhado assumiu uma expressão de alerta. Ele rosnou se sentindo inseguro em relação a mim e sendo avisado pelos instintos que poderia ser atacado.

Desacelerei o mergulho pelo ar com as botas de borracha de Sarah nos meus pés e fui descendo devagar para que os nossos olhos se encontrassem. O vento chicoteou uma das mechas flamejantes do meu cabelo na direção de Matthew.

Não o machuque. Todos os meus pensamentos se voltaram para a segurança de Matthew. Ar e fogo obedeceram ao meu comando e o meu terceiro olho se viu engolfado pela escuridão dele.

– Fique longe de mim... só por um momento – ele rugiu enquanto lutava contra os próprios instintos predatórios. Era o desejo repentino de me *caçar*. O rei das bestas não gostava de ser derrotado.

Ignorando o aviso, abaixei os pés e os deixei flutuando a poucos centímetros acima do chão com a palma da minha mão voltada para o alto. O meu olho mental se inundou com a imagem da minha própria energia: uma agitada massa prateada e dourada e esverdeada e azulada que brilhava como a estrela da manhã. Recolhi um pouco dessa energia enquanto a observava a rolar do meu coração até o ombro e o braço.

De repente pousou na palma da minha mão uma bola pulsante e giratória feita de céu, terra e fogo. Provavelmente os antigos filósofos a chamariam de microcosmo – um pequeno mundo com fragmentos do meu ser e de todo o universo.

– Para você – eu disse com a voz embargada. E arremessei a bola para Matthew.

Ele a pegou enquanto caía. Ela se moveu agilmente e se aderiu à pele fria dele. Por fim, a minha energia pousou na mão dele.

– O que é isso? – ele perguntou enquanto admirava a substância brilhante, deixando de lado a ânsia de caçar.

– Eu – respondi com toda simplicidade. Ele me olhou fixamente e as pupilas engolfaram a íris cinza esverdeada com uma onda negra. – Você não quis me fazer mal e eu também não quis fazer mal a você.

O vampiro apalpou o microcosmo do meu ser com todo o cuidado para não deixá-lo cair.

– Eu ainda não sei lutar – concluí com tristeza. – Só sei é escapar voando.

– Esta é a lição mais importante que um guerreiro aprende, bruxa. – Aquela palavra pejorativa entre os vampiros soou como uma demonstração de carinho. – Aprender a escolher as batalhas e deixar para mais tarde as que não se pode vencer.

– Você teve medo de mim? – perguntei ainda flutuando.

– Não – ele respondeu.

Meu terceiro olho comichou. Ele falava a verdade.

– Será que tirei mesmo isso de dentro de mim? – Fixei os olhos na massa brilhante que estava na mão de Matthew.

Ele assumiu um ar gentil e carinhoso.

– Já vi muitas bruxas poderosas antes. Mas ainda não conhecemos tudo que há dentro de você. E teremos que fazer isso.

– Eu nunca quis saber de nada.

– Por quê, Diana? Por que rejeitou esses dons? – Ele apertou a minha mão como se a minha magia pudesse ser roubada ou destruída antes de ser entendida totalmente.

– Medo? Desejo? – respondi suavemente e toquei-lhe o rosto com a ponta dos dedos comovida pelo imenso amor que sentia por ele. Lembrei o que o seu amigo Bruno tinha escrito no século XVI e citei o verso: – *O desejo me impulsiona como o medo me refreia.* Isso não explica tudo o que acontece no mundo?

– Explica tudo, mas não você – ele rebateu com convicção. – Não há nada no mundo que explique você.

Os meus pés tocaram no solo ao mesmo tempo que os meus dedos se retiravam daquele rosto e se desfraldavam vagarosamente. O meu corpo parecia conhecer esse suave movimento, se bem que a minha mente o registrou como uma estranheza. O pedaço de mim que eu tinha acabado de dar para Matthew pulou da mão dele para a minha. A palma da minha mão se fechou e prontamente reabsorveu essa energia. O poder de bruxa formigou em mim e o reconheci como meu. Pendi a cabeça apavorada por estar me transformando em tal criatura.

Matthew ajeitou a cortina dos meus cabelos com doçura.

– Nada poderá afastá-la dessa magia, nem a ciência nem a perseverança nem a concentração. Ela sempre a encontrará. E você também não pode se afastar de mim.

– Minha mãe disse a mesma coisa quando eu estava na solitária. Ela sabia sobre nós dois. – Tremi com a lembrança de La Pierre e fechei os olhos para me proteger. O meu corpo estremeceu e ele me puxou para junto de si. Os braços gelados de Matthew não me aqueceram, mas me senti segura enlaçada por ele.

– Talvez tenha sido mais fácil para eles porque sabiam que você não ficaria sozinha – ele disse suavemente. Levei os meus lábios aos lábios gelados e firmes do vampiro. Ele enterrou o rosto no meu pescoço e me cheirou com ardor. Com certa relutância, afastou-se um pouco, alisou o meu cabelo e colocou o casaco às minhas costas.

– Você me treinará como um dos seus cavaleiros?

Matthew deteve o movimento das mãos.

– Eles já sabiam como se defender antes de chegar a mim. Mas treinei muitos guerreiros humanos, vampiros e demônios no passado. Marcus foi um deles, e só Deus sabe como me deu trabalho. Mas nunca treinei uma bruxa.

– Vamos para casa. – O meu tornozelo latejou e quase tombei de tanto cansaço. Esbocei alguns passos vacilantes e Matthew me colocou nas costas como uma criança e saiu caminhando pela noite com os meus braços agarrados no pescoço dele. – Mais uma vez obrigada por ter me encontrado – sussurrei quando estávamos chegando perto da casa. Ele sabia que não estava me referindo a La Pierre.

– Já fazia tempo que eu tinha desistido de procurar. Mas de repente lá estava você na Bodleiana em pleno Mabon. Uma historiadora. Nada menos que uma bruxa. – Ele balançou a cabeça como se não acreditasse.

– A magia faz isso. – Eu o beijei na nuca. Ele ainda ronronava quando me colocou no chão da varanda dos fundos.

Matthew foi até o barracão para pegar mais um pouco de lenha no estoque e levar para a lareira enquanto eu me reconciliava sozinha com as minhas tias. As duas estavam nervosas.

– Já entendi por que você guardou segredo. – Abracei Em e ela respirou de alívio –, mas mamãe disse que acabou o tempo dos segredos.

– Você viu a Rebecca? – perguntou Sarah cautelosamente com o rosto pálido.

– Em La Pierre. Quando Satu tentou me intimidar para que eu cooperasse com ela. – Fiz uma pausa. – Papai também estava lá.

– Ela estava... Eles estavam felizes? – A voz de Sarah soou embargada. Minha avó observava a cena visivelmente preocupada atrás dela.

– Eles estão juntos – respondi com toda simplicidade enquanto olhava pela janela para ver se Matthew já estava voltando.

– E eles estão com você – disse Em com os olhos fixos em mim. – Isso significa que estão mais do que felizes.

Minha tia abriu a boca para dizer alguma coisa, mas fechou-a rapidamente.

– O que foi, Sarah? – perguntei segurando-a pelo braço.

– O que Rebecca disse para você? – ela perguntou quase com um murmúrio.

– Ela contou histórias. As mesmas histórias que contava quando eu era pequena... histórias de bruxas, princesas e fadas madrinhas. Depois que eles me encantaram ela sempre arranjava um jeito de me fazer lembrar da minha magia. Mas preferi esquecer.

– Antes da partida dos seus pais para a África naquele verão, Rebecca quis saber de mim o que mais ficava marcado nas crianças. Eu disse que eram as histórias que elas ouvem dos pais na hora de dormir, e que essas histórias sempre tinham mensagens de esperança, força e amor. – Os olhos de Em ficaram cheios d'água e ela se apressou em secá-los.

– Vocês agiram da maneira certa – eu disse suavemente.

As três bruxas tinham acabado de fazer as pazes e de restabelecer a harmonia quando Matthew entrou na cozinha com uma pilha de lenha nos braços e Sarah se voltou para ele furiosa.

– Nunca mais me peça para ignorar os chamados de ajuda da Diana, e nunca mais a ameace, pouco importa por qual motivo. Se fizer isso de novo, lançarei um feitiço que vai fazer você desejar nunca ter renascido. Entendeu bem, vampiro?

– É claro, Sarah – ele murmurou com uma imitação perfeita de Ysabeau.

Fizemos a refeição na mesa da sala de jantar com Matthew e Sarah em desagradável estado de pé de guerra, uma guerra que ameaçou eclodir quando a minha tia reparou que não havia um só pedaço de carne à mesa.

– Você está fumando como uma chaminé – disse Em pacientemente quando Sarah reclamou da falta de comida "de verdade" à mesa. – Suas artérias me agradecerão.

– Você não fez isso por mim – retrucou Sarah com um olhar de acusação para Matthew. – Fez isso para que ele não tenha vontade de morder Diana.

Matthew sorriu por educação enquanto puxava a rolha de uma garrafa que ele tinha trazido do Range Rover.

– Vinho, Sarah?

Ela olhou para a garrafa com desconfiança.

– É importado?

– Francês – ele disse vertendo o vinho tinto no copo dela.

– Não gosto de nada francês.

– Não acredite em tudo que lê. Nós somos muito melhores do que parecemos. – Ele a provocou com um sorriso. – Acredite ou não, acabarei crescendo no seu conceito. – Como prova disso Tabitha pulou em cima do ombro dele e ali ficou sentada como um papagaio de pirata até o fim do jantar.

Enquanto tomava o vinho, Matthew incrementava uma conversa sobre a casa, com perguntas para Sarah e Em sobre a situação da fazenda e seu lugar na história. Não me restou nada a fazer senão observar aquelas três criaturas que eu tanto amava enquanto devorava um montes de chili e pão de milho.

Finalmente, fomos para a cama e me enfiei nua debaixo das cobertas, louca para ter o corpo gelado de Matthew colado ao meu. Ele se juntou a mim e puxou o meu corpo ao encontro do seu corpo nu.

– Você está quente – disse, se comprimindo ainda mais no meu corpo.

– Humm. E você está cheiroso – eu disse com o nariz grudado no peito dele. A chave girou sozinha na fechadura. Já estava lá desde que eu tinha acordado naquela tarde. – A chave estava na cômoda?

– A casa estava com ela. – A gargalhada dele retumbou dentro de mim. – Ela foi jogada na direção da cama com um ângulo que a fez bater na parede ao lado do interruptor e cair no chão. Como não me apressei em pegá-la, ela flutuou pelo quarto e aterrissou no meu colo.

Sorri quando ele acariciou a minha cintura com todo o cuidado para não tocar nas marcas deixadas por Satu.

– Você tem as suas cicatrizes de batalhas – eu disse, tentando despreocupá-lo. – Agora também tenho as minhas.

Os lábios de Matthew encontraram os meus na escuridão sem dificuldade. Uma de suas mãos deslizou até a base da minha coluna e cobriu a lua crescente. A outra mão se introduziu por entre as omoplatas e cobriu a estrela. Nem precisei recorrer à magia para entender a aflição dele. A dor se evidenciava em tudo – no seu toque gentil, nas palavras que murmurava e no seu corpo estreitamente colado ao meu. Pouco a pouco ele deixou os temores e a raiva de lado. Nossas mãos e nossas bocas se tocaram e aos poucos a ânsia sossegou, prolongando assim a alegria da nossa união.

Atingi o clímax do prazer quando as estrelas estavam mais vivas e se dependuravam no teto com um brilho que nos fez lembrar da brevidade de nossas vidas, enquanto descansávamos abraçados à espera da manhã.

34

O sol ainda não tinha nascido quando Matthew beijou o meu ombro e desceu para o térreo. Uma combinação incomum de rigidez e languidez deixava os meus músculos tesos. Por fim, consegui sair da cama e desci à procura dele.

Não o encontrei, mas encontrei Sarah e Em. Elas olhavam pela janela dos fundos com uma fumegante caneca de café nas mãos. Olhei a cena de relance e comecei a encher a chaleira de água. Matthew podia esperar, o chá, não.

– O que estão olhando? – perguntei já esperando pelo nome de uma ave rara.

– Matthew.

Dei alguns passos.

– Faz um tempão que ele está lá fora. E durante todo esse tempo não moveu um único músculo. Um corvo está voando por perto. Parece que planeja pousar na cabeça dele – disse Sarah tomando um gole de café.

Matthew estava com os pés fincados no chão e dobrava os braços à altura dos ombros com os dedos polegares e indicadores se tocando levemente. Parecia um estranho e corpulento espantalho bem-vestido com uma camiseta cinza e uma calça preta de ioga.

– Devemos nos preocupar? Ele está descalço. – Em o olhou por cima da caneca de café. – Ele vai se congelar.

– Vampiros queimam, Em. Não congelam. Ele vai entrar quando se sentir pronto.

Acabei de preparar o meu chá e me juntei à observação silenciosa de minhas tias. Já estava na minha segunda caneca quando ele finalmente abaixou os braços e colocou as mãos à cintura. Sarah e Em se afastaram da janela rapidamente.

– Ele sabe que estava sendo observado por nós. Ele é um vampiro, já se esqueceram? – Sorri, calcei as botas de Sarah por cima das meias de lã e da *legging* desbotada e fui lá para fora.

– Muito obrigado pela paciência – disse Matthew enquanto me acolhia nos braços e me dava vários beijos de bom-dia.

Eu ainda estava com a caneca de chá quente na mão e por pouco não o derramei nas costas dele.

– A meditação é o único descanso que você tem. Eu não queria perturbá-lo. Há quanto tempo está aqui?

– Desde a madrugada. Eu precisava de um tempo para pensar.

– Esta casa faz isso com as pessoas. Há vozes demais, muitas coisas acontecendo. – Eu estava gelada e me encolhi dentro do moletom que estampava nas costas um lince que outrora tinha um vívido castanho-avermelhado.

Ele tocou nas minhas olheiras.

– Você ainda está exausta. Um pouco de ioga não lhe faria mal, sabe disso, não sabe?

Eu tive um sono espasmódico, repleto de sonhos, fragmentos de poesias alquímicas e diatribes murmuradas contra Satu. Até a minha avó ficou preocupada. Cada vez que Matthew me embalava para me fazer dormir de novo ela se encostava à cômoda com um ar vigilante.

– Fui terminantemente proibida de fazer ioga durante uma semana.

– E você obedece às regras que a sua tia impõe? – A sobrancelha dele ergueu-se em interrogação.

– Nem sempre. – Eu o puxei sorrindo pela manga para fazê-lo voltar para dentro de casa.

Ele tirou a caneca de chá das minhas mãos e me içou para fora das botas de Sarah. Endireitou o meu corpo e colocou-se atrás de mim.

– Está de olhos fechados?

— Agora estou. — Fechei os olhos e plantei os pés apenas com meias na terra fria. Os pensamentos cercavam a minha mente como gatinhos brincalhões.

— Você está pensando — ele disse com impaciência. — Limite-se a respirar.

Minha mente e minha respiração se equilibraram. Ele ergueu os meus braços, dobrou-os à altura dos ombros e posicionou as minhas mãos de maneira que as palmas ficassem para o alto e os polegares tocassem a ponta dos dedos anulares e mindinhos.

— Agora eu também estou parecendo um espantalho — comentei. — O que estou fazendo com as mãos?

— *Prana mudra* — ele explicou. — Estimula a força vital e é bom para a cura.

Fiquei ali de pé com os braços dobrados e a palma das mãos voltadas para o céu até que a paz e o silêncio envolveram o meu corpo avariado. Cinco minutos depois a pressão entre os meus olhos se diluiu e o meu olho mental se abriu. Dentro de mim se deu uma mudança sutil correspondente — um vaivém semelhante ao fluxo e refluxo da água batendo na praia. Cada vez que eu respirava uma gota de água doce e fria se formava na palma das mãos. Eu me determinei a manter a mente vazia sem me importar com a possibilidade de ser engolfada pela água-de-bruxa, mesmo com o nível da água que brotava das minhas mãos crescendo aos poucos.

De repente o meu olho mental brilhou enquanto se focava no entorno. Depois que ele ajustou o foco, o campo que rodeava a casa surgiu aos meus olhos de um modo jamais visto. A água corria debaixo do solo em profundos veios azuis. As raízes das macieiras se estendiam até esses veios e finas teias de água cintilavam nas folhas que balançavam ao vento da manhã. Sob os meus pés a água fluía na minha direção para captar a minha conexão com o poder que ela própria tinha.

Eu inspirava e expirava com serenidade. O nível da água na palma das minhas mãos crescia e diminuía de acordo com o fluxo das ondas dentro e debaixo de mim. A certa altura perdi o controle da água e os *mudras* se abriram, fazendo-a cair em cascatas das minhas mãos.

O meu vampiro estava a pouca distância de mim com os braços cruzados e uma expressão de orgulho. As minhas tias continuavam na varanda dos fundos e pareciam admiradas.

— Foi incrível — murmurou Matthew enquanto se abaixava para pegar a caneca de chá a essa altura fria como pedra. — Saiba que você será tão boa nisso como é nas suas pesquisas. A magia além de ser emocional e mental também é física.

— Você já tinha treinado alguma bruxa antes? — Calcei as botas de Sarah com o estômago roncando loucamente.

– Não. Você é a primeira e única. – Ele riu. – E sim, sei que você está faminta. Falaremos disso depois do café da manhã. – Ele estendeu a mão e voltamos de mãos dadas para casa.

– Você pode ganhar muita grana com a água-de-bruxa – disse Sarah quando nos aproximávamos. – Todo mundo na cidade precisa de um poço novo e o velho Harry foi enterrado com a varinha que detectava água quando morreu no ano passado.

– Eu não preciso de varinha para detectar água... eu *sou* uma varinha que detecta água. E se vocês estão pensando em cavar um novo poço, cavem ali. – Apontei para algumas macieiras que estavam menos secas que as outras.

Já dentro de casa Matthew colocou a água do meu chá para ferver antes de se voltar para o *Syracuse Post-Standard*. Se o nosso jornal não chegava aos pés do *Le Monde*, ele parecia satisfeito com o que lia. Com o meu vampiro ocupado, degustei fatias e mais fatias de pão saídas da torradeira. Enquanto isso Em e Sarah reenchiam as canecas de café e olhavam atentamente para as minhas mãos a cada vez que me aproximava dos utensílios elétricos.

– Este será o terceiro bule da manhã – anunciou Sarah jogando fora o filtro anterior da cafeteira.

Olhei alarmada para Em.

O pó é praticamente descafeinado, ela disse com os lábios fechados e em absoluta mudez. *Há anos que o venho adulterando.* A fala silenciosa e as mensagens de texto eram muito úteis naquela casa quando se precisava de uma conversa privada.

Sorri e me voltei para a torradeira. Enquanto passava o resto da manteiga na torrada me perguntei se havia mais na geladeira.

Surgiu um pacote à minha frente.

Eu me virei para agradecer a Em, mas ela estava do outro lado da cozinha. Sarah também. Matthew olhava fixamente para a geladeira com o jornal aberto nas mãos.

A porta da geladeira estava aberta e os vidros de geleia e de mostarda se reagrupavam sozinhos na prateleira superior. Depois da arrumação a porta se fechou suavemente.

– Foi a casa? – perguntou Matthew casualmente.

– Não – respondeu Sarah, olhando-me com interesse. – Foi a Diana.

– O que aconteceu? – Engoli em seco, olhando para a manteiga.

– Você é que tem que explicar – ela disse. – Você estava segurando a sua nona torrada com um ar aéreo quando a geladeira abriu e o pacote de manteiga saiu flutuando.

– Só imaginei se havia mais manteiga na geladeira. – Mostrei a manteigueira vazia para comprovar.

Em se extasiou e bateu palmas para o mais recente sinal do meu poder, e Sarah insistiu que eu tirasse outra coisa da geladeira. Fiz várias tentativas, mas não deu certo.

– Tente com os armários – sugeriu Em. – As portas não são pesadas.

Matthew observou todas as minhas tentativas com interesse.

– Você pensou na manteiga porque estava precisando de mais?

Assenti com a cabeça.

– E durante o seu voo de ontem fez alguma coisa para que o ar cooperasse?

– Eu pensei "voe" e voei. Na verdade precisei mais desse voo que da manteiga, você estava querendo me matar.

– Diana voou? – perguntou Sarah quase sem voz.

– E você está querendo alguma coisa agora? – perguntou Matthew.

– Quero sentar. – Meus joelhos estavam um pouco bambos.

Um banco da cozinha cruzou o chão obedientemente atrás de mim.

Matthew sorriu com satisfação e ergueu o jornal.

– Exatamente o que pensei – murmurou retornando à leitura das notícias.

Sarah arrancou o jornal das mãos dele.

– Pare de rir como o gato de Cheshire. O que foi que você pensou?

Tabitha entrou na casa pela portinhola de gato quando ouviu a referência sobre um outro membro de sua espécie. Largou um camundongo aos pés de Matthew com um olhar de completa devoção.

– *Merci, ma petite* – disse Matthew com um tom grave. – Infelizmente, não estou com fome.

Tabitha miou de frustração e carregou a oferenda até um canto, e lá puniu o ratinho com patadas como se o culpando por não ter agradado a Matthew.

Sarah repetiu a pergunta com um ar atarantado.

– O que foi que você pensou?

– Os feitiços de Rebecca e Stephen foram para assegurar que ninguém conseguisse forçar a magia de Diana. A magia dela só é movida pela necessidade. Muito engenhoso. – Matthew desamassou o jornal e retomou a leitura.

– Engenhoso e impossível – resmungou Sarah.

– Impossível não – ele retrucou. – Basta pensarmos como os pais dela. Rebecca previu o que acabou acontecendo em La Pierre; não em detalhes, mas o suficiente para saber que alguma bruxa poderia capturar a filha. Rebecca também sabia que a filha poderia escapar. Foi por isso que o encantamento se manteve firme por tanto tempo: Diana não precisou recorrer à magia.

– E como é que vamos ensinar Diana a controlar o seu poder se ela nem consegue comandá-lo? – perguntou minha tia.

A casa não nos deixou considerar as opções. Ecoou um barulho parecido com um tiro de canhão seguido por pancadas.

– Que droga – disse Sarah. – O que é que esta casa quer agora?

Matthew largou o jornal.

– Tem algo errado?

– A casa quer a nossa presença. Ela sempre bate as portas e arrasta os móveis da sala de estar quando quer a nossa atenção. – Lambi a manteiga dos dedos para me dirigir à sala de estar. As luzes tremeluziam no saguão de entrada.

– Já vai, já vai – disse Sarah com impaciência. – Já estamos indo.

Eu e Matthew seguimos as minhas tias até a sala de estar. A casa empurrou uma poltrona *bergère* na minha direção.

– Ela quer Diana – Emily disse o óbvio.

A casa me queria, mas não supôs que haveria a interferência dos ágeis reflexos de um vampiro protetor. Matthew deu um salto e deteve a poltrona antes que batesse atrás dos meus joelhos. Soou um estalo de madeira e de ossos velhos.

– Matthew, não se preocupe. A casa só quer que eu fique sentada. – Sentei-me à espera do próximo movimento.

– Esta casa precisa aprender bons modos – ele disse.

– Como foi que a cadeira de balanço da mamãe apareceu aqui? Faz alguns anos que nos livramos dela – perguntou Sarah apertando os lábios diante da velha cadeira perto da janela da frente.

– A cadeira de balanço voltou com a vovó – eu disse. – Ela me cumprimentou quando chegamos aqui.

– Elizabeth estava com ela? – Em sentou-se num desconfortável sofá vitoriano. – Alta? Com uma expressão séria?

– Sim. Mas não pude ver direito. Ela ficou atrás da porta quase o tempo todo.

– Hoje em dia, os fantasmas já não perambulam como antes – disse Sarah. – Achamos que ela é uma prima distante das Bishop que morreu por volta dos anos 1870.

Um novelo de lã verde e duas agulhas de tricô desceram pela chaminé e rolaram lareira afora.

– Será que a casa está sugerindo que devo fazer tricô? – perguntei.

– Isso é meu. Comecei a tricotar um suéter alguns anos atrás e um belo dia isso desapareceu. Esta casa tem a mania de pegar as coisas e ficar com elas – explicou Emily para Matthew enquanto pegava o material.

Sarah acenou de um sofá estofado com um estampado floral horroroso.

– Sente aqui comigo. Às vezes, a casa precisa de um tempo para chegar a uma conclusão. Nós também demos por falta de algumas fotografias, um catálogo telefônico, uma travessa para servir peru e o casacão de que eu mais gosto.

Como era de se esperar, Matthew não conseguiu descontrair, e ainda mais depois que quase teve a cabeça decepada por uma travessa de porcelana voadora, mas ele se esforçou ao máximo. Sarah estava sentada numa poltrona Windsor com um ar irritado, perto de Em e Matthew.

– Vamos logo com isso – disse depois de alguns minutos. – Eu tenho muita coisa a fazer.

Um envelope grosso tentou abrir caminho por uma fenda do lambri verde próximo da lareira. Por fim, passou pela fenda e atravessou a sala até aterrissar no meu colo.

Na frente do envelope estava escrito *"Diana"* com uma letra redonda em tinta azul. Reconheci a letra feminina da minha mãe pelos bilhetes escolares e cartões de aniversário que estavam guardados comigo.

– É da minha mãe. – Olhei espantada para Sarah. – O que é isso?

Minha tia também me olhou espantada. – Eu não tenho ideia.

Dentro do envelope havia um envelope menor e alguma coisa muito bem embrulhada em camadas de papel de seda. Era um envelope verde-claro com bordas verde-escuras. Papai me ajudara a escolhê-lo para um aniversário de mamãe. O canto de cada folha estampava um buquê de lírios-do-vale. Fiquei com os olhos rasos d'água.

– Prefere ficar sozinha? – Matthew colocou-se de pé.

– Não saia, por favor.

Abri o envelope tremendo e tirei as folhas. A data debaixo do buquê de lírios-do-vale chamou a minha atenção de imediato: 13 de agosto de 1983.

Era a data do meu sétimo aniversário. Isso acontecera alguns dias antes da partida dos meus pais para a Nigéria.

Li apressada a primeira folha da carta da minha mãe. A folha escapuliu das minhas mãos e deslizou até pousar aos meus pés.

O medo de Em era palpável.

– O que é, Diana?

Enfiei o resto da carta debaixo da coxa sem responder e peguei o envelope marrom que a casa tinha escondido para a minha mãe. Ao puxar o papel de seda, entrevi um objeto liso e retangular. Era mais pesado do que parecia e comichava de poder.

Lembrei que já havia sentido aquele mesmo poder.

Matthew ouviu quando o meu sangue se pôs a cantar. Ele se aproximou por trás de mim e delicadamente pousou as mãos nos meus ombros.

Desembrulhei o objeto. No topo, uma folha de papel branca com as bordas amarelecidas pelo tempo estava separada por uma folha de papel de seda que bloqueou a vista de Matthew. Nela se liam três linhas escritas com uma letra comprida e fina.

– *"Começa com ausência e desejo"* – sussurrei com a voz embargada. – *"Começa com sangue e medo."*

– *"Começa com uma descoberta das bruxas"* – disse Matthew olhando por cima dos meus ombros.

Depois que estendi a nota para as mãos ávidas de Matthew, ele passou-a pelo nariz antes de repassá-la para Sarah sem dizer nada. Suspendi a folha de papel de seda que estava em cima.

No meu colo estava uma das páginas que faltavam no Ashmole 782.

– Cristo. – Matthew quase perdeu a voz. – É mesmo o que estou pensando? Como a sua mãe fez isso?

– Ela explica na carta – respondi atordoada enquanto olhava para aquela imagem de um colorido vívido.

Ele inclinou-se e pegou a folha que estava no chão.

– *"Minha querida Diana"* – leu em voz alta. – *"Hoje você faz sete anos, uma idade mágica para toda bruxa porque os seus poderes começam a se mexer e a tomar forma. Mas os seus poderes se mexem desde o dia em que você nasceu. Você sempre foi diferente."*

Meus joelhos bambearam sob o peso da estranha imagem.

– *"Se você estiver lendo esta carta, isso significa que eu e seu pai fomos bem-sucedidos. Ou seja, conseguimos convencer a Congregação de que os poderes que eles procuravam estavam com seu pai e não com você. Não se culpe por isso. Foi a única saída que encontramos. Talvez agora que está mais velha você possa nos entender."*

Matthew apertou o meu ombro com delicadeza antes de continuar:

– *"E você também já deve ter amadurecido o suficiente para levar avante a busca sobre si mesma e sua magia que iniciamos depois do seu nascimento. Nós recebemos o bilhete e o desenho quando você estava com três anos de idade. Ele chegou com um selo de Israel. Segundo a secretária da embaixada, sem assinatura nem remetente, somente o bilhete e o desenho."*

"Na maior parte do tempo dos últimos quatro anos fizemos tentativas para decifrar o significado do que recebemos. Não podíamos fazer muitas perguntas. Mas concluímos que o desenho mostra um casamento."

– É um casamento, o casamento químico entre o mercúrio e o enxofre. Uma etapa crucial na feitura da pedra filosofal. – Minha voz soou com aspereza depois do tom aveludado de Matthew.

A gravura exibia uma das mais belas representações do casamento químico que eu já tinha visto. Uma mulher de cabelos louros em tom dourado vestia uma prístina toga branca e tinha uma rosa branca nas mãos. A rosa servia de oferenda para um homem de cabelos negros que era o seu marido, e denotava que ela era pura e valiosa para ele. O homem vestia uma túnica em preto e vermelho e segurava a outra mão da mulher. Ele também tinha na outra mão uma rosa vermelha como sangue fresco, símbolo de amor e morte. Substâncias químicas e metais atrás do casal personificavam os convidados do casamento em meio a um cenário de árvores e montes rochosos. Um agrupamento de diferentes animais também testemunhava a cerimônia: corvos, águias, sapos, leões verdes, pavões e pelicanos. Um unicórnio e um lobo estavam lado a lado no centro da cena, atrás do noivo e da noiva. O cenário era totalmente coberto pelas asas abertas de uma fênix de penas flamejantes nas pontas que pendia a cabeça como se assistindo à cena embaixo.

– O que isso significa? – perguntou Em.

– Significa que alguém esperava que eu e Matthew nos encontrássemos depois de muito, muito tempo.

– Como é que você sabe que essa gravura se refere a você e ao Matthew? – Sarah espichou o pescoço para olhar a imagem mais de perto.

– A rainha, ou seja, a noiva, ela está usando o brasão de Matthew. – Um brilhante aro prateado e dourado circundava a cabeça da noiva e mantinha os cabelos dela para trás. No centro do arco, pendia à altura da testa uma joia na forma de uma lua crescente e uma estrela.

Matthew deixou a gravura de lado e pegou o resto da carta da minha mãe.

– Posso continuar? – perguntou amavelmente.

Assenti com a folha do manuscrito ainda nos meus joelhos. Em e Sarah estavam desconfiadas pela presença de um poderoso objeto desconhecido e enfeitiçado e se mantiveram cautelosas no mesmo lugar.

– *"Nós achamos que a mulher de branco é você, Diana. Não sabemos ao certo qual é a identidade do homem de cabelos negros. Já o vi nos meus sonhos, mas ele é difícil de ser localizado. Ele está no seu futuro, mas também está no passado. Ele sempre está nas sombras, nunca na luz. E embora o homem das sombras seja perigoso, não é uma ameaça para você. Ele está com você agora? Espero que esteja. Eu gostaria de tê-lo conhecido. Gostaria de ter dito tanta coisa de você a ele."* – A voz de Matthew tropeçou nas últimas palavras.

"Esperamos que vocês dois sejam capazes de descobrir a origem dessa gravura. Seu pai acha que pertence a um livro antigo. Às vezes vemos um texto se movendo atrás da página, mas depois as palavras desaparecem outra vez por semanas e até meses."

Sarah levantou-se da poltrona.

– Me dê essa gravura.

– Ela está naquele livro do qual lhe falei. Aquele de Oxford. – Estendi a gravura com relutância.

– Parece pesada – ela disse com um ar preocupado enquanto caminhava na direção da janela. Virou a gravura e angulou a página de diversas maneiras. – Mas não estou vendo nenhuma palavra. Claro que isso não é de espantar. Se esta página foi retirada do livro é porque pertence a ele, então a magia está seriamente danificada.

– Será que foi por isso que vi as palavras se movimentando com tanta rapidez? Sarah balançou a cabeça.

– É bem provável. Elas estavam procurando por esta página, mas não a encontraram.

– Páginas, melhor dizendo. – Era um detalhe que eu não tinha contado para Matthew.

– O que quer dizer com "páginas"? – Matthew se aproximou de minha poltrona e partículas de gelo resvalaram no meu rosto.

– Essa não é a única página que está faltando no Ashmole 782.

– Quantas mais foram removidas?

– Três – sussurrei. – Faltavam três páginas no manuscrito. Eu vi as pontas. Isso não me pareceu importante na ocasião.

– Três. – A voz de Matthew soou vazia, mas parecia que ele estava prestes a partir alguma coisa ao meio com as próprias mãos.

– Que diferença faz se faltam três ou trezentas páginas? – Sarah ainda tentava detectar as palavras ocultas. – A magia continua quebrada.

– Isso porque há três tipos de criaturas sobrenaturais. – Matthew tocou delicadamente no meu rosto para me fazer ver que não estava zangado comigo.

– Se nós só temos uma das páginas... – raciocinei em voz alta.

– Quem estará com as outras? – concluiu Em.

– Que diabo! Por que Rebecca não nos falou nada? – Sarah também parecia prestes a destruir alguma coisa. Emily tirou a gravura das mãos dela e colocou-a na antiga mesinha de chá.

Matthew retomou a leitura.

– *"Seu pai diz que você terá que viajar para longe para descobrir o segredo. Não posso dizer mais nada porque esta carta poderá cair em mãos erradas. Mas sei que você acabará descobrindo."*

Ele estendeu a folha para mim e começou a ler a outra.

– *"A casa não lhe entregaria esta carta se você não estivesse pronta. Isso significa que você também já sabe que foi encantada por mim e seu pai. Sarah ficará furiosa, mas era a única forma de protegê-la da Congregação antes que o homem das sombras estivesse com você. Ele vai ajudá-la com a sua magia. Sarah dirá que isso não é problema dele porque ele não é um Bishop. Ignore-a."*

Sarah bufou e lançou um olhar fulminante para o vampiro.

– *"Já que você o amará como nunca amou ninguém, amarrei a sua magia aos sentimentos que você tem por ele. Mesmo assim, só você será capaz de fazê-la se manifestar. Desculpe pelos ataques de pânico. Não me ocorreu mais nada senão isso. Às vezes você é brava demais para o seu próprio bem. Boa sorte no aprendizado dos seus feitiços... Sarah é uma perfeccionista."*

Matthew sorriu.

– Sua ansiedade sempre me pareceu estranha.

– Estranha como?

– Depois que nos conhecemos na biblioteca tornou-se quase impossível fazê-la entrar em pânico.

– Mas entrei em pânico quando você saiu da neblina lá perto da casa de barcos.

– Você se espantou. Seus instintos não a fizeram gritar de medo pela minha presença, em vez disso você se aproximou de mim.

Ele beijou a minha cabeça e se voltou para a última folha.

– *"É difícil terminar esta carta quando tenho tanta coisa no coração para dizer. Os últimos sete anos foram os mais felizes da minha vida. Eu não abriria mão de um só momento da nossa preciosa vida com você, um oceano de poder e uma vida longa nada valem sem você. Não sabemos qual deusa confiou você para nós, mas não houve um único dia que não tivéssemos agradecido a ela por isso."*

Sufoquei um soluço, mas não pude sufocar as lágrimas.

– *"Não posso protegê-la dos desafios que terá que enfrentar. Você viverá a perda e o perigo, mas também muitas alegrias. Talvez duvide dos seus instintos nos anos que estão por vir, mas os seus pés têm trilhado esse caminho desde que você nasceu. Nós soubemos disso quando você nasceu empelicada. Desde então você permaneceu entre um mundo e outro. Você é assim, e assim será o seu destino. Não deixe que ninguém o tire de você."*

– O que é nascer empelicado?

– É quem nasce envolto pela bolsa amniótica ainda intacta. Isso é sinal de sorte – disse Sarah.

Matthew envolveu a minha nuca com uma das mãos.

– O âmnio não se associa apenas à sorte. No passado, sinalizava o nascimento de um grande vidente. Alguns acreditavam que também era um sinal de que a criança se tornaria um vampiro, um lobisomem ou uma bruxa. – Ele lançou um sorriso torto para mim.

– Onde está ele? – perguntou Emily para Sarah.

Eu e Matthew viramos a cabeça ao mesmo tempo.

– O quê? – perguntamos em uníssono.

– Os âmnios contêm um grande poder. Stephen e Rebecca o guardariam.

Nós quatro olhamos para a fenda no lambri. Um catálogo telefônico aterrissou na lareira com um baque, espalhando uma nuvem de poeira na sala.

– Como se pode guardar um âmnio? – perguntei em voz alta. – Numa pequena sacola ou coisa parecida?

– Tradicionalmente, pressiona-se uma folha de papel ou um pedaço de pano no rosto da criança para que o âmnio grude nela. E depois se guarda o papel ou o pano – disse Em.

Todos os olhos se voltaram para a página do Ashmole 782. Sarah pegou a folha e observou-a atentamente. Murmurou algumas palavras e observou mais um pouco.

– Tem alguma coisa estranha nessa figura, mas não é o âmnio de Diana, ele não está nesta folha.

Foi um alívio. Se estivesse, seria estranho demais.

– E então, isso é tudo ou há mais segredos que a minha irmã gostaria de dividir conosco? – disse Sarah com mordacidade. Matthew franziu a testa. – Desculpe-me, Diana – ela acrescentou com um murmúrio.

– Falta pouco. Consegue aguentar, *mon coeur*?

Eu o peguei pela mão e assenti. Ele se empoleirou em um dos braços da poltrona que rangeu ao receber o peso.

– *"Não seja muito dura consigo mesma na jornada à frente. Mantenha a cabeça no lugar e confie nos seus instintos. Isso não é muito como conselho, mas é tudo que sua mãe pode dar. Para nós foi muito difícil abandoná-la, mas a única alternativa que nos restou foi perdê-la para sempre. Perdoe-nos. Se erramos com você foi porque a amamos demais. Sua mãe."*

Fez-se um silêncio absoluto na sala e até a casa prendeu a respiração. Um som de perda se iniciou dentro de mim e logo uma lágrima verteu do meu olho. A lágrima foi crescendo até ficar maior que uma bola de beisebol, e depois se esborrachou no chão. Minhas pernas pareciam líquidas.

– Lá vem ela – disse Sarah.

Matthew largou a carta, tirou-me da poltrona e saiu comigo no colo pela porta da frente. Colocou-me de pé no caminho de entrada, e os dedos dos meus pés se agarraram ao solo. A água-de-bruxa se esparramou inofensivamente pelo chão enquanto as minhas lágrimas fluíam. Alguns instantes depois Matthew se pôs atrás de mim e me enlaçou pela cintura. Seu corpo me escudou do resto do mundo e relaxei encostada em seu peito.

– Deixe tudo fluir – ele murmurou no meu ouvido.

A água-de-bruxa estancou, deixando atrás uma dolorosa sensação de perda que nunca se dissiparia de todo.

– Eu queria tanto que eles estivessem aqui – eu disse, caindo em prantos. – Eles saberiam o que fazer.

– Sei que você sente falta deles. Mas na verdade eles não sabiam o que fazer. E como todos os pais, se esforçaram o máximo possível, minuto a minuto.

– Mamãe o viu e também viu o que a Congregação podia fazer. Ela era uma grande vidente.

– E um dia você também será. Até lá teremos que lidar com as coisas sem saber o que o futuro nos reserva. Mas somos parceiros. Você não precisa lutar sozinha.

Quando voltamos para dentro de casa, Sarah e Em ainda esquadrinhavam a folha do manuscrito. Anunciei que faria um outro bule de chá e um outro de café e Matthew me seguiu até a cozinha, mesmo com vontade de dar uma outra olhada na gravura.

A cozinha, como sempre, parecia uma zona de guerra. Por tudo quanto é canto se via louça suja. Arregacei as mangas para enfrentar a pia depois que coloquei a chaleira no fogo e o café na cafeteira.

O celular tocou no bolso de Matthew. Ele ignorou-o enquanto colocava mais lenha na lareira.

– É melhor atender – eu disse espremendo detergente dentro da pia.

Ele tirou o celular do bolso e viu quem era. Pela expressão que fez era uma chamada que não queria atender.

– *Oui?*

Devia ser Ysabeau. Alguma coisa estava errada, alguém não estava onde se esperava que estivesse; não pude pegar todos os detalhes porque a conversa era muito rápida, mas Matthew estava visivelmente irritado. Ele vociferou algumas ordens e desligou o celular.

– Ysabeau está bem? – Mergulhei as mãos na água morna, torcendo para que não houvesse mais um problema.

As mãos de Matthew afastaram os meus ombros das minhas orelhas ao massagear os músculos contraídos.

– Ysabeau está bem. Está tudo bem com ela. Era o Alain. Ele está cuidando de alguns negócios da família e se viu numa situação inesperada.

– Negócios? – Peguei a esponja e comecei a lavar a louça. – Cavaleiros de Lázaro?

– Sim. – Ele foi lacônico.

– Quem é Alain? – Coloquei um prato limpo no secador de louças.

– Ele começou como escudeiro do meu pai. Philippe não conseguia fazer nada sem ele, nem na guerra nem na paz, então Marthe o transformou em um vampiro. Alain conhece todos os segredos da irmandade. Quando o meu pai morreu, ele transferiu a lealdade que lhe dedicava para mim. Telefonou para avisar que a minha mensagem não agradou a Marcus.

Olhei para Matthew.

– Foi aquela mensagem que você deu para Baldwin no La Guardia?

Ele assentiu.

– Estou sendo um estorvo para a sua família.

– Isso não é mais um assunto da família Clermont, Diana. Os Cavaleiros de Lázaro dão proteção aos que se encontram indefesos. Marcus sabia disso muito bem quando aceitou ser um cavaleiro.

O celular de Matthew tocou novamente.

– E desta vez é o Marcus – ele disse com a cara amarrada.

– É melhor falar em particular. – Apontei com o queixo para a porta. Ele me beijou no rosto e apertou a tecla verde do celular enquanto se dirigia para o jardim.

– Marcus – disse com desconfiança, fechando a porta atrás de si.

Continuei lavando a louça com movimentos suaves e repetitivos.

– Cadê o Matthew? – Sarah e Em surgiram à soleira da porta da cozinha de mãos dadas.

– Está lá fora, falando com a Inglaterra. – Apontei na direção da porta dos fundos.

Sarah pegou uma caneca no armário e pelas minhas contas era a quarta daquela manhã, e serviu-se de café fresco. Emily pegou o jornal. Os olhos das minhas tias faiscavam de curiosidade. Por fim, a porta dos fundos se abriu e se fechou. Esperei pelo pior.

– Como está Marcus?

– Ele e Miriam estão vindo para Nova York. Eles têm uma coisa para falar com você. – Uma nuvem negra cobriu o rosto de Matthew.

– Comigo? O que será?

– Ele não quis dizer.

– Talvez não queira que você fique apenas com bruxas por companhia. – Sorri e um pouco da tensão no rosto dele relaxou.

– Estarão aqui ao anoitecer. Farei uma reserva para eles naquele hotel que vimos na cidade quando viemos para cá. Eu os verei hoje à noite. Eles podem esperar até amanhã para falar com você. – Ele olhou com um ar preocupado para Sarah e Em.

Olhei de novo para a pia.

– Telefone para eles, Matthew. Talvez venham direto para cá.

– Eles não vão perturbar ninguém – ele disse suavemente. Não queria aborrecer Sarah e o resto das Bishop levando mais dois vampiros para a casa. Mas a minha mãe jamais permitiria que Marcus ficasse num hotel depois de uma viagem tão longa.

Marcus era filho de Matthew, logo também era meu filho.

Meus dedos formigaram e a caneca que eu estava lavando escapuliu das minhas mãos. Borbulhou na água por alguns segundos e afundou.

– Nenhum filho meu se hospedará em hotel algum. Ele tem que ficar com a família dele aqui na casa dos Bishop, e Miriam não pode ficar sozinha. Os dois ficarão aqui e ponto final – falei com firmeza.

– Filho? – perguntou Sarah com um fiapo de voz.

– Marcus é filho de Matthew, logo também é meu filho. Isso o torna um Bishop e esta casa pertence a ele tanto quanto pertence a você, a mim e a Em. – Olhei para elas apertando as mangas da minha blusa com as mãos molhadas e trêmulas.

Vovó atravessou o corredor para ver o que estava acontecendo.

– Você me ouviu, vovó? – gritei.

Acho que todos a ouviram, Diana, ela respondeu com uma voz farfalhante.

– Ótimo. Então, nada de gracinhas. E isso vale para cada Bishop desta sala, vivo ou morto.

A casa abriu as portas da frente e dos fundos, um gesto prematuro de acolhida, e ao mesmo tempo uma lufada de ar gelado entrou por todos os cômodos do térreo.

– Onde eles vão dormir? – resmungou Sarah.

– Sarah, eles não dormem. Eles são vampiros. – O formigamento nos meus dedos se intensificou.

– Diana, afaste-se da pia, por favor. A eletricidade, *mon coeur* – disse Matthew.

Apertei as mangas ainda mais. As extremidades dos meus dedos brilhavam azuladas.

– Já entendemos a mensagem – disse Sarah com rispidez enquanto olhava para as minhas mãos. – Já temos um vampiro na casa.

– Vou preparar um quarto para eles – disse Emily com um sorriso que pareceu genuíno. – Fico feliz pela oportunidade de conhecer o seu filho, Matthew.

Ele, que durante todo esse tempo se manteve encostado num armário antigo da cozinha, empertigou-se e caminhou na minha direção.

– Está bem. – Ele me afastou da pia e puxou a minha cabeça para debaixo do queixo dele. – Você venceu. Vou telefonar para Marcus e dizer que eles são aguardados aqui.

– Não diga que o chamei de filho. Talvez ele não queira uma madrasta.

– Vocês dois terão que resolver isso. – Matthew tentou dissimular a sua alegria.
– O que é tão engraçado? – Ergui o rosto, olhando-o.
– Depois de tudo que aconteceu nessa manhã, a sua única preocupação é se Marcus quer ou não uma madrasta. Você me deixa atordoado. – Ele balançou a cabeça. – Sarah, todas as bruxas são imprevisíveis assim ou isso só acontece com as Bishop?

Ela pensou um pouco para responder.
– Só com as Bishop.

Aninhei-me nos braços de Matthew e abri um sorriso agradecido para ela.

Uma turba de espectros rodeou as minhas tias e balançou a cabeça solenemente em assentimento.

35

Acabei de lavar a louça e recolhi com Matthew a carta da minha mãe, o misterioso bilhete e a folha do Ashmole 782, e levamos tudo para a sala de jantar. Espalhamos os papéis por cima de uma grande mesa desgastada pelo tempo. Era pouco usada porque não fazia sentido que duas pessoas se sentassem àquela mesa projetada para doze pessoas. Minhas tias se juntaram a nós com canecas fumegantes de café na mão.

Sarah e Matthew se debruçaram sobre a página do manuscrito alquímico.

– Por que é tão pesada? – disse Sarah, sentindo o peso da folha na mão.

– Não sinto nada de especial no peso, mas tem algo estranho no cheiro – disse Matthew, pegando uma folha das mãos de Sarah.

Ela deu uma cheirada na folha.

– Não tem não, é cheiro de papel velho.

– É mais do que isso. Conheço muito bem o cheiro de coisa velha – disse Matthew com um ar sarcástico.

Enquanto isso eu e Em nos interessávamos pelo enigmático bilhete.

– Já tem alguma ideia sobre o significado disso? – perguntei enquanto puxava uma cadeira para me sentar.

– Não estou certa – Em hesitou. – Geralmente sangue é indicativo de família, guerra ou morte. Mas o que significa ausência? Significaria que esta página está faltando no livro? Ou foi uma forma que os seus pais encontraram para avisar que estariam presentes enquanto você crescia?

– Olhe só a última linha. Será que os meus pais descobriram alguma coisa na África?

– Ou será que a descoberta das bruxas se refere a *você*? – sugeriu Em com um tom amável.

– Talvez a última linha esteja se referindo à descoberta do Ashmole 782 por Diana – intrometeu-se Matthew ainda com a gravura do casamento alquímico na mão.

– Se depender de você tudo se refere a mim e a esse manuscrito – resmunguei. – O bilhete menciona o tema da sua dissertação para a All Souls, medo e desejo. Não acha isso estranho?

– Não mais estranho que o fato de a rainha branca da gravura estar usando o meu brasão. – Ele colocou a ilustração à minha frente.

– Ela está representando o mercúrio, o princípio da volatilidade na alquimia – eu disse.

– Mercúrio? – Matthew pareceu admirado. – O metal de movimento perpétuo?

– Mais ou menos. – Sorri ao pensar na bola de energia que eu dera para ele.

– E quanto ao rei vermelho?

– Ele está no chão de um modo estável e firme. – Franzi a testa. – Pode-se também dizer que ele seja o sol, mas geralmente este não é representado com um traje preto e vermelho. Ele quase sempre aparece só de vermelho.

– Então, talvez eu não seja o rei e você não seja a rainha. – Ele delicadamente tocou a face branca da rainha com a ponta do dedo.

– Talvez – repeti pausadamente, e lembrei de uma passagem do manuscrito *Aurora* de Matthew: *"Que todos venham a mim e me escutem, todos os que habitam o mundo: meu amado, que é vermelho, chamou por mim. Ele procurou e me encontrou. Eu sou uma flor-do-campo, um lírio a crescer no vale. Eu sou a mãe do verdadeiro amor, e do medo, e do entendimento e da esperança abençoada."*

– O que é isso? – Matthew tocou a minha face. – Parece bíblico, mas as palavras não são de todo adequadas.

— É uma das passagens do casamento alquímico do *Aurora Consurgens*. — Nossos olhos se cruzaram. O ar começou a pesar e mudei de assunto. — O que meu pai quis dizer quando sugeriu que teríamos que viajar para bem longe para descobrir o significado da gravura?

— O selo veio de Israel. Talvez Stephen quisesse dizer que teríamos que ir até lá.

— Há muitos manuscritos alquímicos na Universidade Hebraica de Jerusalém. A maioria pertenceu a Isaac Newton. — A cidade não devia ser objeto de desejo de Matthew por tudo o que ele tinha vivido lá, isso sem mencionar os Cavaleiros de Lázaro.

— Aos olhos do seu pai Israel não se enquadraria nesse *viajar para longe* — disse Sarah sentada do outro lado da mesa. Em rodeou a mesa e sentou-se ao lado dela.

— E que lugar então se *enquadraria*?

— Os confins da Austrália. Wyoming. Mali. Eram os lugares que o seu pai escolhia para viajar no tempo.

Isso me abalou com a mesma intensidade de quando ouvi a palavra "encantada" alguns anos antes. Eu sabia que algumas bruxas e bruxos podiam transitar entre passado, presente e futuro, mas nunca pensei em perguntar se alguém da minha família tinha esse dom. Era um dom raro, tão raro quanto o fogo-de-bruxa.

— Stephen Proctor viajava no tempo? — A voz de Matthew assumiu a serenidade que sempre assumia quando o tema magia era mencionado.

Sarah assentiu.

— Sim. Stephen viajava ao passado ou ao futuro pelo menos uma vez por ano, geralmente depois da convenção anual dos antropólogos em dezembro.

— Tem alguma coisa por trás da carta de Rebecca. — Em inclinou o pescoço para ver o que a folha escondia.

Matthew rapidamente virou a folha.

— Eu a deixei de lado antes que a água-de-bruxa começasse aqui dentro e não percebi isso. Não é a letra da sua mãe — ele disse me passando a folha.

A caligrafia do bilhete escrito a lápis tinha curvas alongadas e traços acentuadamente verticais. "*Lembre-se, Diana, as maiores maravilhas que experimentamos são misteriosas. Toda arte e ciência verdadeiras têm a sua origem em tais maravilhas. Aquele para quem esse tipo de experiência causa estranhamento, aquele que não se detém para admirar e se extasiar em veneração, é como um morto cujos olhos já estão fechados.*" Eu já tinha visto aquela letra antes. Procurei imagens no fundo da memória sem êxito algum.

— Quem escreveria uma frase de Albert Einstein no verso do bilhete de mamãe? — perguntei para Sarah e Em, mostrando-lhes a folha e ainda intrigada com a familiaridade daquela letra.

– Parece a letra do seu pai. Ele teve umas aulas de caligrafia. Rebecca sempre debochava da letra dele. Depois das aulas a caligrafia dele ficou parecendo antiga.

Fui virando a folha bem devagar enquanto examinava a letra outra vez. Lembrava o estilo do século XIX, como a caligrafia dos compiladores de catálogos da Biblioteca Bodleiana no tempo da rainha Vitória. Fiquei ereta para olhar melhor e balancei a cabeça em negativa.

– Não, é impossível. – Não havia a menor chance de o meu pai ter sido um desses compiladores, ele não podia ter escrito o subtítulo do Ashmole 782 no século XIX.

Por outro lado, ele viajava no tempo. E a mensagem de Einstein me era inquestionavelmente significativa. Larguei a folha na mesa e comecei a pensar com a cabeça entre as mãos.

Matthew sentou-se ao meu lado e ficou à espera. Sarah se impacientou com um ruído e ele a silenciou com um gesto decidido. Só falei depois que a minha cabeça parou de rodar.

– Havia duas inscrições na primeira página do manuscrito. Uma, escrita a tinta por Elias Ashmole: *"Antropologia, ou um tratado com uma breve descrição do Homem."* A outra, escrita a lápis por outra pessoa: *"Em duas partes: uma, anatômica, outra, psicológica."*

– A segunda inscrição foi escrita muito mais tarde – observou Matthew. – Na época do Ashmole 782 não se empregava o termo "psicologia".

– Acho que ela data do século XIX. – Peguei o bilhete do meu pai. – Mas isso me faz pensar que papai foi o autor da segunda inscrição.

Fez-se silêncio na sala.

– Toque nas letras – sugeriu Sarah por fim. – Veja se dizem mais alguma coisa.

Passei levemente os dedos sobre as letras escritas a lápis. Brotaram da página imagens do meu pai debruçado sobre uma escrivaninha coberta de livros, com um sobretudo escuro de amplas lapelas e uma gravata preta larga. Logo surgiram outras imagens no estúdio da nossa casa, nas quais ele vestia o seu habitual casaco de veludo e escrevia um bilhete com um lápis n° 2 enquanto a minha mãe chorava de pé atrás dele.

– Foi ele mesmo. – Tirei os dedos da folha visivelmente trêmula.

Matthew segurou a minha mão.

– É bravura demais para um único dia, *ma lionne*.

– Mas não foi o seu pai que arrancou a folha do casamento alquímico do livro lá na Bodleiana – ponderou Em. – Então, o que ele estava fazendo lá?

– Stephen Proctor estava enfeitiçando o Ashmole 782 para que ninguém além de sua filha o solicitasse e o tirasse das prateleiras – disse Matthew, seguro de si.

– Foi por isso então que o feitiço me reconheceu. Mas por que não agiu da mesma maneira quando o solicitei pela segunda vez?

– Porque não precisava dele. Sim, você o *queria* – acrescentou Matthew com um sorriso torto quando abri a boca para protestar –, mas isso é diferente. Lembre-se de que os seus pais amarraram a sua magia de modo que o seu poder não pudesse ser forçado nem mesmo por você. O feitiço do manuscrito não foi diferente.

– Eu só queria conferir um item da minha lista de tarefas quando solicitei o Ashmole 782 pela primeira vez. Só precisava disso. É difícil acreditar que algo tão insignificante tenha desencadeado tamanha reação.

– Sua mãe e seu pai não podiam prever tudo, não podiam prever que você seria uma historiadora especialista em alquimia e que trabalharia regularmente na Bodleiana. A Rebecca também viajava no tempo? – perguntou Matthew para Sarah.

– Não. Isso é muito raro, é óbvio, e a maioria dos adeptos das viagens no tempo tem um domínio completo da feitiçaria. Sem feitiços adequados e precauções igualmente adequadas o praticante pode parar em lugares indesejáveis, por mais poderoso que ele seja.

– Sim – disse Matthew secamente. – Posso imaginar uma porção de lugares onde muito pouca gente gostaria de estar.

– Rebecca fez isso com o Stephen algumas vezes, mas ele tinha que carregá-la. – Sarah sorriu para Em. – Lembra de Viena? Stephen decidiu que a levaria para valsar. Ele passou o ano todo pensando que tipo de chapéu ela usaria na viagem.

– Para viajar ao passado, você tem que estar com três objetos de uma determinada época. Isso o impede de se perder – disse Em. – E se quiser viajar ao futuro, tem que recorrer à feitiçaria porque é a única forma de se direcionar.

Sarah pegou a gravura do casamento alquímico, não mais interessada em viagens no tempo.

– E esse unicórnio aqui?

– Esqueça o unicórnio, Sarah – eu disse com impaciência. – Não acredito que papai quisesse que eu voltasse ao passado para pegar o manuscrito. Por acaso ele achava que eu viajaria no tempo e roubaria o manuscrito antes que fosse enfeitiçado? E se eu me deparasse com Matthew por acidente? Claro que isso desencadearia uma confusão na continuidade do tempo-espaço.

– Ah, a relatividade. – A voz de Sarah soou com desprezo. – Uma explicação que só chega até aí.

– Stephen sempre dizia que viajar no tempo era como passar de um trem para o outro – disse Em. – Você sai de um trem e depois espera na estação até que haja um lugar em outro trem. Você parte do aqui e agora para viajar no tempo e fica fora do tempo até que haja um lugar em outro tempo para você.

– É parecido com a troca de vida dos vampiros – refletiu Matthew. – Deixa-se uma vida de lado e arranja-se uma morte, um desaparecimento, uma troca de residência, por uma outra vida. Vocês ficariam espantadas se soubessem com que facilidade as pessoas abandonam suas casas, seus trabalhos e suas famílias.

– Claro que alguém acaba sempre percebendo que um sujeito qualquer não é o mesmo de antes – protestei.

– Isso é ainda mais impressionante – admitiu Matthew. – Contanto que você escolha com cuidado, ninguém diz uma palavra. Alguns anos na Terra Santa, uma doença terminal, a possibilidade de perder uma herança são excelentes desculpas para que tanto as criaturas como os humanos façam vista grossa.

– Bem, se isso é ou não possível, o fato é que eu não posso viajar no tempo. Isso não está no relatório do meu DNA.

– Claro que você pode viajar no tempo. Já fazia isso na infância. – Sarah pareceu orgulhosa de contestar as descobertas científicas de Matthew. – Você tinha três anos quando fez isso pela primeira vez. Seus pais ficaram apavorados com o seu desaparecimento e acabaram chamando a polícia. Quatro horas depois eles a encontraram sentada na sua cadeirinha na cozinha, comendo uma fatia do seu bolo de aniversário. Você devia estar com fome e voltou no tempo para a festa do seu próprio aniversário. Depois disso, toda vez que desaparecia, tentávamos imaginar em que tempo você estaria e depois você voltava. Você sempre desaparecia.

O meu espanto por imaginar uma criança viajando pelo tempo se dissipou quando me dei conta de que poderia solucionar qualquer dúvida histórica. Meu rosto se iluminou.

Matthew adivinhou o que se passava comigo e pacientemente ficou à espera para me impor limites.

– Apesar do desejo do seu pai, você não vai voltar ao ano de 1859 – disse com uma voz firme enquanto girava a cadeira de modo que eu ficasse de frente para ele. – O tempo não é algo com que deva se meter. Entendeu?

Jurei que me manteria no presente, mas ninguém me deixou um minuto a sós. Os três se revezaram em silêncio, com uma coreografia digna da Broadway. Em me seguiu até o segundo andar para mostrar onde as toalhas estavam, se bem que eu sabia perfeitamente que estavam no armário de roupas de banho. Quando saí do banheiro, Matthew se entretinha com o celular deitado na cama. Ele permaneceu no segundo andar quando desci para preparar uma caneca de chá porque sabia que Sarah e Em me esperavam na sala de jantar.

Peguei a lata de Marthe e me senti culpada porque tinha esquecido de preparar o chá no dia anterior, quebrando a promessa que lhe havia feito. Já determinada a tomar o chá, coloquei uma chaleira de água para ferver e depois abri a lata escura de metal. O aroma de arruda trouxe a desagradável lembrança do meu voo pelos ares com Satu. Apertei a tampa da lata, concentrei-me nos outros aromas e me vieram felizes lembranças de Sept-Tours. Senti saudade de suas paredes de pedra, de seus jardins, de Marthe, de Rakasa e até de Ysabeau.

— Onde conseguiu isso, Diana? — Sarah entrou na cozinha apontando para a lata.

— Fiz isso com Marthe.

— A governanta dele? A que fez o remédio para as suas costas?

— Ela mesma. *Marthe* é governanta de *Ysabeau* — enfatizei os nomes próprios. — Os vampiros também têm nome, exatamente como as bruxas. É melhor aprendê-los.

Sarah deu uma cheirada.

— Seria melhor ir ao médico para pegar uma receita, e não ficar dependendo apenas de remédios caseiros.

— O dr. Fowler será ótimo, se você quiser algo mais confiável — Em intrometeu-se na conversa. — Nem Sarah defende a contracepção por meio de ervas.

Dissimulei o meu atordoamento mergulhando o saquinho de chá na caneca, e mantendo a cabeça vazia e o rosto escondido.

— Este chá é excelente. Não preciso ir ao dr. Fowler.

— Verdade. Ainda mais se estiver se deitando com um vampiro. Eles não podem se reproduzir... não da maneira comum. Você só precisa evitar que os dentes dele cravem no seu pescoço.

— Sei disso, Sarah.

Mas eu não sabia. Afinal, por que Marthe tinha feito tanta questão de me ensinar a fazer um chá completamente desnecessário? Matthew tinha sido bem claro quanto a sua incapacidade de gerar filhos da maneira que todo sangue-quente gera. Desconsiderei a promessa para Marthe, despejei o líquido da caneca na pia e joguei o saquinho na lata de lixo. Coloquei a lata na prateleira superior do armário para deixá-la fora de vista.

A tarde terminava e, apesar das exaustivas ponderações sobre o bilhete, a carta e a gravura, nós ainda estávamos longe de compreender o mistério do Ashmole 782 e sua associação com meu pai. Minhas tias começaram a preparar o jantar. Enquanto Em refogava uma galinha, Sarah entornava o seu uísque e reclamava da quantidade de legumes e verduras na refeição. Matthew vagava estranhamente inquieto ao redor da bancada da cozinha.

— Venha — disse pegando a minha mão. — Você está precisando se exercitar.

Ele é que estava precisando de ar puro, não eu, mas a perspectiva de sair era tentadora. Fiz uma busca no armário dos fundos e encontrei um velho par de tênis. Estavam bem velhos, mas calçavam melhor que as botas de Sarah.

Fomos até o pomar de macieiras e lá Matthew me tomou nos braços e me imprensou contra o velho tronco de uma árvore. Ficamos abrigados debaixo de um dossel de ramagem fora do campo de visão da casa.

Mesmo tendo sido pega por uma armadilha, não reagi com um vento-de-bruxa. Mas fui envolvida por um turbilhão de outras emoções.

— Deus do céu, como esta casa é movimentada — ele disse antes de uma longa pausa, e depois me beijou na boca.

Era a primeira vez que ficávamos muito tempo juntos desde que ele tinha voltado de Oxford. Era como se uma vida inteira tivesse passado em alguns dias. Ele insinuou a mão por baixo do cós do meu jeans e tocou na minha pele com seus dedos frios. Estremeci de prazer e ele me puxou ainda mais e tocou nas curvas redondas dos meus seios com a outra mão. Nossos corpos já estavam colados, mas ele continuou procurando outros meios de nos conectarmos.

Por fim, só restou uma possibilidade. Por um momento achei que Matthew consumiria o nosso casamento à moda antiga – de pé ao ar livre e no frenesi do desejo físico. Mas ele retomou o controle e recuou.

— Dessa maneira não — disse bruscamente com os olhos enegrecidos.

— Não me importo. — Eu o puxei de volta ao meu corpo.

— Pois eu, sim. — Ele soltou um suspiro abafado. — Será melhor ficar sozinho com você e não cercado de gente quando fizermos amor pela primeira vez. E pode acreditar que não me contentarei com alguns momentos fugazes como agora.

— Eu também quero você, e olhe que sou conhecida pela impaciência.

Ele abriu os lábios com um sorriso e emitiu um suave som de satisfação.

Em seguida pressionou a base do meu pescoço com o dedo polegar e fez o meu sangue saltar. Colou os lábios onde tinha tocado com o polegar e roçou com doçura ao longo da vitalidade que pulsava sob a superfície do meu corpo. Rastreou a veia lateral do meu pescoço enquanto subia até a orelha.

— Adoro quando reconheço os pontos onde você gosta de ser tocada. Como este. — Beijou atrás da minha orelha. — E este. — Deslizou os lábios pelas minhas pálpebras e me fez gemer de prazer. — E mais este. — Tocou no meu lábio inferior.

— Matthew — implorei com os olhos e um suspiro.

— O quê, *mon coeur*? — Ele me olhou fascinado quando trouxe sangue fresco à superfície com um toque.

Eu o puxei para junto do meu corpo sem responder e sem me importar com o frio e com a crescente escuridão e a aspereza do tronco às minhas costas. Ficamos assim até que Sarah gritou lá da varanda.

— Vocês não estão muito longe, estão? — A pergunta cruzou o jardim. — Isso não se classifica como exercício.

Sentindo-me como uma adolescente flagrada enquanto namorava no carro, ajeitei a blusa e saí andando para a casa. Matthew me seguiu com uma risadinha.

– Você parece satisfeito – comentou Sarah quando ele entrou na cozinha. Ali de pé debaixo das lâmpadas Matthew era um vampiro sem tirar nem pôr e, ainda por cima, satisfeito. Ele já não estava com um olhar inquieto, e fiquei feliz por isso.

– Deixe-o em paz. – A voz de Em se mostrou estranhamente cortante. Ela estendeu a travessa da salada para mim, apontando para onde geralmente fazíamos as refeições. – Nós também desfrutamos daquelas macieiras quando Diana era criança.

– Hmph – grunhiu Sarah. Ela pegou três copos de vinho e os exibiu para Matthew. – Sobrou mais daquele vinho, Casanova?

– Eu sou francês, Sarah, não italiano. E sou um vampiro. Sempre tenho vinho – ele disse com um sorriso malicioso. – E o vinho não vai acabar. Marcus trará mais. Embora ele não seja francês, aliás, nem italiano, a educação o compensa por essa falta.

Sentamo-nos à mesa, e as três bruxas começaram a devorar a galinha e as batatas preparadas por Em. Tabitha sentou-se ao lado de Matthew e de vez em quando enrolava o rabo peludo nos pés dele em escandaloso flerte. Ele não deixou que o copo de Sarah esvaziasse, enquanto eu bebia com mais parcimônia. Em insistiu em perguntar se Matthew queria provar algum prato, mas ele declinou.

– Não estou com fome, Emily, mas obrigado.

– *Gostaria* de comer alguma coisa em especial?

– Nozes – respondi por ele. – Se quiser agradá-lo com um petisco, dê-lhe nozes.

Em hesitou.

– E quanto à comida crua?

Ele segurou a minha mão e apertou-a com carinho antes que eu respondesse.

– Se quiser me alimentar, carne crua seria ótimo. Eu também gosto de sopa, mas sem verduras nem legumes.

– Seu filho e a amiga dele comem a mesma coisa, ou isso é uma preferência sua?

Só então entendi a impaciência de Matthew diante das minhas primeiras perguntas sobre o seu estilo de vida e seus hábitos alimentares.

– É o alimento típico de um vampiro quando está entre os sangues-quentes. – Ele soltou a minha mão e se serviu de mais vinho.

– Com tanto vinho e tantas nozes, você deve andar de bar em bar – comentou Sarah.

Em abaixou o garfo e olhou fixamente para ela.

– O que foi? – perguntou Sarah.

– Sarah Bishop, eu nunca a perdoarei se nos constranger na frente do filho de Matthew.

Comecei a rir e o riso explodiu em uma gargalhada. Sarah foi a primeira a se juntar a mim, seguida por Em. Matthew sorriu meio sem jeito, como se estivesse num asilo de loucos, mas a educação o impediu de qualquer comentário.

Depois da sessão de risadas, ele se voltou para Sarah.

– Posso usar a despensa para analisar os pigmentos na gravura do casamento alquímico? Talvez esses pigmentos nos digam onde e como a ilustração foi feita.

– Não remova nada dessa gravura. – A historiadora dentro de mim se horrorizou com a ideia.

– A gravura não vai sofrer dano algum – ele disse amavelmente. – Sei como analisar pequenas peças de evidência.

– Não! É melhor deixar a gravura em paz até sabermos com o que estamos lidando.

– Não seja tão cabeça-dura, Diana. Além do mais, é um pouquinho tarde para isso, já que foi você quem devolveu o livro. – Sarah levantou-se com os olhos brilhando. – Vamos ver se o livro de receitas pode ajudar.

– Ora, ora, ora – disse Em entre dentes. – Agora sim, Matthew, você faz parte da família.

Sarah sumiu dentro da despensa e voltou com um livro de capa de couro do tamanho de uma Bíblia doméstica na mão. Guardava todo o conhecimento e a tradição da família Bishop, e passara de bruxa para bruxa durante aproximadamente quatrocentos anos. O primeiro nome que se lia no livro era o de Rebecca, acompanhado pela data de 1617 e escrito em letra floreada e redonda. Outros nomes constavam da primeira página dividida em duas colunas, assinados com tintas ligeiramente diferentes e ladeados por diferentes datas. A listagem de nomes e datas se estendia ao verso da página, com Susannahs, Elizabeths, Margarets, Rebeccas e Sarahs dominando a lista. Minha tia nunca mostrava aquele livro para ninguém – nem mesmo para outras bruxas. Apenas os membros da família podiam ler o "livro de receitas" de Sarah.

– O que é isso, Sarah? – As narinas de Matthew se arreganharam por causa do cheiro de papel velho, ervas e fumaça que saiu do livro quando ela o abriu.

– É o primeiro grimório da família Bishop. – Ela apontou para o primeiro nome da lista. Esse aqui pertenceu a Rebecca Davies, avó de Bridget Bishop, e depois à mãe dela, Rebecca Playfer. Bridget passou o livro para sua primeira filha nascida na Inglaterra, por volta de 1650, fora do casamento. Na ocasião, Bridget ainda era adolescente, e deu o nome da avó e da mãe para a filha. Bridget não tinha condições de criar a menina e deixou-a com a família em Londres. – Sarah soltou um suave suspiro de desgosto. – Ela foi assombrada a vida inteira por comentários a respeito de sua imoralidade. Mais tarde a sua filha Rebecca se juntou a ela, e as duas trabalharam na taverna dela. Bridget já estava no seu segundo casamento e teve outra filha chamada Christian.

– Então, vocês descendem de Christian Bishop? – perguntou Matthew.

Sarah assentiu.

– Você quer dizer Christian Oliver, a segunda filha que Bridget teve no segundo casamento. Edward Bishop foi o terceiro marido de Bishop. Não, a nossa ancestral é Rebecca. Depois que Bridget foi executada, Rebecca mudou legalmente o seu sobrenome para Bishop. Rebecca era viúva e não havia marido para protestar. Foi um gesto desafiador.

Matthew me olhou longamente, como se querendo dizer que o desafio era um traço genético.

– Ninguém se lembra mais dos nomes que Bridget Bishop teve nos três casamentos – continuou Sarah. – Só se lembram do nome que ela usava quando foi acusada e executada por bruxaria. Desde então, as mulheres da família preservaram o sobrenome Bishop, independentemente do sobrenome de casamento ou do sobrenome do pai.

– Li a respeito da morte de Bridget logo após o ocorrido – disse Matthew com tato. – Foi uma época sombria para as criaturas. A ciência parecia desvendar os mistérios do mundo, e mesmo assim os humanos mantinham a convicção de que viviam cercados por forças invisíveis. É óbvio que com razão.

– Bem, o conflito entre o que a ciência prometia e o que o senso comum alardeava como verdade resultou na morte de centenas de bruxas. – Sarah folheou as páginas do grimório.

– O que está procurando? – perguntei com a testa franzida. – Alguma bruxa restauradora de manuscritos? Se não for o caso, não terá muita ajuda de um livro de feitiços.

– Você não sabe o que há neste livro de feitiços, mocinha – retrucou Sarah com serenidade. – Nunca se interessou por ele.

Mordi os lábios.

– Ninguém vai estragar o manuscrito!

– Ah, achei. – Sarah apontou com um ar triunfante para o grimório. – Um dos feitiços de Margaret Bishop de 1780. Ela foi uma bruxa poderosa. *"Meu método para perceber obscuridades em papel ou tecido."* Começaremos por aqui. – Levantou-se com o dedo marcando o trecho.

– Se você manchar... – comecei a falar.

– Já disse isso duas vezes, Diana. Este feitiço é a vapor. Nada além de ar tocará em sua preciosa folha do manuscrito. Pare de criar caso.

– Eu vou pegar a folha – disse Matthew na mesma hora. Eu o fulminei com os olhos.

Em seguida ele voltou à sala de jantar, segurando a gravura com todo o cuidado, e foi com Sarah para a despensa. Minha tia falava pelos cotovelos e ele escutava com toda atenção.

– Quem podia imaginar, não é mesmo? – comentou Em balançando a cabeça, como se não podendo acreditar.

Eu e Em lavamos a louça do jantar e já íamos arrumar a sala de jantar, que por sinal mais parecia o cenário de um crime, quando dois faróis iluminaram o caminho de entrada.

– Eles chegaram. – Meu estômago se apertou.

– Vai dar tudo certo, querida. Eles são da família de Matthew. – Em apertou levemente o meu braço para me encorajar.

Cheguei à porta da frente quando Marcus e Miriam estavam saindo do carro. Miriam parecia sem jeito e deslocada enquanto esquadrinhava a fazenda e os arredores com ar de descrédito. Vestia um suéter marrom com as mangas enroladas até os cotovelos, uma minissaia e botas de cano alto. Marcus observava a arquitetura da casa enquanto farejava o ar que sem dúvida alguma exalava um odor de café e de bruxas, e vestia uma camiseta de um concerto de rock de 1982 e uma calça jeans.

A porta se abriu e os olhos azuis de Marcus encontraram os meus e piscaram.

– Oi, mamãe, chegamos!

– Ele falou para você? – perguntei furiosa, achando que Matthew não tinha atendido o meu pedido.

– Como assim? – Marcus franziu a testa, intrigado.

– Nada – balbuciei. – Oi, Marcus. Oi, Miriam.

– Olá, Diana. – Os finos traços de Miriam exibiram o seu costumeiro ar de reprovação.

– Bela casa. – Marcus se encaminhou para a escada da varanda. Ele tinha uma garrafa marrom nas mãos. Seu cabelo dourado e a brancura polida de sua pele cintilaram sob a luz da varanda.

– Entrem, sejam bem-vindos. – Eu o empurrei apressada para dentro de casa, torcendo para que ninguém passasse perto da casa e visse o vampiro no patamar da varanda.

– Como está, Diana? – Os olhos dele refletiram preocupação enquanto as narinas se moviam para captar o meu cheiro. Matthew tinha falado para ele sobre La Pierre.

– Estou ótima. – Uma porta se abriu no andar de cima com um baque. – Sem gracinhas! Estou falando sério!

— Sobre o quê? – Miriam se deteve e seus cabelos negros ondulados nas pontas serpentearam sobre os ombros como cobras.

— Não é nada. Não se preocupem. – A casa suspirou depois que os dois vampiros entraram.

— Nada? – Miriam ouviu o suspiro e ergueu as sobrancelhas.

— Esta casa fica um pouco preocupada quando recebe visitas, só isso.

Miriam olhou para o segundo andar e farejou o ar.

— Quantas pessoas moram nesta casa?

Era uma pergunta simples para a qual não havia uma resposta simples.

— É um número incerto – eu disse laconicamente enquanto caminhava na direção da escada com uma grande sacola de lona na mão. – O que há nesta sacola?

— É a bagagem de Miriam. Deixa comigo. – Marcus pegou a sacola com o dedo indicador.

Subimos os degraus da escada para que eles conhecessem os aposentos. Em perguntou com todas as letras se os dois dividiriam a mesma cama. A princípio, ele pareceu chocado pela impropriedade da pergunta, mas logo começou a rir e assegurou que se eles não ficassem separados, ali pela manhã haveria um vampiro morto. Depois disso, vez por outra ele dava uma risadinha e dizia entre dentes:

— Marcus e Miriam. Que ideia!

Marcus ficou no quarto de hóspedes que um dia pertencera a Em, e alojamos Miriam no meu antigo quarto no sótão. Algumas pilhas de toalhas felpudas já estavam em cima das camas e mostrei onde ficava o banheiro. Não havia muita coisa a ser feita para os nossos hóspedes vampiros – não precisávamos oferecer comida nem um lugar para dormir, e nem a metade do conforto que outros hóspedes requeriam. Felizmente, não houve aparições espectrais nem queda de pedaços do reboco, sinais que indicariam o desprazer da casa com a presença deles.

Claro que Matthew já sabia que o filho e Miriam haviam chegado, mas a despensa era isolada justamente para que Sarah permanecesse esquecida. Quando passei pela sala de estar com os dois vampiros, Elizabeth espiou por detrás da porta com os olhos arregalados de uma coruja.

— Vá procurar a vovó. – Voltei-me para Marcus e Miriam. – Desculpe, temos fantasmas na casa.

Marcus disfarçou a risada com uma tosse.

— Todos os seus ancestrais vivem com vocês?

Pensei nos meus pais e balancei a cabeça em negativa.

— Que pena – ele murmurou.

Em estava esperando na sala de TV com um sorriso largo e sincero.

— Você deve ser Marcus – disse estendendo a mão para ele. – Sou Emily Mather.

— Emily, esta é Miriam Shephard, colega de trabalho de Matthew.

Miriam deu um passo à frente. Miriam e Em eram fisicamente delicadas, no entanto Miriam parecia uma bonequinha de porcelana perto de Em.

— Bem-vinda, Miriam — disse Em abrindo um sorriso. — Vocês querem beber alguma coisa? Matthew abriu uma garrafa de vinho. — Ela se mostrou bem à vontade, como se fosse uma anfitriã habitual de vampiros. Marcus e Miriam declinaram.

— Cadê o Matthew? — perguntou Miriam, deixando claro suas prioridades. Observou os detalhes do novo ambiente com seus sentidos aguçados. — Posso ouvi-lo.

Conduzimos os dois vampiros até a velha porta de madeira que fechava o santuário particular de Sarah. Ambos continuaram farejando todos os cheiros da casa dos Bishop, o da comida, o das roupas, o das bruxas, o do café e o da gata.

Tabitha surgiu miando das sombras da lareira e olhando fixamente para Miriam como se as duas fossem inimigas mortais.

Miriam sibilou e Tabitha se deteve no meio do caminho. As duas se encararam, predador *versus* predador. Depois de um longo momento Tabitha desviou os olhos para se lamber. Um gesto que revelou um assentimento silencioso de que ela não era mais a única fêmea a dominar a casa.

— Esta é Tabitha — falei com uma voz débil. — Ela é apaixonada por Matthew.

Na despensa, Matthew e Sarah se debruçavam sobre uma panela que estava em cima do fogareiro elétrico com olhos ávidos. Das vigas do teto, pendiam ramos de ervas secas, e os antigos fornos de barro coloniais com ganchos de ferro sempre prontos para o uso esperavam por pesados caldeirões em suas pedras de carvão.

— A eufrásia é importantíssima. — A voz de Sarah soou como a de uma professora de colégio. — Ela abre a visão.

— Que cheiro horrível — comentou Miriam, franzindo o narizinho enquanto se aproximava da despensa.

Matthew amarrou a cara.

— Matthew — disse Marcus com frieza.

— Marcus — retrucou Matthew.

Sarah se empertigou e observou os mais novos membros da casa cujos corpos brilhavam. A luz difusa da despensa acentuava a palidez sobrenatural e o efeito assustador das pupilas dilatadas de ambos.

— Que a deusa nos acuda, como alguém pode achar que vocês são humanos?

— Isso sempre foi um mistério para mim — disse Miriam estudando Sarah com igual interesse. — Você também não passa despercebida com esse seu cabelo vermelho e esse seu cheiro de meimendro. Muito prazer, eu sou Miriam Shephard.

Eu e Matthew trocamos um longo olhar ao mesmo tempo em que tentávamos imaginar como Miriam e Sarah poderiam compartilhar o mesmo teto em paz.

– Bem-vinda ao lar das Bishop, Miriam. – Sarah apertou os olhos e Miriam respondeu na mesma moeda. Minha tia voltou-se então para Marcus. – Quer dizer que você é o garoto dele. – Pareceu impaciente com as formalidades sociais, como sempre.

– Sim, sou o filho de Matthew.

Marcus, que parecia estar diante de um fantasma, estendeu a garrafa marrom bem devagar.

– Sua homônima era curandeira como você. Depois da Batalha de Bunker Hill, Sarah Bishop me ensinou a consertar uma perna quebrada. Ainda faço o que aprendi com ela.

Dois pés calçados de maneira rústica desceram flutuando do sótão da despensa.

Espero que agora ele tenha mais força do que tinha antes, disse uma mulher que era a imagem cuspida e escarrada de Sarah.

– Uísque? – disse Sarah olhando agora com apreço para o meu filho e para a garrafa.

– Ela adorava uísque. Achei que você também gostaria.

Sarah Bishop assentiu.

– Você achou certo – disse minha tia.

– Como está indo a poção? – perguntei sem querer me intrometer naquela atmosfera de intimidade.

– Ficará descansando por nove horas – disse Sarah. – Depois a colocamos para ferver outra vez e passamos o manuscrito pelo vapor, e aí veremos o que há para ver. – Ela olhou para a garrafa de uísque.

– Que tal então uma pausa? Posso abrir isso para você – sugeriu Matthew apontando para a garrafa.

– Eu adoraria. – Sarah tirou a garrafa das mãos de Marcus. – Muito obrigada, Marcus.

Ela desligou o fogareiro e tampou a panela, e em seguida todos saímos na direção da cozinha. Matthew serviu-se de um pouco de vinho, ofereceu para Marcus e Miriam que recusaram mais uma vez e serviu uma dose de uísque para Sarah. Eu mesma preparei o meu chá – um Lipton comprado no supermercado – enquanto Matthew fazia perguntas aos vampiros sobre a viagem e o andamento do trabalho no laboratório.

Não se ouvia qualquer traço de carinho na voz de Matthew, e nenhum indício de que ele estava feliz pela chegada do filho. Marcus se sustentava de forma desajeitada ora num pé ora no outro, sabendo que não era bem-vindo. Na esperança de desanuviar aquele clima pesado sugeri que fôssemos nos sentar na sala de TV.

– É melhor a gente ir para a sala de jantar. – Sarah ergueu o copo e fez um brinde ao seu novo e charmoso sobrinho-neto. – Mostraremos a carta para eles. Pegue a gravura da Diana, Matthew. Eles também precisam vê-la.

– Eles não ficarão muito tempo – disse Matthew com um ar discretamente reprovador. – Eles têm algo para dizer a Diana e voltam para a Inglaterra em seguida.

– Mas eles fazem parte da família – frisou Sarah aparentemente não se dando conta da tensão no ar.

Ela mesma resolveu pegar a gravura enquanto Matthew encarava o filho. E depois nos conduziu à sala de jantar. Eu, Matthew e Em nos agrupamos de um lado da mesa. Miriam, Marcus e Sarah, do outro. Já com todos acomodados, minha tia começou a falar sobre os acontecimentos da manhã. Cada vez que pedia um esclarecimento a Matthew, ele respondia visivelmente contrariado. Todos na sala, exceto Sarah, percebiam que Matthew não queria que Miriam e Marcus soubessem dos detalhes que eram narrados. Minha tia, por outro lado, continuou alegremente e terminou mencionando a carta da minha mãe e o recado do meu pai. Matthew segurou a minha mão com força quando ela fez isso.

Miriam pegou a gravura do casamento alquímico. Depois de analisá-lo com atenção, voltou os olhos para mim.

– Sua mãe estava certa. É uma ilustração de você. E também do Matthew.

– Sei disso – falei olhando nos olhos dela. – Você sabe o que isso significa?

– Miriam? – disse Matthew, como se querendo silenciá-la.

– Nós podemos esperar até amanhã. – Marcus pareceu incomodado e se levantou da mesa. – Já está tarde.

– Ela já sabe – disse Miriam suavemente. – O que vem depois do casamento, Diana? Qual é o passo na transmutação alquímica que se segue à *conjunctio*?

A sala rodopiou e fez exalar o aroma das ervas do meu chá em Sept-Tours.

– *Conceptio*. – Comecei a tremer como gelatina enquanto escorregava de volta à cadeira com tudo ao redor escurecendo.

36

Enfiei a cabeça nos joelhos em meio a um completo pandemônio. Matthew pressionou a minha cabeça, e meus olhos se voltaram para a estamparia do velho tapete oriental debaixo dos meus pés. A certa distância, Marcus disse para Sarah que se ela se aproximasse de mim talvez o pai arrancasse a cabeça dela.

– É coisa de vampiro – ele acrescentou com suavidade. – Somos muito protetores com nossas esposas.

– Quando foi que eles se casaram? – perguntou Sarah um tanto atordoada.

Os esforços de Miriam para acalmar Em não foram nem de longe suaves.

– Nós chamamos isso de blindagem – soou a voz de soprano da vampira. – Já viu um falcão com a presa? É justamente isso que Matthew está fazendo.

– Você está dizendo que Diana é uma presa dele? Ele... não vai mordê-la, vai? – Em olhou de relance para o meu pescoço.

– Acho que não – disse Miriam devagar enquanto refletia sobre a pergunta. – Ele não está faminto, e ela não está sangrando. O risco é mínimo.

– Pare com isso, Miriam – disse Marcus. – Não há nada com que se preocupar, Emily.

– Já posso me sentar direito – resmunguei.

– Não se mexa. O fluxo de sangue ainda não voltou ao normal na sua cabeça. – Matthew tentou conter um rosnado, mas sem êxito.

Sarah deixou escapar um murmúrio abafado, sua suspeita de que Matthew sempre monitorava o suprimento do meu sangue se confirmava.

– Será que ele me deixa passar perto de Diana para pegar os resultados do DNA? – perguntou Miriam para Marcus.

– Isso depende do quão irritado ele está. Se você tivesse nocauteado a minha esposa dessa maneira, eu cortaria você em pedacinhos e a comeria no café da manhã. Se eu fosse você, trataria de ficar sentada e quietinha.

A cadeira de Miriam arranhou o assoalho.

– Correrei o risco. – Ela saiu como um raio.

– Maldição – disse Sarah entre dentes.

– Ela é incomumente rápida – assegurou-lhe Marcus. – Mesmo para uma vampira.

Matthew me fez sentar. Eu me mexi o mínimo possível, mas a minha cabeça explodiu e a sala rodou. Fechei os olhos e, quando os reabri, Matthew me olhava com um ar preocupado.

– Tudo bem com você, *mon coeur*?

– Só um pouco estupefata.

Ele pôs os dedos no meu punho para verificar a pulsação.

– Desculpe-me, Matthew – murmurou Marcus. – Não sei o que levou Miriam a se comportar assim.

– Você devia se envergonhar – respondeu o pai secamente, sem olhar para o filho. – Comece explicando o motivo dessa visita, e seja breve. – Uma veia na testa de Matthew pulsou.

– A Miriam... – Marcus começou a falar.

Matthew o interrompeu.

– Não perguntei para a Miriam. Perguntei para você.

– O que está havendo, Diana? – perguntou a minha tia com um ar desvairado. Marcus ainda a enlaçava pelos ombros.

– Miriam acha que a gravura alquímica tem a ver comigo e com Matthew – respondi com cautela. – Com uma etapa da criação da pedra filosofal chamada *conjunctio* ou matrimônio. A etapa seguinte é a *conceptio*.

– *Conceptio?* – repetiu Sarah. – É o que estou pensando?

– Provavelmente. É um termo latino que significa concepção – disse Matthew.

Sarah arregalou os olhos.

– De filhos?

A minha cabeça já estava em outro lugar, folheando as ilustrações do Ashmole 782.

– A *conceptio* também estava faltando. – Olhei para Matthew. – Alguém está com ela, da mesma forma que estamos com a *conjunctio*.

Miriam entrou na sala com um ritmo impecável e um maço de folhas na mão.

– Para quem dou isso aqui?

Matthew olhou-a de um modo que desejei nunca mais testemunhar, e o rosto dela passou do branco ao cinza perolado. Ela estendeu os relatórios com um solavanco para ele.

– Você trouxe os resultados errados, Miriam. Estes pertencem a um homem – disse Matthew com impaciência enquanto observava as duas primeiras páginas.

– Estes resultados são de Diana – disse Marcus. – Ela é uma quimera.

– O que é isso? – perguntou Em. Quimera era uma fera mitológica cujo corpo era parte leão, parte dragão e parte cabra. Abaixei os olhos para ver se eu tinha um rabo entre as pernas.

– É um indivíduo com células que possuem dois ou mais de dois perfis genéticos diferentes. – Matthew olhou para a primeira página mal podendo acreditar.

– Isso é impossível. – Meu coração bateu mais forte. Ele me abraçou e colocou os resultados do teste na mesa à nossa frente.

– É raro, mas não impossível – ele disse olhando para as barras cinzentas do gráfico com um ar sombrio.

– Acho que é SGD – disse Miriam ignorando o olhar admoestador de Marcus. – As amostras foram extraídas do cabelo dela. Recolhemos alguns fios numa colcha da Velha Cabana.

– Síndrome do gêmeo desaparecido – explicou Marcus para Sarah. – Rebecca teve problemas no início da gravidez? Algum sangramento? Risco de aborto?

– Não, acho que não. Mas Stephen e Rebecca não estavam aqui, eles estavam na África. Só voltaram aos Estados Unidos no final do primeiro trimestre da gravidez.

Até então eu não sabia que tinha sido concebida na África.

– Rebecca não continuaria lá se alguma coisa estivesse errada. – Matthew balançou a cabeça e contraiu os lábios com uma linha dura e firme. – Geralmente a SGD ocorre antes que as mulheres saibam que estão grávidas.

– Isso quer dizer que eu tinha uma gêmea e mamãe abortou a minha irmã?

– O seu irmão – disse Matthew apontando para os resultados com uma das mãos. – O seu gêmeo era do sexo masculino. Em casos como esse o feto viável absorve o sangue e os tecidos do outro. Isso acontece no início da gestação, e na maioria dos casos não há evidências do gêmeo desaparecido. O cabelo de Diana indica que ela pode possuir poderes não revelados nos outros resultados do DNA dela?

– Alguns... viajar no tempo, mudar de forma, adivinhação – respondeu Marcus. – Diana absorveu completamente quase todos os poderes.

– Meu irmão é que devia ter o dom de viajar no tempo, não eu – pensei pausadamente em voz alta.

Uma trilha de manchas fosforescentes marcou o movimento da minha avó que entrou na sala, tocou no meu ombro e sentou-se no extremo da mesa.

– Ele também devia ter uma predisposição genética para controlar o fogo-de-bruxa – disse Marcus balançando a cabeça. – Na amostra do cabelo não encontramos outros marcadores de magia elemental além do marcador de fogo.

– E você acha que a minha mãe sabia do meu irmão? – Percorri as barras em cinza, preto e branco com a ponta do dedo.

– Ah, sabia sim – disse Miriam com um ar confiante. – Você nasceu no dia da festa da deusa Diana. Por isso ela lhe deu esse nome.

– E daí? – Estremeci e tentei apagar a lembrança de quando me vi cavalgando por uma floresta pouco antes do fogo-de-bruxa, vestida de túnica e sandálias e com a estranha sensação de que portava um arco e flecha.

– A deusa da lua tinha um irmão gêmeo... Apolo. *"E o Leão logo criou o Sol, para se juntar a sua irmã Lua"* – Miriam recitou o poema alquímico com os olhos brilhando. Ela estava tramando alguma coisa.

– Você conhece "A Caça do Leão Verde".

– E também conheço os versos seguintes: *"Pela maravilha do casamento, o Leão os fará gerar um rei."*

– Do que ela está falando? – perguntou Sarah com raiva.

Miriam já ia responder quando Matthew balançou a cabeça. A vampira fechou a boca.

– O rei-sol e a rainha-lua, o enxofre e o mercúrio filosofais, casaram-se e conceberam um filho – falei para Sarah. – Na imagética alquímica, essa criança é hermafrodita e simboliza uma substância química mista.

– Em outras palavras, Matthew – interrompeu Miriam com impaciência –, o Ashmole 782 não se limita às origens, à evolução e à extinção. Ele também diz respeito à reprodução.

– Bobagem – eu ironizei.

– Diana, se você acha que isso não faz sentido, para mim é muito claro. Vampiros e bruxas podem se unir e gerar filhos. Assim como fazem outros casais com diferentes parceiros. – Miriam se recostou na cadeira com ar triunfante e silenciosamente convidou Matthew para um debate.

– Mas os vampiros não podem se reproduzir biologicamente – interferiu Em. – Nunca serão capazes disso. E diferentes espécies também não podem se misturar dessa forma.

– As espécies mutam e se adaptam às novas circunstâncias – disse Marcus. – O instinto de sobrevivência por meio da reprodução é muito poderoso, tão poderoso que é capaz de desencadear mutações genéticas.

Sarah franziu a testa.

– Do jeito que você fala parece que estamos a um pulo da extinção.

– Talvez estejamos. – Matthew empurrou os resultados dos testes para o centro da mesa com as notas e a folha do Ashmole 782. – O número de filhos e de poderes das bruxas tem se reduzido muito. Os vampiros estão enfrentando dificuldades para encontrar sangues-quentes para o processo de renascimento. E os demônios estão mais instáveis que nunca.

– Ainda não entendi o que isso tem a ver com bruxas e vampiros gerando filhos – disse Em. – E se isso é possível, por que começaria por Matthew e Diana?

– Foi o que Miriam se perguntou quando viu os dois na biblioteca – disse Marcus.

– Sabe-se que os vampiros se comportam de maneira protetora com as presas e os parceiros. Mas outros instintos como caçar e se alimentar superam o de proteger. Os instintos protetores de Matthew por Diana se intensificaram demais – disse Miriam. – Por isso ele mergulha no ar para chamar a atenção dela, o que para um vampiro é como agitar a plumagem.

– Isso tem a ver com a proteção dos futuros filhos – disse Marcus para o pai. – Nada mais faz um predador chegar a esse ponto.

– Emily tem razão. Vampiros e bruxas são muito diferentes. Não posso ter filhos com Diana – disse Matthew com um tom cortante, olhando nos olhos de Marcus.

– Não estamos certos quanto a isso. Não completamente. Se pensarmos nos sapos cavadores. – Marcus apoiou os cotovelos na mesa e começou a estalar os dedos.

– Sapo cavador? – Sarah pegou a gravura do casamento alquímico e amassou ligeiramente a ponta do papel com os dedos.

– Espere um pouco. Nesta gravura, Diana é o leão, o sapo ou a rainha?

– É a rainha. Talvez também seja o unicórnio. – Marcus tirou a folha das mãos da minha tia com cuidado e retornou aos anfíbios. – Em algumas situações, a fêmea do sapo cavador acasala com uma espécie diferente de sapo, se bem que não muito diferente. A prole é beneficiada por novas características como, por exemplo, maior rapidez, e isso a ajuda a sobreviver.

— Vampiros e bruxas não são sapos cavadores, Marcus — retrucou Matthew com frieza. — E nem todas as mudanças resultantes são positivas.

— Por que você resiste tanto? — perguntou Miriam, impaciente. — O cruzamento entre as espécies *será* o próximo passo evolutivo.

— As supercombinações genéticas que ocorreriam se uma bruxa e um vampiro gerassem filhos é que poderiam acelerar o desenvolvimento evolutivo. Todas as espécies fazem esse tipo de salto. Suas próprias descobertas é que nos servem de argumento, Matthew — disse Marcus de forma apologética.

— Vocês dois ignoram a alta mortalidade associada às supercombinações genéticas. E estão muito enganados se acham que testaremos essas teorias com Diana. — A voz de Matthew soou de um modo perigosamente suave.

— Por ela ser uma quimera, e também AB negativo, é menos provável que aborte um feto metade vampiro. Ela é um receptáculo de sangue universal e seu organismo já absorveu um DNA estranho. Talvez ela tenha sido impelida até você pelas pressões da sobrevivência, tal como o sapo cavador.

— Isso não passa de um amontoado de conjeturas, Marcus.

— Diana é diferente, Matthew. Ela não é como as outras bruxas. — Os olhos de Marcus oscilaram entre mim e Matthew. — Você ainda não viu o relatório do DNA mitocondrial dela.

Matthew folheou as páginas. Sua respiração se fez um silvo.

A folha estampava inúmeros arcos brilhantes. No alto da folha Miriam tinha escrito em tinta vermelha "Clã Desconhecido", ladeado por um símbolo que parecia um *E* invertido angulado com um longo rabicho. Matthew fixou os olhos na primeira folha e depois na outra.

— Eu sabia que você questionaria os resultados e tratei de trazer material comparativo — disse Miriam com toda tranquilidade.

— O que é um clã? — Olhei atentamente para Matthew para saber o que ele estava sentindo.

— É uma linhagem genética. Por meio do DNA mitocondrial de uma bruxa em particular, nós conseguimos rastrear até uma das quatro mulheres ancestrais de cada bruxa que estudamos.

— Exceto vocês duas — disse Marcus para mim. — Você e Sarah não descendem de nenhuma dessas quatro mulheres.

— E o que isso significa? — Apontei para o *E* invertido.

— É um antigo glifo para *heh*, o número cinco hebraico — disse Matthew, dirigindo-se em seguida para Miriam. — Quão antigo é o clã?

Miriam pensou no que ia dizer.

– O clã Heh é antigo, independentemente da teoria de tempo mitocondrial que você levar em conta.

– Mais antigo que o clã Gimel? – perguntou Matthew, referindo-se ao termo hebraico correspondente ao número três.

– Sim – disse Miriam hesitando. – E adiantando a resposta para a sua próxima pergunta, digo que há duas possibilidades. O clã Heh pode ser uma outra linha de descendência do DNA mitocondrial de Lilith.

Sarah abriu a boca para fazer uma pergunta e a silenciei com um aceno de cabeça.

– Assim como o clã Heh pode descender do DNA mitocondrial de uma irmã de Lilith, o que significa que Diana tem um clã mãe como ancestral que não equivale às bruxas do DNA mitocondrial de Eva. Em ambos os casos, seria possível que sem Diana o clã Heh viesse a se extinguir nesta geração.

Estendi o envelope marrom da minha mãe para Matthew.

– Pode fazer um desenho disso? – Ninguém na sala entenderia a explicação sem uma ajuda visual.

Matthew desenhou dois diagramas. Um se parecia com uma cobra, e o outro se estendia como uma tabela de um torneio esportivo. Depois, apontou para a cobra.

– Estas são as sete filhas conhecidas da Eva mitocondrial... Segundo os cientistas, elas são as mais recentes ancestrais matrilineares de cada humano da Europa Ocidental. Cada mulher aparece no registro de DNA em diferentes pontos da história e em diferentes regiões do globo terrestre. No passado remoto, todas elas tiveram uma ancestral comum.

– Que poderia ser mtEva – eu disse.

– Sim. – Ele apontou para a tabela. – Isto é o que descobrimos sobre a descendência matrilinear das bruxas. Há quatro linhas de descendência, ou clãs. Foram numeradas na ordem que as descobrimos, mas a mulher que era mãe do clã Aleph, o primeiro clã que descobrimos, viveu até mais recentemente que as outras.

– Defina esse "mais recentemente", por favor – disse Em.

– Aleph viveu aproximadamente até sete mil anos atrás.

– *Sete mil* anos atrás? – repetiu Sarah mal podendo acreditar. – Mas a família Bishop só conseguiu rastrear as suas ancestrais até 1617.

– Gimel viveu aproximadamente há quarenta mil anos – disse Matthew com um ar taciturno. – Portanto, se Miriam estiver certa, se o clã Heh for mais velho, a ancestralidade de vocês vai muito mais longe.

– Minha nossa! – exclamou Sarah quase sem fôlego. – Quem é Lilith?

– A primeira bruxa. – Puxei o diagrama de Matthew para mais perto de mim ao me lembrar da misteriosa resposta que ele deu em Oxford quando lhe perguntei se estava à procura do primeiro vampiro. – Ou pelo menos a primeira bruxa de quem as bruxas modernas alegam descender matrilinearmente.

– Marcus é apaixonado pelos pré-rafaelistas e Miriam conhece a mitologia profundamente. Foram eles que escolheram os nomes – disse Matthew.

– Os pré-rafaelistas adoravam Lilith. Dante Gabriel Rossetti descreveu-a como a bruxa que Adão amou antes de Eva. – Os olhos de Marcus se fizeram sonhadores. *"E assim aconteceu. Tu o enfeitiçaste e o fizeste inclinar o pescoço. Amarraste o coração com um fio de cabelo dourado."*

– Este é o *Cântico dos Cânticos* – observou Matthew. – *"Tu partiste o meu coração, minha irmã, minha esposa, partiste o meu coração com um dos teus olhos e um fio do teu cabelo!"*

– Os alquimistas também gostavam dessa passagem – murmurei balançando levemente a cabeça. – Ela também está no *Aurora Consurgens*.

– Há outros relatos sobre Lilith que não são tão encantadores – disse Miriam com um tom sério que nos trouxe de volta à importância do assunto. – Nas antigas lendas ela é uma criatura da noite, deusa do vento e da lua e companheira de Samael, o anjo da morte.

– A deusa da lua e o anjo da morte tiveram filhos? – perguntou Sarah com os olhos aguçados em cima de nós. Era mais uma similaridade insólita entre as velhas histórias e os textos alquímicos e a minha relação com um vampiro.

– Sim. – Matthew tirou os relatórios das minhas mãos e os empilhou.

– Então, é por isso que a Congregação está preocupada – eu disse baixinho. – Pelo medo de que possam nascer crianças que não sejam genuinamente nem vampiros nem bruxas nem demônios, e sim mestiços. O que poderiam fazer?

– Quantas outras criaturas teriam estado na mesma situação que você e Matthew estão no decorrer dos anos que passaram? – perguntou Marcus.

– E quantas estarão agora? – acrescentou Miriam.

– A Congregação nem desconfia de que existem esses testes, e graças a Deus por isso. – Matthew empurrou a pilha de papéis para o centro da mesa. – Mas não há evidências de que Diana possa ter um filho meu.

– Por que então a governanta da sua mãe ensinou Diana a fazer aquele chá? – disse Sarah. – Ela acha que isso é possível.

Oh, querida, disse a minha avó com um ar simpático. *Lá vem merda no ventilador.*

Matthew ficou tenso e seu cheiro de especiarias se intensificou.

– Não entendi.

– Esse chá que Diana e Marthe... acho que é esse o nome dela... fizeram na França é todo composto de ervas abortivas e contraceptivas. Senti o cheiro logo que a lata foi aberta.

– Você sabia disso? – Matthew empalideceu de fúria.

– Não – sussurrei. – Mas não fez mal.

Ele se levantou e tirou o celular do bolso sem me olhar.

– Com licença, por favor – disse para Sarah e Em antes de sair da sala.

– Sarah, como você pôde fazer isso? – gritei para ela depois que a porta da sala fechou-se atrás dele.

– Ele tinha o direito de saber, e você também. Ninguém deve tomar um medicamento sem saber do que se trata.

– Você não tinha que falar para ele.

– Claro que não – disse Miriam com satisfação. – Você é que devia ter falado.

– Não se meta, Miriam. – Eu já estava perdendo o controle e minhas mãos formigaram.

– Eu já estou envolvida, Diana. Seu relacionamento com Matthew coloca em risco cada criatura desta sala. Isso vai mudar *tudo*, quer vocês tenham filhos ou não. E agora Matthew colocou os Cavaleiros de Lázaro no meio – Miriam estava tão furiosa quanto eu. – Quanto mais criaturas sancionarem o relacionamento de vocês, mais chances de haver guerra.

– Não seja ridícula. Guerra? – As marcas deixadas por Satu queimaram as minhas costas, formigando de um modo agourento. – Guerras irrompem entre nações e não porque uma bruxa e um vampiro se amam.

– O que Satu fez com você foi um desafio. Matthew reagiu exatamente como eles esperavam: convocando a irmandade. – Miriam emitiu um ruído de repulsa. – Ele perdeu o autocontrole desde que você entrou naquela biblioteca. E na última vez que ele perdeu a cabeça por uma mulher, o meu marido morreu.

Fez-se um silêncio sepulcral na sala. Até vovó se assustou.

Comecei a repetir para mim mesma que Matthew não era um assassino. Mas ele matava para se alimentar, e também matava quando estava irado e assolado pelo instinto de posse. Eu sabia que tudo isso era verdade e mesmo assim o amava. E o que diria de mim mesma, amando aquela criatura do jeito que eu amava?

– Vá com calma, Miriam – advertiu Marcus.

– Não – ela rosnou. – Essa é a minha história. Não é a sua, Marcus.

– Conte-a, então – ele disse de forma concisa, agarrando a beira da mesa.

– Bertrand era o melhor amigo de Matthew. Quando Eleanor St. Leger foi morta, Jerusalém entrou em pé de guerra. Ingleses e franceses se engalfinharam. Ele convocou os Cavaleiros de Lázaro para resolver o conflito. O resultado é que quase fomos descobertos pelos humanos. – A voz de Miriam soou embargada. – Alguém tinha que pagar pela morte de Eleanor. Os St. Leger exigiam justiça.

Eleanor tinha morrido nas mãos de Matthew, mas ele era o grão-mestre naquela época, como hoje. Meu marido assumiu a culpa... para proteger Matthew e a ordem. Foi decapitado por um carrasco sarraceno.

– Sinto muito, muito mesmo, Miriam, pela morte do seu marido. Mas eu não sou Eleanor St. Leger, e aqui não é Jerusalém. Já passou muito, muito tempo, e Matthew não é mais a mesma criatura.

– Pois para mim parece que foi ontem – retrucou Miriam com simplicidade. – Mais uma vez Matthew de Clermont deseja o que ele não pode ter. No fundo, ele não mudou.

Fez-se silêncio na sala. Sarah pareceu estarrecida. A história de Miriam confirmava suas piores suspeitas sobre os vampiros em geral, e sobre Matthew em particular.

– Talvez você continue fiel a ele, mesmo depois de conhecê-lo melhor – continuou Miriam com frieza. – Mas quantas criaturas mais ele terá que destruir por você? Você acha que Satu Järvinen escapará do destino de Gillian Chamberlain?

– O que houve com a Gillian? – perguntou Em elevando a voz.

Miriam abriu a boca para responder e os dedos da minha mão direita se fecharam por instinto. Em seguida o dedo indicador e o dedo médio apontaram para ela com um pequeno estalo. Ela segurou a garganta e emitiu um som gorgolejante.

Isso não foi bonito, Diana, disse a minha avó apontando o dedo para mim. *Você precisa se controlar, mocinha.*

– Fique fora disso, vovó... e você também, Miriam. – Olhei de cara feia para as duas e me voltei para Em. – Gillian está morta. Ela e Peter Knox enviaram a foto de mamãe e papai na Nigéria para mim. Foi uma ameaça e Matthew se sentiu na obrigação de me proteger. A proteção é instintiva nele, é como respirar. Tente perdoá-lo, por favor.

Em empalideceu.

– Matthew matou-a apenas porque ela *enviou uma foto*?

– Não só por isso – disse Marcus. – Fazia muitos anos que ela espionava Diana. Gillian e Knox invadiram e reviraram o apartamento dela na New College. Eles estavam à procura de alguma evidência de DNA para saber mais sobre os poderes dela. Se tivessem descoberto o que nós já sabemos...

Talvez eu tivesse um destino bem pior do que a morte se Gillian e Knox tivessem sabido o que os meus exames mostraram. Mesmo assim, o fato de não ter sabido do incidente pela boca de Matthew era devastador para mim. Fechei os compartimentos da mente para repelir esses pensamentos. Minhas tias não precisavam saber que ele escondia coisas de mim.

Mas não pude escondê-las de vovó. *Oh, Diana*, ela sussurrou. *Você está certa do que está fazendo?*

– Eu quero todos vocês fora da minha casa. – Sarah se agitou na cadeira. – Você também, Diana.

Fez-se um tremor prolongado e lento no velho porão sob a sala de TV que se estendeu pelas tábuas do assoalho, subiu pelas paredes e sacudiu os vidros das janelas. A cadeira de Sarah foi empurrada bruscamente para a frente e ela ficou espremida contra a mesa. A porta que separava a sala de jantar da sala de TV se fechou com violência.

A casa detesta quando Sarah tenta assumir o controle, comentou a minha avó.

Minha cadeira foi puxada para trás e fui arremessada ao chão sem a menor cerimônia. Apoiei-me na beira da mesa para me levantar e já estava de pé quando mãos invisíveis rodopiaram o meu corpo e me empurraram pela porta da sala de jantar em direção à porta da frente da casa. A porta da sala de jantar bateu atrás de mim, trancando lá dentro duas bruxas, dois vampiros e um fantasma. Soaram ruídos abafados e indignados.

Outro fantasma que eu nunca tinha visto saiu caminhando da sala de estar e me deteve com um aceno. Ela usava um corpete tipo espartilho de bordado fino sobre uma saia escura encardida cuja bainha tocava o solo. Seu rosto era vincado pelas rugas da idade, mas o queixo empinado e o nariz alongado mostravam claramente que era uma Bishop.

Muito cuidado, filha. A voz dela era baixa e rouca. *Você é uma criatura da encruzilhada, não é daqui nem dali. A encruzilhada é um lugar perigoso para se estar.*

– Quem é você?

Ela olhou para a porta da frente sem responder. A porta se abriu silenciosamente, sem os rangidos habituais. *Eu sempre soube que ele viria... e viria para você. Minha mãe me contou.*

Eu me senti dividida entre os Bishop e os Clermont, uma parte de mim queria voltar para a sala de jantar e a outra parte queria estar com Matthew. O espectro sorriu frente ao meu dilema.

Você sempre foi uma criança limítrofe, uma bruxa à margem. Mas não há caminho que não a leve até ele. Qualquer caminho escolhido, ali ele sempre estará.

Ela desapareceu, deixando um rastro fosforescente atrás de si. Vislumbrei o rosto e as mãos brancas de Matthew pela porta aberta, um borrão de movimento em meio à escuridão no final do caminho de entrada. A visão facilitou a minha decisão.

Saí da casa e cobri as mãos com as mangas da blusa para protegê-las do ar gelado. Ergui um pé para dar um passo... e, quando o apoiei no chão, Matthew já estava à minha frente e de costas para mim. Eu tinha feito todo o percurso do caminho com um único passo.

Ele estava falando em occitano de um modo furiosamente rápido. Ysabeau devia estar do outro lado da linha.

– Matthew – falei suavemente para não assustá-lo.

Ele se virou com um ar intrigado.

– Diana, eu não ouvi você.

– Não ouviu, não. Posso falar com Ysabeau? – Estendi a mão para pegar o celular.

– Diana, é melhor...

Nossas famílias estavam trancadas na sala de jantar, e Sarah queria nos expulsar da casa. Já tínhamos problemas demais para arrumarmos mais alguns com Ysabeau e Marthe.

– O que é mesmo que Abraham Lincoln dizia sobre as casas?

– *Uma casa dividida não se sustenta* – respondeu Matthew com um ar intrigado.

– Exatamente. Passe-me o telefone. – Ele o fez com relutância.

– Diana? – A voz de Ysabeau deixou transparecer uma estranha ponta de aflição.

– Seja lá o que Matthew tenha dito, saiba que eu não estou zangada com vocês. O chá não me fez mal algum.

– Muito obrigada – ela disse com alívio. – Eu estava tentando explicar a ele... só tivemos uma intuição, algo que nos fez lembrar de muito tempo atrás. No tempo em que Diana era a deusa da fertilidade. Seu cheiro me fez lembrar de um tempo em que as sacerdotisas ajudavam as mulheres a conceber.

Matthew cravou os olhos nos meus olhos em meio à escuridão.

– Você pode pedir desculpas a Marthe por mim?

– Faço isso, Diana. – Ela fez uma pausa. – Matthew me falou sobre os resultados dos seus testes e sobre as teorias de Marcus. Isso indica que ele está muito assustado, senão não teria nos contado sobre você. Não sei se choro de alegria ou de pesar pelas notícias.

– Ainda é cedo, Ysabeau... as duas coisas, quem sabe?

Ela soltou uma risadinha.

– Não será a primeira vez que iria chorar pelos meus filhos. Mas eu não abriria mão da dor se isso implicasse também abrir mão da alegria.

– Está tudo bem aí em casa? – As palavras escapuliram antes que eu pudesse perceber e deixaram os olhos de Matthew enternecidos.

– Casa? – O significado da expressão também não passou despercebido para Ysabeau. – Sim, está tudo bem por aqui. Só que a casa ficou muito... silenciosa depois que vocês dois partiram.

Meus olhos se encheram de lágrimas. Apesar da acidez de Ysabeau, havia um toque maternal nela.

– Parece que as bruxas são mais barulhentas que os vampiros.

– Claro. A felicidade é sempre mais ruidosa do que a tristeza. Esta casa não tem abrigado muita felicidade. – A voz de Ysabeau tornou-se pungente. – Matthew me disse tudo que precisava ser dito. Só esperamos que o pior da raiva dele já tenha passado. Vocês cuidarão um do outro. – A última frase soou como definitiva. Isso era o que as mulheres da família dela, da minha família, faziam pelos entes queridos.

– Sempre. – Olhei para o meu vampiro cuja pele branca brilhava na escuridão e apertei a tecla vermelha que encerrava a ligação. Os campos do outro lado da casa cobriam-se de neve e minúsculos cristais de gelo refletiam o luar.

– Você também suspeitava? Foi por isso que não quis fazer sexo comigo? – perguntei para Matthew.

– Já lhe falei quais foram as minhas razões. Sexo tem a ver com intimidade, e não sou apenas desejo físico. – Ele pareceu frustrado por ter que repetir o que já tinha dito.

– Se não quiser ter filhos comigo, *entenderei* – eu disse enfaticamente, se bem que parte de mim protestou em silêncio.

Ele me pegou pelos braços com firmeza.

– Cristo, Diana, como pode pensar que não quero ter filhos com você? Mas isso pode ser perigoso, para você e para nossos filhos.

– Há sempre risco na gravidez. Ninguém controla a natureza.

– Não fazemos ideia de como seriam nossos filhos. E se eles herdassem a minha sede de sangue?

– Todos os bebês são vampiros, Matthew. Todos eles se alimentam do sangue das mães.

– Não é a mesma coisa, e você sabe muito bem disso. Faz muito tempo que deixei de lado a esperança de ter filhos. – Nossos olhos se encontraram em busca de confirmação de que nada tinha mudado entre nós. – Mas ainda é cedo para imaginar que posso perdê-la.

E eu não suportaria a ideia de perder os nossos filhos.

As palavras não ditas de Matthew soaram tão claras quanto o canto de uma coruja num galho por cima da minha cabeça. Ele nunca conseguiu superar a perda de Lucas. Uma perda muito mais intensa do que as mortes de Blanca e Eleanor. Quando perdeu Lucas, ele também perdeu uma parte de si que nunca seria recuperada.

– Então, você decidiu. Nada de filhos. Você está certo. – Apoiei as mãos no peito de Matthew para sentir a próxima batida do seu coração.

– Eu não estou certo de nada – ele disse. – Ainda não tivemos tempo para discutir isso.

– Então, teremos que tomar todas as precauções. Eu vou beber o chá de Marthe.

– Você terá que fazer mais do que isso – ele disse com um tom sombrio. – O chá é melhor que nada, mas não se compara à medicina moderna. De um jeito ou de outro, nenhuma forma de contracepção é eficaz quando se trata de bruxas e vampiros.

– Mesmo assim, tomarei as pílulas – assegurei.

– E você? – ele perguntou segurando o meu queixo para que eu não desviasse os olhos. – Quer ter filhos comigo?

– Nunca me imaginei como mãe. – Uma sombra cruzou o rosto dele. – Mas a ideia começa a fazer sentido agora que penso em ter filhos com você.

Ele soltou o meu queixo. Enlaçou-me pela cintura para me fazer encostar a cabeça no peito dele e nos calamos. O ar pesou e me dei conta do peso da responsabilidade. Ele era responsável por uma família, por um passado e pelos Cavaleiros de Lázaro – e agora, por mim.

– Você está preocupado com a possibilidade de não conseguir protegê-los – eu disse ao entender.

– Mal consigo protegê-la – ele disse bruscamente enquanto passava os dedos pela lua crescente que tinha sido gravada nas minhas costas.

– Não temos que decidir isso agora. Com ou sem filhos, já temos uma família e precisamos mantê-la unida. – O peso no ar se deslocou e fez cair um pouco de si sobre os meus ombros. Durante toda a vida eu tinha me virado sozinha, deixando de lado obrigações familiares e tradição. Mesmo naquele momento uma parte de mim queria readquirir a segurança da independência e deixar para trás aquela nova carga.

Ele olhou na direção da casa.

– O que aconteceu depois que eu saí?

– Ora, aquilo que você esperava. Miriam contou o que houve com Bertrand e Jerusalém, e deixou escapar algo sobre Gillian. Marcus revelou quem foram os arrombadores do meu apartamento. Afora isso, foi mencionado que poderíamos iniciar uma guerra.

– *Dieu*, por que não conseguem ficar de boca calada? – Ele passou as mãos pelo cabelo e disse com os olhos que lamentava muito por ter escondido tudo de mim. – Primeiro, achei que tudo tinha a ver com o manuscrito. Depois, achei que tinha a ver com você. E agora me surpreenderia a mim mesmo se conseguisse vislumbrar o que está *de fato* acontecendo. Algum segredo antigo e poderoso está se revelando e nós estamos presos nisso.

– Será que a estimativa de Miriam sobre as criaturas que se enredaram nesse tipo de trama está certa? – Olhei para a lua como se ela fosse responder a minha pergunta. Mas foi Matthew quem respondeu.

– Claro que não somos as primeiras criaturas que se apaixonam por quem não deveríamos e seguramente não seremos as últimas. – Ele me pegou pelo braço. – Vamos entrar. Teremos que dar algumas explicações.

A caminho de casa Matthew observou que as explicações são como os remédios, e que por isso seriam absorvidas com mais facilidade se fossem acompanhadas de líquidos. Entramos na casa pela porta dos fundos para pegarmos os suprimentos necessários. Ele manteve os olhos fixos em mim enquanto eu arrumava uma travessa.

– O que foi? – Olhei para ele. – Esqueci de alguma coisa?

Ele abriu um sorriso.

– Não, *ma lionne*. Só estou me perguntando se mereço uma esposa tão maravilhosa. Até para arrumar travessas, você é formidável.

– Não sou nada formidável – eu disse enquanto ajeitava o meu rabo de cavalo.

– É sim. – Ele sorriu. – Do contrário, Miriam não estaria no estado em que está.

Nós chegamos à porta que separava a sala de TV da sala de jantar pensando que ouviríamos o rumor de uma batalha lá dentro, mas só ouvimos sussurros.

– Achamos que vocês estariam com sede. – Coloquei a travessa na mesa.

Uma multidão de olhos – vampiros, bruxas e fantasmas – voltou-se em nossa direção. Um bando de Bishop farfalhava agitado atrás da minha avó para se adaptar à presença de vampiros na sala de jantar.

– Uísque, Sarah? – disse Matthew enquanto tirava um copo da travessa.

Ela lançou um olhar comprido para ele.

– Miriam disse que estaremos declarando guerra se aceitarmos o relacionamento de vocês. O meu pai lutou na Segunda Guerra Mundial.

– O meu também – retrucou Matthew, servindo o uísque. Ele também deve ter lutado, mas não disse nada.

– Papai sempre dizia que o uísque permite que você feche os olhos à noite sem sentir raiva de si mesmo pelo que fez de dia.

– Não garante isso, mas ajuda. – Matthew estendeu o copo.

Sarah o pegou.

– Você mataria o seu próprio filho se achasse que ele estava ameaçando Diana?

Ele assentiu.

– Sem pestanejar.

– Foi o que ele disse. – Ela acenou para Marcus. – Pegue um drinque também. Não deve ser fácil saber que o próprio pai poderia matá-lo.

Matthew serviu uma dose para Marcus e um copo de vinho para Miriam. Eu servi uma xícara de café com leite para Em. Ela havia chorado e parecia mais frágil que de costume.

– Só não sei se consigo lidar com isso, Diana – sussurrou quando pegou a xícara. – Marcus disse quais eram os planos de Gillian e Peter Knox. Mas quando penso no que Barbara Chamberlain sentiu depois que ela perdeu a filha... – Em se encolheu e parou de falar.

– Gillian Chamberlain era uma mulher ambiciosa, Emily – disse Matthew. – Tudo o que ela queria era um assento na mesa da Congregação.

– Mas você não precisava matá-la – insistiu Em.

– Gillian era fervorosamente a favor da separação entre vampiros e bruxas. A Congregação nunca se convenceu de que tinha compreendido inteiramente os poderes de Stephen Proctor e encarregou-a de vigiar Diana. Ela não descansaria enquanto o Ashmole 782 e Diana não estivessem nas mãos da Congregação.

– Mas era só uma foto. – Em enxugou os olhos.

– Era uma ameaça. Eu tinha que fazer a Congregação entender que não ficaria de braços cruzados e não deixaria que eles pegassem Diana.

– Mas Satu fez isso – disse Em com um tom cortante que não lhe era habitual.

– Já basta, Em. – Estiquei-me e segurei a mão dela.

– E que negócio é esse de filhos? – perguntou Sarah gesticulando com o copo na mão. – Claro que vocês dois não querem correr esse risco, ou querem?

– Basta – repeti, levantando-me e batendo na mesa. Todos se sobressaltaram surpreendidos, menos Matthew e vovó. – Se estamos em guerra, isso não significa que estamos lutando por um manuscrito enfeitiçado ou pela minha segurança ou pelo nosso direito de casar e de ter filhos. Esta guerra tem a ver com o futuro de todos nós. – Vislumbrei por alguns segundos um futuro com um potencial radiante que se espalhava em todas as direções. – Se os nossos filhos não derem os próximos passos evolutivos, esses passos serão dados pelos filhos de outros. E não será o uísque que me fará fechar os olhos e esquecer. Ninguém mais viverá um inferno como esse por um amor proibido. Não permitirei isso.

Vovó sorriu para mim com ternura.

Esta é a minha garota. Falou como uma Bishop.

– Não esperamos que ninguém mais lute conosco. Mas entendam de uma vez por todas: o nosso exército tem um general, o Matthew. E se não gostam, não se alistem.

No saguão de entrada, o velho relógio carrilhão começou a badalar a meia-noite.

A hora da bruxa. Vovó assentiu com a cabeça.

Sarah olhou para Em.

– E então, querida? Ficamos do lado de Diana e nos juntamos ao exército de Matthew ou ficamos na nossa sem tomar partido?

– Não entendi o que vocês querem dizer com a palavra guerra. Haverá batalhas? Seremos atacados por vampiros e bruxas? – perguntou Em para Matthew com uma voz trêmula.

– A Congregação acredita que Diana tem as respostas que eles tanto procuram. E não vão parar de persegui-la.

– Nem por isso eu e Matthew precisamos ficar aqui – eu disse. – Nós podemos sair daqui amanhã.

– Mamãe costumava dizer que a minha vida não valeria um centavo se eu me envolvesse com as Bishop – disse Em com um sorriso amarelo.

– Muito obrigada, Em. – O laconismo de Sarah não refletiu o sentimento que o semblante dela refletiu.

O relógio deu a décima segunda badalada. As engrenagens voltaram ao seu lugar, preparando-se para badalar a hora seguinte.

– Miriam? – disse Matthew. – Você vai ficar aqui ou vai voltar para Oxford?

– Meu lugar é junto aos Clermont.

– Agora Diana é uma Clermont. – A voz dele soou gelada.

– Já sei disso, Matthew. – Ela me olhou como se me avaliando. – Isso não acontecerá de novo.

– Que estranho – murmurou Marcus percorrendo a sala com os olhos. – No início, um segredo partilhado. E agora, três bruxas e três vampiros trocam votos de lealdade. Se tivéssemos um trio de demônios aqui, seríamos uma sombra da Congregação.

– Não sairemos atrás de demônios pelas ruas de Madison – disse Matthew com frieza. E aconteça o que acontecer, o que foi dito aqui ficará apenas entre nós seis, entendido? O DNA de Diana não é da conta de ninguém mais.

O eclético exército de Matthew assentiu em volta da mesa, perfilando-se atrás dele para combater um inimigo que não conhecia nem podia nomear.

Eu e Matthew subimos a escada após o tradicional boa-noite. Ele manteve o braço em volta de mim até o quarto porque eu mal me sustentava nas pernas. Enfiei-me debaixo das cobertas geladas tremendo de frio. Só parei de tremer quando nossos corpos se tocaram.

Dormi um sono profundo e só acordei uma vez. Os olhos de Matthew brilharam na escuridão, e ele me puxou de um modo que nos fez encaixar como duas colheres.

– Durma – disse beijando atrás da minha orelha. – Eu estou aqui. – Apalpou a minha barriga com a sua mão gelada, como se protegendo os filhos que ainda estavam por nascer.

37

Ao longo dos dias que se seguiram, o pequeno exército de Matthew aprendeu o primeiro requisito da guerra: os aliados não matam uns aos outros.

Foi muito difícil para minhas tias aceitar a presença de vampiros na casa, e foi um grande problema para os vampiros conseguir se adaptar. Com os fantasmas e o gato não foi diferente. Para que vampiros e sangues-quentes convivessem com tanta proximidade dentro de casa foi necessário bem mais do que nozes. No dia seguinte, Marcus e Miriam tiveram uma conversa com Matthew na frente da casa, e em seguida eles saíram no Range Rover. Algumas horas depois, retornaram com uma minigeladeira que estampava uma cruz vermelha e sangue e suprimentos médicos suficientes para abastecer o hospital de campo de um exército. Matthew solicitou a Sarah que reservasse um canto na despensa para servir de banco de sangue.

– É só por precaução – disse Matthew para ela.

– Para o caso de Miriam querer dar umas mordiscadas?

– Eu me alimentei antes de sair da Inglaterra. – Miriam fez questão de frisar enquanto deslizava os pezinhos descalços pelo piso de pedras para guardar os produtos.

Entre eles havia uma cartela de pílulas anticoncepcionais dentro de uma delicada caixa de plástico amarela com uma flor moldada à tampa. Matthew me deu a caixa na hora de dormir.

– Pode começar a tomá-las agora ou pode esperar alguns dias até chegar a sua menstruação.

– Como sabe o período da minha menstruação? – Minha última menstruação terminara na véspera do Mabon e tínhamos nos conhecido no dia anterior.

– Se fui capaz de saber que você planejava pular o cercado do padoque, acha mesmo que não saberia que você está prestes a menstruar?

– Você poderá ficar perto de mim quando eu estiver menstruada? – Peguei a caixa como se ela fosse explodir.

Matthew se mostrou surpreso e depois riu.

– *Dieu*, Diana. Não haveria uma mulher viva se eu não pudesse. Não é a mesma coisa.

Comecei a tomar as pílulas naquela noite.

À medida que nos adaptávamos a uma convivência mais próxima, desenvolviam-se novos padrões de atividade na casa – a maioria em torno de mim. Eu nunca ficava sozinha e sempre havia um vampiro a uns dez passos de mim. Eles se comportaram de maneira exemplar. Cerraram fileiras à minha volta.

O meu dia se dividia em períodos de atividade pontuados por refeições. Por insistência de Matthew, ocorriam em intervalos regulares para que eu pudesse me restabelecer por inteiro da experiência de La Pierre. Fazíamos ioga juntos entre o café da manhã e o almoço, e depois do almoço Sarah e Em tentavam me ensinar a fazer magia e feitiços. Vez por outra, eu me frustrava a ponto de querer arrancar os cabelos e Matthew me levava para caminhar antes do jantar. Depois que nós, os sangues-quentes, acabávamos de comer, todos nos reuníamos em volta da mesa na sala de TV para conversar sobre acontecimentos recentes e filmes antigos. Depois Marcus jogava xadrez com o pai enquanto eu e Em cuidávamos da louça.

Sarah, Marcus e Miriam tinham paixão por filmes *noir*. Sarah descobriu essa feliz coincidência quando durante uma de suas habituais crises de insônia desceu no meio da noite e encontrou Marcus e Miriam assistindo a *Fuga do passado*. Os três também partilhavam a mesma paixão por palavras cruzadas e pipoca. Na hora em que o resto da casa acordava a sala de TV estava transformada em sala de cinema, e a mesa de centro, ocupada por um tabuleiro de jogo de palavras cruzadas, uma vasilha rachada com peças correspondentes às letras e dois dicionários velhos.

Miriam se revelou um gênio nas palavras arcaicas com dez letras.

– Manselinha! – exclamou Sarah certa manhã quando desci para tomar o café da manhã. – Que raio de palavra é essa? Se você está se referindo a alguma dessas guloseimas que se comem nos acampamentos com *marshmallows* e biscoitinhos, soletrou errado.

– Significa "manso, suave" – explicou Miriam. – É o que fazemos com a lareira para fazer o fogo arder em brasa durante a noite toda. Nós a deixamos manselinha. Pode conferir se não acredita em mim.

Sarah saiu resmungando até a cozinha para tomar um café.

– Quem está ganhando? – perguntei.

– Você precisa mesmo perguntar? – A vampira sorriu com satisfação.

Quando Miriam não estava jogando palavras cruzadas nem vendo filmes antigos, dava aulas sobre vampiros. Em algumas poucas tardes, ela mostrou para Em que nomes, comportamento animal, rituais possessivos, sentidos sobrenaturais e hábitos alimentares eram importantes. Não demorou muito e as aulas passaram para tópicos mais avançados como, por exemplo, os métodos destrutivos do vampiro.

– Não, nem mesmo esse método de fazer um corte no pescoço é infalível, Em – ela disse com toda a paciência. As duas estavam sentadas na sala de TV e eu preparava o meu chá na cozinha. – Você precisa causar o máximo de sangramento possível. E também precisa cortar a virilha.

Matthew balançou a cabeça ao ouvir a conversa e, como todos estavam ocupados com outras coisas, aproveitou a ocasião e me arrastou para trás da porta da geladeira. Eu estava com a blusa toda desarrumada e o cabelo desgrenhado quando o nosso filho entrou na cozinha com uma pilha de lenha.

– Perdeu alguma coisa atrás da geladeira, Matthew? – A expressão de Marcus era pura inocência.

– Não – rosnou Matthew enterrando o rosto no meu cabelo para sorver o odor da minha excitação. Eu tentei me soltar, mas ele me apertou ainda mais.

– Obrigada por repor a lenha, Marcus – agradeci quase sem fôlego.

– Preciso pegar mais? – Ele ergueu as sobrancelhas do mesmo jeito que o pai.

– Seria bom. Esta noite será gelada. – Girei a cabeça para ponderar com Matthew, mas ele achou que o meu gesto era um convite para um outro beijo. Marcus e o suprimento de lenha caíram no esquecimento.

Quando Matthew não estava me espreitando pelos cantos escuros da casa, ele se juntava a Sarah e Marcus e juntos formavam o mais profano trio preparador de poções desde que Shakespeare colocou três bruxas ao redor de um caldeirão. O vapor que Sarah e Matthew tentavam preparar para a gravura do casamento alquímico ainda não tinha obtido um bom resultado, mas isso não os detinha. Eles ficavam na despensa por horas a fio, consultando o grimório das Bishop e fazendo estranhas misturas que às vezes fediam e outras vezes explodiam, ou as duas coisas. Certa vez, eu e Em ouvimos uma explosão surda seguida por um som de alguma coisa que caía, e decidimos investigar.

– O que você está aprontando? – perguntou Em de mãos nas cadeiras enquanto olhava para a cara coberta de fuligem cinzenta de Sarah e para o reboco que despencava pela chaminé.

– Nada – resmungou Sarah. – Eu estava tentando rachar o ar e perdi o controle do feitiço, só isso.

– Rachar? – Olhei horrorizada para a bagunça em volta.

Matthew e Marcus assentiram com um ar solene.

– É melhor tratar de limpar tudo isso antes do jantar, Sarah Bishop, do contrário lhe mostrarei o que é rachar! – vociferou Em.

Obviamente, nem tudo entre os ocupantes da casa corria às mil maravilhas. Marcus e Matthew caminhavam juntos ao amanhecer, deixando-me responsável por Miriam, Sarah e o bule de chá. Eles não se distanciavam muito. Da janela da cozinha dava para vê-los conversando lá fora. Certa manhã Marcus deixou o pai no pomar das macieiras e entrou bufando dentro de casa.

– Diana – ele grunhiu o meu nome para me cumprimentar e depois entrou na sala de TV e seguiu direto para a porta da frente.

O motor do carro roncou – Marcus preferia os carros esporte aos utilitários – e os pneus cantaram quando ele manobrou e desceu pelo caminho.

– Por que Marcus entrou aqui tão irritado? – perguntei quando Matthew voltou, beijando-lhe a face gelada enquanto ele pegava o jornal.

– Negócios – ele respondeu laconicamente, retribuindo o meu beijo.

– Você não o nomeou senescal? – perguntou Miriam, incrédula.

Matthew folheou o jornal.

– Você deve estar superestimando a minha capacidade se pensa que a irmandade funcionaria todos esses anos sem um senescal. Esse posto já está ocupado.

– O que é um senescal? – Coloquei duas fatias de pão na torradeira. Havia entrada para seis fatias, mas apenas duas funcionavam razoavelmente.

– É o meu segundo em comando – ele disse laconicamente.

– Se não foi pelo fato de não ser o senescal, por que então ele saiu tão furioso daqui? – insistiu Miriam.

– Eu o nomeei marechal – disse Matthew de olho no jornal.

– Não há criatura menos indicada para ser um marechal do que ele – ela disse com um tom sério. – Ele é um médico, pelo amor de Deus! Por que não Baldwin?

Matthew olhou por cima do jornal.

– Baldwin?

– Está bem, não Baldwin – disse Miriam. – Mas deve haver um outro.

– Se eu tivesse dois mil cavaleiros à minha disposição como já tive um dia, é claro que haveria um outro. Mas hoje só há oito cavaleiros sob o meu comando, já que o nono não pode ser requisitado para lutar, e mais um grupo de sargentos e uns poucos escudeiros. Alguém tem que ser o marechal. Eu fui marechal de Philippe. Agora é a vez de Marcus. – A terminologia antiga era um convite ao riso, mas o olhar severo de Miriam me manteve impassível.

– E você disse a ele para começar a hastear os estandartes? – O diálogo entre Miriam e Matthew continuou com um discurso de guerra ininteligível para mim.

– O que é um marechal? – A torrada pulou da torradeira e voou até a bancada da cozinha onde eu aguardava com o estômago roncando.

– É o chefe militar de Matthew. – Miriam olhou para a porta da geladeira que abriu sem que ninguém a tivesse puxado.

– Aqui – Matthew pegou a manteigueira que passava por cima do ombro dele e estendeu-a para mim com um sorriso sereno que contrastava com o azedume de Miriam. Embora vampiro, era evidente que ele era um ser matutino.

– Os estandartes, Matthew. Você está arregimentando o exército?

– Claro que estou fazendo isso, Miriam. Você é uma que vive provocando guerras. Se por acaso estourasse uma guerra, acha mesmo que apenas eu, Marcus e Baldwin combateríamos a Congregação? – Ele balançou a cabeça. – Você sabe disso muito bem.

– E quanto ao Fernando? Ele certamente está vivo, e muito bem.

Matthew abaixou o jornal.

– Não vou discutir a minha estratégia com você. Pare de interferir e deixe o Marcus por minha conta.

Dessa vez foi Miriam que se enfureceu. Ela mordeu o lábio e saiu pela porta dos fundos em direção ao bosque.

Mastiguei a minha torrada em silêncio e Matthew retornou ao seu jornal. Alguns minutos depois ele abaixou o jornal com um resmungo exasperado.

– Diga logo, Diana. Sei que você está pensando e assim é impossível me concentrar.

– Ora, não é nada – eu disse ainda mastigando a torrada. – Uma grande máquina de guerra está prestes a entrar em ação, uma máquina cuja estrutura exata escapa à minha compreensão. E é bem provável que você não explique nada dessa irmandade secreta.

– *Dieu*. – Ele deslizou os dedos da testa até a nuca. – Depois de Domenico Michele e a minha irmã Louisa, Miriam é a criatura que mais causou encrenca que já conheci. Se você quer saber sobre os cavaleiros, eu conto.

Duas horas depois, a minha cabeça girava com as informações sobre a irmandade. Matthew desenhara um organograma organizacional no verso de uma das folhas do relatório do meu DNA para explicar melhor. Fiquei surpresa com a complexidade da irmandade – e o organograma não incluía o aspecto militar. Nós pegamos um antigo bloco da Universidade de Harvard que os meus pais tinham deixado no aparador onde ele rabiscou essa parte da operação. E só então me dei conta das novas responsabilidades de Marcus.

– Não surpreende que ele esteja se sentindo sobrecarregado – murmurei enquanto passava o dedo nas linhas que interligavam o nome de Matthew acima dos nomes de Marcus e dos sete cavaleiros mestres abaixo seguidos pelas tropas de vampiros que poderiam ser convocados.

– Marcus vai se acostumar. – Matthew massageou com suas mãos frias os músculos tensos das minhas costas, passando os dedos na estrela que estava gravada entre as minhas omoplatas. – Ele terá a companhia de Baldwin e de outros cavaleiros de confiança. Ele é perfeitamente capaz de assumir essa responsabilidade, do contrário não a teria delegado para ele.

Talvez, mas ele nunca mais seria o mesmo depois de exercer a missão que lhe fora conferida. Cada novo desafio arrancaria um pedaço daquele seu jeito sereno de ser. Era doloroso imaginar no que o vampiro Marcus poderia se transformar.

– E esse Fernando? Vai ajudar Marcus?

Matthew assumiu um ar misterioso.

– Fernando foi a minha primeira escolha para ocupar o posto, mas ele próprio me demoveu da ideia. Foi ele que indicou o nome de Marcus.

– Por quê? – Segundo as palavras de Miriam, esse vampiro era um guerreiro respeitado, com séculos de experiência.

– Ele disse que Marcus o faz lembrar de Philippe. Se houver uma guerra, vamos precisar de alguém com a lábia do meu pai para convencer os vampiros a lutar não só contra as bruxas, mas também contra outros vampiros. – Matthew balançou a cabeça pensativamente, fixando os olhos no desenho do seu império. – Sim, Fernando vai ajudá-lo. E vai impedi-lo de cometer enganos.

Quando voltamos à cozinha – ele para pegar o jornal e eu atrás de um lanchinho –, Sarah e Em acabavam de chegar do supermercado. Elas tiraram das sacolas caixas e mais caixas de pipoca para micro-ondas, e também latas de nozes, amêndoas, avelãs e tudo quanto é tipo de frutinhas vermelhas que estavam disponíveis em pleno outubro no estado de Nova York. Eu peguei um saco de framboesas.

– Aí está você. – Os olhos de Sarah brilharam. – Está na hora da sua aula.

– Antes preciso de chá e de alguma coisa para comer – protestei enquanto enfiava a mão no saco plástico para pegar framboesas. – Não há magia de estômago vazio.

– Me dê isso – disse Em, agarrando o saco. – Você está amassando tudo, e elas são as preferidas de Marcus.

– Você pode comer mais tarde. – Sarah me empurrou na direção da despensa. – Pare de agir como um bebê e se mexa.

Eu era outra vez a nulidade em pessoa com os feitiços, tal como o era quando adolescente. Não lembrava como os feitiços começavam, tendia a fazer divagações e alterava a ordem das palavras, e com isso os resultados eram desastrosos.

Sarah colocou uma vela sobre a ampla mesa da despensa.

– Acenda-a – deu voz de comando, voltando-se para o grimório literalmente manchado.

Era um truque simples que até uma bruxa adolescente seria capaz de realizar. Mas quando o encantamento brotou da minha boca e fez a vela fumegar, em vez de o pavio se acender, outra coisa ardeu em chamas. Dessa vez ateei fogo em um ramo de lavanda.

– Você não pode se limitar a dizer palavras, Diana – disse Sarah enquanto apagava as chamas. – Você tem que se concentrar. Tente novamente.

E eu fiz – repetidamente. No fim, só surgiu um esboço de chama no pavio da vela.

– Isso não está funcionando. – Minhas mãos formigaram, minhas unhas azularam e quase gritei de frustração.

– Você consegue comandar o fogo-de-bruxa e não consegue acender uma vela.

– Meus braços se mexem de um jeito que lembra alguém que *podia* comandar o fogo-de-bruxa. Isso não é a mesma coisa, e aprender a fazer magia é mais importante do que essa droga. – Apontei para o grimório.

– A magia não é a única resposta – disse Sarah com um tom azedo. – É como usar uma serra elétrica para cortar pão. Às vezes é melhor uma faca.

– Você não tem a magia em alta conta, mas tenho muita magia dentro de mim que quer sair. Alguém tem que me ensinar a controlar isso.

– Eu não posso – ela disse com pesar. – Eu não nasci com o dom de invocar o fogo-de-bruxa ou de comandar a água-de-bruxa. Mas sei muito bem que você pode aprender a acender uma vela com um dos feitiços mais simples que existem.

Ela estava certa. Mas é preciso muito tempo para se dominar a arte, e os feitiços de nada adiantariam se eu começasse a verter água novamente.

Enquanto eu retornara para a vela e as palavras do encantamento, ela consultava o grimório em busca de um novo desafio.

– Este aqui é bom. – Ela apontou para uma página mosqueada com resíduos marrons, verdes e vermelhos. – É uma variação de um feitiço de aparição que produz ecos, uma duplicação exata das palavras ditas por outra pessoa em outro lugar. É muito útil. Vamos fazê-lo agora.

– Não, vamos fazer uma pausa. – Eu me virei e levantei o pé para sair andando.

Tão logo coloquei o pé no chão me vi no pomar das macieiras.

Sarah gritou lá dentro da casa.

– Diana? Cadê você?

Matthew saiu pela porta e desceu a escada da varanda. Com sua visão apurada logo me achou, e em seguida estava ao meu lado.

– O que significa isso? – Ele me pegou pelo cotovelo para me impedir de sumir outra vez.

– Eu precisava fugir de Sarah. Abaixei o pé e já estava aqui. Isso também aconteceu na frente da casa outra noite.

– Você queria uma maçã? Não teria sido melhor pegar na cozinha? – Os lábios de Matthew esboçaram um sorriso.

– Não – fui lacônica.

– Muita coisa dessa vez, *ma lionne*?

– Eu não sou boa em feitiçaria. É tão...

– Exata? – ele concluiu.

– E requer muita paciência – confessei.

– Mesmo que a feitiçaria e os feitiços não sejam as suas armas preferidas – ele disse mansamente passando as costas da mão pela minha mandíbula contraída –, você *aprenderá* a usá-los. – O tom soou ligeiramente autoritário. – Vamos pegar alguma coisa para você comer. Isso sempre melhora o seu humor.

– Você está me gerenciando? – perguntei com uma cara séria.

– Só percebeu agora? – Ele deu uma risadinha. – Há semanas que faço isso o tempo todo.

E continuou fazendo isso pela tarde adentro, contando histórias de gatos presos em cima de árvores, churrascos no corpo de bombeiros e preparativos para o Halloween que ele tinha lido no jornal. A conversa me fez devorar uma travessa de sobras do almoço, e isso acabou me deixando pronta para voltar a encarar Sarah e o grimório Bishop. Já de volta à despensa, toda vez que me sentia inclinada a deixar de lado as instruções detalhadas de Sarah, as palavras de Matthew ecoavam na minha cabeça e me faziam concentrar-me nas tentativas de conjurar fogo ou vozes ou fosse lá o que ela solicitava.

Depois de algumas horas de feitiços – sem me sair bem em nenhum deles – Matthew bateu à porta da despensa e anunciou que era hora da nossa caminhada. Fui à saleta dos fundos onde deixávamos roupas e sapatos, e lá vesti um pulôver, calcei o tênis e saí apressada para o jardim. Ele se juntou a mim com um passo mais lento, inalando o ar com prazer e observando o jogo de luzes no campo ao redor da casa.

No final de outubro escurece mais cedo, e essa hora do dia é a que mais me agrada. Matthew podia ter uma natureza matutina, mas a sua autodefesa natural relaxava quando o sol se punha. Isso acontecia à medida que as sombras se estendiam e a luz esmaecida atenuava a solidez dos seus ossos e a palidez sobrenatural de sua pele.

Ele me pegou pela mão e caminhamos em amistoso silêncio, felizes porque estávamos juntos e distantes de nossas famílias. Nos arredores do bosque ele apressou o passo e deliberadamente me mantive para trás porque queria ficar longe de casa o máximo possível.

– Deixe disso, vamos logo. – Ele pareceu frustrado por ser obrigado a se emparelhar com os meus passos vagarosos.

– Não! – Desacelerei ainda mais os meus passos. – Somos apenas um casal normal que está passeando antes do jantar.

– Somos o casal menos normal do estado de Nova York – disse Matthew de um modo seco. – E com esse passo você não vai suar uma só gota.

– O que tem em mente? – Nas caminhadas anteriores, Matthew deixara transparecer que sua parte lobo gostava de correr pelo bosque como um grande filhote. E como ele sempre arranjava um novo jeito de brincar com o meu dom, aprender a manejá-lo não me parecia uma tarefa enfadonha. Ele deixava para Sarah tudo que era enfadonho e maçante.

– É sua vez. – Ele me olhou com um ar maroto irresistível e saiu em disparada com uma explosão de velocidade. – Pegue-me.

Sorri e saí correndo atrás dele, com meus pés um pouco acima do solo e minha mente tentando capturar uma imagem clara dos ombros largos à frente para depois agarrá-los. À medida que minha visão se tornava mais clara, minha velocidade aumentava, mas ainda deixava muito a desejar. Eu usava simultaneamente os poderes de voo e de premonição em alta velocidade e isso me fez tropeçar num arbusto. Fui amparada por Matthew antes de cair no chão.

– Você está cheirando a ar fresco e fumaça de madeira – disse enquanto acariciava o meu cabelo.

De repente, pressenti que havia alguma coisa estranha no bosque. Foi um esmaecimento de luz, uma sensação de deslocamento, uma aura com intenções sombrias. Girei a cabeça para olhar.

– Tem alguém ali – eu disse.

O vento não soprava em nossa direção. Matthew ergueu a cabeça para farejar. E o identificou depois de inalar profundamente.

– Vampiro – disse baixinho enquanto me pegava pela mão e me deixava encostada no tronco de um carvalho branco.

– Amigo ou inimigo? – perguntei trêmula.

– Saia daqui. *Agora.* – Ele pressionou a tecla do celular que o conectava a Marcus com nervosismo. Começou a xingar quando ouviu a gravação eletrônica. – Alguém está atrás de nós, Marcus. Venha logo para cá... rápido. – Desligou e apertou uma outra tecla que fez aparecer uma mensagem de texto na tela.

O vento mudou e isso o fez morder os lábios.

– Por Cristo, não. – Os dedos dele voaram por cima das teclas enquanto digitavam duas palavras, e depois ele arremessou o celular em uma moita próxima.

SOS. Juliette.

Matthew se virou e segurou os meus ombros com firmeza.

– Faça o que você fez na despensa. Erga o pé e volte para dentro de casa. *Imediatamente.* Não estou pedindo, Diana, estou ordenando.

Meus pés paralisaram, recusando-se a obedecer.

– Não sei como fazer aquilo. Não consigo.

– Consegue, sim. – Ele se pôs de costas para a mata, envolveu o meu corpo com os braços e me apertou contra o tronco da árvore. – Faz muito tempo que Gerbert me apresentou essa vampira que não é nem um pouco confiável, e ela não deve ser subestimada. Nós passamos algum tempo juntos na França, no século XVIII, e depois em Nova Orleans, no século XIX.

– Não sairei daqui sem você. – Minha voz soou determinada. – Quem é Juliette?

– Sou eu, Juliette Durand. – Uma voz melódica ecoou do alto com um leve sotaque francês mesclado com alguma outra língua. – Que problema vocês dois causaram.

Uma vampira estonteante estava empoleirada no galho de um frondoso pé de bordo das imediações. Sua pele era cor de leite com uma gota de café, e seu cabelo faiscava com um misto de castanho e cobre. Ela vestia as cores de outono – marrom, verde, dourado – e parecia uma extensão da árvore. Seus grandes olhos cor de avelã emolduravam um rosto de faces bem marcadas, e seus ossos refletiam uma delicadeza que se contrapunha com a força que aparentavam.

– Eu estava observando vocês, e também escutando. O cheiro de vocês já está todo misturado. – Emitiu um suave ruído de reprovação.

Não percebi quando ela desceu do galho, mas Matthew percebeu. Ele se posicionou à minha frente quando ela pisou no solo. Encarou-a com uma expressão de advertência nos lábios.

Juliette o ignorou.

– Preciso analisá-la melhor. – Ela virou a cabeça para a direita, empinou o queixo e me olhou atentamente.

Franzi a testa.

Ela também franziu a testa.

Matthew estremeceu.

Olhei para ele preocupada, e os olhos de Juliette seguiram os meus.

Ela imitava cada movimento que eu fazia. Seu queixo se sobressaía no mesmo ângulo do meu, sua cabeça inclinava da mesma maneira que a minha. Era como olhar para um espelho.

O pânico inundou o meu organismo, deixando um gosto amargo na minha boca. Engoli em seco, e a vampira fez o mesmo. Ela abriu ligeiramente as narinas e deu um riso agudo e duro como diamante.

– Como conseguiu resistir a ela, Matthew? – Ela inspirou profunda e lentamente. – Você deve ter ficado louco de fome com o cheiro dela. Lembra daquela jovem amedrontada que caçamos em Roma? Acho que tinha o mesmo cheiro dessa aí.

Matthew continuou em silêncio e de olhos cravados na vampira.

Ela deu alguns passos à direita e o obrigou a mudar de posição.

– Está esperando Marcus – ela observou como se lamentando. – Acho que ele não virá. Ele é tão bonito. Gostaria de vê-lo outra vez. Ele era tão jovem e tão fascinante na última vez que nos vimos. Lembra que precisamos de algumas semanas para consertar a confusão que ele armou em Nova Orleans?

Abriu-se um abismo à minha frente. Será que ela havia matado Marcus? E também Sarah e Em?

– Ele está no telefone – ela continuou. – Gerbert está tratando de fazer o seu filho entender o risco que ele está correndo. A ira da Congregação só está dirigida para vocês dois... por enquanto. Mas se voês persistirem com isso, outros também pagarão bem caro.

Marcus não estava morto. Apesar do alívio, o meu sangue gelou quando vi a expressão que o rosto dela refletia.

Matthew se manteve mudo.

– Por que está tão calado, meu amor? – A voz doce de Juliette contradizia a frieza mortal do seu olhar. – Você devia estar feliz por me ver. Sou tudo o que você deseja. Gerbert tratou de assegurar isso.

Ele continuou calado.

– Ah, você ficou mudo porque o peguei de surpresa – ela disse com um tom estranhamente dividido entre a música e a malícia. – Você também me surpreendeu. Uma bruxa?

Juliette girou rápido para a esquerda e Matthew girou também para encontrá-la. Ela deu um salto mortal por entre o espaço vazio deixado pelo giro da cabeça dele e se colocou do meu lado com os dedos em volta da minha garganta. Gelei.

– Não entendo por que ele a deseja tanto. – A voz dela soou com petulância. – O que é que você faz? O que foi que Gerbert me ensinou de errado?

– Juliette, deixe-a em paz. – Matthew não se arriscaria a se arremeter na minha direção porque ela podia quebrar o meu pescoço, e as pernas dele enrijeceram pelo esforço que fazia para se manter parado.

– Calma, Matthew – ela disse, inclinando a cabeça.

Fechei os olhos à espera de uma mordida.

Em vez de me morder, ela colou os lábios gelados nos meus. Um beijo que se tornou insolitamente impessoal à medida que ela provocava a minha língua com a própria língua para que eu correspondesse ao beijo. Não o fiz e ela grunhiu de frustração.

– Isso me ajudaria a entender, mas não adiantou. – Ela me empurrou para Matthew, mantendo-me presa pelo pulso com as unhas longas e afiadas sobre as minhas veias. – Beije-a. Eu tenho que saber o que ela faz.

– Por que não deixa isso pra lá, Juliette? – Matthew me prendeu com um abraço gelado.

– Eu preciso aprender com meus erros... Gerbert vive dizendo isso desde que você me abandonou em Nova York. – Ela olhou para Matthew com uma avidez que me arrepiou dos pés à cabeça.

– Isso aconteceu há mais de cem anos. Se até hoje não aprendeu com seus erros, não será agora que aprenderá. – A raiva dele não se dirigia a mim, mas era tão potente que me fez encolher de medo. Ele brilhava e a raiva vertia do seu corpo em ondas.

Juliette cortou o meu braço com as unhas.

– Beije-a, Matthew, ou a farei sangrar.

Ele segurou o meu rosto com delicadeza e se esforçou para abrir um sorriso.

– Tudo ficará bem, *mon coeur*. – As pupilas de Matthew se transformaram em pontos negros em meio a um mar cinza-esverdeado. Ele inclinou a cabeça, segurou a minha mandíbula e roçou os lábios nos meus. Foi um beijo lento e terno, um testemunho do que sentia por mim. Juliette nos olhou com frieza, sorvendo cada detalhe. E se aproximou um pouco mais quando ele se afastou de mim.

– Ah – a voz de Juliette soou vazia e amarga. – Você gosta de como ela reage quando é tocada. – Não consegui sentir mais nada.

Eu tinha visto a raiva de Ysabeau e a crueldade de Baldwin. Assim como tinha sentido a desesperança de Domenico e o inconfundível odor do mal que rodeava Gerbert. Mas Juliette era diferente. Alguma coisa fundamental se quebrara dentro dela.

Ela soltou o meu braço e saiu do alcance de Matthew. Ele me segurou pelos cotovelos e seus dedos gelados tocaram nas minhas costelas. Com um empurrão infinitesimal me deu uma outra ordem silenciosa para que eu saísse dali.

Mas eu não tinha a menor intenção de deixar o meu marido sozinho com uma vampira psicótica. Alguma coisa remexeu lá no fundo de mim. Embora nem o vento-de-bruxa nem a água-de-bruxa fossem o suficiente para matar Juliette, poderiam distrair a atenção dela até que saíssemos dali – mas ambos se recusaram a obedecer aos meus comandos mentais. Isso sem falar que nenhum dos feitiços que eu tinha aprendido nos últimos dias me veio à cabeça, nem mesmo de um modo imperfeito.

– Não se preocupe – disse mansamente Juliette para Matthew com os olhos brilhando. – Isso acabará rapidamente. É claro que eu gostaria de namorar para que lembrássemos do que já fomos um para o outro. Mas nenhum carinho meu tiraria essa bruxa de sua mente. Além do mais, preciso matá-la e levá-la para Gerbert e a Congregação.

– Deixe a Diana sair daqui – Matthew ergueu as mãos em sinal de trégua. – Isso é entre nós, Juliette.

Ela balançou a cabeça, agitando os cabelos.

– Matthew, eu sou um instrumento de Gerbert. Quando ele me fez, não deixou espaço para os meus próprios desejos. Eu não queria aprender nem filosofia nem matemática. Mas ele insistiu para que eu pudesse agradar a você. E agradei, não foi? – Juliette se voltou para Matthew com uma voz tão áspera quanto a fratura que tinha na mente.

– Sim, você me agradou.

– Eu também achei que sim. Mas Gerbert já me possuía. – Juliette se voltou para mim e seus olhos brilhavam como se ela já estivesse alimentada. – Você também será possuída por ele, Diana, e de um jeito que nem imagina. De um jeito que só eu conheço. Você terá que ser dele e não poderá ser de mais ninguém.

– Não – Matthew investiu contra Juliette, mas ela se esquivou com presteza.

– Não é hora para joguinhos, Matthew – disse.

Ela se moveu com tanta rapidez que os meus olhos não puderam acompanhá-la, e em seguida se afastou dele com um olhar triunfante. Ouvi alguma coisa sendo rasgada e logo o sangue jorrou escuro da garganta dele.

– Isso é só o começo – ela disse com satisfação.

Um rugido soou na minha cabeça. Matthew colocou-se entre mim e Juliette. Mesmo com o meu precário olfato de sangue-quente, pude sentir o odor de metal enferrujado do sangue dele. Ele estava com o suéter ensopado, e o sangue se espalhava numa mancha escura por todo o peito.

– Não faça isso, Juliette. Se algum dia você me amou, deixe-a ir. Diana não merece Gerbert.

Ela respondeu com um borrão de couro marrom e músculos. Jogou as pernas para o alto e seus pés colidiram no abdômen de Matthew com um estalo. Ele se dobrou como uma árvore a tombar.

– Eu também não *merecia* Gerbert. – A voz dela beirava a histeria. – Mas eu *mereci* você. Você me pertence, Matthew.

Minhas mãos ganharam mais peso e nem precisei olhar para saber que segurava um arco e flecha. Afastei-me dos dois vampiros de braços erguidos.

– Corra! – gritou Matthew.

– Não – eu disse com uma voz que não era minha, enquanto vislumbrava a linha do meu braço esquerdo. Juliette estava próxima de Matthew, mas eu poderia atirar a flecha sem atingi-lo. Se flexionasse o meu braço direito, ela estaria morta. Hesitei por um momento, paralisada. Afinal, eu nunca tinha matado ninguém.

Era tudo de que Juliette precisava. Ela investiu contra o peito de Matthew e rasgou o tecido e a carne com as unhas, como se fossem papel. Ele arfou de dor, e ela urrou vitoriosa.

Toda a hesitação se foi e a minha mão direita se fechou e abriu. Uma bola de fogo emergiu da ponta dos dedos da mão esquerda. Juliette ouviu a explosão da chama e farejou o cheiro de enxofre no ar. Ela se virou, tirando as garras do peito de Matthew. Seus olhos não acreditaram quando foi engolfada por uma bola negra, vermelha e dourada. Com o cabelo em chamas, ela se apavorou e girou. Mas eu já sabia que faria isso e a aguardava com uma outra bola de fogo. A bola atingiu-a em cheio.

Matthew caiu de joelhos, as mãos tocando o suéter ensopado de sangue no ponto onde Juliette tinha rasgado para atingir do coração. Aos urros ela tentou alcançá-lo para arrastá-lo até o inferno.

Arremessei-a para o alto com um movimento do pulso e uma palavra ao vento, projetando-a para longe de Matthew. Ela se esborrachou de costas com o corpo em chamas.

Pensei em aproximar-me de Matthew, mas preferi não tirar os olhos de Juliette enquanto as chamas lhe consumiam os ossos e a carne. Não sobrara nada do cabelo e a pele estava escura como couro, mas ela ainda não estava morta. Mexia a boca e se movia, chamando por Matthew.

Mantive as minhas mãos erguidas, caso ela resolvesse desafiar as probabilidades. Em dado momento Juliette tentou se levantar e atirei outra bola de fogo. Ela foi atingida no meio do peito, a bola entrou pela caixa torácica e saiu do outro lado, destroçando a pele endurecida e carbonizando as costelas e os pulmões. Depois de retorcer a boca com um esgar de horror, ela finalmente morreu. E não havia uma dose de sangue de vampiro para revivê-la.

Corri até Matthew e me ajoelhei. Ele estava estirado no chão com os joelhos encolhidos e sem a menor condição de se levantar. O sangue escorria por todos os lados, vertendo em ondas rubras de um buraco do peito e fluindo do pescoço tão escuro quanto o piche.

– O que devo fazer? – Pressionei freneticamente a garganta do meu vampiro. Ele ainda estava com as mãos brancas sobre o ferimento no peito, mas perdia as forças a cada segundo que passava.

– Pode me abraçar? – sussurrou.

Encostei-me no tronco do carvalho e o acomodei por entre as minhas pernas.

– Eu estou com frio – ele disse com um ar de espanto e enfado. – Que estranho...

– Você não pode me abandonar – eu disse com veemência. – Não permitirei.

– Não há nada mais a fazer. Já estou nas garras da morte. – A voz de Matthew soou de um jeito que fazia mil anos que não soava, elevando-se e abaixando com uma cadência antiga.

– Nada disso. – Tentei sufocar as lágrimas. – Matthew, você tem que lutar.

– Já *lutei* demais, Diana. E você está a salvo. Marcus a levará daqui antes que a Congregação saiba o que aconteceu.

– Sem você não irei a lugar nenhum.

– Mas você tem que ir. – Ele se agitou nos meus braços e se virou para olhar nos meus olhos.

– Não posso perdê-lo, Matthew. Aguente firme, por favor, Marcus já vai chegar. – Uma corrente balançou dentro de mim e os elos foram se soltando pouco a pouco. Eu tentei resistir e o abracei com força sobre o meu coração.

– Não fale – ele disse suavemente, erguendo um dedo ensanguentado para tocar nos meus lábios. Eles formigaram e ficaram dormentes quando o sangue gelado entrou em contato com a minha pele. – Marcus e Baldwin sabem o que fazer. Eles se incumbirão de deixá-la a salvo com Ysabeau. Sem mim, a Congregação terá dificuldades para agir outra vez contra você. Nem os vampiros nem as bruxas gostarão disso, mas agora você é uma Clermont e merece a proteção tanto da minha família como dos Cavaleiros de Lázaro.

– Fique comigo, Matthew. – Inclinei a cabeça e comprimi os meus lábios nos dele, forçando-o a respirar. Ele continuou respirando com muita dificuldade, mas de olhos fechados.

– Procurei por você desde que nasci – ele sussurrou com um sorriso e um acentuado sotaque francês. – Até que a encontrei e pude tê-la nos meus braços e ouvir a batida do seu coração colado ao meu. Seria horrível morrer sem conhecer o verdadeiro amor. – Pequenos espasmos o tomaram da cabeça aos pés e depois cessaram.

– Matthew! – gritei, mas não tive resposta. – Marcus! – gritei de novo no bosque, rezando o tempo todo para a deusa. Quando Marcus chegou, eu já estava quase convencida de que Matthew tinha morrido.

– Santo Deus – disse Marcus, olhando para o corpo carbonizado de Juliette e para o corpo ensanguentado do pai.

– O sangramento não para – falei. – De onde vem todo esse sangue?

– Eu tenho que examiná-lo para saber, Diana. – Marcus deu um passo cauteloso na minha direção.

Abracei o meu marido com força e os meus olhos gelaram. Um vento emergiu de onde eu estava.

– Não precisa sair de perto dele – disse Marcus, entendendo o problema por instinto –, mas preciso examinar o peito.

Ele se agachou e rasgou o suéter do pai com muito cuidado. O tecido se esgarçou com um ruído horrível. Um grande corte se estendia da jugular ao coração de Matthew. Ao lado do coração, havia um corte profundo, onde Juliette tentara perfurar a aorta.

– A jugular e a aorta foram atingidas seriamente. Nem o sangue especial dele é capaz de agir a tempo de curar esses dois ferimentos – disse Marcus com tranquilidade, mas nem precisava ter dito. Juliette desfechara um golpe mortal em Matthew.

Minhas tias chegaram ao local e Sarah ofegava. Miriam apareceu em seguida, completamente pálida. Ela deu uma olhadela, fez meia-volta e correu de volta para casa.

– É minha culpa – solucei, embalando Matthew como uma criança. – O alvo estava claro, mas hesitei. Eu nunca tinha matado ninguém. Se tivesse atirado logo, ela não teria atingido o coração dele.

– Diana, minha querida – sussurrou Sarah. – Não é sua culpa. Você fez o que pôde. Agora tem que deixá-lo partir.

Soltei um urro de lamento e ergui o rosto.

– Não! – O medo irrompeu nos olhos do vampiro e da bruxa em meio ao silêncio que se fez no bosque.

– Saia de perto dela, Marcus! – gritou Em. Ele deu um salto para trás na mesma hora.

Eu me transformara em alguma coisa que não se importava com aquelas criaturas e muito menos com o fato de que tentavam ajudar. A minha hesitação tinha sido um erro. E agora a parte de mim que matara Juliette só queria uma coisa: uma faca. O meu braço direito se voltou na direção da minha tia.

Sarah sempre carregava duas facas, uma cega e de cabo preto, e a outra afiada e de cabo branco. Ao meu chamado, a faca saiu do cinto da minha tia e flutuou em minha direção. Quando ela ergueu a mão para chamá-la de volta, visualizei um muro de escuridão e fogo entre mim e os rostos espantados da minha família. A faca de cabo branco cortou o muro de escuridão com facilidade e flutuou suavemente até pousar no meu joelho direito. A cabeça de Matthew oscilou quando o soltei um pouco para segurar o cabo da faca.

Eu o revirei e o beijei intensa e longamente no rosto e na boca. Ele abriu os olhos. Parecia cansado e estava com a pele acinzentada.

– Não se preocupe, meu amor. Darei um jeito nisso. – Ergui a faca.

Duas mulheres saíram de dentro da barreira de escuridão e fogo. Uma era jovem e vestia uma túnica leve e solta, calçava sandálias e tinha uma aljava de flechas dependurada ao ombro. Seus fartos cabelos escuros eram emoldurados por uma correia. A outra mulher era uma velha da sala de velório e usava uma saia rodada.

– Ajude-me, por favor – implorei.

Haverá um preço a pagar, disse a jovem caçadora.

– Eu pagarei.

Cuidado com o que promete para a deusa, minha filha, murmurou a velha balançando a cabeça. *Você terá que cumprir.*

– Pegue qualquer coisa, qualquer pessoa. Mas me deixe ficar com ele.

A caçadora ponderou a respeito e assentiu. *Ele é seu.*

Ergui a faca com os olhos fixos nas duas mulheres. Puxei o corpo de Matthew contra o meu corpo para que ele não visse nada, inclinei-me sobre ele, introduzi a lâmina afiada pela manga adentro e cortei a carne da parte inferior do meu cotovelo. O sangue fluiu devagar, e logo, rapidamente. Soltei a faca e apertei o meu braço esquerdo na frente da boca de Matthew.

– Beba – eu disse enquanto ajeitava a cabeça dele. Ele ainda estava enfraquecido, mas piscou os olhos e mexeu as narinas. Reconheceu o cheiro do *meu* sangue e se debateu para se afastar de mim. Meus braços se tornaram tão pesados e fortes quanto os galhos do carvalho que amparava as minhas costas, e de repente me senti ligada à árvore. Aproximei o meu braço ensanguentado para mais perto da boca de Matthew.

– Beba.

O poder da árvore e da terra fluiu pelas minhas veias em uma inesperada oferenda de vida para um vampiro moribundo. Sorri agradecida para a caçadora e para o espectro da velha, e nutri o meu vampiro com o meu corpo. Eu era a mãe agora, o terceiro aspecto da deusa, com a virgem e a anciã. Com a ajuda da deusa, o meu sangue o curaria.

Por fim, Matthew se submeteu ao instinto de sobrevivência. Sua boca de dentes afiados buscou apressada a pele macia do meu braço. E delicadamente ele provou a incisão com a língua e fez o corte ampliar. Lançou-se nas minhas veias com todo cuidado. Fui momentaneamente invadida por uma onda de terror.

A pele dele começou a ganhar cor, mas aquele sangue venoso não seria suficiente para curá-lo totalmente. Achei que o meu sabor o faria transpor os limites do controle para dar o próximo passo, mas por via das dúvidas mantive a faca por perto.

Olhei novamente para a caçadora e para a bruxa, e depois me voltei para o meu marido. Fui invadida por uma outra onda de choque de poder quando me encostei com mais firmeza na árvore.

Enquanto ele se alimentava eu comecei a beijá-lo. Meu cabelo se espraiou em volta do rosto dele, misturando o meu cheiro e o meu sangue com o sangue dele. Ele olhou para mim com olhos verdes esmaecidos e distantes, como se não me conhecesse. Eu o beijei outra vez e senti o gosto do meu próprio sangue na sua língua.

Matthew fez dois movimentos rápidos e suaves que eu não poderia rechaçar mesmo que quisesse, e agarrou os meus cabelos à base da nuca. Depois, inclinou a minha cabeça para trás e para o lado e levou a boca até a minha garganta. De minha parte, nenhum terror, apenas rendição.

– Diana – ele disse visivelmente satisfeito.

Então, é assim que acontece, pensei. *É assim que a lenda se faz.*

Matthew recuperou as forças por intermédio do meu sangue, e agora queria algo fresco e vital. Com os dentes superiores afiados cortou o próprio lábio inferior, e ali se formou uma gota de sangue. Ele roçou os lábios no meu pescoço de maneira sensual. Minha pele ficou dormente à medida que era tocada pelo seu sangue. Ele segurou firmemente a minha cabeça com as mãos novamente fortes.

Sem erros, rezei.

Senti duas picadas nas artérias da minha carótida. Arregalei os olhos de surpresa quando uma primeira pressão no meu corpo indicou que ele tinha alcançado o sangue que procurava.

Sarah virou de costas para não assistir à cena. Marcus olhou para Em e ela foi chorar no ombro dele.

Apertei ainda mais o corpo de Matthew contra o meu, encorajando-o a continuar sorvendo o meu sangue. Ele fez isso com indisfarçável prazer. Até então me desejara tanto, e tanto lutara para resistir...

À medida que se nutria ele estabelecia um ritmo, extraindo o meu sangue em ondas.

Agora, Matthew, me escute. Graças a Gerbert eu sabia que o meu sangue podia passar mensagens para ele. Eu só não sabia se seriam fugazes a ponto de dissipar a minha comunicação.

Ele pareceu surpreso enquanto se alimentava na minha garganta.

Eu amo você.

Ele pareceu novamente surpreso.

É o meu presente para você. Eu estou dentro de você, dando-lhe vida.

Ele balançou a cabeça como se repelindo um incômodo inseto e continuou bebendo.

Eu estou dentro de você, dando-lhe vida. Se me era difícil pensar, enxergar do outro lado do fogo era ainda mais difícil. Concentrei-me em Sarah e Em, dizendo-lhes com os olhos que não se preocupassem. Voltei-me de novo para Matthew, mas não pude mover os olhos o bastante para encontrá-lo.

Eu estou dentro de você, dando-lhe vida. Repeti o mantra até não poder mais.

Depois de uma pulsação baixinha, o som do meu coração começou a desvanecer.

Morrer não era como eu imaginava.

Depois, um intervalo de óssea quietude.

Uma sensação de partida e pesar.

Depois, mais nada.

38

Dois mundos colidiram com um súbito baque nos meus ossos. Alguma coisa picou o meu braço direito, e seguiu-se um odor de látex e plástico enquanto Matthew discutia com Marcus. Debaixo de mim o odor de terra fria e de mofo de folhas apagava todos os outros odores. Eu estava de olhos abertos, mas não via nada além de escuridão. Com muito esforço, entrevi o balanço dos galhos das árvores acima de mim.

– No braço esquerdo... ele já está aberto – disse Matthew com impaciência.

– Este braço está impraticável, Matthew. Os tecidos estão entupidos de sua saliva e não absorvem mais nada. O direito está melhor. A pressão sanguínea está tão baixa que não consigo encontrar uma veia. – A voz de Marcus soou com a serenidade artificial dos médicos do setor de emergência dos hospitais acostumados a ver a morte com frequência.

Dois grossos fios de espaguete serpentearam no meu rosto. Dedos gelados tocaram no meu nariz e tentei repeli-los apenas para impor limites.

A voz de Miriam ecoou da escuridão em minha direção.

– Taquicardia. Eu vou sedá-la.

– Não – disse Matthew bruscamente. – Nada de sedativo. Ela está quase inconsciente. Os sedativos poderiam induzi-la ao coma.

– Então, mantenha-a quieta. – O tom de Miriam foi incisivo. Dedos frios e pequenos pressionaram o meu pescoço com inesperada firmeza. – Não posso segurá-la e impedir a hemorragia ao mesmo tempo.

O que acontecia à minha volta era visível apenas em desconcertantes fatias – o que estava diretamente acima, o que era entrevisto pelo canto dos olhos, e o que era seguido por meio de um grande esforço de girar de olhos.

– Você pode fazer alguma coisa, Sarah? – A voz de Matthew soou com muita angústia.

O rosto de Sarah surgiu no campo de visão.

– A feitiçaria não cura mordidas de vampiros. Se curasse, não teríamos medo de criaturas como vocês.

Desviei a atenção para um lugar mais tranquilo, mas fui interrompida pela mão de Em que segurou a minha mão, mantendo-me firme no meu próprio corpo.

– Então, não temos escolha. – Matthew pareceu desesperado. – Eu farei.

– Não, Matthew – disse Miriam com resolução. – Você ainda não está forte o bastante. Além do mais, já fiz isso centenas de vezes. – Alguma coisa se rasgou. Depois do ataque de Juliette a Matthew, reconheci que era a carne de um vampiro sendo rasgada.

– Eles estão me transformando em vampira? – sussurrei para Em.

– Não, *mon coeur*. – A voz de Matthew soou tão resoluta quanto a de Miriam. – Você perdeu... você me deu uma grande quantidade de sangue. Marcus está fazendo uma transfusão de sangue humano. E agora Miriam precisa examinar o seu pescoço.

– Oh. – Tudo aquilo era complicado demais para entender. O meu cérebro estava grogue, quase tão grogue quanto a minha língua e a minha garganta. – Estou com sede.

– Sua sede é de sangue de vampiro, e você não o terá. Fique aí quietinha – disse Matthew com um tom firme, segurando os meus ombros com tanta força que doeu. As mãos frias de Marcus fecharam a minha boca e apalparam as minhas orelhas e a minha mandíbula. – E Miriam...

– Não se meta, Matthew – ela disse com rispidez. – Eu já fazia isso para os sangues-quentes muito antes de você ter renascido.

Alguma coisa afiada fez um corte no meu pescoço e o ar se encheu de cheiro de sangue.

Ao corte seguiu-se uma sensação de dor que queimava e gelava ao mesmo tempo. O calor e o frio se intensificaram enquanto percorriam sob a superfície dos tecidos do meu pescoço até que atingiram os ossos e os músculos.

Eu queria fugir daquelas lambidas geladas, mas dois vampiros me seguravam. Minha boca estava estreitamente fechada, e só me permitia emitir um grunhido amedrontado e abafado.

– A artéria está obscurecida – disse Miriam com calma. – Preciso limpar o ferimento. – Ela sugou um gole de sangue e depois cuspiu. A pele ficou momentaneamente dormente, mas a sensação anterior voltou com força total quando ela retomou a operação.

Uma dor lancinante jorrou um fluxo de adrenalina pelo meu organismo seguido pelo pânico. Fui envolvida pelos muros cinzentos de La Pierre e, sem poder me mover, me vi de volta às mãos de Satu.

Matthew apertou os meus ombros e me trouxe de volta ao bosque das Bishop.

– Diga a ela o que está fazendo, Miriam. Aquela bruxa finlandesa a fez ficar com medo de tudo que ela não consegue ver.

– São algumas gotas do meu sangue que estão escorrendo do meu punho, Diana – ela disse com calma. – Sei que isso dói, mas é tudo que temos. O sangue de vampiro cura pelo contato. Fechará a sua artéria bem melhor do que qualquer intervenção cirúrgica. Não se preocupe. Não há a menor chance, nenhuma chance, de que essa pequena aplicação tópica faça de você uma de nós.

Só depois da explicação é que me dei conta de que as gotas de sangue pingavam no meu ferimento aberto. Misturavam-se com a minha carne de bruxa e faziam uma cicatrização instantânea do tecido. Pensei comigo que devia ser difícil para um vampiro manter o equilíbrio na operação do procedimento sem cair na tentação de uma mordida. As gotas de cauterização chegaram ao seu fim.

– Pronto – disse Miriam com um ar de alívio. – Agora, só preciso dar alguns pontos na incisão. – Posicionou-se com dedos hábeis no meu pescoço e costurou a minha carne. – Fiz o máximo que pude para que não haja cicatriz na área rompida pelos dentes de Matthew.

– E agora vamos para a cama – disse Matthew.

Ele segurou a minha cabeça e os meus ombros enquanto Marcus segurava minhas pernas. Miriam nos seguiu com o equipamento nas mãos. O Range Rover já estava à nossa espera com a porta traseira aberta. Matthew incumbiu Miriam de me servir de apoio enquanto ele limpava o espaço de carga do veículo onde eu seria colocada.

– Miriam – sussurrei. Ela se curvou na minha frente. – Se alguma coisa der errado... – não consegui terminar a frase, mas era imperativo fazê-la entender. Eu continuava sendo uma bruxa. Mas preferia ser uma vampira a morrer.

Ela me olhou nos olhos enquanto refletia e depois assentiu.

– Não se atreva a morrer. Ele me mataria se acontecesse alguma coisa com você.

No caminho de volta para casa, Matthew não parou de falar e me beijava com carinho quando eu fazia menção de dormir. Apesar da gentileza, eu sempre tomava um susto.

Na casa, Sarah e Em se apressaram em pegar travesseiros e almofadas. Improvisaram uma cama em frente à lareira da sala de estar. Sarah acendeu uma pilha de lenha com um gesto e poucas palavras. Mesmo com a lenha ardendo, ainda me sentia gelada até os ossos e tremia descontroladamente.

Matthew me deitou nas almofadas e me cobriu, e Miriam fez um curativo no meu pescoço. Enquanto ela trabalhava, o meu marido e Marcus cochichavam num canto.

– É disso que ela precisa, e já localizei os pulmões dela – disse Marcus com impaciência. – Nada de punção.

– Ela é forte. Nada de cateter. Fim de papo. Agora, trate de se livrar do que sobrou do corpo de Juliette – disse Matthew com tranquilidade, mas com um tom autoritário.

– Cuidarei disso. – Marcus deu meia-volta, saiu pela porta da frente e em seguida ouviu-se o ronco do motor do Range Rover.

O antigo relógio de carrilhão do saguão de entrada tiquetaqueava cada segundo que passava. Fui envolvida pela atmosfera aconchegante ao meu redor ainda me sentindo um pouco zonza. Matthew sentou-se ao meu lado e apertou a minha mão para me trazer de volta caso eu tentasse me refugiar no reconfortante estado de esquecimento.

Por fim, Miriam pronunciou a palavra mágica.

– Estável.

Enfim, agora eu poderia me entregar à escuridão que rondava as bordas da minha consciência. Sarah e Em me beijaram e se retiraram, seguidas por Miriam, finalmente ao meu lado nada além de Matthew e uma abençoada quietude.

Fez-se um silêncio total na sala e lembrei de Juliette.

– Eu a matei. – Meu coração disparou.

– Você não tinha escolha. – O tom da voz de Matthew mostrava que o assunto não devia seguir em frente. – Foi legítima defesa.

– Não foi. O fogo-de-bruxa... – O arco e a flecha só surgiram em minhas mãos depois que percebi que ele corria perigo.

Ele me calou com um beijo.

– Amanhã conversamos sobre isso.

Eu tinha algo inadiável a dizer, algo que ele tinha que saber naquele momento.

– Eu o amo, Matthew. – Era a primeira vez que surgia uma chance de dizer isso para ele desde que eu tinha sido raptada de Sept-Tours por Satu. E eu queria muito dizer isso antes que acontecesse alguma outra coisa.

– Eu também a amo. – Ele inclinou a cabeça e encostou os lábios na minha orelha. – Lembra do nosso jantar em Oxford? Você queria saber qual era o seu gosto.

Fiz que sim com a cabeça.

– Você tem gosto de mel – ele murmurou. – De mel... e de esperança.

Esbocei um sorriso com os lábios e adormeci.

Mas não foi um sono tranquilo. Oscilei entre o sono e a vigília, entre La Pierre e Madison, entre a vida e a morte. Aquela velha fantasmagórica bem que me avisara do perigo de se estar numa encruzilhada. Em alguns momentos era como se a morte estivesse esperando pacientemente ao meu lado que eu escolhesse a estrada que tomaria.

Naquela noite viajei por incontáveis quilômetros, voando de um lugar para o outro, sempre a um passo de distância de algum perseguidor – Gerbert, Satu, Juliette, Peter Knox. E toda vez que a jornada me trazia de volta à casa das Bishop, Matthew estava lá. Às vezes, Sarah estava com ele. Outras vezes, Marcus. Mas, na maioria das vezes, Matthew estava sozinho.

Lá pelo meio da noite alguém começou a cantarolar a canção que tínhamos dançado no salão de Ysabeau. Não era Marcus nem Matthew – eles estavam conversando, mas eu estava cansada demais para descobrir de onde vinha a canção.

– Onde ela aprendeu essa velha canção? – perguntou Marcus.

– Lá em casa. Cristo, até dormindo ela tenta ser brava. – A voz de Matthew soou com desconsolo. – Baldwin estava certo... não sou um bom estrategista. Eu devia ter previsto tudo isso.

– Gerbert achou que você tinha se esquecido de Juliette. Afinal, já fazia muito tempo. E ele sabia que você estaria com Diana quando ela fosse atacada. Ele se vangloriou disso no telefone.

– Claro, ele sabe que eu sou arrogante e pensaria que ela estaria a salvo se estivesse comigo.

– Você tentou protegê-la. Mas não conseguiu, e ninguém conseguiria. Ela não é a única que precisa parar com essa mania de bravura.

Havia algo que Marcus não sabia, e que Matthew tinha esquecido. Fragmentos de uma conversa vieram à minha mente. Só pude falar no final da canção.

– Eu lhe disse antes – falei tateando na escuridão em busca de Matthew e encontrando apenas um pedaço de lã macia que liberou um perfume de cravo-da-índia quando toquei no corpo dele. – Sou corajosa o suficiente por nós dois.

– Diana – disse Matthew com aflição. – Abra os olhos e olhe para mim.

O rosto dele estava a poucos centímetros do meu. Ele apoiava a minha cabeça com uma das mãos e gelava as minhas costas com a outra, fazendo uma lua crescente se deslocar de um lado para o outro do meu corpo.

– Você está aí – murmurei. – Acho que estamos perdidos.

– Não, minha querida, nós não estamos perdidos, não. Estamos na casa das Bishop. E você já não precisa ser corajosa. Agora é a minha vez de ser corajoso.

– Já se deu conta do caminho que teremos que tomar?

– Encontrarei um caminho. E agora descanse e me deixe cuidar de tudo. – Os olhos de Matthew esverdearam intensamente.

Flutuei mais uma vez, perseguida por Gerbert e Juliette que quase me alcançavam. De madrugada, o meu sono se fez profundo, e só acordei de manhã. Na mesma hora, notei que estava nua e enfiada debaixo de um monte de colchas, como um paciente da UTI de um hospital britânico. O braço direito estava entubado e alguma coisa prendia o meu pescoço. Matthew mantinha-se por perto, recostado no sofá e de joelhos dobrados.

– Matthew? Todos estão bem? – Minha língua enrolou e senti muita sede.

– Estão todos ótimos. – Ele pareceu aliviado quando pegou a minha mão e beijou-a. Olhou para o meu pulso, onde as unhas de Juliette tinham deixado luas crescentes avermelhadas.

Nossas vozes atraíram o resto da casa para a sala. Minhas tias foram as primeiras a chegar. Sarah estava entregue aos próprios pensamentos e tinha olheiras escuras. Em parecia cansada, mas aliviada, e acariciou o meu cabelo assegurando que tudo ficaria bem. Marcus entrou depois. Ele me examinou e me recomendou descanso com uma voz firme. Por fim, Miriam ordenou que todos saíssem da sala para trocar os meus curativos.

– Está muito mal? – perguntei quando ficamos sozinhas.

– Se está se referindo a Matthew, está mal. Os Clermont não sabem lidar com a perda, ou com a ameaça da perda. Ysabeau ficou um trapo quando Philippe morreu. Ainda bem que você sobreviveu, e digo isso não só por mim. – Ela aplicou uma pomada nos ferimentos com surpreendente delicadeza.

As palavras de Miriam conjuraram uma imagem de um Matthew vingativo. Fechei os olhos para apagar a imagem.

– Fale-me de Juliette.

Miriam emitiu um silvo baixinho de aviso.

– Juliette Durand é uma história que não é minha e não devo contá-la. Pergunte ao seu marido. – Ela retirou o soro e me estendeu uma das velhas blusas de flanela de Sarah. Lutei com a blusa por alguns segundos sem conseguir vesti-la, e ela resolveu me ajudar. Cravou os olhos nas marcas em minhas costas.

– Cicatrizes não me incomodam. São sinais de que lutei e sobrevivi. – Puxei a blusa pelos ombros com determinação.

– E também não incomodam Matthew. Amar um Clermont sempre deixa cicatrizes. Ele sabe disso melhor do que ninguém.

Abotoei a blusa com as mãos trêmulas, desviando os olhos de Miriam. Ela me estendeu uma legging preta.

– Foi extremamente perigoso dar o seu sangue daquela maneira. Ele poderia não parar mais de beber – ela disse com um tom de admiração.

– Ysabeau me disse que os Clermont lutam pelos seres amados.

– A mãe dele entenderá, mas ele é um outro assunto. Ele vai ter que tirar isso do organismo dele... o seu sangue, o que aconteceu na noite passada, enfim, tudo.

Juliette. O nome interdito pairava entre nós duas.

Miriam recolocou o soro e ajustou o fluxo.

– Ele e Marcus vão ao Canadá. Matthew levará horas até decidir procurar alguém para se alimentar, mas isso é inevitável.

– Sarah e Em estarão a salvo, com eles fora de casa?

– Você ganhou um pouco de tempo para nós. A Congregação nunca imaginou que Juliette poderia fracassar. Gerbert é tão orgulhoso quanto Matthew, e quase tão infalível quanto ele. Eles vão precisar de alguns dias para se reagrupar. – Ela se calou, com um traço de culpa no rosto.

– Eu preciso falar agora com Diana – disse Matthew baixinho da porta. Ele estava com uma aparência horrível. Os ângulos agudos do rosto mostravam uma expressão faminta e as olheiras eram da cor de lavanda.

Ele observou em silêncio enquanto Miriam contornava a minha cama improvisada. Atravessou as pesadas portas da sala de estar e fechou-as atrás de si. Ele se voltou para mim e parecia preocupado.

Sua necessidade de sangue estava em guerra com seu instinto protetor.

– Quando vai partir? – perguntei, tentando soar o mais clara possível.

– Não vou partir.

– Mas você precisa recuperar suas forças. Da próxima vez, a Congregação não mandará apenas um vampiro e uma bruxa. – Imaginei quantas outras criaturas do passado de Matthew atenderiam ao chamado da Congregação enquanto me esforçava para sentar na cama.

– *Ma lionne*, você está tão experiente em guerras que até já conhece as estratégias? – Pelo semblante dele, não pude avaliar os sentimentos que nutria, mas a voz revelou um toque de contentamento.

– Já provamos que não seremos derrotados com tanta facilidade.

– Facilidade? Você quase morreu. – Ele sentou na cama de almofadas ao meu lado.

– Pois é...

– Você fez uso da magia para me salvar. E senti o cheiro dela... alquemila e âmbar.

– Aquilo não foi nada. – Eu não queria que ele soubesse da promessa que fiz em troca de sua vida.

– Sem mentiras. – Ele segurou o meu queixo com a ponta dos dedos. – Se não quiser me contar, tudo bem. Seus segredos são seus. Mas nada de mentiras.

– Se guardo segredos, não sou a única na família que faz isso. Fale-me de Juliette Durand.

Ele soltou o meu queixo e saiu andando inquieto até a janela.

– Gerbert nos apresentou. Ele a tirou de um bordel no Cairo e a transformou em vampira. Depois bebeu o seu sangue aos poucos enquanto a treinava para poder me conquistar. Até hoje não sei se ela já era insana quando conheceu Gerbert ou se enlouqueceu por tudo que sofreu nas mãos dele.

– Por quê? – Não dissimulei um tom de descrença na minha voz.

– Ela foi criada para me seduzir e espionar os negócios da minha família. Gerbert sempre quis integrar a ordem dos Cavaleiros de Lázaro, mas o meu pai nunca permitiu. Gerbert queria que ela descobrisse os meandros da irmandade e outras informações úteis sobre os Clermont, e ela estaria livre para me matar depois que fizesse isso. Foi treinada para ser minha assassina e minha amante. – Matthew começou a descascar a pintura da janela. – Quando a conheci, ela disfarçou muito bem sua loucura. Custei para perceber os sinais. Baldwin e Ysabeau nunca confiaram em Juliette, e Marcus a detestava. Mas eu... Gerard também foi professor dela. Ela me fazia lembrar de Louisa, sua fragilidade emocional parecia explicar seu comportamento instável.

Ele sempre gostou de coisas frágeis, Ysabeau bem que tinha me avisado. A atração de Matthew por Juliette não tinha sido apenas sexual. Havia emoções mais profundas.

– Você a amou? – Lembrei do inusitado beijo de Juliette e me encolhi.

– Um dia. Já faz tempo. Por razões equivocadas – ele continuou. – Eu a vigiava de uma distância segura, para me certificar de que ela estava bem, já que era incapaz de cuidar de si mesma. Quando terminou a Primeira Guerra Mundial, ela sumiu e presumi que estivesse morta. Nunca pensei que poderia estar viva em algum lugar.

– E enquanto a vigiava, ela também vigiava você. – Os olhos atentos de Juliette não tinham perdido um só movimento meu. Ela devia ter vigiado Matthew com a mesma acuidade.

– Se eu soubesse, ela nunca teria chegado perto de você. – Ele fixou os olhos na pálida luz da manhã. – Mas há algo mais que precisamos conversar. Você tem que me prometer que nunca mais recorrerá à magia para me salvar. Você não deve fazer isso novamente. E nem pedir para Miriam, ou para qualquer outro, que faça de você uma vampira. – O tom soou com frieza enquanto ele atravessava a sala com passos longos e rápidos na minha direção. – Ninguém, nem mesmo eu, fará de você o que você não é.

– Em troca você terá que me prometer uma coisa.

Ele esticou os olhos com um ar sério.

– O quê?

– Nunca mais peça para que eu me afaste quando você estiver em perigo – eu disse com veemência. – Não vou obedecer.

Ele calculou a exigência de manter uma promessa e ao mesmo tempo me manter fora de perigo. Enquanto isso eu tentava descobrir entre os meus sombrios e incompreensíveis poderes aquele que poderia ser dominado sem que o incinerasse ou o afogasse. Depois, nos entreolhamos com cautela. Por fim, toquei no seu rosto.

– Vá caçar com Marcus. Ficaremos bem. – Ele ainda não havia recuperado a cor. Eu não era a única que perdera muito sangue.

– Não quero que você fique sozinha.

– Minhas tias e Miriam ficarão comigo. Um dia ela me disse na biblioteca que tinha os dentes tão afiados quanto os seus. Acredito nela. – A essa altura eu conhecia bem os dentes dos vampiros.

– Voltaremos à noite – ele disse com relutância enquanto acariciava o meu rosto. – Quer que eu faça alguma coisa antes de partir?

– Eu queria falar com Ysabeau. – Sarah parecia distante naquela manhã e eu precisava ouvir uma voz maternal.

– Com todo prazer. – Ele disfarçou a surpresa e tirou o celular do bolso. Ainda bem que alguém o encontrara no bosque. Fez a ligação para Sept-Tours com um único toque de dedo. – *Maman?* – Uma enxurrada de palavras francesas irrompeu do telefone. – Ela está bem – ele a interrompeu com uma voz macia. – Diana quer... ela pediu para falar com você.

A um silêncio seguiu-se uma palavra seca.

– *Oui.*

Matthew estendeu o celular para mim.

– Ysabeau? – Minha voz soou embargada e meus olhos se encheram de lágrimas.

– Estou aqui, Diana. – A voz dela soou mais musical do que nunca.

– Eu quase o perdi.

– Você devia ter obedecido quando ele a mandou se afastar de Juliette – ela disse com um tom cortante, que depois se fez outra vez doce. – Mas estou feliz por não tê-lo feito.

Dessa vez chorei de verdade. Matthew tirou o cabelo da minha testa, enfiou a mecha rebelde atrás da minha orelha e se retirou para me deixar a sós com Ysabeau.

Para a mãe de Matthew consegui expressar a minha dor e confessar a minha falha por não ter matado Juliette na primeira oportunidade. Contei tudo – a surpreendente aparição de Juliette, o estranho beijo que ela me deu, o meu terror quando Matthew começou a se alimentar, e a sensação que tive de morrer e de retornar abruptamente à vida. Ela entendeu como achei que entenderia. Só me interrompeu na parte da história que envolvia a donzela e a anciã.

– Então, a deusa salvou o meu filho – murmurou. – Ela tem um senso de justiça, e também de humor. Mas isso é uma história muito longa para ser contada pelo telefone. Contarei quando você estiver em Sept-Tours.

A menção ao castelo me fez sentir uma súbita saudade de casa.

– Eu queria estar aí. Não sei se alguém em Madison é capaz de me ensinar tudo o que preciso saber.

– Então, temos que encontrar um outro mestre. Em algum lugar deve haver uma criatura que possa ajudar.

Ysabeau me passou uma série de instruções sobre como obedecer a Matthew, e sobre como cuidar dele e de mim para retornar ao castelo o mais rápido possível. Concordei com tudo de um modo surpreendente e espontâneo e desliguei o telefone.

Alguns minutos depois Matthew abriu a porta e entrou.

– Muito obrigada – eu disse fungando e entregando-lhe o celular.

Ele balançou a cabeça em negativa.

– Fique com isso. Telefone para Marcus e para Ysabeau quando quiser. São os números dois e três da discagem automática. Você precisa de um novo telefone e também de um relógio. O seu não sustenta a bateria. – Ele me colocou na cama de almofadas com delicadeza e beijou minha testa. – Miriam está trabalhando na sala de jantar, mas pode ouvir o mais leve ruído.

– E quanto a Sarah e Em? – perguntei.

– Estão esperando para vê-la – ele disse com um sorriso.

Dormi durante algumas horas depois da visita das minhas tias, até que a minha ânsia por Matthew me fez acordar.

Em levantou-se da cadeira de balanço da minha avó que tinha reaparecido e veio em minha direção com um copo d'água na mão e uma testa vincada de rugas que até poucos dias antes não existiam. Vovó estava sentada no sofá com os olhos fixos nos lambris próximos da lareira, e era visível que aguardava outra mensagem da casa.

– Cadê a Sarah? – Fechei os dedos em torno do copo. Minha garganta ainda estava seca e a água me pareceu divina.

– Ela deu uma saída. – Os lábios delicados de Em se apertaram.

– Ela acha que Matthew é culpado por tudo.

Em ajoelhou-se para nivelar seus olhos com os meus.

– Não tem nada a ver com Matthew. Você ofereceu o seu sangue para um vampiro... um vampiro desesperado e moribundo. – Ela calou o meu protesto com um olhar. – Sei que ele é bem mais que um vampiro. Mesmo assim, você podia ter sido morta por ele. E Sarah está arrasada por não ter sido capaz de lhe ensinar a controlar os seus dons.

– Sarah não devia se preocupar comigo. Você viu o que fiz com Juliette?

Em assentiu.

– E também vi outras coisas.

A atenção da minha avó se desviou dos lambris e se voltou para mim.

– Vi a ânsia faminta de Matthew quando se alimentou de você – continuou Em com serenidade. – E também vi a donzela e a anciã do outro lado da muralha de fogo.

– Sarah também viu? – sussurrei para que Miriam não ouvisse.

Em balançou a cabeça.

– Não. O Matthew sabe?

– Não. – Puxei o cabelo para o lado, aliviada por saber que Sarah não tinha percebido alguns fatos da noite anterior.

– Diana, o que você prometeu à deusa em troca da vida de Matthew?

– O que ela quisesse.

– Oh, querida. – O rosto de Em se contraiu. – Você não devia ter feito isso. Ela age sem avisar, e nunca diz o que vai tomar.

Minha avó se balançou furiosamente na cadeira. Em desviou os olhos para os movimentos enlouquecidos da cadeira.

– Tive que fazer isso, Em. A deusa não pareceu surpresa. Foi inevitável... e de certa forma, o mais certo.

– Você já tinha encontrado a donzela e a anciã antes?

Assenti com a cabeça.

– A donzela nos meus sonhos. Às vezes, me sinto dentro dela, olhando enquanto ela cavalga e caça. E já encontrei a anciã na entrada da sala de estar.

Agora, você está em águas profundas, Diana, disse vovó farfalhando. *Espero que saiba nadar.*

– Você não pode invocar a deusa com tanta leviandade – disse Em. – Existem forças poderosas que você ainda não conhece.

– Mas não a invoquei. Essas forças apareceram quando resolvi que daria meu sangue para Matthew. Foi uma ajuda voluntária.

Talvez não fosse o seu sangue que devia ser dado. Minha avó continuou se balançando com tanto vigor na cadeira de balanço que a madeira do assoalho começou a ranger. *Você pensou nisso?*

– Você conhece o Matthew há poucas semanas... E mesmo assim obedece às ordens dele cegamente. Claro que pode entender por que Sarah está preocupada. De repente a Diana que conhecemos durante todos esses anos desapareceu.

– Eu o amo – eu disse de um modo enfático. – E ele me ama. – Os muitos segredos de Matthew, os Cavaleiros de Lázaro, Juliette e até Marcus, eu simplesmente deixei de lado, e também o temperamento irascível e a necessidade de controlar a tudo e a todos que ele tinha.

Mas Em sabia o que eu estava pensando. Ela balançou a cabeça em negativa.

– Você não pode ignorar isso, Diana. Já tentou fazer o mesmo com a magia e ela acabou indo ao seu encontro. Os lados de Matthew de que você não gosta e não compreende acabarão por encontrá-la. Você não pode se esconder para sempre. Ainda mais agora.

– O que você quer dizer?

– Muitas criaturas estão interessadas no manuscrito, e em você e Matthew. Posso senti-las pressionando a casa das Bishop e pressionando você. Não sei de que lado da luta elas estão, mas meu sexto sentido me diz que não falta muito para nos depararmos com elas.

Ela arrumou as minhas cobertas, colocou uma outra tora de madeira na lareira e saiu da sala.

Fui acordada pelo inconfundível aroma de especiarias do meu marido.

– Você voltou. – Esfreguei os olhos.

Ele estava mais tranquilo e sua pele retomara a cor natural de pérola. Matthew tinha se alimentado. De sangue humano.

– E você está aqui. – Ele beijou minha mão. – Miriam disse que você dormiu quase o dia todo.

– Sarah está em casa?

– Todos estão presentes e localizados. – Ele esboçou um sorriso amarelo. – Até Tabitha.

Pedi para ver todo mundo, e ele retirou o soro sem discutir. Minhas pernas estavam enfraquecidas demais para me carregar até a sala de TV, e ele simplesmente me pegou no colo e me levou até lá.

Em e Marcus me acomodaram no sofá. Logo me entediei com a falta de conversa e com o filme *noir* que passava na TV, e Matthew me pegou no colo outra vez.

– Nós vamos lá para cima – anunciou. – Até amanhã.

– Quer que eu leve o soro de Diana? – perguntou Miriam.

– Não, ela não precisa mais de soro – ele disse com rispidez.

– Ainda bem que você me livrou daquela parafernália – eu disse quando atravessamos o corredor.

– Seu corpo ainda está fraco, mas para um sangue-quente até que você é incrivelmente resistente – ele disse enquanto subia a escada. – Acho que é uma recompensa por você ter um corpo que é uma máquina de movimento perpétuo.

Depois que ele apagou a luz, me aconcheguei nele com um suspiro de felicidade e o agarrei pelo peito de um modo possessivo. O luar que entrava pela janela iluminou as últimas cicatrizes de Matthew. Seu tom rosado embranqueceu aos poucos. Eu estava muito cansada, mas as engrenagens da mente dele trabalhavam com tanto ímpeto que não me deixavam adormecer. Pelo jeito da boca e o brilho dos olhos estava claro que ele planejava o nosso próximo passo, tal como prometera na noite anterior.

– Conte-me – falei depois que o suspense se tornou insuportável.

– Só precisamos de tempo – ele disse pensativamente.

– E obviamente a Congregação não nos dará isso.

– Então, teremos que conquistá-lo. – A voz de Matthew soou quase inaudível. – Teremos que viajar no tempo.

39

Na manhã seguinte, ainda não tínhamos descido metade da escada quando paramos para que eu pudesse descansar, mas eu estava determinada a chegar à cozinha por minhas próprias pernas. Para a minha surpresa Matthew não tentou me dissuadir. Ficamos sentados nos degraus de madeira desgastada em compassivo silêncio. Uma luz esmaecida e aquosa entrava pelas janelinhas de vidro ao redor da porta da frente, anunciando um dia ensolarado. Da sala de TV, soou o clique característico das peças do jogo de palavras cruzadas.

– Quando vai contar a eles? – Ainda não havia muito a divulgar, ele ainda estava elaborando o plano.

– Mais tarde – ele disse, encostando-se no meu corpo. Aconcheguei-me ainda mais para que nossos ombros ficassem juntinhos.

– Nem todo o café do mundo impedirá Sarah de arrancar os cabelos quando ela souber. – Apoiei-me ao corrimão e levantei com um suspiro. – Vamos tentar novamente.

Na sala de TV, Em serviu a minha primeira caneca de chá. Eu o tomei no sofá e Matthew saiu com Marcus para a caminhada diária, abençoados silenciosamente por mim. Eles passariam muito tempo juntos antes de partirmos.

Depois do chá, Sarah preparou a sua famosa receita de ovos mexidos para mim. Eram ovos preparados com cebolas, cogumelos e queijo, e com uma cobertura de uma colher de sopa de salsinha picada. Ela colocou o prato fumegante à minha frente.

– Obrigada, Sarah. – Ataquei o prato sem a menor cerimônia.

– Não é só o Matthew que precisa de comida e repouso. – Ela olhou pela janela na direção do pomar, onde os dois vampiros caminhavam.

– Já estou me sentindo bem melhor – eu disse enquanto mordia uma torrada.

– Pelo menos o seu apetite parece recuperado. – A essa altura eu já tinha feito um buraco enorme na montanha de ovos.

Matthew e Marcus retornaram quando eu estava no meu segundo prato. Os dois refletiam um ar sombrio, mas Matthew balançou a cabeça em negativa quando o olhei com curiosidade.

Aparentemente, eles não tinham conversado sobre os nossos planos de viajar no tempo. Alguma outra coisa os deixara naquele clima azedo. Matthew puxou um banco, abriu o jornal e se concentrou nas notícias. Eu comi os ovos e as torradas, preparei mais chá e fiquei dando um tempo enquanto Sarah lavava a louça.

Por fim, Matthew fechou o jornal e o deixou de lado.

– Estou com vontade de ir ao bosque. Onde Juliette morreu – anunciei.

Ele se pôs de pé.

– Vou estacionar o Range Rover na porta.

– Isso é loucura, Matthew. É muito cedo. – Marcus olhou para Sarah em busca de apoio.

– Deixe que saiam – disse Sarah. – Mas é melhor Diana se agasalhar. Está muito frio lá fora.

Em apareceu com uma expressão intrigada na face.

– Estamos esperando visitas? A casa acha que sim.

– Você está brincando! – exclamei. – A casa não agrega outro cômodo desde a última reunião de família. Onde está esse cômodo?

– Entre o banheiro e o quarto da bagunça. – Ela apontou para o teto. *Já lhe disse que isso não diz respeito apenas a você e a Matthew,* disse mentalmente para mim enquanto subíamos a escada para ver a transformação. *Minhas premonições raramente falham.*

O quarto recém-materializado tinha uma cama de bronze antiga com bolas enormes e polidas que coroavam cada uma de suas hastes, cortinas rubras que

Em insistiu que deveriam ser retiradas imediatamente, uma tapeçaria em tons de vinho e ameixa e um toucador caindo de velho com uma bacia rosa e um jarro da mesma cor dentro. Nem eu nem ela reconhecemos um único item.

– De onde veio tudo isso? – perguntou Miriam admirada.

– E alguém sabe onde esta casa guarda todas essas tralhas? – Sarah sentou-se na cama e balançou-a com vigor. A cama emitiu uma sequência de rangidos raivosos.

– Um dos mais lendários banquetes da casa se deu por volta do meu décimo terceiro aniversário – lembrei com um sorriso. – Na ocasião a casa agregou quatro quartos e um parlatório vitoriano.

– E mais uma baixela Blue Willow de porcelana para vinte e quatro pessoas – acrescentou Em. – Ainda temos algumas xícaras de chá, mas grande parte das peças maiores sumiu quando a família partiu.

Depois que todos inspecionaram o novo quarto e o quarto da bagunça perto da porta, que a essa altura estava bem menor, eu troquei de roupa, desci ao térreo e finalmente entrei no Range Rover. Quando nos aproximamos do lugar onde Juliette encontrara o seu fim, Matthew parou o carro. Os pesados pneus atolaram na maciez do solo.

– Talvez seja melhor fazermos o resto do caminho a pé – ele sugeriu. – Nós podemos caminhar bem devagar.

Ele estava diferente naquela manhã. Não me cercava nem me dizia o que fazer.

– O que foi que mudou? – perguntei quando nos acercamos do velho pé de carvalho.

– Eu a vi lutar – ele disse com calma. – No campo de batalha até os homens mais corajosos sucumbem ao medo. Eles simplesmente não conseguem combater, nem para salvar a própria pele.

– Mas eu paralisei. – Meu cabelo tombou e escondeu o meu rosto.

Matthew se deteve e me pegou pelo braço com força para me deter.

– Claro que tinha que ficar paralisada. Você estava prestes a tirar uma vida. O importante é que não temeu a morte.

– É verdade. – Eu convivia com a morte desde os meus sete anos, a ponto de muitas vezes ansiar por ela.

Ele me virou para olhar nos meus olhos.

– Satu deixou-a arrasada e insegura depois de La Pierre. Durante toda a sua vida você se escondeu dos seus medos. Eu tinha lá minhas dúvidas se seria capaz de lutar se fosse necessário. Agora, o que tenho a fazer é mantê-la distante de riscos desnecessários. – Desviou os olhos para o meu pescoço.

Seguiu em frente, rebocando-me com delicadeza. Uma nódoa enegrecida no mato indicou que tínhamos chegado à clareira. Eu me retesei e ele me soltou.

Os rastros deixados pelo fogo conduziam ao ponto mortal onde Juliette sucumbira. O bosque estava fantasmagoricamente mudo, sem o canto dos pássaros nem qualquer outro ruído de vida. Recolhi alguns gravetos queimados do chão. Esfacelaram-se entre os meus dedos.

– Eu não conhecia Juliette, mas na hora a odiei e tive que matá-la. – Os olhos castanhos-esverdeados dela sempre estariam à minha espreita em meio à sombra das árvores.

Acompanhei a linha deixada pelo arco de fogo até o ponto onde a donzela e a anciã haviam concordado em me ajudar a salvar Matthew. Olhei para o pé de carvalho e engoli em seco

– Isso começou ontem – ele disse seguindo o meu olhar. – Sarah disse que você tirou a vida desse carvalho.

Os galhos da árvore estavam quebrados e secos por cima da minha cabeça. Galhos desfolhados se abriam em forquilhas que lembravam chifres. Folhas marrons se agitavam aos meus pés. Matthew sobrevivera porque eu extraíra a vitalidade da árvore para as minhas veias e a repassara para ele. O resistente tronco da árvore ainda aparentava solidez, mas na realidade estava totalmente oco.

– O poder sempre exige um preço – disse Matthew –, seja ele mágico ou não.

– O que foi que eu fiz? – A extinção de uma árvore não pagaria a minha dívida para com a deusa. Pela primeira vez, fiquei com medo do acordo que tinha feito.

Atravessamos a clareira e Matthew me tomou nos braços. Ficamos abraçados enquanto nos lembrávamos de tudo que quase havíamos perdido.

– Você me prometeu que não seria tão imprudente – ele disse com um tom raivoso.

Eu também estava zangada com ele.

– Esperava-se que você fosse indestrutível.

Ele encostou a testa na minha.

– Eu devia ter falado de Juliette.

– Devia, sim. Ela quase o tirou de mim. – O sangue pulsou sob o curativo no meu pescoço. Ele tocou no ponto onde havia me mordido e, por incrível que pareça, naquele segundo o seu toque tinha calor.

– Foi por pouco. – Enlaçou os meus cabelos e colou a boca na minha. Depois, emudecemos de corações colados.

– Juliette se tornou uma parte de mim depois que lhe tirei a vida… para sempre.

Matthew fez um carinho na minha cabeça.

— A morte é uma poderosa magia.

Retomei a calma e agradeci mentalmente, não só pela vida de Matthew, mas também pela minha.

Caminhamos de volta ao Range Rover, mas na metade do caminho sucumbi à fadiga. Ele me carregou nas costas até o carro.

Ao nos aproximamos da casa, Sarah estava debruçada na escrivaninha do seu estúdio. Ela voou para fora da casa e abriu a porta do carro com uma velocidade que daria inveja a qualquer vampiro.

— Que absurdo, Matthew — ela disse olhando para a minha cara exausta.

Os dois me levaram de volta ao sofá da sala de TV, onde descansei a cabeça no colo de Matthew. Adormeci embalada pela tranquilidade ruidosa das atividades ao redor. O cheiro de baunilha e o barulho da batedeira de bolo de Em são as últimas coisas das quais me lembro claramente.

Matthew me acordou para o almoço, uma simples sopa de legumes. Pela cara que fez, eu teria que me alimentar muito bem dali para a frente. Ele estava prestes a contar o plano para as nossas famílias.

— Já está pronta, *mon coeur*? — perguntou. Assenti enquanto sorvia uma última colherada de sopa. Marcus virou a cabeça em nossa direção. — Nós temos algo para falar com vocês — anunciou.

A tradição mais recente da família era discutir os assuntos importantes em volta da mesa na sala de jantar. Todos os olhos se voltaram atentos para Matthew.

— O que vocês decidiram? — Marcus deixou de lado os preâmbulos e foi direto ao ponto.

Matthew inspirou e começou.

— Nós precisamos ir para algum lugar que não seja rastreado com facilidade pela Congregação, onde Diana disponha de tempo e de mestres para ajudá-la a manipular a magia.

Sarah não conteve o riso.

— E que lugar é esse onde bruxas pacientes e poderosas não se importam em ter um vampiro por companhia?

— Não se trata de um lugar propriamente dito — retrucou Matthew. — Nós vamos esconder Diana no *tempo*.

Todos começaram a falar simultaneamente. Matthew me pegou pela mão.

— *Courage* — murmurei em francês, repetindo o conselho que ele me deu quando conheci Ysabeau.

Ele bufou com um sorriso azedo para mim.

Eu compartilhava a mesma descrença de todos. A minha reação na noite anterior, quando ainda estava deitada na cama e ele me contou o plano, tinha sido a mesma. Primeiro, insisti que era impossível, e depois fiz milhares de perguntas sobre os detalhes de quando e para onde iríamos exatamente.

Ele explicou como pôde – o que, convenhamos, não foi muito.

– Você quer usar sua magia, mas no momento ela é que está usando você. Você precisa de uma mestra que saiba mais do que Emily e Sarah. Mas não devemos atribuir a elas a responsabilidade de não terem conseguido ajudá-la. As bruxas do passado eram diferentes. A maior parte do conhecimento que tinham se perdeu.

– Onde? Quando? – sussurrei na escuridão.

– Nada muito distante, se bem que um passado muito próximo também tenha os seus riscos, o melhor é que seja distante o bastante para encontrar uma bruxa que possa treiná-la. Primeiro temos que perguntar para Sarah se isso pode ser feito com segurança. E depois nós teremos que procurar três coisas que nos remetam à época certa.

– Nós? – perguntei surpreendida. – Eu não poderei simplesmente encontrá-lo lá?

– Não, a menos que não haja alternativa. Eu não era a mesma criatura no passado, e você não pode confiar nas minhas identidades passadas.

Ele mostrou alívio com os lábios quando assenti. Alguns dias antes ele tinha rejeitado a ideia de viajar no tempo. Pelo que parecia, os riscos de permanecer no presente eram bem maiores.

– E o que farão os outros?

Ele passeou lentamente com o dedo pelas veias da minha mão.

– Miriam e Marcus voltarão para Oxford. A Congregação vai procurá-la primeiro aqui. Seria bom que Sarah e Em saíssem daqui, pelo menos por um tempo. Será que elas ficariam com Ysabeau? – ele se perguntou em voz alta.

A princípio a ideia me soou ridícula. Sarah e Ysabeau sob o mesmo teto? Mas quanto mais considerava a ideia, menos maluca me parecia.

– Não sei – pensei comigo mesma em voz alta. Logo surgiu uma outra preocupação. – Marcus. – Eu ainda não tinha entendido bem os meandros da ordem dos Cavaleiros de Lázaro, mas com a ausência de Matthew a responsabilidade recairia toda sobre os ombros de Marcus.

– Não tem outro jeito – disse Matthew na escuridão do quarto na noite anterior enquanto me dava um beijo tranquilizador.

E esse era justamente o ponto sobre o qual agora Em argumentava.

– Deve haver outro jeito – ela protestou.

– Eu bem que tentei encontrar, Emily – disse Matthew se desculpando.

– Onde, ou melhor, *quando* vocês pretendem ir? Diana não é bem do tipo que se encaixe no cenário do passado. Ela é muito alta. – Miriam olhou para as próprias mãos pequenas e delicadas.

— Quer Diana se encaixe ou não, isso é muito perigoso – disse Marcus com uma voz firme. – Vocês podem parar no meio de uma guerra. Ou quem sabe até no auge de uma epidemia.

— Ou em algum período de caça às bruxas – disse Miriam sem qualquer maldade, mas todos a olharam com indignação.

— Sarah, o que você acha? – perguntou Matthew.

Entre as criaturas na sala, ela era a mais calma.

— Vai levá-la para uma época onde haja bruxas que poderão ajudá-la?

— Sim.

Sarah fechou os olhos e os abriu.

— Aqui vocês dois não estão a salvo. Juliette Durand foi uma prova disso. E se não estão a salvo em Madison, não estarão a salvo em lugar nenhum.

— Muito obrigado. – Matthew ia acrescentar alguma coisa quando Sarah ergueu a mão e o impediu de falar.

— Não me prometa nada – ela disse com uma voz firme. – Claro que cuidará muito bem dela, para o seu próprio bem.

— Agora só teremos que nos preocupar com a viagem no tempo – ele falou como se estivesse tratando de negócios. – Diana vai precisar de três itens de alguma época em particular para se movimentar com segurança.

Sarah assentiu.

— Conto a mim mesmo como um desses itens? – ele perguntou para ela.

— Você não tem pulsação? É claro que você não é uma coisa! – Era uma das afirmações mais positivas que Sarah já tinha feito sobre os vampiros.

— Se vocês precisam de coisas antigas para guiar o caminho, gostarão disso. – Marcus puxou um cordão de couro que estava debaixo da camiseta e o tirou pela cabeça. Ele tinha um conjunto bizarro de quinquilharias dependuradas como pingentes, entre as quais um dente, uma moeda, um objeto que brilhava em preto e dourado e um apito de prata avariado. Estendeu o cordão para Matthew.

— Por acaso pegou isso de alguma vítima de febre amarela? – perguntou Matthew apontando para o dente.

— Em Nova Orleans – respondeu Marcus. – Na epidemia de 1819.

— Nova Orleans está fora de questão – disse Matthew de modo peremptório.

— Entendo. – Marcus olhou para mim de relance e voltou-se para o pai. – E que tal Paris? Um dos brincos de Fanny está aí.

Matthew apalpou uma pedra vermelha trabalhada em filigranas de ouro.

— Eu e Philippe mandamos que você e Fanny se fossem de Paris. Lembra que era chamada de cidade do Terror? Não é lugar para Diana.

— Vocês dois se intrometiam na minha vida como duas velhas. Eu já tinha estado numa revolução. De qualquer forma, se você está procurando um lugar tranquilo no passado, terá um trabalhão para encontrá-lo – resmungou Marcus, iluminando o rosto em seguida. – E que tal a Filadélfia?

– Não estive com você nem na Filadélfia nem na Califórnia – disse Matthew abruptamente, antes que o filho acrescentasse algo mais. – É melhor que a gente vá para um lugar e um tempo que eu conheça.

– Mesmo que conheça o lugar para onde iremos, ainda não estou certa se consigo fazer isso. – Minha decisão de me manter distante da magia retornava.

– Acho que consegue sim – disse Sarah de supetão. – Você sempre fez isso. Fazia quando era bebê, fazia quando era criança e brincava de esconde-esconde com Stephen, e também fazia na adolescência. Lembra de quando tínhamos que buscá-la no bosque pela manhã para colocá-la no banho em tempo de ir para a escola? O que acha que estava fazendo lá?

– Com toda certeza não estava viajando no tempo – retruquei com determinação. – Ainda me assusto com a teoria científica sobre o assunto. O que acontece com o corpo quando se está em outro tempo?

– Quem sabe? Mas não se preocupe. Isso acontece com todo mundo. Você pega o seu carro para ir ao trabalho e depois não se lembra de como chegou lá. E muitas vezes a tarde passa e você não tem a mínima ideia do que fez durante todo esse tempo. Toda vez que acontece alguma coisa assim, saiba que algum viajante do tempo está por perto – ponderou Sarah. Ela se mostrava realmente imperturbável perante o projeto.

Matthew notou a minha apreensão e segurou a minha mão.

– Segundo Einstein, todos os físicos são unânimes quanto ao fato de que as distinções entre passado, presente e futuro não passam daquilo que ele próprio chama de "uma persistente e teimosa ilusão". Além de acreditar nas maravilhas do desconhecido, ele também acreditava na elasticidade do tempo.

Ouviram-se batidas insistentes à porta.

– Não ouvi barulho de carro – disse Miriam, erguendo-se com cautela.

– É só o Sammy que veio receber o pagamento pela entrega do jornal. – Em ergueu-se da cadeira.

Aguardamos em silêncio enquanto ela atravessava o saguão de entrada sob os protestos do assoalho que era pisado. Pelo modo como Matthew e Marcus pressionaram o tampo da mesa, ambos estavam prontos para voar até a porta se fosse necessário.

Fez-se um clima gelado na sala de jantar.

– Pois não? – A voz de Em soou intrigada. Uma fração de segundo depois, os dois estavam ao lado dela, acompanhados por Tabitha que sempre apoiava a intenção do líder em assuntos importantes.

— Não é o garoto do jornal — Sarah disse o óbvio olhando para a cadeira vazia ao meu lado.

— Você é Diana Bishop? — soou uma voz grave masculina com um familiar sotaque estrangeiro de vogais planas seguidas por ligeiras pausas.

— Não, eu sou a tia dela — disse Em.

— O que podemos fazer por você? — A voz de Matthew soou com firmeza, mas de um modo educado.

— Eu sou Nathaniel Wilson e esta é Sophie, minha esposa. Soubemos que poderíamos encontrar Diana Bishop aqui.

— E quem disse isso para vocês? — perguntou Matthew suavemente.

— Agatha, a mãe dele — respondi me encaminhando para a porta.

A voz do homem se parecia com a voz da demônia de Blackwell, a estilista australiana de lindos olhos castanhos.

Miriam tentou barrar o meu caminho no saguão de entrada, mas a minha cara a fez desistir. Marcus não cedeu com tanta facilidade. Ele me agarrou pelo braço, mantendo-me na penumbra próxima da escada.

Os olhos de Nathaniel cutucaram o meu rosto de um modo afável. Ele aparentava uns vinte e poucos anos e tinha o mesmo cabelo louro e os mesmos olhos achocolatados da mãe, e a boca carnuda e os finos traços dela. Mas enquanto Agatha era harmoniosamente compacta, o filho era quase tão alto quanto Matthew, com os ombros largos e os quadris estreitos de um nadador. Ele tinha uma enorme mochila nos ombros.

— Você é Diana Bishop? — repetiu a pergunta.

Um rosto de mulher espiou com curiosidade do lado de Nathaniel. Um rosto redondo e doce com inteligentes olhos castanhos e uma covinha no queixo. Ela também aparentava uns vinte e poucos anos, e a pressão gentil e insidiosa do seu olhar indicava que também era um demônio.

Enquanto me observava, uma trança castanha tombou no ombro dela.

— É ela — disse a jovem com um sotaque suave que a caracterizava como originária do Sul. — Ela é igual à mulher que vejo nos meus sonhos.

— Está tudo bem, Matthew — eu disse. Os dois demônios me pareceram tão inofensivos como Ysabeau e Marthe.

— Então, você é o vampiro — disse Nathaniel enquanto avaliava Matthew com os olhos. — Minha mãe me alertou sobre você.

— E você devia ouvi-la — disse Matthew com um tom perigosamente suave.

Nathaniel não pareceu impressionado.

— Ela disse que você não receberia bem um membro da Congregação. Mas não estou aqui em nome dela. Estou aqui por causa de Sophie. — Ele aconchegou-a debaixo do braço de um modo protetor, e ela se encolheu tremendo de frio por dentro do abraço. Eles não estavam vestidos adequadamente para o outono de Nova York. Nathaniel vestia uma jaqueta velha, e Sophie, uma blusa de gola rolê e um cardigã à altura dos joelhos.

– Os dois são demônios? – perguntou Matthew para mim.

– Sim – respondi, se bem que alguma coisa me fez hesitar.

– Você também é um vampiro? – perguntou Nathaniel para Marcus.

Marcus o olhou com um sorriso de lobo.

– Culpado.

Sophie me avaliou outra vez com um característico olhar demoníaco, e senti um frágil formigamento na minha pele. Ela enlaçou a própria barriga de um modo protetor.

– Você está grávida – gritei.

Marcus ficou tão surpreso que soltou o meu braço. Matthew me pegou quando passei por ele. A casa se agitou com a presença dos dois visitantes e com o súbito movimento de Matthew, e isso a fez bater a porta da sala de estar que estava bem fechada.

– O que você está sentindo... sou eu – disse Sophie aninhando-se ainda mais no marido. – Minha família era de bruxos, mas eu saí errado.

Sarah aproximou-se, olhou para os recém-chegados e fez um aceno de desânimo.

– E lá vamos nós outra vez. Eu bem que disse que os demônios logo apareceriam em Madison. Sem falar que essa casa geralmente sabe dos nossos assuntos melhor do que nós. Já que estão aqui, é melhor que entrem antes que morram de frio.

A casa resmungou como se estivesse cansada de nós quando os dois demônios entraram.

– Não se preocupem – tentei animá-los. – A casa anunciou a chegada de vocês, embora pareça contrariada.

– A casa da minha avó também era assim – disse Sophie sorrindo. – Ela morava no velho solar dos Norman, em Seven Devils. Eu sou de lá. Oficialmente, faz parte da Carolina do Norte, mas o meu pai dizia que ninguém tinha dito isso para a população. Nós somos como uma espécie de nação à parte.

A porta da sala de estar se abriu por inteiro, fazendo aparecer a minha avó e mais três ou quatro Bishops, todos assistindo a nossa movimentação. O garoto do balde de frutinhas vermelhas acenou. Sophie retribuiu o aceno com timidez.

– Vovó também convivia com fantasmas – disse com toda calma.

Os fantasmas e mais dois vampiros nada amistosos e mais uma casa com vida própria foram demais para Nathaniel.

— Não ficaremos mais do que o necessário, Sophie. Só viemos aqui para você entregar uma coisa para Diana. Vamos acabar logo com isso e depois tomamos o nosso rumo – ele disse. Miriam resolveu escolher essa fração de segundo para entrar na sala de jantar de braços cruzados. Isso o fez dar um passo para trás.

— Primeiro, os vampiros. Agora, os demônios. O que vem depois? – resmungou Sarah entre dentes. Em seguida voltou-se para Sophie. – Você deve estar no quinto mês de gravidez, não é mesmo?

— O bebê deu um chute na semana passada – disse Sophie, apalpando a barriga com ambas as mãos. – Foi quando Agatha nos falou onde encontraríamos Diana. Ela não sabe nada sobre a minha família. Há meses que venho sonhando com você, Diana. E não sei o que Agatha viu que a deixou tão assustada.

— Que sonhos? – perguntou Matthew apressadamente.

— Vamos deixar Sophie se sentar antes de submetê-la a um interrogatório – Sarah assumiu o controle com a mesma rapidez. – Pode nos trazer uns biscoitos, Em? E leite também.

Em se dirigiu à cozinha e de lá ecoou um barulho abafado de copos.

— Não sei se esses sonhos são meus ou dela – disse Sophie olhando para a própria barriga enquanto Sarah conduzia o casal sala adentro. Ela desviou os olhos para Matthew que seguia atrás. – Sabe, a menina é uma bruxa. Talvez tenha sido isso que preocupou a mãe de Nathaniel.

Todos os olhos se voltaram para a protuberância sob o suéter azul de Sophie.

— Sala de jantar – disse Sarah com um tom de quem não toleraria absurdos. – Todo mundo para a sala de jantar.

Matthew me deteve.

— A aparição desses dois me parece muito conveniente numa hora como essa. Nada de falar sobre a viagem no tempo, está bem?

— Eles são inofensivos. – Todos os meus instintos me diziam isso.

— Ninguém é inofensivo, e ainda mais quando se trata do filho de Agatha Wilson. – Tabitha que seguia ao lado de Matthew miou em concordância.

— Vocês dois se juntarão a nós ou teremos que arrastá-los para dentro de casa? – disse Sarah.

— Já vamos – disse Matthew com calma.

Sarah estava sentada à cabeceira da mesa. Ela apontou para as cadeiras vazias à sua direita.

— Sentem-se.

Ficamos na frente de Sophie e Nathaniel que já estavam sentados e tinham uma cadeira vazia entre eles e Marcus. O filho de Matthew dividiu a atenção entre o pai e os demônios. Eu estava sentada entre Matthew e Miriam que não desgrudavam os olhos de Nathaniel. Em trouxe uma bandeja com vinho, pratinhos com frutas vermelhas e nozes e uma travessa com biscoitos.

– Ai, meu Deus, biscoitos sempre me deixam louco de saudade do tempo que eu era um sangue-quente – disse Marcus com um ar reverente enquanto pegava um disco dourado pontuado de gotas de chocolate e o levava ao nariz. – São tão cheirosos, mas quando coloco na boca o gosto é terrível.

– Então, pega um desses – disse Em lhe entregando um pratinho com nozes. – Estão cobertos de açúcar e baunilha. Não são biscoitos, mas não ficam a dever. – Ela também lhe entregou uma garrafa de vinho e um saca-rolha. – Abra e sirva para o seu pai.

– Obrigado, Em – disse Marcus com a boca cheia de nozes ao mesmo tempo em que puxava a rolha da garrafa. – Você é o máximo.

Sarah observou atentamente enquanto Sophie bebia o leite e comia um biscoito com avidez. Quando a demônia fez menção de pegar um segundo biscoito, minha tia voltou-se para Nathaniel.

– Onde está o carro de vocês? – Era uma pergunta estranha para iniciar uma conversação em meio aos últimos acontecimentos.

– Nós viemos a pé. – Nathaniel não tinha tocado em nada que Em deixara à sua frente.

– De onde? – perguntou Marcus com incredulidade enquanto estendia um copo de vinho para o pai. Ele conhecia bastante o interior do país para saber que era quase impossível percorrer a pé tamanha distância.

– Pegamos uma carona com um amigo de Durham até Washington – disse Sophie. – E depois pegamos um trem de Washington D.C. até Nova York. Não gostei muito da cidade.

– Pegamos um trem até Albany e depois fomos até Syracuse. E fomos de ônibus até Cazenovia – acrescentou Nathaniel apertando o braço de Sophie.

– Ele não quer que eu diga que pegamos carona com uma estranha – confidenciou Sophie com um sorriso. – A moça conhecia a casa. Os filhos dela adoram vir aqui no Halloween porque vocês são bruxas de verdade. – Ela tomou um outro gole de leite. – Não que precisássemos de direcionamento. Há muita energia nesta casa. Seria difícil não percebê-la.

– E por que vocês fizeram um caminho tão indireto? – perguntou Matthew para Nathaniel.

– Alguém nos seguiu até Nova York, mas nós pegamos o trem para Washington e essa pessoa perdeu o interesse – respondeu Nathaniel.

– Depois descemos do trem em Nova Jersey e voltamos para a cidade. Na estação nos informaram que os turistas sempre se confundem quando vão pegar o trem lá. Eles nem cobraram de nós, não foi, Nathaniel? – Sophie parecia agradecida pela recepção calorosa que tiveram da empresa.

Matthew fez uma outra pergunta para Nathaniel.

– E onde vocês vão ficar?

– Eles ficarão aqui. – A voz de Em soou cortante. – Não estão de carro e a casa preparou um quarto para eles. Além do mais, Sophie precisa conversar com Diana.

– Eu adoraria. Agatha disse que você poderia me ajudar. Ela disse alguma coisa sobre um livro que tinha relação com o bebê – disse Sophie com um tom afável. Os olhos de Marcus se voltaram para a página do Ashmole 782 cujas bordas estavam visíveis debaixo da folha onde se lia a cadeia de comando dos Cavaleiros de Lázaro. Ele rapidamente fez uma pilha de papéis e colocou um inofensivo resultado de DNA por cima.

– Que livro é esse, Sophie? – perguntei.

– Não contamos para Agatha que meu povo é de bruxas. Eu não tinha contado nem mesmo para Nathaniel, isso até que ele foi à minha casa para conhecer o meu pai. Fazia quatro anos que estávamos juntos e papai tinha adoecido e estava perdendo o controle de sua magia. Eu não queria assustar Nathaniel. Por via das dúvidas, quando casamos achamos que era melhor não causar falatórios. Na ocasião Agatha fazia parte da Congregação e não parava de falar sobre as leis de segregação e as consequências que ocorriam quando eram quebradas. – Ela balançou a cabeça. – Isso nunca fez sentido para mim.

– E o livro? – repeti com um tom amável na tentativa de dirigir a conversa.

– Oh – Sophie concentrou-se de testa franzida e calou-se.

– Mamãe está empolgada com a chegada do bebê. Ela diz que será a criança mais bem-vestida que o mundo já viu. – Nathaniel sorriu com ternura para a esposa. – Aí, começaram os sonhos. E Sophie pressentiu que os problemas estavam por vir. Para um demônio, ela tem fortes premonições, tal como a minha mãe. Em setembro, Sophie começou a ver o rosto e a ouvir o nome de Diana. Ela disse que as pessoas estavam querendo uma coisa de você.

– Mostre o jarro com o rosto dela, Nathaniel. É só uma foto. Eu queria trazê-lo, mas ele achou que era um jarro grande demais para carregar de Durham a Nova York.

O marido de Sophie pegou o celular e mostrou uma foto na tela. Estendeu o celular para Sarah, que pareceu surpreendida.

– Eu sou ceramista, como a minha mãe e a mãe dela. Vovó usava o fogo-de-bruxa para a fornalha, mas faço da maneira tradicional. Coloco todos os rostos dos meus sonhos nos meus jarros. Nem todos são assustadores. O seu não é.

Sarah passou o celular para Matthew.

– É lindo, Sophie – ele disse com sinceridade.

Concordei. Era um vaso em forma de ânfora com duas alças que saíam do gargalo estreito e que tinha um tom esmaecido de cinza. Na parte da frente, um rosto, o meu rosto, embora distorcido pelas proporções do jarro. Meu queixo, meu nariz, minhas orelhas e minha fronte apareciam em alto-relevo. Meus cabelos caíam em ondas trabalhadas minuciosamente na argila. Eu estava de olhos fechados e com um sorriso sereno na boca, como se estivesse guardando um segredo.

– Isto aqui também é para você. – Ela tirou do bolso do cardigã um pequeno objeto embrulhado com um pedaço de oleado e amarrado em barbante. – Tive certeza de que isso pertencia a você quando o bebê deu um chute. Era o que ele também achava. Talvez tenha sido isso que deixou Agatha tão preocupada. Claro que nenhum de nós sabia o que fazer, já que o meu bebê é uma bruxa. A mãe de Nathaniel achou que você poderia ter algumas ideias.

Observamos em silêncio enquanto Sophie desfazia os nós.

– Desculpe – ela disse baixinho. – Foi papai que amarrou. Ele era da Marinha.

– Posso ajudá-la? – perguntou Marcus esticando a mão para pegar o embrulho.

– Não, eu mesma faço isso. – Ela sorriu para ele com doçura e retomou o que estava fazendo. – Foi embrulhada assim para não ficar preta. Ela não é para ser preta e sim branca.

A curiosidade era geral e a casa inteira estaria em silêncio se não fossem as lambidas de Tabitha nas patas. O barbante foi solto e depois o oleado.

– Aqui está – ela sussurrou. – Posso não ser uma bruxa, mas sou a última dos Norman. Guardamos isso para você.

Uma pequena estatueta de quase dez centímetros de altura de prata antiga brilhou discretamente como se exibida na vitrine de um museu. Sophie virou-a de forma que ficasse de frente para mim.

– Diana. – Nem seria preciso que eu dissesse. A deusa era representada com exatidão, desde a lua crescente à testa até as sandálias. Ela se movimentava como se desse um passo à frente e tentava pegar uma flecha na aljava com uma das mãos. A outra mão pousava nos chifres de um veado.

– Onde conseguiu isso? – perguntou Matthew com um ar inusitado e um rosto acinzentando.

Sophie encolheu-se.

– Ninguém sabe. Sempre esteve com a família Norman. Ela tem sido passada de bruxa para bruxa na minha família. Um dia a minha avó disse para o meu pai: "Na hora certa, ela deverá ser dada a quem dela precisa." E o meu pai me disse a mesma coisa. A frase estava escrita num pedaço de papel que acabou se perdendo.

— O que é isso, Matthew? — Marcus parecia perturbado. E Nathaniel também.

— É uma peça de xadrez — respondeu Matthew com a voz embargada. — É a rainha branca.

— Como sabe disso? — disse Sarah enquanto analisava a estatueta. — Não se parece com nenhuma peça de xadrez que conheço.

Matthew esforçou-se para falar.

— Ela era minha. Foi meu pai que me deu.

— E como foi parar na Carolina do Norte? — Estiquei a mão para pegar a estatueta de prata que de imediato deslizou pela mesa como se quisesse que eu ficasse com ela. Fechei a palma da mão e os chifres do veado couberam exatinho dentro dela, o metal se aqueceu com muita rapidez ao meu toque.

— Perdi essa estatueta numa aposta — disse Matthew baixinho. — Não sei como foi parar na Carolina do Norte. — Ele enterrou o rosto nas mãos e murmurou uma palavra que não fez o menor sentido para mim. — Estojo.

— Consegue se lembrar de quando esteve com ela pela última vez? — perguntou Sarah com um tom incisivo.

— Lembro perfeitamente. — Matthew ergueu a cabeça. — Foi numa noite de Finados há muitos anos, durante uma partida de xadrez. Foi quando perdi a aposta.

— Cai na próxima semana. — Miriam esticou-se na cadeira de modo a nivelar os olhos com os olhos de Sarah. — Não será mais fácil fazer essa viagem no tempo por ocasião de Finados e Todos os Santos?

— Miriam — rosnou Matthew, mas já era tarde.

— Viajar no tempo, como assim? — sussurrou Nathaniel para Sophie.

— Mamãe viajava no tempo — sussurrou Sophie em resposta. — Ela era muito boa nisso, e sempre retornava dos anos 1700 com muitas ideias para as panelas e os vasos de cerâmica.

— Sua mãe visitava o passado? — perguntou Nathaniel com um fiapo de voz. Ele percorreu com os olhos as criaturas em volta e depois olhou para a barriga da mulher. — Isso é comum nas famílias de bruxas, como a segunda visão?

Sarah respondeu para Miriam em meio ao cochicho dos demônios.

— Entre Halloween e Finados a distância entre os vivos e os mortos se reduz. Seria mais fácil para escorregar entre o passado e o presente.

Nathaniel se mostrou ainda mais aflito.

— Vivos e mortos? Nós só viemos entregar essa estatueta para que Sophie possa dormir tranquila.

– Será que Diana aguenta? – perguntou Marcus para Matthew, ignorando Nathaniel.

– É uma boa época do ano para Diana viajar no tempo sem dificuldades – refletiu Sarah em voz alta.

Sophie não dissimulou sua alegria por estar presente naquela mesa.

– Isso está me fazendo lembrar do tempo em que vovó se reunia com as irmãs para conversar. Parecia que não prestavam atenção uma na outra, mas elas sempre sabiam tudo o que tinha sido dito.

As vozes que falavam ao mesmo tempo se detiveram quando a porta da sala começou a abrir e fechar com violência, acompanhada pelo bater da porta da sala de estar. Nathaniel, Miriam e Marcus se levantaram abruptamente.

– Que loucura é essa? – disse Marcus.

– É a casa – respondi com enfado. – Vou ver o que ela quer.

Matthew me seguiu com a estatueta na mão.

A senhora do corpete bordado esperava à soleira da porta da sala de estar.

– Olá, madame – disse polidamente Sophie, que tinha me seguido e estava bem atrás de mim. – Ela se parece um pouco com você, não acha?

Então, vocês escolheram o caminho que devem tomar, disse a senhora com uma voz mais fraca do que antes.

– Escolhemos, sim – eu disse. Soaram passos atrás de mim à medida que os ocupantes da sala de jantar se aproximavam para ver o que estava acontecendo.

Vocês vão precisar de algo mais para a jornada, continuou falando a senhora.

A porta da sala de estar se abriu por inteiro, e com isso emparelhou o bando de criaturas às minhas costas com o bando de fantasmas que aguardavam perto da lareira.

Isso promete ser interessante, disse a minha avó com um tom seco à frente do fantasmagórico bando.

Soou um estrondo nas paredes, como uma colisão de ossos. Minhas pernas bambearam e me sentei na cadeira de balanço da vovó.

Abriu-se uma rachadura nos lambris entre a janela e a lareira. A rachadura alongou-se e fez uma abertura com um corte diagonal. A velha madeira rangeu. Alguma coisa macia com pernas e braços saiu voando pela abertura e caiu no meu colo, deixando-me insegura.

– Minha nossa – disse Sarah.

Esse lambri nunca mais será o mesmo, comentou a minha avó enquanto balançava a cabeça na direção da rachadura na madeira.

A tal coisa estranha que voara até o meu colo era feita de um tecido rústico encardido pelo tempo. Além dos quatro membros, tinha uma protuberância no lugar da cabeça adornada por tufos ralos de cabelo. Havia um X costurado no lugar do coração.

– O que é isso? – perguntei apontando para aquela costura grosseira.

– Não toque nisso! – gritou Em.

– Já toquei – fiquei confusa. – Caiu no meu colo.

– Eu nunca tinha visto uma boneca de vodu tão antiga – disse Sophie, observando-a.

– Boneca? – Miriam franziu a testa. – Alguma de suas ancestrais já teve problemas com bonecas de vodu?

– Bridget Bishop – eu, Sarah e Em respondemos em uníssono.

A senhora de corpete bordado estava em pé ao lado de vovó.

– É sua? – perguntei com um sussurro.

Bridget sorriu meio sem graça. *Não se esqueça de ser prudente quando estiver em alguma encruzilhada, minha filha. Nunca se sabe que segredos estão enterrados nela.*

Olhei para a boneca e toquei ligeiramente no X em seu peito. O tecido se abriu e mostrou um recheio de folhas, raminhos e flores secas que exalou um cheiro de ervas pelo ar.

– Arruda. – Reconheci por causa do chá de Marthe.

– E pelo cheiro, cravo-da-índia, giesta e casca de olmo americano também – disse Sarah cheirando o ar. – Esta boneca representa alguém... provavelmente Diana, mas nela também há um feitiço de proteção.

Você fez um ótimo trabalho com ela, disse Bridget para vovó ao mesmo tempo em que lançava um olhar de aprovação para Sarah.

Algo brilhou em meio ao marrom. Puxei com cuidado e a boneca se desfez.

E lá se foi, disse Bridget com um suspiro. Vovó enlaçou-a pelos ombros, reconfortando-a.

– É um brinco. – Uma luz iluminou a intrincada superfície de ouro, arrematada por uma enorme gota de pérola.

– O que um brinco da minha mãe estaria fazendo dentro da boneca de Bridget Bishop? – O rosto de Matthew retomou o tom acinzentado.

– Os brincos da sua mãe estavam perto do jogo de xadrez quando você estava jogando naquela noite do passado? – perguntou Miriam. O brinco e a peça de xadrez eram bem antigos, mais antigos que a boneca e mais antigos que a casa das Bishop.

Matthew pensou por alguns segundos e assentiu com a cabeça.

– Estavam sim. – Em seguida ele perguntou para mim com certa aflição. – Uma semana é suficiente? Você consegue resolver tudo?

– Não sei.

– Claro que consegue – disse Sophie, cantarolando para a própria barriga. – Ela fará tudo direitinho para você, bruxinha. Você será a madrinha dela – acrescentou com um sorriso radiante. – Ela gostará disso.

– Contando com o bebê... e tirando os fantasmas, é claro – disse Marcus com um tom enganoso parecido com a maneira de falar de Matthew quando estava estressado –, somos nove nesta sala.

– Quatro bruxas, três vampiros e dois demônios – disse Sophie com um ar sonhador e ainda com as mãos pousadas na barriga. – Mas vamos precisar de um outro demônio. Sem isso não formaremos um conventículo. E também vamos precisar de um outro vampiro quando Matthew e Diana partirem. A mãe de Matthew ainda está viva?

– Ela está cansada – desculpou-se Nathaniel apertando os ombros da esposa. – Não está conseguindo se concentrar.

– O que você disse? – perguntou Em para Sophie. Era visível que se esforçava para manter uma voz calma.

Os olhos de Sophie perderam o ar sonhador.

– Conventículo. Era como chamavam uma reunião de dissidentes no passado. Pergunte para eles. – Ela inclinou a cabeça na direção de Marcus e Miriam.

– Falei para você que isso não era um assunto apenas dos Bishop e dos Clermont – disse Em para Sarah. – Não se trata apenas de Matthew e Diana, se eles podem ou não ficar juntos. Isso também tem a ver com Sophie e Nathaniel. E tem a ver com o futuro, exatamente como disse Diana. Será dessa forma que combateremos a Congregação... não apenas como famílias individuais, mas também como um... qual foi mesma a palavra citada?

– Conventículo – respondeu Miriam. – Sempre gostei dessa palavra, é tão forte. – Ela sorriu triunfante.

Matthew se voltou para Nathaniel.

– Parece que a sua mãe estava certa. Vocês devem ficar aqui conosco.

– Claro que eles ficarão aqui – Sarah apressou-se em falar. – O quarto de vocês já está pronto, Nathaniel. É lá em cima, segunda porta à direita.

– Muito obrigado. – A voz de Nathaniel soou com alívio, se bem que ele ainda olhava com cautela para Matthew.

– Sou Marcus. – O filho de Matthew estendeu a mão para Nathaniel. O demônio apertou-a com firmeza, mal conseguindo disfarçar a reação por causa da frieza da carne do vampiro.

– Está vendo? Não precisaremos fazer reserva naquele hotel, meu amor – disse Sophie para o marido com um sorriso iluminado. Em seguida, se voltou para Em com um olhar guloso. – Tem mais biscoitos?

40

Alguns dias depois, Sophie estava sentada na bancada central da cozinha com um punhado de abóboras e uma faca quando eu e Matthew chegamos de nossa caminhada diária. O tempo tinha esfriado e o inverno já se infiltrava no ar.

– O que você acha? – perguntou Sophie, mostrando uma abóbora. Como todas as abóboras de Halloween, tinha os olhos, as sobrancelhas e a boca vazados, mas Sophie transformara os traços costumeiros em algo extraordinário. Linhas se espraiavam dos cantos da boca, e rugas na testa deixavam os olhos ligeiramente desemparelhados. O efeito geral era assustador.

– Incrível. – Matthew olhou extasiado para a abóbora.

Ela mordeu o lábio enquanto examinava com olhos críticos a sua criação.

– Não sei se os olhos estão certos.

Sorri.

– Pelo menos *tem* olhos. Às vezes, Sarah se esquenta e só faz três buracos redondos com a ponta de uma chave de fenda.

– O Halloween é um dia muito atarefado para as bruxas. Nem sempre temos tempo para caprichar nos detalhes – disse Sarah com um tom cortante enquanto saía da cozinha para inspecionar o trabalho de Sophie. Ela o viu e aprovou. – Mas este ano nós seremos invejadas pela vizinhança.

Sophie sorriu meio sem jeito e pegou outra abóbora.

– Farei esta aqui menos assustadora. Afinal, a criançada não precisa chorar.

Faltava menos de uma semana para o Halloween. Em e Sarah estavam em plena atividade com os preparativos para a celebração de outono do conciliábulo anual de Madison. Era uma festa com comida e bebida (incluindo o famoso ponche de Em que tinha em seu crédito ao menos um ano de envelhecimento completado em julho), e também com atividades mágicas que mantinham as crianças ocupadas e longe da fogueira depois da excitação das travessuras e gostosuras. Mergulhar a cabeça numa bacia para abocanhar uma maçã era bem mais excitante quando a fruta em questão estava enfeitiçada.

Minhas tias jogaram indiretas de que poderiam cancelar os seus planos, e Matthew balançou a cabeça em negativa.

– A cidade toda se perguntará sobre a ausência de vocês. Afinal, é Halloween.

Nós estávamos hesitando. Até porque, Sarah e Em não eram as únicas que estavam contando as horas para o Halloween.

Na noite anterior Matthew tinha estabelecido uma partida gradual dos que estavam na casa, a começar por Nathaniel e Sophie e terminando com Marcus e Miriam. Ele achava que assim ninguém notaria a nossa própria partida – e ponto final.

Marcus e Nathaniel se entreolharam longamente quando Matthew passou o comunicado, o que fez o demônio balançar a cabeça e apertar os lábios enquanto o jovem vampiro olhava fixamente para a mesa e contraía as mandíbulas.

– Mas quem vai entregar os doces? – perguntou Em.

Matthew se pôs pensativo.

– Eu e Diana.

Depois que nos dispersamos, os dois jovens resmungaram e saíram pela porta como um raio para comprar leite ou algo assim. Em seguida, entraram no carro de Marcus e tomaram o rumo da estrada.

– Você tem que parar com a mania de dar ordens a eles – adverti a Matthew quando ele se juntou a mim na porta de entrada para assistir à partida dos dois. – Eles já são adultos. Nathaniel tem uma esposa e logo será pai.

– Se ficarem por conta própria, nós teremos um exército de vampiros batendo à porta.

– Você não estará aqui na semana que vem para dar ordens a eles – eu o relembrei enquanto a luz dos faróis se afastava na direção da cidade. – O seu filho estará no comando.

– É isso que me preocupa.

A verdade é que estávamos em meio a um surto agudo de testosterona. Nathaniel e Marcus não podiam ficar no mesmo ambiente sem soltar faíscas no ar, e com a casa ocupada como estava era difícil que eles se evitassem.

Uma das discussões que antecederam a nossa partida ocorreu numa tarde em que chegou uma encomenda. Era uma caixa que exibia o aviso RISCO BIOLÓGICO em letras maiúsculas e vermelhas.

– Que merda é essa? – perguntou Marcus, carregando cautelosamente a caixa até a sala de TV. Nathaniel arregalou os olhos assustado, deixando a tela do seu laptop de lado por um momento.

– É para mim – disse Matthew com calma enquanto pegava a caixa.

– Minha mulher está grávida! – exclamou Nathaniel furioso, fechando o laptop. – Como pôde trazer isso para dentro de casa?

– São vacinas para Diana. – Matthew mal conseguiu ocultar o seu aborrecimento.

Deixei de lado as revistas que estava lendo.

– Que vacinas?

– Não podemos ir ao passado sem as devidas precauções. Venha comigo até a despensa. – Matthew estendeu a mão para mim.

– Primeiro me diga o que há na caixa.

– Vacinas de reforço... tétano, tifo, pólio, difteria e outras vacinas que você provavelmente não tomou, como uma nova dose de vacina antirrábica, as últimas vacinas contra gripe e uma imunização para o cólera. – Ele fez uma pausa ainda com a mão estendida. – E uma vacina contra a varíola.

– Varíola? – Eu ainda nem tinha nascido quando deixaram de aplicar essa vacina nas crianças. Isso significava que Nathaniel e Sophie também não estavam imunizados.

Matthew se inclinou para me ajudar a ficar de pé.

– Vamos começar logo com isso – disse com um tom firme.

– Hoje não tomo injeção nenhuma.

– É bem melhor tomar isso hoje do que padecer de varíola e trismo amanhã – ele retrucou.

– Espere um pouco. – A voz de Nathaniel soou como uma chicotada na sala. – A vacina de varíola deixa o paciente contagioso. E como ficarão Sophie e o bebê?

– Explique para ele, Marcus – ordenou Matthew, colocando-se de lado para que eu passasse.

– O paciente não se torna exatamente um portador de varíola. – Marcus tentou parecer confiante. – É uma gradação diferente da doença. Sophie ficará bem, desde que não toque no braço de Diana ou em outra coisa qualquer que tenha estado em contato com ela.

Sophie sorriu para Marcus.

– Tudo bem. Eu consigo fazer isso.

– Você sempre faz o que ele manda? – disse Nathaniel para Marcus com um ar de desprezo enquanto saía do sofá na direção da esposa. – Sophie, nós vamos embora.

– Pare com isso, Nathaniel – ela disse. – Se ficar dizendo que vai embora, vai acabar magoando o pessoal da casa. Não vamos a lugar algum.

Nathaniel amarrou a cara para Matthew e sentou-se.

– Marcus escuta o que digo da mesma forma que Sophie escuta o que você diz – observou Matthew.

Já na despensa, Matthew tirou a minha blusa e começou a passar álcool no meu braço esquerdo. A porta abriu-se com um rangido.

Era Sarah. Não fizera qualquer comentário durante a troca de palavras entre Matthew e Nathaniel, mas não tirara o olho da caixa recém-chegada.

A fita adesiva que protegia a caixa já estava cortada. Lá dentro havia sete seringas cuidadosamente dispostas com uma embalagem de pílulas, algo que parecia um recipiente de sal e dois instrumentos de metal dentados que eu não conhecia. Matthew já estava no clima de distanciamento profissional que tinha mostrado na primeira vez que fui ao seu laboratório, ou seja, nada de conversas e tratamento privilegiado. Sarah foi acolhida como um apoio moral.

– Eu trouxe algumas camisetas brancas que você usava. – Ela me fez desviar a atenção do que Matthew estava fazendo por um momento. – Não será difícil deixá-las mais brancas. E também trouxe algumas toalhas brancas. Deixe sua roupa suja lá em cima que me encarrego dela.

– Obrigado, Sarah. O risco de contaminação é pequeno, quase nenhum. – Matthew selecionou uma das seringas. – Vamos começar pelo reforço da vacina contra o tétano.

Eu gemia a cada vez que ele espetava o meu braço. Na terceira injeção o suor já escorria pela minha testa e o coração estava na minha boca.

– Sarah – falei com um fiapo de voz. – Dá para não ficar atrás de mim?

– Desculpe – disse Sarah, colocando-se atrás de Matthew. – Beba essa água. – Ela estendeu um copo de água tão gelada que a parte externa do vidro transpirava. Peguei o copo com alívio e tentei me concentrar nele e não na seringa que Matthew manipulava.

Outra agulha penetrou na minha pele e me deixou sobressaltada.

– É a última – ele disse. Abriu o recipiente que parecia conter cristais de sal e adicionou o conteúdo ao líquido de uma garrafinha. Agitou-a com vigor e estendeu-a para mim. – Essa é a vacina para cólera. É oral. Depois será imunizada de varíola, e tomará algumas pílulas nas próximas noites antes do jantar.

Ingeri o líquido de uma vez, mas tinha uma textura grossa e um gosto terrível que me fez engasgar.

Matthew abriu a sacola com os dois instrumentos dentados de inoculação da varíola.

– Sabe o que Thomas Jefferson escreveu sobre essa vacina para Edward Jenner? – perguntou Matthew de um modo hipnótico. – Disse que era a descoberta mais útil que a medicina podia ter. – Senti um toque frio de álcool no meu braço direito seguido pelo beliscão dos dentes dos instrumentos de inoculação na minha pele. – O presidente descartou a descoberta da circulação do sangue feita por Harvey, alegando que não passava de uma "bela contribuição" ao conhecimento médico. – Ele distribuiu o vírus vivo na minha pele com um movimento circular.

A tática de desviar a minha atenção estava funcionando. A história que ele contava era tão interessante que eu nem olhava para o braço.

– Mas Jefferson elogiou Jenner porque o seu método de inoculação fez da varíola uma doença que só seria conhecida pelos historiadores. Dessa forma tinha salvado a raça humana de um dos seus inimigos mais mortais. – Ele colocou a ampola vazia e os instrumentos de inoculação dentro de um recipiente hermeticamente fechado. – Acabou.

– Você conheceu Jefferson? – Eu já estava fantasiando uma viagem à Virgínia do século XVIII.

– Conheci melhor Washington. Ele era um soldado, um homem cujos atos falavam por si mesmos. Já Jefferson era um homem de palavras. Mas não era fácil atingir o homem que se abrigava atrás do intelecto. Eu nunca bateria à porta dele sem avisar, e ainda mais levando a reboque uma sabichona como você.

Estiquei-me para pegar a blusa de gola rolê, mas ele segurou o meu braço e cobriu a área de inoculação com um curativo à prova de água.

– Isso é um vírus vivo, portanto trate de mantê-lo coberto. Sophie e Nathaniel não podem entrar em contato com isso ou com qualquer outra coisa que esbarre nisso. – Ele foi até a pia e lavou as mãos meticulosamente em água quente.

– Por quanto tempo?

– A princípio se formará uma bolha, depois a bolha formará uma casca. Ninguém deve tocar nesse local até que fique completamente curado.

Eu vesti a blusa de gola rolê com muito cuidado para não deslocar o curativo.

– Agora que tudo está feito, é hora de saber como Diana se transportará para uma época distante no dia do Halloween carregando você. Ela viaja no tempo desde criança, mas isso não é nada fácil – disse Sarah visivelmente preocupada.

Em apareceu à porta e nós a chamamos para sentar à mesa.

– Na verdade, fiz viagens no tempo nesses últimos dias – confessei.

– Quando? – Matthew parou o trabalho de coleta dos resíduos das inoculações por um momento.

– Primeiro, quando você estava conversando com Ysabeau na frente da casa. E também naquele que eu estava aprendendo a acender uma vela com Sarah e saí da despensa e fui parar no pomar. Nos dois casos ergui o pé e me imaginei em outro lugar, e abaixei o pé no lugar onde queria ir.

– De fato, parece uma viagem no tempo – comentou Sarah vagarosamente. – Claro que você não foi muito longe, e também não estava carregando nada. – Ela olhou Matthew dos pés à cabeça com um ar de dúvida.

Alguém bateu à porta.

– Posso entrar? – O pedido de Sophie soou abafado.

– Matthew, ela pode entrar? – perguntou Em.

– Desde que não toque em Diana.

Quando Em abriu a porta, Sophie estava acariciando a própria barriga.

– Tudo dará certo – disse tranquilamente da soleira da porta. – Se Matthew tiver uma ligação com o lugar para onde eles irão, ele ajudará a Diana e não será um peso a mais.

Miriam apareceu atrás de Sophie.

– Estou perdendo alguma coisa?

– Estamos conversando sobre a viagem no tempo.

– Como irão praticar isso? – Miriam postou-se ao lado de Sophie e empurrou-a de volta à porta quando ela tentou entrar.

– Primeiro passo, Diana volta algumas horas no tempo, e depois, um pouco mais. Distanciamos o tempo de forma gradual, e depois, o lugar. Por fim, Matthew entra em cena e veremos o que acontece. – Sarah olhou para Em. – Você pode ajudá-la?

– Um pouco – Em mostrou-se cautelosa. – Stephen me contou como fazia isso. Ele nunca recorria a feitiços para viajar no tempo, o poder que ele tinha dispensava esse recurso. Considerando as primeiras experiências de Diana com a viagem no tempo e as dificuldades dela com a feitiçaria, talvez possamos seguir o exemplo dele.

– Por que não vão ao celeiro agora para tentar? – sugeriu Sarah. – Ela pode começar voltando direto para a despensa.

Matthew fez menção de nos seguir e Sarah o barrou com um gesto de mão.

– Fique aqui.

O rosto de Matthew se acinzentou. Não me queria sem ele em outro lugar, e menos ainda em outro tempo.

O celeiro ainda exalava o doce aroma de antigas colheitas. Em colocou-se do lado oposto a mim e passou-me as instruções com toda calma.

– Fique o mais imóvel que puder e esvazie a mente.

– Você está parecendo a minha professora de ioga – retruquei, colocando-me na posição da montanha.

Em sorriu.

– Eu sempre lhe disse que ioga e magia têm muito em comum. Agora, feche os olhos. Pense na despensa de onde você acabou de sair. Você precisa querer estar lá mais do que aqui.

Configurei a despensa mentalmente, mobiliando-a com objetos, cheiros e pessoas. Franzi a testa.

– E você, onde estará?

– Depende da hora que você chegar lá. Se chegar antes do momento em que saímos, estarei lá. Do contrário, estarei aqui.

– Essa física não faz sentido para mim. – Minha cabeça ferveu com a ideia de que o universo podia comportar múltiplas Dianas e Ems, sem falar nas Mirians e Sarahs.

– Pare de pensar na física. O que foi mesmo que o seu pai escreveu naquele bilhete? *Aquele que não se fascina, que não se maravilha, é como se estivesse morto.*

– Foi mais ou menos isso – admiti relutante.

– Diana, é hora de dar um passo em direção ao mistério. A magia e a curiosidade que você tem desde o dia do seu nascimento estão à sua espera. Agora, pense no lugar para onde quer ir.

Quando a minha mente estava repleta de imagens da despensa, ergui o pé.

Quando o abaixei, ainda estava no celeiro com Em.

– Não deu certo. – Entrei em pânico.

– Você se ateve demais aos detalhes da despensa. Pense em Matthew. Não quer ficar com ele? A magia está no coração e na mente. Magia não é como feitiçaria para a qual bastam algumas palavras e alguns procedimentos. Você tem que *senti-la*.

– Desejo – eu disse para mim mesma, chamando pelo *Notes and Queries* da estante da Bodleiana e sentindo outra vez o beijo que Matthew tinha me dado na boca no apartamento da All Souls. O celeiro se distanciou e de repente Matthew estava contando a história sobre Thomas Jefferson e Edward Jenner.

– Não – disse Em com uma voz firme. – Não pense em Jefferson. Pense no Matthew.

– Matthew. – Eu trouxe de volta à mente o toque de suas mãos frias na minha pele, a força de sua voz e a sensação que nos invadia quando estávamos juntos.

Ergui o pé.

Aterrissei em um dos cantos da despensa, espremida entre a parede e um velho barril.

— E se ela se perder? — Matthew parecia tenso. — Como a resgataremos?

— Não precisamos nos preocupar com isso — disse Sophie apontando na minha direção. — Ela já está aqui.

Matthew girou com um salto e soltou um suspiro de alívio.

— Quando foi que saí daqui? — Eu estava zonza e desorientada, mas me sentia bem.

— Cerca de noventa segundos — disse Sarah. — Tempo mais do que suficiente para Matthew ter uma crise nervosa.

Ele me tomou nos braços e aconchegou a minha cabeça debaixo do seu queixo.

— Graças a Deus. Quando ela poderá me levar?

— Não devemos nos precipitar — disse Sarah. — Um passo de cada vez.

Olhei em volta.

— Cadê a Em?

— Está no celeiro. — Sophie estava radiante. — Já vai chegar.

Em voltou vinte minutos depois. Com as faces coradas de preocupação e de frio, se bem que a tensão se dissipou quando ela me viu com Matthew.

— Você foi ótima, Em. — Sarah beijou-a, uma rara demonstração pública de afeto.

— Diana pensou inicialmente em Thomas Jefferson — explicou Em. — Dessa maneira poderia parar no Monticello. Depois, concentrou-se nos próprios sentimentos e seu corpo começou a se tornar um borrão. Pisquei os olhos e de repente ela não estava mais lá.

Com a prestimosa assistência de Em, naquela tarde fiz uma viagem um pouco mais longa até o café da manhã. Nos dias seguintes, me distanciei ainda mais a cada viagem no tempo. Retornar ao passado com ajuda de três objetos era mais fácil que retornar ao presente, isso requeria uma grande concentração e habilidade para calcular com precisão onde e quando eu queria chegar. Finalmente, chegou o momento de carregar Matthew comigo.

Sarah insistiu em limitar as variáveis para acomodar o esforço extra requerido.

— Comece por qualquer lugar que você queira ir — aconselhou. — Dessa forma só terá que se preocupar em se imaginar de volta a uma determinada época. O lugar se encarregará de si mesmo.

À noite, levei Matthew até o quarto sem dizer o que tinha em mente. A peça de xadrez que representava a deusa Diana e o brinco dourado que tinha estado dentro da boneca de Bridget Bishop estavam em cima do gaveteiro, em frente à foto dos meus pais.

– Seria ótimo ficar aqui com você por algumas horas, mas o jantar já está quase pronto – ele protestou com um brilho de desejo nos olhos.

– Nós temos tempo. Sarah disse que já estou pronta para viajar no tempo com você. Voltaremos para nossa primeira noite aqui em casa.

Matthew parou para pensar e em seguida seus olhos se iluminaram.

– Naquela noite que as estrelas entraram no quarto?

Respondi com um beijo.

– Oh. – Ele pareceu timidamente surpreso. – O que devo fazer?

– Nada. – Isso seria a coisa mais difícil para ele nas viagens no tempo. – Lembra do que você vive me dizendo? Feche os olhos e relaxe que eu cuido do resto. – Comecei a rir.

Ele entrelaçou a mão na minha.

– Bruxa.

– Você nem vai perceber o que está acontecendo – assegurei. – É tudo muito rápido. É só erguer o pé e abaixá-lo quando eu disser. E não largue a minha mão.

– De jeito nenhum. – Ele apertou a minha mão.

Pensei naquela noite, na primeira noite que ficamos a sós depois do meu encontro com Satu. Lembrei do toque vigoroso e gentil que ele deu nas minhas costas. Senti de imediato uma persistente conexão com aquele momento do passado que desfrutamos juntos.

– Agora – sussurrei. – Levantamos os pés ao mesmo tempo.

Acontece que viajar no tempo com Matthew foi diferente. A companhia dele nos retardou e pela primeira vez tive consciência do que estava acontecendo.

Passado, presente e futuro cintilaram ao redor como uma teia de luz e cor. Os fios da teia se moviam de maneira lenta e quase imperceptível, às vezes um fio tocava outro fio e depois se afastava com delicadeza como se balançado pela brisa. Cada vez que os fios se tocavam – e milhões de fios se tocavam o tempo todo – soava um suave eco original e inaudível.

Em dado momento nos distraímos com as possibilidades aparentemente ilimitadas à nossa frente e quase perdemos de vista o trançado de dois fios, um branco e outro vermelho, que estávamos seguindo. Consciente de que esse trançado nos levaria de volta à primeira noite em Madison, retomei a concentração.

Abaixei o pé e senti o assoalho áspero debaixo dos meus pés descalços.

– Você disse que seria rápido – ele resmungou. – Para mim não foi rápido.

– É que desta vez tudo foi diferente – me justifiquei. – Você viu as luzes?

Matthew balançou a cabeça.

– Não vi nada além de escuridão. Era como se eu estivesse caindo em câmera lenta, só a sua mão me impedia de chegar lá no fundo. – Ele pegou a minha mão e beijou-a.

Um aroma de chili se imiscuía em meio ao silêncio casa, e lá fora, era noite.

– Você consegue identificar quem está na casa?

Ele mexeu as narinas e fechou os olhos. Depois, sorriu e suspirou de felicidade.

– Só Sarah e Em, e você e eu. Ninguém mais.

Sorri e o puxei para perto de mim.

– Esta casa vai arrebentar se ficar mais cheia. – Ele enterrou o rosto no meu pescoço e logo recuou. – Você ainda está com o curativo. Isso significa que quando retornamos no tempo, não deixamos de ser quem somos no presente nem esquecemos do que nos aconteceu no passado. – Ele insinuou suas mãos geladas por debaixo da bainha da minha blusa de gola rolê. – Você é capaz de medir a passagem do tempo com precisão, agora que redescobriu o seu dom para viajar no tempo?

Embora tivéssemos desfrutado momentos românticos nesse passado recente, retornamos antes que Em tivesse terminado de preparar o jantar.

– A viagem no tempo lhe fez bem, Matthew – disse Sarah, observando a expressão relaxada no rosto dele. Ela o premiou com um copo de vinho tinto.

– Obrigado, Sarah. Eu estava em boas mãos. – Ele ergueu o copo em brinde.

– Que bom ouvir isso – a voz de Sarah soou tão seca quanto a da minha avó fantasmagórica. Ela jogou algumas rodelas de rabanete dentro de uma enorme saladeira que eu nunca tinha visto.

– De onde veio isso? – Olhei para a saladeira escondendo os meus lábios rubros pelos muitos beijos.

– Da casa – respondeu Em enquanto temperava e remexia a salada. – Ela adora quando tem muita gente para comer.

Na manhã seguinte a casa nos fez saber que haveria um novo visitante.

Eu estava discutindo com Sarah e Matthew se a próxima viagem no tempo seria para Oxford ou para Sept-Tours quando Em surgiu com uma trouxa de roupa suja.

– Está chegando alguém.

Matthew deixou o jornal na mesa e levantou-se.

– Que bom. Estou esperando uma entrega para hoje.

– Não é um entregador, e ele ainda não chegou. Mas a casa já está pronta para recebê-lo. – Ela saiu na direção da lavanderia.

– Um outro quarto? Onde a casa o colocou? – gritou Sarah para Em.

– Perto do quarto do Marcus. – A resposta de Em ecoou das profundezas da máquina de lavar.

Começamos a trocar palpites sobre quem poderia ser. Palpites que iam de Agatha Wilson às amigas de Emily lá de Cherry Valley que gostavam de aparecer de surpresa para a festa de Halloween.

A manhã já ia alta quando soou uma batida autoritária à porta. Abri e dei de cara com um homem moreno de estatura baixa e olhos inteligentes. Eu o reconheci imediatamente pelas fotos de festas de celebridades em Londres e por tê-lo visto em alguns programas de televisão. As dúvidas que ainda restavam sobre a identidade daquele se apagaram com os dois beijinhos que ele deu no meu rosto.

O misterioso hóspede da casa era Hamish Osborne, o amigo de Matthew.

– Você deve ser a Diana – ele disse sem preâmbulos, com um sotaque escocês evidenciado pelas vogais longas. Vestia-se de maneira formal, com um terno risca de giz talhado especialmente para ele, uma camisa em tom claro de rosa e abotoaduras de prata nas mangas e uma gravata fúcsia bordada com minúsculas moscas.

– Eu mesma, Diana. Olá, Hamish. Matthew o esperava? – Coloquei-me de lado para lhe dar passagem.

– Provavelmente, não – respondeu Hamish de pronto ainda à entrada. – Onde ele está?

– Hamish. – Matthew se moveu com tanta rapidez que parecia que uma brisa se aproximava por trás de mim. Logo ele estendia a mão para cumprimentar o amigo. – Que surpresa.

Hamish olhou para a mão estendida e depois olhou nos olhos de Matthew.

– Surpresa? Então, vamos discutir essas tais surpresas. Quando me juntei a sua... empresa de família, você me jurou que isso nunca aconteceria. – Ele balançou um envelope com um selo em cera preta ainda visível.

– É verdade. – Matthew recolheu a mão e olhou com cautela para Hamish.

– Para você ter quebrado a promessa, só pode ter acontecido alguma coisa muito séria. Desconfiei quando recebi esta carta e quando sua mãe me disse que está havendo um problema. – Hamish olhou para mim e depois para Matthew.

– Pois é. – Os lábios de Matthew se apertaram. – Mas você é o nono cavaleiro. E não precisa se envolver.

– Quer dizer que você fez de um *demônio* o nono cavaleiro? – disse Miriam saindo da sala de jantar acompanhada de Nathaniel.

– Quem é ele? – Nathaniel sacudiu um punhado de pecinhas do jogo de palavras cruzadas na mão enquanto observava o recém-chegado.

– Hamish Osborne. E quem é você? – ele perguntou como se estivesse falando com um subalterno impertinente. Mais testosterona era a última coisa de que precisávamos na casa.

– Ora, eu sou ninguém – respondeu rapidamente Nathaniel, encostando-se na porta da sala de jantar. Não lhe passou despercebido que Marcus chegava.

– Hamish, o que está fazendo aqui? – Marcus pareceu confuso, mas logo viu a carta. – Ah, sim.

Meus ancestrais confabularam na sala de TV, e a casa começou a sacolejar em suas fundações.

– Podemos continuar a conversa lá dentro? É pela casa. Já está sentindo algum desconforto pelo fato de você ser demônio... e estar com raiva.

– Entre, Hamish. – Matthew tentou convencer o amigo a sair da soleira da porta. – Marcus e Sarah ainda não deram cabo do suprimento de uísque. Que tal tomar uma dose enquanto conversamos ao pé da lareira?

Hamish não arredou pé e continuou falando.

– Na visita que fiz à sua mãe, que por sinal se dispôs a responder às minhas perguntas muito mais do que você, eu soube que você queria algumas coisas da casa. O fato é que pareceu um desperdício Alain fazer uma viagem tão longa quando eu já estava vindo para cá a fim de saber o que afinal estava acontecendo. – Ele ergueu uma volumosa mala de revestimento macio e uma maleta de revestimento duro.

– Muito obrigado, Hamish – disse Matthew de um modo cordial, mas visivelmente contrariado pela mudança de planos.

– E já que estamos nas explicações, que bom que os franceses não se importam com a exportação dos tecidos ingleses. Você faz ideia da papelada que seria exigida para tirar isso da Inglaterra? Isso *caso* eles me deixassem tirar, o que duvido muito.

Matthew tirou a maleta da mão de Hamish, pegou o amigo pelo braço e o empurrou para dentro da casa.

– Mais tarde você fala sobre isso – disse apressadamente. – Marcus, apresente Hamish para a família de Diana enquanto guardo essas coisas.

– Oh, é você – disse Sophie com um ar encantado enquanto saía da sala de jantar. Seu barrigão se destacava debaixo do moletom apertado da Universidade da Carolina do Norte. – Você, como Nathaniel, não é tão descuidado como eu. Seu rosto também está em um dos meus jarros. – Ela sorriu para Hamish que se mostrou ao mesmo tempo encantado e assustado.

– Tem mais? – ele me perguntou espichando o pescoço de um modo que o fez parecer uma ave curiosa.

– Muitos mais – disse Sophie toda contente. – Só que não conseguirá vê-los.

– Venha conhecer as minhas tias – eu disse abruptamente.

– As bruxas? – Não foi possível saber o que ele pensou. Seus olhos atentos não perdiam nada, e seu rosto era quase tão impassível quanto o de Matthew.

– Sim, as bruxas.

Matthew subiu com a maleta enquanto eu e Marcus apresentávamos Hamish para Em. Ele pareceu menos aborrecido com ela do que comigo, e logo ela e Matthew o paparicavam. Intrigada com a agitação, Sarah nos encontrou na despensa.

– Sarah, agora já somos um conventículo – comentou Sophie ao mesmo tempo em que pegava um biscoito na bancada da cozinha. – Os nove, completos... três bruxas, três demônios e três vampiros presentes e preparados.

– Parece que sim – disse Sarah olhando Hamish de cima a baixo. Reparou que sua companheira zanzava pela cozinha como uma abelha desnorteada. – Em, acho que o novo hóspede não quer café nem chá. O uísque está na sala de jantar?

– Diana e eu a chamamos de sala de guerra – cochichou Sophie pegando Hamish pelo braço como se o conhecesse há muito tempo –, embora seja pouco provável que a gente trave uma guerra sem chamar a atenção dos humanos. Mas é uma sala espaçosa o suficiente para caber todos nós. Alguns fantasmas também gostam de se aglomerar por lá.

– Fantasmas? – Hamish afrouxou o nó da gravata.

– Para a sala de jantar. – Sarah agarrou o outro braço de Hamish. – Todo mundo para a sala de jantar.

Matthew já estava lá. Um odor de cera quente enchia o ar. Depois que todos se sentaram e pegaram suas bebidas, ele assumiu o comando.

– Hamish tem algumas perguntas – disse. – Nathaniel e Sophie também. Suponho que devo contar uma história que eu e Diana temos vivido.

Dito isso, Matthew respirou fundo e iniciou a narrativa. Incluiu tudo – o Ashmole 782, os Cavaleiros de Lázaro, os arrombamentos em Oxford, Satu e o ocorrido em La Pierre e até mesmo a fúria de Baldwin. Não deixou de mencionar a boneca, os brincos e os jarros. Quando começou a falar da viagem no tempo e dos três objetos que eram necessários para retornar a uma época e a um lugar em particular, Hamish o olhou com um ar cortante.

– Matthew Clermont – sibilou enquanto se debruçava na mesa. – E o que eu trouxe de Sept-Tours? Diana sabe?

– Não. – Matthew pareceu ligeiramente desconfortável. – Saberá no Halloween.

– Bem, ela terá que saber no Halloween, não é mesmo? – Hamish suspirou de aflição.

Embora o diálogo entre Hamish e Matthew tenha esquentado só em dois momentos a tensão ameaçou atingir o nível de uma guerra civil. Obviamente, dois momentos que envolveram Matthew e Nathaniel.

O primeiro se deu quando Matthew explicava os pormenores da guerra para Sophie – os ataques inesperados, a longa rixa entre vampiros e bruxas até então cozida em banho-maria e que começava a ferver, as mortes brutais que sempre ocorrem quando a luta entre as criaturas recorre à magia, à feitiçaria, às forças descomunais, às velocidades espantosas e aos poderes sobrenaturais.

– Mas as guerras não são mais travadas assim. – A voz de Nathaniel cortou o diálogo.

Matthew ergueu as sobrancelhas e assumiu uma expressão impaciente.

– Não?

– Hoje as guerras são travadas com computadores. Não estamos mais no século XIII. Já faz tempo que acabou o combate corpo a corpo. – Nathaniel apontou para o laptop. – Com os computadores você pode derrubar o inimigo sem verter uma gota de sangue e sem fazer disparos.

– Nathaniel, é fato que não estamos mais no século XIII, mas alguns combatentes daquela época ainda estão vivos e sentem um enorme prazer em destruir os outros à maneira antiga. Deixe isso comigo e com Marcus. – Matthew achou que o assunto estava encerrado.

Nathaniel balançou a cabeça em negativa, olhando fixamente para a mesa.

– Tem mais alguma coisa a dizer? – perguntou Matthew, com um rosnado se formando no fundo da garganta.

– Você já deixou bem claro que fará o que bem entender – Nathaniel ergueu os olhos castanhos com um ar sincero e desafiador, e depois deu de ombros. – Faça o que quiser. Mas estará cometendo um erro se pensar que seus inimigos não usarão métodos mais modernos para destruí-lo. Até porque, temos que levar em conta os humanos. Eles notarão que as bruxas e os vampiros estão se digladiando nas ruas.

A segunda rixa entre Nathaniel e Matthew não teve a ver com guerra e sim com sangue. Começou de um modo inocente quando Matthew mencionou a relação entre Nathaniel e Agatha Wilson e os pais bruxos de Sophie.

– É imperativo que o DNA deles seja analisado. O do bebê também, assim que nascer.

Marcus e Miriam assentiram com a cabeça sem demonstrar surpresa. O resto de nós mostrou alguma surpresa.

– Nathaniel e Sophie colocam em questão a sua teoria de que os traços demoníacos resultam mais de mutações imprevisíveis e menos da hereditariedade – pensei em voz alta.

– Nós temos muito poucos dados. – Matthew olhou para Hamish e para Nathaniel com a frieza de um cientista examinando dois novos espécimes. – Talvez as nossas descobertas atuais estejam mal direcionadas.

– O caso de Sophie também nos leva a supor que a relação entre demônios e bruxas é bem mais estreita do que pensávamos. – Miriam olhou com seus olhos negros para a barriga de Sophie. – Nunca ouvi falar de uma bruxa que deu à luz um demônio e vice-versa.

– Você acha que vou disponibilizar o sangue de Sophie e do meu filho para um bando de vampiros? – Nathaniel pareceu perigosamente prestes a perder o controle.

– Diana não é a única criatura nesta sala que a Congregação quer como objeto de estudo, Nathaniel. – As palavras de Matthew não eram para acalmar o demônio. – Sua mãe percebeu que sua família corria perigo, do contrário não os teria mandado para cá. Um dia sua mulher e seu filho poderão sumir sem que você se dê conta. E se isso acontecer, dificilmente os terá de volta.

– Basta – disse Sarah abruptamente. – Não precisa ameaçá-lo.

– Mantenha distância da minha família – disse Nathaniel ofegante.

– Não sou um perigo para sua família – retrucou Matthew. – O perigo vem da Congregação, da possibilidade de hostilidade entre as três espécies e, acima de tudo, da ideia equivocada de que nada disso está acontecendo.

– Eles virão atrás de nós, Nathaniel. Eu vi. – A voz de Sophie soou com convicção e seu rosto exibiu a mesma expressão cortante de Agatha Wilson em Oxford.

– Por que não me contou? – perguntou Nathaniel.

– Comecei a contar para Agatha, mas ela não me deixou continuar. Ficou tão assustada. E depois me deu o nome de Diana e o endereço da casa das Bishop. – O rosto de Sophie exibiu o seu característico ar vago. – Fico feliz por saber que a mãe de Matthew ainda está viva. Ela vai gostar dos meus jarros. Modelei o rosto dela em um deles. E Matthew, você terá o meu DNA e qualquer coisa que quiser... e do bebê também.

A declaração de Sophie acabou de uma vez por todas com as objeções de Nathaniel. Depois que Matthew obteve todas as respostas que queria, tirou de debaixo do braço um envelope que até então passara despercebido. Era o envelope com o selo de cera preta.

– Isto deixa uma peça do negócio inacabada. – Levantou-se e estendeu o envelope para Hamish. – Hamish, isto é para você.

– Oh, não, isso não. – Hamish cruzou os braços. – Dê para o Marcus.

– Além de ser o nono cavaleiro, você também é o senescal dos Cavaleiros de Lázaro e o meu segundo em comando. Há um protocolo que devemos seguir – disse Matthew com os lábios apertados.

– Matthew sabe disso – murmurou Marcus. – Ele é o único grão-mestre na história da ordem que jamais renunciou.

– E agora serei o único grão-mestre que renunciou duas vezes – disse Matthew ainda com o envelope na mão.

— Que se dane o protocolo — retrucou Hamish dando um murro na mesa. — Todo mundo para fora da sala, menos Matthew, Marcus e Nathaniel. Por favor — reconsiderou.

— Por que temos que sair? — perguntou Sarah, desconfiada.

Hamish ponderou por alguns segundos.

— Talvez seja melhor você ficar.

Os cinco ficaram trancados na sala de jantar pelo resto do dia. A certa altura Hamish saiu exausto e pediu sanduíches, dizendo que os biscoitos tinham acabado.

— É impressão minha ou vocês também pensam que os homens nos retiraram da sala para poder fumar e conversar sobre política? — perguntei para tirar a reunião na sala de jantar da minha cabeça enquanto remexia em velhos filmes e verificava os programas de televisão. Sophie e Em faziam tricô e Miriam resolvia um quebra-cabeça de um livro intitulado *Sudoko, demoniacamente difícil*. De quando em quando ela soltava um risinho e marcava uma das margens.

— O que está fazendo, Miriam? — disse Sophie.

— Marcando pontos. — Miriam fez outra marca na página.

— O que será que estão discutindo? E quem será que está ganhando? — perguntei, invejando a apurada audição de Miriam.

— Eles estão planejando uma guerra, Diana. E quanto a quem está ganhando, há um empate entre Matthew e Hamish — ela disse. — Marcus e Nathaniel também fizeram uns bons disparos, e Sarah está aguardando a sua vez de atirar.

Anoitecia e eu e Em já estávamos preparando o jantar quando a reunião terminou. Nathaniel e Sophie ficaram cochichando na sala da TV.

— Eu preciso dar alguns telefonemas — disse Matthew depois de me dar um beijo com um tom de voz que não combinava com a sua expressão tensa.

Como ele estava cansado, decidi deixar as perguntas para depois.

— Tudo bem. — Acariciei o rosto dele. — Fique à vontade. O jantar só estará pronto daqui uma hora.

Ele me deu um outro beijo demorado e intenso, e depois saiu pela porta dos fundos.

— Eu preciso de um drinque — resmungou Sarah enquanto se dirigia à varanda para fumar um cigarro.

Matthew atravessou o pomar em direção ao celeiro como uma sombra descortinada por entre a fumaça do cigarro de Sarah. Hamish então se aproximou pelas minhas costas e cravou os olhos na minha nuca.

— Já está totalmente recuperada? — disse com tranquilidade.

— O que você acha? — O dia tinha sido difícil e ele não fazia o menor esforço para dissimular a aversão que sentia por mim. Balancei a cabeça em negativa.

Hamish desviou os olhos e os segui com os meus. Era Matthew que passava as mãos brancas nos cabelos antes de desaparecer no celeiro.

— *Tigre, tigre que flamejas. Nas florestas da noite* — ele citou William Blake. — Este poema sempre me faz lembrar dele.

Coloquei a faca na tábua de corte e o encarei.

— O que você tem em mente, Hamish?

— Você está certa de que o quer, Diana? — ele perguntou. Em enxugou as mãos no avental, e saiu da cozinha com um olhar triste para mim.

— Sim. — Olhei no fundo dos olhos de Hamish para convencê-lo da minha total segurança em relação a Matthew.

Ele assentiu com a cabeça, sem demonstrar surpresa.

— O que me pergunto é se o assumiria se soubesse o que ele foi... e o que ele ainda é. Pelo visto você não sente medo de ter um tigre no seu rastro.

Olhei para a bancada sem dizer nada e retomei o meu trabalho na tábua de corte.

— Cuidado. — Ele apoiou a mão no meu braço, forçando-me a olhá-lo. — Matthew será um outro homem nesse lugar para onde vocês vão.

— Sim, será. — Franzi o cenho. — O meu Matthew vai comigo. Ele será exatamente o mesmo.

— Não será — disse Hamish com um ar sombrio. — Ele não será.

Fazia muito tempo que Hamish conhecia Matthew. E pelo conteúdo da maleta ele já devia ter decifrado o nosso destino. Quanto a mim, eu não sabia nada, a não ser que retornaria a um tempo anterior a 1976 em um lugar onde Matthew tinha jogado xadrez.

Hamish juntou-se a Sarah na varanda e em seguida duas nuvens de fumaça cinzenta ergueram-se no céu da noite.

— Está tudo bem lá? — perguntei quando Em voltou da sala de TV, onde Miriam, Marcus, Nathaniel e Sophie conversavam e assistiam à TV.

— Está. E aqui?

— Aqui também. — Olhei para as macieiras na expectativa de que Matthew irrompesse da escuridão.

41

Ha véspera do Halloween, comecei a sentir uma sensação esquisita no estômago. Ainda estava na cama e me abracei a Matthew.

– Estou nervosa.

Ele fechou o livro que estava lendo e me puxou para mais perto.

– Eu sei. Você já estava nervosa antes de acordar.

A casa já estava em plena atividade. A impressora de Sarah imprimia folhas e mais folhas no térreo. A televisão estava ligada e a secadora de roupas gemia baixinho a distância, como se protestando pela nova trouxa de roupa. Pelo aroma no ar Sarah e Em consumiam o café de todo dia, e no corredor soava o barulho de um secador de cabelo.

– Somos os últimos a levantar? – Fiz um esforço para acalmar o meu estômago.

– Acho que sim – ele disse com um sorriso e uma sombra de preocupação nos olhos.

No térreo, Sarah preparava os ovos enquanto Em tirava os tabuleiros de *muffins* do forno. Nathaniel desenformou um dos *muffins* de um modo metódico e o colocou inteirinho dentro da boca.

– Cadê o Hamish? – disse Matthew.

– No meu escritório, usando a impressora. – Sarah o olhou longamente e depois se voltou para a panela.

Marcus deixou o jogo de palavras cruzadas de lado e passou pela cozinha para dar a caminhada diária com o pai. Ao sair ele agarrou um punhado de nozes e deu uma cheirada nos *muffins* com um gemido de desejo.

– O que está havendo? – perguntei baixinho.

– Hamish está cumprindo o papel de advogado – respondeu baixinho Sophie enquanto espalhava uma grossa camada de manteiga em cima de um *muffin*. Ele disse que há documentos que precisam ser assinados.

A manhã estava alta quando Hamish nos chamou para a sala de jantar. Entramos, uns com um copo de vinho na mão, outros, com uma caneca. Ele aparentava não ter dormido. Folhas de papel muito bem organizadas em pequenas pilhas encontravam-se ao longo da mesa com barrinhas de cera preta e dois selos dos Cavaleiros de Lázaro, um deles pequeno, o outro, grande. Meu coração desceu ao estômago e subiu à garganta.

– Devemos nos sentar? – disse Em. Estava com um bule de café fresco, e encheu a caneca de Hamish.

– Obrigado, Em – ele agradeceu. Duas cadeiras estavam vazias à cabeceira da mesa. Ele fez um gesto para que fossem ocupadas por mim e Matthew e pegou uma primeira pilha de papéis. – Ontem à tarde discutimos alguns assuntos práticos sobre a nossa situação atual.

Olhei novamente para os selos de coração acelerado.

– Não muita jurisprudência, Hamish, por favor – disse Matthew, apertando as minhas costas com a mão.

Hamish lançou um olhar furioso para ele e continuou.

– Isto é uma procuração, Diana. Autoriza a mim ou a qualquer outro que ocupe o cargo de senescal a agir legalmente em seu nome.

A procuração dava à ideia abstrata da viagem no tempo uma nova finalidade. Matthew tirou uma caneta do bolso.

– Aqui. – Colocou a caneta à minha frente.

Eu não estava acostumada com caneta-tinteiro e arranhei a pena quando assinei o meu nome. Feito isso, Matthew pegou a folha, pingou a cera negra debaixo da assinatura e depois fixou o seu selo pessoal sobre a massa negra.

Hamish pegou outra pilha.

— Essas cartas também são para você assinar. Uma delas informa aos organizadores da sua conferência que você não poderá ministrá-la no mês de novembro. Outra é um pedido de licença médica para o próximo ano. Seu médico, o dr. Marcus Whitmore, assinou o atestado. Se vocês não retornarem até abril, enviarei o pedido para a Yale.

Li os papéis com atenção e assinei com a mão trêmula, renunciando a minha vida no século XXI.

Hamish pressionou a beirada do tampo da mesa com mãos firmes. Claro que arquitetava alguma coisa.

— Não sabemos quando Matthew e Diana retornarão ao nosso convívio. — Embora não tivesse dito "se", a palavra ecoou pela sala. — Toda vez que um membro da firma ou da família Clermont se prepara para uma longa viagem ou para sumir de vista por um tempo, a minha função é assegurar que seus negócios estejam organizados. Diana, você não tem um testamento.

— É verdade. — Minha mente estava em branco. — Mas não tenho bens, nem carro eu tenho.

Hamish se empertigou.

— Isso não é inteiramente verdadeiro, não é mesmo, Matthew?

— Me dê isso — disse Matthew com relutância. Hamish estendeu uma grossa documentação para ele. — Fiz isso na última vez que estive em Oxford.

— Antes de La Pierre — falei sem tocar nas folhas.

Matthew assentiu.

— Em essência, é o nosso contrato nupcial. Estabelece de forma irrevogável que um terço do meu patrimônio pertence a você. Mesmo que você me deixe, esses bens serão seus.

O contrato datava do período que antecedeu o retorno dele para casa, antes do nosso casamento vampiro.

— Eu nunca o deixarei, e não quero isso.

— Você nem sabe o que é. — Matthew colocou as folhas à minha frente.

Era muita coisa para ser absorvida. Somas vultosas de dinheiro, uma propriedade em um bairro chique de Londres, um apartamento em Paris, uma vila nos arredores de Roma, a Velha Cabana, uma casa em Jerusalém e outras casas em cidades como Veneza e Sevilha, e ainda jatinhos, carros. — Minha cabeça rodou.

— Eu tenho um seguro de trabalho. — Afastei a papelada. — Isso é completamente desnecessário.

— Quer você queira ou não, tudo isso é seu — resmungou Matthew.

Hamish esperou para que eu pudesse me recompor e depois lançou uma bomba.

— Se Sarah viesse a falecer, você também herdaria esta casa, sob a condição de que Emily viveria aqui pelo tempo que quisesse. E você é a única herdeira de Matthew. Portanto, você tem bens sim, e preciso tomar conhecimento da sua vontade.

— Eu não quero falar disso. — As lembranças de Satu e Juliette ainda estavam frescas, e a morte ainda estava muito próxima de mim. Levantei-me a fim de sair correndo da sala e rapidamente Matthew me pegou pela mão.

— Você precisa fazer isso, *mon coeur*. Não podemos deixar esse encargo para Sarah e Marcus.

Eu me sentei e refleti em silêncio sobre o que faria com aquela fortuna incalculável, e também com aquela fazenda cuja casa caía aos pedaços e que um dia seria minha.

— Meu patrimônio deverá ser dividido igualmente entre os nossos filhos — eu disse por fim. — E nisso se incluem *todos* os filhos vampiros e biológicos de Matthew e todos os outros que nós viermos a gerar. A casa da família Bishop também pertencerá a eles depois que Em não estiver mais aqui.

— Eu tratarei disso tudo — assegurou Hamish.

Os documentos que restavam na mesa ainda estavam dentro de envelopes. Dois exibiam o selo de Matthew. Outro tinha uma fita preta e prateada atada ao redor com uma protuberância de cera que cobria o nó. Da fita pendia um disco preto do tamanho de um prato de sobremesa com o selo dos Cavaleiros de Lázaro impresso.

— Agora, vamos tratar da irmandade. A ordem dos Cavaleiros de Lázaro, fundada pelo pai de Matthew, celebrizou-se por proteger os indefesos. Embora a maioria das criaturas tenham se esquecido de nós, continuamos na ativa. E continuaremos a existir mesmo que Matthew venha a morrer. Amanhã, antes de Marcus deixar a casa, Matthew renunciará oficialmente ao seu cargo de grão-mestre da ordem e elegerá o seu filho.

Hamish estendeu para Matthew os dois envelopes com o selo pessoal dele. Depois, estendeu o envelope com o selo maior para Nathaniel. Miriam arregalou os olhos.

— Tão logo Marcus aceite o seu novo cargo, o que fará *imediatamente* — Hamish olhou para Marcus com um ar severo —, ele telefonará para Nathaniel que já concordou em se juntar à firma como um dos oito mestres provinciais. Quando o selo for quebrado, ele será um Cavaleiro de Lázaro.

— Você não pode querer que demônios como Hamish e Nathaniel sejam membros da irmandade! Como Nathaniel poderá lutar? — disse Miriam horrorizada.

— Com isso. — Nathaniel agitou os dedos no ar. — Conheço bem os computadores e posso fazer a minha parte. — A voz dele soou com muita veemência, e seu olhar para Sophie mostrou igual veemência. – Ninguém fará com minha mulher e minha filha o que fizeram com Diana.

Fez-se silêncio na sala.

– Ainda não acabou. – Hamish puxou uma cadeira e sentou-se com as mãos sobre a mesa. – Miriam acredita que haverá uma guerra. Não é bem assim. A guerra já começou.

Todos os olhos da sala se voltaram para Hamish. Ficou claro por que o tinham escolhido para conduzir a situação – e por que Matthew o escolhera como o segundo em comando. Hamish era um líder nato.

– Todos aqui já estão conscientes da razão pela qual precisamos travar essa guerra. Essa guerra tem a ver com Diana e com as investidas da Congregação para entender o poder que ela herdou. Essa guerra tem a ver com a descoberta do Ashmole 782 e com o nosso temor de que os segredos do livro se percam para sempre se caírem nas mãos das bruxas. E também tem a ver com a nossa convicção de que ninguém tem o direito de impedir que duas criaturas se amem, sejam de diferentes espécies ou não.

Hamish olhou atentamente ao redor da sala para se certificar de que todos estavam atentos às suas palavras.

– Em pouco tempo o conflito chegará ao conhecimento dos humanos. E com isso eles tomarão consciência de que convivem com demônios, vampiros e bruxas. Quando isso acontecer, nós teremos que ser de fato, não apenas de nome, o conventículo mencionado por Sophie. Haverá muita histeria e confusão. E caberá a nós, ao conventículo e aos Cavaleiros de Lázaro, ajudá-los a compreender tudo, e providenciar para que haja um mínimo de mortes e destruição.

– Ysabeau está esperando por vocês em Sept-Tours. – A voz de Matthew soou tranquila e resoluta. – O território do castelo talvez seja o único reduto que os vampiros não ousarão cruzar. Sarah e Emily tentarão manter as bruxas à distância. O nome Bishop poderá ajudar. E os Cavaleiros de Lázaro irão proteger Sophie e seu bebê.

– Ou seja, nos dispersamos – disse Sarah balançando a cabeça para Matthew. – E depois nos reunimos na casa dos Clermont. E quando estivermos lá, veremos de que forma agir. Juntos.

– Sob a liderança de Marcus. – Matthew ergueu o copo de vinho ainda quase cheio. – Para Marcus, Nathaniel e Hamish. Honra e vida longa.

– Já faz tempo que não ouço isso – disse Miriam com um tom amável.

Enquanto Marcus e Nathaniel sentiam-se desconfortáveis com as novas responsabilidades e tentavam se esquivar das atenções, Hamish só parecia cansado.

Após o brinde aos três homens aparentemente jovens demais para se preocupar com uma vida longa, Em nos conduziu à cozinha para o almoço. O banquete estava preparado na bancada ao centro da cozinha, mas nos aglomeramos perto da sala de TV como se para adiar o momento das despedidas.

Finalmente, era hora de Nathaniel e Sophie partirem. Marcus colocou os poucos pertences do casal no porta-malas de um pequeno carro esporte azul que tinha sido providenciado para eles. Ele e Nathaniel começaram a conversar de pé muito próximos um do outro enquanto Sophie se despedia de Sarah e Em. Depois, Sophie voltou-se para mim. Eu tinha sido banida para a sala de estar para que ninguém esbarrasse em mim sem querer.

– Na verdade, isso não é um adeus – ela disse lá do centro do saguão para mim.

O meu terceiro olho se abriu e me vi calorosamente abraçada por Sophie em meio ao cintilar de um raio de sol no balaústre.

– Claro que não – retruquei surpreendida e confortada pela visão.

Ela balançou a cabeça, como se também tivesse tido um vislumbre do futuro próximo.

– Viu só, não lhe disse? Talvez o bebê já tenha nascido quando vocês retornarem. Não se esqueça de que será a madrinha.

Enquanto esperavam para se despedir de Sophie e Nathaniel, Matthew e Miriam dispuseram todas as abóboras ao longo do caminho de entrada. Com um rápido aceno e algumas palavras murmuradas, Sarah acendeu todas elas. Ainda faltavam algumas horas para anoitecer, mas pelo menos Sophie podia ter uma ideia de como ficariam na noite do Halloween. Ela bateu palmas e depois se jogou nos braços de Matthew e de Miriam. Seu último abraço foi para Marcus que lhe disse algumas palavras e em seguida acomodou-a no banco baixo do carro.

– Muito obrigada pelo carro – disse Sophie, admirando a madeira do painel do veículo. – Nathaniel gostava de dirigir em alta velocidade, mas agora ele vai dirigir como uma velhinha por causa do bebê.

– Nada de correria – disse Matthew com a voz firme de um pai. – E telefonem quando chegarem, por favor.

Acenamos para eles. Quando o carro sumiu de vista, Sarah apagou as abóboras. Matthew me abraçou e o resto da família foi para dentro da casa.

– Só estou esperando por você, Diana – disse Hamish da varanda. Ele já estava de paletó, pronto para seguir até Nova York e depois voltar para Londres.

Assinei as duas cópias do testamento, com Sarah e Em por testemunhas. Hamish enrolou uma cópia e guardou-a num tubo de metal. Atou as extremidades do tubo com uma fita preta e prateada, e selou o nó com a massa de cera preta que tinha a marca de Matthew.

Matthew aguardou ao lado de um carro preto alugado enquanto o amigo se despedia galantemente de Miriam e depois de Sarah e Em, beijando-as em ambas as faces e convidando-as para ficar com ele quando fossem para Sept-Tours.

– Telefonem para mim se precisarem de qualquer coisa – ele disse para Sarah enquanto lhe dava um afetuoso aperto de mão. – Já lhe dei os números do meu telefone fixo e do celular. – Voltou-se para mim.

– Adeus, Hamish. – Retribuí os dois beijinhos que ele deu no meu rosto. – Muito obrigada por tudo que fez para tranquilizar Matthew.

– Só fiz o meu trabalho – ele disse com um entusiasmo forçado. Depois, assumiu um tom sério. – Lembre-se do que lhe disse. Você não terá como pedir ajuda se precisar.

– Não vou precisar de ajuda.

Alguns minutos depois o motor do carro foi acionado e Hamish se foi por entre um rastro de lanternas vermelhas que piscavam na escuridão do caminho.

A casa não gostou de se ver quase vazia e, quando um de nós entrava ou saía de um cômodo, batia as portas e as gavetas dos móveis com pequenos gemidos.

– Vou sentir falta deles – disse Em enquanto preparava o jantar. A casa suspirou em cumplicidade.

– Saia daqui – disse Sarah para mim, tirando a faca da mão de Em. – Leve o Matthew até Sept-Tours e trate de voltar a tempo de fazer a salada.

Depois de muita discussão, finalmente resolvemos retroceder até a noite em que encontrei o exemplar de *Origem das espécies*.

Contudo, levar Matthew até Sept-Tours foi mais complicado do que o esperado. Eu estava com as mãos ocupadas demais – uma caneta de Matthew e dois livros do estúdio dele – para poder segurá-lo, e ele então teve que se segurar na minha cintura. Depois disso, partimos.

Mãos invisíveis pareciam manter os meus pés no ar, como se recusando a me deixar aterrissar no solo de Sept-Tours. Quanto mais longe retrocedíamos no tempo, mais os meus pés eram rodeados por fios grossos. E o tempo se agarrava em Matthew como resistentes galhos de parreira.

Por fim, chegamos ao estúdio de Matthew. O lugar estava exatamente como o tínhamos deixado, com a lareira acesa e uma garrafa de vinho sem rótulo sobre a mesa.

Joguei os livros e a caneta em cima do sofá, tremendo de fadiga.

– O que houve de errado? – perguntou Matthew.

– Foi como se muitos passados se embaralhassem, e parecia impossível ultrapassá-los. Morri de medo de você se soltar.

– Eu não senti nada diferente – ele disse. – Só levou um pouco mais de tempo, mas eu já esperava por isso devido ao tempo e à distância.

Ele nos serviu o vinho e discutimos por alguns instantes se devíamos ou não descer ao térreo. Nosso desejo de reencontrar Ysabeau e Marthe saiu vitorioso.

Ele se lembrou de que eu estava com o meu suéter azul naquela noite. A gola esconderia o curativo, e eu então subi ao meu quarto para me trocar.

Quando retornei ao estúdio, o rosto de Matthew abriu um sorriso tímido de apreciação.

– Você está tão linda como naquele dia. – Ele me deu um beijo apaixonado. – Talvez até mais.

– Vá com calma – aconselhei sorrindo. – Você ainda não tinha se decidido me amar.

– Ora, claro que tinha. – Deu-me outro beijo. – Só não tinha contado para você.

As duas mulheres estavam sentadas no lugar esperado, Marthe com seu romance policial e Ysabeau com seus jornais. Talvez a conversa não tenha sido a mesma, mas isso não teve a menor importância. O difícil foi assistir à dança de Matthew com a mãe. A expressão agridoce que ele estampava no rosto quando a fazia girar era nova, e definitivamente não a abraçou com a mesma intensidade quando a dança terminou. Quando me convidou para dançar, apertei a mão dele com mais força.

– Obrigado por isso – ele sussurrou no meu ouvido com um rodopio e um beijo suave no meu pescoço. Um beijo que com toda certeza não tinha acontecido na primeira noite.

O fim de noite foi como na primeira noite, Matthew anunciou que me levaria para a cama. Dessa vez, demos um boa-noite sabendo que era um adeus. A viagem de volta foi quase igual e menos assustadora que a viagem de ida, nós já estávamos mais familiarizados. Não entrei em pânico nem perdi a concentração quando o tempo resistiu a nossa passagem, me concentrei nos conhecidos rituais de preparação do jantar na casa das Bishop. Retornamos a tempo de eu poder preparar a salada.

Durante o jantar, Sarah e Em regalaram os vampiros com as aventuras da minha infância e adolescência. Depois que o estoque de histórias acabou, Matthew começou a falar sobre os desastrosos investimentos imobiliários de Marcus no século XIX para provocá-lo, e também sobre os enormes e fracassados investimentos em novas tecnologias no século XX do filho e da queda crônica que ele tinha por ruivas.

– Gostei de você de cara. – Sarah ajeitou os seus rebeldes cabelos ruivos e serviu mais uísque para ele.

O dia de Halloween amanheceu claro e aberto. A neve quase sempre ameaçava nessa época do ano, mas naquele ano o clima era encorajador. Matthew e Marcus saíram para a caminhada enquanto eu tomava chá e Sarah e Em tomavam café.

De repente o telefone tocou e nós três pulamos. Sarah atendeu e, pelo pouco que ouvimos da conversa, concluímos que se tratava de uma chamada inesperada.

Depois que desligou o telefone, juntou-se a nós na mesa da sala de TV que voltava a ser grande o suficiente para todos nós.

– Era Faye. Ela e Janet estão com os Hunter. No *trailer* delas. Elas perguntaram se queremos fazer uma viagem de outono com o grupo. Vão para o Arizona e depois para Seattle.

– A deusa tem andado ocupada – disse Em com um sorriso. – Fazia alguns dias que as duas tentavam decidir como sairiam de Madison sem deixar margem a suspeitas e falatórios. – Isso é perfeito. Nós pegamos a estrada com ela e depois nos encontramos com Ysabeau.

Carregamos as sacolas com alimentos e outros suprimentos para o velho carro de Sarah. No fim o carro estava tão entupido que mal dava para ver o vidro traseiro, e elas então passaram a dar instruções.

– Os doces estão na bancada da cozinha – disse Em. – E a minha fantasia está atrás da porta da despensa. Ficará ótima em você. E não se esqueça das meias. As crianças adoram as meias.

– Não me esquecerei das meias – assegurei – nem do chapéu, embora seja ridículo.

– Claro que você vai pôr o chapéu! – exclamou Sarah indignada. – Faz parte da tradição. E não se esqueça de apagar o fogo da lareira antes de sair. Tabitha come às quatro horas em ponto. Ela faz um escarcéu se passar da hora.

– Não se preocupe que faremos tudo. Você deixou uma lista. – Dei uma palmadinha no ombro dela.

– Vocês podem telefonar para o acampamento para nos avisar quando Marcus e Miriam partirem? – perguntou Em.

– Tomem. Fiquem com isso. – Matthew estendeu o celular com um sorriso meio sem graça. – Vocês mesmas podem telefonar para o Marcus. Não poderemos nos comunicar do lugar para onde vamos.

– Tem certeza de que podemos ficar com seu celular? – perguntou Em com incredulidade. Segundo a opinião geral, o celular era como um membro extra de Matthew, e era estranho imaginá-lo sem o telefone à mão.

– Absoluta. Já apaguei quase todos os dados, mas deixei alguns números de contato para vocês. Se precisarem de qualquer coisa, de qualquer coisa mesmo, vocês podem telefonar para um desses números. Se ficarem preocupadas ou se acontecer alguma coisa estranha, se comuniquem com Ysabeau ou com Hamish. Eles poderão pegá-las em qualquer lugar que estejam.

– Eles têm helicópteros – sussurrei para Em quando ela me abraçou.

O celular de Marcus tocou.

– Nathaniel – ele disse olhando para a tela do aparelho. Em seguida repetiu o mesmo gesto que o pai fazia quando queria privacidade, afastou-se para conversar melhor.

Matthew observou o filho com um sorriso triste.

– Esses dois se meterão em todo tipo de encrenca, mas pelo menos Marcus não estará sozinho.

– Eles estão bem – disse Marcus voltando-se para nós e encerrando a ligação. Sorriu e passou a mão no cabelo, um outro gesto de Matthew. – Eu vou telefonar para avisá-lo e me despedir.

Em deu um longo e emocionado abraço em Marcus.

– Não se esqueça de telefonar para nós também – ela disse de um modo enfático. – Nós teremos que saber se vocês dois estarão bem.

– Cuide-se. – Sarah olhou fixamente para Marcus enquanto o abraçava. – Não duvide de si mesmo.

Miriam se despediu das minhas tias de um jeito mais comedido, e eu, bem menos comedido.

– Estamos muito orgulhosas de você. – Em segurou o meu rosto e chorou. – Seus pais também estariam. Tomem cuidado.

– Tomaremos. – Reprimi as lágrimas.

Sarah segurou as minhas mãos.

– Escute os seus mestres, pouco importa quem eles sejam. Escute tudo o que disserem. – Balancei a cabeça. – Você tem um talento nato e maior que o de qualquer bruxa que já existiu – continuou Sarah. – Fico feliz por ver que você não o está desperdiçando. A magia é uma dádiva, Diana, é como o amor. – Ela se voltou para Matthew. – Confio a você o meu bem mais precioso. Não me desaponte.

– Fique tranquila, Sarah, não vou desapontá-la – disse Matthew.

Ela recebeu nossos beijos de despedida e saiu apressada para o carro.

– As despedidas são difíceis para Sarah – explicou Em. – Amanhã telefonamos para você, Marcus. – Ela entrou no carro e acenou para trás. O motor do carro roncou, e em seguida ele desceu pelo caminho esburacado e depois em direção à cidade.

Quando voltamos para dentro de casa, Miriam e Marcus nos aguardavam no saguão com a bagagem no chão.

– Achamos que vocês merecem um tempo a sós – ela disse enquanto estendia a mochila para Marcus –, e odeio despedidas longas. – Olhou ao redor. – Bem – acrescentou abruptamente enquanto se dirigia para a escada da varanda –, vejo vocês quando voltarem.

Matthew balançou a cabeça em negativa enquanto Miriam se afastava, e depois foi até a sala de jantar e voltou com um envelope na mão.

– Pegue – disse para Marcus com uma voz abafada.

– Eu nunca quis ser grão-mestre – disse Marcus.

– E você acha que eu queria? A irmandade era um sonho do meu pai. Ele me fez prometer que não a deixaria cair nas mãos de Baldwin. Agora, peço-lhe o mesmo.

– Eu prometo. – Marcus pegou o envelope. – Eu queria tanto que você não tivesse que ir...

– Desculpe-me, Marcus. – Engoli o caroço que se formou na minha garganta, e suavemente pousei a minha mão quente na pele fria dele.

– Pelo quê? – Ele sorriu de um modo iluminado e verdadeiro. – Por fazer o meu pai feliz?

– Por colocá-lo nessa posição e por deixar para trás toda essa confusão.

– Eu não tenho medo da guerra, se é a isso que se refere. O que me preocupa é seguir na esteira de Matthew. – Marcus partiu o selo. Com aquele insignificante estalo de cera partida se tornava o grão-mestre dos Cavaleiros de Lázaro.

– *Je suis à votre commande, seigneur* – murmurou Matthew ao mesmo tempo em que inclinava a cabeça. Eram as mesmas palavras que Baldwin tinha dito no La Guardia. Ditas com sinceridade, soaram tão diferente...

– Neste caso, ordeno que retorne e reassuma o comando dos Cavaleiros de Lázaro – disse Marcus com um tom rude –, antes que eu faça uma baita confusão. Afinal, não sou francês e muito menos um cavaleiro.

– No seu corpo há bem mais que uma gota de sangue francês, e você é o único em quem confio para cumprir essa tarefa. Isso sem mencionar o seu conhecido charme americano. Talvez você acabe gostando de ser grão-mestre.

Marcus bufou e apertou a tecla oito do celular.

– Está feito – disse para alguém do outro lado da linha. Seguiu-se uma pequena troca de palavras. – Muito obrigado.

– Nathaniel aceitou o posto – murmurou Matthew com um leve sorriso. – O francês dele é surpreendentemente bom.

Marcus deu uma olhada feia para o pai e afastou-se para trocar algumas palavras mais com o demônio, e depois voltou.

Pai e filho se entreolharam longamente, e se abraçaram com discrição – um comportamento típico de centenas de despedidas semelhantes. A mim coube um beijo delicado e um murmurado "se cuide", e depois Marcus partiu.

Dei a mão a Matthew.

Estávamos a sós.

42

—Agora somos apenas nós dois e os fantasmas. – O meu estômago roncou.

– Qual é sua comida preferida? – ele perguntou.

– Pizza – respondi de pronto.

– Aproveite a oportunidade e coma enquanto pode. Faça a encomenda e iremos buscá-la.

Nós ainda não tínhamos ultrapassado os limites da casa da família Bishop desde a nossa chegada, e senti um estranhamento ao passear no Range Rover pelo centro de Madison acompanhada por um vampiro. Fizemos o caminho de volta para Hamilton, viramos para o sul, passamos pelos morros da cidade e, por fim, viramos outra vez para o norte em direção à pizzaria. Durante o caminho, apontei para o lugar onde eu costumava nadar na infância e para a casa onde morou o meu primeiro namorado. A cidade estava enfeitada com a decoração de Halloween – gatos pretos, bruxas em vassouras e árvores que exibiam enfeites em preto e laranja. Nessa parte do mundo não são apenas as bruxas que levam a celebração a sério.

Quando chegamos à pizzaria, Matthew saiu do carro comigo sem se preocupar com as bruxas e os humanos que poderiam nos ver. Coloquei-me na ponta dos pés para beijá-lo, e ele retribuiu o beijo com uma risada desconcertante.

A estudante que tinha atendido o nosso telefonema olhou para Matthew com visível admiração quando lhe entregou a pizza.

– Graças aos céus ela não é uma bruxa – comentei na volta para o carro. – Se fosse, teria me transformado em lagartixa e voado com você na vassoura dela.

Revigorada pela pizza de pepperoni e cogumelos, arrumei a bagunça deixada na cozinha e na sala de TV. Matthew chegou com um monte de papéis da sala de jantar e queimou tudo na lareira da cozinha.

– E o que faremos com esses? – Ele mostrou a carta da minha mãe, o misterioso epigrama de três versos e a folha do Ashmole 782.

– Deixe-os na sala de estar – eu disse. – A casa se encarregará de guardá-los.

Continuei com a arrumação, lavando roupa e dando um jeito no escritório de Sarah. Só quando acabei de recolher as últimas peças de roupa é que notei que os dois computadores tinham sumido. Desci a escada em pânico.

– Matthew! Nossos computadores sumiram!

– Estão com Hamish. – Ele me pegou nos braços e afagou os meus cabelos. – Está tudo bem. Ninguém esteve aqui.

Encolhi os ombros com o coração disparado só de pensar na possibilidade de ser surpreendida por um outro Domenico ou uma outra Juliette.

Matthew preparou um chá e massageou os meus pés enquanto eu o bebia. Durante a massagem só falou de assuntos corriqueiros – as casas de Hamilton que o fizeram se lembrar de outras épocas e outros lugares, a sensação que teve quando cheirou um tomate pela primeira vez e o que estava pensando quando me viu em Oxford pela primeira vez. Até que relaxei e me entreguei a uma sensação de reconforto.

Matthew sempre ficava diferente quando não havia alguém por perto, mas daquela vez, depois da partida de nossa família, isso se evidenciou. Após a chegada à casa da família Bishop ele foi assumindo pouco a pouco a responsabilidade por oito vidas. Cuidou de todos com o mesmo empenho, independentemente de quem fosse e do grau de parentesco que tinha com ele. E agora ele só tinha uma criatura para cuidar.

– Nós mal tivemos tempo para conversar – admiti, pensando nos dias turbulentos pelos quais passamos desde que nos tínhamos conhecido. – Não só nos dois.

– As últimas semanas nos apresentaram desafios bíblicos. Só não vivemos a praga dos gafanhotos. – Ele fez uma pausa. – Mas se o universo quer nos testar à maneira antiga, isso significa que o nosso julgamento está chegando ao fim. Faz quarenta dias esta noite.

Tão pouco tempo para tantos acontecimentos.

Deixei a caneca de chá de lado e me debrucei na mesa para pegar as mãos dele.

– Você pode esperar só mais um pouco, *mon coeur*? – Ele olhou para a janela. – Eu quero que este dia acabe. Logo estará escuro.

– Você adora fazer um suspense. – Puxei carinhosamente para trás a mecha de cabelo que tinha caído na testa dele.

– Só faço suspense com você – ele disse, prendendo a minha mão.

Conversamos tranquilamente e meia hora depois ele olhou novamente para a janela.

– Suba e tome um banho. Gaste toda a água da caixa com um demorado banho quente. Nos dias que teremos pela frente, você sentirá saudade de um pedaço de pizza, mas isso não será nada se comparado ao seu desejo por um banho quente. Em poucas semanas você será capaz de matar por um.

Enquanto eu tomava banho ele trouxe a minha fantasia de Halloween: um vestido preto de gola alta à altura dos tornozelos, botas de bico fino e um chapéu pontudo.

– Posso perguntar o que é isso? – Ele brandiu no ar um par de meias em vermelho e branco listradas na horizontal.

– São as meias que Em mencionou – resmunguei. – Ela ficará sabendo se não forem usadas.

– Se o meu celular estivesse aqui, eu tiraria uma foto sua nesses trajes e faria chantagem com você pelo resto da vida.

– E de que forma eu poderia pagar pelo seu silêncio? – perguntei e afundei na banheira.

– Claro que há uma forma. – Ele jogou as meias para trás.

A princípio, só brincamos. Como no jantar da véspera e no café daquela manhã, fizemos de conta que talvez não fosse a nossa última chance de estar juntos. Eu ainda era uma principiante em viagens no tempo, e Em tinha dito que até os mais experientes respeitavam a imprevisibilidade na passagem entre o passado e o futuro e reconheciam a possibilidade de se perder na teia do tempo.

Matthew notou a mudança no meu humor e reagiu com muita delicadeza, mas depois adotou um comportamento possessivo como se quisesse que eu não pensasse em mais nada senão nele.

Apesar da nossa óbvia necessidade de conforto e segurança, não consumamos o nosso casamento.

– Quando estivermos seguros – ele murmurou enquanto beijava ao longo do meu colo. – Quando houver mais tempo.

A cicatriz que a vacina da varíola deixou no meu corpo emergiu no trajeto que ele fez com as mãos. Depois do exame ele elogiou a cicatrização – um estranho elogio para uma ferida horrorosa do tamanho de uma moedinha. Em seguida retirou o curativo do meu pescoço, deixando à vista os minúsculos traços das suturas feitas por Miriam no meu pescoço e no meu braço.

– Seu corpo se cura rapidamente – ele disse com um tom de aprovação enquanto beijava a parte interna do meu braço, no ponto em que tinha sugado das minhas veias. Seus lábios se aqueceram na minha pele.

– Que estranho. Minha pele está fria aí. – Toquei no meu pescoço. – E aqui também.

Ele passou o dedo polegar no ponto onde a minha carótida se aproximava da superfície. Estremeci. O número de terminais nervosos parecia ter triplicado.

– Sensibilidade extra – ele comentou –, como se parte de você fosse vampiro. – Inclinou e roçou os lábios no meu pulso.

– Ah – ofeguei, atordoada com a intensidade da emoção.

Fiquei preocupada com a hora e me enfiei no vestido preto. Eu estava com o cabelo trançado atrás, e parecia ter saído de uma fotografia do século XIX.

– Que pena que não viajaremos para a época da Primeira Guerra Mundial. – Ele puxou as mangas do vestido. – Você passaria facilmente por uma diretora de escola de 1912.

– Não com isso aqui. – Sentei na beira da cama e calcei as meias.

Ele deu uma gargalhada rosnada e implorou para que eu colocasse logo o chapéu.

– Vou atear fogo em mim – protestei. – Espere até que as abóboras estejam acesas.

Saímos com caixas de fósforos na mão pensando em acender as abóboras à maneira humana. Mas a brisa que soprava dificultava o uso dos fósforos, e as abóboras não se mantinham iluminadas.

– Droga – exclamei. – O trabalho de Sophie não pode passar em branco.

– Você não pode fazer um feitiço? – disse Matthew, preparando-se para pegar uma outra caixa de fósforos.

– Se eu não for capaz de fazer isso, é melhor que eu esqueça de me fingir de bruxa no Halloween. – A simples ideia de que teria que explicar o meu fracasso para Sophie me deixou concentrada no que devia ser feito, e num piscar de olhos a primeira abóbora acendeu. Acendi então as outras onze abóboras que estavam dispostas ao longo do caminho de entrada, cada uma mais aterradora que a outra.

Às seis horas da tarde, ouvimos batidas à porta e gritos abafados.

– Gostosuras ou travessuras!

Matthew nunca tinha vivenciado o Halloween americano e saiu correndo para receber os nossos visitantes.

Antes que eu pudesse dar um passo à frente, ele abriu um sorriso de tirar o fôlego para os recém-chegados.

Uma bruxinha e um vampirinho um pouco maior estavam de mãos dadas na varanda.

– Gostosuras ou travessuras – disseram ao mesmo tempo em que estendiam as fronhas que serviam de sacolas.

– Eu sou um vampiro – disse o menino, mostrando as presas para Matthew. Em seguida, ele apontou para a irmã. – Ela é uma bruxa.

– Eu estou vendo – disse Matthew com um ar sério, prestando atenção na capa e na maquiagem pálida do menino. – Eu também sou um vampiro.

O menino examinou Matthew da cabeça aos pés.

– Sua mãe devia ter caprichado mais na fantasia. Você não está parecendo um vampiro. Cadê a sua capa? – A miniatura de vampiro abriu os braços para cima e a capa de cetim negro abriu-se em duas asas de morcego. – Viu? Você precisa de uma capa para voar. Sem capa, você não pode se transformar em morcego.

– Ah. Esse é o problema. Minha capa ficou em casa, e agora não posso voar até lá para pegá-la. Talvez possa pegar a sua emprestada. – Matthew colocou um punhado de doces em cada sacola, e as duas crianças arregalaram os olhos com a generosidade dele. Espiei da porta para acenar para os pais das crianças.

– Ela sim é uma bruxa – disse a garotinha, olhando com aprovação as minhas meias com listras vermelhas e brancas e as botas pretas. Os pais das crianças chamaram, e elas nos olharam agradecidas enquanto seguiam alegremente até o carro.

Nas três horas seguintes, recebemos um bando de princesas, piratas, fantasmas, esqueletos, sereias, alienígenas e muitas bruxas e vampiros. Fui afável quando disse para Matthew que o costume era dar um doce para cada criança, e que se ele continuasse dando um punhado acabaríamos ficando sem doces antes das nove da noite, hora em que as crianças paravam de bater às portas.

Ele estava tão feliz que nem prestou atenção. Reagia diante das crianças que batiam à porta de um modo que revelava um lado totalmente novo dele. Abaixava-se para não parecer intimidador, fazia perguntas sobre as fantasias e assegurava para cada menino fantasiado de vampiro que nunca tinha visto um vampiro tão assustador na vida como aquele.

Mas o que mais me comoveu foi o encontro que ele teve com uma fadinha vestida de gaze e com grandes asas. A menininha já estava exausta pelo alvoroço do dia e irrompeu em lágrimas quando ele perguntou que doce ela queria. O irmãozinho, um pirata de uns seis anos de idade, soltou a mão dela horrorizado.

– É melhor perguntar para a sua mãe. – Matthew pegou a princesa das fadas no colo e conduziu o menino pela parte de trás da bandana. E entregou as crianças para os braços dos pais. No entanto, bem antes de chegar ao carro dos pais das crianças, a princesa das fadas parou de chorar. Ela deixou as lágrimas de lado e, abraçada à gola do suéter de Matthew, acariciou o cabelo dele enquanto cantarolava "Bibbidi, babbidi, boo!"

– Quando crescer ela vai sonhar com alguém parecido com você e pensar no Príncipe Encantado – eu disse para ele pouco depois. Um punhado de purpurina espalhou-se pelo ar quando ele inclinou a cabeça para me beijar. – Você está coberto de poeira das fadas. – Sorri e tirei o resto de purpurina do cabelo dele.

Ali pelas oito horas da noite a onda de fadinhas e piratas se converteu em adolescentes góticos com lábios pintados de preto e roupas de couro adornadas com correntes, o que fez Matthew estender o cesto de doces para mim e retirar-se para a sala de estar.

– Covarde – eu o provoquei enquanto arrumava o meu chapéu para atender um outro grupo sinistro.

Eu já estava pronta para apagar a luz da varanda, satisfeita por não ter arruinado a reputação do Halloween das Bishop, quando ouvimos uma outra batida à porta com o tradicional chamado "gostosuras ou travessuras".

– Quem será? – resmunguei enquanto recolocava o chapéu na cabeça.

Dois jovens feiticeiros encontravam-se na escada de entrada. Um deles era o jornaleiro. O outro era um garoto alto e magrelo com a cara cheia de espinhas e um *piercing* no nariz que identifiquei vagamente como um membro do clã dos O'Neil. Os dois estavam fantasiados de jeans rasgados, camisetas com alfinetes de fralda e sangue falso, dentes de plástico e coleiras de cachorro.

– Não está crescido demais para isso, Sammy?

– Agora é achim – disse Sammy de um jeito esquisito e com muitos altos e baixos, as presas de plástico faziam a voz soar com um cicio.

– Olá, Sam. – Restavam uns docinhos no fundo do cesto. – Sejam bem-vindos para comer o que sobrou. Já íamos apagar as luzes. Vocês não deviam estar pescando maçãs na casa dos Hunter?

– Nós choubemos que as abóbrasssss de vochês estavam o máchimo. – Sammy se equilibrava inquietamente ora num pé, ora no outro. – E, uh, bom... – Ele ruborizou e tirou os dentes de plástico da boca. – O Rob jurou que viu um vampiro aqui no outro dia. Apostei vinte dólares com ele que as Bishop não permitiriam um vampiro dentro de casa.

– O que os fez pensar que poderiam reconhecer um vampiro, se o vissem?

O vampiro em questão saiu da sala de estar e colocou-se atrás de mim.

– Cavalheiros – disse com toda calma. Os dois adolescentes ficaram de queixo caído.

– Nós teríamos que ser humanos ou realmente estúpidos para não reconhecer um vampiro – disse Rob espantado. – Ele é o maior vampiro que já vi.

– Legal. – Sammy riu de orelha a orelha. Espalmou na mão do amigo e pegou um doce.

– Não se esqueça de pagar a aposta, Sam – eu disse com uma voz firme.

– Samuel – Matthew enfatizou o sotaque francês –, eu posso pedir para vocês dois, como um favor para mim, que não contem para ninguém sobre isso?

– Nunca? – Sammy pareceu não acreditar que teria que manter uma informação como aquela em segredo.

Matthew esboçou um sorriso.

– Não. Entendo o seu lado. Mas vocês podiam ficar de bico calado até amanhã?

– Claro que sim. – Sammy assentiu e olhou para Rob em busca de confirmação. – Só faltam três horas. Nós conseguimos fazer isso. Pode deixar com a gente.

Os dois adolescentes montaram nas bicicletas e foram saindo.

– As ruas estão escuras – disse Matthew com uma ruga de preocupação na testa. – É melhor levá-los de carro.

– Eles ficarão bem. Não são vampiros, mas encontrarão o caminho para a cidade.

As duas bicicletas frearam, levantando alguns cascalhos do caminho de entrada.

– Vocês querem que a gente apague as abóboras? – gritou Sammy.

– Se vocês quiserem, eu agradeço!

Rob O'Neil apontou para o lado esquerdo do caminho e Sammy, para o direito, e logo apagaram as velas dentro das abóboras com uma serenidade invejável. Eles saíram pedalando as bicicletas aos trancos e barrancos, e encontraram o caminho com facilidade graças à lua e ao incrível sexto sentido dos adolescentes bruxos.

Fechei a porta e me encostei nela gemendo.

– Meus pés estão me matando. – Desamarrei e descalcei as botas, e joguei o chapéu na escada.

– A página do Ashmole 782 sumiu – anunciou Matthew com tranquilidade, encostando-se no poste da balaustrada.

– E a carta da mamãe?

– Também sumiu.

– Então está na hora. – Desencostei da velha porta e a casa gemeu suavemente.

– Tome um pouco de chá e depois me encontre na sala de TV. Eu vou pegar a maleta.

Matthew me esperava no sofá com a maleta aos pés e a peça de xadrez de prata e o brinco de ouro sobre a mesinha do centro. Estendi um copo de vinho e me sentei ao lado dele.

– É o fim do vinho.

Ele olhou para o meu chá.

– E o fim do chá para você também. – Passou as mãos pelo cabelo com nervosismo e respirou fundo. – Se dependesse de mim, nós iríamos para uma época mais próxima, uma época com menos mortes e menos doenças – disse com cautela –, e para *algum lugar* mais próximo, um lugar com chá e água encanada. Mas acho que você gostará de lá quando estiver adaptada.

Eu ainda não fazia a menor ideia de qual *era* esse quando e esse lá.

Ele se curvou na direção da maleta. Abriu a fechadura e suspirou de alívio quando viu o que estava por cima das outras coisas.

– Graças a Deus. Achei que Ysabeau podia se confundir e enviar o que não era para enviar.

– E ainda não tinha aberto a maleta? – O autocontrole dele me espantou.

– Não. – Ele ergueu um livro. – Eu não queria ficar pensando muito nisso. Só por precaução.

Estendeu o livro para mim. Um livro com uma capa preta de couro e bordas prateadas.

– Ele é lindo. – Passei a mão no livro.

– Abra. – Ele pareceu ansioso.

– Se eu abrir, saberei para onde vamos? – Senti-me estranhamente relutante com o terceiro objeto nas mãos.

– Acho que sim.

A capa abriu-se e o ar se encheu do inconfundível cheiro de papel e tinta. O livro não tinha folhas de guarda marmoreadas nem etiquetas nem as folhas em branco que os colecionadores dos séculos XVIII e XIX costumavam adicionar nos seus livros. E a capa e a contracapa eram pesadas, o que indicava a presença de lâminas de madeira debaixo do couro macio.

Na primeira página liam-se duas linhas com a caligrafia do final do século XVI, angulosa e firme.

"Para o meu doce Matthew", li em voz alta. *"Quem pode dizer que amou sem nunca ter amado à primeira vista?"*

A dedicatória não estava assinada, mas me era familiar.

– Shakespeare? – Olhei para Matthew.

– Não dele propriamente – ele disse com um ar tenso. – Will era meio corvo quando se tratava de coletar as palavras dos outros.

Virei a página lentamente.

Não era um livro impresso e sim um manuscrito, escrito com a mesma caligrafia da dedicatória. Aproximei os olhos para ler as palavras.

Ordenai vossos estudos, Fausto, e procurai
   Sondar a profundidade do que professareis.

— Meu Deus – eu disse abruptamente, fechando o livro. Minhas mãos tremiam.

– Ele vai rir como um louco quando souber da sua reação – comentou Matthew.

– Isso é o que estou pensando?

– Provavelmente.

– Como o conseguiu?

– Kit deu para mim. – Ele tocou na capa com suavidade. – *Fausto* sempre foi a minha peça predileta.

Todo historiador da alquimia conhece a peça de Christopher Marlowe sobre o Doutor Fausto, aquele que vendeu a alma ao diabo em troca de conhecimento mágico e poder. Abri o livro e passei os dedos sobre a dedicatória enquanto Matthew continuava.

– Eu e Kit fomos amigos, bons amigos, numa época perigosa em que só se podia confiar em poucas criaturas. Nós provocávamos muitas críticas. Quando Sophie tirou do bolso a peça que eu tinha perdido para ele numa aposta, ficou claro que o nosso destino só podia ser a Inglaterra.

Mas os meus dedos detectaram na letra da dedicatória uma emoção que não se limitava à amizade. Aquilo era uma dedicatória de amante.

– Você também o amava? – perguntei baixinho.

– Não – disse Matthew laconicamente. – Eu o amava, mas não do jeito que você está pensando, não do jeito que ele desejava. Se dependesse do Kit, as coisas seriam diferentes. Mas como não dependia, nunca passamos de grandes amigos.

– Ele sabia quem você era? – Abracei o livro no meu peito, como se fosse um tesouro incalculável.

– Sabia, sim. Não tínhamos segredos entre nós. Além do mais, ele era um demônio com uma percepção extraordinária para descobrir segredos. Logo, logo você verá que é inútil tentar esconder alguma coisa do Kit.

Considerando o meu limitado conhecimento de Christopher Marlowe, não era de espantar que ele fosse um demônio.

– Então, iremos para a Inglaterra – eu disse devagar. – Que época exatamente?

– Em 1590.

– Onde?

– Todo ano o nosso grupo se reunia na Velha Cabana para a festa católica de Todos os Santos e Finados. Poucos se preocupavam com essas datas, mas por alguma razão Kit se preocupava e achava perigoso comemorá-las. Nessas ocasiões ele lia os últimos rascunhos de *Fausto* para nós... ele nunca estava satisfeito e mexia constantemente no texto. Nós bebíamos muito, jogávamos xadrez e ficávamos acordados até o alvorecer. – Matthew tirou o manuscrito dos meus braços. Colocou-o sobre a mesinha e segurou as minhas mãos. – Está bom para você, *mon coeur*? Se não quiser, tudo bem. Pensaremos em outra época.

Mas era tarde demais. A historiadora dentro de mim já vislumbrava as oportunidades de viver na Inglaterra elizabetana.

– Há alquimistas na Inglaterra de 1590.

– Pois é – ele disse com cautela. – Nenhum particularmente agradável para se ter por perto, devido ao envenenamento por mercúrio e aos estranhos hábitos de trabalho que eles tinham. Porém o mais importante, Diana, é que há bruxas... bruxas poderosas que poderão guiar a sua magia.

– Você me levará aos teatros?

– E eu conseguiria mantê-la afastada dos teatros? – Ele ergueu as sobrancelhas.

– Provavelmente, não. – A minha imaginação foi tomada pela perspectiva que se abria à frente. – Nós vamos passear pelo Royal Exchange? Com os lampiões já acesos?

– Claro. – Ele me tomou nos braços. – E também vamos à catedral de St. Paul para ouvir um sermão, e depois até Tyburn para assistir a uma execução. Talvez possamos conversar com algum funcionário do hospício de Bedlam sobre os reclusos de lá. – Ele sacudiu o corpo ao abafar uma risada. – Meu Deus, Diana. Nós vamos para uma época onde a peste estava disseminada, uma época sem conforto, sem chá e com péssimos dentistas, e tudo o que você quer saber é como o Exchange do Gresham se ilumina à noite.

Afastei-me para vê-lo melhor, mal podendo conter a minha excitação.

– Eu vou conhecer a rainha?

– Definitivamente, não. – Ele puxou o meu corpo para mais perto de si. – Só de pensar no que você poderia dizer para Elizabeth Tudor... e no que ela poderia dizer para você, o meu coração paralisa.

– Covarde – eu disse pela segunda vez naquela noite.

– Não diria isso se a conhecesse melhor. Ela come cortesãos no café da manhã. – Ele fez uma pausa. – Além do mais, nós podemos fazer uma outra coisa em 1590.

– O quê?

— Em algum lugar do ano de 1590 encontra-se um manuscrito alquímico que um dia pertencerá a Elias Ashmole. Nós podemos procurá-lo.

— E talvez o manuscrito esteja completo e com sua magia intacta. — Desvencilhei-me dos braços dele e recostei-me nas almofadas com um olhar sonhador para os três objetos em cima da mesa. — De fato, vamos retroceder muito no tempo.

— Vamos, sim. Sarah me alertou que era melhor não levar nada de moderno para o passado. E Marthe fez uma bata para você e um camisolão para mim. — Matthew mexeu novamente na maleta e tirou de dentro duas vestes de linho de mangas longas e cordões à altura do pescoço. Não eram roupas elegantes, mas pelo menos não chocariam as primeiras pessoas que encontrássemos.

Ele balançou-as e um saquinho de veludo preto caiu de dentro das dobras de uma delas.

— O que é isso? — perguntou franzindo a testa enquanto pegava o saquinho preto. Havia um bilhete pendurado no lado de fora. Ele o abriu. — É de Ysabeau. *"Este foi o presente de casamento que ganhei do seu pai. Achei que você gostaria de dá-lo para Diana. Pode parecer antiquado, mas ficará lindo na mão dela."*

Dentro do saquinho havia um anel com três aros de ouro distintos e unidos. Os dois aros externos eram finamente trabalhados na forma de longas mangas ornadas e coloridas com esmalte e tinham minúsculas gemas incrustadas de modo a aparentar um bordado. Uma pequena mão dourada emergia de cada manga, trabalhada esmeradamente nos mínimos detalhes.

As duas mãos amparavam no aro central do anel uma enorme gema parecida com vidro. Era uma pedra clara e lapidada que se encaixava numa moldura de ouro com detalhes negros. Nenhum joalheiro colocaria uma pedra de vidro num anel como aquele. Era um diamante.

— Isso é para um museu, não para o meu dedo. — Eu estava impressionada com as mãozinhas que pareciam vivas, e tentava não pensar no peso da pedra que elas seguravam.

— Minha mãe quase não tirava esse anel do dedo — disse Matthew, segurando-o entre o dedo polegar e o indicador. — Ela o chamava de anel rabiscador porque conseguia escrever no vidro com a ponta do diamante. — Seus olhos atentos observaram algum detalhe do anel que escapou aos meus. Um giro nas duas mãos douradas fez os três aros se desprenderem na palma da mão dele. Havia uma frase gravada em cada aro.

Aproximamos os nossos olhos para poder enxergar as minúsculas letras.

— São versos... versos escritos para demonstrar afeição. Neste aqui está escrito *"a ma vie de coer entier"* — ele disse passando o dedo indicador na frase gravada no couro. — A frase está em francês antigo e significa "todo o meu coração por toda a minha vida". E neste está escrito *"mon debut et ma fin"*, com um alfa e um ômega.

O meu francês foi suficiente para traduzir a frase, "meu começo e meu fim".
– O que há no aro central?
– Ele está gravado nos dois lados. – Matthew leu o verso, girando-os à medida que o lia. "*Se souvenir du passe, et qu'il ya un avenir.*" "Relembre o passado, e que nele está o futuro."
– Os versos se encaixam perfeitamente. – Foi incrível constatar que os versos selecionados por Philippe para Ysabeau há tanto tempo tivessem significado no presente para mim e para Matthew.
– De alguma forma, os vampiros também viajam no tempo. – Ele encaixou novamente os aros. Pegou a minha mão esquerda e desviou os olhos com medo da minha reação. – Você vai usá-lo?
Eu o peguei pelo queixo, virei o rosto dele para mim e assenti sem conseguir falar. Ele exibiu um ar tímido e olhou para a minha mão que ainda estava segurando. Repousou o anel sobre a junta do meu dedo polegar.
– Com este anel vos desposo, e com o meu corpo vos honro. – A voz de Matthew soou serena, mas um tanto trêmula. Ele moveu o anel até o meu dedo indicador e o deslizou até a junta do meio. – Com este anel vos doto de todos os meus bens terrenos. – Depois o anel passou sobre o meu dedo médio e encontrou pousada no quarto dedo da minha mão esquerda. – Em nome do Pai, do Filho e do Espírito Santo. – Levou a minha mão aos lábios, olhou no fundo dos meus olhos e beijou o anel com seus lábios frios. – Amém.
– Amém – repeti. – Então, agora estamos casados aos olhos dos vampiros e de acordo com a lei da Igreja. – Era um anel pesado, mas Ysabeau estava certa. Combinava comigo.
– Aos seus olhos também, espero. – Ele pareceu inseguro.
– Claro que aos meus olhos estamos casados. – A minha felicidade deve ter se mostrado com tanta evidência que ele reagiu com o sorriso mais estonteante que eu já tinha visto na vida.
– Vamos ver se *maman* mandou mais surpresas. – Ele voltou a vasculhar a maleta e tirou de dentro alguns livros.
Ainda havia um outro bilhete de Ysabeau.
– "*Estes estavam perto do manuscrito que você pediu*" – ele leu. – "*Envio-os também... só por precaução.*"
– Eles também são de 1590?
– Não – Matthew respondeu com um tom pensativo. – Nenhum deles. – Remexeu na maleta. E levantou a mão com a insígnia de prata do peregrino de Betânia.
Não havia bilhete para explicar a presença da insígnia.
O carrilhão da sala badalou dez horas. Era hora de partir – e logo.

– Por que será que ela me mandou isso? – Ele pareceu preocupado.

– Talvez tenha achado que você devia levar o que significa muito para você.

– Eu sabia que ele tinha uma ligação muito forte com aquele minúsculo caixão de prata.

– Mas isso pode dificultar a sua concentração no ano de 1590. – Ele olhou para o anel na minha mão esquerda, e fechei-a. Não tiraria o meu anel de jeito nenhum, quer fosse de 1590 ou não.

– Podemos telefonar para Sarah e perguntar o que ela acha.

Ele balançou a cabeça.

– Não. É melhor não preocupá-la. Já sabemos o que deve ser feito... pegar três objetos, e nada mais do presente ou do futuro que possa atrapalhar no trajeto. Faremos uma exceção para o anel, já que está no seu dedo. – Ele abriu o livro que estava por cima dos outros e paralisou.

– O que foi?

– Minhas anotações estão neste livro, e não lembro de tê-las colocado aí.

– Já se passaram mais de quatrocentos anos. Talvez você tenha esquecido. – Apesar das minhas palavras tranquilizadoras, um dedo gelado percorreu a minha espinha.

Matthew folheou algumas páginas e respirou fundo.

– Se eu deixasse esses livros e a insígnia de peregrino na sala de estar, a casa tomaria conta disso?

– A casa faria isso se você pedisse – respondi. – O que está havendo, Matthew?

– Mais tarde lhe conto. Nós temos que ir. Essas coisas – ele segurou os livros e o pequeno caixão de Lázaro – precisam ficar aqui.

Trocamos de roupa sem dizer uma palavra. Estremeci quando vesti a bata sobre o meu corpo totalmente nu. As mangas chegaram à altura dos punhos, a vestimenta se estendeu até os tornozelos e a ampla gola fechou-se quando amarrei o cordão.

Matthew tirou as roupas e vestiu o camisolão sem dificuldade, graças a sua familiaridade com aquele tipo de roupa. O camisolão desceu à altura dos joelhos e deixou as suas pernas brancas à mostra. Enquanto eu recolhia as nossas roupas ele foi à sala de jantar e voltou com papel de carta, envelope e uma de suas canetas preferidas. Escreveu algumas palavras no papel, dobrou e o colocou dentro do envelope.

– Um bilhete para Sarah – ele disse. – Pediremos a casa para cuidar disso também.

Levamos os livros, o bilhete e a insígnia de peregrino para a sala de estar. Matthew colocou-os com todo cuidado no sofá.

– Deixamos as luzes acesas? – ele perguntou.

– Não – respondi. – Só a da varanda, talvez esteja escuro quando elas voltarem.

Apagamos a luz e uma sombra esverdeada projetou-se no ar. Era a minha avó se balançando na cadeira.

– Até logo, vovó. – Nem Bridget Bishop nem Elizabeth estavam com ela.

Até logo, Diana.

– A casa precisa cuidar disso. – Apontei para a pilha de objetos no sofá.

Não se preocupe com nada, a não ser com o lugar para onde vão.

Caminhamos lentamente em direção à porta da cozinha enquanto apagávamos as luzes. Quando passamos pela sala de TV, Matthew pegou o *Doutor Fausto*, o brinco e a peça de xadrez.

Olhei para a afetuosa cozinha marrom uma última vez.

– Adeus, casa.

Tabitha ouviu a minha voz e saiu miando da despensa. Aproximou-se, parou e nos encarou sem dar uma só piscada.

– Adeus, *ma petite* – disse Matthew, acariciando as orelhas dela.

Já tínhamos decidido que partiríamos do celeiro. Lá era sossegado e não tinha vestígios de modernidade para nos atrapalhar. Atravessamos com passos apressados o pomar de macieiras e o gramado coberto de gelo. Quando Matthew empurrou a porta do celeiro, o meu hálito se fez visível no ar gelado.

– Está um gelo.– Encolhi-me dentro da bata, batendo os dentes.

– A lareira estará acesa quando chegarmos à Velha Cabana – ele disse, estendendo-me o brinco.

Enfiei o delgado fecho pelo buraco da minha orelha e estendi a mão para receber a deusa. Ele pôs a peça na palma da minha mão.

– E o que mais?

– Vinho, é claro... vinho tinto. – Ele me deu o livro e um abraço e um beijo na testa.

– Onde ficavam os seus aposentos? – Fechei os olhos para visualizar a Velha Cabana.

– No segundo piso, a oeste do jardim e com vista para o parque dos cervos.

– E lá tinha cheiro de quê?

– De casa – ele disse. – Lenha queimada e carne assando para o jantar dos criados, cera de abelha das velas e lavanda para manter a roupa de cama cheirosa.

– Algum som em especial?

– Nenhum em especial. Só os sinos da Catedral de St. Mary e da Catedral de St. Michael, o crepitar da lenha e o ronco dos cachorros na escada.

– Como se sente quando está lá? – perguntei e me concentrei no que ele dizia e no que as palavras me faziam sentir.

— Na Velha Cabana eu sempre me senti... comum — ele disse com suavidade. — É um lugar onde posso ser eu mesmo.

Um aroma de lavanda fora do tempo e do espaço inundou o celeiro de Madison em pleno outubro. Fiquei maravilhada com o aroma, e pensei no bilhete do meu pai. Naquela fração de segundo os meus olhos se abriram totalmente para a magia.

— E o que faremos amanhã?

— Vamos caminhar no parque — ele murmurou e me abraçou com braços fortes como ferro. — Se o tempo estiver bom, podemos cavalgar. Nessa época do ano não deve haver muita coisa na horta. Se não me engano tem um alaúde guardado em algum canto da casa. Se quiser, posso lhe ensinar a tocar.

Um outro aroma temperado e doce juntou-se ao da lavanda e avistei uma árvore carregada de frutos dourados. Uma única mão esticou-se e um diamante brilhou ao sol, mas a fruta estava fora de alcance. Fiquei frustrada no fio afiado do desejo, e me lembrei de Em dizendo que a magia está no coração e não na mente.

— Há um marmeleiro no jardim?

— Sim — disse Matthew com os lábios encostados no meu cabelo. — Nessa época os frutos estão maduros.

A árvore se dissolveu, espalhando um aroma doce no ar. Em seguida avistei um prato raso de prata em cima de uma mesa de madeira comprida. A luz das velas e da lareira refletiu-se na superfície do prato. Uma pilha de frutos dourados dentro do prato é que espalhava o aroma. Flexionei os dedos na capa do livro que estava na minha mão no presente, mas na minha mente eu segurava uma fruta no passado.

— Estou sentindo cheiro de marmelos. — Eu já era chamada para uma vida nova na Velha Cabana. — Não solte a minha mão de jeito nenhum. — Com todo o passado ao redor, a possibilidade de perdê-lo tornou-se assustadora.

— De jeito nenhum — ele disse com convicção.

— E erga o pé e depois o abaixe só quando eu mandar.

Ele soltou um risinho.

— Eu amo você, *ma lionne*. — Era uma reação incomum, mas suficiente.

Lar, eu pensei.

Meu coração bateu de desejo.

Uma badalada desconhecida anunciou a hora.

O calor de um fogo aconchegante roçou na minha pele.

O ar se encheu de odores de lavanda, cera de abelha e marmelo maduro.

— Está na hora. — Juntos, erguemos os pés e pisamos no desconhecido.

43

A casa estava estranhamente silenciosa. Para Sarah, a ausência de conversa e a falta de cérebros faziam a casa parecer vazia. Mas não era só isso.

Era a falta de conhecimento.

Ela e Em tinham chegado mais cedo que o habitual, depois de terem explicado no conciliábulo que precisavam voltar para casa e arrumar a bagagem para uma viagem com Faye e Janet. Em encontrou a maleta vazia perto do sofá da sala de TV, e Sarah se deparou com uma pilha de roupas em cima da máquina de lavar.

— Eles se foram — disse Em.

Sarah começou a tremer e abrigou-se nos braços dela.

— Será que está tudo bem? — perguntou com um fiapo de voz.

— Eles estão juntos — disse Em. Não era a resposta que Sarah queria, mas era honesta como a própria Em.

Enfiaram as roupas na sacola de lona quase sem prestar atenção no que faziam. Por fim, Tabitha e Em entraram no *trailer*, e Faye e Janet esperaram com paciência que Sarah fechasse a casa.

Na última noite do grupo na casa, Sarah e Matthew conversaram por horas a fio na despensa, acompanhados de uma garrafa de vinho. O vampiro revelou algumas coisas de seu passado e seus medos em relação ao futuro. Ela o ouviu e se conteve para não demonstrar choque e surpresa com alguns episódios que foram contados. Embora pagã, entendeu que ele queria se confessar e que a tinha elegido para fazer o papel de padre. Ela o teria absolvido se pudesse, mesmo sabendo que certas coisas nunca poderiam ser perdoadas nem esquecidas.

Mas havia um segredo que Matthew se recusou a compartilhar, e até aquele momento Sarah ainda não sabia o lugar e o tempo de destino da sobrinha.

As tábuas do piso da casa das Bishop rangeram e gemeram enquanto Sarah percorria os cômodos escuros. Ela fechou a porta da sala de estar e voltou-se para acenar uma despedida para a casa onde tinha morado a vida inteira.

A porta da sala de estar abriu-se abruptamente. Uma tábua do piso próxima da lareira abriu-se e exibiu um pequeno livro preto e um envelope creme. O brilho dos objetos se sobressaiu sob a luz da lua na sala.

Sarah abafou um grito e estendeu a mão. O envelope creme voou em direção à mão e pousou em cima como uma pluma, deixando a parte frontal à vista. Lia-se uma única palavra.

"*Sarah.*"

Ela passou suavemente os dedos pelas letras e viu os dedos compridos e brancos de Matthew. Abriu o envelope com o coração disparado.

"*Sarah*", ele dizia. "*Não se preocupe. Nós conseguimos.*"

O ritmo cardíaco de Sarah se aquietou.

Ela colocou a folha de papel na cadeira de balanço de sua mãe, e gesticulou para o livro. Depois que a casa entregou o livro, a tábua do piso voltou ao seu lugar habitual com um gemido de madeira velha e guinchos de unhas velhas.

Ela abriu a primeira página. *A sombra da noite, contendo dois hinos poéticos, de G.C., cavalheiro, 1594*. O livro cheirava a velho, mas não era um cheiro desagradável como o de incenso em catedral empoeirada.

Como Matthew, pensou Sarah com um sorriso.

Na parte de cima, um marcador de papel. Marcava a página da dedicatória. "*Para o meu querido e mais precioso amigo Matthew Roydon.*" Ela aproximou os olhos da folha e viu o desenho esmaecido de uma pequena mão com o punho da manga farfalhante apontando imperiosamente para o nome, e embaixo o número "29" escrito com uma tinta antiga.

Ela seguiu até a página vinte e nove e tentou conter as lágrimas quando leu a seguinte passagem sublinhada:

Ela, que cria caçadores e dessa substância, os cães
Cujas bocas ensurdecem o céu e sulcam a terra com feridas
Sem assombrar uma Ninfa tão cheia de graça
Dos cães devia ser a caça.
Pois toda a forma podia tomar
Dos animais mais velozes, no seu prazer de escapar.

As palavras conjuravam a própria imagem de Diana – clara, iluminada, espontânea. Seu rosto emoldurado com um véu transparente e seu pescoço ornado com prata e diamantes. Um rubi em forma de gota aninhado no entalhe do colo palpitava na sua pele como uma gota de sangue.

O sol nascia quando ele prometeu a ela na despensa que arrumaria um jeito de fazê-la saber que Diana estava a salvo.

– Muito obrigada, Matthew.

Sarah beijou o livro e o bilhete, e os lançou à cavernosa lareira. Em seguida pronunciou algumas palavras para conjurar um fogo branco e quente. O papel pegou fogo rapidamente e as pontas das folhas do livro logo se retorceram.

Ela observou o fogo por um momento. Depois, saiu pela porta da frente e deixou-a destrancada, sem olhar para trás.

Tão logo a porta se fechou, um caixão velho e prateado rolou pela chaminé e caiu em cima do papel queimado. Dois bocados de sangue e mercúrio liberados das câmaras ocas do interior do caixão pelo calor do fogo se buscaram ao longo da superfície do livro, e em seguida despencaram nas brasas. Escoaram para dentro da velha e macia argamassa da lareira e seguiram para o coração da casa. Quando lá chegaram, a casa suspirou de alívio e exalou um perfume esquecido e proibido.

Sarah sorveu o ar frio da noite enquanto entrava no *trailer*. Seus sentidos não eram aguçados a ponto de poder capturar os aromas de canela, abrunheiro, madressilva e camomila que dançavam no ar.

– Tudo bem? – perguntou Em com um tom sereno.

Sarah se debruçou sobre a caixa que abrigava Tabitha e carinhosamente apertou o joelho de Em.

– Tudo ótimo.

Faye girou a chave de ignição e seguiu pelo caminho de entrada em direção à estrada municipal que as levaria à estrada interestadual enquanto elas resolviam onde tomariam o café da manhã.

As quatro bruxas já estavam longe demais para perceber a mudança na atmosfera ao redor da casa quando centenas de criaturas noturnas farejaram o aroma insólito da mistura de vampiro e bruxa, ou para ver duas sombras esverdeadas de dois fantasmas à janela da sala de estar.

Bridget Bishop e a avó de Diana assistiam ao lento desaparecimento do veículo na estrada.

E o que faremos agora?, perguntou a avó de Diana.

O que sempre fizemos, Joanna, respondeu Bridget. *Relembrar o passado... e aguardar o futuro.*

AGRADECIMENTOS

É imensa a dívida que tenho para com meus amigos e minha família que leram este livro, capítulo por capítulo, à medida que o escrevia: Cara, Karen, Lisa, Margaret e minha mãe Olive. Peg e Lynn, como sempre, contribuíram com excelentes refeições, aconchegante companheirismo e sábios conselhos. Sou especialmente grata a Lisa Halttunen pelo seu trabalho editorial na preparação do manuscrito que seria avaliado mais tarde.

Agradeço a generosidade dos meus colegas acadêmicos que cederam os seus conhecimentos para pesquisas de assuntos que não faziam parte da minha especialização. Philippa Levine, Andrés Reséndez, Vanessa Schwartz e Patrick Wyman me fizeram voltar aos trilhos toda vez que eu errava o caminho. Eventuais erros certamente se devem a mim.

Serei grata para sempre a Sam Stoloff, da agência literária Frances Goldin, pelo bom humor com que recebeu a notícia de que eu tinha escrito um romance e não um outro livro de história. Ele também leu os primeiros rascunhos com dedicada atenção. Faço um agradecimento adicional à agente Ellen Geiger, pelas escolhas inspiradas de companheiros de almoços!

A equipe da Viking tornou-se uma segunda família para mim. Carole DeSanti, minha editora, encarna tudo aquilo que todo autor espera ao escrever um livro: alguém que além de apreciar o que está escrito em cada página, também é capaz de imaginar um algo mais que as palavras podem acrescentar à história quando um pouco mais trabalhadas. Maureen Sugden, extraordinária editora de texto que poliu o livro em tempo recorde. Também agradeço a Clare Ferraro, Leigh Butler, Hal Fessenden e à equipe de direitos autorais; Carolyn Coleburn, Nancy Sheppard e AA equipe de marketing e vendas; Victoria Klose, Christopher Russel e todos mais que ajudaram a transformar uma pilha de papéis em livro.

Como este é um livro *sobre* livros, consultei inúmeros textos enquanto o escrevia. Os leitores curiosos poderão consultar alguns desses textos na tradução da Bíblia, de Douay-Rheims, bem como na tradução e crítica do *Aurora Consurgens*, de Marie-Louise von Franz (publicado pela Pantheon Books, 1966), e na tradução de Paul Eugene Memmo do livro de Giordano Bruno, *Heroic Frenzies* (University of North Carolina Press, 1964). Informo aos leitores pesquisadores que as traduções contidas neste livro são de minha autoria e, portanto, carregam idiossincrasias. Sugiro a quem quiser ir mais fundo no pensamento de Charles Darwin a começar pela obra de Janet Browne, *Charles Darwin: A Biography* (2 volumes, Alfred Knopf, 1995 e 2002). E para uma introdução lúcida ao DNA mitocondrial e suas implicações nos problemas da história humana, sugiro uma consulta ao livro *The Seven Daughters of Eve* (W.W. Norton, 2001), de Brian Sykes.

Impressão e Acabamento:
EDITORA JPA LTDA.